COLLECTION FOLIO

Philip Roth

Le Théâtre
de Sabbath

*Traduit de l'américain
par Lazare Bitoun*

Gallimard

Le poème « Le Mérou » est extrait de W. B. Yeats, *Choix de poèmes*, trad. René Frechet, Aubier, Paris, 1990.
La citation de la page 138 est extraite de Philippe Ariès, *Essais sur l'histoire de la mort en Occident du Moyen Âge à nos jours*, Le Seuil, Paris, 1975.
Les citations du *Roi Lear* sont extraites de William Shakespeare, *Le Roi Lear*, trad. François-Victor Hugo, Garnier-Flammarion, Paris, 1964.
La citation de Kant à la page 481 est extraite de *Critique de la raison pratique*, Ferdinand Alquié éd., trad. Luc Ferry et Heinz Wismann, Gallimard, Folio Essais, Paris, 1989.

Titre original :

SABBATH'S THEATER

En 1997, Philip Roth a gagné le prix Pulitzer pour *Pastorale américaine*. En 1998, il a reçu la Médaille nationale des Arts à la Maison-Blanche et, en 2002, la plus haute distinction de l'Académie américaine des Arts et des Lettres, la Médaille d'or de la fiction, qu'avaient reçue avant lui, entre autres, John Dos Passos, William Faulkner et Saul Bellow. Il a été le lauréat à deux reprises du National Book Award, du PEN / Faulkner Award, et du National Book Critics Circle Award. En 2005, *Le complot contre l'Amérique* remporte le prix de la Society of American Historians en tant que « roman historique le plus remarquable portant sur un thème américain pour l'année 2003-2004 », et le W. H. Smith Literary Award du Meilleur livre de l'année, faisant de Philip Roth le premier écrivain à avoir obtenu deux fois ce prix depuis sa création, en 1959.

En 2005, Philip Roth est devenu le troisième écrivain américain à voir son œuvre publiée de son vivant dans l'édition complète et définitive de la Library of America. En 2011, il a reçu la Médaille nationale des humanités à la Maison-Blanche, puis a été le quatrième lauréat du Man Booker International Prize. En 2012, il a reçu la distinction la plus honorifique d'Espagne, le prix Prince des Asturies, et en France, en 2013, les insignes de commandeur de la Légion d'honneur. En 2017, il a fait son entrée dans la Bibliothèque de la Pléiade. Philip Roth est mort à New York en 2018.

À DEUX AMIS

JANET HOBHOUSE
1948-1991

MELVIN TUMIN
1919-1994

PROSPERO :
Une pensée sur trois sera pour ma tombe.
La Tempête, acte V, scène 3

1

IL N'Y A RIEN
QUI TIENNE
SES PROMESSES

Ou tu renonces à baiser toutes les autres, ou tout est fini entre nous.

C'était à devenir fou, c'était invraisemblable et totalement imprévisible, mais tel fut l'ultimatum qu'une femme de cinquante-deux ans adressa, en larmes, à son amant de soixante-quatre ans le jour anniversaire d'une liaison incroyablement débridée qui durait – et qu'ils avaient réussi, chose non moins incroyable, à garder secrète – depuis treize ans. Maintenant, avec le reflux des sécrétions hormonales, avec la prostate qui grossissait, avec sans doute pas plus de quelques petites années devant lui à pouvoir encore à peu près compter sur sa virilité – avec peut-être pas tant d'années que ça à vivre – là, au moment du commencement de la fin de tout, et sous peine de la perdre, il était mis en demeure de changer du tout au tout.

Elle, c'était Drenka Balich, la partenaire bien connue de l'aubergiste, dans la vie comme dans les affaires, que tout le monde appréciait pour sa gentillesse envers les clients ou la chaleur et la tendresse toute maternelle qu'elle ne réservait pas aux seuls enfants de passage et aux personnes âgées, mais qu'elle dispensait aussi aux jeunes filles de la région employées à l'auberge comme femmes de chambre ou comme serveuses ; lui, c'était Mickey Sabbath, le marionnettiste oublié, un petit homme trapu avec une barbe blanche, des yeux verts très troublants et des doigts tordus par l'arthrose qui, s'il avait dit oui à Jim Henson une trentaine d'années plus tôt, avant le lancement de *Sesame Street*, le jour où celui-ci l'avait invité à déjeuner dans un restaurant chic de l'Upper East Side pour lui demander de se joindre à sa petite bande de quatre ou cinq personnes, aurait pu passer toutes ces années dans le costume de la grosse autruche. Au lieu de Carol Spinney, ça aurait été Sabbath dans le costume du volatile, Sabbath qui aurait une étoile à son nom sur le trottoir de Hollywood Boulevard, Sabbath qui serait allé en Chine avec Bob Hope – comme sa femme Roseanna se plaisait à le lui rappeler à l'époque où elle passait son temps à se détruire à l'alcool au nom de deux raisons absolument inattaquables : tout ce qui n'était jamais arrivé et tout ce qui était arrivé. Mais, comme Sabbath n'aurait pas été plus heureux dans le costume de l'autruche qu'il ne l'était dans la culotte de Roseanna, toute cette histoire ne l'avait pas beaucoup marqué. En 1989, quand Sabbath avait été mis au ban de la société pour violences sexuelles envers une jeune fille de quarante ans sa cadette, Roseanna avait dû passer un mois en hôpital psychiatrique pour dépression éthylique due à l'humiliation subie lors du scandale.

« Un seul partenaire monogame, ça ne te suffit pas ? demanda-t-il à Drenka. Tu es tellement contente qu'il soit monogame que tu veux que je le devienne aussi ? Tu ne vois pas le lien entre l'enviable fidélité de ton mari et le fait que, physiquement, il te répugne ? » Il poursuivit avec grandiloquence : « Nous qui n'avons jamais cessé de nous désirer mutuellement, nous n'imposons à l'autre aucune fidélité, aucun serment, aucune restriction, alors que tu trouves cela odieux de baiser avec lui, même les deux minutes par mois où il te bascule sur la table après le dîner et t'enfile par-derrière. Et pourquoi ça ? Matija est grand et fort, il est viril avec sa grosse tignasse de cheveux noirs qui lui donne des airs de porc-épic. En fait, ses cheveux sont des *épines*. Dans toute la région, il n'y a pas une seule vieille qui ne soit amoureuse de lui, et ça ne tient pas qu'à son charme slave. C'est son physique qui les excite. Toutes tes petites serveuses sont folles de sa fossette au menton. Je l'ai observé dans sa cuisine, au mois d'août, quand il fait quarante à l'ombre et qu'elles sont des douzaines à attendre une table sur la terrasse. Je l'ai vu préparer les plats et faire griller des brochettes avec son T-shirt tout trempé. Avec sa peau toute brillante de graisse, même *moi* il m'excite. Il n'y a que sa femme qui soit dégoûtée. Pourquoi ? Parce qu'il est ouvertement monogame, voilà pourquoi. »

Drenka était sombre, elle avait du mal à suivre son rythme pour grimper la pente raide et boisée qui menait au sommet de la colline où l'on entendait bouillonner le petit ruisseau dans lequel ils se baignaient, l'eau claire descendant en tourbillons l'escalier de blocs de granit caché sous le feuillage vert argent des bouleaux courbés par les orages. Au cours des premiers mois de leur liaison, alors qu'elle se promenait dans la forêt à la recherche d'un nid d'amour, elle avait découvert tout près du ruisseau, au milieu d'un bouquet de sapins séculaires, trois rochers de la taille et de la couleur d'un jeune éléphant formant le triangle qui allait leur servir de maison. À cause de la boue, de la neige ou des chasseurs ivres qui tiraient sur tout ce qui bougeait dans les bois, le sommet de la colline n'était pas accessible en toute saison, mais de mai à début octobre, sauf quand il pleuvait, c'est là qu'ils venaient se cacher pour redonner un peu de vie à leur existence. Des années auparavant, un hélicoptère sorti de nulle part s'était immobilisé un instant à une trentaine de mètres au-dessus d'eux, nus, étendus sur la bâche, mais à part cela, et bien que la Grotte, c'est le nom qu'ils avaient fini par donner à leur cachette, ne fût qu'à un quart d'heure à pied de la seule route goudronnée entre Madamaska Falls et la vallée, aucune présence humaine n'avait jamais menacé leur refuge secret.

Drenka était croate, elle venait de la côté dalmate et ressemblait à une Italienne ; plutôt petite, comme Sabbath, elle avait un corps ferme, provocant, bien en chair, presque lourd ; sa silhouette, dans les périodes où elle prenait du poids, faisait penser à ces figurines d'argile qui remontaient à près de deux mille ans avant Jésus-Christ, ces petites poupées grassouillettes avec des gros seins et des grosses cuisses que l'on trouvait depuis l'Europe jusqu'en Asie Mineure et que l'on vénérait sous une douzaine de noms différents dans les divers cultes qui en faisaient les mères de tous leurs dieux. Elle était mignonne, à la manière efficace d'une femme d'affaires, sauf pour le nez, un nez de boxeur étrangement aplati qui créait une zone de flou au milieu de son visage, un nez qui n'allait pas avec sa bouche pleine et ses grands yeux sombres et qui constituait la marque visible, c'est ainsi que Sabbath en était arrivé à le considérer, de tout ce qu'il y avait de malléable et d'indéterminé chez une personne qui semblait aussi pleinement épanouie. On avait l'impression qu'elle avait dû se faire malmener, que dans sa petite enfance un coup de poing l'avait esquintée alors qu'en fait, ses parents étaient de braves gens, tous deux professeurs de lycée, religieusement soumis aux platitudes qui faisaient loi à l'intérieur du parti communiste de Tito. Fille unique, elle avait été adorée de ces parents gentils et ennuyeux.

C'est Drenka qui avait tout bousculé dans la famille. À vingt-deux ans, alors qu'elle travaillait comme aide-comptable dans la société nationale des chemins de fer, elle avait épousé Matija Balić un jeune et beau serveur plein d'ambition qu'elle avait rencontré lors de vacances passées à l'hôtel du syndicat des employés des chemins de fer dans l'île de Brač, tout près de Split. Ils étaient partis en voyage de noces à Trieste et n'étaient plus jamais revenus dans leur pays. Ils ne s'étaient pas enfuis dans l'unique but de faire fortune à l'Ouest mais parce que le grand-père de Matija avait été jeté en prison en 1948, quand Tito avait rompu avec l'Union soviétique et que ce grand-père, un petit bureaucrate du parti, un communiste entièrement dévoué à la sainte mère Russie depuis 1923, avait osé discuter ouvertement de cette affaire. « Mes parents tous les deux, avait expliqué Drenka à Sabbath, étaient des communistes convaincus et ils adoraient le camarade Tito, qui reste là toujours sans bouger avec son sourire de monstre, et j'ai appris très tôt comment il faut aimer Tito plus que tous les autres enfants dans toute la Yougoslavie. On était tous des Pionniers, des petits garçons et des petites filles et on faisait des sorties et on chantait avec les foulards rouges. On chantait des chansons sur Tito qui disaient que c'est une fleur, une fleur violette, et que tous les jeunes ils l'aiment. Mais avec Matija c'était différent. C'était un petit garçon qui aimait son grand-père. Et quelqu'un a vendu son grand-père – c'est comme ça qu'on dit ? Dénoncé. Il a été dénoncé. Ennemi du régime. Et les ennemis du régime étaient tous envoyés dans une prison terrible. C'était à l'époque la plus terrible, on les entassait dans des bateaux comme le bétail. En bateau on les emmenait depuis le continent jusqu'à l'île. Et celui qui arrive à survivre, il survit et celui qui arrive pas, il arrive pas. C'était un endroit où il y avait que des pierres, rien d'autre. Il n'y avait que ça à faire, casser les pierres, pour rien. Beaucoup de familles avaient quelqu'un qui est dans ce Goli Otok ce qui veut dire île Nue. Les gens, ils dénoncent des autres gens pour n'importe quelle raison – pour être mieux, pour la haine, pour je sais pas quoi. Il y avait toujours une grande menace dans l'air, il fallait faire comme il faut, et ce qui est comme il faut c'est défendre le régime. Sur cette île, on leur donnait rien à manger, on leur donnait même pas de l'eau. Juste une île au large de la côte, un peu au nord de Split – de la côte on voit l'île qui est au loin. Son grand-père a attrapé une hépatite là-bas et il est mort juste avant que Matija il a fini le lycée. Mort de la cirrhose. Il a souffert pendant des années. Les prisonniers envoyaient des cartes à la famille, et dans ces cartes ils devaient dire qu'ils s'étaient réformés. La mère de Matija lui avait dit que son père n'était pas gentil et qu'il n'écoutait pas le camarade Tito et que c'est pour ça qu'il doit aller en prison. Matija avait neuf ans. Elle savait ce qu'elle lui disait en lui disant ça. Comme ça, à l'école, si on le provoquait, on ne pourra pas lui faire dire autre chose. Son grand-père a dit qu'il allait être gentil et qu'il allait aimer *Drug* Tito, et il est resté en prison seulement dix mois. Mais il avait attrapé l'hépatite là-bas. Quand il est revenu, la mère de Matija elle fait une grande fête. Il est revenu, il faisait quarante kilos. C'est à peu près quatre-vingt-dix livres d'Amérique. Et c'était, comme Maté, un

homme très grand. Entièrement détruit physiquement. Il y a un type qui l'a vendu et voilà. Et c'est
pour ça que Matija a souhaité s'enfuir après notre
mariage.

– Et toi, pourquoi as-tu voulu t'enfuir ?

– Moi ? La politique ne m'intéressait pas. J'étais
comme mes parents. Du temps de l'ancienne Yougoslavie, le roi et tout le reste, avant le communisme, ils adoraient le roi. Et puis le communisme
est arrivé et ils adorent le communisme. Ça ne
m'intéressait pas, alors j'ai dit oui, oui au monstre
souriant. Ce qui me plaisait c'était l'aventure. L'Amérique avait l'air très merveilleuse et très fascinante et
tellement différente. L'Amérique ! Hollywood !
L'argent ! Pourquoi je suis partie ? J'étais une fille.
N'importe où, là où c'est le plus marrant. »

Drenka avait fait honte à ses parents en fuyant
vers ce pays impérialiste, elle leur avait brisé le
cœur, et eux aussi étaient morts, du cancer, tous les
deux, peu de temps après sa désertion. Cependant,
elle aimait tant l'argent et aimait tant « se marrer »
que seuls sans doute ces communistes convaincus
avaient, par les tendres attentions qu'ils lui avaient
prodiguées, empêché ce jeune corps épanoui surmonté d'un visage diaboliquement séduisant de
s'abandonner à des caprices plus aléatoires encore
que les joies du capitalisme.

Le seul homme à qui elle reconnaissait avoir
jamais fait payer la nuit était Sabbath le marionnettiste ; et, en treize ans, cela ne s'était produit qu'une
fois, le jour où il avait parlé de Christa, la jeune
fugueuse allemande qui travaillait au pair chez le
traiteur : il l'avait découverte et s'était patiemment
employé à la recruter pour leur commune délecta-
tion. « En liquide », lui avait dit Drenka, alors que
depuis des mois, depuis cette première rencontre de

Sabbath avec Christa qui faisait de l'auto-stop pour rentrer en ville, elle avait attendu une aventure comme celle-là avec au moins autant de fièvre que Sabbath et n'avait nul besoin qu'on la pousse pour y participer. « Des billets neufs », dit-elle en fronçant les sourcils de manière comique mais sans rien perdre de sa détermination. « Bien raides et bien craquants. » Se glissant sans hésiter dans la peau du rôle qu'elle venait de lui attribuer, il demanda « Combien ? – Dix billets, répondit-elle d'une voix aigre. – Dix, c'est trop, j'ai pas les moyens. – Alors laisse tomber. Je passe. – Tu es dure. – Oui. Je suis dure, dit-elle ravie. Je sais ce que je vaux. – Ça m'a demandé pas mal de travail pour tout mettre en place, tu sais. Ça ne s'est pas fait tout seul. Christa est peut-être une petite dévergondée mais il faut quand même beaucoup s'occuper d'elle. C'est toi qui devrais me payer. – Je ne veux pas être traitée en fausse putain. Je veux être traitée en vraie putain. Mille dollars ou je reste chez moi. – Tu demandes l'impossible. – Dans ce cas, laisse tomber. – Cinq cents. – Sept cent cinquante. – Cinq cents, c'est tout ce que je peux faire. – Dans ce cas il me faut l'argent avant d'y aller. Je veux que l'argent soit dans mon sac quand j'arriverai, comme ça je saurai que c'est un travail que j'ai à faire. Je veux avoir l'impression d'être une vraie pute. – Je ne suis pas sûr, osa Sabbath, que l'argent suffise à te donner l'impression que tu es une vraie pute. – Moi, ça me suffira. – Tu as bien de la chance. – C'est *toi* qui as de la chance, lui lança Drenka avec défi. D'accord pour cinq cents. Mais avant. Je veux la totalité de la somme la veille au soir. »

Les termes de ce contrat furent négociés alors qu'ils étaient occupés à se tripoter l'un l'autre dans tous les sens sur la bâche de la Grotte.

Sabbath, à vrai dire, ne s'intéressait pas à l'argent. Mais depuis que l'arthrose l'empêchait de participer aux festivals internationaux de marionnettes et depuis que l'on ne voulait plus de son Atelier marionnettes dans le programme commun aux quatre centres universitaires de la région parce qu'on le tenait maintenant pour un dégénéré, il dépendait financièrement de sa femme, et ce n'était pas simple d'arriver à piquer cinq des deux cent vingt billets de cent dollars qui constituaient le salaire annuel de Roseanna au collège voisin pour les donner à une femme dont l'auberge rapportait à sa petite famille cent cinquante mille dollars par an, nets d'impôts.

Il aurait pu lui dire d'aller se faire foutre, surtout que Drenka aurait participé au triangle avec la même ardeur, qu'il y ait ou non de l'argent à la clef, mais il semblait tout aussi content de faire le miche-ton pour une nuit qu'elle de jouer les prostituées. Qui plus est, Sabbath n'avait aucun droit de ne *pas* céder – c'est lui qui avait su amener à maturité cet abandon sans retenue. Son efficacité systématique en tant qu'hôtesse-directrice de l'auberge – le simple plaisir d'engranger, année après année, tout cet argent à la banque – aurait sans doute réussi à condamner au dessèchement la vie qui bouillonnait dans la partie inférieure de son corps si Sabbath n'avait deviné à son nez aplati, à la rondeur de ses membres – et rien de plus au début – que le perfec-tionnisme dont Drenka faisait preuve dans son tra-vail n'était pas le seul de ses penchants immodérés. En maître patient, c'est Sabbath qui l'avait aidée, pas à pas, à prendre ses distances avec une vie bien réglée pour découvrir la dose de coquinerie et d'indécence qui manquait à son régime de base.

L'indécence ? Qui sait ? Fais comme tu l'entends,

avait dit Sabbath, et elle avait fait et elle avait aimé et elle aimait lui dire combien elle aimait au moins autant qu'il aimait le lui entendre dire. Après un week-end passé à l'auberge avec femme et enfants, les maris téléphonaient à Drenka de leur bureau, en secret, pour lui dire qu'ils avaient absolument besoin de la voir. Le terrassier, le menuisier, l'électricien, le peintre, tous ceux qui venaient travailler à l'auberge s'arrangeaient invariablement pour prendre leur déjeuner près du bureau où elle faisait ses comptes. Partout où elle allait, les hommes percevaient l'impalpable aura de l'invite. Dès que Sabbath eut libéré en elle cette force qui pousse à en vouloir toujours plus – une force dont, avant même l'arrivée de Sabbath, elle ne détestait pas totalement les effets –, les hommes commencèrent à comprendre que cette femme entre deux âges, plutôt petite, d'allure banale, enfermée dans sa courtoisie et ses sourires, était animée d'une sensualité très comparable à la leur. À l'intérieur de cette femme il y avait un être qui pensait comme un homme. Et cet homme, c'était Sabbath. Comme elle le disait, elle était son acolytière.

Comment pouvait-il, en toute conscience, dire non aux cinq cents dollars ? « Non » ne faisait pas partie de leurs accords. Pour être ce qu'elle avait appris à vouloir être (pour être ce qu'il avait besoin qu'elle soit), elle avait besoin que Sabbath lui dise oui. Et qu'importe si elle dépensait cet argent à acheter de l'outillage électrique destiné à l'atelier que son fils s'était aménagé dans le sous-sol de sa maison. Matthew était marié, il appartenait à la brigade de police routière cantonnée dans la vallée ; Drenka l'adorait et, depuis qu'il était flic, elle se faisait tout le temps du souci pour lui. Il n'était pas grand et beau, et n'avait pas les cheveux noirs de porc-épic et la fossette au menton d'un père dont il portait le nom dans sa forme anglicisée ; non, c'était plutôt le fils de Drenka : il était de petite taille – à peine un mètre soixante-dix pour soixante-cinq kilos, le plus petit de sa promotion à l'école de police, et aussi le plus jeune – avec, au milieu du visage, une zone floue, un nez qui n'en n'était pas un, la réplique de celui de sa mère. Toute son éducation avait eu pour but d'en faire un jour le propriétaire de l'auberge, et il avait fait le désespoir de son père lorsqu'il avait arrêté l'école hôtelière au bout d'un an pour devenir un de ces policiers tout en muscles, avec les cheveux coupés en brosse, un chapeau à large bord, un insigne et beaucoup de pouvoir, un enfant-flic qui considérait sa première affectation comme le boulot le plus extraordinaire du monde : il s'occupait du radar à la brigade de la circulation et passait son temps à aller et venir sur les autoroutes au volant d'une puissante voiture officielle. On rencontre tant de gens, chaque voiture qu'on arrête est différente des autres, le conducteur est différent, les circonstances sont différentes, la vitesse est différente... Drenka répétait à Sabbath tout ce que Matthew junior lui racontait sur sa vie au sein de la police de la route, depuis son entrée à l'école de police sept ans auparavant, quand les instructeurs leur braillaient dans les oreilles et qu'il avait dit à sa mère : « Je ne me ferai pas avoir », jusqu'au jour du diplôme où, petit comme il l'était, on lui avait décerné une médaille pour ses bonnes performances en athlétisme avant de lui dire, ainsi qu'à tous ceux de ses camarades qui avaient survécu aux vingt-quatre semaines de formation : « Tu n'es pas le bon Dieu, mais tu viens juste après. » Elle détaillait à Sabbath les mérites du pistolet de Matthew, un neuf millimètres à quinze coups, lui expliquait comment il le glissait dans sa botte ou sa ceinture, derrière son dos, quand il n'était pas de service, et elle lui disait combien tout cela l'épouvantait. Elle avait tout le temps peur qu'il ne se fasse tuer, surtout depuis qu'il avait été transféré de la circulation à la caserne et que toutes les trois ou quatre semaines il prenait son service à minuit. Et Matthew commença à aimer les rondes au volant de sa voiture autant qu'il avait aimé le radar. « Dès que tu commences ta ronde, c'est toi le patron, il n'y a plus personne pour te donner d'ordre. Tu montes dans la voiture et t'es tout seul, tu fais ce que tu veux. C'est la liberté, m'man. La vraie liberté. Tant qu'il ne se passe rien, tout ce que t'as à faire c'est de tourner. Tout seul dans ta voiture, tu roules, tu prends toutes les routes, les unes après les autres, jusqu'à ce qu'on t'appelle. » Il avait grandi dans ce que la police désignait sous le nom de secteur nord. Il connaissait bien le coin, les routes, les bois, il connaissait tous les commerces du village et il éprouvait une immense satisfaction à faire des rondes dans le village pour tout vérifier, il se sentait fort, il passait devant les banques, les bars, il observait les gens qui sortaient des bars pour voir s'ils n'étaient pas trop mal en point. Il était aux premières loges, disait-il à sa mère, et c'était le spectacle le plus grandiose qui soit – accidents, effractions, scènes de ménage, suicides. La plupart des gens n'ont jamais vu un suicidé, mais une fille avec laquelle Matthew était allé à l'école s'était fait sauter la tête dans les bois, elle s'était assise sous un chêne et s'était fait sauter la caisse, et c'est Matthew, sorti de l'école de police depuis moins d'un an, qui avait été chargé d'appeler le médecin légiste et de l'attendre. Cette année-là, disait Matthew à sa mère, il était gonflé à bloc, il se croyait invincible, il était persuadé qu'il aurait pu arrêter les balles avec ses dents. Matthew débarque

au milieu d'une scène de ménage, les deux partici-
pants sont ivres, ils s'engueulent, ils se détestent et
ils se tapent dessus, et lui, son fils, il leur parle et il
les calme et, quand il les quitte, tout va bien et il
n'arrête personne pour trouble de l'ordre public.
Mais parfois, ils sont tellement mauvais qu'il les
arrête, il leur passe les menottes à tous les deux, la
femme et l'homme, et il attend l'arrivée d'un collègue, et il les embarque tous les deux avant qu'ils ne
s'entre-tuent. Le jour où un gamin avait sorti un
revolver dans une pizzeria de la route 63, pour faire
le malin au moment de partir, c'était Matthew qui
avait repéré la voiture qu'on avait signalée, et, sans
aucun renfort, sachant que le gosse avait un flingue,
il lui avait dit dans le haut-parleur de sortir de la voiture avec les mains en l'air et avait gardé son pistolet
braqué sur lui... et ces histoires, dont le but était de
montrer à sa mère qu'il était un bon flic qui voulait
faire du bon travail, comme on lui avait appris à le
faire, l'effrayaient tellement qu'elle s'était acheté un
scanner, une petite boîte avec une antenne réglée
sur la fréquence de Matthew, et parfois, quand il
était de service de nuit et qu'elle ne parvenait pas à
s'endormir, elle branchait le scanner et passait la
nuit à l'écouter. Le scanner crachotait chaque fois
qu'on appelait Matthew, ainsi Drenka savait plus ou
moins où il était et où il allait et qu'il était encore
vivant. Dès qu'elle entendait son numéro – 415B –
boum ! elle se réveillait. Mais le père de Matthew se
réveillait aussi – furieux de s'entendre rappeler une
fois de plus que le fils qu'il avait fait travailler tous
les étés dans sa cuisine, l'héritier de l'affaire qu'il
avait réussi à monter à partir de rien, lui qui avait
débarqué dans ce pays sans le moindre argent, était
maintenant devenu expert en karaté et en judo et
qu'aux petites heures du jour il était du côté de

Battle Mountain, en train de suivre une camionnette qui roulait trop lentement pour être honnête. La rancœur entre le père et le fils était devenue telle que Drenka ne pouvait faire part qu'à Sabbath de ses inquiétudes pour la sécurité de Matthew et de sa fierté pour la quantité de travail qu'il abattait chaque semaine au volant de sa voiture : « Tu ne te rends pas compte, lui disait-elle. Il se passe toujours quelque chose – un excès de vitesse, un stop, des feux arrière qui ne fonctionnent pas, toutes sortes d'infractions... » Sabbath ne fut donc pas surpris quand Drenka lui confessa qu'avec les cinq cents dollars qu'il lui avait donnés pour une partie à trois avec Christa et lui, elle avait acheté à Matthew, pour son anniversaire, une scie circulaire portable Makita et un joli jeu de lames à moulurer.

En fait, les choses n'auraient pu mieux se terminer pour l'un comme pour l'autre. Drenka s'était arrangée pour devenir la meilleure amie de son mari. L'ancien marionnettiste de l'Indecent Theater de Manhattan lui rendait plus que supportable la routine conjugale qui avait failli la tuer – maintenant, elle adorait cette routine qui faisait contrepoids à sa hardiesse. Loin d'écumer de rage devant le manque d'imagination de son mari, elle n'avait jamais été aussi satisfaite du flegme de Matija.

Cinq cents dollars, ce n'était pas cher pour le réconfort et la satisfaction que chacun en retirait ; moyennant quoi, malgré ce qu'il lui en coûtait de se défaire de ces billets tout neufs et tout craquants, Sabbath affichait en face de Drenka le même détachement qu'elle lorsque, conformément au cliché de cinéma, elle plia les billets en deux avant de les glisser dans son soutien-gorge, entre ses seins dont les fermes rondeurs n'avaient jamais cessé de le ravir. Il aurait dû en être autrement car, dans leur ensemble, ses muscles perdaient de leur fermeté, mais même à l'endroit où sa peau s'était légèrement fripée, à la naissance de sa gorge, même cela, ce petit losange de chair grand comme la paume de la main où se croisaient de fines hachures, renforçait encore et sa beauté persistante et le tendre attachement qu'il lui portait. Six petites années le séparaient alors de ses soixante-dix ans : s'il saisissait toujours avec la même ferveur ses fesses alourdies sans se soucier des ridicules festons que le temps y avait tatoués, c'était parce qu'il ne pouvait ignorer que la partie serait bientôt terminée.

Ces derniers temps, quand Sabbath tétait les seins ubéreux – ubéreux, à la racine du mot *exubérant*, qui se compose de *ex* et de *uberare*, fructifier, déborder de partout, comme la Junon allongée sur le ventre dans le tableau du Tintoret, avec la Voie lactée qui s'écoule de son sein – quand il les tétait frénétiquement et sans relâche, au point que Drenka rejetait avec extase la tête en arrière et disait d'une voix sourde (peut-être comme jadis Vénus elle-même) : « Je te sens jusqu'au fond du con », il se sentait soudain saisi d'un désir brûlant pour sa pauvre mère défunte. Elle conservait pratiquement dans sa vie la même primauté absolue qu'au cours des dix premières années qu'ils avaient passées ensemble, âge d'or inégalable. Sabbath vénérait pour ainsi dire chez elle ce sens inné du destin, et vénérait – chez une femme aussi solide et aussi active qu'un cheval – l'âme qui se cachait au cœur de toute cette vibrionnante énergie, une âme dont la présence était aussi indiscutable que les gâteaux parfumés qui doraient dans le four à l'heure où il rentrait de l'école. En lui se réveillaient des émotions qu'il n'avait pas ressenties depuis l'âge de huit ou neuf ans, époque où elle prenait le plus grand des plaisirs à materner ses deux garçons. Oui, ça avait bien été le moment le plus fort de son existence, élever Morty et Mickey. Comme l'image qu'il en avait, ce qu'elle *représentait*, grandissait en Sabbath lorsqu'il se souvenait de la rapidité avec laquelle, tous les ans au printemps, elle préparait tout pour la Pâque juive, tout le travail pour emballer la vaisselle de tous les jours, deux services, ramener ensuite du garage les cartons de la vaisselle spéciale en verre, tout laver, tout ranger – en moins d'une journée, entre le moment où il partait à l'école avec Morty dans la matinée et le milieu de l'après-midi où ils en revenaient, elle avait vidé les placards de tout le Hametz*, nettoyé tous les recoins de la cuisine, respectant jusqu'à la dernière toutes les prescriptions religieuses relatives à cette fête. Difficile de dire, à la manière dont elle s'acquittait de sa tâche, si elle se soumettait à une obligation ou si, au contraire, c'était ce genre d'obligation qui la faisait vivre. Petite, avec un grand nez, elle ne cessait de sautiller sur place avant de se précipiter d'un côté ou de l'autre, comme un oiseau dans un buisson de ronces, sifflotant une suite de notes aussi fluides que le chant du cardinal, une petite musique qu'elle laissait échapper aussi naturellement qu'elle faisait la poussière, repassait, reprisait, cirait et cousait. Plier, ranger les choses auxquelles il fallait trouver une place, les choses qu'elle mettait en piles, les choses qu'elle emballait, les choses qu'elle triait, les choses qu'elle ouvrait, les choses qu'elle séparait, les choses qu'elle mettait en ballots – ni ses doigts agiles ni son sifflotement ne s'arrêtèrent jamais, pendant tout le temps que dura son enfance. C'était ça la mesure de son contentement, vivre submergée par

* En fin d'ouvrage, un glossaire donne le sens des mots d'hébreu ou de yiddish qui apparaissent dans le texte *(N.d.T.)*.

tout ce qu'il fallait faire pour tenir les comptes de son mari, cohabiter en paix avec sa belle-mère vieillissante, répondre aux besoins quotidiens des deux garçons et faire en sorte que, même aux pires moments de la crise de 29, et même si le commerce des œufs et du beurre ne rapportait que très peu d'argent, le budget dont elle disposait ne les empêche pas de grandir dans la joie et que, par exemple, tout ce qui passait de Morty à Mickey, c'est-à-dire à peu près tous les vêtements de Mickey, soit impeccablement rapiécé, fraîchement repassé et d'une propreté immaculée. Son mari racontait fièrement à ses clients que sa femme avait des yeux derrière la tête et quatre mains.

Et puis Morty était parti pour la guerre et tout avait changé. Ils avaient toujours tout fait en famille. Ils n'avaient jamais été séparés. Ils n'avaient jamais été pauvres au point de louer leur maison pendant l'été pour – comme le faisaient la moitié de leurs voisins qui habitaient eux aussi tout près de la plage – s'installer derrière, dans un petit appartement merdique au-dessus du garage, mais ils étaient quand même pauvres pour des Américains, et aucun d'eux n'était jamais allé nulle part. Mais là, Morty était parti et, pour la première fois de sa vie, Mickey dormait seul dans leur chambre. Une fois, ils étaient allés voir Morty pendant qu'il faisait ses classes à Oswego, dans l'État de New York. Il avait ensuite passé six mois en formation à Atlantic City et, le dimanche, ils allaient le voir en voiture. Et quand on l'envoya à l'école de pilotage en Caroline du Nord, ils firent le voyage en voiture, son père dut laisser le camion à un voisin qu'il paya pour faire les tournées pendant cette absence de quelques jours. Morty avait des problèmes de peau et n'était pas particulièrement beau garçon, il n'était pas très fort en classe – moyen partout sauf en travaux manuels et en gym –, il n'avait jamais eu beaucoup de succès auprès des filles et, pourtant, tous savaient qu'avec sa force physique et sa force de caractère il n'aurait pas de problèmes, quelles que soient les difficultés qu'il rencontrerait. Il jouait de la clarinette dans l'orchestre qui animait les bals du lycée. Il était très rapide à la course. Excellent nageur. Il aidait son père à la boutique. Il aidait sa mère à la maison. Il était très habile de ses mains, mais ils l'étaient tous : la délicatesse de son père, un homme très impressionnant lorsqu'il mirait les œufs, la méticulosité et la dextérité de sa mère quand elle mettait de l'ordre – la finesse de ses doigts d'artiste que Mickey avait héritée des Sabbath et qu'il exhiberait un jour à la face du monde. Toute leur liberté était dans leurs mains. Morty s'y connaissait en plomberie et en appareils ménagers, il savait tout réparer. Pour que ça marche, disait sa mère, laissez faire Morty. Et elle n'exagérait pas en disant que c'était le grand frère le plus gentil du monde. Plutôt que d'attendre sa mobilisation, il s'était engagé dans l'armée de l'air à dix-huit ans, un gosse qui sortait à peine du collège d'Asbury. Engagé à dix-huit ans et mort à vingt. Abattu au-dessus des Philippines le 12 décembre 1944.

Pendant près d'un an, la mère de Sabbath refusa de quitter son lit. Elle en était incapable. On ne disait plus jamais d'elle qu'elle avait des yeux derrière la tête. Parfois, elle se conduisait de telle manière qu'on se demandait si elle en avait devant, et, pour autant que son fils survivant pouvait s'en souvenir alors qu'il soufflait et haletait comme un phoque au-dessus de Drenka, on ne l'entendit plus jamais siffloter son air favori. Maintenant, la petite maison du bord de mer était silencieuse quand, au retour de l'école, il en remontait l'allée sablonneuse, et il aurait été incapable de dire si elle était à l'intérieur de la maison avant d'y avoir pénétré. Plus de gâteau au miel, plus de pain aux noix et aux dattes, plus de biscuits, plus jamais rien dans le four quand il rentrait de l'école. Quand le temps se mettait au beau, elle s'asseyait sur le banc de la promenade en planches, au-dessus de la plage que, dans le temps, elle traversait en courant avec les garçons pour aller chercher des limandes directement au bateau, à moitié prix de ce qu'elles valaient chez le poissonnier. Après la guerre, quand tout le monde fut rentré, elle y allait pour parler à Mort. Avec le temps, elle se mit à lui parler de plus en plus souvent, et dans la maison de retraite où Sabbath avait dû la placer à quatre-vingt-dix ans, elle ne parlait plus qu'à Morty. Pendant les deux dernières années de sa vie, elle n'eut jamais aucune idée de qui était Sabbath quand il se présentait devant elle après avoir fait quatre heures et demie de route pour lui rendre visite. Elle avait cessé de reconnaître le fils vivant. Mais cela avait commencé longtemps auparavant, dès 1944.

Et voilà que maintenant Sabbath *lui* parlait. Et ça, il ne s'y était pas attendu. À son père, qui n'avait jamais abandonné Mickey quelle qu'ait pu être la profondeur de sa blessure à la mort de Morty, qui avait soutenu Mickey sans se poser de questions même lorsqu'il ne comprenait rien à la vie de ce fils qui avait pris la mer immédiatement après avoir terminé ses études secondaires et qui s'était mis à donner des spectacles de marionnettes dans les rues de New York, à son père défunt, homme simple et sans éducation qui, à l'inverse de sa femme, était né de l'autre côté de l'océan et avait effectué la traversée tout seul, à l'âge de treize ans, pour venir en Amérique, qui avait, en sept ans, gagné assez d'argent pour faire venir ses parents et ses deux jeunes frères, Sabbath n'avait jamais dit un mot depuis que le marchand d'œufs et de beurre à la retraite était mort dans son sommeil, à l'âge de quatre-vingt-un ans, quatorze ans plus tôt. Jamais il n'avait senti l'ombre de la présence de son père planer au-dessus de lui. Et pas seulement parce que son père était le moins bavard de la famille, mais aussi parce que Sabbath n'avait jamais reçu aucune preuve susceptible de le persuader que les morts étaient autrement que morts. Parler avec eux était apparemment la plus acceptable de toutes les conduites irrationnelles de l'homme, mais Sabbath n'arrivait quand même pas à s'y faire. Sabbath était réaliste, d'un réalisme féroce, si bien qu'à soixante-quatre ans il avait pratiquement abandonné tout espoir d'entrer en contact avec les vivants, sans parler de régler ses problèmes avec les morts.

C'était pourtant exactement ce qu'il faisait quotidiennement. Sa mère se manifestait chaque jour et il lui parlait et elle se faisait entendre. Où se situe exactement ta présence, m'man ? Est-ce que tu es là, et uniquement là, ou bien est-ce que tu es partout ? Est-ce que tu te ressemblerais si j'avais la possibilité de te voir ? L'image que j'ai de toi ne cesse de changer. Est-ce que tu ne sais que ce que tu savais lorsque tu étais vivante ou bien sais-tu maintenant tout, ou alors est-ce que « savoir » n'est plus ce qui te préoccupe ? Qu'en est-il ? Es-tu toujours aussi malheureuse et aussi triste ? Ça, ce serait la meilleure nouvelle – que tu te sois remise à siffloter parce que Morty est avec toi. Il est là ? Et papa ? Et si vous y êtes tous les trois, pourquoi pas Dieu alors ? Ou bien est-ce que la vie désincarnée est comme tout le reste, elle relève de l'ordre des choses, et on n'a pas plus besoin de bon Dieu là-bas qu'ici ? Ou alors, est-ce que tu ne te poses pas plus de questions sur la mort que tu ne t'en posais sur la vie ? Être morte, tu fais ça de la même manière que tu t'occupais de la maison ?

Bizarre, incompréhensible, ridicule, le contact n'en était pas moins réel : quelle que soit la façon dont il se l'expliquait, il ne parvenait pas à éloigner sa mère. Il savait qu'elle était là, tout comme il savait qu'il était à l'ombre ou au soleil. La perception qu'il en avait était trop naturelle pour s'évaporer devant ses moqueries et sa résistance. Elle ne se contentait pas d'apparaître quand il était désespéré, cela ne se produisait pas en pleine nuit, quand il se réveillait avec le besoin d'un substitut à tout ce qui disparaissait – sa mère était dans les bois, là-haut, à la Grotte, avec lui et Drenka, flottant au-dessus de leurs corps à demi dénudés comme l'hélicoptère de l'autre jour. Peut-être que l'hélicoptère *était* sa mère. Sa mère défunte était avec lui, l'observait, le cernait de toutes parts. On avait lâché sa mère sur lui. Elle était revenue pour le conduire à sa mort.

*

Tu en baises une autre et tout est fini entre nous. Il lui demanda pourquoi.

« Parce que je te le demande.

– Ça ne suffit pas.

– Ça ne suffit pas ? dit Drenka en pleurnichant. Ça suffirait si tu m'aimais.

– C'est ça, l'amour est un esclavage ?

– Tu es l'homme de ma vie ! Pas Matija – toi ! Ou je suis ta femme, ta *seule* femme, ou c'est la fin, *il le faut !* »

On était au mois de mai, à une semaine de Memorial Day, l'après-midi était lumineux et là-haut, dans les bois, le vent soufflait tellement fort qu'il arrachait aux grands arbres des jeunes branches pleines de feuilles, et les douces senteurs de tout ce qui était en fleur ou en bouton, de toute cette végétation qui poussait lui rappelaient le salon de coiffure de Sciarappa à Bradley, où Morty l'emmenait se faire couper les cheveux quand il était petit, et où ils apportaient leurs vêtements à la femme de Sciarappa qui les raccommodait. Les choses n'étaient plus uniquement ce qu'elles étaient ; chaque chose lui faisait penser à quelque chose qui avait disparu depuis longtemps ou lui rappelait que tout fichait le camp. Il s'adressa mentalement à sa mère. « Sentir les odeurs, ça tu peux ? Est-ce que tu te rends compte qu'on est dans la nature ? Est-ce qu'être mort c'est pire que d'approcher de la mort ? Ou est-ce que c'est Mme Balich qui représente l'horreur ? Ou bien est-ce que de toute façon tu te moques de ce genre de futilités ? »

Soit il était assis sur les genoux de sa mère qui était morte, soit elle était assise sur les siens. Elle était peut-être en train de s'insinuer en lui par le nez, en même temps que les odeurs de la montagne en fleurs, le pénétrant sous forme d'oxygène. Elle l'entourait de toutes parts, elle était en lui.

« Et à quel moment exactement as-tu pris cette décision ? Que s'est-il passé ? Qu'est-ce qui t'a décidé ? Tu n'es plus toi-même, Drenka.

– Oh si. *C'est comme ça que je suis.* Dis-moi que tu me seras fidèle. S'il te plaît, réponds oui !

– Dis-moi d'abord pourquoi.

– Je *souffre.* »

C'était vrai. Il l'avait déjà vue souffrir et ça ressemblait exactement à cela. La zone floue s'élargissait à partir du milieu de son visage, un peu comme une brosse qui efface un tableau noir et qui laisse dans son sillage une large bande maintenant vide de sens. Ce n'était plus un visage que l'on voyait mais une grosse boule de stupéfaction. Chaque fois que l'opposition entre son mari et son fils se transformait en dispute et en cris, elle avait cette tête-là quand elle courait retrouver Sabbath, invariablement, anesthésiée par la peur, incohérente, son aspect léger et malicieux envolé devant leur incroyable propension à céder à la rage et à la rhétorique la plus vile. Sabbath l'assurait – sans conviction aucune – qu'ils ne s'entre-tueraient pas. Mais plus d'une fois il s'était lui-même demandé avec un frisson d'horreur ce qui pouvait bien se tramer sous ce couvercle de jovialité et d'éternelles bonnes manières qui rendait les mâles de la famille Balich aussi profondément ennuyeux. Pourquoi le fils *était-il* devenu flic ? Pourquoi tenait-il tant à risquer sa vie en courant derrière des criminels avec un revolver, une paire de menottes et une méchante petite matraque quand il aurait pu amasser une fortune convenable en passant son temps à faire plaisir aux joyeux clients de l'auberge ? Et, au bout de sept ans, pourquoi ce père plutôt aimable ne parvenait-il pas à lui pardonner ? Pourquoi finissait-il toujours par accuser son fils de lui avoir brisé la vie chaque fois qu'ils se voyaient ? Il est vrai qu'aucun des deux ne laissait rien paraître de ce qu'il était réellement, et, comme tout le monde, ils n'étaient pas exempts d'une certaine ambivalence, il est vrai qu'ils n'étaient ni l'un ni l'autre des êtres totalement rationnels, qu'ils manquaient d'esprit et qu'ils n'avaient aucun sens de l'ironie – finalement, ils étaient quoi au fond ces deux Matthew ? En privé, Sabbath admettait que Drenka avait de bonnes raisons d'être aussi inquiète de l'incroyable vigueur avec laquelle ils s'opposaient l'un à l'autre (d'autant plus que l'un des deux était armé), mais comme il ne leur était jamais arrivé de la choisir pour cible, il lui conseilla de ne pas prendre parti ni d'essayer de les réconcilier – avec le temps, les choses se calmeraient forcément, et cetera, et cetera. Effectivement, quand la terreur qu'elle éprouvait desserra son étau et que la vivacité qui la caractérisait reprit possession de son visage, Drenka lui déclara qu'elle l'aimait, qu'elle ne pouvait absolument pas vivre sans lui, et que, lui dit-elle avec concision : « Sans toi, je serais incapable d'assumer toutes mes responsabilités. » Sans ce qu'ils faisaient ensemble elle ne serait pas ce qu'elle était ! Tout en lui léchant les seins, des seins lourds dont la réalité de seins lui paraissait au moins aussi exotique et désirable qu'à l'époque de ses quatorze ans, Sabbath lui avoua qu'il éprouvait les mêmes sentiments à son égard, il lui dit cela en la regardant par en dessous avec un de ses sourires qui ne permettait pas de savoir précisément de qui ou de quoi il avait décidé de se moquer – il le confessa effectivement sur un ton qui n'avait rien de son ardeur déclamatoire à elle, le lui dit presque d'une manière qui se voulait détachée afin de lui faire croire qu'il le disait pour la forme, et pourtant, une fois débarrassé de tous les pièges dérisoires qu'il recelait, il se trouvait que son « Moi aussi » était vrai. Sabbath ne pouvait imaginer vivre sans la femme de l'aubergiste aux mœurs légères, tout comme elle ne pouvait se passer de ce marionnettiste sans remords. Personne avec qui conspirer, personne sur cette terre avec qui il pouvait donner libre cours à son besoin le plus vital !

« Et toi ? demanda-t-il. Est-ce que tu me seras fidèle ? C'est ça que tu veux ?

– Je n'ai *envie* de personne d'autre.

– Depuis quand ? Drenka, je vois bien que tu

souffres, je ne veux pas te voir souffrir, mais je ne peux pas prendre ta demande au sérieux. Comment peux-tu justifier ton désir de m'imposer des restrictions que tu ne t'es jamais imposées à toi-même ? Tu exiges de moi une fidélité dont tu ne t'es jamais souciée de faire profiter ton propre mari et que, si j'accédais à ta requête, tu continuerais à lui refuser à cause de *moi*. Tu es pour la monogamie à l'extérieur du mariage et la polygamie à l'intérieur. Tu as peut-être raison, c'est peut-être la seule façon de faire. Mais, pour cela, il va falloir te trouver un vieillard qui ait un peu plus de rigueur morale que moi. » Bien construit. Dans les règles. Parfait dans ses excès de précision.

« Donc c'est non.

– Est-ce que ça pourrait être oui ?

– Alors, tu vas te débarrasser de moi maintenant ? Du jour au lendemain ? Au bout de treize ans ?

– Je ne sais plus où j'en suis avec toi. Je n'arrive pas à te suivre. Qu'est-ce qui se passe exactement ici, en ce moment ? Ce n'est pas moi, c'est toi qui m'as sorti ce putain d'ultimatum de je ne sais où. C'est toi qui m'as sorti ce ou/ou. C'est toi qui te débarrasses de *moi* du jour au lendemain... à moins, bien sûr, que je ne consente à devenir du jour au lendemain une créature sexuelle d'un genre que je ne suis pas et que je n'ai jamais été. Essaie de me suivre, s'il te plaît. Il me faut devenir une créature sexuelle d'un genre dont tu n'as toi-même jamais rêvé. Afin de préserver ce que nous avons remarquablement réussi à entretenir en nous employant ensemble et de manière franche et directe à satisfaire nos désirs sexuels – tu me suis ? –, il faudrait que j'aille à l'encontre de *mes* désirs sexuels puisqu'il est indiscutable que, comme toi – je veux dire toi jusqu'à aujourd'hui –, rien dans ma nature, mon inclination, ma pratique ou mes croyances ne me désigne comme un être monogame. Point à la ligne. Tu veux m'imposer une conduite qui va à l'encontre de ce que je suis, ou qui fera de moi un être malhonnête. Qui plus est, je trouve choquant de constater que la franchise qui nous a toujours animés et qui a été pour chacun de nous deux une source de plaisir, que cette franchise qui offre un contraste rafraîchissant avec l'habituelle tromperie sur laquelle repose la vie de millions de couples mariés, y compris le tien et le mien, te convient maintenant moins que le réconfort apporté par les mensonges convenus et le puritanisme répressif. S'il s'agit d'un défi que l'on se lance à soi-même, je n'ai rien contre le puritanisme répressif, mais ici, il s'agit de titoïsme, Drenka, et de *titoïsme inhumain*, quand, au nom du bon droit, il est question d'imposer ses propres règles à d'autres en faisant disparaître le côté satanique de la sexualité.

– On croirait vraiment ce crétin de Tito quand tu me sermonnes comme ça ! Arrête, s'il te plaît ! »

Ils n'avaient pas déployé la bâche ni enlevé un seul de leurs vêtements ; ils étaient encore en jean et en sweat-shirt, et Sabbath, la tête coiffée de son bonnet de marin, était assis par terre, le dos contre un rocher. Pendant ce temps, Drenka tournait à grands pas à l'intérieur du cercle délimité par les rochers éléphantesques, elle se passait anxieusement les mains dans les cheveux ou les tendait pour effleurer du bout des doigts la surface froide mais familière des murs grossiers de leur cachette – et lui rappelait inévitablement Nikki dans le dernier acte de *La Cerisaie*. Nikki, sa première femme, une Américaine d'origine grecque, une jeune femme fragile et tendue dont il avait pris pour de la profondeur la manie de voir partout des situations de crise et qu'il avait très tchekhoviennement surnommée « Une-crise-par-jour », jusqu'au jour où la crise permanente que sa vie était devenue avait tout simplement fini par l'emporter.

La Cerisaie était la première pièce qu'il avait mise en scène en revenant à New York, après avoir passé deux ans à Rome dans une école de marionnettistes qu'il avait pu s'offrir grâce à une bourse du gouvernement. Nikki avait joué le personnage de Mme Ranievskaïa en garçonne des années vingt ruinée ; pour quelqu'un d'aussi absurdement jeune dans un rôle comme celui-là, elle arrivait à maintenir un délicat équilibre entre la satire et le pathos. Dans le dernier acte, quand tout est emballé et que la famille en pleine détresse se prépare à quitter la maison ancestrale sans espoir de retour, Sabbath avait demandé à Nikki de faire en silence le tour de la pièce vide en effleurant les murs du bout de ses doigts. Pas de larmes, s'il te plaît. Tu fais simplement le tour de la pièce en touchant les murs nus et tu sors – ça ira. Et chaque fois qu'on lui demandait quelque chose, Nikki le faisait magnifiquement... et ce n'était jamais pour lui tout à fait satisfaisant car quoi qu'elle jouât, même quand elle le jouait très bien, elle était quand même Nikki. C'était ce « aussi » propre aux acteurs qui avait fini par le faire revenir aux marionnettes, qui n'avaient jamais besoin de faire semblant, qui ne jouaient jamais. Certes, c'était lui qui les faisait bouger et lui qui donnait une voix à chacune, mais pour Sabbath, cela n'avait jamais remis en cause leur réalité, alors que Nikki, tellement fraîche et tellement ardente et tellement pleine de talent, ne lui avait jamais paru convaincante parce qu'elle était un être humain. Avec les marionnettes, on n'avait jamais besoin de séparer l'acteur du rôle. Il n'y avait rien de faux ou

41

d'artificiel avec les marionnettes, elles n'étaient pas non plus des « métaphores » qui remplaçaient les êtres humains. Elles étaient ce qu'elles étaient, et personne n'avait de souci à se faire, les marionnettes ne disparaissaient pas de la surface de la terre, comme Nikki.

« Pourquoi est-ce que tu te moques de moi ? demanda Drenka en pleurant. *Bien sûr* que tu es plus malin que moi, tu es plus malin que tout le monde, tu *sais parler*, quand tu parles, tu embrouillerais n'importe...

– Mais oui, mais oui, répondit-il. Un manque de sérieux éblouissant, voilà ce que ressentait le type qui faisait le malin quand ce qu'il disait était, au contraire, du plus grand sérieux. Et quand c'était Morris Sabbath qui causait, il fallait se méfier de ses rationalisations détaillées, scrupuleuses et bavardes. En fait, il n'était même pas toujours certain que les absurdités qu'il débitait étaient si absurdes que ça. Non, il n'y avait rien de simple à se montrer suffisamment déroutant pour...

– Arrête ! Arrête, je t'en prie, avec ton numéro de cinglé !

– Uniquement si tu cesses de te comporter comme une idiote ! Pourquoi est-ce que tu deviens tout à coup aussi bête dès qu'il s'agit de ça ? Qu'est-ce que je suis censé faire exactement, Drenka ? Tu veux un serment ? Tu veux que je jure ? Fais-moi, s'il te plaît, une liste de tout ce que je ne dois pas faire. Pas de pénétration. C'est ça, c'est tout ? Et embrasser ? Et téléphoner ? Et toi, tu jures aussi ? Et comment est-ce que je saurai si tu t'y tiens ? Tu n'as jamais tenu aucune de tes promesses jusqu'ici. »

Et juste au moment où Silvija revient, se disait Sabbath. Est-ce que c'est ça qui a tout déclenché, la peur de ce qu'elle pourrait être amenée à faire pour Sabbath au milieu de toute cette excitation ? L'été dernier, alors qu'elle travaillait comme serveuse dans la salle de restaurant de l'auberge, Silvija, la nièce de Matija, avait été logée dans la maison des Balich. Silvija était une jeune fille de dix-huit ans ; elle était étudiante à l'université de Split et elle était venue passer ses vacances en Amérique afin de faire des progrès en anglais. Au bout de vingt-quatre heures, Drenka avait surmonté ses dernières réticences et avait apporté à Sabbath, parfois dans sa poche, parfois cachés dans son sac, les dessous souillés de Silvija. Elle les portait devant lui et faisait semblant d'être Silvija. Elle les lui promenait le long de sa grande barbe blanche et les pressait contre ses lèvres entrouvertes. Elle entortillait les bretelles et les bonnets autour de son sexe en érection, le caressait en s'entourant la main de l'étoffe soyeuse des tout petits soutiens-gorge de Silvija. Elle lui enfilait les slips minuscules de Silvija sur les pieds et les remontait aussi haut que possible sur ses cuisses épaisses. « Dis-le moi, lui disait-il, dis-le, tout », et elle le faisait. « D'accord, tu as ma permission, espèce de cochon, d'accord, disait-elle, tu peux te la faire, je te l'offre, tu peux te la faire avec sa jolie petite chatte toute serrée, espèce de sale cochon... » Silvija était une petite chose toute fine, à la peau toute blanche, avec des petites boucles rousses et des lunettes de métal rondes qui lui donnaient l'allure d'une enfant studieuse. « Les photos, avait demandé Sabbath à Drenka. Trouve les photos. Il doit y avoir des photos, tout le monde en prend. » Non, pas question. Pas la timide petite Silvija. C'est impossible, avait dit Drenka, mais le lendemain, en fouillant dans la commode de Silvija, Drenka avait trouvé sous ses chemises de nuit en coton une série de Polaroïd que Silvija avait apportés de Split afin de ne pas céder au mal du pays. La plupart étaient des photos de son père et de sa mère, de sa sœur aînée, de son petit ami, ou de son chien, mais il y avait aussi une photo de Silvija avec une autre jeune fille, toutes deux uniquement vêtues de collants et posant de côté dans l'encadrement d'une porte entre deux pièces d'un appartement. L'autre fille était bien plus forte que Silvija ; elle était grande, robuste, massive, avec des gros seins et une tête en forme de potiron, et elle tenait Silvija serrée dans ses bras, par-derrière, alors que Silvija était penchée en avant, ses minuscules fesses encastrées dans le bas-ventre de l'autre. Silvija avait la tête rejetée en arrière et la bouche grande ouverte pour feindre l'extase, ou peut-être riait-elle de bon cœur de toutes ces bêtises. Au dos de la photo, en haut, sur les deux centimètres où elle avait inscrit pour chacun des clichés le nom des personnes qui y figuraient, Silvija avait écrit en serbo-croate : « Nera odpozadi » – Nera par-derrière. Le « odpozadi » n'était pas moins excitant que l'image et, alors que Drenka improvisait pour lui de nouvelles caresses avec le petit bout d'étoffe qui servait de soutien-gorge à Silvija, il ne cessa de regarder la photo, la tournant et la retournant entre ses doigts. Un lundi, alors que l'auberge était fermée et que Matija avait emmené Silvija passer la journée à visiter le vieux Boston, Drenka se serra dans le dirndl de Silvija, le costume folklorique avec sa grande jupe noire et son corsage de dentelle très ajusté que la jeune fille, comme toutes les autres employées, revêtait pour faire le service à l'auberge Balich puis, dans la chambre d'amis que Silvija occupait pendant tout l'été, elle s'allongea, tout habillée, en travers du lit. Et là, elle se laissa « séduire », « Silvija » implorant M. Sabbath de lui promettre de ne jamais dire à sa tante et à son oncle ce qu'elle avait accepté de faire pour de l'argent. « Je n'ai jamais connu d'homme avant vous. Je ne l'ai fait qu'avec mon petit ami et il éjacule trop vite. – Je peux éjaculer en toi, Silvija ? – Oh oui, j'ai toujours voulu qu'un homme m'éjacule dedans. Ne le dites pas à mon oncle et à ma tante, c'est tout ! – Je baise avec ta tante. Je baise avec Drenka. – Ah bon ? Avec ma tante ? Et elle baise mieux que moi ? – Oh non, crois-moi, pas du tout. – Est-ce qu'elle a la chatte bien étroite comme moi ? – Silvija... ta tante vient de passer la porte. Elle nous regarde ! – Mon Dieu... ! – Et en plus, elle veut venir baiser avec nous. – Mon Dieu, ça j'ai jamais essayé... »

Il y eut peu de choses qu'ils ne firent pas cet après-midi-là, et, malgré cela, Sabbath quitta tranquillement la chambre de Silvija plusieurs heures avant le retour de la jeune fille et de son oncle. Ils n'auraient pu y prendre davantage de plaisir – c'est ce que dirent Silvija, Matija, Drenka et Sabbath. Cet été-là, tout le monde était content, y compris la femme de Sabbath, envers laquelle il n'avait pas été aussi bien disposé depuis des années – il lui arrivait même, au cours du petit déjeuner, de ne pas se limiter à faire semblant de lui poser des questions sur sa réunion des AA mais d'écouter aussi ses réponses. Et Matija, qui emmenait, à la faveur de ses congés du lundi, Silvija dans le Vermont, le New Hampshire, et même une fois tout au bout de Cape Cod, semblait avoir redécouvert, à jouer les oncles auprès de la fille de son frère, quelque chose qui ressemblait à la satisfaction qu'il avait éprouvée à faire, un peu trop bien même, de son fils un véritable Américain. L'été fut idyllique pour tout le monde, et quand elle repartit chez elle au début du mois de septembre, juste après le week-end de la fête du Travail, Silvija parlait un anglais charmant mais pas du tout idiomatique et emportait dans ses bagages une lettre de Drenka destinée à ses parents – *pas* celle que le diabolique Sabbath avait écrite en anglais – renouvelant l'invitation à renvoyer la jeune fille travailler au restaurant et habiter chez eux l'été suivant.

À la question de Sabbath – si elle lui jurait elle-même fidélité, serait-elle capable de s'y tenir – Drenka répondit que bien sûr elle en était capable, oui, elle *l'aimait*.

« Tu aimes aussi ton mari. Tu aimes Matija.

– C'est pas la même chose.

– Mais qu'en sera-t-il dans six mois ? Pendant des années tu lui en as voulu, tu l'as détesté. Tu te sentais tellement prisonnière que tu as même pensé à l'empoisonner. Voilà à quel point ça te rendait folle, un seul homme. Et puis tu t'es mise à en aimer un autre et avec le temps tu as découvert que tu pouvais maintenant aimer Matija. Si tu n'étais pas obligée de faire semblant de le désirer, tu ferais une bonne épouse, tu serais heureuse avec lui. C'est parce que je t'ai que je ne suis pas totalement infect avec Roseanna. J'ai de l'admiration pour elle, un vrai petit soldat qui va à ses réunions des AA tous les soirs – ces réunions sont pour elle la même chose que nos rencontres pour nous, une autre vie qui rend supportable la vie à la maison. Et maintenant tu veux que tout change, pas seulement pour nous mais pour Roseanna et pour Matija aussi. Mais pourquoi tu veux que ça change, ça tu refuses de me le dire.

– Parce que, au bout de treize ans, je veux t'entendre dire : "Drenka, je t'aime et je ne veux que toi." Le moment est venu de me le *dire* !

– Pourquoi le moment est-il venu ? Est-ce qu'il y a quelque chose que je n'ai pas compris ? »

Elle pleurait à nouveau quand elle répondit : « J'ai parfois l'impression que tu ne comprends jamais rien.

– Ce n'est pas vrai. Non. Je ne suis pas d'accord. Je n'ai pas du tout l'impression de mal comprendre. Je n'ai pas manqué de voir que tu avais peur de quitter Matija, même quand ça n'allait plus du tout, parce que si tu partais, tu restais le bec dans l'eau, tu perdais ta part de l'auberge. Tu avais peur de quitter Matija parce qu'il parle la même langue que toi et qu'il constitue un lien avec ton passé. Tu as eu peur de le quitter parce que, sans l'ombre d'un doute, c'est quelqu'un de gentil, de fort et de responsable. Mais surtout, Matija c'est de l'argent. Malgré tout cet amour que tu as pour moi, tu n'as jamais laissé entendre que nous pourrions quitter nos conjoints respectifs et partir, pour la simple raison que je n'ai pas un rond et qu'il est riche. Tu ne veux pas être la femme d'un pauvre, même si cela ne te gêne pas d'être la petite amie d'un pauvre, surtout qu'en plus, et avec les encouragements du pauvre, tu peux baiser avec qui tu veux. »

Cela fit sourire Drenka – au plus profond de son désespoir, ce petit sourire malin que peu de gens à part Sabbath avaient eu l'occasion d'admirer. « Oui ? Et si je t'avais annoncé que je quittais Matija, tu serais parti avec moi ? Bête comme je suis ? Hein ? Avec mon accent épouvantable ? Sans toute cette vie qui me retient ? Bien sûr que c'est toi qui me rends possible la vie avec Matija – mais c'est grâce à Matija que c'est possible avec *toi*.

– Alors tu restes avec Matija pour me rendre heureux.

– Autant que pour le reste – oui !

– Et c'est comme ça que tu expliques les autres aussi.

– Mais oui !

– Et Christa ?

– Bien sûr que c'était pour toi. Tu le sais que c'était pour toi. Pour te faire plaisir, pour t'exciter, pour te donner ce que tu voulais, pour te donner la femme que tu n'as jamais eue ! Je t'aime, Mickey. Ça me plaît de faire des cochonneries pour toi, de faire n'importe quoi pour toi. Je te donnerai tout ce que tu veux, mais je ne peux plus supporter que tu ailles en baiser d'autres. Ça me fait trop mal. La douleur est vraiment trop grande ! »

En fait, depuis l'épisode Christa plusieurs années auparavant, Sabbath ne s'était pas conduit comme le libertin aventureux que Drenka disait ne plus pouvoir supporter et, en conséquence, il était déjà ce monogame qu'elle désirait tant, même si elle ne le savait pas. Aux autres femmes Sabbath ne paraissait plus du tout attirant à présent, pas seulement parce qu'il avait une barbe ridicule, qu'il entretenait obstinément son côté singulier et qu'il était manifestement trop gros et trop vieux, mais parce que, quatre ans plus tôt, dans la période qui avait suivi le scandale de Kathy Goolsbee, il s'était employé, plus que jamais, à faire converger sur sa personne l'antipathie de tous, comme s'il s'était véritablement agi de la défense d'un droit. Ce qu'il continuait à raconter à Drenka et ce que Drenka continuait à croire n'étaient que des mensonges, mais il était si facile de la tromper sur ses pouvoirs de séduction qu'il en était étonné, et s'il ne mettait pas fin à ce jeu, ce n'était pas pour entretenir en même temps ses propres illusions, ou pour faire le beau devant elle, mais parce que l'occasion était trop belle, trop irrésistible : la naïve Drenka suppliante et tout excitée : « Que s'est-il passé ? Dis-moi tout. Ne laisse rien de côté », lui disait-elle alors qu'il entrait doucement en elle, dans la même position que celle que Nera avait adoptée sur la photo pour faire semblant de pénétrer Silvija. Drenka se souvenait dans les plus infimes détails des extraordinaires histoires qu'il lui racontait longtemps après qu'il en eut oublié jusqu'aux grandes lignes, mais il vrai qu'il était, lui aussi, fasciné par ce qu'elle lui racontait, la différence étant que ses histoires à elle concernaient des personnes bien réelles. Il savait que ces gens-là existaient vraiment car, après le début de chaque nouvelle liaison, il écoutait sur le deuxième téléphone pendant qu'à côté de lui, sur le lit, le téléphone portable dans une main et son sexe en érection dans l'autre, elle rendait fou le nouvel amant avec des mots qui faisaient mouche à tout coup. Et après cela, satisfait, chacun de ces hommes lui disait exactement la même chose : l'électricien à queue de cheval avec lequel elle prenait des bains quand elle allait chez lui, le psychiatre coincé qu'elle retrouvait un jeudi sur deux dans un motel de l'État voisin, le jeune musicien qui avait joué du piano jazz tout un été à l'auberge, l'inconnu entre deux âges avec un sourire à la JFK qu'elle avait rencontré dans l'ascenseur du Ritz-Carlton et dont elle ignorait encore le nom... ils disaient tous la même chose une fois qu'ils avaient repris leur souffle – et Sabbath les entendait le dire, attendait qu'ils le disent, se réjouissait de les entendre le dire, savait lui aussi qu'il s'agissait là de l'une de ces rares, de ces merveilleuses, de ces indiscutables et entières vérités qui donnent sa valeur à la vie d'un homme – tous finissaient par dire à Drenka : « Il n'y en a pas deux comme toi. »

Et voilà qu'elle lui disait maintenant ne plus vouloir être cette femme dont tous s'accordaient à dire qu'elle n'était pas comme les autres. À cinquante-deux ans, encore assez séduisante pour faire perdre la tête même à des hommes très conventionnels, elle voulait changer, devenir quelqu'un d'autre – mais savait-elle pourquoi ? Le royaume secret des sensations fortes et de la chose cachée, la voilà la poésie de sa vie. Sa rudesse, la voilà la force qui lui permettait de se distinguer des autres, qui donnait à sa vie son caractère distinct. Qu'était-elle sans cela ? Qu'était-*il* sans cela ? Elle était son dernier lien avec un autre monde, elle et son appétit extraordinaire pour tout ce que l'on ne pouvait pas se permettre. En tant que maître dans l'art de se distinguer de l'ordinaire, jamais il n'avait formé d'élève plus douée ; au lieu d'être réunis par contrat, ils étaient liés par l'instinct, et à eux deux ils étaient capables d'érotiser n'importe quoi (sauf leurs conjoints). Chacun des couples qu'ils formaient avec leurs conjoints respectifs avait un besoin criant du contre-couple qui permettait aux amants adultères de régler son compte à leur sentiment de captivité. Était-elle incapable de comprendre que ce qu'elle avait sous les yeux était extraordinaire, une vraie merveille ?

Il la harcelait avec d'autant plus d'obstination que c'était sa vie qui était en jeu.

Elle aussi donnait l'impression qu'elle défendait la sienne, et pas uniquement en paroles, ses traits avaient changé, comme si c'était elle le fantôme, et non la mère de Sabbath. Depuis à peu près six mois, Drenka souffrait de douleurs abdominales et de nausées, et il se demandait maintenant s'il ne s'agissait pas des manifestations de son angoisse à l'approche de ce jour de mai qu'elle avait choisi pour lui lancer son ridicule ultimatum. Jusqu'ici, il avait eu tendance à expliquer les crampes et les épisodes nauséeux par la pression que l'auberge exerçait sur elle. Au bout de vingt-trois années passées à travailler, elle non plus n'était pas surprise de constater que, désormais, les effets du travail pesaient sur sa santé. « Il faut s'y connaître en cuisine, se lamentait-elle. Il faut s'y connaître en droit, il faut s'y connaître en tout. C'est comme ça dans ce métier, Mickey, quand on est constamment au service du public – on est foutu. Et Matija qui est toujours aussi rigide. C'est comme ci, c'est comme ça qu'il faut faire – ce serait plus intelligent de faire comme on peut plutôt que de dire tout le temps non. Si seulement je pouvais me décharger un peu de tout ce qui touche à la comptabilité. Si je pouvais me débarrasser de tout ce qui concerne le personnel. Tous les employés âgés, ils ont dans la vie plein de problèmes. Ceux qui sont mariés, les femmes de chambre, les plongeurs, rien qu'en les regardant on sait qu'il se passe des choses qui n'ont rien à voir avec nous. Ils amènent chez nous ce qui se passe dehors. Et ce n'est jamais à Matija qu'ils vont dire ce qui ne va pas. C'est moi qu'ils viennent voir, parce que je suis plus coulante. Tous les étés, il y va, et il y va, et il y va, et moi je lui dis : "Untel a fait ci ou il a fait ça" et Matija me répond : "Pourquoi est-ce que tu viens toujours me voir avec ces problèmes ? Pourquoi est-ce que tu ne viens pas me voir pour me dire des choses qui font plaisir !" C'est parce que ça me perturbe, tout ce qui se passe. Ces gamins du personnel. Je ne peux plus m'en occuper de ces gosses. Ils ne connaissent rien à rien. Et je finis par faire le service en salle à leur place, comme si c'était moi la gamine. Des plateaux dans tous les coins. Je nettoie. Je range les plateaux. Fille de salle. J'en peux plus, Mickey. Si on avait notre fils avec nous. Mais Matthew trouve que c'est un travail idiot. Et il y a des fois où je pense qu'il a pas tort. On a une assurance d'un million de dollars. Maintenant il faut qu'on prenne un million *de plus*. On nous l'a conseillé. Le ponton qu'on a mis sur la

51

plage, il fait plaisir à tous les clients de l'auberge ?
La compagnie d'assurances nous dit : "Il faut arrêter
avec ça. Quelqu'un va finir par se blesser." Alors,
toutes les bonnes choses qu'on veut faire pour les
Américains, elles te font que des ennuis. Et maintenant – les ordinateurs ! »

Il fallait absolument installer les ordinateurs avant
l'été, un sytème très coûteux avec des terminaux partout. Tout le monde devait apprendre à se servir du
nouveau système, et Drenka devait leur en expliquer
le fonctionnement après avoir elle-même suivi une
formation de deux mois au centre universitaire voisin de Mount Kendall (une formation que Sabbath
avait suivie lui aussi car cela leur permettait de se
retrouver une fois par semaine au Bo-Peep Motel au
pied de Mount Kendall). Pour Drenka, qui avait une
bonne connaissance de la comptabilité, ces cours
d'informatique avaient été un jeu d'enfant, mais ça
n'avait pas été aussi simple quand elle avait dû former ses employés. « Il faut penser comme un ordinateur, disait-elle à Sabbath, et la plupart de mes
employés sont déjà incapables de réfléchir comme
des êtres humains. – Alors pourquoi est-ce que tu y
mets tant d'acharnement ? Tu es tout le temps
malade – tu ne prends plus aucun plaisir à rien. –
Mais si. L'argent. Ça, ça me fait encore plaisir. Et ce
n'est pas moi qui fais le plus dur. C'est à la cuisine
que c'est le plus dur. Même si ce que je fais me
paraît très dur, même si c'est très fatigant nerveusement. L'énergie physique qu'il faut pour la cuisine –
c'est un travail de cheval. Dieu merci, Matija est un
type bien, et ça ne le dérange pas de faire ce travail
de cheval. Oui, ça me plaît de gagner de l'argent. Ça
me plaît que ça marche bien. Cette année, pour la
première fois depuis vingt-trois ans nous n'allons
pas progresser financièrement. Ça aussi ça me rend

malade. On va faire marche en arrière. C'est moi qui fais les comptes, et je vois bien, semaine après semaine, que notre restaurant n'a pas arrêté de décliner depuis Reagan. Dans les années quatre-vingt, les gens de Boston ils venaient. Ça leur faisait rien de dîner à neuf heures et demie le samedi soir, on avait plusieurs services. Les gens de par ici, ils ne veulent pas de ça. Il y en avait de l'argent à l'époque, il y avait pas la concurrence à l'époque... »

Pas étonnant qu'elle ait des crampes... tout ce travail, les soucis, les bénéfices en baisse, les ordinateurs en plus et ses nombreux amants par-dessus le marché. Et moi – tout ce travail avec moi ! Ça, c'est un travail de cheval. « Je ne peux pas tout faire, disait-elle à Sabbath quand la douleur était à son comble. Je ne peux être que ce que je *suis*. » C'est-à-dire, pensait Sabbath, quelqu'un qui pouvait effectivement tout faire.

*

Les fois où, alors qu'il était en train de baiser Drenka là-haut à la Grotte, il sentait sa mère planer juste au-dessus de son épaule, un peu comme un arbitre de base-ball qui se penche bien au-dessus des épaules du joueur accroupi derrière le batteur, il se demandait si, finalement, elle ne s'était pas échappée du con de Drenka juste avant qu'il n'y pénètre, si ce n'était pas là que l'esprit de sa mère reposait, tout recroquevillé sur lui-même, attendant patiemment qu'il fasse son entrée. Sinon, d'où pouvaient bien venir les esprits ? À la différence de Drenka, qui semblait être inexplicablement devenue la proie des tabous, sa mère, cette petite dynamo, était maintenant au-delà de tous les tabous – elle était capable de l'attendre n'importe où, et, où qu'elle soit, il détectait sa présence comme si, d'une certaine manière, il participait lui aussi du surnaturel, comme s'il émettait un rayon d'ondes filiales qui rebondissaient sur la forme invisible de sa mère pour lui indiquer la position exacte qu'elle occupait. C'était ça, ou alors il devenait fou. Que ce soit l'un ou l'autre, il savait qu'elle était à peu près trente centimètres à droite du visage exsangue de Drenka. De là où elle était, elle ne se contentait peut-être pas simplement d'écouter chaque mot qu'il prononçait, peut-être qu'elle avait le même pouvoir qu'un marionnettiste et que c'était elle qui lui *faisait* dire ces mots et lancer ces provocations. C'était peut-être bien elle qui l'entraînait vers ce désastre que constituerait pour lui la perte de son seul réconfort. Tout à coup, le centre d'intérêt de sa mère avait changé, et pour la première fois depuis 1944, le fils vivant lui paraissait plus réel que le fils mort.

Alors maintenant, pensait Sabbath en cherchant une solution à ce dilemme, il faudrait aussi que les libertins se mettent à être fidèles, c'est complètement pervers. Pourquoi ne pas dire à Drenka : « D'accord, ma chérie, je suis d'accord ? »

Épuisée, Drenka s'était laissée tomber sur un gros bloc de granit près du centre de l'enclos, celui sur lequel ils s'asseyaient parfois, quand il faisait beau comme aujourd'hui, pour manger les sandwiches qu'elle avait apportés dans son sac à dos. Un bouquet de fleurs fanées était posé à ses pieds, des fleurs sauvages, les premières du printemps, il y avait une semaine qu'elles étaient là, elle les avait cueillies en traversant les bois pour monter le retrouver. Chaque année, elle lui apprenait le nom des fleurs, dans sa langue à elle puis dans sa langue à lui, et, d'une année sur l'autre, il n'arrivait jamais à s'en souvenir, même pas dans sa langue à lui. Ça faisait près de

trente ans que Sabbath s'était exilé dans ces mon-
tagnes, et il ne connaissait toujours pas le nom des
choses, quasiment rien. Il n'y avait rien de pareil là
où il avait grandi. Toutes ces choses qui poussaient,
ça n'avait rien à voir avec là-bas. Il était né au bord
de la mer. Il y avait le sable et l'océan, l'horizon et le
ciel, le jour et la nuit – la lumière, le noir, la marée,
les étoiles, les bateaux, le soleil, les brumes, les
mouettes. Il y avait les jetées, les quais, les planches,
la mer, son immensité, ses grondements, ses
silences. Ils avaient l'Atlantique là où il avait grandi.
C'était là que commençait l'Amérique, on pouvait en
toucher le bord avec ses orteils. Ils habitaient dans
une maison en stuc, à deux petites rues du bord de
l'Amérique. La maison. La véranda. Les moustiquaires. La glacière. La baignoire. Le linoléum. Le
balai. Le garde-manger. Les fourmis. Le canapé. La
radio. Le garage. La douche à l'extérieur avec le cail-
lebotis en bois que Morty avait fabriqué et son écoulement qui se bouchait tout le temps. En été, le vent
chargé de sel qui soufflait de la mer et la lumière
éblouissante ; en septembre, les ouragans ; en janvier, les orages. Ils avaient janvier, février, mars,
avril, mai, juin, juillet, août, septembre, octobre,
novembre, décembre. Et ensuite janvier. Et encore
janvier, un stock inépuisable de mois de janvier, de
mai, de mars, d'août, de décembre, d'avril – quel que
soit le mois, ils en avaient des tonnes. Rien n'avait de
fin. Il avait grandi entre cet infini et sa mère – au
début c'était la même chose. Sa mère, sa mère, sa
mère, sa mère, sa mère... et puis ensuite, il y avait sa
mère, son père, Grand-mère, Morty, et l'Atlantique
au bout de la rue. L'océan, la plage, les deux premières rues d'Amérique, puis la maison, et dans la
maison une mère qui n'avait jamais cessé de siffloter
jusqu'en décembre 1944.

Si Morty était revenu vivant, si l'infini avait fini naturellement au lieu de finir avec le télégramme, si Morty s'était mis à faire de l'électricité et de la plomberie chez les autres après la guerre, s'il était devenu entrepreneur dans le New Jersey, sur la côte, s'il s'était mis dans le bâtiment au tout début de la ruée sur les terrains dans le comté de Monmouth... Aucune importance. Tu as le choix. Être trahi par ce fantasme de l'infini ou par l'inéluctable réalité de finitude. Non, Sabbath n'aurait pas pu devenir Sabbath, quémander ce qu'il quémandait, prisonnier de ce dont il était prisonnier, disant ce qu'il ne désirait pas s'empêcher de dire.

« Je vais te dire » – sur son ton de bienfaiteur de l'humanité. « J'ai une proposition à te faire. Je suis prêt à faire le sacrifice que tu me demandes. Je renoncerai à toutes les femmes sauf à toi. Je suis prêt à dire : "Drenka, je n'aime que toi et ne veux que toi et je ferai le serment que tu voudras et tu pourras faire la liste de tout ce qu'il m'est interdit de faire." Mais, en échange, il faut que toi aussi tu fasses un sacrifice.

– D'accord ! » Elle se mit debout, tout excitée. « Et comment ! Personne d'autre, jamais ! Rien que toi ! Jusqu'à la fin !

– Non, dit-il en s'approchant les bras tendus vers elle. Non, non, ce n'est pas ça que je veux dire. Ça, d'après ce que tu dis, ce n'est *pas* un sacrifice. Non, j'exige de toi quelque chose qui me permettra de juger de ton degré de stoïcisme et de ta probité comme toi tu pourras le faire avec moi, quelque chose qui te répugne autant qu'il me répugne, à moi, de renoncer au sacrement de l'infidélité. »

Il l'entourait maintenant de ses bras et avait plaqué ses mains sur ses fesses rebondies enfermées dans son jean. *Tu aimes quand je te tourne le dos et* que tu peux voir mon cul. *Tous les hommes aiment ça. Mais il n'y a que toi qui me la mets là, Mickey, il n'y a que toi qui peux me baiser par là !* Faux, mais gentil quand même.

« Moi, je renonce à toutes les autres femmes. Et toi, lui dit-il, tu suces ton mari deux fois par semaine.

– Beurk !

– C'est ça, beurk. Exactement ça, beurk. Tu t'étouffes déjà. "Beurk, je pourrais jamais y arriver !" Est-ce que je peux trouver quelque chose de plus doux ? Non. »

Elle pleurait quand elle se libéra de ses bras pour le supplier : « *Sois sérieux – c'est très sérieux !*

– Je suis tout à fait sérieux. Qu'est ce qu'il y a de si détestable là-dedans ? Ce n'est jamais que l'aspect le plus impitoyable de la monogamie. Dis-toi que c'est quelqu'un d'autre. C'est ce que se disent toutes les femmes vertueuses. Dis-toi que c'est l'électricien. Dis-toi que c'est ton magnat de la carte de crédit. De toute façon, Matija jouit en deux secondes. Tu fais une affaire, tu obtiens ce que tu voulais et tu fais une surprise à ton mari, et ça ne te prend que quatre secondes par semaine. Et pense un peu comme ça va m'exciter, *moi*. La chose la plus intime et la plus secrète que tu aies jamais faite. Sucer ton mari pour faire plaisir à ton amant. Tu veux avoir l'impression que tu es une vraie putain ? Avec ça, ça devrait aller.

– Arrête ! hurla-t-elle en plaquant sa main sur sa bouche pour le faire taire. J'ai un cancer, Mickey ! Arrête ! Les douleurs, c'est à cause du cancer ! Je n'arrive pas à y croire ! *Je n'y crois pas ! Je peux en mourir !* »

À ce moment-là, il se produisit quelque chose de très étrange. Pour la deuxième fois en un an, un hélicoptère survola le bois et revint se placer juste au-dessus d'eux. Cette fois c'était forcément sa mère.

« Mon Dieu », dit Drenka et, l'entourant de ses bras, elle serra si fort que le poids de son étreinte lui fit plier les genoux – ou alors, ils étaient peut-être déjà prêts à céder.

Maman, pensa-t-il, ce n'est pas possible. D'abord Morty, et puis toi, et puis Nikki, et maintenant Drenka. Rien en ce monde ne tient jamais ses promesses.

« Oh, je voulais, oh », pleurait Drenka pendant que l'hélicoptère vrombissait avec énergie au-dessus de leurs têtes, dégageant une force et une puissance telles que leur monstrueuse solitude en devenait plus grande encore, un mur de bruit leur tombait dessus, l'édifice de chair qu'ils formaient s'écroulait. « Je voulais que tu acceptes sans *savoir*, je voulais que tu le fasses *tout seul* », et là, elle poussa ce gémissement qui est la marque du dernier acte des tragédies classiques. « Je peux en mourir ! S'ils n'arrivent pas à le stopper, chéri, dans un an je serai morte ! »

Par chance, en six mois Drenka était morte, emportée par une embolie pulmonaire, sans laisser le temps à ce cancer dévorant, qui s'était propagé depuis les ovaires à toutes les parties de son corps, de la torturer au-delà de ce que sa force et son inflexible volonté lui auraient permis de supporter.

Allongé à côté de Roseanna, incapable de trouver le sommeil, Sabbath fut envahi par une émotion d'une intensité qui le dépassait, qui le rendait autre, une émotion dont il n'avait jusque-là jamais fait directement l'expérience. Il était maintenant jaloux de ces mêmes hommes dont, à l'époque où Drenka était encore vivante, il ne se lassait jamais de l'entendre parler. Il pensait à tous ces hommes qu'elle avait rencontrés dans des ascenseurs, des aéroports, des parkings, des grands magasins, des congrès d'hôteliers, des salons de la restauration, ces hommes avec lesquels il fallait qu'elle baise parce qu'ils lui plaisaient, des hommes avec lesquels elle ne couchait qu'une fois ou avec lesquels elle avait de longues liaisons, des hommes qui, cinq ou six ans après qu'elle eut partagé un lit avec eux pour la dernière fois, lui téléphonaient à son auberge, inopinément, pour chanter ses louanges, lui faire des compliments, lui dire, bien souvent sans lui épargner les descriptions obscènes, qu'elle était la moins inhibée de toutes les femmes qu'ils avaient connues. Il se souvenait qu'elle lui avait expliqué – parce qu'il le lui avait demandé – ce qui, dans la même pièce, la poussait précisément à choisir un homme plutôt qu'un autre, et voilà que maintenant, il avait l'impression d'être dans la position du plus bêtement innocent des maris qui découvre la vérité sur sa femme infidèle – il se sentait aussi bête que ce simplet, ce bienheureux docteur Charles Bovary. Le plaisir diabolique qu'il en avait retiré ! Quel bonheur ! Quand elle était en vie, rien ne lui plaisait ou ne l'excitait plus que de l'écouter raconter, sans omettre aucun détail, ces histoires de sa deuxième vie. De sa *troisième* vie – la deuxième, c'était *lui*. « C'est très physique ce que je ressens. C'est l'aspect extérieur, je dirais presque que c'est quelque chose de chimique. Il y a une énergie, et je la sens. Ça m'excite et je la sens, je ne suis plus qu'un sexe, je la sens dans les tétons. Je la sens en dedans, dans mon corps. Si c'est un type très physique, s'il est costaud, sa manière de marcher, de s'asseoir, d'être ce qu'il est, s'il a du jus. Les types avec des petites lèvres toutes sèches, ils ne m'intéressent pas, ceux qui sentent les vieux bouquins non plus – tu vois ce que je veux dire, ces types qui ont une odeur sèche de crayon. Je regarde souvent leurs mains pour voir si elles sont larges, puissantes, expressives. Et alors je me dis qu'ils doivent avoir une grosse queue. Si c'est vrai ou pas, j'en sais rien, mais je regarde quand même, je compare, je fais des recherches. Une certaine aisance dans la manière de se déplacer. Je ne parle pas d'élégance – c'est plutôt un côté animal sous l'aspect élégant. Tu vois, c'est très intuitif. Et je m'en rends compte tout de suite, et ça a toujours été comme ça. Et je me dis : "D'accord, j'y vais, je vais me le faire." Là, il faut que je lui ouvre la voie. Je le fixe et je lui fais les yeux doux. Je me mets juste à rire, ou je lui montre mes jambes et je lui fais comprendre qu'il n'y a pas de problème. Il y a des fois où je suis vraiment très directe. "Ça ne me

60

déplairait pas d'avoir une aventure avec vous." Ouais, disait-elle, riant de sa propre hardiesse. Je suis capable de dire quelque chose comme ça. Ce type que je me suis fait à Aspen, j'avais senti que je l'intéressais. Mais il avait la cinquantaine et, dans ces cas-là, je me demande s'ils sont encore capables de bander assez dur. Avec les jeunes, on sait que c'est facile. Avec les plus vieux, on ne sait jamais. Mais je me sentais vibrer de partout et j'en avais vraiment envie. Et, tu vois ce que je veux dire, tu rapproches ton bras, ou il rapproche son bras et tu sais tout de suite que tu es partie avec lui dans quelque chose de sexuel et que toutes les autres personnes présentes dans la salle en sont exclues. Je crois bien que, ce type-là, je lui ai dit ouvertement qu'il n'y avait pas de problème, que j'étais intéressée. »

Avec quelle audace elle leur courait après ! Avec quelle ardeur et quelle habileté elle les excitait ! Comme elle était heureuse de les regarder se branler ! Et le plaisir qu'elle prenait ensuite à leur raconter tout ce qu'elle avait appris sur les délices de la chair et ce qu'ils représentent pour les hommes... et quel tourment cela lui causait maintenant. Il ne s'était jamais douté qu'il pourrait se sentir aussi malheureux. « Ce qui me plaisait c'était de voir comment ils faisaient quand ils étaient tout seuls. De pouvoir les observer, de l'extérieur, et de voir comment ils jouaient avec leur queue et comment elle était faite, sa forme, et quand elle se mettait à gonfler, et aussi comment ils la tenaient dans leur main – ça m'excitait. Chacun a sa manière de se branler. Et quand ils se laissent emporter, quand ils acceptent de se laisser emporter, ça c'est très excitant. Et de les voir jouir comme ça. Ce type, Lewis, il avait plus de soixante ans et il ne s'était jamais branlé devant une femme, qu'il m'a dit. Et il mettait sa main un peu comme ça » – elle fit pivoter son poignet de sorte que son petit doigt était en haut de 'son poing fermé et la deuxième phalange de son pouce en bas – « eh bien, tu veux que je te dise, de voir un truc bizarre comme ça, et de voir comment, dès qu'ils commencent à s'échauffer un peu, ils ne peuvent plus s'arrêter, malgré leur timidité, ça c'est très excitant. C'est ça que je préfère – les voir perdre tout contrôle. » Les timides, elle les suçait doucement pendant quelques minutes et ensuite elle leur plaçait les mains sur la queue et elle les aidait à démarrer, jusqu'à ce qu'ils arrivent à se débrouiller tout seuls. Et là, tout en commençant à se masturber d'un doigt léger, elle se renversait en arrière et elle regardait. Après, la première fois qu'elle retrouvait Sabbath, elle lui montrait, sur lui, les particularismes et les « bizarreries » de chacun. Ça l'excitait énormément... et maintenant ça le rendait jaloux, jaloux comme un fou – maintenant qu'elle était morte, il aurait voulu la secouer comme un prunier et lui hurler dessus et lui crier d'arrêter. « Moi, moi seul ! Tu baises avec ton mari quand tu y es obligée, et à part lui, personne d'autre que moi ! »

En fait, il ne voulait pas non plus qu'elle baise avec Matija. Avec lui moins que quiconque. D'ailleurs, les rares fois où elle en avait raconté les détails à Sabbath, ça ne l'avait pas intéressé, il n'y avait trouvé aucun intérêt érotique. Et à présent il ne se passait plus une seule nuit sans que vienne le hanter le souvenir amer de Drenka permettant à son mari de la prendre comme on prend son épouse. « En regardant sous les couvertures, j'ai vu que Matija avait une érection. J'étais sûre qu'il n'en ferait rien si je ne prenais pas l'initiative, alors je me suis vite déshabillée. Ça ne me faisait rien, aucune excitation malgré la grande tendresse que j'avais pour mon mari. En regardant sa bite toute dure, plus petite que la tienne, Mickey, et avec un prépuce, ce qui fait que quand on la décalotte elle est beaucoup plus rouge que la tienne... je pensais à comment on venait de baiser... j'en avais presque mal tellement j'avais envie de ta grosse queue bien raide. Comment est-ce que je pouvais m'abandonner à cet homme qui m'aimait tant ? Quand il m'a pénétrée, quand il s'est couché sur moi, Matija s'est mis à gémir plus fort que jamais. Presque comme s'il pleurait. Comme il ne lui faut pas longtemps pour jouir, ça a été vite fini. J'ai dormi une ou deux heures et quand je me suis réveillée j'avais mal au cœur. Je suis allée vomir et j'ai pris du Mylanta. »

Comment pouvait-il oser ! Quelle *khoutspa* ! Sabbath avait des envies de meurtre. Et pourquoi est-ce que je ne tuerais pas Matija ? Et pourquoi est-ce qu'on ne le tuerait pas *tous les deux* ? Espèce de chien incirconcis ! Le démolir !

... En février dernier, par une journée ensoleillée, radieuse, Sabbath avait rencontré le veuf de Drenka au Stop & Shop, la supérette de Cumberland. Pour la première fois de l'hiver, ça faisait quatre jours qu'il ne neigeait pas et, après s'être coiffé d'un vieux bonnet de marin pour laver le sol de la cuisine puis de la salle de bains et passer l'aspirateur dans le reste de la maison, Sabbath avait pris sa voiture pour aller à Cumberland – aveuglé la plupart du temps par la lumière qui se réfléchissait sur les gigantesques congères qui bordaient la route –, les courses, cela faisait partie des travaux domestiques qu'il assurait chaque semaine. Et il avait rencontré Matija, pratiquement méconnaissable depuis la dernière fois qu'il l'avait vu, muet et le visage fermé, à l'enterrement. Ses cheveux noirs étaient devenus blancs, entièrement blancs en trois mois. Il avait l'air si fragile, si frêle, son visage était émacié – et tout ça en à peine trois mois ! On aurait dit un retraité, encore plus vieux que Sabbath, et il avait à peine plus de cinquante ans. Tous les ans, l'auberge fermait du 1er janvier au 1er avril, et Matija était donc venu acheter le peu de chose dont il avait besoin maintenant qu'il vivait seul dans la grande maison toute neuve des Balich au-dessus du lac et de l'auberge.

Balich était juste derrière lui à la caisse et, bien qu'il l'ait salué d'un signe de tête quand Sabbath avait regardé dans sa direction, il ne paraissait pas l'avoir reconnu.

« Monsieur Balich, je m'appelle Mickey Sabbath.

– Oui ? Enchanté.

– Est-ce que "Mickey Sabbath" vous rappelle quelque chose ?

– Oui, dit gentiment Balich après avoir fait semblant de réfléchir. Je crois que vous avez été un de mes clients. Je vous ai déjà vu à l'auberge.

– Non, répondit Sabbath. J'habite à Madamaska Falls mais nous n'allons pas souvent au restaurant.

– Je vois », répondit Balich. Il continua à lui sourire pendant quelques secondes avant de se replonger, l'air sombre, dans ses pensées.

« Je vais vous dire d'où nous nous connaissons, continua Sabbath.

– Ah bon ?

– Ma femme a été le professeur d'arts plastiques de votre fils au collège. Roseanna Sabbath. Elle était devenue très amie avec votre Matthew.

– Ahhh. » Il lui fit un autre sourire courtois.

Sabbath n'avait jamais remarqué la part de douceur et de politesse que le mari de Drenka avait conservée de son éducation européenne. C'était peut-être les cheveux blancs, ou le chagrin, ou l'accent, mais il avait cet air martial propre aux vieux diplomates des petits pays. Non, Sabbath ne savait rien de tout cela et son air digne le surprit, mais il vrai que l'autre est, en général, un personnage assez flou. Et même quand il s'agit de votre meilleur ami ou du voisin d'en face, quelqu'un qui vous a plus d'une fois aidé à faire démarrer votre voiture quand votre batterie était à plat, il *devient* flou, lui aussi. Il devient *le mari*, on cesse petit à petit de se l'imaginer avec sympathie, à mesure que s'apaise la conscience.

La seule fois où Sabbath avait eu l'occasion d'observer Matija en public remontait au mois d'avril qui avait précédé le scandale de Kathy Goolsbee, le jour où il s'était rendu à l'auberge, un troisième mardi du mois – lui et la trentaine de membres du Rotary Club qui s'y réunissaient pour leur déjeuner mensuel, le troisième mardi de chaque mois –, invité par Gus Kroll, le propriétaire de la station-service, qui ne manquait jamais de répéter à Sabbath les histoires drôles colportées par les routiers qui s'arrêtaient chez lui pour faire le plein et se rafraîchir. Gus avait trouvé en Sabbath un public idéal, car même si les histoires n'étaient pas toutes de premier ordre, le fait que Gus se préoccupait rarement de mettre son dentier avant de commencer à les raconter suffisait au bonheur de Sabbath. L'entêtement et la passion de Gus à répéter ces histoires avaient depuis longtemps conduit le marionnettiste à comprendre que c'étaient elles qui donnaient une cohérence à la vision du monde de Gus et qu'elles seules lui apportaient, sous forme de récits, les explications dont son être spirituel avait besoin pour affronter, jour après jour, son travail à la pompe. Chaque histoire qui sortait de la bouche édentée de Gus rassurait Sabbath, il y trouvait la confirmation que même un type aussi simple que Gus n'était pas débarrassé de ce besoin qui oblige l'homme à trouver un fil conducteur qui puisse lui permettre de relier entre elles toutes les choses qu'on ne voit jamais à la télé.

Sabbath avait demandé à Gus d'être assez gentil pour l'inviter à cette réunion car il voulait écouter Matija Balich discourir devant les membres du Rotary Club sur le thème de « L'aubergiste d'aujourd'hui ». Sabbath savait déjà, à ce moment-là, que Matija travaillait dans l'angoisse à son discours depuis des semaines – Sabbath avait même lu ce discours ou, plutôt, il en avait lu une première version assez courte, le jour où Drenka l'avait apportée pour qu'il y jette un coup d'œil. Elle avait tapé les six feuillets pour son mari en faisant de son mieux pour essayer de repérer les fautes, mais elle voulait que Sabbath revérifie qu'il n'y avait pas d'erreurs, et il avait gentiment accepté de l'aider. « C'est fascinant, dit-il après l'avoir lu deux fois dans sa totalité. – C'est vrai ? – Ça glisse tout seul, comme sur des rails, comme un putain de train. C'est vraiment excellent. Mais il y a deux problèmes. C'est trop court. Il ne fait pas vraiment le tour de la question. Il faut faire trois fois plus long. Et cette expression, ce n'est pas comme ça que ça se dit. On ne dit pas "il faut aller au charbon..." – Non ? – Qui lui a dit qu'on disait "aller au charbon", Drenka ? – C'est cette bourrique de Drenka, répondit-elle. – Aller aux *chardons*, lui dit Sabbath. – Aller aux chardons, répéta-t-elle avant de l'écrire au dos du dernier feuillet. – Écris aussi qu'il n'a pas fait assez long, ajouta Sabbath. Il en faut au moins trois fois plus, ils l'écouteront, lui dit-il. C'est des choses que personne ne sait, tout ça. »

Gus était arrivé par Brick Furnace Road avec sa dépanneuse pour prendre Sabbath, et ils venaient à peine de se mettre en route quand Gus commença à lui raconter des histoires qu'ils savaient taboues pour certains habitants du village que Gus appelait « les piliers d'église ».

« Ça vous plairait une histoire pas très correcte pour les femmes ?

– C'est celles que je préfère, lui répondit Sabbath.

– C'est un type, un routier, chaque fois qu'il s'en va travailler, sa femme se sent un peu seule et elle a froid. Du coup, un jour, en rentrant à la maison, il lui rapporte un putois, un gros putois, bien vivant, avec une fourrure bien épaisse et il lui dit que la prochaine fois qu'il s'en va, elle n'a qu'à se mettre au lit avec le putois et se le caler entre les cuisses avant de s'endormir. Alors sa femme lui fait : "Et l'odeur ?" Et lui il lui répond : "T'en fais pas, il s'habituera. Je me suis bien habitué, moi."

– Si celle-là elle vous plaît, dit Gus en entendant le rire de Sabbath, j'en ai une autre du même genre. » Et c'est ainsi qu'ils arrivèrent à l'auberge sans s'en rendre compte.

Les rotariens étaient déjà rassemblés dans le bar, une salle à la décoration rustique, avec ses poutres apparentes, son plafond bas et une jolie cheminée en carreaux de faïence blancs ; ils se serraient tous dans cette assez petite salle, peut-être à cause du bon feu qui y brûlait en ce jour froid et venteux de printemps, à moins que ce ne soit à cause des plateaux de *ćevapčići* disposés sur le bar, une spécialité yougoslave qui était aussi une des spécialités de l'auberge. « Il faut que je te fasse manger du *ćevapčići* », avait dit Drenka à Sabbath au début de leur liaison, un jour où ils se faisaient des gâteries post-coïtales dans le lit. « Fais-moi manger ce que tu veux. – Trois sortes de viandes, lui dit-elle, il y en a une c'est du bœuf, une c'est du porc, et après c'est de l'agneau. Tout est haché. Et après, il faut des oignons pour ajouter et du poivre. C'est comme une boulette, mais la forme c'est pas la même. Très petite. C'est obligatoire de manger le *ćevapčići* avec l'oignon. Un oignon coupé en petits morceaux. On peut aussi manger des petits piments. Rouges. Très piquants. – Ça n'a pas l'air mauvais du tout, dit Sabbath, repu de plaisir et souriant. – Oui, je vais te faire manger du *ćevapčići* », dit-elle avec adoration. – Et moi je te baiserai jusqu'aux yeux. – Ah, mon petit Américain – ça veut dire que tu vas me baiser sérieusement ? – Très sérieusement. – Ça veut dire beaucoup ? – Oh oui. – Et ça veut dire quoi encore ? Je sais le faire en croate, dire tous les mots sans être timide, mais personne il m'a jamais appris à le faire en américain. Dis-moi ! Apprends-moi ! Dis-moi tout ce que ça veut dire en américain ! – Ça veut dire par tous les bouts. » Et ensuite, avec la même application qu'elle en avait mis à lui expliquer comment on faisait le *ćevapčići*, il se fit un devoir de lui montrer ce que « par tous les bouts » voulait dire.

... Ou s'ils s'entassaient dans la salle de bar c'était peut-être parce que, derrière le comptoir, Drenka était vêtue d'un chemisier de crêpe noir avec un col en V qui rendait pleinement justice à ses rondeurs chaque fois qu'elle se penchait pour mettre des glaçons dans un verre. Sabbath resta en retrait près de la porte pendant environ une demi-heure, il l'observait qui minaudait avec l'ostéopathe, un homme jeune, grand et fort, qui riait bruyamment sans toutefois très bien parvenir à dissimuler ses préférences sexuelles, puis avec l'ancien représentant de l'État au Congrès, qui possédait les trois agences de la Cumberland BanCorp, puis avec Gus, maintenant équipé de ses dents du haut et du bas, portant autour du cou, pour l'occasion, en guise de cravate, un cordonnet par-dessus sa salopette, et qui était justement l'homme avec lequel il aimerait bien la voir baiser pour être sûr qu'elle était aussi extraordinaire qu'il le pensait. Ah, elle était vraiment magnifique – seule femme parmi tous ces hommes, merveilleux stimulus leur servant un merveilleux stimulant, c'était tout simplement un bonheur de vivre sur cette terre.

Quand Sabbath se fraya un chemin à travers la foule pour atteindre le bar et y demander une bière, le visage de Drenka vira instantanément au blanc, trahissant sa surprise de le voir devant elle. « Quelle marque vous ferait plaisir, monsieur Sabbath ? – Vous avez de la Chatte de Yougoslavie ? – Pression ou bouteille ? – Qu'est-ce que vous me conseillez ? – À la pression il y a plus de mousse », dit-elle en lui souriant, maintenant qu'elle avait recouvré ses esprits, d'un sourire qu'il aurait pris pour la révélation, d'une franchise étonnante, de leur secret s'il ne l'avait vue gratifier Gus de ce même sourire quelques instants plus tôt. « Vous m'en tirez une, s'il vous plaît ? dit-il avec un clin d'œil, j'aime bien la mousse. »

À la fin du repas – énormes côtes de porc avec des pommes coupées en tranches et cuites dans une sauce au calvados, chocolat liégeois, cigares et, pour ceux qui voulaient un digestif, du prošek, un vin blanc doux de Dalmatie que Drenka, parfaite hôtesse à l'européenne, offrait habituellement à la fin du repas aux clients qui venaient de régler leur addition le président du Rotary présenta Matija à l'assemblée sous le nom de « Matt Balik ». L'aubergiste portait un col roulé en cachemire rouge, un blazer à boutons dorés, un pantalon de whipcord et des bottines de chez Bally, toutes neuves, impeccables, au glaçage étincelant. Ainsi accoutré, tout pimpant, il avait l'air encore plus balèze qu'avec le T-shirt et le vieux blue-jean qu'il mettait pour travailler. Il avait l'allure d'un mâle aux muscles puissants, qui s'habille de manière conventionnelle pour sortir ou aller chez des gens. *Un côté animal sous l'aspect élégant.* Sabbath aussi avait eu ce côté animal à une époque, ou du moins c'est ce que Nikki lui avait dit pour le pousser à acheter un costume bleu nuit avec gilet afin que tout le monde voie combien il était beau. Sabbath le beau gosse, c'était dans les années cinquante.

Matija avait une passion, il voulait remonter tous les murets de pierre effondrés sur les vingt-cinq hectares qui entouraient la maison et l'auberge. Sur l'île de Brač, où il avait de la famille et où il travaillait lorsqu'il avait rencontré Drenka, la maçonnerie était une tradition, et quand il était dans l'île, pendant ses jours de congé, il aidait un de ses cousins à se construire une maison en pierres. Et, bien sûr, Matija n'avait jamais oublié le grand père qui avait travaillé dans les carrières, ce vieil homme qu'on avait expédié sur l'île de Goli Otok comme ennemi du régime... ce qui faisait que, pour Matija, transporter des pierres et les caler pour les faire tenir relevait, en quelque sorte, d'un rituel de commémoration. C'était ainsi qu'il occupait les loisirs que lui laissait l'auberge : une demi-heure dehors à se coltiner des pierres, et il était prêt à revenir passer deux, trois, cinq heures debout dans sa cuisine par une température de plus de quarante degrés. Il passait la plus grande partie de l'hiver à trimbaler des cailloux. « Ses seuls amis, disait tristement Drenka, les murets de pierre et moi. »

« Il y a des personnes, commença Matija, qui

pensent que c'est un commerce où on s'amuse. On ne s'amuse pas. C'est un commerce. Lisez les magazines pour les entreprises. Les gens disent : "Je veux en finir avec la vie de cadre. Une auberge, voilà mon rêve." Moi, je me donne à cette auberge comme si chaque jour je *vais* à un bureau dans une structure d'entreprise. »

La vitesse à laquelle Matija lisait permettait à tous de le suivre sans problème malgré son accent très prononcé. À la fin de chaque phrase, il leur laissait largement le temps de réfléchir à toutes les implications de ce qu'il venait de dire. Sabbath appréciait les pauses autant que la monotonie des phrases dépourvues de toute inflexion entre lesquelles elles venaient s'intercaler, des phrases qui, pour la première fois depuis des années, ravivèrent le souvenir d'un archipel isolé, composé de plusieurs îles inhabitées au large desquelles passaient les navires marchands qui quittaient Veracruz par le sud. Sabbath appréciait les pauses parce qu'il en était responsable. Il avait dit à Drenka de bien faire comprendre à Matija qu'il devait prendre son temps. Pas de précipitation, lui avait-il recommandé de lui dire. Le public a pas mal de choses à digérer. Plus ce serait lent, mieux ce serait.

« Par exemple, nous avons eu deux contrôles fiscaux », leur disait Matija.

Par la grande baie vitrée située à l'un des bouts de la salle à manger rectangulaire, Sabbath et les invités assis de son côté de la table avaient une vue plongeante sur la surface ridée par le vent du lac Madamaska. Ils auraient eu le temps de faire, du regard, le trajet d'un bout à l'autre de ce lac qui ressemblait à une planche à laver, avant que Matija n'en arrive à conclure que l'impact des deux contrôles avait été complètement absorbé.

« Tout va bien, continuait-il. Ma femme tient bien les livres de comptes et nous prenons le conseil chez un comptable. C'est un commerce, et nous nous en occupons comme un commerce et on gagne notre vie. Quand vous allez aux chardons, le commerce vous le rend bien. Si vous ne faites pas attention, et si vous sortez tout le temps parler avec les clients, vous perdrez de l'argent.

« Il y a quelques années nous ne servons pas tout le temps l'après-midi du samedi. Nous le faisons toujours pas. Mais les gens peuvent se servir à manger. La chose intelligente à faire c'est donner aux gens ce qu'ils désirent plutôt que dire non, c'est comme ci, c'est comme ça et pas autrement. Je suis assez strict sur la manière de voir les choses. Mais les clients m'apprennent à pas être tellement strict.

« Nous avons un personnel de cinquante personnes, avec le temps partiel. Le personnel de service ça fait trente-cinq personnes – serveuses, nettoyage, chefs de rang. Nous avons douze chambres plus l'annexe. Nous pouvons avoir vingt-huit personnes et nous sommes pleins tous les week-ends, mais pas pendant la semaine.

« Dans le restaurant, nous avons cent trente couverts dedans et cent couverts sur la terrasse. Mais il n'y a jamais deux cent trente couverts en même temps. La cuisine ne peut pas suivre. Ce que nous voulons c'est le roulement.

« L'autre problème difficile, c'est avec le personnel... »

Cela dura environ une heure. Le feu crépitait dans la grande salle à manger ainsi que dans la petite cheminée du bar, et, à cause des vents froids qui soufflaient au-dehors, les fenêtres étaient hermétiquement closes. La cheminée était à peine à deux mètres de Matija, mais la chaleur qui en émanait ne semblait pas l'affecter autant qu'elle incommodait les buveurs de whisky assis à table. Ils furent les premiers à s'écrouler. Les buveurs de bière réussirent à tenir plus longtemps.

« Nous ne sommes pas des patrons qui sont jamais là. Je suis le principal. Si tout le monde s'en va, je suis encore là, debout. Ma femme sait tout faire sauf deux choses de la cuisine. Elle ne sait pas faire marcher le gril parce qu'elle a aucune idée comment on fait. Et elle ne sait pas faire les sautés, où en fait, c'est de la friture dans une casserole. Mais tous les autres postes, elle sait : le bar, la vaisselle, servir, la comptabilité, servir à table... »

Gus, qui avait arrêté de boire de l'alcool depuis quelque temps, buvait de l'eau gazeuse, mais Sabbath se rendit compte qu'il avait tourné de l'œil. Et rien qu'avec de l'eau. Et voilà que maintenant les buveurs de bière perdaient leur aplomb et donnaient des signes de faiblesse – le patron de la banque, l'ostéopathe, le grand type à moustaches qui dirigeait la jardinerie...

Drenka écoutait depuis le bar. Quand le marionnettiste pivota sur son siège pour lui adresser un sourire, il vit que, les coudes sur le bar, le visage en équilibre sur les poings, elle pleurait, et cela alors que la moitié des rotariens parvenaient encore à garder les yeux ouverts.

« Ce n'est pas toujours facile pour nous que notre personnel ne nous aime pas. Je crois que quelques-uns de nos employés nous aiment beaucoup. Beaucoup de nos employés ne nous aiment pas du tout. Dans certains endroits, le bar est ouvert aux employés après le service. Nous ne faisons pas comme ça ici. Ce sont des endroits qui font faillite et où les employés font des accidents de voiture horribles quand ils rentrent chez eux. Pas ici. Ici, il y a pas la fête avec les patrons. Ici, c'est pas drôle. Ma femme et moi nous sommes pas drôles. Nous c'est le travail. Nous c'est le commerce. Tous les Yougoslaves quand ils vont à l'étranger, ils travaillent dur. Quelque chose dans notre histoire les pousse pour survivre. Merci. »

Il n'y eut pas de questions, mais il faut dire qu'il n'y avait guère plus d'une poignée de gens assis à la grande table encore assez valides pour en poser. Le président du Rotary dit : « Eh bien, merci, Matt, merci mille fois. Vous nous avez à peu près tout dit. » Les gens sortirent assez vite de leur torpeur pour aller travailler.

Le vendredi de cette semaine-là, Drenka alla à Boston et s'envoya son dermatologue, le magnat de la carte de crédit, le doyen d'université, puis, de retour chez elle, juste avant minuit – pour arriver à un total de quatre dans la journée – elle se fit baiser, en retenant son souffle pendant les quelques minutes que cela dura, par l'orateur dont elle était l'épouse.

*

Donc, dans le centre déserté de Cumberland, où il n'y avait plus de cinéma depuis longtemps et où la plupart des boutiques avaient fermé, il restait une vieille épicerie misérable, toute déglinguée, dans laquelle Sabbath aimait bien aller se faire servir un gobelet de café qu'il buvait debout, sur place, après avoir fini ses courses de la semaine. L'endroit, Flo n'Bert's, était sombre, le plancher était sale et usé, les étagères poussiéreuses et à peine garnies de quelques rares marchandises, et les pommes de terre et les bananes étaient les plus affreuses que Sabbath ait jamais vues dans un magasin. Mais dans cette

74

boutique, aussi sinistre qu'un salon funéraire, flottait exactement la même odeur que dans la vieille épicerie installée dans le sous-sol du LaReine Arms, à une rue de la maison, où Sabbath allait chaque matin chercher les deux petits pains frais dont sa mère avait besoin pour préparer les sandwiches que Morty emporterait au lycée pour son déjeuner – fromage blanc et olives, beurre de cacahuète et confiture, mais surtout thon en boîte –, des sandwiches enveloppés dans deux feuilles de papier paraffiné qu'elle mettait dans le sac en papier kraft du LaReine Arms. Toutes les semaines, après le Stop & Shop, Sabbath déambulait dans l'épicerie Flo n'Bert's, son gobelet de café à la main, essayant de trouver les ingrédients qui composaient cette odeur, une odeur qui ressemblait d'ailleurs à quelque chose qu'il retrouvait à la Grotte à la fin de l'automne, quand les feuilles mortes et les buissons détrempés par les pluies commençaient à pourrir. C'était peut-être ça : humidité et pourriture. Il adorait cette odeur. Le café qu'il était obligé de boire était imbuvable mais il était incapable de résister au plaisir que lui procurait cette odeur.

Sabbath se posta à l'extérieur de la porte du Stop & Shop et, au moment où Balich émergea, un sac de plastique dans chaque main, il lui dit : « Monsieur Balich, que diriez-vous d'une tasse de café ?

– Je vous remercie, non, non merci.

– Allons, lui dit Sabbath d'un air jovial. Pourquoi pas ? Il fait moins dix dehors. » Il avait fait la conversion en degrés Celsius, comme pour Drenka quand elle lui téléphonait avant d'aller à la Grotte et qu'elle lui demandait combien il faisait *vraiment* dehors ? « Il y a un endroit où on peut boire un café en bas de la colline. Suivez-moi. La Chevrolet. Une bonne tasse de café, ça vous réchauffera. »

Ouvrant le chemin à la voiture de Balich entre des congères hautes comme des maisons, juste avant de traverser la voie ferrée luisante de verglas, Sabbath fut obligé d'admetre qu'il n'avait aucune idée de ses intentions envers cet homme. Il n'était capable de penser qu'à une seule chose : ce type avait osé se vautrer sur sa Drenka et il avait poussé des sanglots de plaisir en la pénétrant avec sa bite aussi rouge qu'une bite de chien qui la faisait toujours vomir.

Oui, il était temps que lui et Balich se rencontrent – vivre sa vie entière sans jamais se retrouver face à face avec lui était trop facile. Il serait mort d'ennui depuis longtemps sans toutes ces énormes difficultés qu'il s'imposait.

Une gamine d'un peu moins de vingt ans à l'air bête et triste prit une cafetière et leur versa un café immonde ; ça faisait quinze ans que la serveuse avait un peu moins de vingt ans et le même air bête et triste, depuis que Sabbath était venu pour la première fois boire un café chez Flo n'Bert's. Elles appartenaient peut-être toutes à la même famille, les filles qui travaillaient chez Flo n'Bert's, elles se repassaient le boulot, ou alors, et c'était plus vraisemblable, il y avait un stock inépuisable de filles de ce genre, toutes sorties des écoles publiques de Cumberland. Et Sabbath, toujours à l'affût de tout, toujours habile à s'immiscer n'importe où et jamais très difficile dans ses choix, oui, même Sabbath n'avait jamais réussi à leur arracher autre chose qu'un grognement.

Balich fit une grimace involontaire en avalant la première gorgée de son café – en fait aussi froid que cette froide journée – mais répondit poliment : « Non merci, très bon, mais un me suffit » quand Sabbath lui demanda s'il en voulait un autre.

« Ça n'a pas dû être facile sans votre femme, lui dit Sabbath. On dirait que vous avez maigri.

– Des jours sombres, répondit Balich.

– Encore maintenant ? »

Il approuva tristement de la tête. « Encore maintenant. Je suis au plus bas. Après trente et un ans, c'est mon troisième mois de ce nouveau régime. Je ne sais pas pourquoi, mais il me semble que c'est pire chaque jour. »

Ça, c'est vrai. « Et votre fils ?

– Il est un peu en état de choc lui aussi. Elle lui manque affreusement. Mais il est jeune, il est fort. Parfois, sa femme me dit qu'aux heures les plus noires de la nuit... mais je crois qu'il y arrive.

– C'est une bonne chose, répondit Sabbath. C'est sans doute le lien le plus fort qui soit, la mère et son petit garçon. Il n'y a rien de plus fort.

– Oui, c'est vrai », reprit Balich que cette conversation avec quelqu'un de si compréhensif avait amené au bord des larmes. « C'est vrai, quand je l'ai vue morte, avec mon fils, à l'hôpital, au milieu de la nuit... elle était là, sur le lit, avec tous ces tuyaux, et quand je l'ai regardée j'ai vu qu'il était brisé ce lien avec notre fils, je n'arrivais pas à croire que cette chose, qui est comme vous dites la chose plus forte au monde, n'existait plus. Elle était allongée, elle était là, toute sa beauté étalée devant nous, et ce lien si fort avait disparu. Elle était partie. Alors je lui ai fait un baiser d'adieu, mon fils d'abord, et puis moi, et ils lui ont enlevé tous les tuyaux. Et cette femme qui était un rayon de soleil humain était devant nous, mais elle était morte.

– Elle avait quel âge ?

– Cinquante-deux ans. C'est la chose la plus cruelle qui pouvait arriver.

– Il y en a pas mal qui meurent comme ça à la cinquantaine, continua Sabbath, mais j'aurais jamais pensé que votre femme puisse être du nombre. Les rares fois où je l'ai vue en ville, elle était comme un rayon de soleil, comme vous dites. Et votre fils, il travaille à l'auberge avec vous ?

– Je n'ai pas du tout la tête à penser à l'auberge en ce moment. Je ne sais même pas si j'y penserai encore un jour. C'est vrai que le personnel est très bon, mais l'auberge je n'y pense pas. Toute notre vie était liée à cette auberge. Je me dis que je devrais peut-être prendre un gérant. Si une société japonaise venait voir pour acheter... Chaque fois que je vais dans son bureau pour essayer de mettre de l'ordre dans ses affaires, c'est affreux, ça me rend malade. Je n'ai aucune envie d'être dans cette pièce et je m'en vais. »

Sabbath n'avait pas eu tort, se disait-il, de ne jamais écrire à Drenka la moindre lettre et d'avoir insisté pour que ce soit lui, et non pas elle, qui se charge de garder les Polaroïd qu'il avait pris d'elle au Bo-Peep.

« Les lettres », disait Balich en regardant Sabbath avec des yeux implorants, comme pour lui lancer un appel. « Deux cent cinquante-six lettres.

– Des témoignages de sympathie ? » demanda Sabbath, qui n'en avait lui-même évidemment reçu aucune. Quand Nikki avait disparu, cependant, il avait reçu quelques lettres, adressées au théâtre. Mais il ne se souvenait plus combien, maintenant – peut-être cinquante en tout –, à l'époque il était suffisamment en état de choc pour les avoir comptées une à une lui aussi.

« Oui, des lettres pleines de gentillesse. Deux cent cinquante-six. Je ne devrais pas être étonné d'apprendre qu'elle illuminait comme ça la vie des gens. Je reçois encore des lettres. Et de personnes dont je ne me souviens même pas. Des gens qui étaient venus à l'auberge au début, quand on était encore de l'autre côté du lac. Des lettres de toutes sortes de gens, qui me parlent d'elle et qui me disent qu'elle a occupé une grande place dans leur vie. Et je les crois. C'est vrai. J'ai reçu une lettre de deux pages, écrite à la main, de l'ancien maire de Worcester.

– Vraiment ?

– Il se souvient des barbecues qu'on organisait pour les clients de l'auberge, et de sa façon de faire plaisir à tout le monde dès qu'elle était là. Quand elle entrait dans la salle à manger, au petit déjeuner, elle avait un mot pour chacun. Ils tombaient tous sous son charme. Moi je suis rigide, j'ai des règles pour tout. Mais elle savait s'y prendre avec les clients. Il n'y avait rien de trop beau pour les clients, jamais. Pour elle, faire plaisir n'était jamais un effort. Avec les patrons, un est strict, et l'autre elle est gentille, plus coulante. On faisait bien la paire, juste ce qu'il fallait pour que ça marche à l'auberge. C'est incroyable tout ce qu'elle faisait. Mille choses, toutes différentes. Elle faisait tout gentiment, et avec plaisir. Je n'arrête pas d'y penser. Et il n'y a rien qui peut me faire un tout petit peu oublier ce malheur. Ça paraît impossible. Une minute elle est là et la minute d'après elle n'y est plus. »

L'ancien maire de Worcester ? Eh bien, il y a des choses qu'elle n'a dit à aucun de nous deux, Matija.

« Et que fait votre fils ?

– Il est dans la police de la route.

– Marié ?

– Sa femme est enceinte. Le bébé s'appellera Drenka si c'est une fille.

– Drenka ?

– Le nom de ma femme. Drenka, Drenka, murmura-t-il. Il n'y aura jamais d'autre Drenka.

– Vous le voyez beaucoup, votre fils ?

– Oui », mentit Balich, à moins que depuis la mort de Drenka les deux hommes ne se soient rapprochés.

Tout à coup, Balich n'eut plus rien à dire. Sabbath profita de cette pause pour renifler l'odeur de la vieille boutique. Soit Balich ne voulait plus discuter avec un étranger de la peine que lui causait la mort de Drenka, soit il ne voulait pas parler de la peine que lui causait ce fils qui était entré dans la police parce qu'il trouvait le métier d'aubergiste complètement idiot.

« Comment se fait-il que votre fils ne travaille pas à l'auberge avec vous ? Pourquoi est-ce qu'il ne s'y met pas avec vous, maintenant que votre femme n'est plus là ?

– Je vois », dit Balich en posant avec soin son gobelet encore à demi plein sur le comptoir, près de la caisse, « que vous avez de l'arthrose dans les mains. C'est une maladie très douloureuse. Mon frère a de l'arthrose dans les mains.

– Vraiment ? Le père de Silvija ? » demanda Sabbath.

Montrant sa surprise, Balich questionna : « Vous connaissez ma petite nièce ?

– Ma femme l'a rencontrée. C'est ma femme qui m'en a parlé. Elle m'a dit qu'elle était vraiment très, très jolie, une très charmante enfant.

– Silvija aimait beaucoup sa tante. Elle l'adorait. Silvija est devenue notre fille. » Il n'y avait plus maintenant dans sa voix calme autre chose qu'une évidente tristesse.

« Est-ce que Silvija vient à l'auberge en été ? Ma femme m'a dit qu'elle y travaillait pour apprendre l'anglais.

– Silvija vient chaque été depuis qu'elle va à l'université.

80

– Qu'est-ce que vous faites – vous la préparez à prendre la suite de votre femme ?

– Oh non », dit Balich, et Sabbath fut surpris de voir combien il semblait déçu qu'il lui ait dit cela. « Elle fait de l'informatique, elle veut devenir programmeuse.

– C'est dommage, dit Sabbath.

– C'est ça qu'elle veut faire, dit Balich d'une voix sans timbre.

– Mais si elle pouvait vous aider à faire marcher l'auberge, si elle était capable d'illuminer l'endroit, comme votre femme... »

Balich chercha de l'argent dans sa poche. Sabbath dit : « Je vous en prie... », mais Balich ne l'écoutait plus. Il ne m'aime pas, ce type, pensa Sabbath. Ça n'a pas accroché. J'ai dû dire quelque chose qu'il ne fallait pas.

« Mon café ? » demanda Balich à la jeune fille triste derrière la caisse.

Elle répondit en y mettant le moins de consonnes possible. Autre chose en tête.

« Quoi ? » lui demanda Balich.

Sabbath traduisit. « Un demi-dollar. »

Balich paya et, d'un signe de tête cérémonieux, il mit fin à cette première rencontre avec quelqu'un qu'il n'avait manifestement pas envie de revoir. C'était à cause de Silvija, parce que Sabbath avait utilisé deux fois l'adverbe « très », quand il avait dit « très, très ». Pourtant, Sabbath s'était bien gardé d'aller plus loin au cours des cinq minutes que pour la première fois ils passaient ensemble, le marionnettiste n'avait pas dit à Balich que la femme qui vomissait chaque fois qu'elle était obligée de baiser avec lui avait toutes les bonnes raisons de vomir, parce que, pendant tout ce temps-là, elle avait été également l'épouse de quelqu'un d'autre, ou

81

presque. Bien sûr, il comprenait ce que Balich ressentait – depuis sa mort, ça allait de plus en plus mal de jour en jour pour lui aussi – mais ça ne signifiait pas pour autant que Sabbath pouvait lui pardonner.

*

Cinq mois après sa mort, en avril, par une nuit chaude et moite où la pleine lune s'était placée comme l'auréole d'un saint au-dessus de la ligne de crête des arbres, flottant sans effort – astre béni – vers le trône de l'Éternel, Sabbath s'allongea sur la terre qui recouvrait le cercueil de Drenka et prononça ces mots : « Drenka, merveilleuse salope à la chatte sublime ! Épouse-moi ! Épouse-moi ! » Et sa barbe blanche traînant sur le sol – l'herbe n'avait pas encore poussé et il n'y avait toujours pas de pierre tombale –, il eut une vision de sa Drenka : l'intérieur de la boîte était éclairé et elle avait gardé sa silhouette d'avant le cancer, de l'époque où elle n'avait pas encore perdu ses appétissantes rondeurs – mûre, pulpeuse, prête au combat. Ce soir, elle était vêtue du *dirndl* de Silvija. Et elle se moquait de lui.

« Alors, maintenant tu me veux pour toi tout seul, dit-elle. Maintenant que tu n'es plus obligé de n'avoir que moi et de vivre uniquement avec moi et de ne t'ennuyer qu'avec moi, maintenant, je suis assez bonne pour devenir ta femme.

– Épouse-moi ! »

Elle lui répondit avec un sourire d'invite : « Il va d'abord falloir mourir », et elle souleva la jupe de Silvija pour lui montrer qu'elle ne portait pas de culotte. Même morte, Drenka le faisait encore bander ; vivante ou morte, Drenka lui rendait ses vingt ans. Même par des températures très inférieures à zéro, il se mettait à bander chaque fois que, depuis l'intérieur de son cercueil, elle le provoquait ainsi. Il avait appris à tourner le dos au nord afin d'empêcher le vent glacial de lui souffler directement sur la queue, mais il lui fallait quand même retirer un de ses gants pour pouvoir se branler, et parfois, sa main dégantée devenait si froide qu'il était obligé de remettre son gant et de changer de main. Il avait éjaculé sur sa tombe plus d'une nuit.

Le vieux cimetière était à une dizaine de kilomètres de la ville, sur une petite route assez peu passante qui tournait et s'enfonçait dans les bois avant de redescendre en zigzag le long du flanc ouest de la colline pour rejoindre la vieille route d'Albany que seuls les camions utilisaient. Le cimetière était comme posé sur un des côtés dégagés de la colline qui montait en pente douce jusqu'à un bouquet d'arbres où se mêlaient différentes sortes de sapins. L'endroit était magnifique, silencieux, vraiment très beau, charmant, un peu triste peut-être, mais pas le genre de cimetière qui provoquait la tristesse quand on y entrait – c'était un coin si agréable qu'on avait parfois l'impression qu'il n'avait aucun rapport avec la mort. C'était un vieux cimetière, très ancien, même s'il y en avait d'encore plus anciens dans les collines avoisinantes, avec leurs pierres tombales usées par le temps et toutes de travers qui remontaient aux premiers temps de l'époque coloniale. Le premier enterrement – celui d'un certain John Driscoll – avait eu lieu en 1745 ; le dernier, c'était celui de Drenka, le dernier jour de novembre 1993.

Il y avait eu dix-sept tempêtes de neige cet hiver et il lui avait souvent été impossible de se rendre au cimetière, même les soirs où il était resté tout seul quand Roseanna avait filé dans sa voiture à quatre roues motrices à l'une de ses réunions des Alcooliques anonymes. Mais quand les routes étaient dégagées, que le temps était clément, que le soleil était couché et que Roseanna avait quitté la maison, il prenait sa Chevrolet, allait jusqu'au sommet de Battle Mountain et se garait dans un endroit dégagé d'où partait un sentier de randonnée, environ quatre cents mètres à l'est du cimetière, il descendait la route jusqu'au cimetière et, une fois là, utilisant sa torche aussi peu que possible, il franchissait l'étendue de neige verglacée qui le séparait de sa tombe. Il n'y allait jamais dans la journée, quel que soit le besoin qu'il aurait pu en éprouver, par peur de rencontrer l'un ou l'autre des Matthew de Drenka ou, il faut bien le dire, quelqu'un qui aurait pu s'étonner de voir que, dans le coin le plus froid de ce comté connu comme le « frigo » de l'État, au milieu de l'hiver le plus froid de toute l'histoire de la région, le marionnettiste disgracieux rendait hommage aux restes de la sémillante épouse de l'aubergiste. La nuit, il pouvait faire ce qu'il voulait sans que personne le voie, hormis le fantôme de sa mère.

« Qu'est-ce que tu veux ? Si toutefois tu veux quelque chose... » Mais sa mère ne lui disait jamais rien, et, justement parce qu'elle ne lui disait jamais rien, il en arriva presque à se dire qu'il ne s'agissait peut-être pas d'une hallucination – s'il hallucinait, il aurait pu assez facilement halluciner un peu plus et la doter de la parole, la réifier encore plus en la faisant bénéficier d'une des voix qu'il utilisait pour donner vie à ses marionnettes. Les apparitions se produisaient trop régulièrement pour qu'il puisse s'agir d'une aberration mentale... à moins que lui-même ne soit plus qu'une aberration mentale, et, dans ce cas, l'irréalité allait grandir et s'aggraver et dans le même temps la vie lui deviendrait encore plus insoutenable. Sans Drenka, la vie *était* insoutenable – il n'avait plus de vie, sauf au cimetière.

En cette nuit de début du printemps, en ce premier mois d'avril après sa mort, Sabbath était étendu sur la tombe de Drenka, bras et jambes écartés, évoquant avec elle le souvenir de Christa. « Je n'oublierai jamais comment tu as joui, murmurait-il, les lèvres collées au sol, je n'oublierai jamais comment tu la suppliais : "Encore, encore..." » Évoquer ainsi le souvenir de Christa ne réveillait pas sa jalousie ; l'image de Drenka, de dos, abandonnée entre ses bras alors que Christa ne relâchait pas la pression de la pointe de sa langue sur le clitoris de sa maîtresse (pendant près d'une heure – il les avait chronométrées), ne faisait que rendre la perte plus cruelle encore, même si, peu de temps après leur première rencontre à trois, Christa s'était mise à emmener Drenka danser dans un bar de Spottsfield. Elle alla même jusqu'à offrir à Drenka une chaîne en or qu'elle avait piquée dans le tiroir à bijoux de son précédent employeur le jour où elle en avait eu marre de s'occuper d'un gosse tellement hyperactif que ses parents avaient décidé de l'inscrire dans une école pour « enfants doués ». Elle raconta à Drenka que la valeur de tout ce qu'elle avait réussi à faucher (entre autres, une paire de boucles d'oreilles serties de diamants et un petit bracelet de diamants qui vous coulait entre les doigts) ne représentait pas la moitié de ce qu'on aurait dû la payer pour lui avoir collé un gosse pareil sans la prévenir.

Christa habitait dans Town Street, une chambre sous les toits avec vue sur le parc municipal, juste au-dessus de l'épicerie fine où elle travaillait. Elle était logée, nourrie à midi, et recevait en plus vingt-cinq dollars par semaine. Pendant deux mois, tous les mercredis soir, Drenka et Sabbath étaient allés, chacun dans sa voiture, retrouver Christa dans son grenier. Dans Town Street, tout fermait à la tombée de la nuit, et ils pouvaient monter chez Christa sans se faire voir en utilisant l'escalier extérieur situé derrière la maison. À trois reprises, Drenka avait rendu visite à Christa toute seule mais, craignant de mettre Sabbath en colère en le lui apprenant, elle ne le lui en parla qu'un an après que Christa les eut pris en grippe tous les deux et qu'elle fut partie habiter en pleine campagne, dans une ferme, une location qu'elle partageait avec un professeur d'histoire d'Athena, une femme de trente ans avec laquelle elle entretenait déjà une relation amoureuse avant de s'offrir son petit caprice avec les deux vieux. Sans prévenir, elle avait cessé de répondre aux coups de téléphone de Sabbath et, lorsqu'il l'avait rencontrée – devant la boutique où elle travaillait, un jour où il faisait semblant de s'intéresser à la vitrine, une vitrine où rien n'avait changé depuis que l'Épicerie Tip-Top était devenue, vers la fin des années soixante, Épicerie fine Tip-Top pour flatter la clientèle de l'époque –, elle lui avait dit avec colère, la bouche si serrée qu'on paraissait l'avoir oubliée au moment de composer son visage : « Je ne tiens pas à te parler, plus jamais. – Pourquoi ? Qu'est-ce qui se passe ? – Vous m'avez exploitée, vous deux. – Je ne pense pas que cela soit vrai, Christa. Exploiter les gens, c'est les utiliser égoïstement pour son propre profit, ou les utiliser pour en retirer des bénéfices. Je ne crois pas qu'aucun de nous deux t'ait exploitée plus que tu ne nous as toi-même exploités. – Tu es un vieillard ! J'ai vingt ans ! Je ne veux plus t'adresser la parole ! – Est-ce que tu ne veux pas, au moins, parler à Drenka ? – Laisse-moi tranquille ! Tu n'es qu'un vieillard avec un gros ventre ! – Tout comme Falstaff, ma petite. Tout comme cette montagne de chair qu'était Sir John Paunch, doux inventeur de la grandiloquence ! "Cet affreux, cet abominable corrupteur de la jeunesse, Falstaff, ce vieux Satan à barbe blanche !" » ; mais elle était déjà entrée dans la boutique, abandonnant Sabbath à la triste contemplation – en plus d'un avenir dont Christa serait absente – de deux pots de sauce chinoise spéciale canard Mi-Kee, deux boîtes de feuilles de vigne en conserve Krinos, deux boîtes de haricots frits à la mexicaine La Victoria, et deux boîtes de crème de truite fumée Baxter, le tout disposé en cercle autour d'une bouteille de Lea & Perrins Worcestershire Sauce placée sur un piédestal au centre de la vitrine et luxueusement emballée dans un linceul de papier blanchâtre un peu défraîchi. Oui, une relique, un peu comme Sabbath, de ce que l'on considérait comme Oh-très-très-relevé dans un passé moins... dans un passé plus... dans un passé où... dans un passé dont... Imbécile ! L'erreur, c'était de ne lui avoir jamais donné d'argent. L'erreur, c'était d'avoir donné l'argent à Drenka à la place. Tout ce qu'il avait filé à Christa – et uniquement la première fois afin de mettre un pied dans la place –, c'était trente-cinq dollars pour un quilt qu'elle avait fait elle-même. Il aurait dû lui en donner autant toutes les semaines. Comment avait-il pu s'imaginer que la seule chose qui intéressait Christa était de rendre folle Drenka, et que faire jouir Drenka suffisait à son bonheur – imbécile ! Imbécile !

Sabbath avait rencontré Christa un soir de 1989 où il l'avait ramenée chez elle en voiture. Il l'avait aperçue de loin, debout, en smoking, sur l'accotement de la 144, et il avait fait demi-tour. Si elle avait un couteau, elle avait un couteau – est-ce que ça avait de l'importance, quelques années de plus ou de moins à vivre ? Il lui était impossible de laisser sur le bord de la route, le pouce en l'air, une jeune fille blonde en smoking qui ressemblait à un garçon blond en smoking.

Elle expliqua sa tenue en lui racontant qu'elle revenait d'un bal à Athena, à la fac, pour lequel il fallait s'habiller « de manière dingue ». Elle était toute petite mais ne ressemblait pas du tout à une enfant – plutôt à une femme miniature très efficace et très sûre d'elle, avec une petite bouche bien serrée. Son accent allemand était doux mais excitant (Sabbath trouvait toujours les accents des jolies femmes très excitants), elle avait les cheveux coupés en brosse comme un militaire, et le smoking indiquait que ça ne lui déplaisait pas de jouer les provocatrices dans la vie. À part ça, elle savait ce qu'elle voulait, cette gamine : pas de sentiments, pas de regrets, pas d'illusions, pas de folies, et, il aurait parié sa vie là-dessus – il avait parié sa vie là-dessus –, pour ainsi dire, aucun tabou. Sabbath aimait bien la dureté, la cruauté, la malice de cette petite bouche allemande calculatrice, trompeuse, dont il comprit instantanément toutes les possibilités. Pas évidentes, mais bien là. Avec admiration, il se dit : « Pas la moindre trace d'altruisme, un jeune prédateur qui démarre dans la vie. »

Il était en train d'écouter Benny Goodman, la cassette *Live at Carnegie Hall*. Il venait de prendre congé de Drenka au Bo-Peep, à une trentaine de kilomètres au sud, sur la 144.

« C'est des Noirs ? demanda la jeune Allemande.

– Non. Il y a quelques Noirs, mais ce sont surtout des Blancs, mademoiselle. Des musiciens de jazz blancs. Carnegie Hall, à New York. Le 16 janvier 1938.

– Vous y étiez ?

– Oui. J'avais emmené mes enfants, ils étaient petits. Je voulais qu'ils voient ça, c'était un événement musical. Je voulais les avoir à côté de moi, ce soir-là ; depuis, l'Amérique n'a plus jamais été la même. »

Ensemble, ils écoutèrent « Honeysuckle Rose », où les musiciens de Goodman faisaient un bœuf avec une demi-douzaine de musiciens de l'orchestre de Basie. « Ça, ça déménage, lui dit Sabbath. Ça vous démange dans les jambes, comme on dit. Impossible de s'empêcher... Vous l'entendez, la guitare dans le fond ? Vous arrivez à suivre la vitesse de la section rythmique ? Basie. Tout en finesse. Léger sur le piano... Vous l'entendez cette guitare ? C'est lui qui fait tout... *Ça* c'est de la musique noire. Ce qu'on entend maintenant c'est de la musique noire... Là, il va y avoir un riff. Ça c'est James... derrière, il y a une section rythmique qui tient tout... Freddie Green à la guitare... James. À chaque fois on a l'impression qu'il va bousiller son instrument – écoutez, on dirait qu'il se déchire... Ce bout-là, ils sont en train de l'inventer – vous allez voir comment ils font monter la sauce... Ils cherchent une sortie. La voilà. Ils y sont tous, l'accord est parfait... Ils sont partis. Ils sont *partis*... Hein, qu'est-ce que vous en dites ? lui demanda Sabbath.

– C'est comme la musique des dessins animés. Vous savez, les dessins animés à la télé, pour les gosses ?

– Ah bon ? répondit Sabbath. Et on croyait que c'était de la dynamite à l'époque. Le bon vieux temps, qu'est-ce qu'on pouvait être innocents – où que l'on regarde, sauf peut-être dans notre petit village endormi, dit-il en se caressant la barbe, personne n'en veut plus de ce bon vieux temps. Et vous, quel bon vent vous a amenée à Madamaska Falls ? » demanda le Maître du Temps d'un ton jovial. Il n'y a pas d'autre manière de le jouer, ce coup-là.

Elle lui parla de l'ennui de son emploi de fille au pair à New York, lui raconta comment elle en était arrivée, au bout de deux ans, à ne plus supporter l'enfant qu'elle gardait et comment, un beau matin, elle avait tout simplement fait ses valises et elle était partie. Pour trouver Madamaska Falls elle avait fermé les yeux et pointé son doigt sur une carte du nord-est du pays. Madamaska Falls n'était même pas sur la carte, mais elle avait trouvé une voiture qui l'avait déposée au feu rouge près du parc municipal, elle avait bu un café à l'épicerie et, lorsqu'elle avait demandé si on savait où elle pourrait trouver du travail, elle en avait trouvé sur place. Et cela faisait maintenant cinq mois qu'elle habitait dans le village endormi de ce cher monsieur Sabbath.

« C'est à cause de votre boulot avec ce gosse que vous avez fui New York.

– Je devenais folle.

– Quelle est l'autre raison qui vous a poussée à fuir ? » Il posa la question, mais d'un ton léger, tout doux, sans insister le moins du monde.

« Moi ? Rien. Il n'y avait rien d'autre à fuir. Je voulais juste vivre un peu. En Allemagne, il n'y avait rien à faire, il ne se passe jamais rien. Je connais tout, je sais comment ça marche. Ici, il m'arrive des tas de choses qui ne me seraient jamais arrivées chez moi.

– Vous ne vous sentez jamais seule ? demanda le gentil monsieur avec intérêt.

– Évidemment. Je me sens seule. C'est difficile de se faire ami avec les Américains.

– C'est vrai ?

– À New York, c'est difficile. C'est vrai. Tout le monde ne cherche qu'à vous utiliser. De toutes les façons possibles. Ils n'ont que ça dans la tête.

– Je suis surpris de vous entendre dire cela. À New York, les gens sont pires qu'en Allemagne ? Il y a des gens qui pourraient penser que l'histoire nous a habitués à une tout autre version.

– Oh non, je vous assure. Et cyniques. À New

90

York, les gens gardent ce qu'ils pensent vraiment pour eux et ils vous font croire autre chose.

– Les jeunes ?

– Non, surtout les vieux. Entre vingt et trente ans.

– Vous avez souffert ?

– Ouais. Ouais. Mais ils sont très sympas – "Salut, ça va ? Ça me fait complètement plaisir de te voir." » Elle était contente de son imitation du connard américain de base, et il rit en connaisseur, lui aussi. « Et c'est quelqu'un que vous ne *connaissez* même pas. En Allemagne c'est pas du tout comme ça, dit-elle. Ici, les gens sont très gentils – mais c'est pas sincère. J'étais très naïve en arrivant ici. J'avais dix-huit ans. Je rencontre des tas de gens, des étrangers, des gens que je ne connais pas. Je vais boire des cafés. Il faut être naïf quand on est étranger dans ce pays. Bien sûr, on apprend. Ça c'est sûr, on apprend. »

Le trio – Benny, Krupa, le piano de Teddy Wilson. « Body and Soul. » Très onirique, très dansant, superbe, jusqu'au final de Krupa, trois coups sourds. Même si Morty pensait qu'avec son jeu trop flamboyant, Krupa gâchait toujours tout. « Laisse, ça *swingue* tout seul, disait Morty. C'est une malédiction pour Goodman, ce Krupa. Il en fait trop » ; et Mickey répétait tout ça à l'école comme s'il s'agissait de ses propres opinions. Morty disait : « Il a pas peur de se faire la moitié du morceau, Benny », et Mickey le répétait. « Superbe, quel clarinettiste, il n'y en a pas deux comme lui » ; et ça aussi, il le répétait... Il se demanda si tout cela n'allait pas faire un peu mollir cette jeune Allemande, l'invite de ce rythme langoureux, si tard dans la nuit, et ce petit quelque chose à la fois tragique et plein de finesse dans le jeu de Goodman, il ne lui adressa donc pas la parole pendant trois minutes et ils traversèrent les bois sombres des collines accompagnés par la musique sensuelle, parfaite, de « Body and Soul ». Personne d'autre dehors. Ça aussi c'était excitant. Il aurait pu l'emmener n'importe où. Il aurait pu tourner à Shear Shop Corner, monter jusqu'en haut de Battle Mountain et l'étrangler, dans son smoking. Un tableau d'Otto Dix. Peut-être que ce n'était pas le cas dans la sympathique Allemagne, mais en Amérique, pays cynique et plein d'exploiteurs, c'était risqué de se balader sur les routes avec ce smoking. Ou ça aurait pu l'être, si elle s'était fait ramasser par un de ces Américains un peu plus américain que moi.

« The Man I love ». Wilson qui jouait Gershwin comme si Gershwin était Chostakovitch. L'étrangeté de Hamp au vibraphone. Janvier 1938. J'ai presque neuf ans et Morty va bientôt en avoir quatorze. C'est l'hiver. La plage de McCabe Avenue. Après l'école, il m'apprend à lancer le disque sur la plage déserte. Sans fin.

« Puis-je vous demander de quelle manière vous avez souffert ? reprit Sabbath.

— Ils sont toujours là si vous êtes mignonne et sympa et que vous souriez beaucoup, mais si vous avez des ennuis, "Reviens quand ça ira mieux". J'avais très peu de vrais amis à New York. La plupart c'étaient que des salauds.

— Où avez-vous rencontré ces gens ?

— En boîte. Le soir, je vais en boîte. Pour oublier mon boulot. Pour me changer les idées. Toute la journée avec un môme... brrrr. Je détestais ça, mais ça m'a pris à New York. J'allais que dans les boîtes où il y avait des gens que je connais.

— Des boîtes. Je suis perdu, là. C'est quoi des boîtes ?

— Par exemple, il y a une boîte où je vais. Je ne paie pas l'entrée. On me donne à boire, des tickets. Je m'occupe de rien, j'y vais, c'est tout. J'y suis allée pendant plus d'un an. On voit toujours les mêmes têtes. Des gens qu'on connaît même pas le nom. C'est des noms de boîte. On ne sait jamais ce qu'ils font dans la journée.

– Et qu'est-ce qu'ils vont faire dans ces boîtes ?

– S'amuser.

– Et ils s'amusent ?

– Ben oui. Celle où je vais, il y a cinq étages, tous différents. Le sous-sol c'est du reggae, et il y a plein de Noirs. Après c'est de la dance, du disco. Les yuppies restent à l'étage du disco, les gens comme ça. Après c'est la techno, et ensuite encore de la techno – de la musique qui sort d'une machine. On est obligé de danser, c'est tout. Les lumières vous rendent fou. Mais ça, c'est parce qu'on sent la musique très bien. On danse. On danse pendant trois, quatre heures.

– Avec qui dansez-vous ?

– Les gens sont là, debout, ils dansent tout seuls. C'est un peu comme de la méditation. Le grand truc c'est que c'est un mélange d'un tas de gens qui sont là, debout, et qui dansent tout seuls.

– Eh bien, on ne peut pas danser tout seul sur "Sugarfoot Stomp". Vous entendez ça, dit Sabbath avec un sourire heureux. Sur "Sugarfoot Stomp" on est obligé de danser le lindy, et le lindy, ça se danse à deux. Là-dessus, c'est le jitterbug qu'on danse, chère amie.

– Oui, dit-elle poliment. C'est très beau. » Respectueuse avec les vieux. Cette jeune fille sans cœur a un petit côté gentil, après tout.

« Et la drogue – dans les boîtes ?

– La drogue ? Ouais, il y en a. »

Il avait fait une connerie avec « Sugarfoot Stomp ». Il l'avait perdue, il avait même réussi à provoquer son dégoût à force d'en rajouter sur son côté inoffensif, pas dangereux, plan-plan. Et il lui avait volé la vedette. Mais il fallait bien dire que ce n'était pas le genre de situation où on sait vraiment ce qu'il faut faire, à part ne jamais oublier qu'on doit être extrêmement patient. Si ça prend un an, ça prend un an. Il faut juste espérer qu'on a encore un an devant soi. Le voilà le contact. Profites-en. Reviens à la drogue, fais-la parler d'elle et de la place que ça tient dans sa vie, les boîtes.

Il arrêta la cassette. Manquerait plus qu'elle tombe sur la trompette dégoulinante d'Elman quand il joue sa musique klezmer, elle entend « Bei Mir Bist Du Sheyn » et elle saute de la voiture en marche, même en plein milieu de nulle part.

« C'était quoi comme drogues ? Lesquelles ?

– Marijuana, dit-elle. Cocaïne. Il y a aussi autre chose, de la cocaïne et de l'héroïne mélangées, ils appellent ça de la Spéciale K. C'est les drag queens qui en prennent, ça les rend complètement dingues. On s'amuse beaucoup. Ils dansent. Ils sont fascinants. C'est très homo, ça on peut pas dire. Des tas d'Hispaniques. Des Portoricains. Plein de Noirs. Il y en a plein qui sont jeunes, des garçons de dix-neuf, vingt ans. Ils font semblant de chanter sur des vieux disques, synchro, et ils se déguisent tous en Marilyn Monroe. On rit beaucoup.

– Et vous, en quoi vous vous déguisiez ?

– Je mettais une robe noire. Une robe longue, collante. Décolletée très bas. Un anneau dans le nez. Des cils de trois kilomètres. Des grosses chaussures à semelles compensées. Tout le monde se pelote et tout le monde s'embrasse et on n'arrête pas de danser et de faire la fête toute la nuit. On y va à minuit. On reste jusqu'à trois heures. C'est ça le New York que je connais. L'Amérique que je connais. C'est tout. J'ai voulu en voir un peu plus. Alors me voilà.

– Parce que vous vous êtes fait exploiter. Les gens vous ont exploitée.

– J'ai pas envie d'en parler. Il y a quelque chose qui s'est cassé, c'est tout. Des histoires d'argent. Il y avait quelqu'un, je croyais que c'était une amie, mais c'était une amie qui s'est servie de moi.

– Vraiment ? Quelle horreur ! Comment s'est-elle servie de vous ?

– Bof, je travaillais avec elle et elle m'a donné que la moitié de l'argent qui devait me revenir. Et j'avais beaucoup travaillé pour elle. Je croyais que c'était mon amie. Je lui ai dit : "Tu m'as pris mon argent. Comment est-ce que tu as pu me faire ça ? – Ah, tu t'en es rendu compte ?" elle m'a dit. "J'ai pas de quoi te payer ce que je te dois." Alors je ne lui adresserai plus jamais la parole. Mais à quoi on s'attend ? C'est comme ça l'Amérique. La prochaine fois il faut que je sois préparée.

– Eh ben. Comment aviez-vous rencontré cette personne ?

– En boîte.

– Ça a été dur ?

– Je me suis sentie tellement bête.

– Qu'est-ce que vous faisiez ? C'était quoi le travail ?

– Je dansais dans une boîte. C'est le passé.

– Vous êtes jeune pour avoir un passé.

– Ah ouais, dit-elle en riant bruyamment de cette précocité pas très comme il faut pour une jeune fille. J'en ai pourtant un de passé.

– Une jeune fille de vingt ans avec un passé. Comment vous appelez-vous ?

– Christa.

– Moi c'est Mickey, mais dans le coin, on m'appelle Country.

– Salut, Country.

– La plupart des jeunes filles de vingt ans n'ont pas encore commencé leur vie.

95

« – Ça c'est les Américaines. Je n'ai jamais eu de copine américaine. Des mecs, oui.

– Rencontrer des femmes, c'est ça l'aventure pour vous.

– Oui, j'aimerais me faire des amies. Mais la plupart, c'est des femmes plus âgées. Vous voyez ce que je veux dire, le genre mères de famille. Moi, ça me va. Mais des filles de mon âge ? On n'accroche pas, c'est tout. C'est des gamines.

– Donc, pour Christa, c'est le genre mère.

– On dirait », dit-elle en riant à nouveau.

Arrivé à Shear Shop Corner, il bifurqua vers le sommet de Battle Mountain. La voix qui lui conseillait la patience avait du mal à se faire entendre. *Le genre mères de famille*. Il n'allait pas lâcher le morceau comme ça. Il n'arrivait jamais à lâcher le morceau quand c'était quelqu'un qu'il venait de découvrir. Au fond, la séduction repose sur la persévérance. Persévérer, l'idéal des jésuites. Quatre-vingts pour cent des femmes finissent par céder sous une pression énorme si cette pression persiste. Il faut vouer sa vie à la baise de la même manière que le moine voue sa vie à Dieu. La plupart des hommes sont obligés de caser la baise dans le temps que leur laisse ce qu'ils considèrent comme plus important : l'argent, le pouvoir, la politique, la mode, et Dieu sait quoi encore – le ski. Mais Sabbath s'était simplifié la vie et s'organisait en fonction de la baise. Nikki l'avait quitté, Roseanna en avait assez de lui, mais l'un dans l'autre, pour un homme de son acabit, il avait mieux réussi qu'on aurait pu s'y attendre. Mickey Sabbath, l'ascète qui n'avait toujours pas raccroché, à plus de soixante ans. Le Moine de la Baise. Le Chantre de la Fornication. *Ad majorem Dei gloriam*.

« C'était comment de danser dans cette boîte ?

– C'est – comment je pourrais dire ? Ça me plaisait. C'était quelque chose qu'il fallait que je fasse pour satisfaire ma curiosité. Je ne sais pas. Il faut que j'essaie tout, c'est un besoin.

– Ça a duré combien de temps ?

– Oh, je ne tiens pas à en parler. J'écoute ce qu'on me dit et après je fais ce que j'ai envie de faire. »

Il arrêta de parler et ils continuèrent à rouler. Dans ce silence, dans cette obscurité, chaque respiration prenait toute son importance, elle vous maintenait en vie. Son but était clair. Il avait la bite bien raide. Il avait enclenché le pilotage automatique, il était excité, il exultait, il suivait ses propres phares comme s'il s'agissait de torches éclairant la voie devant une procession montant vers le sommet de la montagne, son sol moussu et ses étoiles, où les prêtres se réunissaient déjà pour célébrer la folle cérémonie de l'adoration de la bite bien bandante. Tenue non exigée.

« Euh, on est perdus ?

– Non. »

Au bout d'un moment, alors qu'ils étaient à mi-chemin du sommet, elle n'y tint plus et se mit à parler. Ouais, j'ai joué mon coup à la perfection. « J'ai aussi eu des engagements pour des fêtes chez des gens, si vous voulez savoir. Des fêtes de célibataires. Pendant à peu près un an. Avec ma copine. Mais après on va faire des courses ensemble et on dépense tout ce qu'on a gagné. Les filles qui font ça sont très seules. Elles sont amères parce qu'elles en ont trop vu. Et moi je les regarde et je dis : "Mon Dieu, je suis trop jeune, faut que je me tire d'ici." Parce que c'était pour l'argent que je le faisais. Et je me suis fait rouler. Mais ça c'est New York. De toute façon, j'avais besoin de changement. Je veux faire autre chose dans ma vie, un boulot où je vois des gens. Et la campagne, ça me manquait. En Allemagne, j'ai passé mon enfance dans un village, jusqu'à ce que mes parents divorcent. La nature me manque, j'ai besoin de calme. Il y a d'autres choses que l'argent dans la vie. Alors je suis venue habiter ici.

– Et comment ça va ici ?

– C'est formidable. Les gens sont très gentils, en fait. Charmants. Je me sens pas étrangère ici. Ça c'est bien. À New York, chaque fois que je vais quelque part, je me fais draguer. Tout le temps. C'est ça qui leur plaît aux gens à New York. Je leur dis "lâchez-moi" et ils me lâchent. Je me débrouille assez bien dans ces situations. Le truc, c'est de ne pas montrer qu'on a peur. J'ai pas peur de vous. À New York, les gens sont bizarres, des fois. Mais pas ici. Je me sens chez moi, ici. J'aime bien l'Amérique maintenant. Je fais même du patchwork, dit-elle avec un petit rire. *Moi*. Je suis une vraie Américaine. Je fais des quilts.

– Comment avez-vous fait pour apprendre ?

– Avec des livres.

– J'adore les quilts. J'ai une collection de quilts, ajouta Sabbath. J'aimerais bien voir les vôtres un de ces jours. Vous seriez d'accord pour m'en vendre un ?

– Vous le vendre ? » dit-elle en riant de bon cœur maintenant, d'un rire rauque, comme une pocharde qui aurait eu le double de son âge. « Pourquoi pas ? D'accord, je le vends, Country. C'est votre argent. »

Et il éclata de rire, lui aussi. « Nom de Dieu, on est *vraiment* perdus ! » – et il fit un demi-tour sur la route étroite et la ramena chez elle, au-dessus de l'épicerie, en moins de quinze minutes. En roulant, ils parlèrent de leur intérêt commun pour les quilts. Si inimaginable que cela pût paraître, la glace était brisée – envolée l'antipathie, des liens de sympathie sont établis, rendez-vous est pris. Les quilts. À l'américaine.

« Merci », avait dit Drenka à Christa quand l'heure fut venue pour le vieux couple de se rhabiller et de rentrer chez eux, « merci, dit-elle avec des trémolos dans la voix, merci, merci, merci... » Elle reprit Christa dans ses bras et la berça comme une enfant. « Merci, merci. » Christa baisa doucement, l'un après l'autre, les seins de Drenka. Sa petite bouche s'ouvrit en un sourire chaleureux et juvénile alors qu'elle se rapprochait de Drenka, en roulant de grands yeux pour lui dire avec une voix enfantine : « Il y a plein de femmes hétéro qui aiment ça. »

Alors que c'était Sabbath qui avait organisé la soirée et donné à Drenka la somme qu'elle avait exigée pour sa participation, il s'était senti vaguement de trop à partir du moment où Drenka avait frappé à la porte et où il lui avait ouvert pour l'introduire dans la petite chambre où lui-même était arrivé quelques instants plus tôt, pensant qu'il serait peut-être nécessaire, même après un mois de fine diplomatie, de négocier jusqu'au bout. Il n'y avait rien de mince dans cette affaire, et il n'était toujours pas sûr que l'on puisse entièrement compter sur Christa – elle ne s'était pas encore totalement libérée de ses soupçons d'Européenne à Madamaska Falls, et Sabbath n'avait pas réussi à détecter en elle, comme il l'espérait, le moindre indice qu'elle allait adopter un point de vue moins égoïste. « Drenka, dit-il en lui ouvrant la porte, je te présente mon amie Christa » ; et bien que Drenka n'ait auparavant vu Christa qu'à travers la vitrine de la boutique – elle était passée devant trois ou quatre fois comme Sabbath le lui avait suggéré –, elle se dirigea droit vers le canapé acheté d'occasion sur lequel Christa était assise, vêtue d'un jean déchiré et d'une veste de velours garnie de perles de verre du même violet que ses yeux. Se mettant à genoux sur le parquet nu, Drenka prit entre ses deux mains la tête aux cheveux courts de Christa et l'embrassa avec fougue sur la bouche. Sabbath fut étonné de voir à quelle vitesse Drenka déboutonna la veste de Christa, et Christa défit le chemisier de Drenka et la débarrassa de son soutien-gorge pigeonnant. Il faut dire que la hardiesse de Drenka l'étonnait toujours. Il s'était dit qu'ils auraient besoin d'une période d'échauffement – parler, raconter des histoires, sous sa direction, parler franchement, ouvertement, peut-être même faire semblant de s'intéresser aux quilts de Christa pour les mettre toutes les deux à l'aise –, alors qu'en fait, les cinq cents dollars que Drenka avait dans son sac l'avaient rendue capable, comme elle le disait elle-même, « d'y aller exactement comme une pute et de le faire ».

Après, Drenka n'arrêta pas de dire le plus grand bien de Christa. Pendant que Sabbath la conduisait à sa voiture, qu'elle avait laissée derrière Town Street, Drenka se colla amoureusement contre lui, lui embrassa la barbe, lui lécha le cou – elle, cette femme de quarante-huit ans, aussi excitée qu'un enfant qui rentre à la maison après être allé au cirque. « Avec une lesbienne, il y a un sens de l'*amour* qu'elle m'a communiqué. Quelle expérience, comme elle savait caresser un corps de femme. Et comment elle embrassait ! Cette connaissance du corps de la femme, comment il faut le caresser, comment il faut l'embrasser, comment il fallait m'effleurer la peau et m'exciter le bout des seins, les faire durcir et me les sucer, et cette façon d'aimer, de donner, très sexuelle, tout à fait comme un homme, et tout cet érotisme quand elle me faisait vibrer, ça m'a vraiment excitée. Savoir exactement de quelle manière me toucher le corps, tellement mieux que certains hommes ne savent le faire. Trouver le petit bouton au fond de ma chatte et rester dessus juste le temps qu'il faut pour me faire jouir. Et quand elle s'est mise à m'embrasser – tu vois, entre les jambes quand elle m'a sucée –, quelle expertise dans la pression de cette langue exactement au bon endroit... oh, ça c'était très excitant. »

Sur le lit, à quelques centimètres à peine, suivant chaque mouvement comme un étudiant en médecine qui assiste à sa première opération, il s'était bien amusé lui aussi et il avait même pu aider, à un moment, quand Christa, sa langue musculeuse fermement plantée entre les cuisses de Drenka, tâtonnait dans les draps à l'aveuglette, en essayant de mettre la main sur un vibromasseur. Plus tôt dans la soirée, elle en avait sorti trois de sa table de nuit – des vibrateurs de couleur ivoire de dix à vingt centimètres de long – et Sabbath avait réussi à en retrouver un, le plus long des trois, qu'il avait placé, dans le bon sens, dans sa main tendue. « Tu n'as donc pas du tout eu besoin de moi, dit-il. – Oh non, je trouve ça merveilleux et très excitant avec une autre femme, mais », lui répondit Drenka, en mentant, comme il s'en apercevrait plus tard, « je ne voudrais pas être obligée de le faire toute seule avec elle. Ça ne m'exciterait pas, j'en suis sûre. J'ai besoin du pénis d'un homme, de l'excitation d'un homme pour me pousser. Mais je trouve ça très érotique un corps de jeune femme, c'est beau, les courbes bien arrondies, les petits seins, sa forme, son odeur, son moelleux, et ensuite, au moment où à mon tour je me mets à lui sucer le con, je trouve ça très beau un con, en fait. Je ne l'aurais pas cru, à me regarder dans une glace. On a déjà honte de se regarder et, quand on regarde ses propres organes, on les trouve inacceptables d'un point de vue esthétique. Mais dans une situation comme celle-là, je vois tout, et bien qu'il s'agisse d'un monde mystérieux auquel moi-même j'appartiens, cela reste un mystère, un mystère entier. »

*

La tombe de Drenka était située près du bas de la colline, à une centaine de mètres d'un mur de pierre datant d'avant l'Indépendance et d'une rangée d'érables séparant le cimetière de la route goudronnée qui montait en lacet vers le sommet de la montagne. Au cours de ces derniers mois, il avait vu passer les lumières d'environ une demi-douzaine de véhicules bringuebalants – des camionnettes, à en juger par le bruit – pendant qu'il se désolait de la perte qu'il avait subie. Il lui suffisait de se laisser tomber à genoux pour être aussi invisible depuis la route que les morts enterrés autour de lui, et le plus souvent, il était déjà à genoux. Jusque-là, pas un seul visiteur autre que lui n'était venu au cimetière la nuit – un cimetière de campagne, loin de tout, à six cents mètres au-dessus de la mer n'était pas, pour la plupart des gens, même au printemps, un endroit évident où se promener la nuit. Des bruits provenant de l'extérieur du cimetière – les biches abondaient sur Battle Mountain – avaient beaucoup inquiété Sabbath dans les premiers mois de ses visites au cimetière, et il était tout à fait sûr d'avoir vu, du coin de l'œil, quelque chose bouger parmi les tombes, et il pensait que ce quelque chose était sa mère.

Au début, il ne se doutait pas que ses visites allaient devenir régulières. Mais il ne se doutait pas non plus, à ce moment-là, qu'il pourrait, en la regardant, pénétrer du regard à l'intérieur de la tombe de Drenka et qu'il la verrait, qu'il la verrait soulever sa robe dans son cercueil jusqu'à cette latitude si excitante où le haut de ses bas rencontrait le porte-jarretelles, qu'il verrait, encore une fois, cette chair qui lui rappelait le bouchon de crème dans la bouteille de lait de son enfance, quand les laiteries Borden livraient encore le lait à domicile. C'était idiot de ne pas avoir pensé qu'il serait question de sexe. « Viens mettre ta tête entre mes cuisses, disait-elle à Sabbath. Suce-moi, bouffe-moi, Country, comme Christa », et Sabbath se jetait sur la tombe, pleurant toutes les larmes qu'il n'avait pu pleurer lors des obsèques.

Maintenant qu'elle était partie pour de bon, Sabbath trouvait incroyable que même à l'époque où il était une espèce de cinglé amoureux fou de sa chatte, avant que Drenka ne devienne un divertissement plutôt prenant, une femme avec laquelle il pouvait à loisir s'amuser, baiser, conspirer, intriguer, que même à cette époque-là il n'ait pas pensé à quitter la vie atrocement ennuyeuse qu'il menait avec une Roseanna ivre et dénuée, à ses yeux, de tout érotisme, pour épouser une femme avec laquelle il avait plus d'affinités qu'avec toutes celles qu'il avait pu rencontrer en dehors des bordels. Une femme banale qui était prête à tout essayer. Une femme respectable, assez guerrière pour se montrer encore plus audacieuse que lui. Il ne devait pas y avoir cent femmes comme celle-là dans tout le pays. Pas cinquante dans l'Amérique tout entière. Et il ne s'était aperçu de rien. Jamais, en treize ans, il ne s'était lassé de regarder dans l'échancrure de ses chemisiers ou sous sa jupe, mais il ne s'était quand même aperçu de rien !

Mais, maintenant, cette seule pensée suffisait à le

bouleverser – personne ne croirait que cet ignoble individu qui polluait le village, que ce cochon de Sabbath était honnêtement capable d'un pareil déluge de sentiments. Il s'abandonna avec une exaltation plus grande encore que celle de son mari par ce matin glacial de novembre où on l'avait enterrée. Le jeune Matthew, sanglé dans son uniforme, refusa de se laisser trahir par son émotion et ne laissa transparaître qu'une rage silencieuse et contenue, la plus violente des pulsions magistralement contrôlée par un flic doté d'une conscience. C'était comme si sa mère était morte non pas d'une affreuse maladie mais d'un acte de violence perpétré par un psychopathe qu'il allait retrouver et arrêter, calmement, une fois la cérémonie terminée. Drenka avait souvent souhaité que le fils montre en face de son père la même admirable retenue que sur la route où, d'après elle, il ne s'énervait jamais et ne perdait jamais son sang-froid devant les provocations, quelles qu'elles soient. Drenka répétait naïvement à Sabbath, et en utilisant les mêmes termes que lui, tout ce dont Matthew se vantait devant elle. Pour Sabbath, le plaisir qu'elle prenait à raconter les succès de son garçon n'était peut-être pas ce qu'il y avait de plus séduisant en elle, mais c'était de très loin ce qu'il y avait de plus innocent. On n'aurait jamais pu penser – à moins d'être soi-même d'une parfaite ingénuité – qu'une même personne pouvait abriter des polarités aussi contraires, mais Sabbath, qui croyait l'être humain dépourvu de toute logique, était fasciné de voir à quel point sa Drenka, cette jouisseuse libérée de tous les tabous, idolâtrait ce fils qui prenait son rôle de parfait défenseur de l'ordre pour la chose la plus sérieuse au monde, lui qui n'avait pas d'autres amis que des flics, lui qui avait expliqué à sa mère qu'il se méfiait de tous ceux qui *n'étaient pas* flics. À l'époque où il venait à peine de terminer sa formation, il disait souvent à sa mère : « Tu sais quoi, j'ai plus de pouvoir que le président. Tu sais pourquoi ? Je peux retirer leurs droits aux gens. Le droit à la liberté. "Vous êtes en état d'arrestation. Vous vous êtes fait pincer. Vous avez perdu votre droit à la liberté." » Et c'est parce qu'il avait compris les responsabilités qu'impliquait cette toute-puissance que Matthew faisait tellement attention à bien respecter toutes les règles. « Il ne s'emporte jamais, disait sa mère à Sabbath. S'il y a un autre flic qui joue au dur, qui traite le suspect de ceci ou de cela, Matthew lui dit toujours : "Laisse tomber. Tu vas avoir des ennuis. On fait les choses comme on doit les faire." La semaine dernière, ils ont arrêté un type, il donnait des coups de pied dans la voiture de patrouille et faisait du raffût, et Matthew a dit : "Laisse-le faire, il est coincé. À quoi ça sert de lui hurler dessus ou de l'injurier, ça prouve quoi ? Après, il ira tout raconter au juge. Et ça lui fera une bonne raison de s'en tirer alors qu'il a commis un délit." Matthew dit qu'ils peuvent toujours l'injurier, faire tout ce qu'ils veulent – c'est eux qui ont les menottes et c'est lui qui dirige les opérations, pas eux. Matthew dit : "Il essaie de me faire perdre mon sang-froid. Il y a effectivement des flics qui perdent leur sang-froid. Ils se mettent à les engueuler – et pour quoi faire, m'man ? À quoi ça sert ?" Matthew garde son calme et il les embarque. »

Pour Madamaska Falls, la foule qui se pressait à l'enterrement était énorme. En plus des amis qui habitaient la petite ville et des nombreux employés de l'auberge, anciens ou actuels, il y avait, montés de New York ou venus de Providence et de Portsmouth et de Boston, des dizaines de clients que Drenka avait reçus avec gentillesse et compétence au cours de toutes ces années – et, parmi ces clients, il y avait un bon nombre d'hommes avec lesquels elle s'était envoyée en l'air. Sur leur visage, Sabbath, qui avait choisi d'observer ces hommes depuis l'arrière de la foule, voyait combien ils étaient hagards et pleins de tristesse devant cette perte. Lequel était Edward ? Lequel était Thomas ? Lequel était Patrick ? Ce type très grand était certainement Scott. Et, à proximité de l'endroit où se tenait Sabbath, aussi loin que possible derrière le cercueil, il y avait Barrett, le jeune électricien qui venait de s'installer à Blackwall, la petite ville assez moche qui se trouvait juste au nord, avec ses cinq bars plutôt glauques et son hôpital psychiatrique. Par hasard, Sabbath s'était garé derrière la camionnette de Barrett dans le parking bondé du cimetière – à l'arrière de la camionnette on pouvait lire : « Entreprise Barrett. On vous branche. »

Barrett, avec ses cheveux rassemblés en queue de cheval et sa moustache à la mexicaine, était debout à côté de sa femme enceinte. Elle serrait contre elle un ballot qui était leur tout petit bébé, et elle pleurait sans retenue. Deux fois par semaine, le matin, les jours où Mme Barrett se rendait dans les locaux de la compagnie d'assurances où elle travaillait comme secrétaire, Drenka prenait sa voiture, passait devant le barrage et montait jusqu'à Blackwall prendre des bains avec le mari de Mme Barrett. Il n'avait vraiment pas l'air bien ce jour-là, peut-être parce que son costume était trop serré ou peut-être parce que, n'ayant pas de manteau à se mettre, il mourait de froid. Il passait sans arrêt d'une de ses longues jambes sur l'autre, comme s'il craignait de se faire lyncher une fois la cérémonie terminée. Barrett était la dernière des prises de Drenka dans le lot des ouvriers qui venaient effectuer des réparations à l'auberge. Sa dernière prise. Un an de moins que son fils. Il parlait peu, sauf après le bain, et là, avec son enthousiasme de bouseux, il ravissait Drenka en lui disant : « T'es quelque chose, toi, t'es vraiment quelque chose. » En plus de sa jeunesse et de son corps vigoureux, ce qui excitait Drenka c'était qu'il était « très physique ». « Il n'est pas sans charme, disait-elle à Sabbath. Il a ce côté animal qui me plaît tellement. C'est comme si j'avais un service de baise à ma disposition vingt-quatre heures sur vingt-quatre. Il a des gros muscles et le ventre complètement plat, et puis il a une queue énorme, et il transpire beaucoup, il y a toute cette sueur, son visage devient tout rouge, et il est comme toi, lui aussi c'est "Je ne veux pas jouir maintenant, pas encore, Drenka, pas tout de suite". Et après, c'est "Oh mon Dieu, je jouis, je jouis", et puis "Ohhh ! Ohhh !" – faut voir les bruits qu'il fait. Et quand c'est fini, le silence, comme si tout se dégonflait. Et puis, il habite dans un quartier d'ouvriers et c'est moi qui y vais – tout ça, ça m'excite encore plus. Un petit appartement dans un petit immeuble, avec des chevaux assez affreux sur les murs. Ils ont deux chambres, et c'est de très mauvais goût. Les voisins travaillent tous à l'hôpital psychiatrique. Dans la salle de bains, il y a une de ces vieilles baignoires avec des pieds. Et je lui dis : "Remplis la baignoire, que je prenne un bain." Je me souviens d'une fois où je suis arrivée vers midi, j'avais très faim et on devait manger une pizza. Je me suis déshabillée tout de suite et je cours à la baignoire. Oui, je crois qu'on s'excite beaucoup dans la baignoire, je le branle un peu, tu vois. On peut baiser dans la baignoire, on l'a fait, mais il y a l'eau qui déborde. Ce que j'aime, c'est *comment* on baise, il n'y a qu'avec lui que c'est comme ça. Il reste assis et, comme il a une grosse queue, je m'assois dessus et on baise comme ça. On se dépense beaucoup et on transpire beaucoup, beaucoup de mouvement, beaucoup plus qu'avec n'importe qui, je crois. J'adore prendre un bain *et* une douche. Le savonnage y est aussi pour beaucoup. Le savon. Tu commences avec la figure, tu continues avec la poitrine et le ventre, et après tu arrives à la bite, et il se met à bander, à moins qu'il ne bande déjà dur. Après, tu te mets à baiser. Si t'es dans la douche, tu restes debout et tu baises. Des fois, ça lui prend, il me relève les jambes, il me les met en l'air et il me porte comme ça jusque dans la douche. Mais si on est dans la baignoire, en général c'est moi qui m'assois sur lui et on baise comme ça. J'adore baiser dans la baignoire avec cet imbécile d'électricien. J'adore ça. »

Elle avait commis l'erreur d'annoncer la mauvaise nouvelle à Barrett. « Tu m'avais dit, lui dit-il, tu m'avais promis que ça ne compliquerait pas les choses, et voilà. J'ai un bébé à nourrir, je dois m'occuper de ma femme qui est enceinte. J'ai une entreprise que je viens de créer et qui me cause du souci, et s'il y a une chose dont je n'ai pas besoin en ce moment, que ce soit toi, moi ou n'importe qui, c'est bien le cancer. »

Drenka appela Sabbath au téléphone et fila le retrouver à la Grotte. « Tu n'aurais jamais dû lui en parler », lui dit Sabbath qui s'était assis sur le rebord de granit et l'avait prise sur ses genoux pour la bercer. « Mais, dit-elle en pleurant comme une malheureuse, on est amants – je voulais qu'il soit au courant. Je ne me doutais pas qu'il était aussi *salaud*. – Oui, mais si tu avais essayé de voir les choses du point de vue de la femme enceinte, tu t'en serais peut-être rendu compte. Tu savais que c'était un imbécile. Ça te plaisait qu'il soit bête. "Mon imbécile d'électricien." Ça t'excitait, ce côté animal, son appartement ignoble, sa bêtise, – Mais il s'agissait du *cancer*. Même pour un *imbécile*... – Chhh... Chhh... Pas pour quelqu'un d'aussi bête que Barrett. »

Sabbath accomplissait son travail de deuil – il répandait sa semence sur le petit carré de terre de Drenka –, quand les phares d'une voiture quittèrent la route goudronnée pour s'engager dans la large allée recouverte de gravillons qu'empruntaient habituellement les corbillards pour pénétrer dans le cimetière. Les phares continuèrent d'avancer avec hésitation puis s'éteignirent et le moteur discret s'arrêta net. Plié en deux, remontant sa braguette, Sabbath courut jusqu'à l'érable le plus proche. À genoux derrière l'arbre, il dissimula sa barbe blanche entre le tronc massif de l'arbre et le vieux mur de pierre. D'après la silhouette de la voiture – à peu de chose près la même forme et la même taille qu'un corbillard –, il comprit qu'il s'agissait d'une limousine. Une silhouette montait maintenant d'un pas régulier vers la tombe de Drenka ; une personne de haute taille, portant un grand manteau et quelque chose qui ressemblait à des bottes qui montaient assez haut. Il se dirigeait à la lueur d'une lampe de poche qu'il ne cessait d'allumer puis d'éteindre. Avec ces bottes, dans ce cimetière à demi éclairé par une lune blafarde, il avait l'air d'un géant qui avançait à grands bonds. Il s'attendait sans doute à ce qu'il fasse très froid ici. Il devait venir de – mais c'était le magnat des cartes de crédit ! C'était Scott !

Un mètre quatre-vingt-quinze. Scott Lewis. Drenka lui avait souri du haut de son mètre soixante dans un ascenseur de Boston et lui avait demandé s'il avait l'heure. Cela avait suffi. Elle s'asseyait sur sa bite à l'arrière de la limousine pendant que le chauffeur faisait lentement le tour des banlieues résidentielles, passant parfois devant la maison de Lewis. Scott Lewis faisait partie de ces hommes qui disaient à Drenka qu'il n'y en avait pas deux comme elle dans le monde entier. Sabbath l'avait entendu le lui dire depuis le téléphone de sa limousine.

« Il s'intéresse beaucoup à mon corps, rapportat-elle immédiatement à Sabbath. Il veut prendre des photos et il veut tout le temps me regarder et m'embrasser. C'est un grand bouffeur de chatte – il est très tendre. » Pourtant, tendre comme il l'était, la deuxième fois où elle le retrouva dans un hôtel de Boston, une call-girl que Lewis avait retenue vint frapper à la porte dix minutes à peine après l'arrivée de Drenka. « Ce qui m'a déplu là-dedans, raconta Drenka en téléphonant à Sabbath le lendemain matin, c'est que je n'avais pas eu mon *mot* à dire, on me l'a imposé. – Et comment tu as réagi ? – J'ai dû faire avec, Mickey. Elle arrive dans la chambre d'hôtel habillée comme une pute de luxe. Elle ouvre son sac et elle a tout un tas de trucs dedans. Vous voulez un uniforme de femme de ménage ? En Indienne ? Et puis elle sort ses godemichés et elle demande : "Vous voulez celui-ci ou celui-là ?" Et puis bon, allez-y, vous commencez. Mais comment on peut s'exciter avec ça ? C'était assez difficile, même pour moi. Finalement, je crois qu'on a fini par s'y mettre. L'idée, c'était que l'homme se contentait de faire le voyeur. Il voulait voir comment deux femmes s'y prennent. Il arrêtait pas de lui demander de me sucer la chatte. Ça me paraissait tellement technique et tellement froid, mais je me suis dit d'accord, je marche dans la combine. Et j'ai fini par me mettre au travail et, comme ça, j'ai réussi à m'exciter. Mais, finalement, j'ai surtout baisé avec Lewis – nous on baisait et elle, elle était là, c'est tout, elle faisait partie du décor. Quand il a fini de jouir, je me suis mise à lui embrasser la chatte, mais elle était très sèche ; quand même, au bout d'un moment, elle a commencé à bouger et c'est un peu devenu un objectif, une mission. Est-ce que j'étais capable de donner envie à une pute ? Je crois que j'y suis parvenue jusqu'à un certain point, mais c'est difficile de dire si elle ne jouait pas la comédie. Tu sais ce qu'elle m'a dit ? À *moi* ? Elle me fait, au moment où on était tous en train de s'habiller : "Ça a été difficile de vous faire jouir !" Elle était *en colère*. "Il n'y a que ça qui intéresse les maris" – elle croyait qu'on était mari et femme – "mais vous, il a vraiment fallu vous travailler, plutôt inhabituel." Les maris et les femmes c'est très courant, Mickey. La pute nous a dit qu'elle en fait tout le temps. – Tu as du mal à la croire ? lui demanda-t-il. – Tu veux dire, répondit-elle en riant joyeusement, que les gens sont aussi fous que nous ? – Encore plus fous, l'assura Sabbath, bien plus fous. »

Quand il avait une érection, Drenka appelait la bite de Lewis l'« arc en ciel », parce que, comme elle se plaisait à l'expliquer : « Il a la bite assez longue et un peu courbée. Ça fait une espèce de coude, sur le côté. » Obéissant aux instructions de Sabbath, elle en avait relevé le contour sur une feuille de papier – Sabbath avait toujours le dessin quelque part, probablement rangé avec les photos porno de Drenka qu'il n'avait plus eu le courage de regarder depuis sa mort. Lewis était le seul qu'elle avait autorisé, comme Sabbath, à l'enculer. Voilà à quel point il était spécial. Quand Lewis avait voulu faire pareil avec la pute, la pute a dit désolée mais ça, elle faisait pas.

Ah oui alors, Drenka s'en était payé du bon temps avec sa bite tordue à celui-là ! Agaçant ! Et pourtant, à l'époque où cela se passait, Sabbath avait souvent dû la freiner quand elle lui racontait ses histoires, il avait dû lui rappeler qu'il fallait tout raconter, même ce qu'il y avait de plus trivial, il voulait connaître tous les détails, même les plus insignifiants. Il lui demandait souvent de lui raconter ce genre de choses, et elle le faisait. Sa copine de baise. Sa meilleure élève.

Mais cela lui avait pris des années pour apprendre à Drenka à bien raconter ses aventures, parce qu'elle avait plutôt tendance, dans sa langue d'adoption du moins, à enfiler les phrases tronquées les unes à la suite des autres jusqu'à ne plus savoir elle-même ce qu'elle voulait dire. Mais petit à petit, à force d'écouter Sabbath et de lui parler, la ressemblance allait grandissant entre tout ce qu'elle avait en tête et ce qu'elle disait. C'était clair, elle était devenue syntaxiquement plus fine que les neuf dixièmes des gens qui vivaient là-haut sur la montagne, même si son accent était resté jusqu'à la fin remarquablement savoureux : *ch'ai* au lieu de *j'ai*, *chouir* au lieu de *jouir* ; dans *étranger* et *dangereux* un *r* fortement roulé, et des *l* un peu à la russe, qui venaient de très loin dans la bouche. Le résultat, c'est qu'elle projetait une ombre pleine de charme sur tout ce qu'elle disait, et introduisait un léger mystère dans la moins mystérieuse de ses paroles – séduction phonétique que Sabbath trouvait d'autant plus fascinante.

Elle arrivait encore moins à retenir les expressions toutes faites mais eut, jusqu'à sa mort, le chic pour transformer les clichés, les proverbes ou les platitudes en trouvailles qui lui ressemblaient tellement que Sabbath n'aurait jamais osé intervenir – c'est vrai, et il y en avait même (par exemple, « Comme on fait son lit on se touche ») qu'il avait adoptées. Le souvenir ému de son aplomb alors qu'elle croyait produire des phrases parfaitement idiomatiques, le souvenir de chacune des erreurs, des glissements de sens, des barbarismes involontairement drôles que Drenka avait pu produire au fil des années, le laissait absolument sans défense, et une fois de plus il atteignit au plus profond de sa douleur : faire contre mauvaise fortune bonheur... ses jours sont numérotés... comme un cheval sur la soupe... quand on fait la belle il faut danser... à bon étendeur, salut... le garçon qui criait « Au fou ! »... il a des ornières devant les yeux... tu prends tes plaisirs pour des réalités... ça met du beurre dans le pinard... la cause est étendue... moyennement quoi... j'ai l'estomac dans les souliers... ce type, il est rébarbutant... le chien boit, la caravane passe... une aiguille dans une bottine de foin... boire le vin jusqu'au lit... un cheval donné on ne regarde pas dedans... il y a du poisson sous la roche... en deux coups de cuillère dans le pot... mettre la charrue devant les vaches... j'en ai de l'eau dans la bouche... les œufs plus gros que le ventre... tirer la queue du diable... ça sert inutile... c'est pas au vieux singe qu'on apprend à faire la grise mine. Quand elle voulait se faire obéir du chien de Matija, au lieu de dire « Couché ! » Drenka criait « Au lit ! ». Et la fois où Drenka était venue dans la maison de Brick Furnace Road pour passer l'après-midi dans le lit conjugal des Sabbath – Roseanna était partie voir sa sœur à Cambridge –, il tombait une toute petite pluie fine à son arrivée, mais quand ils s'étaient mis au lit après avoir terminé les sandwiches que Sabbath avait préparés et fumé un joint, le ciel avait viré au noir profond d'une nuit sans lune. Le silence étrange et sombre avait duré une heure, puis l'orage avait éclaté au-dessus de leur montagne – à la radio, Sabbath devait apprendre plus tard que l'ouragan avait ravagé un lotissement de maisons préfabriquées à une vingtaine de kilomètres à peine de Madamaska Falls. Au moment où le bruit de cet orage très spectaculaire atteignait son paroxysme et leur donnait l'impression que la maison était prise sous le feu d'un canon, Drenka, qui s'accrochait à lui sous les draps, demanda à Sabbath d'une voix tremblotante : « J'espère qu'il y a un père à tonnerre sur cette maison. – C'est moi le père à tonnerre de cette maison », avait-il dit pour la rassurer.

En voyant Lewis se pencher sur la sépulture pour y déposer un bouquet, il se dit : « Mais elle est à moi ! Elle m'appartient ! »

Ce que fit ensuite Lewis était tellement abominable que Sabbath chercha désespérément à s'emparer dans l'obscurité d'une pierre ou d'un bâton pour aller foutre une raclée à cette ordure. Lewis défit sa braguette et extirpa de son caleçon la fameuse bite en érection dont Sabbath conservait le contour parmi ses papiers, dans un classeur, il s'en souvenait maintenant, étiqueté « Divers ». Il passa un long moment à se balancer d'avant en arrière, à se balancer et à gémir, jusqu'au moment où il tourna enfin son visage vers le ciel étoilé et où une voix de basse profonde retentit à travers les collines. « Suce, Drenka, suce-moi à fond ! »

Bien qu'il ne fût pas phosphorescent, ce qui eût permis à Sabbath d'en suivre du regard la trajectoire, bien qu'il ne fût pas suffisamment épais ou suffisamment dense pour lui permettre de l'entendre s'écraser sur le sol dans le grand silence qui régnait en haut de cette montagne, Sabbath sut, rien qu'à l'immobilité de la silhouette de Lewis et parce qu'il pouvait l'entendre respirer à une dizaine de mètres, que le gigantesque et longiligne amant venait de mêler son foutre à celui du petit gros. Dans la minute suivante, Lewis se mit à genoux au pied de la tombe et, d'une voix pleurnicharde et monotone, il commença à psalmodier avec amour : « ...tes nichons... tes nichons... tes nichons... tes nichons... ».

Sabbath ne put en supporter davantage. Il s'empara du caillou que d'un coup de pied il avait dégagé des racines de l'érable dans lesquelles il était pris, un caillou de la taille d'une savonnette, et il le jeta dans la direction de la tombe de Drenka. En l'entendant ricocher sur une pierre tombale voisine, Lewis se leva d'un bond et scruta les alentours avec inquiétude. Puis il dévala la pente jusqu'à sa limousine, dont le moteur démarra immédiatement. La voiture repartit en marche arrière jusqu'à la route, et, à ce moment-là seulement, les phares s'allumèrent et la limousine fila.

Sabbath traversa en courant le cimetière jusqu'à la tombe de Drenka et vit que le bouquet de Lewis était énorme, pas moins de quatre douzaines de fleurs peut-être. À la lumière de sa torche, il n'identifia que les roses et les œillets. Il ne connaissait pas le nom des autres fleurs, malgré tous les étés que Drenka avait passés à les lui apprendre. Il s'agenouilla et saisit le bouquet par la grosse gerbe que formaient les tiges et le serra contre sa poitrine avant de s'engager dans le chemin de terre qui menait à la route et plus loin à sa voiture. D'abord, il se dit que le bouquet était resté mouillé depuis la boutique où il avait été acheté et où on avait dû garder les fleurs dans un vase plein d'eau, mais ensuite, à la consistance, il comprit ce qu'était cette substance humide. Les fleurs en étaient inondées. Ses mains en étaient couvertes. Ainsi que le devant de la vieille veste de chasse aux énormes poches dans lesquelles il transportait ses marionnettes les jours où il devait animer son atelier, avant le scandale de Kathy Goolsbee.

Drenka avait un jour raconté à Sabbath qu'après son mariage, au cours de la première année de leur vie d'immigrants, Matija avait sombré dans la dépression et ne s'intéressait plus à elle, il ne la baisait plus ; elle était devenue si triste qu'elle était allée voir un médecin à Toronto, la ville où ils avaient brièvement séjourné après avoir quitté la Yougoslavie, et lui avait demandé combien de fois un mari était censé faire ça avec sa femme. Le docteur lui demanda ce qu'elle trouverait raisonnable. Sans même prendre le temps de réfléchir, la jeune mariée répondit : « Oh, environ quatre fois par jour. » Le médecin lui demanda comment un homme et une femme qui travaillaient tous les deux parviendraient à trouver le temps nécessaire pour le faire, disons, en dehors des week-ends. Elle expliqua en comptant sur ses doigts : « Une fois vers trois heures du matin, quand on sait parfois à peine ce qu'on est en train de faire. Une fois à sept heures quand on se réveille. On le fait en rentrant du travail et une fois avant de s'endormir. Peut-être même deux fois avant de s'endormir. »

Si cette histoire lui était revenue alors qu'il redescendait avec précaution la colline du cimetière – les fleurs mouillées encore serrées entre ses mains –, c'était à cause de ce merveilleux vendredi, à peine soixante-douze heures après la prestation de Matija devant le Rotary Club, quand elle s'était retrouvée à la fin de la journée – pas de la semaine, de la journée – pleine du sperme de quatre hommes. « Drenka, personne ne peut t'accuser de reculer devant tes fantasmes. Quatre, dit-il. Et je me sentirais honoré d'en être si cela devait se reproduire. » Il s'aperçut, en écoutant cette histoire, que son désir s'enflammait et que sa vénération redoublait – tout cela avait vraiment quelque chose d'extraordinaire : quelque chose

116

d'héroïque. Ce petit bout de femme rondouillette, cette beauté brune au nez légèrement abîmé, cette réfugiée qui ne connaissait pratiquement rien d'autre du monde que le Split de ses années d'écolière (99 462 hab.) et le joli petit village de Madamaska Falls en Nouvelle-Angleterre (1 109 hab.) apparut à Sabbath comme *une femme d'une très grande importance*.

« C'était la fois où je suis allée à Boston, lui dit-elle, pour voir mon dermatologue. C'était très excitant. Tu t'assois dans le bureau du docteur et tu sais que tu es sa maîtresse et qu'il a envie de toi et il te montre qu'il bande comme un taureau, là, dans la pièce où il t'ausculte, et il la sort et il m'a baisée sur place. Pendant mon rendez-vous. Dans le temps, il y a des années de ça, je me le faisais à son bureau, le samedi. Et il baisait bien. Et de toute façon, après lui, je suis allée voir le magnat de la carte de crédit, Lewis. Et ça m'excitait de savoir qu'un autre homme m'attendait, que j'étais capable de faire envie à un autre. Peut-être que je me sentais forte à cause de ça, de me dire que j'étais capable d'en séduire plus d'un seul. Lewis me baisait et m'éjaculait dedans. Ça me faisait du bien. Personne ne le sait, sauf moi. Une femme qui se balade avec le sperme de deux types différents dans le ventre. Le troisième, c'était un type qui travaillait dans une université, il venait à l'auberge avec sa femme. Sa femme était en voyage en Europe et moi je dînais avec lui. Je ne le connaissais pas – c'était la première fois. Tu veux que je te raconte les choses comme elles se sont passées, brutalement ? Je m'étais rendu compte que j'avais mes règles. Je l'avais rencontré au cocktail qu'on donnait pour les clients. Il était debout à côté de moi et il avait plaqué ses bras sur mes seins. Et il m'a dit qu'il bandait vraiment dur, ça se voyait presque. Un prof de fac – c'est comme ça qu'on se parlait à ce cocktail. C'est ce genre de situations qui me donne envie, quand on le fait en public, en public mais en secret. Et bon, il avait préparé un dîner très élaboré. On en avait tous les deux très envie mais on était aussi très timides, ou plutôt, on était mal à l'aise. On a dîné dans leur salle à manger et j'ai répondu à ses questions sur mon enfance sous un régime communiste et on a fini par monter à l'étage, il était assez costaud comme type, et il me serrait fort, il m'a presque cassé les côtes. Il était d'une politesse incroyable. Peut-être qu'il était timide et que ça lui faisait peur. Il m'a dit : "On n'est pas obligés de faire quoi que ce soit si tu n'en as pas envie." Moi, j'hésitais un peu, parce que là, j'avais mes règles, mais j'avais envie de me l'envoyer, alors je suis allée dans la salle de bains et j'ai enlevé mon tampon. On a commencé à se déshabiller, ça chauffait, c'était très excitant. C'était un grand type, très musclé, qui parlait si bien. J'en avais très envie et je voulais savoir s'il avait une grosse queue. Et quand on a été finalement déshabillés, j'ai été déçue de voir que sa bite avait l'air toute petite. Je ne sais pas si ce n'était pas moi qui lui faisais peur et que ça l'empêchait de bander. Alors j'ai dit : "De toute façon, j'ai mes règles", et il a répondu : "Ça ne fait rien." J'ai dit : "Je vais aller chercher une serviette." Et on a posé une serviette sur le lit et là on s'y est mis pour de bon. Il me faisait tout. Il n'arrivait pas vraiment à bander. J'ai vraiment tout fait pour essayer de le faire bander, mais je crois qu'il devait avoir peur. Il avait peur de moi, j'étais trop libre. C'est ça que j'ai senti – qu'il était un peu dépassé. Même s'il a joui trois fois. – Sans bander ! *Et alors qu'il* était dépassé ! Bel exploit, remarqua Sabbath. – Il bandait un peu, expliqua-t-elle. – Comment il a fait pour jouir ? Tu l'as sucé ? – Mais non, en fait, il a éjaculé dans moi. Et il m'a sucée malgré mes règles, malgré le sang qui coulait partout. C'était vraiment un carnage, beaucoup de baise et beaucoup de sang. À cause de tout ce sang, c'était encore plus spectaculaire. Plein de jus, plein de gras – c'est pas gras ; comment dire ? C'est un liquide épais, ça vient du corps, des tas de fluides qui se mélangent. Et une fois que c'est terminé et qu'on se lève – tu te lèves et qu'est-ce que tu fais, tu le connais pas ce type, et tu es un peu gênée, et il y a la serviette au milieu. – Parle-moi de la serviette. – C'était une serviette blanche. Et elle n'était pas entièrement rouge. De la taille d'une serviette de bain. Il y avait des taches énormes. Si je m'étais mise à la tordre, ça aurait coulé, du sang. C'était comme du jus, un liquide un peu épais. Mais elle était pas complètement rouge, loin de là. Il y avait des grosses, des très grosses taches dessus, et elle était très lourde. C'était un excellent – non, pas un alibi ; comment on dit ? Le contraire. – Une pièce à conviction ? – C'est ça, une preuve du délit. On en parlait et il a dit : "Bon, qu'est-ce que j'en fais ?" Et il est resté planté là, ce grand type, ce type plein de muscles qui tenait sa serviette comme un enfant. Un peu gêné, mais sans vouloir me le montrer. Et moi, je ne voulais pas jouer les coupables, je ne voulais pas faire semblant : "Oh, c'est affreux." Moi, je trouvais ça naturel, je ne voulais pas dramatiser. Il a dit : "Je ne peux pas la donner à laver à la bonne et je ne peux pas la mettre dans le panier à linge sale. Je crois que je vais la jeter. Mais où est-ce que je vais la jeter ?" J'ai dit : "Je la prends." Et j'ai vu un énorme soulagement apparaître sur son visage. Je l'ai mise dans un sac en plastique et je l'ai emporté, ce paquet tout mouillé, dans un sac à provisions. Et il était très content, et après, je suis rentrée à la maison et je l'ai mise au lavage.

Et elle est ressortie toute propre. Et bien sûr, le lendemain, il m'a téléphoné et il m'a dit : "Ma chère Drenka, c'était vraiment une situation difficile", et je lui ai dit : "J'ai la serviette, elle est propre. Tu la veux ?", et il a répondu : "Non merci." Il ne voulait pas que je la lui rende et je crois que sa femme ne s'en est jamais aperçue. – Et c'est qui le quatrième que tu t'es envoyé ce jour-là ? – Eh bien, je suis rentrée à la maison et je suis descendue mettre la serviette dans la machine, et après je suis montée et Matija veut que je me livre à mon devoir conjugal à minuit. Il me voit entrer dans la douche toute nue et ça lui donne envie. Ça, je suis obligée de le faire, alors je le fais. Heureusement, ça n'arrive pas souvent. – Et comment tu te sens après quatre hommes ? – Eh bien, Matija s'est endormi. Je crois que j'étais un peu bousculée, si tu veux vraiment le savoir. Je crois que c'est assez épuisant tout ça. Trois, j'avais déjà fait, plusieurs fois, mais quatre, jamais. Sexuellement, c'était très – c'était un défi et c'était excitant, même si le quatrième c'était Maté. Et peut-être un peu pervers d'une certaine manière. D'un côté, j'y ai pris beaucoup de plaisir. Mais pour parler de ce que j'ai vraiment ressenti – je n'arrivais pas à dormir, Mickey ; je me sentais pas bien, j'étais énervée, et j'ai eu l'impression que je ne savais pas à qui j'appartiens. Je n'arrêtais pas de penser à toi, et ça m'a aidée, mais c'était cher payer, c'était très confus. Si j'arrivais à me débarrasser de toute cette confusion, comment tu dis – à extrapoler ? –, pour ne garder que l'aspect sexuel, je crois que c'est quelque chose d'assez génial. – Le mieux que tu aies jamais connu, Donna Giovanna ? – Mon Dieu, dit-elle en riant de bon cœur, ça je pourrais pas dire. Laisse-moi réfléchir. – Vas-y, réfléchis. Il catalogo. – Oh, avant, il y a trente ans peut-être, peut-être plus, je prenais le train, disons, pour traverser l'Europe, et je me suis envoyé le contrôleur. Tu sais, c'était avant le sida. Eh oui, le contrôleur italien. – Où est-ce qu'on fait ça avec un contrôleur de train ? » Elle haussa les épaules. « Tu te trouves un compartiment libre. – C'est vrai ? » Riant de nouveau, elle dit : « Eh oui. C'est vrai. – Tu étais mariée ? – Non, non, ça c'était l'année où je travaillais à Zagreb. Je crois qu'il était venu dans le wagon, un petit Italien assez mignon qui parle italien, et tu sais, ils sont plutôt sexy, et peut-être qu'avec mes amis on est en train de faire la fête, de rigoler – je ne me souviens pas qui a fait quoi, comment ça a commencé. Non, c'est moi. Je lui ai vendu des cigarettes. Ça coûtait cher de prendre le train en Italie et on emporte des choses à vendre. Ça coûte pas cher en Yougoslavie. Les cigarettes c'était pas cher. Elles avaient des noms de rivière, les cigarettes yougoslaves. Drina. Morava. Ibar. C'étaient tous des noms de rivière. Tu gagnes deux fois, peut-être trois fois ce que ça t'a coûté, et je lui ai vendu des cigarettes. C'est comme ça que ça a commencé. L'année où je travaillais à Zagreb, quand j'ai fini le lycée, j'adorais me faire baiser. Ça me faisait plaisir d'avoir la chatte pleine de sperme, pleine de foutre, c'était merveilleux, une impression de force peut-être. Avec qui que ce soit, tu allais travailler le lendemain en sachant que tu avais bien baisé et tu es toute mouillée et ta culotte était mouillée et tu te balades comme ça, toute mouillée – ça me plaisait. Et je me souviens, je connaissais un type assez âgé. C'était un gynécologue en retraite et je ne sais pas comment on s'est mis à en parler et il disait que c'était très bien de garder le foutre dans le con quand on avait baisé, et moi j'étais d'accord. Ça lui donnait envie. Mais ça ne servait à rien. Il était trop vieux. J'avais envie de baiser avec un type très vieux

121

par curiosité, mais il avait déjà soixante-dix ans et la cause était déjà étendue. »

Quand Sabbath arriva à sa voiture, il fit encore cinq ou six mètres sur le chemin qui s'enfonçait dans les bois et là, il lança le bouquet vers la masse sombre des arbres. Puis il fit quelque chose d'étrange, étrange même pour un homme aussi étrange que lui, qui se croyait insensible aux contradictions sans fin que la vie tient en réserve. À cause de ce côté étrange, la plupart des gens le trouvaient insupportable. Imaginez un peu que quelqu'un l'ait trouvé cette nuit-là, dans les bois, à cinq cents mètres du cimetière, en train de lécher sur ses doigts le sperme de Lewis et de psalmodier à voix haute sous la pleine lune : « Je suis Drenka ! Je suis Drenka ! »

Il arrive à Sabbath quelque chose d'horrible.

Mais il arrive tout le temps aux gens des choses horribles. Le lendemain matin, Sabbath apprit le suicide de Lincoln Gelman. Linc avait été le producteur du Sabbath's Indecent Theater (et de la troupe des Bowery Basement Players) pendant la courte période entre la fin des années cinquante et le début des années soixante où Sabbath avait réussi à se créer un petit public dans le Lower East Side. Après la disparition de Nikki, il avait passé une semaine chez les Gelman, dans leur grande maison de Bronxville.

C'est Norman Cowan, l'associé de Linc, qui lui annonça la nouvelle par téléphone. Norman était le plus effacé de ce duo, et s'il n'était pas le plus en pointe ou le plus imaginatif dans cette association, il en était le gardien, celui des deux qui avait les pieds sur terre et qui freinait l'autre dans ses débordements. Il équilibrait Linc. Dans une discussion, n'importe laquelle, même s'il s'agissait de décider de l'emplacement des toilettes dans le couloir, il mettait à peu près vingt fois moins de temps que Linc à dire ce qu'il y avait à dire, parce que Linc voulait toujours tout expliquer à tout le monde. Norman était le fils d'un distributeur de juke-box assez vénal ; il avait fait des études et était devenu un homme d'affaires à la fois compétent et perspicace qui dégageait cette aura de force et de calme dont semblent pourvus les hommes grands, minces et prématurément chauves, surtout quand ils sont, comme Norman, toujours impeccablement habillés de fines rayures grises.

« Sa mort, confia Norman, a été un soulagement pour beaucoup de gens. La plupart de ceux à qui nous avons demandé de prendre la parole à son enterrement ne l'avaient pas vu depuis cinq ans. »

Sabbath ne l'avait pas vu depuis trente ans.

« Je te parle de relations d'affaires, d'amis proches, des gens de Manhattan. Mais ils n'en pouvaient plus. Linc était devenu impossible – dépressif, obsessionnel, il tremblait tout le temps, il était effrayé.

– Depuis combien de temps ?

– Il y a sept ans, il a fait une dépression nerveuse. Et, depuis, il n'a plus jamais connu un seul jour de tranquillité. Pas une *heure*. Pendant cinq ans on l'a supporté au bureau. Il planait, il errait avec un contrat à la main, en disant : "Est-ce qu'on est sûrs que ça va ? Est-ce qu'on est sûrs qu'il n'y a rien d'illégal là-dedans ?" Ça faisait deux ans qu'il ne venait plus, il restait chez lui. Il y a un an et demi, Enid en a eu assez et ils ont pris un appartement à deux pas de chez eux, pour Linc. Enid l'a meublé et il y habitait. Une femme de ménage venait tous les jours pour lui préparer ses repas et faire le ménage. J'essayais d'aller le voir une fois par semaine, mais il fallait que je me force. C'était affreux. Il restait assis, il t'écoutait et il soupirait et il disait : "Tu ne peux pas savoir, tu ne peux pas savoir..." Il me répétait toujours la même chose, depuis des années.

– Tu ne peux pas savoir quoi ?

124

– La peur. L'angoisse. Incessantes. Aucun médicament ne parvenait à le soulager. Sa chambre à coucher était une vraie pharmacie, pas un seul médicament ne marchait. Ils le rendaient tous malades. Avec le Prozac il avait des hallucinations. Avec le Wellbutrin il avait des hallucinations. Après, ils ont commencé à lui donner des amphétamines – de la Dexédrine. Pendant deux jours, on a eu l'impression qu'il se passait quelque chose. Et puis il s'est mis à vomir. Avec lui, la seule chose dont on pouvait être sûr, c'était les effets secondaires. Même l'hôpital ne servait à rien. Il a été hospitalisé pendant trois mois, et quand ils l'ont laissé sortir, ils affirmaient qu'il n'était plus suicidaire. »

Cette énergie qu'il avait, ce panache, cette vivacité, cette rapidité, cette efficacité, ce sérieux, cette façon de raconter des histoires drôles ; c'était – Sabbath s'en souvenait – un homme bien de son temps et bien à sa place, un New-Yorkais parfaitement adapté à son milieu, taillé sur mesure pour ce monde agité, débordant du désir de vivre, de réussir, de s'amuser. C'était un grand sentimental qui avait trop facilement la larme à l'œil au goût de Sabbath, il parlait vite, déversait des torrents de paroles qui trahissaient la force des tensions et le sens des obligations qu'il y avait derrière son hyperdynamisme, mais sa vie *était* une réussite, derrière, il y avait un but, une idée, et elle était pleine de la joie de celui qui donnait de l'énergie aux autres. *Et puis la vie avait dérapé et n'était jamais revenue sur ses rails. Tout avait disparu. Il était devenu irrationnel et ça avait tout foutu en l'air.* « C'est quelque chose de précis qui a tout déclenché ? demanda Sabbath.

– Les gens craquent. Et quand on vieillit, ça n'arrange rien. Je connais un certain nombre de types de notre âge, ici, à Manhattan, des clients, des amis qui ont traversé les mêmes crises. Un choc les ébranle vers les soixante ans et ça les bousille – les choses bougent et la terre se met à trembler et les tableaux tombent des murs. J'y ai eu droit l'été dernier.

– Toi ? J'ai du mal à le croire.

– Je prends toujours du Prozac. J'ai tout fait – en abrégé, heureusement. Si tu me demandais pourquoi, je ne saurais pas te répondre. À un certain moment je n'arrivais plus à dormir et, deux semaines plus tard, j'ai fait une dépression – la peur, les tremblements, les idées de suicide. Je voulais m'acheter un flingue et me faire sauter la caisse. Six semaines, jusqu'à ce que le Prozac commence à faire son effet. En plus, il se trouve que ce n'est pas très bon pour la quéquette ce médicament, pas pour la mienne en tout cas. Ça fait huit mois que j'en prends. Je ne me souviens plus quelle impression ça fait de bander. De toute façon, on bande mou à cet âge. Moi, je m'en suis sorti vivant. Linc, non. Pour lui, ça n'a fait qu'empirer.

– Ce n'était pas autre chose qu'une dépression ?

– Juste une dépression, mais c'est bien suffisant comme ça. »

Ça, Sabbath le savait. Sa mère n'avait pas mis fin à ses jours mais, pendant les cinquante années qui avaient suivi la disparition de Morty, on ne peut pas vraiment dire qu'elle était vivante. En 1946, à dix-sept ans, quand, au lieu d'attendre qu'on l'appelle sous les drapeaux, Sabbath avait pris la mer quelques semaines à peine après avoir terminé ses études secondaires, il l'avait fait autant pour échapper à la tyrannie qu'exerçait sur lui la sombre mélancolie de sa mère – et la vision pathétique d'un père complètement brisé – que pour répondre à un besoin insatisfait qui n'avait cessé de grandir en lui depuis que la masturbation ne suffisait plus à régler les problèmes de son existence ; c'était un rêve dont les débordements se transformaient en scénarios pervers et caricaturaux mais que maintenant, dans son uniforme de marin, il allait vivre cuisse contre cuisse, bouche contre bouche et face à face : l'univers des putes qui travaillaient dans les ports et les bouges à matelots dans tous les endroits du globe où les bateaux jetaient l'ancre, des peaux de toutes les couleurs pour satisfaire tous les plaisirs possibles, des putes qui, en mauvais portugais, mauvais français ou mauvais espagnol ne parlaient que le vernaculaire scatologique du caniveau.

« Ils voulaient lui faire des électrochocs, mais Linc avait trop peur et il a refusé. Ça aurait peut-être servi à quelque chose, mais chaque fois qu'il en a été question, il se recroquevillait dans un coin et se mettait à pleurer. Chaque fois qu'Enid venait le voir, il craquait. Il l'appelait : "Maman, maman, maman." C'est vrai que Linc faisait partie de ces Juifs qui pleurent tout le temps – on joue l'hymne national à Shea Stadium avant un match de base-ball et il se met à pleurer, il visite le Mémorial de Lincoln et il se met à pleurer, on emmène nos deux garçons à Cooperstown, il voit le gant de Babe Ruth dans une vitrine et il se met à pleurer. Mais ce dont je te parle, c'était autre chose. Il ne pleurait pas, il craquait sous la pression d'une douleur inimaginable. À ce moment-là, il ne restait plus rien de l'homme que toi ou moi nous avons connu. Quand il est mort, le Linc que nous avions connu était déjà mort depuis sept ans.

– Et l'enterrement ?

– Riverside Chapel, demain. Deux heures de l'après-midi. Au coin d'Amsterdam et de la 76e. Tu retrouveras des visages connus.

– Pas celui de Linc.

– En fait si, tu peux le revoir si tu veux. Il faut que quelqu'un reconnaisse le corps avant l'incinération. C'est la loi à New York. C'est moi qui dois le faire. Tu n'as qu'à venir quand ils ouvriront le cercueil. Tu verras ce qui était arrivé à notre ami. Il avait l'air d'avoir cent ans. Les cheveux entièrement blancs et un tout petit visage terrifié. Tout petit, comme les têtes qu'ils réduisent chez les sauvages.

– Je ne suis pas sûr de pouvoir venir demain, répondit Sabbath.

– Si tu ne peux pas, tu ne peux pas. Il me semblait que tu devais être prévenu avant de le lire dans les journaux. Dans les journaux, ils diront qu'il est mort d'une crise cardiaque – la famille préfère que ce soit comme ça. Enid a refusé l'autopsie. Linc était mort depuis treize ou quatorze heures quand on l'a trouvé. Mort dans son lit, à ce qu'il paraît. Mais la femme de ménage a une autre version. Je crois que, maintenant, Enid en est arrivée au point où elle croit à l'histoire qu'elle se raconte. Pendant tout ce temps, elle s'attendait vraiment à ce qu'il aille mieux. Elle en était sûre, jusqu'au bout, même quand il s'est tailladé les poignets, il y a dix mois de ça.

– Écoute, je te remercie d'avoir pensé à moi – merci d'avoir appelé.

– Les gens se souviennent de toi, Mickey. Il y a des tas de gens qui parlent encore de toi avec beaucoup d'admiration. Tu fais partie de ceux qui rendaient Linc très sentimental, il en avait les larmes aux yeux. À l'époque où il était encore lui-même. Il a toujours pensé que ce n'était pas une bonne idée pour un type qui avait autant de talent que toi d'aller s'enterrer dans un trou perdu. Il adorait ce que tu faisais dans ton théâtre – il trouvait que tu étais un

magicien. "Pourquoi est-ce que Mickey a fait ça ?" Il
pensait que tu n'aurais jamais dû t'exiler là-haut. Il
en parlait souvent.

– Oui, bon, c'est loin tout ça.

– Il faut que tu saches que Linc n'a jamais pensé
un seul instant que tu pouvais avoir une responsabilité quelconque dans la disparition de Nikki. Moi
non plus, d'ailleurs – ni à l'époque ni maintenant.
Ces putains de salauds qui empoisonnent les puits...

– Écoute, ceux qui empoisonnent les puits avaient
raison et vous deux, vous aviez tort.

– J'en attendais pas moins de toi, toujours ton
vieux côté pervers. Tu ne peux pas croire un seul instant une chose pareille. Nikki était condamnée. Elle
avait un talent énorme, elle était extraordinairement
jolie, mais elle était tellement fragile, tellement dans
la demande, complètement névrosée et complètement larguée. Elle n'aurait pas pu tenir le coup,
cette fille, jamais.

– Désolé, je ne pourrai pas venir demain. » Et
Sabbath raccrocha.

*

Ces derniers temps, Roseanna revêtait tous les
jours le même uniforme, une veste en jean et un
Levi's délavé qui collait à ses jambes filiformes
comme des pattes de héron, et récemment, Hal, le
coiffeur d'Athena, lui avait coupé les cheveux si
court que ce matin-là, à plusieurs reprises lors du
petit déjeuner, Sabbath se prit à imaginer que sa
femme toute de jean bleuâtre vêtue était un de ces
mignons petits homosexuels de la fac qui gravitaient
dans l'entourage de Hal. Mais il est vrai que même
avec les cheveux longs elle avait quelque chose d'un
garçon manqué ; elle était comme ça depuis l'adoles-

cence – très grande, la poitrine plate, l'habitude de toujours marcher à grandes enjambées et une façon de relever le menton quand elle parlait qui avait plu à Sabbath bien avant la disparition de sa fragile Ophélie. Roseanna avait le physique d'une tout autre famille d'héroïnes de Shakespeare – des filles impertinentes, robustes et réalistes comme Miranda et Rosalind. Et elle ne portait pas plus de maquillage que Rosalind quand elle est habillée en garçon dans la forêt des Ardennes. Ses cheveux étaient toujours d'un beau brun doré, et même coupés court, ils avaient gardé un lustre duveteux qui donnait envie de les toucher. Le visage était ovale, un ovale large où l'on aurait sculpté son petit nez retroussé et sa grande bouche aux lèvres pleines dont le charme n'avait rien de masculin, un visage qui donnait l'impression d'avoir été taillé à coups de serpe et qui l'avait fait ressembler, quand elle était plus jeune, à une marionnette de conte de fées qui aurait été vivante. Maintenant qu'elle ne buvait plus, Sabbath voyait dans le modelé de son visage des traces de la jolie petite fille qu'elle avait dû être avant le départ de sa mère et avant que son père ne l'ait complètement détruite. En plus d'être, et de loin, beaucoup plus mince que son mari, elle était aussi plus grande que lui d'une tête et, avec son jogging quotidien et le traitement hormonal qu'elle suivait, elle ressemblait moins – les rares fois où il leur arrivait de sortir ensemble – à une épouse quinquagénaire qu'à sa fille, une fille qui aurait été atteinte d'anorexie.

Qu'est-ce que Roseanna détestait le plus chez Sabbath ? Qu'est-ce que Sabbath détestait le plus chez elle ? Disons que les sujets d'irritation avaient changé avec les années. Elle le détesta pendant longtemps parce qu'il refusait d'envisager jusqu'à la possibilité d'avoir un enfant, et lui la détestait parce qu'elle passait son temps à parler de son « horloge biologique » au téléphone avec sa sœur Ella. Il avait fini par lui arracher le téléphone des mains pour expliquer directement à Ella à quel point il trouvait leurs conversations insultantes. « Yahvé ne m'a quand même pas donné cette grosse bite, lui dit-il, dans le seul but de mettre un terme aux minables inquiétudes que tu partages avec ta sœur ! » Une fois dépassé l'âge de la maternité, Roseanna fut en mesure d'être plus précise dans sa haine et elle le détesta alors pour la simple raison qu'il existait, plus ou moins de la même manière que lui la détestait parce qu'elle existait. Et puis, comme on pouvait s'y attendre, vinrent s'ajouter toutes les choses de la vie quotidienne : elle haïssait sa manière désinvolte de faire tomber les miettes de pain par terre quand il essuyait la table de la cuisine, et il haïssait son humour de goy, sans aucune joie. Elle haïssait le ramassis de hardes rapportées des surplus militaires qui lui servaient de vêtements depuis l'adolescence, et il ne supportait pas que, depuis qu'il la connaissait, elle ait toujours refusé, et cela même durant la phase adultère de leur relation, celle de l'émerveillement et de l'abandon, d'avaler gentiment son foutre. Elle ne supportait pas que, depuis dix ans, il ne se soit jamais approché d'elle dans le lit conjugal, et lui détestait sa voix lisse et monotone quand elle parlait au téléphone avec les amis qu'elle s'était faits dans la région – et il détestait ses amis, des bonnes âmes complètement gagas d'écologie ou des anciens ivrognes des AA. Chaque hiver, les cantonniers du village abattaient certains érables vieux de cent cinquante ans qui bordaient les chemins, et chaque année, les défenseurs des érables de Madamaska Falls déposaient une pétition auprès du premier adjoint, et l'année suivante, les cantonniers, affir-

mant que les érables étaient morts ou malades, abattaient les arbres vénérables qui bordaient tel ou tel
chemin forestier et se faisaient ainsi assez de
pognon – en vendant les bûches comme bois de
chauffage – pour se payer leurs cigarettes, des films
porno et de la gnôle. Elle détestait l'inextinguible
amertume de ses regrets pour la carrière qu'il n'avait
pas poursuivie, tout autant qu'il détestait son ivrognerie – son habitude, quand elle était saoule, de se
disputer avec lui dans des lieux publics et, que ce
soit à la maison ou au-dehors, sa manière de parler
d'une voix forte, agressive et insultante. Et maintenant qu'elle ne buvait plus, il détestait les slogans
qu'elle empruntait aux Alcooliques anonymes, et la
façon de parler qu'elle avait rapportée des réunions
des AA ou du groupe femmes battues dans lequel la
pauvre Roseanna était la seule à ne s'être jamais fait
tabasser par son mari. Parfois, quand ils se disputaient et qu'elle se sentait dépassée, Roseanna prétendait que Sabbath la soumettait à un tabassage
« verbal », mais cela ne comptait pas beaucoup dans
un groupe surtout composé de campagnardes pas
très instruites qui s'étaient fait casser les dents ou
qui avaient pris des chaises sur la tête ou qui
s'étaient fait brûler les fesses et les seins avec des
cigarettes. Et les mots qu'elle utilisait ! « Et après ça,
il y a eu une discussion et nous avons tous partagé
ce moment particulier où... » « Je n'ai pas encore
très souvent partagé... » « Beaucoup d'entre nous
ont partagé hier soir... » Comme d'autres haïssent le
mot *enculé*, il haïssait le mot *partage*. Il n'avait pas
d'arme, même en habitant sur cette colline isolée,
parce qu'il ne voulait pas d'arme à feu dans une maison où sa femme parlait quotidiennement de « partage ». Elle ne supportait pas de le voir tout à coup
filer sans aucune explication, à n'importe quelle

heure du jour ou de la nuit, et il ne supportait pas son petit rire artificiel qui cachait à la fois tant de choses et si peu, ce rire qui ressemblait parfois à un braiment, parfois à un hurlement, parfois à un caquetage, mais dans lequel il n'y avait jamais aucune joie véritable. Elle détestait sa manière de se refermer sur lui-même et ses explosions de colère contre ses articulations rongées par cette arthrose qui avait brisé sa carrière, et elle le détestait, bien entendu, pour le scandale de Kathy Goolsbee, alors que, sans la dépression qui avait suivi la honte qu'elle en avait éprouvée, elle ne serait jamais allée à l'hôpital où elle avait commencé à se soigner. Et elle ne supportait pas de voir qu'à cause de l'arthrose, à cause du scandale, et parce qu'il était devenu une immense, une impossible épave qui avait tout raté, il ne gagnait pas le moindre argent et qu'elle était seule à faire bouillir la marmite, mais il faut dire que ça, Sabbath ne le supportait pas non plus – c'était là un des rares points sur lesquels ils étaient d'accord. Ils trouvaient tous les deux insupportable la moindre vision de l'autre sans ses vêtements : elle haïssait la vue de sa corpulence qui ne cessait d'augmenter, de ses bourses pendantes, de ses épaules aussi velues que celles d'un singe, de sa ridicule barbe blanche de prophète, et il haïssait sa maigreur de sportive sans poitrine – les côtes, le pelvis, le sternum, tout ce qui était chez Drenka moelleux et rembourré n'était chez elle qu'à l'état de squelette, comme si elle avait souffert de famine. Ils étaient restés ensemble dans cette maison pendant toutes ces années parce qu'elle était tellement occupée à boire qu'elle ne se rendait compte de rien, et parce qu'il avait trouvé Drenka. C'est cela qui avait fait la solidité de leur union.

Dans la voiture, revenant du collège où elle enseignait, Roseanna ne pensait à rien d'autre qu'au premier verre de chardonnay qu'elle boirait aussitôt arrivée dans la cuisine, au second et au troisième pendant qu'elle préparerait le dîner, au quatrième avec lui quand il rentrerait de son atelier, au cinquième pendant le dîner, au sixième quand il retournerait à l'atelier en emportant son dessert, et ensuite, au cours de la soirée, à l'autre bouteille qu'elle boirait toute seule. Une fois sur deux, elle se réveillait, comme son père dans le temps – tout habillée –, dans le living-room où, la veille au soir, elle s'était allongée sur le canapé, un verre à la main et la bouteille posée sur le sol, à côté d'elle, pour regarder les flammes dans la cheminée. Le matin, souffrant d'une terrible gueule de bois, bouffie, en sueur, pleine de honte et de haine pour elle-même, elle ne lui adressait jamais la parole et, de toute façon, ils prenaient rarement leur café ensemble. Il emportait le sien à l'atelier et ils ne se voyaient plus jusqu'à l'heure du dîner où le rituel recommençait. Mais la nuit, tout le monde était content, Roseanna avec son chardonnay et Sabbath quelque part avec Drenka, dans la voiture, en train de lui bouffer la chatte.

Depuis qu'elle était « en voie de rétablissement », tout avait changé. Maintenant, sept soirs par semaine, elle sautait dans sa voiture immédiatement après le dîner pour se rendre à une réunion des AA d'où elle revenait vers dix heures, les vêtements empestant la fumée de cigarette et d'humeur parfaitement sereine. Le lundi soir il y avait discussion ouverte à Athena. Le mardi soir il y avait réunion d'étape à Cumberland, son groupe d'attache, avec lequel elle avait récemment fêté son quatrième anniversaire d'abstinence. Le mercredi soir il y avait réunion d'étape à Blackwall. Elle n'aimait pas beaucoup ce groupe-là – des ouvriers qui jouaient aux durs et des employés de l'hôpital psychiatrique de Blackwall d'une agressivité, d'une violence et d'une vulgarité telles qu'ils mettaient Roseanna, qui avait vécu jusqu'à l'âge de treize ans dans la petite ville universitaire de Cambridge, très mal à l'aise ; mais, malgré tous ces types menaçants qui passaient leur temps à s'engueuler, elle y allait parce que c'était la seule réunion qui avait lieu le mercredi à moins de soixante-dix kilomètres de Madamaska Falls. Le jeudi, elle assistait à une réunion fermée à Cumberland. Le vendredi à une autre réunion d'étape, à Mount Kendall, cette fois. Et le samedi et le dimanche, il y avait deux réunions l'après-midi – à Athena – et deux le soir – à Cumberland –, et elle allait à toutes les quatre. En général, un ou une alcoolique commençait par raconter son histoire et, ensuite, ils choisissaient un sujet de discussion comme « L'honnêteté » ou « L'humilité » ou « La sobriété ». « Une partie du programme de rétablissement », lui dit-elle, sans se préoccuper de savoir s'il avait envie de l'entendre ou non, « consiste à essayer d'être honnête avec soi-même. On en a beaucoup parlé ce soir. Tu dois chercher à te mettre dans une situation confortable, où tu es en paix avec toi-même. » L'autre raison pour laquelle il n'avait pas d'arme à la maison, c'était le mot *confortable*. « Tu ne trouves pas ça insupportable cette situation tellement "confortable" ? Ça ne te manque pas tous les petits inconforts de la maison ? – Je n'en ai pas encore eu l'impression, non. C'est vrai qu'on s'endort parfois à écouter certains monologues d'ivrognes. Mais ce qui se passe avec ce type de récit », continua-t-elle sans se soucier ni de ses sarcasmes, ni de son regard qui ressemblait à celui de quelqu'un qui aurait pris trop de sédatifs, « c'est qu'on peut s'identifier. "Je peux m'identifier à ce que ce type raconte." Je peux m'identifier à cette femme qui ne buvait jamais dans les bars mais qui restait chez elle à boire en secret, le soir, et qui souffrait de la même manière que moi, et ça, c'est un sentiment très réconfortant. Je ne suis pas unique, et il y a quelqu'un d'autre qui peut comprendre ce que j'ai vécu. Des gens qui sont abstinents depuis long-temps, qui dégagent cette aura de paix intérieure et de spiritualité qui les rend si attirants. Être assise en face d'eux, c'est déjà quelque chose. Ils ont l'air d'avoir trouvé la paix dans leur existence. Ça donne envie. On y puise de l'espoir. – Désolé », dit Sabbath, en espérant porter un coup fatal à son monologue de femme qui ne buvait plus, « je ne m'identifie pas. – Ça, on le sait », répondit Roseanna sans se laisser démonter, avant de reprendre le fil de ce qu'elle avait à dire maintenant qu'elle n'était plus une ivrogne soumise à sa volonté. « On entend des gens dire et répéter dans les réunions que c'est leur famille qui les irrite et qui fait tout déraper. Avec les AA tu appartiens à une famille plus neutre et, para-doxalement, cela veut dire plus aimante, plus compréhensive, et qui ne te juge pas, comme c'est le cas avec ta propre famille. Et nous ne nous coupons jamais la parole, ça aussi c'est différent de ce qui se passe à la maison. Nous appelons cela polémiquer. Nous ne pratiquons pas la polémique, nous ne sommes pas dans la société des débats. Et nous ne nous arrêtons pas de parler, nous ne nous laissons pas intimider. Il y en a un ou une qui parle et tous les autres l'écoutent jusqu'à ce qu'il ou elle ait ter-miné. Nous ne devons pas nous contenter d'apprendre à découvrir nos problèmes, il nous faut aussi apprendre à écouter les autres, à leur prêter attention. – Et le seul moyen d'arrêter de picoler,

c'est d'apprendre à parler comme à la maternelle ? –
À l'époque où j'étais une alcoolique pratiquante, je
n'avais honte de rien, je suis allée jusqu'à cacher de
l'alcool, cacher ma maladie, cacher ce que je faisais.
Oui, il *faut* tout reprendre à zéro. Si je parle comme
une gamine de maternelle, ça m'est égal. La souffrance du malade se mesure au poids de ses
secrets. » Ce n'était pas la première fois qu'il entendait cette maxime ridicule, creuse et sans objet.
« Faux », lui dit-il – comme s'il accordait la moindre
importance à ce qu'elle disait ou qu'il disait ou que
n'importe qui d'autre disait, comme si par le seul fait
de l'énonciation ils pouvaient, les uns ou les autres,
s'approcher de la plus infime parcelle de vérité qui
soit –, « ta hardiesse se mesure au poids de tes
secrets, tes haines se mesurent au poids de tes
secrets, ta solitude se mesure au poids de tes secrets,
ta capacité de séduction se mesure au poids de tes
secrets, ton courage se mesure au poids de tes
secrets, ton vide se mesure au poids de tes secrets,
ton désarroi se mesure au poids de tes secrets ; ton
humanité se mesure... – Non. Ça mesure combien tu
es inhumain, non humain et malade. C'est le poids
des secrets qui t'empêche de t'asseoir en face de ton
être profond. On ne peut pas garder un secret, dit-
elle à Sabbath avec fermeté, et trouver la paix intérieure. – Eh bien, puisque la fabrication du secret est
l'industrie la plus prospère sur cette terre, voilà qui
règle le problème de la paix intérieure. » Plus tout à
fait aussi sereine qu'elle l'aurait voulu, lançant un
dernier regard plein de défi et de haine implacable à
la bête qui venait de resurgir, elle s'éloigna pour se
plonger dans une de ses brochures des AA et il
retourna à son atelier lire un livre de plus sur la
mort. C'était tout ce qu'il y faisait maintenant, il
lisait livre après livre sur la mort, les sépultures, les

enterrements, l'incinération, les rites funéraires, l'architecture funéraire, les inscriptions des pierres tombales, les différentes attitudes face à la mort au cours des siècles, et des petits guides sur l'art de mourir qui remontaient jusqu'à Marc Aurèle. Ce même soir, il lut un texte sur *la mort de toi**, une chose avec laquelle il avait déjà quelque familiarité et dont il devait se rapprocher davantage encore. « Dans les deux précédents exposés, lut-il, nous avons illustré deux attitudes devant la mort. La première, à la fois la plus ancienne, la plus longue et la plus commune, est résignation familière au destin collectif de l'espèce et peut se résumer dans cette formule : *Et moriemur*, nous mourrons tous. La deuxième, qui apparaît au XIIe siècle, traduit l'importance reconnue pendant toute la durée des temps à sa propre personne et peut se traduire par cette autre formule : la mort de soi. À partir du XVIIIe siècle, l'homme des sociétés occidentales tend à donner à la mort un sens nouveau. Il l'exalte, la dramatise, la veut impressionnante et accaparante. Mais, en même temps, il est déjà moins occupé par sa propre mort, et la mort romantique, rhétorique, est d'abord *la mort de l'autre...* »

Si jamais il leur arrivait de passer le week-end ensemble et qu'ils faisaient à pied les sept ou huit cents mètres qui les séparaient de la rue principale, Roseanna saluait presque tous ceux qu'ils croisaient, qu'ils soient à pied ou en voiture – des vieilles dames, des gamins qui effectuaient des livraisons, des fermiers, *tout le monde*. Un jour, elle fit même un signe de la main à Christa, eh oui, qui sirotait un café debout derrière la vitrine de l'épicerie fine. Drenka et sa Christa ! La même chose se produisait

* En français dans le texte *(N.d.T.)*.

138

quand ils allaient chez le médecin ou chez le dentiste, plus bas dans la vallée – elle connaissait tout le monde là-bas aussi, à cause de ses réunions. « Est-ce que la région tout entière était peuplée d'ivrognes ? demanda Sabbath. – Tu pourrais dire le pays tout entier, ce serait plus près de la vérité », répondit Roseanna. Une fois, à Cumberland, elle lui confia que le vieux monsieur qu'ils venaient de croiser et qui lui avait fait un signe de tête avait été sous-secrétaire d'État à l'époque de Reagan – il arrivait toujours en avance aux réunions afin de préparer le café et de disposer les gâteaux secs dans une assiette pour la pause. Et chaque fois qu'elle allait passer la nuit chez Ella à Cambridge – c'étaient des moments extraordinaires pour Sabbath et pour Drenka – elle revenait enchantée de la réunion à laquelle elle avait pris part là-bas, une réunion de femmes. « Je les trouve fascinantes. Je suis émerveillée devant leur efficacité, leur aplomb, les résultats qu'elles obtiennent, elles rayonnent, ces femmes. Elles ont trouvé leur place. C'est vraiment encourageant. J'y vais, je ne connais personne et il y en a une qui dit : "Il y a des gens de l'extérieur ?", et moi je lève la main et je dis : "Je m'appelle Roseanna et je suis de Madamaska Falls." Tout le monde applaudit et ensuite, si l'occasion se présente, je prends la parole, je dis ce qui me passe par la tête. Je leur parle de mon enfance à Cambridge. De ma mère et de mon père et de ce qui s'est passé. Et elles m'écoutent. Ces femmes extraordinaires m'écoutent. Je sens leur amour, c'est fantastique, j'ai l'impression qu'elles comprennent combien je souffre, qu'elles partagent ma peine, je sens cette immense empathie qui émane d'elles, cette sympathie. Et *elles m'acceptent*. – Moi, je sais ce que tu endures. J'ai de la peine pour toi. Je te comprends. Et je t'accepte. – Ah oui, c'est vrai, il t'arrive de me demander comment ça a été ma réunion. Mais je ne peux pas *te* parler, Mickey. Tu ne comprendrais pas – tu ne *pourrais* pas comprendre. Tu ne peux pas commencer à comprendre sans faire d'effort, alors ça t'ennuie et ça te paraît idiot. Ça te fait une chose de plus sur laquelle tu peux exercer ton ironie. – L'ironie, la voilà ma maladie. – Je crois que tu préférais l'époque où j'étais une ivrogne pratiquante, dit-elle. Ça te plaisait, cette supériorité que tu avais sur moi. Comme si tu ne m'étais pas déjà assez supérieur comme ça, ça te donnait une raison de plus pour me regarder avec condescendance. Ça te permettait de me rendre responsable de toutes les déceptions que tu as pu connaître. Ta vie avait été brisée par cette putain d'ivrogne qui n'arrivait même pas à tenir debout. L'autre soir, un type racontait jusqu'où il était tombé dans la déchéance à cause de l'alcool. Il vivait à Troy à l'époque, dans l'État de New York. Dans la rue. Les autres clochards l'avaient coincé dans une poubelle et il n'arrivait pas à en sortir, de cette poubelle. Il y est resté coincé pendant des heures, en pleine rue, avec des gens qui passaient devant lui et qui ne prêtaient aucune attention à cet être humain assis dans une poubelle, les jambes en l'air, sans pouvoir en sortir. C'est comme ça que tu me voyais à l'époque où je buvais. J'étais dans une poubelle. – Avec ça, je peux m'identifier », dit Sabbath.

Maintenant qu'elle était sortie de la poubelle depuis quatre ans, pourquoi est-ce qu'elle restait avec lui ? Sabbath était surpris par le temps qu'il fallait à Barbara, la psychologue qu'elle allait voir dans la vallée, pour convaincre Roseanna de trouver la force de le quitter et de se prendre en main, comme ces femmes efficaces, ces femmes qui avaient réussi, ces femmes de Cambridge tellement sûres d'elles et tellement peinées de la voir souffrir. Mais il est vrai que son problème avec Sabbath, son « esclavage », venait, d'après Barbara, de l'histoire épouvantable qu'elle avait vécue avec une mère émotionnellement irresponsable et un père violent et alcoolique, *deux personnes* dont Sabbath était le double sadique. Son père, Cavanaugh, professeur de géologie à Harvard, avait élevé Roseanna et Ella après le départ de leur mère, incapable de supporter plus longtemps son ivrognerie et sa violence ; complètement terrifiée par cet homme, elle avait abandonné sa famille et avait suivi à Paris un professeur invité qui enseignait les langues romanes ; elle était restée collée à lui comme une misérable pendant cinq longues années avant de revenir à Boston, sa ville natale, quand Roseanna avait atteint treize ans et Ella onze. Elle voulait que les filles viennent habiter avec elle dans sa maison de Bay State Road et, alors qu'elles s'y étaient enfin résolues et qu'elles avaient quitté leur père – qui les terrifiait elles aussi – et sa toute nouvelle femme qui ne pouvait pas supporter Roseanna, il s'était pendu dans le grenier de la maison de Cambridge. Et cela suffisait à Roseanna pour expliquer ce qu'elle faisait depuis tout ce temps avec Sabbath, dont le « narcissisme dominateur » était pour elle une drogue non moins puissante que l'alcool.

Ces rapports – entre la mère, le père, et lui – étaient bien plus clairs pour Roseanna que pour Sabbath ; s'il y avait, comme elle aimait à le dire, un schéma, un « motif » derrière tout cela, ce motif lui échappait.

« Et le motif qu'il y a derrière ta propre vie, demanda Roseanna avec colère, celui-là aussi, il t'échappe ? Tu peux lui nier l'existence jusqu'à en crever d'apoplexie, mais il est là, il *existe*.

– En nier l'existence. C'est comme ça qu'il faut le construire ou du moins c'était comme ça avant qu'on ne se mette à parler comme des débiles dans ce pays. Quant à ce "motif" qui gouvernerait la vie, tu diras à Barbara qu'on appelle généralement cela le chaos.

– Nikki était une enfant sans défense, facile à dominer, et j'étais une pocharde qui se cherchait un sauveur et qui se complaisait dans la déchéance. Ce n'est pas un motif, ça ?

– Un motif, on l'imprime sur du tissu. Nous ne sommes pas du tissu.

– Mais c'est vrai que je me cherchais un sauveur, et c'est vrai que je me complaisais dans la déchéance. J'étais persuadée que je le méritais. Ma vie n'était faite que d'agitation et de bruit, c'était une suite d'échecs. Trois filles de Bennington qui habitaient ensemble à New York, des sous-vêtements noirs qui séchaient dans tous les coins. Des petits copains qui n'arrêtaient pas de passer voir l'une ou l'autre. Des hommes aussi. Des hommes mûrs. Un poète, un homme marié, à poil dans une des chambres. Un bordel indescriptible partout. Jamais un repas. Une succession ininterrompue d'amants furieux et de parents indignés. Et puis un jour, dans la rue, j'ai vu ton spectacle, celui que tu faisais avec les doigts, c'était dingue, on s'est parlé et tu m'as invitée à boire un verre dans ton atelier. Avenue B au coin de la 9e Rue, tout près du parc. Cinquième sans ascenseur, une petite pièce toute blanche merveilleusement calme, où chaque chose avait sa place, avec des fenêtres en chien assis. J'ai eu l'impression qu'on était en Europe. Toutes tes marionnettes bien alignées. Ton établi – chaque outil accroché à sa place, tout était bien net, propre, en ordre, rangé. Ton classeur. Je n'arrivais pas à y croire. Si paisible, si rationnel et l'air bien stable, et pourtant dans la rue, pendant la représentation, on aurait cru qu'il y avait un fou derrière cet écran. Et sobre. Tu ne m'as même pas offert à boire.

– Les Juifs n'offrent jamais à boire.

– Je n'en savais rien. Tout ce que je savais, c'est que tu étais un artiste vraiment allumé et que la seule chose au monde qui comptait pour toi c'était ton art, et que *moi* j'étais venue à New York pour l'art, pour faire un peu de peinture et de sculpture, pour essayer, et au lieu de ça, tout ce que j'avais trouvé c'était une *vie* complètement folle. Tu étais tellement *concentré*. Tellement *intense*. Ces yeux verts. Tu étais très séduisant.

– À trente ans, tout le monde est séduisant. Qu'est-ce que tu fais avec moi maintenant, Roseanna ?

– Pourquoi est-ce que tu es resté avec moi quand j'étais une ivrogne ? »

Le moment était-il venu de lui parler de Drenka ? C'était manifestement le moment de quelque chose. Il y avait des mois qu'un pareil moment s'annonçait, depuis cette matinée où il avait appris la mort de Drenka. Depuis des années, il avançait sans avoir le moindre sentiment d'une quelconque imminence et là, ce n'était pas seulement le moment qui approchait au galop, il courait lui-même vers ce moment et s'éloignait de tout ce qu'il avait vécu jusque-là.

« Pourquoi ? » répéta Roseanna.

Ils venaient de finir de dîner et elle partait pour une réunion, et une fois seul, lui aussi allait partir pour le cimetière. Elle avait déjà enfilé sa veste en jean, mais comme elle ne craignait plus les « confrontations » qu'autrefois elle éludait à grand renfort de chardonnay, elle ne partirait pas de la maison tant qu'elle n'aurait pas réussi à l'obliger, cette fois, à prendre *au sérieux* leur pitoyable histoire.

« J'en ai marre de ton humour et de ton air supérieur. J'en ai marre de tes sarcasmes et de tes éternelles plaisanteries. Réponds-moi. Pourquoi es-tu resté avec moi ?

– Ton salaire. Je suis resté, dit-il, pour me faire entretenir. »

On aurait dit qu'elle allait pleurer, elle se mordit la lèvre au lieu d'essayer de parler.

« Arrête, Rosie. Barbara n'a pas attendu aujourd'hui pour t'annoncer la nouvelle.

– C'est difficile à croire, c'est tout.

– Tu doutes de Barbara ? Encore un peu et tu vas te mettre à douter de Dieu. Combien reste-t-il de personnes au monde, ne parlons même pas de Madamaska Falls, capables de comprendre vraiment ce qui se passe ? J'ai toujours pensé, et toute ma vie est basée là-dessus, qu'il ne reste plus personne en état de comprendre les choses, et moi le premier. Mais trouver quelqu'un comme Barbara, qui saisit parfaitement ce qui se passe, trouver dans cette cambrousse quelqu'un qui ait une conception globale des choses, un être humain dans le sens le plus large du terme, dont le jugement soit fondé sur une connaissance de la vie acquise à l'université où elle a étudié la psychologie... quel autre sombre mystère Barbara t'a-t-elle aidée à pénétrer ?

– Oh, ce n'est pas vraiment un mystère.

– Dis-le-moi quand même.

– Que tu as peut-être pris un réel plaisir à me regarder me détruire. Comme tu as regardé Nikki *se* détruire. Ça aussi, ça aurait pu t'inciter à rester.

– *Deux* épouses dont j'aurais eu plaisir à observer la destruction. Le motif ! Mais est-ce que le schéma ne prévoit pas maintenant que je vais prendre autant de plaisir à te voir disparaître que j'en ai pris à voir disparaître Nikki ? Est-ce que le schéma ne prévoit pas que tu dois disparaître à ton tour ?

— C'est vrai ; il le prévoyait. C'est exactement ce que j'avais l'intention de faire il y a quatre ans. J'étais aussi près de la mort qu'il est possible de l'être. Je n'en pouvais plus d'attendre l'hiver. Je ne voulais qu'une chose, me retrouver sous la glace de l'étang. Tu espérais m'y envoyer avec Kathy Goolsbee. Au lieu de ça, elle m'a sauvée. Ton espèce de pute d'étudiante masochiste m'a sauvé la vie.

— Et pourquoi est-ce que je prends tant de plaisir au malheur de mes épouses ? Je parie que c'est parce que je les déteste.

— Tu hais toutes les femmes.

— On ne peut rien lui cacher à cette Barbara.

— Ta *mère*, Mickey, *ta mère*.

— C'est de sa faute ? Ma pauvre mère qui était à moitié folle quand elle est morte ?

— Ce n'est pas "de sa faute". Elle était comme elle était. Elle a été la *première* à disparaître. Quand ton frère a été tué, elle a disparu de ta vie. Elle t'a abandonné.

— Et c'est pour ça, si je suis la logique de Barbara, c'est pour ça que je te trouve tellement chiante ?

— Tôt ou tard, tu trouverais n'importe quelle femme chiante. »

Pas Drenka. Jamais.

« Alors, quand est-ce que Barbara a prévu que tu devais me mettre à la porte ? »

Ils étaient déjà allés plus loin dans la confrontation que Roseanna ne l'avait prévu. Il le sut parce qu'elle eut tout à coup le même air qu'au mois d'avril précédent, le jour de la fête des Patriotes, quand elle s'était pour la première fois essayée au marathon de Boston et qu'elle s'était évanouie juste après avoir franchi la ligne d'arrivée. Oui, le sujet du départ de Sabbath ne devait pas être abordé avant qu'elle ne soit un peu mieux préparée à se débrouiller toute seule.

« Alors à quand, répéta-t-il, avez-vous fixé la date à laquelle tu dois me foutre dehors ? »

Sabbath la vit prendre la décision d'abandonner l'ancien calendrier pour lui dire « Maintenant ». Pour cela, il lui fallut s'asseoir et se prendre le visage dans les mains, les clés de la voiture encore accrochées à un doigt. Quand elle leva les yeux, des larmes coulaient sur ses joues – et ce matin encore il l'avait entendue dire à quelqu'un au téléphone, peut-être à Barbara d'ailleurs : « Je veux vivre. Je ferais n'importe quoi pour aller mieux, n'importe quoi. Je me sens forte, et capable de me donner entièrement à mon travail. Je quitte la maison pour aller travailler et chaque *minute* est un plaisir. » Et voilà qu'elle était en larmes.

« Ce n'est pas comme cela que je voulais que ça se passe, dit-elle.

– D'après ce que Barbara a prévu, quand est-ce que tu dois me mettre à la porte ?

– Je t'en prie. *Je t'en prie.* Tu es en train de parler d'environ trente-deux années de ma vie ! Ce n'est pas facile du tout.

– Et si je te facilitais la tâche. Jette-moi dehors ce soir, dit Sabbath. Voyons un peu si tu es suffisamment rétablie pour le faire. Fous-moi dehors, Roseanna. Dis-moi de partir et de ne jamais revenir.

– Ce n'est pas juste de ta part », dit-elle, et cela faisait des années qu'il ne l'avait pas vue pleurer d'une manière aussi hystérique. « Après mon père, après tout ça, *je t'en prie*, ne dis pas "Fous-moi dehors". Je ne peux pas supporter *d'entendre* ce genre de choses.

– Dis-moi que tu vas appeler les flics si je ne pars

pas. C'est probablement tous des copains des AA. Appelle le type de la police de la route, le gamin de l'auberge, le petit Balich ; dis-lui que chez les AA tu as une famille qui t'aime plus, qui te comprend mieux et qui ne te juge pas comme ton mari, et que tu veux qu'il *dégage*. Qui a écrit *les Douze Étapes* ? Thomas Jefferson ? Vas-y, appelle-le, partage ton vécu avec *lui*, dis-lui que ton mari déteste les femmes et qu'il faut le foutre *dehooors* ! Appelle Barbara, ma Barbara. Moi je vais l'appeler. Je veux lui demander depuis combien de temps, vous deux, femmes admirables que vous êtes, vous avez mis au point mon éviction. Ta maladie se mesure à l'aune de tes secrets ? Alors ça fait combien de temps que se débarrasser de Morris fait partie de tes petits secrets, ma belle ?

– C'est insupportable ! Je ne mérite pas ça ! Tu n'as aucune angoisse de rechute, toi – tu vis *en permanence* dans un état de rechute ! –, mais moi si ! À force d'effort et de souffrance, j'ai réussi à me retrouver, Mickey. Je me suis arrachée à une maladie qui fait énormément de dégâts, qui peut devenir mortelle. Et ne fais pas de grimaces ! Si je ne te parlais pas de mes difficultés, tu n'en saurais rien. Je dis cela sans m'apitoyer sur mon sort et sans aucun sentimentalisme. Pour aller mieux, j'y ai mis toute mon énergie et toute ma volonté. Mais je suis encore en train de changer. C'est encore très souvent douloureux et effrayant. Et tous ces cris, je ne peux pas les supporter. Je ne les supporterai pas ! Arrête ! Tu es en train de me hurler dessus comme mon *père*.

– C'est ça, ton père, mon cul ! Je vais te dire comment je te hurle dessus, je te hurle dessus comme *moi* !

– C'est *irrationnel* de hurler, dit-elle en pleurant de désespoir. Tu es incapable de réfléchir quand tu hurles ! Et moi aussi !

– Faux ! Ce n'est que dans les moments où je hurle que je peux *commencer* à réfléchir ! C'est ma raison qui me *fait* hurler ! C'est dans les hurlements que les Juifs *réfléchissent et trouvent des solutions* !

– Qu'est-ce que "les Juifs" viennent faire là-dedans ? C'était délibéré quand tu as dit "les Juifs", c'était pour m'intimider !

– *Tout* ce que je fais est délibéré, tout me sert à t'intimider, Rosie !

– Mais *où* vas-tu aller si tu pars ? Réfléchis un peu. De *quoi* est-ce que tu vas vivre ? Tu as soixante-quatre ans. Tu n'as pas d'argent. Tu ne vas pas partir » – elle pleurait – « pour te tuer ! »

Il n'eut aucun mal à lui dire : « Non, tu ne pourrais pas le supporter, pas vrai ? »

Et c'est comme cela que ça s'était fait. Cinq mois après la mort de Drenka, il n'en fallut pas plus pour que *lui* disparaisse, pour qu'il quitte Roseanna, pour qu'il ramasse ses affaires et abandonne le domicile conjugal, ou ce qui en tenait lieu – pour qu'il monte dans sa voiture et qu'il descende à New York voir à quoi ressemblait Linc Gelman.

*

Sabbath prit le chemin le plus long pour se rendre au coin d'Amsterdam et de la 76e. Il avait dix-huit heures devant lui pour faire un voyage de trois heures et demie, et, au lieu d'aller prendre l'autoroute vingt kilomètres plus à l'est, il décida de passer par Battle Mountain pour rattraper la 92, ensuite il prendrait les petites routes qui le ramèneraient sur l'autoroute à une soixantaine de kilomètres au sud. Cela lui permettrait de rendre une dernière visite à Drenka. Il ne savait ni où il allait ni ce qu'il allait faire et ignorait s'il remettrait jamais les pieds dans ce cimetière.

Et merde, qu'est-ce qui lui *prenait* ? Arrête de la faire chier avec les AA. Demande-lui de te parler de ses élèves. Prends-la dans tes bras. Emmène-la faire un voyage. Bouffe-lui la chatte. Ce n'est pas grand-chose et ça peut tout changer. Quand elle était encore une grande bringue d'artiste en herbe à peine sortie de la fac et qu'elle habitait dans cet appartement rempli de filles complètement folles de leur cul, tu la lui bouffais tout le temps, t'en avais jamais assez de sentir ses grandes pattes plaquées contre tes oreilles. Gaie, ouverte, indépendante – quelqu'un dont il ne pensait pas qu'elle avait besoin d'être protégée vingt-quatre heures sur vingt-quatre, une merveilleuse antithèse de Nikki...

Elle avait travaillé avec lui dans les marionnettes pendant des années. Quand ils s'étaient rencontrés, elle avait déjà sculpté des corps nus pendant six mois puis avait fait de la peinture abstraite pendant six mois puis était passée à la céramique et à la fabrication de colliers; au bout d'un an, et en dépit du fait que les gens les aimaient bien et qu'ils s'étaient mis à les acheter, elle avait cessé de s'intéresser à la céramique et s'était mise à la photo. Et puis, grâce à Sabbath, elle avait découvert les marionnettes, qui lui donnaient l'occasion de faire usage de tous ses talents : le dessin, la sculpture, la peinture, le bricolage, et même sa manie de ramasser des tas de trucs et de les garder, chose qu'elle avait toujours faite, mais sans but précis. Sa première marionnette était un oiseau, une marionnette à main avec des plumes et des perles, très loin de l'idée que Sabbath se faisait des marionnettes. Il lui expliqua que les marionnettes n'étaient pas destinées aux enfants ; les marionnettes ne disaient pas : « Je suis un innocent et je suis très gentil. » Elles disaient le contraire. « On va jouer, vous et moi, disaient-elles, et je ferai ce qui me plaît. » Elle apprit la leçon, mais n'en continua pas moins, tout en confectionnant des marionnettes, à chercher à retrouver le bonheur qu'elle avait connu à sept ans, à l'époque où elle avait encore un papa, une maman et une enfance. Très vite elle se mit à sculpter des têtes de marionnette pour Sabbath, elle les taillait dans le bois comme les marionnettes anciennes qu'on trouvait en Europe. Elle les sculptait, les polissait, les peignait de couleurs somptueuses avec de la peinture à l'huile, elle apprit à leur faire cligner les yeux et ouvrir la bouche, elle leur sculptait les mains. Dans son excitation elle avouait naïvement aux étrangers : « Au départ, j'ai une idée et, ensuite, il se passe quelque chose d'autre. Une bonne marionnette se fait toute seule. Je ne fais que la suivre. » Puis elle acheta une machine à coudre, la moins chère des Singer, lut les instructions et commença à couper et à assembler les costumes. Sa mère avait fait de la couture, mais Roseanna n'avait jamais manifesté le moindre intérêt dans ce sens. Maintenant, elle passait la moitié de la journée sur sa machine. Quand quelqu'un se débarrassait de quelque chose, Roseanna le récupérait. « Tout ce dont vous ne voulez plus, fit-elle savoir à ses amis, vous me le donnez. » Des vêtements usagés, des trucs qu'elle trouvait dans la rue, les placards que l'on vide, c'était incroyable, elle arrivait à trouver un usage pour chaque chose – Roseanna ou le principe du recyclage adapté à la terre entière. Elle dessinait les décors sur un grand bloc, elle les fabriquait, les peignait – des décors qu'on roulait, des décors qu'on tournait comme les pages d'un livre – et toujours avec une grande minutie, dix à douze heures par jour, une minutie incroyable. Pour elle, une marionnette était une œuvre d'art, c'était même davantage, une amulette douée d'un pouvoir magique dans le sens où, dès qu'elle apparaissait, les gens s'abandonnaient, même dans le théâtre de Sabbath, où l'atmosphère était insidieusement contraire à la morale, vaguement menaçante, et en même temps très drôle et très grivoise. Les mains de Sabbath, disait-elle, donnaient vie à ses marionnettes. « Ta main est exactement à la place du cœur de la marionnette. Moi je les fabrique et toi tu en es l'âme. » Malgré le doux romantisme qu'elle mettait dans « l'art », malgré son côté pompeux et un peu superficiel alors que lui était malicieux et sans remords, ils formaient quand même une équipe, et si l'on ne peut pas vraiment dire que c'était une équipe où régnaient le bonheur et la complicité, elle dura quand même longtemps. Orpheline de père, elle avait trouvé son homme trop tôt, à un moment où elle ne connaissait pas tous les pièges de l'existence, si bien qu'elle ne savait pas encore tout ce que recelait son esprit et que, pendant des années, et des années, elle ne sut ce qu'elle devait penser quand Sabbath n'était pas là pour le lui dire. Elle trouvait assez exotique la manière dont il avait su s'ouvrir à tant de choses de la vie alors qu'il était encore très jeune, et cela incluait la perte de Nikki. S'il lui arrivait de se sentir écrasée par son étouffante présence, elle était aussi trop amoureuse de cette présence étouffante pour oser vivre sa vie de jeune femme sans elle. Il avait mangé de la vache enragée, très tôt et à belles dents, et, en toute innocence, elle y voyait, et cela ne concernait pas moins son expérience de marin que son côté malicieux et son cynisme, une méthode rapide pour apprendre à survivre. Il est vrai qu'elle était toujours en danger avec lui, tendue, dans l'attente des sarcasmes, mais c'était bien pire quand elle n'était pas avec lui. Ce n'est que peu de temps après la cinquantaine, après des crises de vomissements sans fin, et après sa rencontre avec les AA, qu'elle trouva dans leur compagnie, dans ce langage qu'ils parlaient, dans ces mots qu'elle adoptait sans la moindre trace d'ironie, de critique et peut-être même sans bien les comprendre, une forme de sagesse qui lui devint propre et qui se distinguait du scepticisme et de l'intelligence démoniaque de Sabbath.

Drenka. Elle s'était mise à boire et lui était parti s'abreuver à la source de Drenka. Il faut dire que, depuis l'âge de dix-sept ans, il n'avait jamais pu résister aux charmes des prostituées. Il aurait dû épouser celle qu'il avait rencontrée dans le Yucatán quand il avait dix-huit ans. Au lieu de devenir montreur de marionnettes, il aurait mieux fait de devenir maquereau. Au moins, les maquereaux ont un public, ils gagnent leur vie et ne deviennent pas fous chaque fois qu'ils allument la télé et qu'ils voient les bouches de ces saloperies de Muppets. Personne ne considère les putes comme une distraction enfantine – comme le bon théâtre de marionnettes, les putes sont faites pour le ravissement des adultes.

Merveilleuses putes. Quand Sabbath et son meilleur ami, Ron Metzner, étaient partis en stop pour New York un mois après avoir quitté le lycée et qu'une fois arrivés, quelqu'un leur avait appris qu'on pouvait sortir du pays sans passeport en allant au Foyer des marins norvégiens de Brooklyn, le jeune Sabbath n'avait aucune idée de la quantité de femmes qu'il allait trouver à l'autre bout. Jusque-là, son expérience de la sexualité s'était limitée à quelques papouilles avec les petites Italiennes d'Asbury et à se masturber chaque fois que c'était possible. Aujourd'hui, quand il y repensait, il se souvenait que c'était toujours la même chose, chaque fois que le

152

bateau approchait d'un port en Amérique latine, on sentait cette incroyable odeur de parfum bon marché, de café et de cramouille. Qu'il s'agisse de Rio, ou de Santos, ou de Bahia, ou de n'importe quel autre port d'Amérique du Sud, c'était toujours la même délicieuse odeur.

À l'origine, il s'agissait simplement de prendre la mer. Tous les matins, depuis toujours, il avait regardé l'Atlantique en se disant : « Un jour, un jour... » Il était très tenace, ce sentiment, et il n'avait pas vraiment fait le lien avec le désir de fuir la tristesse de sa mère. Depuis toujours il pêchait dans la mer, nageait dans la mer. Il lui semblait maintenant – contrairement peut-être à ses pauvres parents, dix-neuf mois à peine après la disparition de Morty – tout naturel de prendre la mer pour faire vraiment son éducation, après toutes ces années qu'il avait été obligé de passer à l'école pour apprendre à lire et à écrire. Il fut question de femmes et de baise dès qu'il eut posé le pied à bord du vapeur norvégien en route pour La Havane, tout le monde en parlait. Pour les vieux marins du bord il n'y avait rien d'extraordinaire à ce qu'en quittant le bateau on aille directement aux putes, mais pour Sabbath, à dix-sept ans – eh bien, on imagine facilement.

Comme si cela n'était pas déjà assez extraordinaire de se glisser, au clair de lune, le long du Castillo del Morro pour entrer dans le port de La Havane, une des plus mémorables entrées de port au monde, une fois le bateau amarré, il quitta le bord pour aller tout droit faire une chose qu'il n'avait jamais faite auparavant. C'était le Cuba de l'ère Batista, c'est-à-dire que c'était un gigantesque bordel américain doublé d'un non moins gigantesque casino. Treize ans plus tard, Castro descendrait des collines pour mettre un terme à toutes ces bonnes choses, mais le matelot Sabbath eut assez de chance pour se dessaler dans l'intervalle.

Quand il obtint son brevet de marin et qu'il rejoignit le syndicat, il eut la possibilité de choisir ses embarquements. Il traînait dans les bureaux du syndicat et – depuis qu'il avait goûté au paradis – il attendait un embarquement pour « la Croisière de l'Amour » : Santos, Monte Rio, et B.A. Il y avait des types qui passaient leur vie à faire la Croisière de l'Amour. Et pour eux comme pour Sabbath, c'était pour les putes. Les putes, les bordels, toutes les formes de sexualité connues de l'homme.

Dans la voiture, alors qu'il approchait du cimetière, il calcula qu'il y avait dix-sept dollars dans sa poche et trois cents à la banque sur le compte joint. Une fois à New York, il lui faudrait tirer un chèque dès le lendemain matin. Prends le pognon avant que Rosie ne le fasse. Obligé. Elle était payée tous les quinze jours et lui, il lui faudrait un an avant d'avoir droit à une retraite et à l'aide médicale. Son seul talent était ce ridicule talent qu'il avait dans les mains, et ses mains n'étaient plus bonnes à rien. Où irait-il habiter, comment ferait-il pour manger, et s'il tombait malade ?... Si elle demandait le divorce pour abandon du domicile conjugal, comment ferait-il pour l'assurance médicale, où trouverait-il l'argent pour ses cachets anti-inflammatoires et pour ceux contre les brûlures d'estomac provoquées par les cachets anti-inflammatoires, et s'il ne pouvait se payer ses cachets, s'il avait tout le temps mal aux mains, s'il ne devait plus jamais connaître de répit...

Avec tout ça, son cœur s'était mis à palpiter. La voiture était dans sa cachette habituelle, à quatre cents mètres de la tombe de Drenka. Il lui suffisait de se calmer, de faire marche arrière et de rentrer à la maison. Il n'aurait pas besoin de s'expliquer. Il ne le faisait jamais. Il n'avait qu'à dormir sur le canapé et, demain, il reprendrait le cours heureux de sa non-existence. Roseanna ne réussirait jamais à le jeter dehors – le suicide de son père l'en empêcherait, quels que soient les trésors de paix intérieure et de réconfort que Barbara avait pu lui promettre. Quant à lui, et si haïssable que la vie ait pu être, c'était dans une maison qu'elle était haïssable, et pas dans le caniveau. Beaucoup d'Américains haïssaient leur foyer. Le nombre de personnes sans logis en Amérique était sans rapport avec le nombre d'Américains qui avaient un foyer et une famille et qui haïssaient les deux. Bouffe-lui la chatte. Au milieu de la nuit, quand elle rentre de sa réunion. Elle va être surprise. C'est toi qui feras la pute. Pas aussi bien que d'en avoir épousé une, mais dans six ans tu auras soixante-dix ans, alors vas-y – bouffe-lui la chatte, pour le fric.

ˋ Sabbath était maintenant descendu de voiture et avançait sur la route du cimetière avec sa torche. Il voulait savoir s'il y avait quelqu'un.

Pas de limousine. Ce soir, c'était une camionnette. Il avait peur de traverser pour aller regarder les plaques dans le cas où il y aurait quelqu'un au volant. C'était peut-être des jeunes du coin qui se faisaient une séance de branlette collective au clair de lune sur la colline, ou qui s'étaient assis au milieu des tombes pour fumer de l'herbe. Il les croisait surtout à Cumberland, dans la queue du supermarché, chacun avec ses deux ou trois gosses et sa femme, toute petite et encore mineure – avec l'air d'avoir déjà raté sa vie –, enceinte, les cheveux mal teints, poussant un chariot rempli de pop-corn, de crackers au fromage, de friands à la saucisse, de nourriture pour chien, de chips, de lingettes pour bébé et de pizzas aux pepperoni de quarante centimètres de diamètre, les unes sur les autres, en piles, comme l'argent dans les rêves. On les repérait aux auto-collants de leurs pare-chocs. Les uns avaient des autocollants qui disaient « Dieu règne sur la terre », d'autres en avaient qui disaient « Toi tu trouves que je conduis mal et moi JE T'EMMERDE », d'autres encore arboraient les deux. Un psychiatre de l'hôpital géné-ral de Blackwall, qui consultait en ville deux fois par semaine, avait répondu à Sabbath, qui lui deman-dait quel genre de cas il rencontrait dans ces mon-tagnes : « Inceste, violence et alcoolisme – dans cet ordre. » Et c'est là que Sabbath habitait depuis trente ans. Linc l'avait bien dit : il n'aurait jamais dû partir après la disparition de Nikki. Norman Cowan l'avait bien dit : personne ne pouvait lui reprocher sa disparition. Qui s'en souvenait, à part lui ? Peut-être qu'il allait à New York pour confirmer, après tout ce temps, qu'il n'avait pas détruit Nikki, pas plus qu'il n'avait tué Morty.

Nikki – qui n'était que talent, talent et enchante-ment, et absolument rien d'autre. Incapable de faire la différence entre sa gauche et sa droite, sans parler de faire des additions, des soustractions, des multi-plications ou des divisions. Incapable de faire la dif-férence entre le nord et le sud ou entre l'est et l'ouest, même à New York où elle avait passé une grande partie de sa vie. Elle ne pouvait supporter la vue des gens laids, ou des vieux, ou des handicapés. Elle avait peur des insectes. Elle avait peur quand elle était toute seule dans le noir. Si quelque chose, n'importe quoi, la mettait mal à l'aise – une guêpe, un parkinsonien, un enfant qui bavait dans un fau-teuil roulant –, elle se prenait un cachet de Miltown, et le Miltown la transformait en démente, les yeux vides et les mains qui tremblent. Elle sursautait et poussait des cris chaque fois qu'une voiture faisait

péter son pot d'échappement ou que quelqu'un cla-
quait une porte trop près d'elle. Elle avait beaucoup
de talent pour céder. Quand elle essayait de défier
quelqu'un, il suffisait de quelques minutes pour
qu'elle éclate en sanglots et dise : « Je ferai tout ce
que tu voudras – mais ne t'en prends pas à moi
comme ça ! » Elle ignorait la raison ; tantôt elle était
aussi obstinée qu'une enfant et tantôt aussi soumise
qu'une enfant. Elle le surprenait parfois en s'enrou-
lant dans une serviette quand elle sortait de la
douche et, s'il était sur son chemin, elle courait
jusqu'à la chambre. « Pourquoi est-ce que tu fais
cela ? – Pourquoi est-ce que je fais quoi ? – Ce que tu
fais – ton corps, tu me le caches. – Je n'ai rien fait de
tel. – Si, tu te caches sous la serviette. – C'était pour
ne pas avoir froid. – Pourquoi est-ce que tu cours,
comme si tu ne voulais pas que je te voie ? – Tu es
fou, Mickey, tu inventes tout... Pourquoi est-ce qu'il
faut tout le temps que tu t'en prennes à moi ? – Pourquoi est-ce que tu te comportes comme si ton corps
était repoussant ? – Je *n'aime pas* mon corps. Je
déteste mon corps ! Je déteste mes seins ! Les
femmes ne devraient pas être obligées d'avoir des
seins ! » Et pourtant, elle était incapable de passer
devant une surface réfléchissante sans y jeter un
coup d'œil pour voir si elle était aussi fraîche et aussi
jolie que sur les photos affichées à l'extérieur du
théâtre. Mais dès qu'elle était sur scène, ses millions
de phobies s'évanouissaient, toutes ses bizarreries
cessaient tout simplement d'exister. Toutes ces
choses qu'elle redoutait le plus dans la vie, elle pouvait prétendre y faire face sans aucune difficulté
dans une pièce. Elle ne savait pas ce qui était le plus
fort, son amour pour Sabbath ou la haine qu'elle
éprouvait pour lui – la seule chose dont elle était
sûre, c'est qu'elle n'aurait pas pu survivre sans la

protection qu'il lui apportait. Il était son armature, sa cotte de mailles.

Quand elle avait une vingtaine d'années, Nikki était une actrice aussi docile qu'un metteur en scène têtu comme Sabbath aurait pu en souhaiter. Sur scène, même en répétition, même debout à ne rien faire en attendant qu'on lui donne des indications, aucun signe de nervosité, aucun de ces gestes qu'elle faisait tout le temps, jouer avec sa bague, passer les doigts dans son col, taper sur la table avec ce qui lui tombait sous la main. Elle était calme, attentive, jamais fatiguée, pas un mot de protestation, l'esprit clair, rayonnante d'intelligence. Quoi que Sabbath lui demande, minuscule pointe de pédanterie ou flot torrentiel de sentiments, elle le lui donnait sur-le-champ, exactement comme il se l'était imaginé. Elle était patiente avec les mauvais acteurs et très inspirée avec les bons. Dans le travail, elle n'était jamais discourtoise avec personne, alors que dans un grand magasin, Sabbath l'avait vue prendre un ton très supérieur et très snob avec une vendeuse ; il l'aurait giflée. « Pour qui tu te prends ? lui demanda-t-il quand ils furent dans la rue. – Pourquoi tu t'en prends à moi comme ça ? – Pourquoi tu as traité cette fille comme une merde ? – Oh, c'était une petite garce. – Mais tu te prends pour qui, bordel ? Ton père avait une scierie à Cleveland. Le mien vendait des œufs et du beurre dans son camion. – Pourquoi est-ce que tu me parles toujours de mon père ? Je détestais mon père. Comment peux-tu oser me parler de lui maintenant ! » Encore une femme dans la vie de Sabbath qui pensait que son père était un con. Celui de Drenka était un crétin, il était membre du parti et elle se moquait de sa fidélité et de sa naï-veté. « Je peux comprendre qu'on soit opportuniste – mais *qu'on y croie* ! » Celui de Rosie était alcoolique, suicidaire, et il la terrifiait, et celui de Nikki un homme d'affaires brutal et vulgaire pour qui les cartes, les bars et les femmes avaient plus d'importance que ses responsabilités de père et de mari. Son père avait rencontré sa mère lorsqu'il s'était rendu en Grèce avec ses parents pour l'enterrement de sa grand-mère ; après, il avait visité le pays tout seul, surtout pour les femmes et la baise, il voulait voir comment c'était. Sur place, il avait fait la cour à celle qui allait devenir sa femme, une jeune bourgeoise de Salonique, et, quelques mois plus tard, il l'avait ramenée à Cleveland, où son propre père, un homme d'affaires encore plus brutal et encore plus vulgaire que lui, possédait une scierie. La famille du père venait de la campagne et, quand il parlait grec, c'était dans un épouvantable patois de paysan. Et les injures au téléphone ! « Gamó to ! Gamó ti mána sou ! Gamó ti panaghía sou ! » « Allez vous faire foutre ! Qu'elle aille se faire foutre ta mère ! Qu'elle aille se faire foutre ta Sainte Mère ! » Et il lui pinçait les fesses, à sa propre belle-fille ! La mère de Nikki se prenait pour une jeune poétesse, et ce mari coureur, sa belle-famille de bouseux, la vie de province de Cleveland, le bouzouki que tous ces gens-là adoraient – tout cela la rendait folle. Elle n'aurait pu commettre de plus grande erreur que d'épouser Kantarakis et son horrible famille, mais à dix-neuf ans, elle cherchait bien évidemment à fuir un père dominateur et vieux jeu qu'elle haïssait, elle aussi, et cet Américain si joyeux qui la faisait rougir si facilement – et qui, pour la première fois, l'avait fait jouir si facilement – lui semblait alors destiné à faire de grandes choses.

Elle dut sa délivrance à la magnifique petite Nikoleta. Elle en était gaga. Elle l'emmenait partout. Elles étaient inséparables. Elle commença à apprendre à Nikki, qui était douée pour la musique, à chanter en grec et en anglais. Elle lui lisait des livres à haute voix et lui apprenait à réciter. Mais la mère continuait à pleurer toutes les nuits, et finalement elle partit pour New York avec Nikki. Pour l'élever, elle travailla dans une blanchisserie, puis au tri postal, et finalement chez Saks, d'abord au comptoir des chapeaux et quelques années plus tard comme chef du rayon chapellerie féminine. Nikki entra à la High School of Performing Arts, moitié études, moitié arts du spectacle – c'était elle et sa mère contre le reste du monde jusqu'à ce que, en 1959, un obscur empoisonnement du sang mette un terme brutal au combat que sa mère avait mené...

Sabbath progressait parallèlement au mur de pierre du cimetière, courbé très bas vers le sol ; il se déplaçait aussi silencieusement que possible sur la terre meuble du bas-côté de la route. Il y avait quelqu'un dans le cimetière. Sur la tombe de Drenka ! En blue-jean – grand, mince, les pieds en dedans, les cheveux rassemblés en queue de cheval... C'était la camionnette de l'*électricien*. C'était Barrett, qu'elle avait pris tant de plaisir à se faire dans la baignoire, à savonner sous la douche. *Tu commences avec la figure, tu continues avec la poitrine et le ventre, et après tu arrives à la bite, et il se met à bander, à moins qu'il ne bande déjà dur.* Oui, ce soir c'était au tour de Barrett de présenter ses respects aux morts, et effectivement il bandait déjà dur. *Des fois, ça lui prend, il me relève les jambes, il me les met en l'air et il me porte comme ça jusque dans la douche.* Une fois de plus, Sabbath cherchait une pierre. Comme il y avait cinq mètres de plus entre lui et Barrett qu'il n'y en avait eu entre lui et Lewis, il cherchait une pierre pas trop lourde, pour avoir au moins une chance de la lancer jusqu'à lui. Cela lui prit du temps pour trouver, dans le noir, quelque chose de la taille et du poids qui convenaient, et pendant tout ce temps Barrett restait debout au pied de la tombe de Drenka et se branlait en silence. Lui en mettre une en plein sur la queue, juste au moment où il allait commencer à jouir. Sabbath essayait de juger où en était Barrett à la vitesse de sa main quand il remarqua la présence d'une autre silhouette dans le cimetière, qui gravissait lentement la colline. En uniforme. Le sacristain ? La silhouette en uniforme se déplaçait furtivement, sans éveiller l'attention, invisible, et arriva à environ un mètre derrière Barrett, lequel ne se souciait plus de rien d'autre que de la vague qui montait en lui.

Lentement, presque avec langueur, la silhouette en uniforme leva le bras droit, petit à petit. L'homme tenait dans la main un objet de forme oblongue qui se terminait par un renflement. Une torche électrique. Barrett se mit à parler doucement, un bourdonnement régulier et monotone qui explosa soudain en un flot de paroles incohérentes. Sabbath retint son tir, mais cette acmé délicieuse fut aussi un signal pour l'homme qui abattit sa torche comme une hache sur le crâne de Barrett. Il y eut un bruit sourd quand Barrett s'écroula sur le sol, puis deux coups très brefs – le jeune électricien... *t'es quelque chose toi, t'es vraiment quelque chose...* venait de se prendre deux bons coups dans les couilles.

Ce n'est qu'au moment où l'assaillant remonta dans sa propre voiture – il s'était glissé derrière la camionnette – et mit son moteur en marche que Sabbath comprit de qui il s'agissait. Par arrogance et par défi, ou mû par une rage inextinguible, l'officier de police s'éloigna en faisant clignoter tous les feux de sa voiture de patrouille.

Cette nuit-là, sur la route de New York où il se rendait pour les obsèques de Linc, il ne pensa qu'à Nikki. Tout ce dont il pouvait parler avec sa mère, qui flottait à l'intérieur de la voiture, allant, venant, montant et descendant comme les débris roulés par les vagues sur le bord d'une plage, c'était ce qui avait abouti à la disparition de Nikki. Pendant les quatre années où ils avaient été mariés, sa mère n'avait vu Nikki que cinq ou six fois, et chaque fois, elle lui avait très peu parlé, voire pas du tout, elle parvenait à peine à comprendre qui était Nikki et ce qu'elle faisait là, quels que soient les efforts que Nikki déployait, avec sa naïveté désespérée d'enfant pleine de douceur et d'intelligence, pour lui faire la conversation. D'autant plus qu'avec la terreur que lui inspiraient les personnes âgées, les handicapés et les malades, Nikki était à peine capable de faire face à l'épreuve que représentait pour elle la douleur de la mère de Sabbath, et elle avait immanquablement des crampes d'estomac dès qu'ils prenaient la voiture pour aller à Bradley. Mme Sabbath leur avait paru particulièrement émaciée et négligée la fois où ils l'avaient découverte endormie sur une chaise de cuisine, ses dents posées à côté d'elle sur la toile

162

cirée de la table ; Nikki n'avait pu se retenir et elle s'était enfuie en courant par la porte de derrière. Depuis, Sabbath allait voir sa mère tout seul. Il l'emmenait déjeuner à Belmar, dans un restaurant de fruits de mer où l'on servait des petits pains tout chauds comme elle les aimait dans le temps, puis, de retour à Bradley, et après avoir insisté, il lui prenait le bras et l'emmenait se promener sur les planches pendant dix minutes. Ensuite, à son grand soulagement, il la ramenait à la maison. Il n'essayait pas de la faire parler, et au fil des années, il y eut des visites où il ne disait que « Comment vas-tu, m'man ? » et « À bientôt, m'man ». Ça et deux baisers, un en arrivant et un en repartant. Si jamais il lui apportait une boîte de chocolats fourrés à la cerise, il la retrouvait la fois suivante, encore tout emballée, exactement là où elle l'avait posée après l'avoir reçue de ses mains. Il n'avait jamais songé à passer la nuit dans la chambre qu'il avait partagée avec Morty.

Mais maintenant qu'elle voletait, invisible, dans l'obscurité de sa voiture, débarrassée de son affliction, vidée de tout chagrin, maintenant que sa toute petite mère n'était plus que pur esprit et pure pensée, maintenant qu'elle était devenue un être immortel, il admit qu'elle pouvait supporter d'entendre l'histoire complète de la catastrophe dans laquelle son premier mariage avait sombré. Elle avait sans aucun doute été témoin, un peu auparavant, de la fin de son deuxième mariage. Et n'était-elle pas là chaque fois qu'il se réveillait à quatre heures du matin et qu'il ne pouvait se rendormir ? Ne lui avait-il pas demandé, ce matin même, dans la salle de bains, pendant qu'il taillait les bords de sa barbe, si ce n'était pas là une réplique de la longue barbe blanche de son père à elle, le rabbin dont il portait le nom et auquel, apparemment, il ressemblait depuis sa naissance ? N'était-elle pas régulièrement à côté de lui, dans sa bouche, à lui bourdonner dans le crâne, à lui rappeler qu'il fallait en finir avec la vie insensée qu'il menait ?

Rien d'autre que la mort, la mort et les morts, pendant trois heures et demie, rien d'autre que Nikki, l'énigme qu'elle représentait, son étrangeté, son apparence, ses cheveux et ses yeux que leur noirceur faisait ressortir, sa peau transparente, une peau de jeune fille, d'un blanc angélique, poudreux... Nikki et son talent pour incarner tout ce qu'il peut y avoir de contradictoire et d'insondable dans l'âme humaine, y compris cette monstruosité qui la paralysait de peur.

Quand Nikki reçut une bourse pour la Royal Academy of Dramatic Art de Londres, elle alla s'y installer avec sa mère. Au début, elles vécurent de la générosité d'une cousine germaine de la mère de Nikki, mariée à un médecin et confortablement installée à Kensington. Sa mère trouva du travail dans une boutique de modiste assez huppée de South Audley Street dont les patrons, deux hommes charmants, Bill et Ned, entièrement sous le charme de la délicate éloquence de la douce Nikki, les autorisèrent à s'installer dans les deux petites pièces au-dessus de la boutique, qu'ils leur louèrent pour presque rien. Ils leur rapportèrent même des meubles jusque-là entreposés dans le grenier de leur maison de campagne et fournirent ainsi le petit lit dans lequel Nikki dormait dans la minuscule « autre » pièce et le canapé du « salon » sur lequel sa mère insomniaque passait, avec l'aide d'un roman, ses nuits à fumer. Les toilettes étaient en bas, derrière la boutique. L'appartement était si petit que Nikki aurait tout aussi bien pu être un kangourou dans la poche de sa mère. Ça ne l'aurait d'ailleurs pas vraiment gênée si l'endroit avait été encore plus petit, avec un seul lit pour toutes les deux.

Après avoir terminé ses études à l'école d'art dramatique, Nikki retourna à New York, mais sa mère, qui ne parvenait toujours pas à se débarrasser des souvenirs de sa vie à Cleveland et qui tenait les Américains, globalement, pour des barbares qui faisaient beaucoup de bruit – probablement par comparaison avec ses clientes de modiste huppée, qui étaient aussi gentilles et attentionnées qu'elles pouvaient l'être avec cette jeune veuve (c'était ce qu'elle leur avait raconté) qui leur vendait des chapeaux (de haut lignage crétois, d'après Bill et Ned) – sa mère, donc, resta à Londres. Le moment était venu pour Nikki de voler de ses propres ailes, alors que sa mère restait à l'abri au milieu des nombreux amis qu'elle s'était faits grâce aux « garçons », terme utilisé pour désigner les patrons – la mère et la fille étaient souvent invitées dans la maison de campagne de l'une ou l'autre des clientes de la boutique pour un week-end de détente, et plus d'une de ces femmes fortunées considérait Mme Kantarakis comme une confidente. Et puis, il y avait la sécurité que lui procuraient la cousine Rena et le médecin, qui s'étaient montrés extraordinairement généreux, surtout avec Nikki. Tout le monde était généreux avec Nikki. C'était une enchanteresse, même si, à son départ pour l'Amérique, elle n'avait toujours pas eu de relations sexuelles avec un homme. En fait, depuis qu'elle avait quitté la maison de son père dans les bras de sa mère à l'âge de sept ans, elle n'avait pratiquement jamais approché un homme qui ne fût pas homosexuel. Il restait encore à voir combien elle saurait les enchanter.

« Sa mère, racontait Sabbath à sa propre mère, est morte tôt le matin. Nikki avait pris l'avion pour être avec elle dans ses derniers instants. Bill et Ned lui avaient payé son billet. On ne pouvait plus rien pour sa mère à l'hôpital et elle était revenue dans ses deux pièces au-dessus de la boutique de chapeaux pour y mourir. La fin approchait, Nikki est restée assise à côté de sa mère, à lui tenir la main et à s'en occuper pendant un peu plus de trois jours. Puis, le matin du quatrième jour, elle est descendue dans la cour pour aller aux toilettes et, quand elle est remontée, sa mère avait cessé de respirer. "Ma mère vient de mourir à l'instant, m'a-t-elle dit au téléphone, et je n'étais pas là. Je n'étais pas avec elle. Je n'étais pas avec elle, Mickey ! Elle est morte toute seule." Aux frais de Bill et de Ned, j'ai pris l'avion du soir pour Londres. Je suis arrivé le lendemain, à l'heure du petit déjeuner, et je suis allé directement à South Audley Street. J'ai trouvé une Nikki calme, paisible, assise dans un fauteuil au chevet de sa mère. On était le lendemain, le cadavre était toujours vêtu de sa chemise de nuit – et il était toujours là. Et il est resté là soixante-douze heures de plus. Quand je n'ai plus pu supporter ce spectacle, je me suis mis à crier à Nikki : "Tu n'es pas une paysanne de Sicile ! Il y en a assez et plus qu'assez ! Il est temps que ta mère dégage ! – Non. Non. *Non !*" Et quand elle s'est mise à me donner des coups de poing, j'ai reculé, j'ai battu en retraite dans l'escalier et je me suis promené dans Londres pendant plusieurs heures. Ce que je voulais lui dire, c'est que cette veille qu'elle avait commencée au chevet du corps avait, à mon sens, dépassé ce qui était convenable et commençait à devenir quelque chose de malsain. J'essayais de lui dire que l'intimité sans restriction aucune avec le corps de sa mère, le monologue verbeux de son entretien avec la morte auprès de laquelle elle restait assise jour après jour, reprenant le tricot de sa mère là où celle-ci l'avait laissé et accueillant les amis des garçons, sa façon de caresser les mains de la morte, les baisers qu'elle déposait sur son visage, ses mains qu'elle lui passait dans les cheveux – toute cette occultation de la réalité tangible des faits – me la rendaient taboue. »

La mère de Sabbath suivait-elle cette histoire ? Il sentait bien, sans savoir comment, que son intérêt était ailleurs. Il était maintenant dans le Connecticut et il longeait une rivière, l'endroit était magnifique et lui donnait la chair de poule, et il se dit que sa mère se disait peut-être : « Ce ne serait pas bien difficile, dans cette rivière. » Mais pas avant d'avoir vu Linc, m'man... Il lui fallait voir d'abord à quoi ça ressemblait avant de le faire lui-même.

Et ce fut la première fois qu'il comprit ou qu'il admit ce qu'il avait à faire. Le problème que représentait sa vie ne serait jamais résolu. Sa vie n'était pas de celles dont les objectifs sont clairs ou dont les voies sont claires, où il est possible de dire : « Ceci est essentiel et cela n'est pas essentiel, ça je ne le ferai pas parce que je ne peux pas le supporter, et ça je le ferai parce que je peux le supporter. » Il était impossible de démêler une existence dans laquelle la rébellion était la seule règle et la première des distractions. Il voulait que sa mère comprenne qu'il n'en reprochait la futilité ni à la mort de Morty, ni à son effondrement à elle, ni à la disparition de Nikki, ni à son métier ridicule, ni à ses mains tordues par l'arthrose – il lui racontait simplement ce qui était arrivé avant que ceci n'arrive. C'est tout ce qu'on pouvait savoir, encore que, s'il arrive que ce que l'on croit qui est arrivé ne correspond jamais à ce que quelqu'un d'autre croit qu'il est arrivé, comment oser prétendre que l'on sait même cela ? Tout le monde se trompait sur tout. Ce qu'il disait à sa mère était faux. Si Nikki avait été là à l'écouter à la place de sa mère, elle serait en train de crier : « Ça ne s'est pas passé comme ça ! *Je* n'étais pas comme ça ! Tu ne comprends rien ! Tu n'as jamais rien compris ! Tu t'en prends toujours à moi sans aucune raison ! »

Plus de maison, plus de femme, plus de maîtresse, plus un rond... Saute dans la rivière glacée et coule. Grimpe vers les bois et endors-toi, et demain matin, si jamais tu te réveilles, continue à grimper jusqu'à ce que tu sois perdu. Prends une chambre dans un motel, emprunte son rasoir au veilleur de nuit pour te raser et tranche-toi la gorge d'une oreille à l'autre. C'est faisable. Lincoln Gelman l'a fait. Le père de Roseanna l'a fait. Même Nikki l'a probablement fait, et avec un rasoir, un rasoir à main très semblable à celui avec lequel elle quittait la scène chaque soir pour aller se tuer dans *Mademoiselle Julie*. Environ une semaine après sa disparition, Sabbath avait eu l'idée d'aller dans la pièce où ils rangeaient les accessoires pour chercher le rasoir que le valet, Jean, tend à Julie après qu'elle a passé la nuit avec lui et que, se sentant polluée par ce contact, elle finit par lui demander : « Si tu étais à ma place, que ferais-tu ? – Pars, pendant qu'il fait encore jour – va dans la grange... », répond Jean, et il lui tend le rasoir. « Il n'y a pas d'autre fin possible... Pars ! » lui dit-il. La pièce se terminait sur ce mot : Pars ! Et Julie prend le rasoir et part – et chaque fois, forte de son expérience, Nikki enchaîne inéluctablement. Le rasoir était dans un tiroir de la remise aux accessoires, exactement à sa place, mais il y avait quand même des fois où Sabbath parvenait encore à se dire que toute cette horreur était de l'auto-hypnose, que le drame trouvait ses racines dans la manière dont Nikki, avec une empathie sans bornes, faisait siennes les souffrances de ce monde irréel jusqu'à s'y laisser engloutir ; c'en était presque criminel. Elle était contente d'abandonner ses grandes capacités d'imagination, non à l'arrogante bestialité de l'imagination de Sabbath, mais à l'arrogante bestialité de l'imagination de Strindberg. Strindberg y était arrivé pour lui. Qui mieux que lui ?

« Je me souviens de m'être dit, au troisième jour : "Si ça continue comme ça, je ne baiserai plus jamais cette femme – je serai incapable de partager un lit avec elle." Et ce n'était ni parce que je trouvais bizarres les rites qu'elle se bricolait, ni parce que leur fonction était à l'opposé de celle des rituels auxquels j'avais été habitué chez les Juifs. Si elle avait été catholique, hindoue, musulmane, et qu'elle ait été guidée par les pratiques de deuil de l'une ou l'autre de ces religions ; si elle avait été égyptienne et qu'elle ait vécu sous le règne du grand Aménophis et qu'elle ait observé jusqu'au dernier tous les détails du cirque cérémoniel institué par le dieu de la mort Osiris, je crois que je me serais contenté de la laisser faire en gardant un silence respectueux. Ce qui me peinait, c'était que Nikki faisait tout cela *d'elle-même* – elle et sa mère contre le reste du monde, en marge du reste du monde, réunies dans la solitude et coupées du reste du monde, sans aucune Église ni aucun clan pour l'aider à passer ce moment difficile, même pas un petit bout de tradition auquel se raccrocher pour donner à sa réaction devant la mort d'un être cher une forme qui la lui rendrait acceptable. Elle veillait la morte depuis deux jours quand, par hasard, nous avons vu un prêtre descendre South Audley Street. "Les voilà les vrais vampires, a dit Nikki. Je les hais tous. Les prêtres, les rabbins, les pasteurs avec leurs contes de fées complètement crétins !" Je voulais lui dire : "Eh bien, prends une pelle et fais-le toi-même. Je ne suis pas non plus un grand défenseur du clergé. Prends une pelle et enterre-la dans le jardin de Ned."

« Sa mère était allongée sur le canapé, sous un édredon. Elle avait l'air – avant que l'embaumeur ne vienne pour, selon les propres mots de Nikki, "la mettre en conserve" – elle avait l'air de passer tout simplement sa journée à dormir en notre présence, le menton dans la même position que lorsqu'elle était vivante, légèrement de côté. De l'autre côté des fenêtres, c'était une belle matinée de printemps. Les moineaux auxquels elle donnait chaque jour à manger voletaient autour des arbres en fleur et faisaient trempette dans les gravillons qui recouvraient le toit de l'appentis de la cour, et par les fenêtres ouvertes qui donnaient sur l'arrière, on voyait jusqu'au brillant satiné des tulipes. Un bol de nourriture pour chien encore à moitié plein était posé à côté de la porte, mais le petit chien que sa mère gardait sur ses genoux n'était plus là à ce moment-là, Rena l'avait pris. Nikki m'avait dit que le médecin qui était venu examiner le corps et délivrer le permis d'inhumer avait appelé une ambulance, mais elle avait décidé de garder sa mère à la maison jusqu'à l'enterrement et avait renvoyé l'ambulance. Rena, qui s'était précipitée pour être aux côtés de Nikki à ce moment-là, m'avait dit que l'ambulance appelée par le médecin n'avait pas été "renvoyée". Quand le chauffeur avait passé la porte et qu'il s'était engagé dans l'escalier étroit, Nikki lui avait dit : "Non, Non !" ; quand il lui avait fait remarquer qu'il ne faisait que son travail, Nikki l'avait frappé au visage avec une violence telle qu'il s'était enfui et qu'elle avait eu mal au poignet pendant plusieurs jours. Je l'avais vue se frotter le poignet de temps en temps pendant sa veille, mais je ne savais pas pourquoi avant que Rena ne me l'apprenne. »

170

Et à qui croyait-il donc qu'il s'adressait ? Une auto-hallucination, le fruit d'une trahison de sa raison, quelque chose dont il se servait comme d'une loupe pour grossir l'inconséquence d'un gâchis qui n'avait pas de sens – *voilà*, c'était ça sa mère, une autre de ses marionnettes, sa dernière marionnette, une marionnette invisible qui papillonnait au bout de ses fils, qui jouait le rôle, non d'un ange gardien, mais de l'esprit disparu qui s'apprêtait à lui faire faire la traversée jusqu'à sa prochaine demeure. À une vie qui n'avait mené à rien, un grossier instinct théâtral apportait, à la dernière minute, une touche tapageuse de drame pathétique.

Le trajet était interminable. Avait-il manqué une bifurcation ou bien était-ce justement là sa prochaine demeure : un cercueil que l'on conduit pour l'éternité à travers un obscur nulle part sans jamais cesser de rabâcher, encore et encore, les événements incontrôlables qui vous amenaient à devenir quelqu'un d'autre que ce qui était prévu au départ. Et si vite ! Si rapidement ! Tout fout le camp, à commencer par qui l'on est, et à un moment impossible à définir on parvient à comprendre à moitié que cet autre, cet adversaire impitoyable, c'est soi-même.

Sa mère l'enveloppait maintenant de son esprit, elle s'était enroulée autour de lui, c'était sa manière de l'assurer qu'effectivement elle existait, libre et indépendante de son imagination.

« J'ai demandé à Nikki : "Quand est-ce qu'on l'enterre ?" Mais elle n'a pas répondu. "C'est tout à fait inacceptable, m'a-t-elle dit, pareille tristesse est tout à fait inacceptable." Elle était assise au bord du canapé sur lequel reposait sa mère. Une des mains de Nikki était dans les miennes et, de son autre main, elle caressait le visage de sa mère. "Manoúla mou, manoulítsa mou." Des diminutifs pour dire "ma petite mère chérie" en grec. "C'est insupportable. C'est horrible, disait Nikki. Je vais rester avec elle. Je vais dormir ici. Je ne veux pas la laisser seule." Et, comme je ne voulais pas laisser Nikki seule, je suis resté assis à côté d'elle et de sa mère jusqu'à ce que, tard dans l'après-midi, un employé d'une grande entreprise de pompes funèbres de Londres contactée par le mari de Rena, le médecin, vienne nous parler de l'organisation des obsèques. Étant juif, j'étais habitué à ce que l'on enterre les morts, si possible, dans les vingt-quatre heures, mais Nikki n'était rien, rien d'autre que la fille de sa mère, et quand je lui ai rappelé, alors que nous attendions l'arrivée de l'ordonnateur des pompes funèbres, en quoi consistait la coutume juive, elle m'a dit : "Les mettre en terre dès le *lendemain* ? Comme les Juifs sont cruels ! – C'est en effet une façon de voir les choses. – Non, c'est vraiment cruel, dit-elle. Cruel et horrible !" Je n'ajoutai plus rien. Elle venait de me confirmer qu'elle ne voulait pas d'obsèques. Jamais.

« L'ordonnateur des pompes funèbres est arrivé vers quatre heures en jaquette et pantalon rayé. Il était d'une politesse extrême et plein de déférence, et nous a expliqué qu'il était venu immédiatement après son troisième enterrement de la journée sans prendre le temps de se changer. Nikki lui a fait savoir que l'on ne devait pas déplacer sa mère et qu'elle allait rester exactement à l'endroit où elle était. Il lui répondit avec un art consommé de l'euphémisme dont il devait faire preuve tout au long de l'entretien. Il parlait avec affectation, copiant les inflexions de langage des gens de la bonne société. "Il sera fait comme vous l'entendez, mademoiselle Kantarakis. Nous ne saurions vous causer le moindre désagrément, en aucun cas. Si madame votre mère doit rester avec vous, nous enverrons quelqu'un lui faire une injection." Je compris qu'il voulait dire qu'il faudrait la vider et l'embaumer. "Aucun souci à se faire, nous dit-il d'une voix claire, nous parlons ici du meilleur spécialiste de toute l'Angleterre." Il souriait avec fierté. "C'est lui qui s'occupe de la famille royale. Un homme très spirituel, je dois dire. Il faut l'être dans ce métier. Nous ne saurions être morbides."

« Entre-temps, une mouche s'était posée sur le visage de la morte et j'espérais que Nikki ne la verrait pas et qu'elle s'envolerait. Mais elle l'a vue et s'est levée d'un bond, et, pour la première fois depuis mon arrivée, elle a eu une crise d'hystérie. "Laissez faire", me dit l'ordonnateur des pompes funèbres. Je m'étais, moi aussi, levé d'un bond pour chasser la mouche. "Il faut que ça sorte", a-t-il dit avec sagesse.

« Une fois calmée, Nikki a posé un mouchoir en papier sur le visage de sa mère pour empêcher la mouche de revenir. Un peu plus tard dans la journée, et à sa demande, je suis sorti acheter de l'insecticide et en revenant j'en ai aspergé la pièce – en faisant attention à ne pas en envoyer dans la direction du cadavre –, et Nikki a repris le mouchoir en papier qu'elle a enfoui dans la poche de son pull. Sans s'en rendre compte – ou sachant bien ce qu'elle faisait –, alors que la nuit tombait, elle s'est mouchée dans le carré de papier... et j'ai trouvé cela complètement fou. "Sans vouloir vous offenser, dit l'ordonnateur des pompes funèbres, quelle était la taille de madame ? On me posera la question quand j'appellerai le bureau."

« Il a appelé son bureau quelques minutes plus tard et demandé ce qu'il y avait comme possibilités au crématorium pour le mardi suivant. Nous étions toujours vendredi et, vu l'état de Nikki, mardi semblait bien loin. Mais comme elle aurait préféré ne pas l'enterrer du tout et garder sa mère avec elle pour de bon, je me suis dit que mardi valait mieux que rien.

« L'ordonnateur des pompes funèbres attendait au téléphone pendant que l'on vérifiait le planning du crématorium. Puis il a levé la tête pour me dire : "On me dit qu'il y a un trou à une heure. – Oh, non", a dit Nikki dans un gémissement, mais je lui ai fait oui de la tête. "Bloquez-le", a-t-il aboyé dans le téléphone, révélant ainsi qu'il était capable de parler comme si le monde existait vraiment et que nous étions de vrais êtres humains. "Et le service religieux, qui doit s'en charger ? a-t-il demandé à Nikki après avoir raccroché. – Ça m'est égal, n'importe qui, lui a-t-elle répondu d'une voix morne, du moment qu'il n'est pas question de Dieu. – Service civil", dit-il en écrivant dans son carnet à la suite de la taille de sa mère et de la catégorie de cercueil que Nikki avait choisie pour l'incinération. Il s'est ensuite mis en devoir de lui décrire, avec ménagement, le déroulement de l'incinération, en lui expliquant les différentes options envisageables. "Vous avez la possibilité de sortir avant que le cercueil ne s'éloigne, ou vous pouvez attendre qu'il ait disparu." Nikki était tellement abasourdie par cette idée qu'elle n'a pas su quoi répondre, et c'est moi qui ai dit : "Nous attendrons. – Et les cendres ? demanda-t-il. – Dans son testament, elle a demandé qu'on les disperse, c'est tout", lui ai-je dit. Regardant le mouchoir en papier qui restait immobile sur les narines de sa mère, Nikki a dit sans s'adresser à personne en particulier : "Je pense que nous les ramènerons à New York. Elle détestait l'Amérique. Mais je crois qu'on devrait les emporter avec nous. – Vous en avez le droit, répondit l'ordonnateur des pompes funèbres, c'est tout à fait possible, mademoiselle Kantarakis. La loi de 1902 vous autorise à en faire ce que bon vous semble."

« L'embaumeur est arrivé à sept heures et demie, pas avant. L'ordonnateur des pompes funèbres me l'avait décrit – avec une pointe de malice sortie tout droit d'un livre de Dickens et à laquelle on ne se serait pas attendu de la part d'un représentant des pompes funèbres ailleurs que dans les îles Britanniques – comme "grand avec des grosses lunettes, et très spirituel". Mais "grand" n'est pas le mot que j'aurais utilisé quand je l'ai vu apparaître, à la nuit tombante, à la porte du rez-de-chaussée ; il était immense, un hercule de cirque, avec les grosses lunettes annoncées et entièrement chauve, exception faite de deux touffes de cheveux noirs dressées de chaque côté de son énorme tête. Il était debout dans l'encadrement de la porte, vêtu d'un costume noir, et portait deux grandes boîtes noires, chacune suffisamment grande pour contenir un enfant. "Vous êtes M. Cummins ? lui ai-je demandé. – Oui, monsieur, de chez Ridgely." Il aurait aussi bien pu dire : "de chez Satan". Je l'aurais cru, lui, son accent cockney et le reste. Il ne m'a pas paru très spirituel.

« Je l'ai conduit vers le corps qui était bordé dans son édredon. Il a enlevé son chapeau et s'est incliné légèrement devant Nikki, avec autant de respect que si nous avions appartenu à la famille royale, pas moins. "Nous allons vous laisser, dis-je. Nous allons faire un tour et nous reviendrons dans environ une heure. – Donnez-moi une heure et demie, s'il vous plaît, dit-il. – Parfait. – Puis-je vous poser quelques questions, s'il vous plaît ?"

« Comme Nikki était assez étonnée par son immense taille – sa taille en plus de tout le reste –, j'ai pensé qu'il était inutile qu'elle entende les questions qu'il avait à me poser et qui ne devaient pas manquer d'être macabres. En fait, elle ne pouvait détacher son regard des deux grandes boîtes noires qu'il avait maintenant posées sur le sol. "Va donc m'attendre dehors, dis-je à Nikki. Descends prendre l'air pendant que je m'occupe de ce type." Elle a obéi en silence. Elle quittait sa mère pour la première fois depuis la veille, quand elle s'était absentée pour aller aux toilettes et qu'elle l'avait trouvée morte en revenant. Mais tout valait mieux que de rester en présence de cet homme et de ses boîtes noires.

« De retour à l'intérieur, l'embaumeur m'a demandé comment il fallait habiller la morte. Je n'en savais rien, mais au lieu de me précipiter vers Nikki pour le lui demander, je lui ai dit de la laisser dans sa chemise de nuit. Puis j'ai compris que, s'il devait la préparer pour les funérailles et l'incinération, il fallait lui enlever ses bijoux. Je lui ai demandé s'il pouvait le faire. "S'il vous plaît, monsieur, voyons ce qu'elle porte", dit-il en me faisant signe de m'approcher pour examiner le corps avec lui.

« Je ne m'étais pas attendu à ça, mais comme il avait l'air de penser qu'il ne pouvait pas, du point de vue de l'éthique professionnelle, toucher aux objets de valeur hors de la présence d'un témoin, je suis resté à ses côtés pendant qu'il retirait l'édredon et faisait apparaître les doigts raides et bleuis de la morte et, là où la chemise de nuit était remontée, deux jambes aussi droites et aussi fines que des tubes. Il lui a enlevé sa bague et me l'a donnée, puis il a soulevé la tête afin de défaire les boucles d'oreilles. Mais il n'y arrivait pas tout seul et j'ai dû tenir la tête de la morte pendant qu'il s'occupait des boucles d'oreilles. "Le collier de perles aussi", dis-je, et il l'a fait tourner autour du cou de façon à amener le fermoir devant. Sauf que le fermoir ne voulait pas s'ouvrir. Il s'affairait en vain avec ses énormes doigts de géant pendant que je continuais à soutenir le poids de la tête d'une seule main. Avec cette femme, nous n'avions jamais été physiquement proches, c'était là, et de loin, le rapport le plus intime que nous ayons jamais eu. Cette tête morte me semblait terriblement lourde. Elle est vraiment morte, me disais-je – et tout ceci commence à devenir insupportable. Au bout d'un moment, j'ai essayé d'ouvrir le fermoir moi-même et, après avoir tâtonné quelques minutes sans plus de résultats, nous avons abandonné et fait passer tant bien que mal le collier, qui était très juste, par-dessus la tête et les cheveux.

« J'ai fait attention à ne pas trébucher en reculant entre ses deux boîtes noires. "Très bien, lui dis-je, je reviendrai dans une heure et demie. – Monsieur, il vaudrait mieux me téléphoner avant, s'il vous plaît. – Et elle sera exactement comme elle est maintenant quand nous reviendrons ? – Oui, monsieur." À ce moment-là, il a regardé les fenêtres qui donnaient sur le jardin de Ned et les fenêtres arrière des maisons d'en face, et il m'a demandé : "Monsieur, savez-vous si l'on peut voir depuis ces fenêtres ?" J'ai eu soudain peur de laisser cette séduisante femme de quarante-cinq ans seule avec lui, même morte. Mais ce que je m'imaginais était inimaginable – me suis-je dit – et j'ai répondu : "Mieux vaut tirer les rideaux, vous serez plus tranquille." Les rideaux étaient neufs, cadeau d'anniversaire de Nikki, elle les avait achetés l'année précédente et installés au cours de la dernière semaine de la maladie de sa mère. Sa mère avait soutenu qu'elle n'avait pas besoin de rideaux neufs, elle avait même refusé d'ouvrir le paquet, et ne les avait finalement acceptés qu'au moment où Nikki, à son chevet, lui avait menti en assurant à la mourante qu'ils lui avaient coûté moins de dix livres.

« Dans la maison de sa cousine, où nous habitions, nous avons essayé, Rena et moi, de convaincre

Nikki d'aller prendre un bain et de manger quelque chose. Elle s'y refusait. Elle n'a même pas voulu se laver les mains quand je le lui ai demandé après qu'elle eut passé une journée à caresser le cadavre de sa mère. Elle attendait en silence, dans un fauteuil, le moment d'y retourner. Au bout d'une heure, j'ai téléphoné pour savoir où en était l'embaumeur.

« "J'ai terminé, monsieur, dit-il. – Est-ce que tout est en place comme avant ? – Oui, monsieur. Avec des fleurs près d'elle sur l'oreiller." Elles n'y étaient pas quand nous l'avions quittée ; il avait dû prendre les fleurs que Ned avait cueillies plus tôt dans la journée et les poser là. "L'a fallu redresser la tête, me dit-il. Mieux pour le cercueil. – Très bien. En partant, tirez simplement la porte d'en bas derrière vous. Nous arrivons. Pouvez-vous laisser une lampe allumée ? – C'est déjà fait, cher monsieur. La petite lampe près de sa tête." Il avait composé un tableau.

« La première chose que j'ai vue... »

C'était *Sabbath* qu'il avait eu l'intention d'assommer. Évidemment ! Il était parti pour surprendre Sabbath en train de profaner la tombe de sa mère ! Ça faisait des semaines, peut-être même des mois, que Matthew, au cours de ses rondes de nuit, devait l'observer depuis sa voiture de patrouille. Après la façon monstrueuse dont Sabbath s'était servi de Kathy Goolsbee, Matthew, comme tant d'autres dans le village, s'était senti agressé, il en était arrivé à perdre tout respect pour Sabbath, et il le lui faisait clairement comprendre en ne lui faisant aucun signe de reconnaissance quand il lui arrivait de le croiser au volant de sa voiture. Quand il effectuait ses rondes, Matthew adorait saluer d'un geste tous les habitants de Madamaska Falls, il les connaissait tous depuis qu'il était petit, et tout le monde savait qu'il était toujours indulgent avec les habitants du village lorsqu'ils commettaient une infraction. Une fois, il s'était même montré d'une indulgence mielleuse avec Sabbath, il était frais émoulu de l'école de police et pas encore bien malin, on l'avait affecté à la circulation et il parcourait les routes au volant d'une voiture rapide. Il avait pris en chasse Sabbath – lequel roulait bien au-delà de la vitesse autorisée, après avoir passé un après-midi fort joyeux à la Grotte – et l'avait obligé, toutes sirènes hurlantes, à se ranger sur le bas-côté. Mais quand Matthew s'était approché de la fenêtre et qu'il avait vu qui était à l'intérieur, il avait rougi et avait dit « Ooohhh-pardon ». Il était devenu ami avec Roseanna au cours de sa dernière année de lycée, et plus d'une fois (quand elle était ivre, elle répétait toujours tout plus d'une fois) elle avait dit que Matthew Balich était le plus sensible de tous les garçons qu'elle avait eus comme élèves à Cumberland. « Qu'est-ce que j'ai fait de mal, monsieur l'agent ? » demanda Sabbath avec sérieux, comme tout citoyen est en droit de le faire. « Bon Dieu, vous vous rendez compte que vous étiez prêt à décoller, monsieur Sabbath ? – Aïe, aïe, aïe, répondit Sabbath. – Attendez, ne vous en faites pas, lui dit Matthew, quand c'est des gens que je connais, je ne suis pas du genre à jouer les méchants. Pas la peine d'aller le raconter partout, mais je suis incapable de me montrer désagréable quand c'est quelqu'un que je connais. Je conduisais vite moi aussi avant d'entrer dans la police. Je ne vais pas faire l'hypocrite. – Vous êtes vraiment trop gentil. Bon, alors qu'est-ce que je fais maintenant ? – Disons », lui répondit Matthew avec un large sourire sur son visage sans nez – exactement pareil à celui de sa mère qu'il contemplait encore un peu plus tôt dans l'après-midi alors qu'elle jouissait pour la troisième ou quatrième fois – « que pour commencer

179

vous pourriez ralentir. Et puis ensuite, vous pourriez peut-être juste ficher le camp. Allez, filez ! À bientôt, m'sieur Sabbath ! Bonjour à Roseanna ! »

Donc ce n'était plus possible. Il n'oserait plus jamais se rendre sur la tombe de Drenka. Il ne pourrait plus jamais retourner à Madamaska Falls. En plus de sa maison et de sa femme il fuyait aussi le bras de la justice, une justice qui n'avait plus rien de juste.

« La première chose que j'ai vue en pénétrant dans l'appartement, c'est que l'aspirateur n'était plus dans le placard mais dans un coin de la grande pièce. L'avait-il utilisé pour nettoyer ? Pour nettoyer quoi ? Et puis j'ai senti une horrible odeur de produits chimiques.

– La femme qui était sous l'édredon n'était plus la femme avec laquelle nous avions passé la journée. "Ce n'est pas elle, a dit Nikki avant de s'effondrer en larmes. On dirait que c'est moi ! C'est moi !"

« J'ai compris ce qu'elle voulait dire, malgré ce discours apparemment délirant. Le visage de Nikki ressemblait étonnamment, en aussi beau et un peu plus sévère, à celui de sa mère, et maintenant, après le passage de l'embaumeur, leur ressemblance était beaucoup plus forte : saisissante. Elle est revenue vers le corps et l'a regardé fixement. "Sa tête est droite. – Il l'a redressée, lui ai-je dit. – Mais elle avait toujours la tête penchée sur le côté. – Plus maintenant. – Tu as l'air terriblement sérieuse, manoulítsa", dit Nikki à la morte.

« Sérieuse. Pétrifiée. Une statue. Très officiellement morte. Mais Nikki s'est néanmoins rassise dans son fauteuil et a repris sa veille. Les rideaux étaient fermés et seule brillait la petite lampe, les fleurs étaient posées sur l'oreiller à côté de la tête embaumée. J'ai dû me retenir pour ne pas les saisir et les jeter dans la corbeille et mettre un terme à cette histoire. Tout ce qui était liquide en elle n'est plus là, tout a été transvasé dans les boîtes noires et – quoi ? Dans les toilettes derrière la boutique ? Je voyais très bien le géant en costume noir en train de se coltiner le corps nu de la morte maintenant qu'ils étaient tous les deux seuls dans la pièce aux rideaux tirés et qu'il n'était plus nécessaire de montrer autant de délicatesse qu'il en avait eue avec les bijoux. Dégager les intestins, vider la vessie, pomper le sang, injecter le formol, si c'était bien l'odeur du formol que je sentais.

« Je n'aurais jamais dû les laisser faire, me disais-je. On aurait dû l'enterrer nous-mêmes dans le jardin. J'avais raison depuis le début. "Qu'est-ce que tu as l'intention de faire ? ai-je demandé. – Je reste ici ce soir, répondit-elle. – Tu ne peux pas, dis-je. – Je ne veux pas la laisser toute seule. – Je ne veux pas te laisser toi, toute seule. Tu ne peux pas rester seule. Et je n'ai pas l'intention de dormir ici. Tu rentres avec moi chez Rena. Tu reviendras demain matin. – Je ne peux pas la laisser. – Tu dois venir avec moi, Nikki. – Quand ça ? – Tout de suite. Dis-lui au revoir maintenant et viens." Elle a quitté son fauteuil pour aller se mettre à genoux au bord du divan. Touchant les joues de sa mère, ses cheveux, ses lèvres, elle a dit : "Je t'aimais tant, manoulítsa. Oh, manoulítsa mou."

« J'ai ouvert une fenêtre pour aérer la pièce. J'ai commencé à nettoyer le réfrigérateur dans la partie cuisine du salon. J'ai vidé le reste d'un carton de lait dans l'évier. J'ai trouvé un sac en papier et j'y ai mis ce qui restait dans le réfrigérateur. Mais quand je suis revenu vers Nikki, elle lui parlait encore. "Ça suffit pour ce soir, c'est l'heure de partir", ai-je dit.

« Sans me résister, Nikki s'est relevée quand je lui

181

ai offert mon aide. Mais, debout dans le cadre de la porte qui menait à l'escalier, elle s'est retournée pour regarder sa mère. "Pourquoi est-ce qu'elle ne peut pas tout simplement rester comme ça ?" a-t-elle demandé.

« Je lui ai fait descendre les escaliers jusqu'à la porte de derrière, je portais les ordures. Mais une fois de plus, Nikki est remontée et je l'ai suivie en haut, jusqu'au salon, avec mon sac d'ordures. Une fois de plus elle est allée vers le corps pour le toucher. J'attendais. M'man, j'ai attendu et attendu et je me suis dit : "Aide-la, aide-la à se sortir de là", mais je ne savais pas quoi faire pour l'aider, je ne savais pas si je devais lui dire de rester ou si je devais la forcer à partir. Elle a tendu un doigt vers le cadavre. "C'est ma mère, disait-elle. – Il faut que tu viennes avec moi", lui ai-je dit. Et finalement, je ne sais plus combien de temps après, elle est venue.

« Mais le lendemain ça a été encore pire – Nikki allait mieux. Dès le matin, elle était pressée de retourner chez sa mère, et quand je l'ai appelée une heure après l'avoir déposée là-bas pour lui demander "Comment ça va ?", elle m'a répondu : "Tout est très calme. Je suis assise et je tricote. Et on a un peu bavardé." Et c'est comme ça que je l'ai trouvée en fin d'après-midi quand je suis passé la chercher pour la ramener chez Rena. "On a bien bavardé, c'était très bien, a-t-elle dit. J'étais justement en train de dire à maman..."

« Dimanche matin – enfin, enfin, enfin –, sous une pluie battante, j'y suis allé pour ouvrir la porte au corbillard qui devait l'emmener. "Cela fera vingt-cinq livres de plus, m'a dit l'ordonnateur des pompes funèbres, faire travailler le personnel le dimanche, cher Monsieur – les enterrements sont déjà assez chers." Mais je lui ai répondu : "Ça ira, appelez-les."

Si Rena ne voulait pas les payer, je les paierais moi-même – et à l'époque, comme maintenant, je n'avais pas un dollar de trop. Je ne voulais pas que Nikki m'accompagne, et ce n'est que lorsqu'elle a soutenu qu'il le fallait que j'ai fini par élever la voix pour lui dire : "Écoute, réfléchis un peu. Il pleut comme vache qui pisse. Il fait un temps épouvantable. Ça ne va pas te plaire du tout quand ils vont sortir cette caisse pour aller se balader sous la pluie avec ta mère dedans. – Mais il faut que j'aille la voir cet après-midi. – D'accord, tu iras. Je suis sûr que c'est possible. – Il faut que tu leur demandes si je peux y aller cet après-midi ! – Dès qu'elle sera prête, je suis sûr que ce sera possible. Mais tu peux te dispenser du spectacle de ce matin. Tu veux la voir quitter South Audley Street ? – Tu as peut-être raison, dit-elle, et bien évidemment, je me demandais si j'avais raison et si voir sa mère quitter South Audley Street n'était pas exactement ce dont elle avait besoin pour que la réalité commence à lui entrer dans le crâne. Et si ce refus de la réalité était la seule chose qui l'empêchait de craquer complètement ? Je n'en savais rien. Personne n'en sait rien. C'est pour ça que les religions sont pleines de tous ces rituels que Nikki trouvait insupportables.

« Mais, à trois heures, elle était à nouveau avec sa mère au funérarium, situé, comme par hasard, tout près de la maison d'un vieil ami anglais auquel j'avais prévu de rendre visite. J'avais donné à Nikki son adresse et son numéro de téléphone et lui avais dit de venir me retrouver chez lui quand elle en aurait fini. Au lieu de cela, elle m'a appelé pour me dire qu'elle allait rester jusqu'à ce que moi j'en aie terminé et de passer ensuite la prendre au funérarium. Ce n'était pas ce que j'avais prévu. Elle est bloquée, me suis-je dit, et je n'arrive pas à la débloquer.

« Je continuais à espérer qu'elle viendrait me retrouver chez mon ami de toute façon, mais sur le coup de cinq heures, j'y suis allé et, à la porte principale, j'ai demandé au gardien de service, qui semblait être tout seul le dimanche, d'aller l'appeler. Il m'a dit que Nikki avait demandé qu'on m'amène à l'endroit où elle "rendait visite" à sa mère. Il m'a conduit le long d'une succession de couloirs, m'a fait descendre un escalier, puis nous avons pris encore un autre couloir avec des portes les unes à côté des autres qui devaient mener, me suis-je dit, à des cellules où les corps étaient exposés à la vue des familles. Nikki était dans l'une de ces petites pièces avec sa mère. Elle était assise sur une chaise placée contre le cercueil et s'était remise au tricot commencé par sa mère. En me voyant, elle a ri avec légèreté et m'a dit : "On a bien discuté. Cette pièce nous a fait rire. Elle est à peu près de la même taille que la chambre que nous avions à Cleveland, quand nous nous sommes enfuies. Regarde, me dit-elle, regarde comme ses mains sont mignonnes." Elle a retourné le petit carré de dentelle pour me montrer les doigts croisés de sa mère. "Manoulítsa mou", dit-elle en les embrassant et en les embrassant encore.

« Je crois que même le gardien de service, qui était resté dans l'encadrement de la porte pour nous raccompagner jusqu'en haut, a été secoué par ce qu'il venait de voir. "Il faut y aller", ai-je dit d'un ton neutre. Elle s'est mise à pleurer. "Encore quelques minutes. – Ça fait plus de deux heures que tu es là. – Je l'aime je l'aime je l'aime..." Et ce n'est que petit à petit que je suis parvenu à l'arracher à cette pièce.

« À la porte, elle a remercié le gardien. "Vous avez tous été si gentils", dit-elle avec un air un peu bizarre, et puis, au moment où nous sortions, elle m'a demandé si j'étais d'accord pour la laisser revenir le lendemain matin dès la première heure avec des fleurs pour la chambre de sa mère. Je me suis dit : "C'est de la *mort* qu'il est question en ce moment, elle fait chier avec ses fleurs !", mais je n'ai plus rien dit jusqu'à notre arrivée dans la chambre qu'on occupait chez Rena. Nous venions de traverser Holland Park en silence, c'était un dimanche de mai, une journée magnifique, nous étions passés devant les paons, on avait longé les jardins à la française, ensuite on avait pris par Kensington Gardens, où les marronniers étaient en fleur, et enfin nous étions arrivés chez Rena. "Écoute, lui ai-je dit en refermant la porte de notre chambre, je ne peux plus supporter de voir ça. Tu ne vis pas avec les morts, tu es vivante et tu es parmi les vivants. C'est aussi simple que ça. Tu es vivante et ta mère est morte, c'est triste mais c'est comme ça, elle est morte à quarante-cinq ans, et là, c'en est trop pour moi. Ta mère n'est pas une poupée avec laquelle tu peux t'amuser. Elle ne rit pas avec toi ; de rien du tout. Elle est morte. Personne ne rit. Il faut que ça cesse."

« Mais elle n'avait pas l'air de comprendre. Elle m'a répondu : "Je l'ai vue passer par tous les stades, comme des scènes dans une pièce. – Il n'y a pas de stades et il n'y a pas de scènes. Elle est morte. C'est le dernier acte. Tu m'entends ? C'est fini et toi tu n'es pas *sur scène*. Ce n'est pas du théâtre. Tout ceci commence à devenir déplaisant." Un moment de confusion suivit, puis elle ouvrit son sac et en sortit une boîte de médicaments. "Je n'aurais jamais dû prendre ces trucs-là. – Qu'est-ce que c'est ? – Des comprimés. Je les ai demandés au médecin quand il est venu voir maman, je lui ai demandé de me donner quelque chose pour m'aider à supporter l'enterrement. – Tu en as pris combien ? – Il le fallait", fut tout ce qu'elle répondit. Et elle a pleuré pendant toute la soirée et j'ai jeté les comprimés dans les toilettes.

« Le lendemain matin, en sortant de la salle de bains où elle était allée se brosser les dents, elle m'a regardé – elle m'a regardé exactement comme si elle était elle-même – et m'a dit : "C'est fini. Ma mère n'est plus là", et elle n'est plus jamais retournée au funérarium, n'a plus jamais embrassé le visage de sa mère, n'a plus jamais ri avec elle. Et sa mère lui a manqué chaque jour qui a suivi – elle lui a manqué, elle l'a pleurée, elle lui a parlé – jusqu'à sa propre disparition. Et c'est à ce moment-là que j'ai pris la suite et que j'ai commencé avec les morts une vie à côté de laquelle les pitreries de Nikki sont bien inoffensives. Quand je me souviens à quel point je la trouvais repoussante – comme si c'était Nikki et non la Mort qui avait dépassé les bornes. »

*

En 1953 – près de dix ans avant la célèbre décennie de folie où l'on devait voir parader dans tout Manhattan des jongleurs, des magiciens, des musiciens, des chanteurs folk, des violoneux, des trapézistes, des troupes d'agit-prop et des jeunes gens vêtus de costumes bizarres dont le talent tenait surtout aux substances qu'ils absorbaient – Sabbath, âgé de vingt-quatre ans et fraîchement débarqué de Rome où il avait beaucoup appris, installa son petit théâtre sur le trottoir de Broadway au coin est de la 116ᵉ Rue, juste devant les grilles de Columbia University, et devint artiste de rue. À l'époque, sa spécialité, ce qui le distinguait des autres artistes de rue, c'était son spectacle de doigts. Après tout, les doigts sont faits pour bouger, et bien que leurs possibilités ne soient pas immenses, quand chacun bouge dans un but précis et possède une voix qui le distingue des autres, leur capacité à exprimer une réalité qui leur est propre en étonne plus d'un. Parfois, en faisant simplement glisser toute la longueur d'un bas de femme transparent sur sa main, Sabbath réussissait à créer toutes sortes d'illusions lascives. Parfois, en perçant un trou dans une balle de tennis et en y insérant l'extrémité d'un de ses doigts, Sabbath dotait un ou plusieurs de ses doigts d'une tête, d'une tête avec un cerveau, et avec le cerveau arrivaient les projets, les manies, les phobies, tout ; parfois, un doigt invitait un spectateur à s'approcher, à percer le petit trou et à aider ensuite Sabbath à enfiler la petite balle pleine d'intelligence sur son ongle. Dans l'un de ses premiers spectacles, Sabbath aimait bien terminer la séance en faisant passer en jugement le médius de sa main gauche. Quand le tribunal avait fini de juger le doigt et l'avait déclaré coupable – d'attentat à la pudeur –, un petit hachoir à viande apparaissait et le médius, poussé et tiré par la police (la main droite), finissait par entrer de force, la tête la première, dans l'ouverture ovale qui se trouvait en haut du hachoir. Alors que la police tournait la manivelle, le doigt du milieu – clamant avec passion qu'il était innocent de ce dont on l'accusait, n'ayant jamais fait que ce que fait par nature un doigt du milieu – disparaissait dans le hachoir à viande alors que des tortillons de viande hachée crue commençaient à sortir par l'ouverture qui se trouvait en bas du hachoir.

Dans les doigts nus, ou vêtus de manière suggestive, il y a toujours une référence au pénis, et dans certains des sketches que Sabbath avait mis au point à ses débuts dans le théâtre de rue, les références n'étaient pas toujours très voilées.

Dans un de ses sketches, ses mains faisaient leur

entrée recouvertes de gants de chevreau noirs très serrés, chaque gant était fermé au poignet par un bouton-pression. Il lui fallait dix minutes pour enlever ses gants, doigt par doigt ; c'est long dix minutes, et quand tous les doigts étaient finalement mis à nu, les uns par les autres – et certains doigts n'étaient pas du tout d'accord – on aurait pu constater que, parmi les jeunes gens de l'assistance, plus d'un présentait un début d'érection. L'effet produit sur les jeunes femmes était plus difficile à définir, mais elles restaient, elles regardaient et ça ne les gênait pas, même en 1953, de déposer quelquès pièces dans la casquette que Sabbath avait rapportée d'Italie quand, à l'issue d'une séance de vingt-cinq minutes, il jaillissait de derrière l'écran, un sourire extrêmement malicieux accroché au-dessus de son bouc bien noir et bien ras, tel un méchant petit pirate aux yeux verts auquel les années passées en mer avaient donné une poitrine aussi massive que celle d'un bison. Sa poitrine était de celles que l'on préfère éviter ; petit, trapu, solide comme un roc, costaud, il était manifestement porté sur le sexe, sans foi ni loi, et se foutait totalement de ce qu'on pouvait penser de lui. Il surgissait très vite, baragouinant un italien pétillant, exprimant sa gratitude à grands gestes et ne laissant aucunement paraître que garder les mains en l'air pendant vingt-cinq minutes sans interruption était un travail difficile qui exigeait de l'endurance et que souvent c'était douloureux, même pour quelqu'un d'aussi fort que lui à l'époque de ses vingt ans. Bien sûr, pendant le spectacle, toutes les voix parlaient en anglais – Sabbath ne parlait en italien qu'après, et uniquement parce que ça l'amusait. La même raison qui l'avait poussé à fonder l'Indecent Theater of Manhattan. La même raison qui l'avait poussé à signer six fois de suite pour la

Croisière de l'Amour. La même raison qui l'avait poussé à faire à peu près tout ce qu'il avait fait depuis qu'il était parti de chez lui sept ans plus tôt. Il avait envie de faire ce qu'il avait envie de faire. Voilà la cause qu'il défendait et voilà pourquoi il fut arrêté, jugé et condamné, précisément pour le délit qu'il avait imaginé dans le sketch du hachoir à viande.

Même caché derrière son écran, Sabbath avait la possibilité, sous certains angles, d'entrevoir le public, et chaque fois qu'il remarquait une jolie fille parmi la vingtaine d'étudiants qui s'étaient arrêtés pour regarder, il interrompait brusquement le spectacle en cours, ou il l'abrégeait, et les doigts se mettaient à chuchoter entre eux. Alors, le plus hardi des doigts – toujours un doigt du milieu – se portait en avant, l'air dégagé, se penchait avec élégance au dessus du bord supérieur de l'écran et faisait signe à la jeune fille d'approcher. Et les jeunes filles approchaient, les unes riaient ou souriaient, prêtes à jouer le jeu, d'autres avaient un air sérieux, le visage fermé, comme si elles étaient déjà sous hypnose. Après un échange poli de banalités, le doigt entamait un interrogatoire plus approfondi, il demandait à la jeune fille si elle était déjà sortie avec un doigt, si sa famille n'avait rien contre les doigts, si elle-même pourrait éprouver du désir pour un doigt, si elle pouvait s'imaginer vivant heureuse avec juste un doigt... et pendant ce temps-là, l'autre main commençait à défaire les boutons ou la fermeture à glissière du vêtement que portait la jeune fille. En général, la main n'allait pas plus loin ; Sabbath n'était pas idiot, il n'en rajoutait pas et l'intermède se terminait en farce inoffensive. Parfois, cependant, lorsque Sabbath sentait à ses réponses que sa partenaire était plus joueuse que la moyenne ou qu'elle se révélait particulièrement réceptive à son charme, les questions devenaient tout à coup libertines et les doigts se mettaient à défaire son chemisier. Deux fois seulement les doigts réussirent à dégrafer un soutien-gorge et ils n'essayèrent de caresser un téton qu'une seule fois. C'est cette fois-là que Sabbath se fit arrêter.

Comment auraient-ils pu résister à leur attirance mutuelle ? Nikki venait d'arriver de Londres, elle avait terminé son stage à la RADA et passait des auditions. Elle habitait dans une chambre près du campus de Columbia et plusieurs jours de suite fit partie des mignonnes auxquelles ce coquin, ce cochon de médius faisait signe d'approcher. Pour la première fois de sa vie, elle était sans sa mère : pétrifiée par le métro, effrayée par la rue et terriblement seule dans sa chambre, elle mourait de peur chaque fois qu'elle devait en sortir. Elle commençait aussi à désespérer en voyant que toutes ces auditions ne menaient nulle part, et elle en était sans doute à moins d'une semaine de retraverser l'Atlantique pour retrouver sa poche de kangourou quand le doigt du milieu lui fit signe de venir s'amuser un peu. Il n'aurait pas pu faire autrement. Il mesurait un mètre soixante-cinq et elle au moins un mètre quatre-vingts, noire comme le charbon à certains endroits et blanche comme neige ailleurs. Elle lui sourit de ce sourire qui n'était jamais sans signification, son sourire d'actrice, qui éveillait, même chez les personnes les plus sensées, le désir irrationnel de se jeter à ses pieds, un sourire qui, chose curieuse, n'était jamais mélancolique mais qui disait : « Dans la vie, rien n'est difficile » – cependant, elle refusa de bouger d'un pouce de l'endroit où elle s'était plantée dans les derniers rangs de l'attroupement. Mais une fois le spectacle terminé, au moment où Sabbath jaillissait brusquement de derrière son écran, avec sa barbe, ses yeux et les flots d'italien qu'il débitait à toute vitesse, Nikki n'était pas partie et ne semblait pas disposée à le faire. Quand il s'approcha d'elle en suppliant : « Bella signorina, per favore, io non sono niente, non sono nessuno, un modest' uomo che vive solo d'aria – i soldi servono ai miei sei piccini affamati e alla mia moglie tisica – », elle déposa le billet d'un dollar qu'elle tenait dans la main – et cela représentait un centième de ce qu'elle avait pour vivre tout le mois – dans sa casquette. Voilà comment ils s'étaient rencontrés, comment Nikki était devenue la jeune première des Bowery Basement Players, et comment Sabbath, en plus de jouer avec ses doigts et ses marionnettes, eut aussi l'occasion de manipuler des créatures vivantes.

Il n'avait jamais fait de mise en scène auparavant mais il n'avait peur de rien, même quand – surtout quand –, à l'issue de son procès pour attentat à la pudeur, il fut déclaré coupable et condamné à une amende assortie d'une peine de prison avec sursis. Norman Cowan et Lincoln Gelman avancèrent l'argent de la production pour le théâtre de quatre-vingt-dix-neuf places situé dans l'Avenue C, à l'époque une des artères les plus pauvres de tout le bas de Manhattan. On y donnait les spectacles de doigts de l'Indecent Theater et des spectacles de marionnettes de dix-huit à dix-neuf heures trois fois par semaine et, à vingt heures, les pièces du répertoire des Bowery Basement Players, avec une troupe où tous avaient à peu près l'âge de Sabbath ou moins et travaillaient pour pratiquement rien. Il n'y avait jamais personne de plus de vingt-huit ou vingt-neuf ans sur scène, même dans son calamiteux *Roi Lear*, avec Nikki en Cordelia et le metteur en scène débutant, soi-même, en Lear. Calamiteux, et alors ? Le principal c'est de faire ce que l'on a envie de faire. Son arrogance, son exaltation et son égoïsme, le charme inquiétant d'un artiste au physique de méchant potentiel en insupportaient plus d'un et il se fit sans peine beaucoup d'ennemis, y compris parmi les professionnels du théâtre qui trouvaient que son talent inconvenant, éblouissant et dégoûtant n'avait pas encore trouvé la « discipline » qui en ferait une forme d'expression acceptable. Sabbath Antagonistes, arrêté pour attentat à la pudeur dès 1956. Sabbath Absconditus, que lui était-il arrivé ? Il avait passé sa vie entière à fuir, mais à fuir quoi ?

*

Sabbath arriva à New York à 0 h 30 exactement et réussit à se garer à quelques rues de l'appartement de Norman Cowan sur Central Park West. Il n'était pas revenu en ville depuis près de trente ans, pourtant, dans l'obscurité de la nuit, le haut de Broadway était assez conforme au souvenir qu'il gardait de l'époque où il essayait de monter son écran à la sortie de métro de la 72ᵉ Rue, à l'heure de pointe, pour y donner son spectacle de doigts. Les petites rues transversales ne lui parurent pas très différentes, si l'on exceptait les corps emmitouflés de haillons, serrés dans des couvertures et enfouis sous des cartons, des corps habillés de vêtements déchirés et informes, tassés contre les murs des immeubles d'habitation ou contre les grilles en fer des maisons en pierre brune. Avril, et ils dormaient dehors. Sabbath ne savait d'eux que ce qu'il avait entendu Roseanna en dire au téléphone à ses amis, les bonnes âmes de la vallée. Depuis des années, il ne lisait plus le journal et n'écoutait les nouvelles que s'il ne pouvait faire autrement. Les informations ne lui apprenaient rien. Les informations étaient faites pour que les gens en discutent et, indifférent aux ronronnements et aux conventions du cours normal des choses, Sabbath n'avait aucune envie de parler aux autres. Ça ne l'intéressait pas de savoir qui faisait la guerre à qui ou à quel endroit un avion s'était écrasé et ce qui était arrivé au Bangladesh. Il ne voulait même pas savoir qui était président des États-Unis. Il préférait baiser Drenka, il préférait baiser *n'importe qui*, plutôt que de regarder Tom Brokaw à la télévision. L'éventail de ses plaisirs était étroit et n'avait jamais inclus le journal télévisé du soir. Sabbath avait réduit de la même manière qu'une sauce réduit, ses brûleurs l'avaient fait réduire, pour rendre encore plus fort le concentré de son essence et lui permettre d'être lui-même avec plus d'insolence encore.

Surtout, il ne suivait pas les nouvelles à cause de Nikki. Il était incapable de feuilleter un journal, n'importe lequel, n'importe où, sans chercher à résoudre le mystère Nikki. Il lui fallut des années avant de pouvoir répondre au téléphone sans penser que ce serait soit Nikki, soit quelqu'un qui savait quelque chose sur elle. Les coups de téléphone anonymes étaient les pires. Quand Roseanna répondait au téléphone et que c'est des obscénités ou qu'on se mettait à souffler fort dans le combiné, il se demandait : est-ce que c'est quelqu'un qui connaissait ma femme, quelqu'un qui essaie de me dire quelque chose ? Est-ce que ce n'était pas Nikki qui soufflait comme ça ? Mais est-ce que Nikki savait où il habitait maintenant ; avait-elle jamais entendu parler de Madamaska Falls ? Savait-elle qu'il avait épousé Roseanna ? S'était-elle enfuie cette nuit-là sans laisser aucun indice pour expliquer son départ ou indiquer sa destination parce qu'elle l'avait aperçu en compagnie de Roseanna plus tôt dans la soirée, au moment où ils traversaient Tompkins Square en direction de son atelier ?

À New York, sa disparition était la seule chose qui lui occupait l'esprit – quand il était dans la rue, ça devenait obsessionnel, c'était sans fin – et c'était pour ça qu'il n'était jamais revenu. À l'époque où il occupait encore leur appartement de St. Marks Place, il ne sortait jamais sans se dire qu'il allait la rencontrer dans la rue, et il regardait tout le monde et se mettait à suivre les gens. Si une femme était grande et que ses cheveux correspondaient – encore que Nikki aurait pu se teindre les cheveux ou se mettre à porter une perruque – il la suivait, la rattrapait, évaluait sa taille en faisant quelques pas à ses côtés et, si ça collait à peu près, il la dépassait et faisait volte-face afin de la voir carrément de face – Voyons si c'est Nikki ! Ce n'était jamais elle, mais il fit quand même la connaissance de quelques-unes de ces femmes, leur offrit un café, alla se promener avec elles, essaya de les baiser, y parvint dans la moitié des cas. Mais il ne retrouva pas Nikki, la police non plus, ni le FBI, ni le célèbre détective dont il avait loué les services avec l'aide de Norman et de Linc.

À l'époque – années quarante, cinquante et début des années soixante – les gens ne disparaissaient pas comme maintenant. Aujourd'hui, quand les gens disparaissent, on est à peu près sûr, on sait immédiatement ce qui est arrivé : ils ont été assassinés, ils sont morts. Mais, en 1964, personne ne pensait d'emblée à un drame. Si leur mort n'était pas officialisée, on était obligé de se dire qu'ils étaient vivants. Les gens ne disparaissaient pas comme ça de la surface de la terre à un rythme comparable à celui d'aujourd'hui. Et Sabbath était donc obligé de croire qu'elle était en vie, quelque part. S'il n'avait rien de tangible à enterrer, il ne pouvait l'enterrer mentalement. Bien qu'il n'ait jamais parlé à quiconque depuis qu'il habitait à Madamaska Falls, pas même à Drenka, de son épouse et de sa disparition, le fait était que Nikki ne mourrait pas tant que lui ne serait pas mort. Il était parti s'installer à Madamaska Falls quand il avait senti qu'il commençait à devenir fou à force de la chercher dans les rues de New York. On pouvait aller partout dans la ville à cette époque, et c'était ce qu'il avait fait – il était allé partout, avait regardé partout, n'avait rien trouvé.

La police avait expédié des circulaires dans tous les services de police du pays et du Canada. Sabbath avait envoyé lui-même des centaines de circulaires, aux universités, aux couvents, aux hôpitaux, à des journalistes, à des éditorialistes, dans les restaurants grecs et dans tous les quartiers grecs de l'Amérique tout entière. L'affichette « Disparue » avait été composée et imprimée par la police : la photo de Nikki, âge, taille, poids et couleur de cheveux, jusqu'aux vêtements qu'elle portait. Ils savaient comment elle était habillée parce que Sabbath avait passé le week-end à fouiller dans sa commode et dans son placard avant d'arriver à identifier ce qui manquait. Il semblait qu'elle était partie avec ce qu'elle avait sur le dos. Et combien d'argent pouvait-elle avoir ? Dix dollars ? Vingt ? On n'avait rien tiré sur leur petit compte en banque, même le tas de pièces de monnaie sur la table de la cuisine n'avait pas bougé. Même ça, elle ne l'avait pas pris.

La description des vêtements qu'elle portait et une photo, voilà tout ce qu'il put offrir au détective. Elle n'avait pas laissé de lettre ; or, d'après le détective, la plupart des gens en laissaient. « Disparitions volontaires », voilà comment il les appelait. Dans la bibliothèque qui était derrière son bureau, le détective prit une série de classeurs, au moins dix, contenant les photos et les descriptions de personnes qui avaient disparu et que l'on n'avait pas encore localisées. « Habituellement, dit-il, ils laissent *quelque chose*, un mot, une bague... » Sabbath lui dit que Nikki était obsédée par la mort d'une mère qu'elle adorait et par un père qu'elle haïssait. Elle avait peut-être répondu à une pulsion – Dieu sait que c'était une créature de pulsions – et pris un avion pour Cleveland afin de pardonner à cet individu grossier et vulgaire qu'elle n'avait plus revu depuis l'âge de sept ans – ou pour le tuer. Ou alors, et bien que son passeport soit encore à l'appartement, dans un tiroir, elle s'était débrouillée pour aller jusqu'à Londres afin de se rendre à Kensington Gardens, au bord de la Serpentine, à l'endroit où un dimanche matin, au milieu de tous les enfants qui jouaient avec leurs bateaux ou leurs cerfs-volants, il l'avait regardée disperser les cendres sur l'eau.

Mais elle pouvait être n'importe où, vraiment n'importe où – où le détective devait-il commencer ? Non, il ne prenait pas cette affaire, et Sabbath se remit à envoyer les circulaires, toujours accompagnées d'une lettre écrite de sa main où il disait : « Cette femme est mon épouse. Elle a disparu. Connaissez-vous ou avez-vous déjà vu cette personne ? » Il envoyait les circulaires partout, au gré de son imagination. Il avait même pensé aux bordels. Nikki était belle, soumise, et en Amérique elle attirait les regards avec son long corps immense tout en noir et blanc et son grand nez de Grecque – elle avait peut-être fini dans un bordel comme l'étudiante de *Sanctuaire*. Il se souvint qu'une fois, mais une seule, il avait rencontré une femme d'un grand raffinement dans un bordel de Buenos Aires.

196

Deux choses, l'Américaine pur jus, genre la fille des voisins (ça, c'était Roseanna), et l'exotisme (Nikki, les amours de sa vie de marin, les bordels), n'en firent plus qu'une pour lui quand, à New York, il commença à courir les bordels pour retrouver sa femme. Il y en avait plusieurs en haut de la Troisième Avenue où l'on rencontrait effectivement la fille d'à côté. On montait les escaliers jusqu'à une sorte de salon auquel ils essayaient parfois de donner l'allure et la patine d'un tableau de Lautrec ou d'une mauvaise copie. Et des femmes s'y prélassaient, et si on y trouvait toujours la fille d'à côté, on n'y trouvait jamais, jamais Nikki. Il devint un client assidu de trois ou quatre de ces endroits et montra la photo de Nikki aux tenancières. Il demanda si elles l'avaient déjà vue. Et toutes les tenancières de bordel lui firent la même réponse : « J'aurais bien aimé. »

Il y eut aussi la cinquantaine de lettres qu'il reçut au théâtre, émanant de personnes qui avaient vu Nikki sur scène et qui voulaient l'assurer de leur sympathie. Il avait rangé les lettres, en attendant son retour, dans le tiroir de sa commode, avec les bijoux qu'elle avait hérités de sa mère, parmi lesquels ceux qu'il avait retirés à la morte avec l'embaumeur – elle n'en avait pris aucun non plus. S'il avait pu lui faire suivre ces lettres – non, mieux valait lui envoyer ceux qui les avaient écrites, les transporter à l'endroit où elle se cachait, l'asseoir dans un fauteuil au milieu de la pièce, lui demander de ne pas bouger et les faire défiler un à un devant elle en leur disant de prendre autant de temps qu'il leur fallait pour lui dire combien elle les avait émus dans Strindberg, Tchekhov, Shakespeare. Bien avant qu'ils aient tous fini de défiler afin de lui rendre hommage et de lui faire part de leur émotion, elle aurait perdu tout contrôle, elle serait en train de pleurer, non sur sa mère mais sur elle-même, cette fois, et sur ce don qu'elle avait et qu'elle n'utilisait plus. Et ce n'est qu'au moment où son dernier admirateur aurait terminé de parler que Sabbath pénétrerait dans la pièce. Et là, elle se lèverait, enfilerait son manteau – le manteau noir bien ajusté qui n'était plus dans le placard, le seul qu'ils avaient acheté ensemble, chez Altman's – et, sans aucune résistance, elle se laisserait reconduire vers ce lieu où elle pourrait retrouver sa cohérence, se sentir forte, redevenir elle-même et se dire qu'elle contrôlait les événements, ne fût-ce que pour deux heures – à nouveau sur une scène, le seul endroit sur terre où elle ne jouait pas la comédie et où ses démons disparaissaient. Être sur scène, voilà ce qui la faisait tenir – ce qui *les* faisait tenir. Comme tout devenait intense dès qu'elle s'avançait sous les projecteurs !

Le deuil sans fin de sa mère la lui avait rendue insupportable ; c'était l'actrice qu'il lui fallait sauver.

Comme pour des millions et des millions de jeunes couples, au début, il y eut l'excitation de la découverte sexuelle. Si surprenant qu'ait pu être le mélange, le narcissisme de Nikki, aussi pur que s'il avait jailli d'un geyser, et son extraordinaire capacité d'abnégation semblaient réunis en elle dans une union parfaite quand elle était nue sur le lit et qu'elle levait vers lui des yeux implorants pour voir ce qu'il allait faire d'elle pour commencer. Et sa profondeur d'âme y était aussi, elle y était toujours, son côté éthéré, romantique, ses inutiles refus de la laideur sous toutes ses formes. Le creux tendu de son ventre, la pomme d'albâtre fendue de son derrière, ses tétons pâles de gamine de quinze ans, ses seins si petits qu'on pouvait les enfermer entièrement dans le creux de la main comme on le fait avec une coccinelle pour l'empêcher de s'envoler, ses yeux impénétrables qui vous attiraient, qui vous engloutissaient et qui ne vous disaient rien, mais avec tant d'éloquence – l'excitation devant tant de fragile abandon ! Il avait l'impression, rien qu'à la regarder ainsi étendue, que sa bite allait exploser.

« Tu es un vautour perché tout là-haut, disait-elle. – Est-ce que tu as horriblement peur ? – Oui », répondait-elle. Ils furent tous deux surpris par ce qu'ils étaient en train de faire la première fois qu'il lui fouetta les fesses avec sa ceinture. Nikki, que presque tout le monde tyrannisait, ne craignait pas vraiment de recevoir quelques coups. « Pas trop fort », mais le cuir, qui l'effleurait légèrement au début, puis pas si légèrement que ça, alors qu'elle restait sagement allongée sur le ventre, la mettait dans un état de grande exaltation. « C'est, c'est... – Dis-le ! – C'est de la tendresse – qui s'emballe ! » Il était impossible de dire lequel imposait sa volonté à l'autre – était-ce Nikki, qui une fois de plus se soumettait, ou était-ce finalement cela même qu'elle désirait ?

Il y avait aussi le côté absurde, bien sûr, et plus d'une fois, extérieur au spectacle à cause de sa dimension comique, Sabbath sautait sur le lit pour l'illustrer. « Oh non, ne t'en fais pas, disait Nikki en riant ; il y a d'autres choses qui sont plus douloureuses que ça. – Par exemple ? – Se lever le matin. – Décidément, j'aime bien toutes tes abjectes qualités, Nikoleta. – J'aimerais bien en avoir plus à t'offrir. – Ça viendra. » Fronçant les sourcils en même temps qu'elle souriait, elle disait : « Je ne crois pas. – Tu verras », disait le marionnettiste triomphant, debout au-dessus d'elle telle une statue, son érection dans une main et le cordon de soie qui devait servir à l'attacher aux montants du lit dans l'autre.

C'est Nikki qui avait eu raison. Avec le temps, les accessoires disparurent l'un après l'autre de la table de nuit – la ceinture, le cordon, le bâillon, le bandeau pour les yeux, la vaseline qu'ils faisaient doucement chauffer sur le feu dans une casserole ; au bout d'un certain temps, il ne pouvait la baiser que s'ils avaient préalablement fumé un joint, et là, il n'était même plus nécessaire que ce soit Nikki avec lui, ni qui que ce soit d'autre.

Même les orgasmes qui le réjouissaient tant commencèrent à l'ennuyer au bout d'un moment. La jouissance la submergeait depuis l'extérieur, lui tombait dessus de manière inopinée, un véritable orage de grêle qui explosait étrangement au milieu d'une journée d'août. Tout ce qui s'était passé avant l'orgasme ressemblait pour elle à une attaque qu'elle ne faisait rien pour repousser mais, si difficile que cela soit, qu'elle absorbait, sans fin, et elle lui survivait ; pourtant, la frénésie de ses orgasmes, les coups de pied, les gémissements, les grognements sourds, les yeux vitreux qui se révulsaient, les ongles qui lui labouraient le crâne donnaient à penser qu'il s'agissait d'expériences qu'elle avait énormément de mal à supporter et dont elle risquait de ne jamais se remettre. Les orgasmes de Nikki étaient comme des convulsions, le corps cherchait à s'évader de la peau qui le retenait.

Ceux de Roseanna, au contraire, il fallait leur courir après, comme le renard lors d'une chasse à courre, avec elle dans le rôle de la chasseresse assoiffée de sang. Les orgasmes de Roseanna lui demandaient beaucoup, elle se forçait à continuer, c'était saisissant quand on la regardait (jusqu'à ce qu'il trouve ennuyeux de regarder cela aussi). Roseanna devait se battre contre quelque chose qui lui résistait et qui militait activement en faveur d'une tout autre cause – l'orgasme ne lui venait pas naturellement, c'était une curiosité si rare qu'il fallait un dur labeur pour le faire naître. Il y avait toujours un certain suspense, une dimension héroïque à sa jouissance. Jusqu'au dernier moment, on ne savait pas si oui ou non elle allait y arriver, ni si on parviendrait à supporter le choc sans faire un infarctus. Il commençait à se demander s'il n'y avait pas un petit côté exagéré et factice dans sa manière de lutter, comme c'est le cas quand un adulte joue aux dames avec un enfant et fait semblant de se faire coincer par chacun des coups de l'enfant. Il y avait *quelque chose* qui n'allait pas, qui n'allait vraiment pas. Mais il est vrai qu'au moment où on avait abandonné à peu près tout espoir, elle était au rendez-vous, elle arrivait pour la curée, à cheval sur lui, son être tout entier ramassé dans sa chatte. Il finit même par se dire qu'il aurait pu ne pas être là. Qu'il aurait pu être une de ces anciennes marionnettes à la longue bite de bois. Il n'avait pas besoin d'être présent – donc il ne l'était pas.

Avec Drenka c'était comme lorsqu'on jette un galet dans une mare. On y entrait et les vaguelettes déroulaient leurs courbes sinueuses depuis le point central jusqu'à ce que la mare tout entière ondule et frétille sous la lumière. Chaque fois qu'il devait y mettre un terme pour ce jour-là ou cette nuit-là, ce n'était pas seulement parce que Sabbath était arrivé à la limite de ses forces, mais parce qu'il l'avait dangereusement dépassée pour un gros lard de plus de cinquante ans comme lui. « Jouir c'est un métier avec toi, lui avait-il dit ; tu es une vraie usine. – Vieux débris », disait-elle – une expression qu'il lui avait apprise – alors qu'il essayait de reprendre son souffle, « tu sais ce que je veux la prochaine fois que tu bandes ? – Je ne sais pas dans combien de mois ce sera. Si tu me le dis maintenant, je ne m'en souvien-drai jamais. – Je vais te dire, j'ai envie que tu me l'enfonces jusqu'au bout. – Et après ? – Après, je veux que tu me retournes sur ta bite. Comme on fait quand on enlève son gant. »

*

Au bout d'un an, il commença à avoir peur de devenir fou à force de chercher Nikki. Et ça ne lui était d'aucun secours de quitter la ville. Hors de New York, il cherchait son nom dans les annuaires de téléphone. Elle avait pu en changer, bien sûr, ou le raccourcir, comme ces Américains d'origine grecque qui raccourcissaient souvent leur nom pour des rai-sons pratiques. La version courte de Kantarakis était généralement Katris – à une époque, Nikki avait pensé prendre Katris comme nom de scène, en tout cas c'est la raison qu'elle avait donnée, ne compre-nant sans doute pas elle-même qu'un nouveau nom n'atténuerait aucunement sa haine pour un père qui leur avait rendu la vie impossible, à elle et à sa mère.

Un hiver, alors que Sabbath rentrait à New York après avoir donné un spectacle dans un festival de marionnettes à Atlanta, le temps devint orageux et son avion fut détourné sur Baltimore. Dans la salle d'attente, il se dirigea vers une cabine téléphonique et chercha Kantarakis et Katris. Il y était : N. Katris. Il composa le numéro mais personne ne décrocha et il se précipita hors de l'aéroport, prit un taxi et se fit conduire à l'adresse indiquée. C'était une petite mai-son en bois de couleur marron, à peine plus grande qu'un appentis et située dans une rue bordée de petites maisons en bois. Un panneau CHIEN MÉCHANT était fiché dans le sol au milieu d'une pelouse mal entretenue. Il gravit les quelques marches de l'escalier de bois et frappa à la porte. Il fit tout le tour de la maison en essayant de regarder par les fenêtres, allant même jusqu'à tenter d'escalader la clôture de deux mètres de haut qui entourait le petit jardin de devant. Un des voisins avait dû appeler la police, car deux agents étaient arrivés dans une voiture et avaient arrêté Sabbath. Ce n'est qu'au commissariat, après avoir pu téléphoner à Linc pour lui raconter ce qui se passait et lui demander d'expliquer à la police que M. Sabbath avait en effet une femme qui avait disparu un an plus tôt, qu'on le laissa repartir. Une fois à l'extérieur du commissariat, et bien que la police l'ait sommé de ne pas retourner traîner autour de cette maison, il prit un autre taxi pour se faire ramener à la cahute de N. Katris. La nuit était tombée mais aucune lumière n'était allumée. Cette fois, après avoir avoir frappé à la porte, il eut droit, en réponse, à des aboiements qui provenaient, semblait-il, d'un très gros chien. Sabbath cria : « Nikki, c'est moi. C'est Mickey. Nikki, tu es là ! Je sais que tu es à l'intérieur ! Nikki, Nikki, je t'en prie, ouvre la porte ! » La seule réponse qu'il obtint venait du chien. Nikki n'ouvrait pas la porte parce qu'elle ne voulait plus jamais revoir cette espèce de pauvre con ou parce qu'elle n'était pas là, parce qu'elle était morte, parce qu'elle s'était suicidée ou qu'on l'avait violée et assassinée et coupée en morceaux et jetée par-dessus bord dans un sac lesté d'un poids, à deux milles de la côte, au large de Sheepshead Bay.

Afin de fuir la colère du chien, il courut jusqu'à la maison suivante et frappa à la porte. Une voix de femme, une Noire, demanda depuis l'intérieur : « Qui est-ce ? – Je cherche votre voisine – Nikki ! – Pour quoi faire ? – Je cherche ma femme, Nikki Katris. – C'est pas ça » fut tout ce qu'il réussit à lui faire dire. « La maison d'à côté. Au 583, votre voisine, N. Katris. S'il vous plaît, je dois retrouver ma femme. Elle a disparu ! » La porte s'ouvrit sur une vieille Noire maigre et ridée à faire peur qui tenait debout en s'appuyant sur une canne et qui portait des lunettes noires. Elle parla sur un ton gentiment amusé : « Tu lui tapais dessus, et maintenant tu veux qu'elle revienne, comme ça tu peux recommencer à lui taper dessus. – Je ne lui tapais pas dessus. – Pourquoi qu'elle est partie alors ? Tu donnes des coups à ta femme et elle, si elle est pas complètement idiote, elle se tire. – Je vous en prie, qui est-ce qui habite à côté ? Répondez ! – Ta femme, elle s'en est trouvé un autre maintenant. Et tu sais quoi, eh ben lui aussi il va lui taper dessus. Y a des femmes, elles sont comme ça. » Et là-dessus elle referma la porte.

Il prit un vol pour New York plus tard dans la soirée. Il lui avait fallu rencontrer cette vieille Noire aveugle pour comprendre qu'elle l'avait quitté, largué, abandonné ! Elle l'avait rejeté, elle était partie un an plus tôt avec quelqu'un d'autre et il continuait à la chercher et à se faire du souci pour elle et à se demander où elle était ! Ce n'était pas parce qu'il baisait Roseanna qu'elle était partie ! Nikki était partie parce que c'était elle qui s'envoyait en l'air avec un autre !

Une fois chez lui, il sombra dans la dépression pour la première fois depuis qu'elle avait disparu, et chez les Gelman, là-haut à Bronxville, il avait passé ses nuits à pleurer dans sa chambre pendant deux semaines. Roseanna vivait avec lui maintenant, elle s'était remise à faire des colliers de céramique qu'elle vendait à une boutique de Greenwich Village, ce qui leur rapportait assez d'argent pour survivre. La troupe de théâtre de Sabbath s'était quasiment dissoute et le public ne venait plus à ses spectacles, en grande partie parce que plus personne dans la troupe – sans doute même plus personne de son âge dans tout New York – n'avait le charme magique de Nikki. Au fil des mois, les acteurs s'étaient mis à jouer de plus en plus mal parce que Sabbath n'y faisait plus attention – il suivait les répétitions sans rien voir. Et il sortait rarement donner son spectacle de doigts dans la rue parce que, dès qu'il était dans la rue, il se mettait à chercher Nikki. À regarder les femmes et à suivre les femmes. Il lui arrivait de les baiser. Pas la peine de se priver.

Roseanna était en pleine crise quand il était rentré ce soir-là. « Pourquoi est-ce que tu ne m'as pas appelée ! Où étais-tu ? Tu n'étais pas dans l'avion ! Qu'est-ce ce que je devais m'imaginer ? Tu *t'imagines* ce que je me suis imaginé ? »

Sabbath s'agenouilla sur le carrelage de la salle de bains et se parla à lui-même : « Tu ne peux pas continuer comme ça ou tu vas devenir fou. Et tu resteras fou jusqu'à la fin de tes jours. Je ne dois plus pleurer sur cette histoire, plus jamais. Mon Dieu, faites qu'elle ne me fasse plus jamais ça ! »

Ce n'était pas la première fois qu'il pensait à sa mère, à sa mère assise sur la promenade en bordure de plage, attendant que Morty revienne de la guerre. Elle non plus n'avait jamais cru à sa mort. La seule chose qu'on est incapable d'admettre, c'est qu'ils sont morts. Ils vivent une autre vie. On se donne toutes sortes de raisons pour expliquer pourquoi ils ne sont pas rentrés. On commence avec les rumeurs. Quelqu'un jurait qu'il avait vu Nikki sur scène, sous un autre nom, pendant la saison d'été dans un théâtre de Virginie. La police faisait savoir que quelqu'un avait vu une folle correspondant à la description près de la frontière canadienne. Seul Linc, quand ils étaient seuls, avait le courage de lui dire : « Honnêtement, Mick, tu le sais qu'elle est morte, non ? » Et sa réponse ne variait jamais : « Où est le corps ? » Non, la blessure ne se referme jamais, la blessure reste vive, comme chez sa mère, jusqu'à la toute dernière extrémité. Elle s'était arrêtée net quand Morty s'était fait tuer, impossible de continuer, et sa vie avait perdu toute logique. Elle voulait, comme tout le monde, que la vie soit quelque chose de logique, de linéaire, d'aussi bien ordonné que sa maison, sa cuisine et les tiroirs de la commode des garçons. Elle avait travaillé tellement dur pour arriver à être maîtresse du destin de sa maisonnée. Toute sa vie elle avait attendu, et pas seulement Morty mais aussi les explications de Morty : pourquoi ? La question hantait Sabbath. Pourquoi ? Pourquoi ? Si seulement quelqu'un pouvait nous expliquer *pourquoi*, peut-être qu'on pourrait l'accepter. Pourquoi es-tu morte ? Où es-tu partie ? Quelle que soit la haine que tu aies pu éprouver à mon égard, pourquoi est-ce que tu ne reviens pas ? Nous reprendrons le cours de notre vie linéaire et logique comme tous les autres couples qui se haïssent.

Nikki devait jouer dans *Mademoiselle Julie* ce soir-là, Nikki qui n'avait jamais manqué une seule représentation, même brûlante de fièvre. Sabbath passait comme d'habitude la soirée avec Roseanna et n'avait donc appris ce qui s'était passé qu'en arrivant à la maison, une demi-heure avant le moment où Nikki devait en principe rentrer du théâtre. C'était ça qui était formidable quand on avait une actrice pour épouse – le soir, on savait toujours où elle était et pour combien de temps elle en avait. Tout d'abord, il pensa qu'elle était partie à sa recherche ; parce qu'elle se doutait peut-être de quelque chose, elle avait pu faire un détour pour se rendre au théâtre et elle avait aperçu Sabbath qui traversait le parc une main plaquée sur les fesses de

Roseanna. Elle avait très bien pu les voir entrer dans le petit immeuble où il avait son atelier, au fond du couloir, au dernier étage. Nikki était explosive, très émotive, presque folle, et il lui arrivait de dire ou de faire des choses bizarres dont elle ne se souvenait même plus par la suite, ou si elle s'en souvenait, elle ne voyait pas en quoi elles étaient bizarres.

Ce soir-là, Sabbath s'était plaint à Roseanna de l'incapacité de sa femme à faire la part du rêve et de la réalité ou à comprendre toute relation de cause à effet. Très tôt dans sa vie, elle, ou sa mère, ou toutes les deux d'un commun accord, avaient attribué à Nikki le rôle de l'innocente victime, et par conséquent elle ne comprenait jamais en quoi elle pouvait être responsable de quoi que ce soit. Il n'y avait que sur scène qu'elle se départait de cette innocence pathologique pour prendre les choses en main, elle déterminait elle-même le tour qu'il fallait donner à la situation et, avec une délicatesse exquise, rendait réel l'imaginaire. Il raconta à Roseanna comment elle avait giflé le chauffeur de l'ambulance à Londres et comment elle avait parlé au cadavre de sa mère pendant trois jours, comment, quelques jours encore avant sa disparition, Nikki répétait combien elle était contente d'avoir « dit au revoir à maman » comme elle l'avait fait et la satisfaction que cela lui apportait. Elle avait même plaisanté, comme à son habitude chaque fois qu'elle reparlait des trois jours qu'elle avait passés à caresser le corps, sur la façon dont les Juifs « se débarrassent » de leurs morts aussi vite qu'ils le peuvent, une remarque que Sabbath avait, une fois de plus, refusé de relever. Pourquoi corriger cette idiotie plutôt que toutes les autres idioties ? Dans *Mademoiselle Julie*, elle pouvait être tout ce qu'elle n'était pas en dehors de *Mademoiselle Julie* : rusée, maligne, rayonnante, autoritaire – tout *sauf* refuser la réalité. La réalité de la pièce. Seule la réalité du réel la paralysait. Les aversions de Nikki, ses peurs, son hystérie – il ne cessait de lui faire des reproches, encore un mari qui n'avait que cela à la bouche, il ne savait pas, dit-il à Roseanna, ce qu'il serait encore capable de supporter.

Et il avait baisé Roseanna et elle était partie et il était rentré à St. Marks Place, et là, il avait trouvé Norman et Linc assis sur les marches de son immeuble. Sabbath s'était dépêché de rentrer pour se laver sous la douche de l'odeur de Rosie avant le retour de Nikki. Une nuit, alors qu'elle croyait Sabbath endormi, elle s'était mise à renifler sous les couvertures et il s'était alors rendu compte, à cet instant seulement, qu'il avait oublié la visite de Rosie à l'heure du déjeuner et qu'il s'était mis au lit après s'être uniquement lavé la figure. Cela faisait tout juste une semaine.

Norman lui raconta ce qui s'était passé, alors que Linc restait assis, la tête entre les mains. Nikki n'avait pas de doublure et, bien que les places aient toutes été vendues, comme c'était le cas depuis le premier jour, ils avaient dû annuler la représentation, rendre l'argent et renvoyer chacun chez soi. Et personne n'avait pu trouver Sabbath pour le lui dire. Ses producteurs l'attendaient assis sur ces marches depuis plus d'une heure. Linc, attristé et très perturbé par tous ces événements, demanda à Sabbath d'une voix suppliante s'il savait où elle était. Sabbath l'assura que dès qu'elle serait calmée et qu'elle aurait repris le dessus, elle appellerait et elle reviendrait. Il ne se faisait pas de souci. Nikki se conduisait parfois de manière étrange ; ils ne pouvaient imaginer à quel point. « Ceci, dit Sabbath, n'est qu'une de ses nombreuses bizarreries. »

Mais une fois là-haut, dans l'appartement, les deux jeunes producteurs obligèrent Sabbath à appeler la police.

*

Il n'était pas à New York depuis cinq minutes qu'il se sentit de nouveau assailli par les « pourquoi ? ». Il dut se retenir pour ne pas se servir de la pointe de ses grosses chaussures, vieilles et pleines de boue (pleines de la boue de ses visites au cimetière) pour réveiller, un à un, ces corps endormis sous les haillons, pour voir s'il n'y avait pas dans le lot, par hasard, une femme blanche qui avait jadis été sa femme. Nikki, réservée, bien élevée, timide, mystérieuse, capricieuse, fascinante, personnalité à jamais insaisissable qui avait laissé sur lui une marque indélébile, qui avait plus d'assurance pour imiter que pour être, qui s'était cramponnée à sa virginité émotionnelle jusqu'au jour de sa disparition, que ses frayeurs, même quand il n'y avait aucun danger ni aucun risque, ne laissaient jamais en paix, qu'il avait épousée tout simplement parce qu'il avait été ébloui par ce don qu'elle avait, à vingt-deux ans à peine, pour se transformer sans recourir à l'artifice et reproduire des réalités auxquelles elle ne connaissait pratiquement rien, Nikki, qui donnait toujours à tout ce que les autres disaient un sens qu'elle trouvait en elle-même, un sens particulier et insultant, qui n'était jamais à l'aise ailleurs que dans les contes de fées, une gamine dont la spécialité au théâtre était de jouer les rôles les plus mûrs... en quoi avait-elle été changée par une vie dans laquelle il n'avait plus sa place ? Qu'était-il advenu d'elle ? Et pourquoi ?

À la date du 12 avril 1994 sa mort n'était toujours

pas attestée et, bien que notre besoin d'enterrer nos morts soit fort, il nous faut d'abord être sûr que la personne est vraiment morte. Était-elle, effectivement, retournée à Cleveland ? À Londres ? À Salonique se faire passer pour sa mère ? Mais elle n'avait ni passeport ni argent. Était-ce lui qu'elle avait fui ou tout un ensemble de choses, ou bien avait-elle fui sa fonction d'actrice au moment même où il était devenu absolument évident qu'elle ne pourrait éviter de faire une carrière extraordinaire ? Ça commençait déjà à la terrifier, les exigences du succès à ce niveau-là. Elle aurait cinquante-sept ans en mai. Il ne manquait jamais de se souvenir de son anniversaire ou de la date de sa disparition. À quoi ressemblait-elle maintenant ? À sa mère avant le formol, ou après ? Elle avait déjà vécu douze ans de plus que sa mère – si elle était encore vivante après le 7 novembre 1964.

À quoi Morty ressemblerait-il maintenant s'il s'était sorti de son avion abattu en 1944 ? À quoi ressemblait Drenka maintenant ? Si on la déterrait, est-ce qu'on pourrait encore voir qu'elle avait été une femme, la plus femme de toutes les femmes ? Est-ce qu'il aurait pu la baiser après sa mort ? Pourquoi pas ?

Oui, en fuyant vers New York ce soir-là il croyait qu'il fuyait pour aller voir le corps de Linc, mais c'était au corps de sa première femme qu'il ne pouvait cesser de penser, son corps à *elle*, vers lequel on le conduisait enfin. Aucune importance si cette idée n'avait aucun sens. Les soixante-quatre années que Sabbath avait passées sur cette terre l'avaient depuis longtemps libéré de cette illusion qu'est le sens. On aurait pu croire que cela lui aurait servi à mieux affronter son sentiment de perte. Ce qui montre simplement que chacun doit un jour ou l'autre affronter un sentiment de perte : l'absence d'une présence peut détruire les gens les plus forts.

« Mais pourquoi parler de ça ? demanda-t-il à sa mère avec hargne. Pourquoi Nikki, Nikki, Nikki alors que moi-même j'approche de la mort ! » Et quand elle se décida finalement à parler, sa petite mère lui assena ce qu'elle avait à lui dire au coin de Central Park West et de la 74ᵉ Rue Ouest sur un ton qu'elle n'avait plus jamais osé utiliser dans la réalité depuis qu'il avait douze ans et qu'il était déjà aussi costaud et aussi teigneux qu'un adulte. « C'est la chose que tu connais le mieux, dit-elle, celle à laquelle tu as le plus réfléchi, *et tu ne sais toujours rien.* »

« Bizarre », dit Norman après avoir entendu le récit des malheurs de Sabbath. Sabbath attendit, il voulait laisser à la sympathie le temps de le gagner encore un tout petit peu plus avant de le corriger doucement. « Extrêmement, ajouta-t-il.

– Oui, répondit Norman brusquement, je crois qu'il est honnête de dire "extrêmement". »

Ils étaient assis à la table de la cuisine, une belle table, grands carreaux ivoire de faïence italienne avec une bordure de carreaux ornés de fruits et de légumes peints à la main. Michelle, la femme de Norman, dormait dans leur chambre à coucher, et les deux vieux amis, assis l'un en face de l'autre, parlaient à voix basse de la nuit où Nikki n'était pas venue au théâtre, et où personne ne savait où elle était. Norman n'était plus aussi à l'aise avec Sabbath qu'il l'avait été la veille au soir au téléphone ; il semblait étonné par l'ampleur de la transfiguration de Sabbath, en partie peut-être à cause de l'énorme trésor de rêves déjà satisfaits qu'il avait réussi à amasser, un trésor visible partout où Sabbath portait son regard, y compris dans les yeux marron, brillants et bienveillants de Norman. Bronzé par un stage de tennis au soleil et aussi mince, aussi athlétique, aussi agile que dans sa jeunesse, il ne montrait aucun signe identifiable par Sabbath de la récente dépression qu'il venait de traverser. Comme il était déjà chauve à l'époque où il avait terminé ses études, rien ne semblait avoir changé en lui.

Norman n'était pas un imbécile, il avait beaucoup lu et beaucoup voyagé, ce face-à-face avec un ratage en chair et en os comme celui de Sabbath lui paraissait aussi difficile à accepter que le suicide de Linc, peut-être même plus difficile encore. Linc, il avait vu son état se dégrader d'année en année, alors que le Sabbath qui avait quitté New York en 1965 n'avait pratiquement plus rien de commun avec cet homme qui mangeait son sandwich sur la table de cuisine en 1994 en poussant des soupirs. Sabbath s'était lavé les mains, le visage et la barbe dans la salle de bains, mais il mettait quand même Norman mal à l'aise, au moins autant que s'il avait été un clochard que Norman aurait, un peu bêtement, invité à passer la nuit chez lui. Peut-être qu'avec les années, Norman en était arrivé à donner au départ de Sabbath l'ampleur d'un grand drame de la scène – la quête de l'indépendance dans la cambrousse, au nom de la pureté et de la méditation tranquille ; chaque fois que, par hasard, il était arrivé à Norman de penser à lui, il avait, en brave homme qu'il était naturellement, essayé de se souvenir de ce qu'il admirait en lui. Et pourquoi est-ce que tout cela ennuyait Sabbath ? Ce qui l'irritait, ce n'était pas cette cuisine parfaite et ce salon parfait, et tout ce qu'il y avait de parfait dans chacune des pièces desservies par le couloir aux murs tapissés de livres, mais la charité. Que lui, Sabbath, puisse éveiller de pareils sentiments, bien sûr que ça l'amusait. Bien sûr que c'était drôle de se voir avec les yeux de Norman. Mais c'était aussi affreux.

Norman lui demandait s'il avait jamais été près de

retrouver la trace de Nikki après sa disparition. « J'ai quitté New York pour arrêter de chercher, répondit Sabbath. Ça me travaillait parfois de me dire qu'elle ne savait pas où j'habitais. Et si elle voulait me retrouver ? Mais si elle me trouvait, elle trouverait aussi Roseanna. Une fois dans les montagnes, je ne me suis jamais accordé le luxe de laisser Nikki s'installer dans ma vie. Je ne l'imaginais pas avec un mari et des enfants. J'allais la retrouver, elle allait refaire surface – j'ai arrêté avec tous ces trucs-là. La seule manière dont je pouvais comprendre ce qui s'était passé, c'était de ne pas y penser. Il fallait prendre ce truc bizarre et le mettre de côté pour pouvoir avancer dans la vie. Ça me menait à quoi d'y penser ?

– Et c'est ça, pour toi, la montagne ? Un endroit où tu peux ne plus penser à Nikki ? »

Norman essayait de ne poser que des questions intelligentes, et ses questions étaient intelligentes mais passaient complètement à côté de ce qu'il y avait à dire sur la dégringolade de Sabbath.

Sabbath continua d'échanger avec Norman des remarques qui auraient pu être vraies ou pas. Ça le laissait indifférent. « J'ai changé de vie. Je n'avançais plus avec la même énergie. Je n'avançais plus du tout. L'idée d'exercer un contrôle quelconque sur quoi que ce soit m'est complètement sortie de l'esprit. Cette histoire avec Nikki m'a laissé », dit-il en souriant d'une manière qui, il l'espérait, exprimerait la tristesse, « dans une position relativement inconfortable.

– Je m'en doute. »

Si je m'étais présenté à la porte sans avoir téléphoné en chemin, si j'avais réussi à ne pas me faire remarquer du portier et que j'aie pris l'ascenseur jusqu'au dix-huitième étage pour frapper à la porte des Cowan, Norman n'aurait jamais su que l'homme dans l'entrée, c'était moi. Avec cette veste de chasse trop grande sur ma chemise de flanelle de paysan et ces grosses godasses pleines de boue, on aurait dit un type qui débarque de sa campagne, un plouc barbu sorti d'une bande dessinée ou le genre de visiteur qu'on trouvait sur son palier en 1900, un vieil oncle, un bon à rien qui arrive de Russie et qu'on autorise à dormir dans la cave à côté du tas de charbon pour ce qu'il lui restait de jours à vivre en Amérique. À travers le prisme d'un Norman qui n'aurait pas été prévenu, Sabbath voyait de quoi il avait l'air, de quoi il avait l'air volontairement – et ça lui plaisait. Il n'avait jamais renoncé au plaisir simple, et qui remontait très loin en arrière, qu'il prenait à mettre les gens dans une position inconfortable, surtout ceux qui étaient dans une position confortable.

Il y avait pourtant quelque chose d'excitant à voir Norman. Sabbath se sentait un peu dans la peau des parents pauvres qui rendent visite, dans les banlieues chic, à leurs enfants qui ont réussi – humbles, mystifiés, hors de leur élément, mais fiers. Il était fier de Norman. Norman avait passé toute sa vie dans le monde de merde du théâtre mais n'était jamais devenu un salaud. Pouvait-il se permettre de montrer autant de considération dans son travail, d'être aussi gentil, aussi bon et aussi attentionné ? Ils n'en feraient qu'une bouchée. Et pourtant, il semblait à Sabbath que le côté humain de Norman n'avait fait que grandir avec l'âge et le succès. Il ne pouvait en faire assez pour mettre Sabbath à l'aise, pour qu'il se sente chez lui. Ce n'était peut-être pas du tout de la répulsion qu'il ressentait, mais quelque chose comme une crainte respectueuse à la vue de la barbe blanche de ce Sabbath descendu de sa montagne comme un saint homme qui aurait renoncé à toutes ses ambitions et à toutes les possessions terrestres. Se peut-il qu'il y ait quelque chose de religieux en moi ? Est-ce que ce que j'ai fait – c.-à.-d. pas réussi à faire – est l'œuvre d'un saint ? Il va falloir que je téléphone à Rosie pour lui en parler.

Quoi qu'il y ait eu derrière, Norman n'aurait pu montrer plus de sollicitude. C'est vrai que Norman et Linc, dont les pères avaient tous les deux réussi et qui étaient eux-mêmes amis depuis leur enfance passée à Jersey City, n'auraient pu se montrer plus gentils depuis le jour où ils s'étaient associés, dès leur sortie de Columbia, et qu'ils avaient payé les frais du procès de Sabbath pour attentat à la pudeur. Ils avaient accordé à Sabbath un respect teinté de déférence qui avait, dans l'esprit de Sabbath, moins de rapports avec la manière dont on se comporte en face d'un amuseur (au mieux, ce qu'il avait été – l'artiste, c'était Nikki) qu'avec celle dont on s'adresse à un homme d'Église déjà âgé. Il y avait quelque chose d'excitant pour ces deux jeunes Juifs très privilégiés d'avoir, comme ils disaient à l'époque, « découvert Mick Sabbath ». Ils trouvèrent de quoi satisfaire l'idéalisme de leur jeune âge quand ils apprirent que Sabbath était le fils d'un pauvre type qui vendait des œufs et du beurre dans une petite ville ouvrière de la côte du New Jersey, qu'au lieu d'aller à l'université il s'était embarqué sur un navire marchand à l'âge de dix-sept ans, qu'au sortir de l'armée il avait vécu deux ans à Rome sur les subsides que le gouvernement allouait aux soldats après leur démobilisation, que marié depuis à peine un an il s'était déjà mis à cavaler, que la jeune femme étrangement belle qu'il faisait marcher à la baguette sur la scène comme en dehors – elle-même déjà assez bizarre mais manifestement issue d'une meilleure famille que la sienne et probablement actrice de génie – n'avait pas l'air de pouvoir survivre plus d'une demi-heure sans lui. Il y avait de la passion dans sa manière d'affronter les autres sans s'y intéresser. Ce n'était pas seulement un type qui arrivait avec une énorme réserve de talent mais un jeune aventurier qui prenait la vie à bras-le-corps, qui s'était, à vingt ans, déjà frotté à la dure réalité, et qui était poussé à tous les excès par un tempérament plus proche des éléments qu'aucun d'entre eux. À l'époque, dans les années cinquante, une inquiétante étrangeté planait au-dessus de « Mick ».

Bien à l'abri, assis dans cette cuisine en plein cœur de Manhattan, buvant les dernières gouttes de la bière que Norman lui avait servie, Sabbath savait maintenant avec certitude quelle tête l'agent Balich avait eu l'intention de fracasser. Soit quelque chose qui l'incriminait était apparu parmi les possessions de Drenka, soit Sabbath avait été vu de nuit au cimetière. Sans femme, sans maîtresse, sans un rond, sans profession, sans logis... et maintenant, pour couronner le tout, en fuite. S'il n'avait pas été trop vieux pour reprendre la mer, si ses doigts n'avaient pas été inutilisables, si Morty avait vécu et si Nikki n'avait pas été folle, ou si lui n'avait pas été fou – si la guerre, la folie, la perversité, la maladie, le suicide, et la mort n'existaient pas, il était certain qu'il serait en bien meilleur état. Il avait payé le prix fort pour son art, sauf qu'il n'avait rien produit. Il avait connu toutes les souffrances de l'artiste – l'isolement, la pauvreté, le désespoir, le blocage mental et physique – et personne ne le savait et tout le monde s'en foutait. Et, bien que l'ignorance ou le manque d'intérêt des autres soit une forme de plus de la souffrance endurée par les artistes, dans son cas, cela n'avait absolument rien d'artistique. Il était tout simplement devenu laid, vieux et aigri, il n'était qu'un parmi des millions d'autres.

Obéissant aux lois du dépit, le désobéissant Sabbath se mit à pleurer, et même lui n'aurait pu dire si ces larmes étaient une comédie ou si elles donnaient la mesure de sa douleur. C'est alors que sa mère lui parla pour la deuxième fois de la soirée – elle était dans la cuisine maintenant, essayant de consoler le seul fils vivant qui lui restait. « C'est ça le sort de l'homme. La douleur est immense et chacun doit en prendre sa part. »

Sabbath (qui aimait à se dire qu'en ne croyant jamais à la sincérité de quiconque il s'armait un peu contre la trahison des êtres et des choses) : J'ai même réussi à tromper un fantôme. Mais en même temps qu'il se disait cela – sa tête posée sur la table n'était plus qu'un informe sac de sable agité de sanglots –, il se disait aussi : Et pourtant, comme j'ai envie de pleurer !

Envie ? Arrête. Non, Sabbath ne croyait pas un mot de ce qu'il disait et ça faisait des années qu'il en était ainsi ; plus il essayait de se mettre en état de décrire comment il était parvenu à devenir ce raté-là et pas un autre, plus il lui semblait qu'il s'éloignait de la vérité. Les autres avaient des vraies vies, du moins c'était ce qu'ils croyaient.

Norman avait tendu la main au-dessus de la table et pris une des mains de Sabbath dans les siennes.

Bien. Ils le garderaient au moins une semaine.

« Toi, dit-il à Norman, tu sais ce qui est important.

– Oui, je suis passé maître dans l'art de vivre. C'est pour ça que je prends du Prozac depuis huit mois.

– Tout ce que je sais faire, c'est réveiller l'agressivité des autres.

– Oui, enfin, ça et quelques autres petites choses.

– Une vie vraiment sans intérêt, vraiment une vie de merde.

– La bière t'est montée à la tête. Quand on est

épuisé, qu'on est comme toi au fond du trou, on exagère tout. Le suicide de Linc y est pour beaucoup. On est *tous* passés par là.

— Qui n'inspire que le dégoût.

— *Arrête* », répondit Norman en augmentant la pression de ses mains sur celle de Sabbath... mais quand donc allait-il lui dire : « Je crois que tu ferais mieux de venir habiter ici avec nous » ? Parce que Sabbath ne pouvait pas revenir en arrière. Roseanna ne voudrait plus de lui à la maison et Matthew Balich était au courant de tout et il était bien assez remonté pour le tuer. Il n'avait nulle part où aller et rien à faire. À moins que Norman ne lui dise « Installe-toi ici », il était fini.

Tout à coup, Sabbath releva la tête et dit : « Ma mère n'est jamais sortie de sa dépression, j'avais quinze ans quand ça a commencé.

— Tu ne m'en as jamais parlé.

— Mon frère est mort à la guerre.

— Ça non plus je ne le savais pas.

— On faisait partie de ces familles qui accrochaient une médaille à leur fenêtre. Ça voulait dire que non seulement mon frère était mort mais que ma mère aussi était morte. Toute la journée à l'école, je me disais : "Si seulement il pouvait être là quand je rentrerai ; si seulement il pouvait revenir quand la guerre sera finie." C'était effrayant de voir cette médaille quand je rentrais de l'école. Il y avait des jours où j'arrivais à oublier mon frère, mais dès que j'approchais de la maison, je voyais la médaille. C'est peut-être pour ça que j'ai pris la mer, pour m'éloigner de cette putain de médaille. Cette médaille voulait dire : "Les gens de cette maison ont terriblement souffert." Les maisons où étaient accrochées ces médailles étaient des maisons maudites.

— Ensuite tu te maries et ta femme disparaît.

– Oui, mais ça, ça m'a appris quelque chose. Il ne fallait plus jamais que je pense à l'avenir. Qu'est-ce que l'avenir me réservait ? Je ne pense jamais en termes de ce que je peux espérer. La seule chose que je me demande c'est comment je vais réagir à la prochaine catastrophe. »

Essayer de parler raisonnablement et rationnellement de sa vie lui paraissait encore plus hypocrite que de pleurer – chaque mot, chaque *syllabe* qu'il prononçait était comme une mite de plus qui faisait encore un trou de plus dans la vérité.

« Et ça te fait toujours mal de parler de Nikki ?

– Non, dit Sabbath. Pas du tout. Trente ans plus tard, tout ce que je me dis c'est "Qu'est-ce que c'était que cette connerie ?". Avec l'âge, ça devient de plus en plus irréel. Parce que les choses que je me disais quand j'étais jeune – elle est peut-être allée ici, elle est peut-être allée là, – tout cela ne veut plus rien dire. Elle passait son temps à se démener pour trouver quelque chose que seule sa mère semblait pouvoir lui donner – et là où elle est, elle doit être encore en train de chercher. C'est ce que je pensais à l'époque. Avec le recul, ce n'est plus que "Tout cela est-il vraiment arrivé ?".

– Et ensuite, jusqu'où est-ce que ça va ? » demanda Norman. Il était soulagé de voir que Sabbath avait repris le contrôle de lui-même mais il ne relâchait quand même pas sa prise. Et Sabbath le laissa faire, même si c'était devenu agaçant. « L'effet de tout ça sur toi. De quelle manière est-ce que ça t'a marqué ? »

Sabbath prit le temps de réfléchir – et voilà à peu près ce qu'il se disait : Ça ne sert à rien de répondre à ces questions. Derrière la réponse, il y a une autre réponse, et encore une autre réponse derrière cette réponse, c'est sans fin. Et tout le jeu de Sabbath, qui

220

ne vise qu'à faire plaisir à Norman, c'est de prétendre qu'il en est arrivé à un point où il est incapable de comprendre ce qui se passe.

« J'ai l'air d'avoir souffert ? »

Ils rirent ensemble, et c'est seulement à ce moment-là que Norman relâcha la main de Sabbath. Encore un Juif bourré de bons sentiments. Il y aurait de quoi les faire frire dans la graisse de leurs bons sentiments, ces Juifs. Il y avait toujours une chose ou une autre pour les *émouvoir*. Sabbath n'avait jamais pu les encaisser, ces deux-là – de la morale, du sérieux, deux belles carrières, la vie les avait gâtés, Cowan *et* Gelman, tous les deux.

« C'est comme si tu me demandais si j'ai eu très mal quand je suis né et si ça m'a marqué. Comment je le saurais ? Qu'est-ce que je peux en savoir ? Tout ce que je peux te dire, c'est que l'idée d'exercer un contrôle quelconque sur quoi que ce soit ne me vient même pas à l'esprit. Et c'est comme ça que j'ai voulu vivre ma vie.

– Souffrir, souffrir, toujours souffrir, dit Norman. Comment est-ce que tu as fait pour arriver à ne plus y faire attention ?

– Et qu'est-ce que ça changerait si j'y faisais attention ? Ça ne changerait rien. Est-ce que ça me fait quelque chose ? Je ne me pose pas la question, je n'y pense même pas. Bon, d'accord, je me suis un peu laissé aller. Mais *y faire attention* ? À quoi ça me servirait d'y faire attention ? À quoi ça me servirait d'essayer de trouver une raison ou un sens à toutes ces choses-là ? À vingt-cinq ans, je savais déjà qu'il n'y en avait pas.

– Et d'après toi il n'y en a pas ?

– Demande à Linc demain, quand ils ouvriront le cercueil. Il te le dira. C'était un marrant, il avait de l'humour, il était plein d'énergie. Je me souviens très bien de Lincoln. Les choses moches, il refusait de les voir. Il voulait que tout soit bien. Il adorait ses parents. Je me souviens de son père, quand il venait dans les coulisses. Il avait une usine de boissons gazeuses. Un magnat de l'eau gazeuse si je m'en souviens bien.

– Non, du Quench.

– Le Quench. C'est ça.

– C'est le Quench à la cerise qui a payé les études de Linc à Taft. Linc appelait ça du Kvetch.

– Un petit teigneux, le vieux, bronzé, avec des cheveux gris acier. Il avait commencé avec cette merde qu'il mettait en bouteille et un camion, il faisait les livraisons lui-même. En tricot de corps. Mal dégrossi. Il faisait plein de fautes. Un petit trapu, carré. On était tous dans la loge de Nikki, en train de discuter après la fin du spectacle, Linc était assis sur une chaise et il a attrapé son père et se l'est calé sur les genoux, et ils avaient tous les deux l'air de trouver ça parfaitement naturel. Il adorait sa femme. Il adorait ses gosses. Enfin, à l'époque où on se voyait.

– Ça n'a jamais cessé.

– Alors, il est où, le sens ?

– J'ai quelques idées sur la question.

– Tu n'en sais rien, Norman – tu ne sais rien sur rien, sur personne. Est-ce que je savais qui était Nikki ? Nikki avait une autre vie. Je savais qu'elle était bizarre. Mais moi aussi j'étais bizarre. J'avais compris que ce n'était pas avec Doris Day que je vivais. Un peu irrationnelle, un peu perdue, avec des petits accès de folie, mais assez irrationnelle et assez folle pour que ce qui est arrivé soit arrivé ? Est-ce que je savais qui était ma mère ? Bien sûr. Elle passait son temps à siffloter, toute la journée. Elle n'avait peur de rien. Regarde ce qu'elle est devenue. Est-ce que je savais qui était mon frère ? Le lancer du disque, l'équipe de natation, la clarinette. Mort à vingt ans.

– Disparaître. Même le mot est étrange.
– Il y a encore plus étrange, *réapparaître*.
– Comment va Roseanna ? »

Sabbath regarda sa montre, une montre ronde, en acier inoxydable qui aurait un demi-siècle cette année. Un cadran noir, des chiffres et des aiguilles lumineuses de couleur blanche. La Benrus de Morty, sa montre de soldat avec des chiffres pour marquer douze et vingt-quatre heures, et une aiguille des secondes qu'on pouvait arrêter en tirant sur le remontoir. Pour se synchroniser avec les autres quand on partait en mission. Elle lui a été bien utile, la synchronisation, à Morty. Une fois par an, Sabbath expédiait sa montre à Boston, dans une boutique où on la nettoyait, on y mettait une goutte d'huile et on changeait les pièces usées. Il avait remonté cette montre tous les matins depuis qu'on la lui avait donnée. Tous les matins, ses grands-pères avaient mis les tefilin et tourné leurs pensées vers Dieu ; lui, il remontait la montre de Morty et pensait à Morty. On leur avait rendu la montre en 1945, avec les affaires de Morty, aux frais du gouvernement. Le corps était revenu deux ans plus tard.

« Bon, dit Sabbath, Roseanna... Il y a à peine sept heures, Roseanna et moi nous nous sommes séparés. Maintenant, c'est *elle* qui a disparu. Voilà où on en est, Mort : des tas de gens qui disparaissent, dans tous les coins.

– Où est-elle ? Tu le sais ?
– À la maison, bien sûr.
– Alors c'est toi qui as disparu.
– Qui essaie de disparaître », dit Sabbath, et à nouveau, sans prévenir, les larmes montèrent, une angoisse tellement forte que dans les premiers ins-

tants il fut incapable de se demander si oui ou non cette deuxième crise de la soirée était plus honnêtement fabriquée que la première, ou moins. Il avait perdu tout le scepticisme, le cynisme, l'ironie, l'amertume, le sens de la dérision, de l'autodérision ainsi que toute la lucidité, la cohérence et l'objectivité qu'il avait jamais pu posséder – il n'avait plus rien de ce qui faisait qu'il était Sabbath ; sauf le désespoir, ça, il en avait en quantité. Il avait appelé Norman Mort. Il pleurait comme on pleure quand on n'en peut plus. C'étaient des larmes pleines de passion – de terreur, de tristesse immense et de renoncement.

Était-ce bien sûr ? Malgré l'arthrose qui lui déformait les doigts, au fond de son cœur ça n'avait pas changé, il était toujours le marionnettiste, grand adorateur du faux-semblant, passé maître dans l'art de la tromperie, de l'artifice et de tout ce qui n'est pas – ça, il ne l'avait pas encore extirpé. Le jour où il n'aurait plus ça, il serait vraiment mort.

« Ça va, Mick ? » Norman avait fait le tour de la table pour venir poser ses mains sur les épaules de Sabbath. « *Est-ce* que tu as vraiment quitté ta femme ? »

Sabbath leva les mains vers ses épaules pour les poser sur les mains de Norman. « Je ne me souviens plus très bien des circonstances, c'est comme si j'étais amnésique, tout à coup, mais... oui, il me semble que c'est ça. Elle n'est plus esclave de l'alcool, ni de moi. C'est les AA qui l'ont débarrassée de ces deux démons. En fait, ça veut peut-être tout simplement dire qu'elle veut garder sa paye pour elle toute seule.

– Elle t'entretenait ?

– Fallait bien vivre.

– Où est-ce que tu vas aller après l'enterrement ? »

Il regarda Norman avec un large sourire. « Pourquoi pas rejoindre Linc ?

– Qu'est-ce que tu racontes ? Tu vas te tuer ? Dis-moi si c'est ce que tu as en tête, je veux savoir. Tu penses au suicide ?

– Non, non. J'irai jusqu'au bout.

– C'est vrai ?

– J'ai tendance à penser que oui. Pour le suicide c'est comme pour le reste, je suis un faux suicidaire.

– Attends, c'est sérieux, lui dit Norman. Maintenant on est tous les deux dans cette histoire, ensemble.

– Norman, ça fait un siècle qu'on ne s'est pas vus. On n'est plus ensemble dans rien, dans rien du tout.

– Dans *cette* histoire on est ensemble ! Si tu as l'intention de te tuer, tu vas devoir le faire devant moi. Quand tu seras décidé, il faudra que tu attendes que j'arrive pour le faire devant moi. »

Sabbath ne répondit pas.

« Il faut que tu voies un médecin, lui dit Norman. Il faut que tu voies un médecin dès demain. Tu as de l'argent ? »

De son portefeuille, bourré de pochettes d'allumettes et de petits bouts de papier couverts de gribouillis illisibles et de numéros de téléphone – bourré d'un tas de trucs mais vide de cartes de crédit ou d'argent liquide –, Sabbath sortit un chèque vierge sur le compte joint qu'il partageait avec Roseanna. Il inscrivit dessus la somme de trois cents dollars. Quand il réalisa que Norman, qui le regardait écrire, pouvait voir sur le chèque les noms du mari et de la femme, Sabbath expliqua : « Je vide le compte. Si elle l'a déjà fait, il sera sans provision, je te renverrai l'argent.

– Laisse tomber. Où est-ce que ça va te mener, trois cents dollars ? T'es mal barré, mon garçon.

– Je n'ai pas de grandes espérances.

– Tu m'as déjà fait le coup. Pourquoi est-ce que tu ne restes pas dormir ici encore demain soir ? Reste tant que tu auras besoin de nous. Les enfants sont partis. La petite dernière, Deborah, est à l'université, à Brown. La maison est vide. Tu ne peux pas partir comme ça après l'enterrement, sans savoir où tu vas aller, surtout dans l'état où tu es. Il faut que tu voies un médecin.

– Non, dit Sabbath. Non. Je ne peux pas rester.

– Alors il faut te faire hospitaliser. »

Et cela déclencha la troisième crise de larmes de Sabbath. Il n'avait pleuré comme ça qu'une seule fois dans sa vie, après la disparition de Nikki. Et quand Morty était mort, il avait vu sa mère pleurer encore plus que ça.

Hospitalisé. Jusqu'à ce que ce mot soit prononcé, il avait cru que toutes ces larmes n'étaient qu'une comédie facile ; il fut donc considérablement déçu quand il se rendit compte qu'il n'était pas en son pouvoir de les arrêter.

Durant tout le temps qu'il fallut à Norman pour le convaincre de se lever et de quitter la cuisine, pour l'aider à traverser la salle à manger et le salon, parcourir le couloir qui menait à la chambre de Deborah, le conduire jusqu'au lit, lui délacer ses chaussures de paysan recouvertes de boue séchée et les lui enlever, Sabbath ne cessa de trembler. S'il n'était pas en train de craquer et si ce n'était que de la simulation, c'était le plus grand numéro d'acteur de toute sa carrière. Alors même que ses dents s'entrechoquaient, alors même qu'il sentait ses joues trembler sous sa barbe ridicule, Sabbath se disait : ça c'est nouveau. Et ce n'est pas fini. Et cela, il fallait peut-être ne pas l'imputer entièrement à la ruse mais aussi au fait que la raison profonde de son existence

– quoi qu'elle ait pu être, et peut-être bien la ruse elle-même, d'ailleurs – avait cessé d'exister.

De ce qu'il dit ensuite, Norman ne comprit vraiment que quatre mots. « Où sont les autres ?

– Ils sont là, répondit Norman pour le calmer. Ils sont tous là.

– Non, reprit Sabbath une fois seul. Ils se sont tous enfuis. »

*

Pendant que son bain coulait dans la jolie salle de bains de jeune fille, tout en rose et blanc, contiguë à la chambre de Deborah, Sabbath s'intéressa au contenu, en désordre, des deux tiroirs placés sous le lavabo – lotions, laits, pilules, poudres, pots de chez Body Shop, solution pour lentilles de contact, tampons, vernis à ongles, dissolvant... Même en fouillant dans tout ce qui traînait au fond de chacun des tiroirs, il ne trouva pas la moindre photo – ni même de cachette renfermant un trésor –, du genre de celles que Drenka avait trouvées parmi les affaires de Silvija au cours de l'avant-dernier été de sa vie. Seul élément un peu prometteur, un tube de lubrifiant vaginal entièrement replié sur lui-même et presque vide. Il enleva le capuchon pour déposer dans la paume de sa main une petite noisette de cette pommade qu'il écrasa entre le pouce et le majeur, et pendant qu'il l'étalait entre ses doigts, il se remémora toutes sortes de choses qui concernaient Drenka. Il revissa le capuchon et déposa le tube sur la tablette carrelée du lavabo afin de procéder plus tard à quelques expériences.

Après s'être déshabillé dans la chambre de Deborah, il regarda une à une les photos qui garnissaient le dessus de la commode et du bureau : toutes étaient dans des cadres de plastique transparent. Le moment venu, il s'occuperait des tiroirs et des placards. Elle avait les cheveux bruns et un joli sourire un peu timide, un sourire intelligent. Il ne pouvait guère en dire plus, car son corps était toujours caché par les autres jeunes gens qui l'entouraient sur les photos ; quoique, de tous les visages, seul le sien avait un petit air énigmatique. Malgré toute l'innocence juvénile qu'elle donnait si généreusement à voir, il semblait bien qu'elle avait une cervelle, peut-être de l'esprit, et des lèvres charnues qui constituaient son meilleur atout, une bouche goulue de séductrice au milieu du visage le moins dépravé que l'on puisse imaginer. C'est en tout cas comme cela que Sabbath vit les choses à près de deux heures du matin. Il avait espéré une fille un peu plus appétissante, mais la bouche et la jeunesse devaient suffire. Avant de se plonger dans la baignoire, il retourna à pas lourds dans la chambre et prit sur le bureau la plus grande photo d'elle qu'il put trouver, un cliché où on la voyait blottie contre l'épaule musclée d'un grand gaillard aux cheveux roux du même âge qu'elle. Il était à côté d'elle sur presque toutes les photos. L'inévitable petit ami.

Pour l'instant, Sabbath se contentait de tremper dans un bain merveilleusement chaud, dans cette salle de bains aux carreaux roses et blancs, et d'étudier la photo de près, comme si par son regard il avait pu ramener Deborah chez elle, dans sa baignoire. En tendant la main, Sabbath parvint à relever l'abattant qui cachait la cuvette rose des toilettes de Deborah. Il passa et repassa sa main autour du siège satiné et il commençait juste à bander quand il entendit un léger grattement à la porte de la salle de bains. « Tout va bien ? » demanda Norman avant d'entrouvrir la porte pour s'assurer que Sabbath n'était pas en train de se noyer.

« Tout va bien », répondit Sabbath. Il avait eu largement le temps de retirer sa main du siège des toilettes, mais il tenait la photo dans son autre main et le tube de crème vaginale était toujours sur la tablette. Il tendit la photo pour montrer à Norman de laquelle il s'agissait. « Deborah, dit Sabbath.

– Oui. C'est Deborah.

– Mignonne, dit Sabbath.

– Qu'est-ce que tu fais dans la baignoire avec cette photo ?

– C'était pour la regarder. »

Le silence était indéchiffrable – Sabbath était incapable d'imaginer ce qu'il signifiait ni ce qu'il annonçait. Tout ce qu'il savait, c'était que Norman avait plus peur de lui que lui de Norman. Sa nudité semblait aussi lui donner un avantage en face de quelqu'un qui avait une conscience aussi développée que celle de Norman, l'avantage de celui qui est sans défense. Norman ne pouvait espérer égaler Sabbath dans son goût pour ce genre de scène : le goût de celui qui a tout perdu pour l'imprudence, le goût du saboteur pour la subversion, voire le goût du fou – ou de celui qui joue au fou – pour faire peur, pour faire horreur à des gens ordinaires. Sabbath avait, et il le savait, la force de celui qui n'est plus rien et qui n'a plus grand-chose à perdre.

Norman ne paraissait pas avoir remarqué le tube de crème vaginale.

Lequel de nous deux est le plus seul à cet instant. Sabbath se le demandait. Et à quoi est-ce qu'il pense ? « Notre terroriste fait son entrée. *Moi*, je le noierais. » Mais Norman avait besoin d'admirer quelqu'un d'autre d'une manière que Sabbath n'avait jamais connue, et il était plus que probable qu'il ne ferait rien.

« Ce serait dommage, dit finalement Norman, qu'elle se mouille. »

Sabbath ne pensait pas qu'il avait une érection, mais l'ambiguïté des paroles de Norman l'amena à se poser la question. Il ne regarda pas pour vérifier mais, au lieu de cela, il posa une question parfaitement innocente. « C'est qui le petit veinard ?

– C'était son petit ami en première année. Robert. » Norman tendait la main vers la photo tout en continuant à parler. « Récemment remplacé par Will. » Sabbath se pencha en avant dans la baignoire et tendit la photo, remarquant malheureusement au passage que, sous l'eau, sa queue pointait vers le haut.

« Tu te sens redevenir toi-même, dit Norman en fixant Sabbath dans les yeux.

– Tout à fait, merci. Ça va beaucoup mieux.

– Ça n'a jamais été très facile de savoir qui tu es, Mickey.

– Disons, un raté, ça ira.

– Mais qu'est-ce que tu as raté ?

– Raté mon ratage, pour commencer.

– Tu as toujours refusé d'admettre que tu appartenais au genre humain, depuis le tout début.

– Au contraire, répondit Sabbath. J'ai toujours voulu être un être humain, j'ai toujours dit "Attendons que ça vienne". »

À ce moment-là, Norman ramassa le tube de crème vaginale sur la tablette carrelée, ouvrit le tiroir du bas sous le lavabo, et y jeta le tube. Il sembla plus surpris que Sabbath par la violence avec laquelle il referma le tiroir.

« Je t'ai laissé un verre de lait sur la table de nuit, lui dit Norman. Tu en auras peut-être besoin. Je prends parfois du lait chaud pour me calmer.

– Génial, répondit Sabbath. Bonne nuit, dors bien. »

Au moment où il allait partir, Norman jeta un

regard à la cuvette des toilettes. Il ne devinerait jamais pourquoi l'abattant était relevé. Et pourtant, il sembla bien à Sabbath que le dernier regard de Norman signifiait le contraire.

Après le départ de Norman, Sabbath se souleva et sortit de la baignoire, et, tout dégoulinant d'eau, il alla chercher la photo que Norman avait remise à sa place sur le bureau de Deborah.

De retour dans la salle de bains, Sabbath ouvrit le tiroir, y prit la crème vaginale et porta le tube à ses lèvres. Il fit gicler une boule de la grosseur d'un petit pois sur sa langue et la fit rouler sur son palais et derrière ses dents. Un vague arrière-goût, semblable à celui de la vaseline. C'était tout. Mais qu'espérait-il donc ? Le piquant de Deborah ?

Une fois revenu dans la baignoire avec la photo, il reprit là où il avait été interrompu.

*

Pas une seule fois aux toilettes de toute la nuit. Première fois depuis des années. Le lait du père lui avait calmé la prostate, ou bien était-ce le lit de la fille ? D'abord il avait enlevé la taie d'oreiller toute propre puis, furetant partout, le nez en avant, il avait traqué l'odeur de ses cheveux encore présente sur l'oreiller. Ensuite, procédant avec méthode et après de nombreux essais infructueux, il repéra un sillon à peine visible juste à droite de la ligne qui séparait le matelas en deux, une minuscule dépression qui formait un moule en creux du corps de Deborah, et, entre les draps de la jeune fille, sur son oreiller sans taie, dans ce creux, il avait *dormi*. Dans cette chambre Laura Ashley rose et jaune, un ordinateur endormi sur le bureau, un autocollant de la Dalton School sur le miroir, des ours en peluche en vrac dans un panier d'osier, des affiches du Metropolitan Museum aux murs, K. Chopin, T. Morrison, A. Tan, V. Woolf dans la bibliothèque, à côté de livres d'enfants – *Mon joli poulain*, les *Contes* d'Andersen –, et sur le bureau, dans des cadres, une kyrielle de photos de toute la bande, en maillot de bain, en vêtements de ski, en tenue de soirée... entre ces murs au papier rayé couleur de bonbon bordé de petites fleurs, dans cette chambre où elle avait pour la première fois, par hasard, découvert ce à quoi son clitoris lui donnait droit, Sabbath avait lui aussi à nouveau dix-sept ans et il était à bord d'un cargo à vapeur bourré de Norvégiens ivres qui allait jeter l'ancre dans l'un des grands ports du Brésil – Bahia, à l'entrée de la baie de Tous-les-Saints, et l'Amazone, le grand Amazone qui déroule son ruban pas très loin de là. Il retrouvait la même odeur. Incroyable. Parfum bon marché, café et cramouille. La tête entièrement enfouie dans l'oreiller de Deborah, le corps s'enfonçant de son propre poids dans la légère dépression creusée par le corps de Deborah, il se remémora Bahia, la ville où il y avait une église et un bordel pour chaque jour de l'année. C'est ce que lui avaient dit les marins norvégiens, et, à dix-sept ans, il n'avait aucune raison de ne pas les croire. Ce serait bien de retourner voir. Si Deborah était ma fille, c'est là que je l'enverrais passer sa troisième année de fac. L'imagination était libérée à Bahia. Rien qu'avec les marins américains elle s'en paierait une sacrée tranche – des Hispaniques, des Noirs, même des Finlandais, des Américains d'origine finlandaise, toutes sortes de péquenots du Sud, des vieux, des gamins... Elle en apprendrait plus sur l'écriture et le roman en un mois à Bahia qu'en quatre ans à Brown. Laisse-la faire quelque chose de déraisonnable, Norman. Regarde où ça m'a mené.

Les putes. Un rôle de premier plan dans ma vie. Toujours été à l'aise avec les putes. Dans mon élément. J'aime les putes. Surtout les putes. L'odeur de ragoût de tous ces endroits qui sentent l'oignon. Y a-t-il une seule chose qui ait plus d'importance dans ma vie ? De vraies raisons d'exister, donc. Mais, maintenant, son érection matinale avait bêtement disparu. Toutes ces choses qu'on est obligé d'accepter dans la vie. L'érection matinale – comme une barre à mine dans la main, un membre qui aurait poussé à un ogre. Existe-t-il une seule autre espèce qui se réveille avec une érection ? Les baleines ? Les chauves-souris ? Un moyen inventé par l'évolution pour rappeler quotidiennement à l'*Homo sapiens* la raison de son apparition sur terre, des fois qu'il l'oublierait dans la nuit. Si les femmes ne savaient pas ce que c'était, elles en auraient une peur bleue. Impossible de pisser dans la cuvette quand on bandait. Fallait la rabattre avec la main, par force – fallait lui apprendre, comme on apprend la laisse au chien – pour que le jet aille taper dans l'eau et pas au-dessus, dans l'abattant relevé. Quand on s'assoit pour chier, elle est là qui dresse la tête, qui regarde son maître, loyale. Qui attend avec impatience qu'on ait fini de se brosser les dents – « Qu'est-ce qu'on fait aujourd'hui ? ». Rien de plus fidèle dans la vie entière d'un homme que l'insatiable et turgescent désir de l'érection matinale. Aucune fausseté. Aucune simulation. Aucune hypocrisie. Hourra pour cette force de l'univers ! La vie humaine avec un grand V ! Il faut toute une vie pour connaître les choses qui ont vraiment de l'importance, et quand on les connaît, elles disparaissent. Enfin, il faut apprendre à s'adapter. Le seul problème, c'est comment.

Il essaya de trouver une raison de se lever, sans

même qu'il soit question de vivre. Le siège des toilettes de Deborah ? Un coup d'œil au cadavre de Linc ? *Ses affaires* – et se revoyant en train de fouiller dans *les affaires*, il se leva, traversa la pièce jusqu'à la commode placée à côté de la chaîne Bang & Olufsen.

À ras bord ! Un trésor ! Les couleurs brillantes de la soie et du satin. Des culottes de petite fille en coton blanc avec des rayures rouges. Des mini-bikinis, une ficelle et un petit triangle de satin. Des strings en satin extensible. On aurait pu les utiliser comme fil à dents, ces strings. Des porte-jarretelles, en violet, en noir et en blanc. La palette de Renoir. Rose. Rose pâle. Marine. Blanc. Violet. Or. Rouge. Pêche. Des soutiens-gorge noirs, à armature, brodés. Des soutiens-gorge à balconnets, pigeonnants, en dentelle avec un petit nœud. Des soutiens-gorge à corbeilles, très échancrés, en dentelle, avec des festons. Des demi-balconnets en satin. Bonnets C. Des collants, un nœud de vipères de toutes les couleurs. Blancs, noirs et chocolat, des collants-*slips* en soie transparente, les mêmes que ceux de Drenka quand elle voulait l'affrioler. Une délicieuse petite camisole de soie couleur caramel. Des slips léopard avec soutien-gorge assorti. Des bodys en dentelle, *trois*, tous noirs. Un body en satin noir, sans bretelles, à bonnets rembourrés, bordé de dentelle, avec plein de crochets et d'agrafes. Les agrafes. Les agrafes de soutien-gorge, les agrafes de porte-jarretelles, les agrafes de corset de l'époque victorienne. Quiconque possède deux grains de bon sens adore les agrafes, cet abracadabra qui maintient et remonte ! Et que dire de l'*absence* de bretelles ? Un soutien-gorge sans bretelles. Ça marche, tout marche. Un teddy (Roosevelt ? Kennedy ? Herzl ?), d'une seule pièce, caraco en haut et en bas une culotte flottante qu'on enfile sans rien défaire. Des mini-slips à fleurs, en soie. Des jupons. Il adorait ces jupons maintenant démodés. Une femme debout devant une table en soutien-gorge et jupon, qui repasse une chemise en fumant avec sérieux sa cigarette. Un sentimental, ce vieux Sabbath.

Il renifla les collants pour en trouver une paire qui n'aurait pas été lavée et l'emporta avec lui dans la salle de bains. Il s'assit pour pisser, comme D. Le siège de D. Le collant de D. Mais l'érection matinale appartenait au passé... Drenka ! Avec toi *c'était* une barre à mine ! Cinquante-deux ans, une source de vie pour une bonne centaine d'hommes, morte ! Ce n'est pas juste ! La pulsion, la pulsion ! Tu l'as vu et revu, tu l'as fait et refait, et cinq minutes plus tard tu es *à nouveau* fasciné. Ce que tout homme sait : le désir de se faire *à nouveau* plaisir. Je n'aurais jamais dû arrêter, pensa Sabbath – la vie d'un port comme Bahia, la sensualité, même les petites villes de merde le long de l'Amazone, des ports en pleine jungle, littéralement, où on se mélangeait avec toutes sortes d'équipages de toutes sortes de navires, des marins qu'on trouvait en autant de couleurs que les sous-vêtements de Debby, venus de toutes sortes de pays, et qui allaient tous au même endroit, qui finissaient tous au bordel. Partout, comme dans un rêve agité aux couleurs criardes, des marins et des femmes, des femmes et des marins, et moi j'apprenais mon métier. Le quart de huit heures à minuit et, après, le travail de matelot sur le pont toute la journée, gratter et peindre, gratter et peindre, et après, le quart, le quart en mer à la proue du navire. Et certaines fois c'était sublime. Je lisais O'Neill. Je lisais Conrad. Un type du bord m'avait donné des livres. Je lisais tout et je me branlais en même temps. Dostoïevski – tous pleins de ressentiment et d'une fureur immense; une rage comme si tout avait été de la musique, la même rage que s'il s'agissait de perdre cent kilos. Racaille Nikov. Je me disais : Dostoïevski est tombé amoureux de lui. Oui, ces nuits-là, dans les mers tropicales, je me mettais à la proue et je me jurais que je m'accrocherais et que je supporterais toutes les merdes qu'il faudrait supporter pour devenir officier de marine. Je me disais que j'allais passer des diplômes pour devenir officier de marine et passer le reste de ma vie à vivre ainsi. Dix-sept ans, un gamin bourré d'énergie... et comme un gamin, je ne l'ai pas fait.

En tirant les rideaux, il s'aperçut que la chambre de Deborah était une chambre d'angle, de ses fenêtres on voyait Central Park et les immeubles situés de l'autre côté, sur l'East Side. Il faudrait encore trois semaines aux jonquilles et au feuillage des arbres pour arriver jusqu'à Madamaska Falls, mais Central Park aurait tout aussi bien pu être à Savannah, dans le Sud. Le panorama sur lequel Debby avait fait ses dents, mais lui, il préférait encore la côte, sans hésitation. Qu'est-ce qu'il était allé faire dans cette forêt en haut d'une montagne ? Quand il avait fui, chassé par la disparition de Nikki, il aurait dû aller s'installer au bord de la mer avec Roseanna, dans le New Jersey. Il se serait fait marin-pêcheur. Il aurait dû laisser tomber Roseanna pour reprendre la mer. Les marionnettes. Un métier de merde. Entre les marionnettes et les putes, il choisit les marionnettes. Rien que pour ça il mérite la mort.

À ce moment-là seulement, il remarqua les sous-vêtements de Deborah éparpillés sur le sol au pied de la commode, comme si elle venait de se déshabiller en hâte – ou qu'on l'avait déshabillée –, avant de quitter la pièce en courant. Agréable à imaginer. Il fut obligé d'admettre qu'il avait déjà été fouiller dans le tiroir pendant la nuit – il n'en n'avait aucun souvenir. Il avait dû se lever sans s'en rendre compte pour aller regarder ses affaires et il avait fait tomber quelques articles de lingerie par terre. Voilà qu'on s'enfonce dans l'autocaricature maintenant. Je suis plus dangereux que je ne le crois. Ça devient grave. Sénilité précoce. *Senilitia, dementia*, une érotomanie à tout casser.

Et alors ? C'était tout à fait naturel, c'était ça la vie. Le *rajeunissement* du monde. Drenka est morte mais Deborah est vivante, et, à l'usine du sexe, les hauts fourneaux restent allumés vingt-quatre heures sur vingt-quatre.

Pendant qu'il revêtait les habits qu'il portait tout le temps, jour après jour et où qu'il aille – chemise de flanelle effilochée sur vieux T-shirt kaki et pantalon informe en velours côtelé qui lui pendouillait entre les jambes –, il tendit l'oreille pour essayer d'entendre s'il y avait encore quelqu'un dans la maison. À peine huit heures et demie et la place était vide. Il eut d'abord du mal à choisir entre un soutien-gorge à armature noir et un mini-slip de soie à fleurs, mais réalisant que le soutien-gorge, à cause de son armature, risquait d'être un peu trop gros et donc d'attirer l'attention, il prit le slip, le fourra dans sa poche de pantalon et remit le reste dans le tiroir déjà plein. Il pourrait venir y jouer à nouveau ce soir. Ainsi que dans les autres tiroirs. Et dans le placard.

Il remarqua la présence de deux sachets dans le tiroir du dessus, l'un en velours mauve qui sentait la lavande et un autre à carreaux rouges d'où émanait une vive odeur d'aiguilles de pin. Pas l'odeur qu'il recherchait, ni l'un ni l'autre. C'est drôle – une gamine moderne, sortie de Dalton, qui connaissait déjà tous les Manet et tous les Cézanne du Metropolitan mais qui n'avait absolument pas compris que si les hommes étaient prêts à payer très cher pour respirer un parfum, ce n'était certainement pas celui des aiguilles de pin. Eh bien, Mlle Cowan l'apprendra, d'une manière ou d'une autre, quand elle commencera à porter ce genre de sous-vêtements pour aller ailleurs qu'à l'école.

En vieux marin, il lui fit son lit au carré.

Son lit à elle.

Quatre mots tout simples, chacun d'une syllabe, aussi vieux que la langue elle-même, et pourtant ils exerçaient sur Sabbath un pouvoir littéralement tyrannique. Avec quelle ténacité il s'accrochait à la vie ! À la jeunesse ! Au plaisir ! Aux érections ! Aux sous-vêtements de Deborah ! Mais pendant tout ce temps-là, il n'avait cessé de regarder tout en bas depuis ce dix-huitième étage, et en face, de l'autre côté de l'étendue verte du parc, en se disant que le moment était venu de sauter. Mishima. Rothko. Hemingway. Berryman. Koestler. Pavese. Kosinski. Arshile Gorky. Primo Levi. Hart Crane. Walter Benjamin. Une bande assez unique en son genre. Pas déshonorant du tout d'ajouter son nom à cette liste. Faulkner qui s'est pratiquement bousillé à l'alcool. Tout comme (selon Roseanna, devenue une autorité sur les célébrités qui étaient mortes mais qui seraient encore vivantes si elles étaient allées aux AA pour « partager ») Ava Gardner. Chère Ava. Pas grand-chose qui pouvait l'étonner chez les hommes, Ava. L'élégance et la crasse, un mélange parfait, rien à dire. Morte à soixante-deux ans, deux ans de moins que moi. Ava, Yvonne de Carlo – *en voilà* des modèles ! Rien à foutre des grandes idéologies admirables. Du vent, du vent, du vent ! Ça suffit de lire et de relire *Une chambre à soi* – prends-toi *Les œuvres complètes d'Ava Gardner*. Une lesbienne vierge qui se tripotait en douce, V. Woolf, sa vie érotique, un dixième de lascivité et neuf dixièmes de trouille – une parodie bien anglaise de barzoï sursélectionné, un être supérieur, avec une aisance dont seuls les Anglais sont capables, à tous ceux qui lui étaient inférieurs, qui ne s'était jamais mise à poil de toute sa vie. Mais elle s'est suicidée, ne l'oublions pas. La liste devient plus intéressante chaque année. Je serais le premier marionnettiste.

La loi de la vie : le va-et-vient. À chaque pensée une contre-pensée, à chaque pulsion une contre-pulsion. Pas étonnant qu'on en devienne fou et qu'on en meure ou qu'on décide de disparaître. Trop de pulsions, et ce n'est même pas un dixième de ce qu'on pourrait en dire. Plus de maîtresse, plus de femme, plus de métier, plus de maison, plus un rond, il vole les mini-slips d'une rien du tout de dix-neuf ans et, bourré d'adrénaline, il les garde dans sa poche – ce slip, c'est exactement ce qu'il lui faut. Il n'y a que moi qui fonctionne comme ça ? Je n'y crois pas. C'est la vieillesse, purement et simplement, l'hilarité qui accompagne l'autodestruction dans le dernier grand huit. Sabbath rencontre un adversaire à sa mesure : la vie. C'est *toi* la marionnette. C'est *toi* le bouffon. Punch, voilà qui tu es, pauvre *shmok*, la marionnette qui se joue de tous les tabous.

Dans la grande cuisine au carrelage à l'ancienne, une cuisine embrasée par les reflets du soleil sur les ustensiles de cuivre, une cuisine qui ressemblait à une serre remplie de plantes en pots bien propres et bien brillantes, Sabbath vit qu'un couvert avait été mis pour lui, face à la vue. Autour des assiettes et de l'argenterie, on avait placé quatre boîtes de céréales de marques différentes, trois sortes de pains très appétissants de formes et de couleurs différentes, une bassine de margarine, une assiette avec du beurre, et huit pots de confiture qui reproduisaient à peu près le spectre des couleurs qu'on obtient quand la lumière traverse un prisme : griottes, fraises, fruits des bois... jusqu'aux reines-claudes et aux citrons, d'un jaune spectral. Il y avait aussi un demi-melon et un demi-pamplemousse (prédécoupé), chacun protégé par une feuille de plastique bien tendue, un petit panier d'oranges avec une sorte de téton sur le dessus, une variété très suggestive qu'il n'avait encore jamais rencontrée, et un assortiment de sachets de thé dans une assiette. La vaisselle était jaune, lourde, un service venu de France, orné de dessins enfantins représentant des paysans et des moulins à vent. Du Quimper. Inquimpérable.

Pourquoi est-ce qu'il n'y a que moi dans toute l'Amérique pour penser que tout ça c'est de la merde ? Pourquoi est-ce que je n'ai jamais voulu d'une vie comme celle-là ? Il est clair que les producteurs se font une vie de pacha, pas comme les marionnettistes en rupture de ban, mais c'est ravissant de voir tout ça quand on se réveille. La poche pleine de petites culottes et des pots et des pots de confiture. Sur le pot de fruits des bois il y avait une petite étiquette : « $ 8,95. » Qu'est-ce que j'ai réussi dans ma vie qui puisse se quimpérer à cela ? C'est difficile de ne pas être dégoûté de soi-même quand on se trouve devant un pareil étalage. Il y a tellement de choses au monde, et moi j'en ai si peu.

De la fenêtre de la cuisine aussi on voyait le parc, et en regardant vers le sud, on avait sous les yeux le spectacle du monde du spectacle, le cœur de Manhattan. Pendant son absence, alors que là-haut dans le Nord, sur sa montagne, Sabbath perdait son temps à s'occuper de ses marionnettes et de sa bite, Norman était devenu riche mais avait gardé une attitude exemplaire, Linc était devenu fou, et Nikki, pour autant qu'il le sache, était devenue une clocharde qui chiait par terre dans la station de métro de la 42ᵉ Rue, cinquante-sept ans, complètement gâteuse, obèse – « *Pourquoi ?* criait-il. *Pourquoi ?* » mais elle ne savait même plus qui il était. En revanche, il était vrai qu'elle pouvait tout aussi bien habiter Manhattan, dans un appartement aussi spacieux et aussi luxueux que celui de Norman, avec son Norman à elle. La raison de sa disparition était peut-être aussi simple que cela... C'est le choc, en voyant que New York n'avait pas bougé, qui m'a fait penser à Nikki. Je ne vais plus y penser. Je ne peux pas. C'est une bombe à retardement perpétuel.

Bizarre. La seule chose que tu ne te dis jamais, c'est qu'elle est morte. Et pour les morts, c'est la même chose. Moi, ici, dans la chaleur et la lumière, déboussolé, cinglé comme je suis, avec mes cinq sens, un cerveau et huit sortes de confitures différentes – et les morts qui sont morts. La réalité immédiate est de l'autre côté de cette fenêtre ; si vaste et si diverse, et tout est entremêlé... Quelle grande idée Sabbath essayait-il d'exprimer ? Est-ce qu'il demande : « Qu'est-il advenu de ma vraie vie ? » Était-elle en train de se jouer ailleurs ? Et, dans ce cas, comment le fait de regarder par cette fenêtre peut-il être aussi démesurément réel ? Eh bien, c'est ça la différence entre le vrai et le réel. Il ne nous est pas donné de vivre dans la vérité. C'est pour ça que Nikki est partie. C'était une idéaliste, une illusionniste innocente, émouvante et pleine de talent qui voulait vivre *dans la vérité*. Je vais te dire, si tu y es arrivée, ma belle, t'es bien la première. D'après l'expérience que j'en ai, le cours de la vie tend vers l'incohérence – précisément ce que tu n'as jamais voulu affronter. C'est peut-être la seule chose cohérente que tu aies pu trouver à faire : mourir afin de refuser cette incohérence.

« T'es d'accord, m'man ? Toi, tu en avais à reven-
dre, de l'incohérence. La mort de Morty défie
l'entendement. Tu as eu raison de la fermer après ça.

– Tu penses comme un raté, répondit la mère de
Sabbath.

– Je suis un raté. Je le disais à Norman encore
hier. Je suis le roi des ratés. Comment pourrais-je
penser autrement ?

– La seule chose qui t'ait jamais intéressé, c'est les
bordels et les putains. Tu as une moralité de maquereau. Tu aurais dû en être un. »

La morale, rien que ça. Elle en avait appris des
choses dans l'autre monde. Ils doivent donner des
leçons.

« C'est trop tard, m'man. Les Noirs ont pris toutes
les places. Trouve autre chose.

– Tu aurais dû mener une vie normale, produc-
tive. Tu aurais dû fonder une famille. Tu aurais dû
avoir un métier. Tu n'aurais pas dû fuir devant la
vie. Les marionnettes !

– L'idée m'a paru bonne à l'époque, maman. Je
suis même allé en Italie pour apprendre.

– Tu es allé apprendre les putains en Italie. Tu as
délibérément décidé de vivre ta vie du mauvais côté.
Il t'aurait fallu les soucis que *moi* j'ai eus.

– Mais je les ai. Je les ai... » À nouveau en pleurs.
« Je les ai. J'ai exactement les mêmes soucis que toi.

– Alors pourquoi est-ce que tu te balades avec
cette barbe d'*altè kaker*, avec des vêtements semblables à ceux qu'on met aux enfants pour aller au
jardin – et avec des putains !

– Tu peux t'en prendre aux vêtements et aux putes
si tu veux, mais la barbe est indispensable si je veux
éviter de voir mon visage.

– Tu ressembles à une bête.

– Et à quoi est-ce que je devrais ressembler ? À
Norman ?

– Norman a toujours été un garçon charmant.

– Et moi ?

– Tu t'y es toujours pris autrement pour t'amuser. Toujours. Déjà quand tu étais tout petit, tu étais un petit étranger dans la maison.

– C'est vrai ? Je ne m'en rendais pas compte. J'étais si heureux.

– Mais toujours un petit étranger, tu transformais tout en farce.

– Tout ?

– Toi ? Bien sûr. Regarde-toi maintenant. Tu transformes la mort en farce. Y a-t-il quelque chose de plus sérieux que la mort ? Non. Mais tu veux en faire une farce. Même te tuer, tu ne le feras pas dignement.

– Tu en demandes beaucoup. Je ne crois pas que, quand on se tue, on se tue "dignement" – personne. Je ne crois pas que ce soit possible.

– Alors sois le premier. Qu'on en soit fiers.

– Mais *comment*, maman ? »

Sur la table, à côté de son couvert, il y avait un mot, un mot un peu long qui commençait par BON-JOUR. En capitales. C'était un mot de Norman, écrit sur un ordinateur.

Bonjour

Nous sommes partis travailler. La cérémonie des obsèques de Linc débute à deux heures. Au coin de Riverside et de la 76ᵉ. Je te verrai là-bas – je te garde une place à côté de nous. La femme de ménage (Rosa) vient à neuf heures. Dis-lui si tu as besoin de faire laver ou repasser quelque chose. Si besoin de quoi que ce soit, demande à Rosa. Serai au bureau toute la matinée (994-6932). J'espère que tu t'es requinqué après une bonne nuit de sommeil. Tu es dans un état de stress épouvantable. Je pense que tu devrais profiter de ton séjour ici pour voir un psychiatre. Le mien n'est pas un génie mais il sait ce qu'il fait. Dr Eugene Graves (un nom peut-être pas très heureux mais c'est un bon médecin). Je lui ai téléphoné et il a dit que si tu veux tu peux l'appeler (562-1186). Un de ses rendez-vous qui a sauté en fin d'après-midi. Penses-y sérieusement, s'il te plaît. C'est lui qui m'a sorti de la panade l'été dernier. Les médicaments te feront sans doute du bien – aller lui parler aussi. Tu es en mauvais état et tu as besoin d'aide. ACCEPTE. Appelle Gene, s'il te plaît. Michelle te fait ses amitiés. Elle sera aux obsèques. Nous comptons sur toi pour le dîner de ce soir. Tranquille, tous les trois. Nous espérons que tu resteras avec nous jusqu'à ce que tu sois remis sur pied. Tu as ton lit. Ta chambre. Nous sommes de vieux amis tous les deux. Il n'en reste plus tant que ça.

Norman

Une enveloppe de papier blanc ordinaire était accrochée à la feuille par un trombone. Des billets de cinquante dollars. Pas seulement les six billets correspondant au chèque que Sabbath avait rempli à l'ordre de Norman la nuit précédente, mais quatre de plus. Mickey Sabbath avait cinq cents dollars. Assez d'argent pour rémunérer Drenka pour une partie à trois si Drenka... Bon, il n'en n'était pas question, et comme apparemment Norman n'avait aucune intention d'encaisser le chèque de Sabbath – il l'avait probablement déjà déchiré pour être sûr que Roseanna ne se ferait pas piquer sa part de l'argent –, Sabbath n'avait qu'à se dépêcher de trouver une de ces officines où on vous encaisse un chèque moyennant une commission de dix pour cent de son montant pour tirer un chèque de trois cents dollars sur le compte commun. Ça lui ferait sept cent soixante-dix dollars en tout. Il avait tout à coup entre trente et cinquante pour cent de raisons en moins de mourir.

« D'abord c'est le suicide que tu transformes en farce et maintenant tu recommences à transformer la vie en farce.

« – Je ne connais aucune autre manière de faire, maman. Laisse-moi tranquille. Tais-toi. Tu n'existes pas. Il n'y a pas de fantômes.

– Faux. Il n'y a que des fantômes. »

Sabbath se mit alors en devoir de s'offrir un énorme petit déjeuner. Il n'avait pas mangé avec autant de plaisir depuis que Drenka était tombée malade. Cela le rendit magnanime. Que Roseanna *garde* les trois cents dollars. Le petit creux de Deborah était maintenant son petit creux à lui. Michelle, Norman et le docteur Cercueil allaient le remettre sur pied.

Grave.

Après s'être bourré comme on bourre une valise au point de ne plus pouvoir la fermer, il fit le tour de l'appartement, tanguant d'une pièce à l'autre de son pas d'ancien marin, inspectant chaque pièce, les salles de bains, la bibliothèque, le sauna ; il ouvrit tous les placards et examina les chapeaux, les manteaux, les bottes, les souliers, les piles de draps, les piles de belles serviettes bien épaisses de toutes les couleurs ; il se promena dans le couloir aux murs couverts de bibliothèques d'acajou qui n'abritaient que les meilleurs livres du monde ; il admira les tapis sur les sols, les aquarelles sur les murs ; il inspecta dans le moindre détail toute cette discrète élégance dont les Cowan s'entouraient – les lampes, les accessoires, les boutons de porte, même les balayettes dans les toilettes semblaient avoir été dessinées par Brancusi –, en faisant comme si l'appartement était le sien et sans jamais lâcher le croûton rassis de pumpernickel aux graines qu'il venait de recouvrir d'une épaisse couche de confiture de fruits rouges à $ 8,95 le pot.

Si seulement les choses s'étaient passées autrement, tout serait différent.

Les doigts encore tout collants de confiture, Sabbath finit par se retrouver dans la chambre de Debo-

rah à fouiller dans les tiroirs de son bureau. Même Silvija en avait. Elles en avaient toutes. Il suffisait simplement de trouver où elle les planquait. Ni Yahvé, ni
Jésus, ni Allah n'étaient parvenus à éradiquer le plaisir
que l'on peut prendre avec un Polaroïd. Même Gloria
Steinem n'y peut rien. Dans l'affrontement entre
Yahvé, Jésus, Allah et Gloria, d'un côté, et ce titille-
ment intime et secret qui donne à la vie tout son sel,
de l'autre, je suis prêt à donner à la bande des trois
garçons plus Gloria un handicap de dix-huit points.

Alors, où est-ce que tu les as cachées, Deborah ?
J'approche ? Chaud ou froid ? C'était un gros bureau
ancien en chêne avec des poignées de cuivre qui
venait sans doute d'un cabinet d'avocat du xixe siècle. Pas très courant. En général, les enfants pré-
fèrent les merdes en plastique. À moins que ce ne
soit ça le kitsch de maintenant ? Il commença à
vider de son contenu le grand tiroir du haut. Deux
énormes cahiers à couverture de cuir bourrés de
souvenirs, avec des feuilles et des fleurs pressées
dans chacune des doubles pages. Botaniquement
alléchant, travail délicat... mais tu ne m'auras pas.
Des ciseaux. Des trombones. De la colle. Une règle.
Un petit carnet d'adresses avec des fleurs sur la couverture et aucune adresse dedans. Deux boîtes grises
d'environ treize centimètres sur dix-huit. Eurêka !
Mais, dedans, il n'y avait que du papier à lettre per-
sonnalisé, mauve comme le sachet de lavande. Dans
une boîte, quelques feuilles pliées en deux qui lui
parurent un instant prometteuses mais qui n'étaient
en fait que les brouillons d'un poème sur l'amour
sans espoir. « J'ai ouvert mes bras mais personne ne
m'a vue... J'ai ouvert ma bouche mais personne ne
m'a entendue... » Tu n'as pas lu Ava Gardner, ma
petite. Tiroir suivant, s'il vous plaît. Des gros
albums, les années de lycée, toutes les promotions

de Dalton entre 1989 et 1992. Encore des ours en peluche. Six, plus les huit du panier en osier. Camouflage. Malin. Suivant. Des journaux intimes ! Le gros lot ! Toute une pile, avec des reliures en carton ornées de fleurs très colorées, comme le slip qu'il avait dans la poche. Il le sortit pour quimpérer. Identiques, tous assortis, le slip, les journaux intimes et le carnet d'adresses. Elle a tout, cette gosse. Sauf. Sauf ! Où sont cachées les photos, Debby ? « Cher journal, je me sens de plus en plus attirée par ce garçon et j'essaie de savoir où j'en suis. Pourquoi, pourquoi est-ce que c'est toujours aussi *dur* ? » Pourquoi est-ce qu'elle ne raconte pas ses parties de baise ? Il n'y a personne à Brown qui t'a appris à quoi ça servait d'écrire ? Des pages et des pages de conneries indignes d'elle, jusqu'à un haut de page qui commençait comme les autres – « Cher journal » –, mais ensuite, la page avait été divisée en deux colonnes d'un trait de plume tiré à la règle ; en haut de la première colonne était écrit MES POINTS FORTS et, en haut de la seconde, MES POINTS FAIBLES. Il y avait quelque chose là-dedans ? Au point où il en était, il se contenterait de ce qui se présenterait.

MES POINTS FORTS	MES POINTS FAIBLES
Autodiscipline	Mon service
Mon revers	Cœur d'artichaut
Mon optimisme	Ma mère
Amy	~~Peu sûre de moi~~
Sarah L.	Robert ! ! ! !
Robert (?)	Trop sensible
Je ne fume pas	Manque de patience avec maman
Je ne bois pas	Trop brutale avec maman
	Mes jambes
	Je me mêle de tout
	Je n'écoute pas les autres
	Manger

Ça c'est du bon boulot. Un petit classeur mince à trois anneaux avec le logo de l'université sur la couverture et une étiquette en dessous sur laquelle on avait tapé à la machine : « Yeats, Eliot, Pound. Lun. Jeu. 10h30. Bât. Solomon salle 002. Prof : Kransdorf. » Dans le classeur, elle avait rangé ses notes de cours ainsi que les photocopies de poèmes que Kransdorf avait dû leur distribuer en classe. Le premier était de Yeats. Ça s'appelait « Le Mérou ». Sabbath le lut lentement... le premier poème de Yeats qu'il avait lui-même lu – et aussi un des derniers, de Yeats ou de qui que ce soit d'autre – depuis sa vie de marin.

La civilisation est cerclée, mise
Sous une règle, sous un semblant de paix·
Par une illusion multiple ; mais la vie de l'homme est la
[pensée,
Et lui, malgré sa terreur, ne peut cesser
De mordre dans siècle après siècle,
Mordre plein de rage, arracher afin d'entrer
Dans la désolation de la réalité :
Égypte et Grèce adieu, adieu Rome !
Des ermites sur le Mont Mérou, l'Everest,
Encavernés sans jours sous la neige chassée
Ou sous les coups affreux de la neige d'hiver
Qui battent leurs corps nus savent
Que le jour amène la nuit et qu'avant l'aube
Sa gloire et ses monuments ne sont plus.
1934

Debby avait pris ses notes directement sur la photocopie, juste en dessous de la date où le poème avait été composé.

Mérou. Montagne du Tibet. En 1934, WBY (poète irlandais) écrit une intro. à la trad. d'un de ses amis :

248

texte hindou sur l'élévation d'un saint homme qui renonce au monde.

K : « Yeats était parvenu à la limite au-delà de laquelle toute forme d'art est vaine. »

Thème du poème : l'homme n'est jamais satisfait s'il ne parvient pas à détruire tout ce qu'il a créé, c.à.d. les civilisations d'Égypte et de Rome.

K : « Ce poème met l'accent sur l'obligation faite à l'homme de se débarrasser de toute illusion malgré sa peur de la vacuité à laquelle il aura à faire face. »

Commentaires de Yeats dans une lettre à un ami : « Nous nous délivrons de nos obsessions afin de n'être rien. Le dernier baiser est un baiser au vide. »

L'homme = être humain

Pendant la discussion, la critique de la classe a porté sur l'absence de perspective féministe dans ce poème. N.B. : inconsciemment il privilégie un sexe – la terreur, la gloire sont celles de l'homme, les monuments (toujours phalliques) aussi.

Il fouilla minutieusement les tiroirs qui restaient. Des lettres adressées à Deborah Cowan qui remontaient à l'école primaire. L'endroit était parfait pour y cacher des Polaroïd. Patiemment il regarda dans chacune des enveloppes. Rien. Une poignée de glands ramassés au pied d'un chêne. Des cartes postales, vierges, des reproductions. Le Prado, la National Gallery, le musée des Offices... Une boîte d'agrafes, qu'il ouvrit, curieux de savoir si cette jeune fille de dix-neuf ans qui prétendait aimer pardessus tout les fleurs et les ours en peluche n'utilisait pas la boîte d'agrafes pour y cacher quelques joints. Mais il n'y avait que des agrafes dans la boîte d'agrafes. Qu'est-ce qu'elle a cette gamine, qu'est-ce qui ne va pas ?

Dernier tiroir. Deux boîtes en bois sculpté. Non. Rien. Des petits trucs. Des tout petits bracelets de perles et des colliers. Des cheveux tressés. Des bandeaux. Une barrette avec un nœud en velours. Aucune odeur de cheveux. Odeur de lavande. Cette enfant est perverse, mais dans le mauvais sens.

Placards bourrés. Jupes plissées à fleurs. Pantalons flottants en soie. Vestes en velours noir. Survêtements. Des tonnes de foulards à motifs cachemire sur l'étagère du haut. Des grands machins très larges qui ressemblaient à des robes de femme enceinte. Des petites robes courtes en lin. (Avec ses jambes ?) Taille 10. Quelle taille faisait Drenka ? Il était incapable de s'en souvenir. Des tas de pantalons. Velours côtelé. Des jeans tant qu'on en voulait. Bon, pourquoi est-ce qu'elle laisse à la maison tous ses sous-vêtements et tous ses vêtements, y compris ses jeans, alors qu'elle est à la fac ? Est-ce qu'elle a encore plus d'affaires là-bas – ils sont aussi riches que ça ? Et ils l'étalent autant ? –, ou bien c'est ça qu'elles font, toutes ces jeunes filles privilégiées, elles laissent tout derrière elles, un peu comme les animaux qui pissent partout où ils passent pour marquer leur territoire ?

Il fouilla dans toutes les poches de toutes les vestes et de tous les pantalons. Il passa la main dans les piles de foulards. Il commençait à être bien énervé. Putain de merde, où est-ce qu'elles sont, Deborah ?

Les tiroirs. Calme-toi. Il reste encore trois tiroirs. Comme il avait déjà fait celui du dessus, le tiroir à sous-vêtements, à plusieurs reprises, et comme il commençait à se sentir pressé par le temps – il avait prévu de descendre en ville avant l'enterrement pour retourner sur les lieux de son premier et unique théâtre –, il passa tout de suite au second tiroir. Il était difficile à ouvrir, tellement il était plein de T-shirts, de sweat-shirts, de casquettes de base-ball et de chaussettes de toutes sortes, dont certaines avec des petits doigts de couleurs différentes, un pour chaque orteil. Mignon. Il alla directement voir au fond. Rien. Il passa et repassa les mains dans les T-shirts. Rien. Il ouvrit le tiroir du dessous. Des maillots de bain, des tas, un véritable ravissement au toucher, mais il lui faudrait les examiner de manière exhaustive plus tard. Et aussi des pyjamas en flanelle de coton avec des petits cœurs ou d'autres dessins du même genre un peu partout, et des chemises de nuit avec des jabots de dentelle. Des roses et des blanches. Il faudrait y revenir aussi. Le temps, le temps, *le temps*... et il n'y avait pas que les T-shirts sur la moquette près de la commode, mais des jupes et des pantalons par terre dans le placard, des foulards jusque sur le lit, le bureau en désordre, tous les tiroirs ouverts et les journaux intimes sur le dessus. Et il fallait tout remettre en place avec des doigts qui lui faisaient maintenant souffrir le martyre.

Tiroir du bas. Dernière chance. Matériel de camping. Des lunettes de soleil Vuarnet, trois paires, pas d'étuis. Elle avait tout en trois, six, dix exemplaires. Sauf ! Sauf ! Et voilà.

Et voilà. De l'or. Son or à lui. Au fin fond du dernier tiroir, là où il aurait dû passer en premier, dans un désordre où se mêlaient des vieux livres de classe et quelques ours en peluche de plus, une simple boîte de mouchoirs en papier, des Scotties, des fleurs blanches, lilas et vert pâle sur fond blanc légèrement citronné. « Dans chaque boîte, la douceur et la résistance des Scotties, le bon choix pour la famille... » T'es pas bête, D. Une étiquette écrite à la main sur la boîte, « Recettes. » Petite rusée. Je t'adore. Recettes. Je t'en foutrais jusqu'au trognon des ours en peluche !

Dans la boîte de Scotties il y avait ses recettes – « La génoise de Deborah », « Les brownies de Deborah », « Les biscuits au chocolat de Deborah », « Le divin gâteau au citron de Deborah » – soigneusement écrites à la main, à l'encre bleue. Au stylo plume. La dernière gamine de toute l'Amérique à écrire avec un stylo. Tu ne tiendras pas cinq minutes à Bahia.

Une femme de petite taille, très grosse, était debout dans l'encadrement de la porte de la chambre de Deborah, et elle hurlait. Il n'y avait que sa bouche qui pouvait bouger ; le reste de sa personne semblait paralysé par la peur. Elle portait un pantalon collant marron clair, tendu au maximum, au bord de la rupture, et un sweat-shirt gris orné du logo et du nom de l'université de Deborah. Seules ses lèvres ressortaient dans son gros visage rond et large creusé un peu partout par des petits trous montrant qu'elle avait eu la variole, des lèvres longues et finement dessinées, les lèvres des indigènes, Sabbath le savait, du sud de la frontière, côté Mexique. Les yeux étaient ceux d'Yvonne de Carlo. Presque tout le monde a au moins une chose de bien, et chez les mammifères c'est en général les yeux. Nikki disait que les siens étaient saisissants. Elle en parlait beaucoup à l'époque où il avait encore quelques kilos de moins. Verts comme ceux de Merlin, disait Nikki à l'époque où tout était encore un jeu, où elle était Nikita et lui *agápe mou, Miháláki mou, Mihalió*.

« Ne tirez pas. Pas tirer, pas tuer. Quatre z'enfants. Un ici. » Elle désignait son ventre, un ventre aussi facile à percer qu'un petit ballon. « Pas tirer. Argent.

Je trouve argent. Pas d'argent ici. Je montrer argent. Pas tuer moi, monsieur. Femme de ménage.

– Je n'ai aucune intention de vous tuer, dit-il depuis la moquette où il était assis, les recettes sur les genoux. Ne criez pas. Ne pleurez pas. Tout va bien. »

Avec des gestes brusques – se désignant, le désignant, complètement hystérique – elle lui dit : « Je montrer l'argent. Tu prendre. Je reste. Tu partir. Pas police. Tout l'argent toi. » Elle lui fit alors signe de la suivre, et ils quittèrent la chambre profanée de Deborah pour le couloir aux murs couverts de livres. Dans la grande chambre à coucher, le lit était encore défait, des livres et des vêtements de nuit jonchaient le sol des deux côtés, les livres étaient éparpillés autour du lit comme les cubes en bois d'un alphabet dans une chambre de bébé. Il s'arrêta pour regarder les couvertures des livres. Ils lisaient quoi pour s'endormir, les Juifs riches et cultivés, ces temps-ci ? Toujours Eldridge Cleaver ? *John Kennedy : portrait d'un homme de pouvoir. Notre mot à dire : les cent premières années des sœurs Delany. Les Warburg...*

Pourquoi est-ce que je ne vis pas comme ça ? Les draps n'étaient pas usés, ni d'un blanc aseptisé comme ceux qu'il partageait, à distance, chacun dormant de son côté du lit, avec Roseanna ; au contraire, ceux-ci étaient d'une couleur chaude, un imprimé or pâle qui lui rappelait l'extraordinaire beauté de cette journée d'octobre, là-haut à la Grotte, où Drenka avait pulvérisé son record en jouissant treize fois de suite. « Encore, le suppliait-elle, encore », mais, à la fin, il était retombé de son côté avec un mal de tête épouvantable et lui avait dit qu'il ne pouvait pas continuer à mettre sa vie en danger comme ça. Il s'était redressé avec difficulté pour s'accroupir, pâle, en sueur et à bout de souffle, alors que Drenka était repartie toute seule dans sa quête. Il n'avait jamais rien vu de pareil. Il se disait : on dirait qu'elle est en train de lutter contre le Destin, ou Dieu, ou la Mort ; on dirait que si seulement elle arrive à jouir encore une fois, rien ni personne ne pourra plus jamais l'arrêter. Elle donnait l'impression d'être parvenue à un état intermédiaire entre femme et déesse – il avait l'étrange impression de regarder quelqu'un qui quittait ce monde. Elle allait monter vers le ciel, plus haut, plus haut, tremblant pour l'éternité dans un ultime et délirant frisson, mais au lieu de cela elle s'arrêta et un an plus tard elle mourut.

Pourquoi est-ce qu'une femme vous aime à la folie quand elle avale tout et qu'une autre vous déteste pour peu que vous lui suggériez d'essayer ? Pourquoi est-ce que la femme qui avale tout goulûment est une maîtresse morte, alors que celle qui vous la tient de côté, pour vous faire éjaculer dans le vide, est une épouse bien vivante ? Il n'y a que moi qui aie cette chance, ou c'est pareil pour tout le monde ? C'était pareil pour Kennedy ? Pour les Warburg ? Pour les sœurs Delany ? Au cours de mes quarante-sept années d'expérience avec les femmes, que je déclare ici closes... Pourtant, l'immense ballon auquel ressemblait le derrière de Rosa ne l'intriguait pas moins que son gros ventre de femme enceinte. Quand elle se pencha pour ouvrir un des tiroirs de la commode de la grande chambre à coucher, il se remémora son initiation à La Havane, le vieux bordel classique où on attend dans un salon que les filles viennent défiler devant les clients. Les jeunes femmes arrivaient de tous les coins de la maison où elles se reposaient, vêtues non pas de machins amples et flottants comme ceux du placard de Deborah mais de robes qui leur collaient à la peau. Ce qui était extraordinaire, c'est que pendant que lui choisissait Yvonne de Carlo, son ami Ron – il ne l'avait jamais oublié – en choisissait une qui était enceinte. Sabbath ne comprit pas pourquoi. Puis, quand il en sut un peu plus, l'occasion, assez bizarrement, ne s'était plus jamais représentée.

Jusqu'à maintenant.

Elle croit que j'ai un revolver. Voyons où cela nous mène. La dernière fois où il s'était autant amusé, c'était quand il avait regardé Matthew fendre le crâne de Barrett à la place du sien.

« Voilà, supplia-t-elle. Prendez. Partir. Pas tuer moi. Mari. Quatre z'enfants. »

Elle avait ouvert un tiroir où s'empilaient au moins quarante centimètres de lingerie, pas le genre de trucs délurés que la gamine s'était procurés dans un catalogue de vente par correspondance, mais des sous-vêtements lisses, lustrés, et parfaitement rangés. Des modèles de collection. Et Sabbath était collectionneur, depuis toujours. Je suis incapable de distinguer une pensée d'une marguerite, mais la lingerie ? Si moi je ne sais pas ce que c'est, personne ne le sait.

Rosa se pressa de sortir du tiroir une énorme pile de chemises de nuit et les déposa doucement au pied du lit. Les chemises de nuit dissimulaient aux regards deux enveloppes brunes. Elle lui en tendit une et il l'ouvrit. Cent billets de cent dollars, en liasses de dix, retenus par des trombones.

« À qui est-ce ? Cet argent appartient à ... ? » Il désignait le lit, un côté puis l'autre.

« La señora. Argent, sccret. » Rosa avait baissé les yeux sur son ventre, ses mains – potelées et étonnamment petites – croisées dessus comme les mains d'un enfant qui se fait gronder.

« Toujours autant ? Siempre diez mil ? » Il avait

255

oublié pratiquement tout l'espagnol qu'il avait appris dans les bordels, mais il se souvenait encore des chiffres, des prix, de la taxe, et que ça s'achetait comme on achète une papaye ou une grenade ou une montre ou un livre, comme tout ce qu'il est possible d'acheter quand on en a suffisamment envie pour se séparer de son argent durement gagné. « *Cuánto ? Cuántos pesos ? – Para qué cosa ?* » Et cetera.

Rosa fit un geste pour indiquer qu'il y en avait parfois plus et parfois moins. Si seulement il arrivait à la calmer suffisamment pour la ramener à ses instincts les plus bas...

« Où prend-elle cet argent ? demanda-t-il.

– No comprendo.

– Est-ce que c'est de l'argent qu'elle rapporte de son travail ? In italiano, lavoro.

– No comprendo. »

Trabajo ! Bon Dieu, ça revenait. *Trabajo*. Combien il avait aimé son *trabajo*. Peindre, gratter, peindre, gratter et baiser jusqu'à plus soif une fois à terre. C'était aussi naturel que de quitter le bateau et d'entrer dans un bar pour boire un verre. Ça n'avait rien d'extraordinaire. Mais pour moi et pour Ron, c'était la chose la plus extraordinaire au monde. On quittait le bateau et on se dirigeait tout droit vers la seule chose au monde qu'on n'avait jamais faite. Et qu'on aurait voulu ne jamais cesser de faire.

« Comment la madame gagne sa vie ? Qué trabajo ?

– Odontologia. Ella es una dentista.

– Dentiste ? La señora ? » Il se tapota les dents de devant avec son ongle.

« Si. »

Des hommes, toute la journée, qui entrent et qui sortent de son cabinet. Et elle leur balance du gaz. Du protoxyde d'azote.

« L'autre enveloppe, dit-il. El otro, el otro, por favor.

– Pas l'argent », répondit-elle d'une voix brusque. Il avait maintenant réveillé son hostilité. Elle se mit tout à coup à ressembler au général Noriega. « Pas l'argent. En el otro sobre no hay nada.

– Rien du tout ? Une enveloppe vide cachée sous quinze chemises de nuit au fond du dernier tiroir ? Arrête tes conneries, Rosa. »

La femme fut étonnée de l'entendre terminer sa phrase par « Rosa », mais elle n'avait pas l'air de savoir si elle devait avoir encore plus peur de lui, ou bien moins. Prononcé par hasard, il se trouva que son nom était exactement ce qu'il fallait pour faire renaître ses doutes sur le genre de cinglé qu'elle avait en face d'elle.

« Absolutamente nada, dit-elle bravement. Está vacío, señor ! Bide ! » Et là, elle lâcha prise et se mit à pleurer.

« Je ne vais pas te tuer. Je te l'ai déjà dit. Tu le sais. De quoi est-ce que tu as peur ? No peligro. » C'est ce que les putes lui disaient quand il s'inquiétait de leur santé.

« C'est bide ! déclara Rosa, pleurant comme une enfant dans le creux de son bras. Es verdad ! »

Il ne savait pas s'il devait suivre son inclination et tendre la main pour la réconforter ou adopter une attitude plus menaçante en mettant la main dans la poche où elle croyait qu'il cachait un pistolet. Le principal était de l'empêcher de se remettre à crier ou de s'enfuir pour aller chercher de l'aide. Il ne comprenait pas comment il arrivait à rester aussi calme alors qu'il était dans un état d'excitation aussi extrême – il n'en avait peut-être pas l'air, il n'en avait peut-être jamais eu l'air, mais c'était un grand nerveux. Un sensible. Ce n'était pas dans sa nature de se

257

montrer aussi dur (sauf avec un ivrogne invétéré). Sabbath n'était pas très content de faire souffrir les gens au-delà de la souffrance qu'il désirait leur imposer ; en tout cas, il n'aimait pas les faire souffrir au-delà de ce qui suffisait à son bonheur. De même, il n'était jamais malhonnête au-delà de certaines limites, il ne fallait pas que ça devienne déplaisant. À cet égard au moins, il ressemblait assez aux autres.

Ou bien est-ce que Rosa se moquait de lui ? Il était prêt à parier qu'elle avait les nerfs plus solides que lui. Quatre z'enfants. Femme de ménage. Elle ne savait que l'espagnol. Jamais assez d'argent. À genoux, elle faisait maintenant le signe de croix, elle priait – tout ce cinéma pour prouver quoi ? Qu'est-ce que Jésus venait faire là-dedans, il avait déjà ses propres problèmes ? Les clous qui vous transpercent les paumes, voilà quelque chose qu'on peut comprendre quand on a de l'arthrose dans les deux mains. Il avait hurlé de rire récemment (pour la première fois depuis la mort de Drenka) quand Gus lui avait raconté à la pompe à essence que sa sœur et son beau-frère étaient allés au Japon à Noël; et dans une grande ville, il ne savait plus laquelle, ils étaient entrés dans un grand magasin pour faire des achats, la première chose qu'ils avaient vue, accrochée au-dessus de la porte, c'était un énorme Père Noël sur une croix. « Ils ont rien compris ces Japs », avait ajouté Gus. Et pourquoi est-ce qu'ils devraient y comprendre quelque chose ? Qui est capable d'y comprendre quoi que ce soit ? Mais à Madamaska Falls, Sabbath avait gardé ses réflexions pour lui. Il s'était déjà mis dans une position difficile en expliquant à une collègue de Roseanna qu'il ne voyait pas l'intérêt de ce qu'elle enseignait, la littérature amérindienne, parce que les Amérindiens étaient *treyf*.

Elle avait dû se renseigner auprès d'un ami juif-américain pour savoir ce que ça voulait dire, et quand elle avait compris, elle lui avait fait une scène. Il les détestait tous, sauf Gus.

Il regardait Rosa faire son numéro de suppliante. Ça, c'était quelque chose qui faisait ressortir le Juif qui était en lui : un catholique à terre. Ça avait toujours été comme ça. *T'as fini ? Dégage !* Les putes arrivent à vous rouler. Les femmes de ménage arrivent à vous rouler. Tout le monde arrive à vous rouler. Votre propre mère arrive à vous rouler. Et Sabbath avait tellement envie de vivre ! Il adorait ça, ça lui réussissait. Pourquoi mourir ? Est-ce que son père était parti vendre du beurre et des œufs chaque matin à l'aube pour que ses *deux* fils meurent avant l'âge ? Est-ce que ses grands-parents, des gens totalement démunis, avaient traversé l'Atlantique à fond de cale pour que leur petit-fils, qui avait échappé au triste sort du peuple juif, gaspille un seul instant des plaisirs de cette vie américaine ? Pourquoi mourir quand il y a des femmes qui cachent des enveloppes sous leur lingerie de chez Bergdorf ? Rien que ça, c'était une bonne raison de vivre jusqu'à cent ans.

Il tenait toujours les dix mille dollars dans la main. Pourquoi Michelle Cowan cache-t-elle cet argent ? À qui appartient-il ? Comment l'a-t-elle gagné ? Avec l'argent qu'il avait donné à Drenka pour cette première fois avec Christa, elle avait acheté de l'outillage électrique à Matthew ; avec les billets de cent que Lewis, le magnat de la carte de crédit, lui glissait dans son sac, elle avait acheté des *tchatchkès* pour la maison – des assiettes décorées, des ronds de serviette ciselés, des candélabres anciens en argent. À Barrett, l'électricien, elle *donnait* de l'argent, ça lui plaisait de glisser un billet de vingt dans la poche de son jean pendant qu'il lui pinçait le bout des seins dans une dernière étreinte. Il espérait que Barrett avait mis cet argent de côté. Il allait peut-être avoir du mal à se brancher pendant un certain temps.

La première femme de Norman s'appelait Betty, ils s'étaient rencontrés au collège, mais Sabbath ne se souvenait plus d'elle. Il était maintenant en train de découvrir, avec le contenu de la seconde enveloppe, à quoi Michelle ressemblait. Il avait encore une fois demandé à Rosa de la sortir du tiroir, et elle s'était pressée de lui obéir quand il avait commencé à approcher sa main de la poche dans laquelle il n'avait pas de pistolet.

Il avait cherché les photos dans la mauvaise chambre. Quelqu'un avait pris des photos de Michelle qui étaient des répliques presque parfaites de celles qu'il avait lui-même prises de Drenka. Norman ? Après trente ans de vie commune et trois enfants, peu probable. Et puis, si c'était Norman qui les avait prises, pourquoi les cacher ? À cause de Deborah ? La meilleure chose qui pouvait arriver à Deborah, c'était qu'on les lui montre, qu'elle les voie bien.

Michelle était vraiment très mince – des épaules étroites, des bras fins, et des jambes bien droites, comme des perches. Plutôt longues, les jambes, comme celles de Nikki, comme celles de Roseanna, comme ces jambes qu'il aimait bien écarter, avant Drenka. Les seins étaient une agréable surprise chez une femme aussi fine – lourds, volumineux, avec des tétons qui étaient sortis en indigo sur la pellicule Polaroïd. Elle se les était peut-être peints. Peut-être que le photographe les lui avait peints. Ses cheveux noirs étaient tirés en arrière. Une danseuse de flamenco. Elle, elle a lu Ava Gardner. En fait, elle ressemblait aux Cubaines dont Sabbath disait souvent à Ron : « On dirait des Juives, mais sans ce qui va avec. » Nez refait ? Difficile à dire. Ce n'était pas le nez qui était au centre des préoccupations du photographe. La photo que Sabbath préférait était celle qui montrait le moins de détails anatomiques. On y voyait Michelle, uniquement vêtue d'une paire de bottes marron, en chevreau très souple, qui montaient très haut sur la cuisse où elles se terminaient par un revers. Grâce et cochonnerie, son miel. Les autres photos étaient plutôt banales, rien de nouveau sous le soleil depuis que le Vésuve avait épargné Pompéi.

Le bord de la chaise sur laquelle elle était assise, sur une des photos, le bout de tapis sur lequel elle était étendue, sur une autre, les rideaux d'une fenêtre avec lesquels elle mimait l'amour, sur une troisième... ça sentait le désinfectant jusqu'ici. Mais comme il le savait pour avoir observé Drenka au Bo-Peep, le motel crasseux faisait aussi partie du plaisir, tout comme prendre l'argent de son amant comme s'il n'était qu'un vulgaire micheton.

Après avoir remis les photos dans l'enveloppe, il aida Rosa à se relever et lui tendit l'enveloppe en lui faisant signe de la ranger à sa place dans le tiroir. Il fit de même avec l'argent, après avoir recompté les dix liasses de billets retenus par des trombones, pour lui montrer qu'il n'en avait pas profité pour se servir. Il alla ensuite prendre les chemises de nuit sur le lit et, après les avoir gardées un instant en main – et avoir été choqué de constater que ce contact ne lui donnait aucune raison suffisante de continuer à vivre –, il avait fait comprendre à Rosa qu'elle devait les replacer sur les enveloppes et refermer le tiroir.

Et voilà. C'est tout. « Terminado », comme disaient les putes dans leur langage lapidaire en vous basculant sur le lit dans la demi-seconde qui suivait l'éjaculation.

Il étudiait maintenant la pièce dans tous ses détails. Tellement innocent tout ça, tout ce luxe dont je me suis moqué. Oui, un raté, dans tous les domaines. Une petite poignée d'années dans un conte de fées, et le reste un pur gâchis. Il se pendrait. En mer, avec ses doigts agiles, c'était un as pour les nœuds. Dans cette chambre ou dans celle de Deborah ? Il chercha du regard à quoi il pourrait bien se pendre.

Une moquette en laine épaisse de couleur gris-bleu. Sur les murs, un papier écossais très pâle. Des plafonds de cinq mètres de haut. Des moulures. Un joli petit bureau en pin. Une armoire ancienne très austère. Un fauteuil confortable d'un écossais plus soutenu, un ton en dessous de l'écossais gris de l'immense tête de lit. Un pouf. Des coussins avec des broderies. Plusieurs vases de cristal avec des fleurs. Un énorme miroir avec un cadre en pin moucheté au-dessus du lit. À la verticale du pied du lit, fixé au plafond au bout d'une longue tige, un ventilateur à cinq pales. Eh bien voilà. Mets-toi debout sur le lit, attache la corde au moteur... Ils le verraient d'abord dans le miroir, du pur Manhattan, un style qu'on trouvait en dessous de la 71ᵉ Rue, joli cadre pour un corps qui se balance. Un tableau du Greco. Une silhouette torturée au premier plan, Tolède et ses églises dans le fond, et mon âme qui monte vers le Christ dans le coin en haut à droite. Rosa me fera entrer.

Il monta ses mains à hauteur de ses yeux. Il y avait des nodosités derrière chaque cuticule, un matin comme celui-là, il pouvait à peine les bouger, ses deux auriculaires et ses deux annulaires, et il y avait longtemps que ses deux pouces ressemblaient à des cuillères. Il s'imaginait que pour quelqu'un d'aussi simple que Rosa, c'étaient des mains de maudit. Elle avait peut-être raison, d'ailleurs – personne ne comprend rien à l'arthrose.

« Dolorido ? demanda-t-elle avec gentillesse, en évaluant bien la déformation de chacun de ses doigts.

– Sí, muy dolorido. Repugnante.

– No señor, no, no, dit-elle en continuant à le regarder comme on regarde un monstre dans une baraque foraine.

– Usted es muy simpática », lui dit-il.

Il lui apparut alors qu'avec Ron ils avaient baisé Yvonne et la femme enceinte dans le deuxième bordel où ils étaient allés lors de cette première nuit à La Havane. Ce qui s'était passé dès qu'ils avaient quitté le bateau, c'était ce qui se passait presque partout à l'époque. Les maquereaux et les rabatteurs vous attendaient pour vous entraîner vers les bordels de leur choix. Ils nous avaient peut-être pris pour cible parce qu'on était des gamins. Les autres marins les avaient envoyés se faire foutre. Et lui et Ron, on les avait emmenés dans une maison en ruine, avec des carreaux de faïence couverts de crasse sur les murs et sur le sol, on les avait fait entrer dans un salon pratiquement vide de meubles dans lequel on avait fait venir plusieurs femmes très vieilles et très grosses. Voilà à qui Rosa lui faisait penser – les putes de ce trou à rats. Et dire que deux mois après avoir quitté le collège, j'ai eu la présence d'esprit de répondre : « Non, non merci », si, c'est ce que j'ai fait. J'ai ajouté en anglais : « Des poulettes, des jeunes. » Et le type les avait emmenés dans le deuxième bordel, celui où ils avaient trouvé Yvonne de Carlo et la femme enceinte, des femmes jeunes qui passaient pour jolies sur le marché cubain. *T'as fini ? Dégage !*

« *Vámonos* », dit-il, et Rosa le suivit avec obéissance dans le couloir jusqu'à la chambre de Deborah, et on aurait effectivement dit qu'un voleur était passé par là. Il n'aurait pas été surpris de trouver un petit monticule de matière fécale encore chaude sur le bureau. La sauvagerie que l'on s'était autorisée étonnait jusqu'à celui qui l'avait perpétrée.

Sur le lit de Deborah.

Il s'assit au bord du lit alors que Rosa restait debout près du placard entièrement ravagé.

« Je ne dirai pas ce que tu as fait. Je ne dirai rien.

– *No* ?

– *Absolutamente no. Prometo.* » Il indiqua, d'un geste qui lui fit tellement mal qu'il en eut un haut-le-cœur, que c'était entre eux. « *Nostro segreto.*

– *Secreto*, dit-elle.

– *Sí. Secreto.*

– *Me promete* ?

– *Sí.* »

Il sortit de son portefeuille un des billets de cinquante que lui avait donnés Norman et lui fit signe de venir le chercher.

« *No*, dit Rosa.

– Je ne dis rien et tu ne dis rien. Je ne dis pas que tu m'as montré l'argent de la señora, du docteur, et tu ne dis pas que tu m'as montré ses photos. Ses photos. *Comprende* ? Tout, on oublie. Comment est-ce qu'on dit "oublier" en espagnol ? "Oublier". » Il essayait, de la main, de montrer quelque chose qui s'éloignait de la tête. Oh, oh ! Voltarène ! *Volare !* La Via Veneto ! Les putes de la Via Veneto, aussi parfumées que les pêches qu'il achetait dans le Trastevere, une demi-douzaine pour quelques lires.

« *Olvidar* ?

« Olvidar ! Olvidar todos ! »

Elle s'approcha de lui et, à son grand soulagement, prit l'argent. Il lui enserra la main dans ses doigts déformés, pendant que de l'autre main il sortait un deuxième billet de cinquante.

« No, no, señor.

– Donación », dit-il avec humilité, sans la lâcher.

Il se souvenait bien de *donación*. À l'époque de la Croisière de l'Amour, on retournait chaque fois dans les mêmes bordels et on apportait des bas nylon à ses filles préférées. Les autres disaient, « Elle te plaît ? File-lui une petite *donación*. Trouve un petit truc et, quand tu reviens, tu lui donnes. Mais savoir si elle se souvient de toi, ça c'est une autre histoire. Mais elle sera contente d'accepter les bas, ça c'est sûr. » Les noms de ces filles ? Parmi les douzaines et les douzaines de bordels dans des douzaines et des douzaines d'endroits différents, il a dû y avoir une Rosa quelque part.

« Rosa » – il murmurait doucement, en essayant de l'attirer à lui pour la faire asseoir entre ses jambes – « para usted de parte mía.

– No, gracias.

– Por favor.

– No.

– De mí para tí. »

Un regard d'une noirceur intense mais qui ressemblait quand même à un acquiescement – tu as gagné, j'ai perdu, vas-y et dépêche-toi d'en finir. Sur le lit de Deborah.

« Viens ici », dit-il en arrivant à coincer l'énorme masse que représentait le torse de la femme entre ses jambes écartées. Il saisit l'épée. Il regarde le taureau droit dans les yeux. *El momento de verdad.* « Prends-le. »

Sans un mot, Rosa fit ce qu'on lui disait.

Assurer avec un troisième billet de cinquante, ou bien est-ce qu'on s'était suffisamment mis d'accord comme ça ? *Cuánto dinero ? Para qué cosa ?* Pour y retourner, pour avoir dix-sept ans à La Havane et se l'enfiler ! *Vente y no te pavonees.* La salope, la vieille salope, toujours à passer la tête dans ma chambre pour me presser d'en finir. Un regard dur de mère maquerelle, une grosse couche de maquillage, des épaules de boucher, lourdes, et au bout d'un quart d'heure à peine, le mépris que l'on réserve aux esclaves. « *Vente y no te pavonees !* » 1946. Lâche ta purée et arrête ton cirque !

« Regarde, lui dit-il tristement. La chambre. Quel chaos ! »

Elle tourna la tête. « *Sí. Caos.* » Elle respira profondément – résignée ? Dégoûtée ? S'il lui glissait le troisième billet de cinquante, est-ce qu'elle se mettrait à genoux aussi facilement que pour prier ? Intéressant si elle priait et le suçait en même temps. Ça arrive souvent dans les pays latins.

« C'est *moi* qui ai mis ce *caos* », lui dit Sabbath, et quand il passa l'extrémité de son pouce en forme de cuillère sur les joues marquées par la variole, elle ne fit aucune objection. « Moi, *Por qué ?* Parce que j'ai perdu quelque chose. Je n'arrivais pas à trouver quelque chose que j'ai perdu. *Comprende ?*

– *Comprendo.*

– J'ai perdu mon œil de verre. *Ojo artificial.* Celui-là. » Il l'attira plus près de lui et lui montra son œil droit. Il commençait à sentir son odeur, d'abord les aisselles, ensuite le reste. Quelque chose de familier. Ce n'est pas de la lavande. Bahia ! « Celui-là c'est pas un vrai. C'est un œil de verre.

– *Vidrío ?*

– *Sí ! Sí ! Este ojo, ojo de vidrío.* Œil de verre.

– Œildeverre, répéta-t-elle.

– Œil de verre. C'est ça. Je l'avais perdu. Je l'ai enlevé hier soir avant de me mettre au lit, comme toujours. Mais comme je n'étais pas chez moi, a mi casa, je ne l'ai pas mis à l'endroit habituel. Tu me suis ? Je suis invité ici. Amigo de Norman Cowan. Aquí para el funeral de señor Gelman.

– No !

– Si.

– El señor Gelman esta muerto ?

– J'en ai bien peur.

– Ohhhhh.

– Je sais. Et voilà pourquoi je suis là. S'il n'était pas mort, on ne se serait jamais rencontrés, tous les deux. Bref, j'ai enlevé mon œil de verre avant de me coucher et, quand je me suis réveillé, je n'arrivais plus à me souvenir de l'endroit où je l'avais mis. Il fallait que j'aille à l'enterrement. Mais est-ce que je pouvais aller à un enterrement avec un œil en moins ? Tu comprends ? En essayant de trouver mon œil j'ai ouvert tous les tiroirs, le bureau, le placard » – avec fièvre, il lui indiquait les différents emplacements de la pièce et elle approuvait de la tête, la bouche plus du tout pincée mais plutôt innocemment entrouverte – « pour essayer de retrouver ce putain d'œil ! Où était-il passé ? J'ai regardé partout, à en devenir fou. Loco ! Demente ! »

Elle commençait à rire de la scène grotesque qu'il lui jouait. « No, dit-elle en lui tapotant la cuisse pour montrer sa désapprobation, no loco.

– Sí ! Et tu sais où il était, Rosa ? Devine. Dónde était l'ojo ? »

Certaine qu'il lui préparait une plaisanterie, elle s'était mise à faire non de la tête. « No sé. »

Là, il sauta sur ses pieds et maintenant qu'*elle* s'était assise sur le lit pour le regarder, il commença à lui mimer une scène dans laquelle il faisait sauter son œil hors de sa tête puis, ne trouvant nul endroit où le déposer – et craignant que quelqu'un qui serait entré ne le voie, par exemple, sur le bureau de Deborah, ne s'en effraie (ça aussi il le mima pour elle, provoquant chez elle des éclats de rire de fillette) –, il le fit glisser dans la poche de son pantalon. Puis il se brossa les dents (en lui montrant), se lava le visage (en lui montrant) et revint dans la chambre pour se déshabiller, et bêtement – « Estúpido ! Estúpido ! » criait-il en tapant de ses pauvres poings sur ses tempes sans se préoccuper de la douleur – il suspendit son pantalon à un cintre dans le placard de Deborah. Il lui montra un cintre sur lequel était suspendu le grand pantalon de soie bleue de Deborah. Puis il lui fit voir comment il avait pris *son* pantalon par le bas pour le suspendre dans le placard et comment, c'était inévitable, l'*ojo* était tombé de la poche dans une des chaussures de tennis qui était par terre. « Tu te rends compte ? Dans le zapato de la gamine ! Mon œil ! »

Elle riait tellement qu'elle fut obligée de se tenir le ventre à deux mains en serrant fort pour l'empêcher d'éclater. Si tu dois la baiser, approche du lit et saute-lui dessus maintenant, mon vieux. Sur le lit de Deborah, la plus grosse bonne femme que tu auras jamais baisée. Une énorme bonne femme pour ta dernière, et après ça, la conscience tranquille, tu te pends. Tu n'auras pas vécu pour rien.

« Tiens, dit-il en prenant une de ses mains pour l'approcher de son œil droit. Tu as déjà touché un œil de verre ? Vas-y, dit-il. Doucement, Rosa, mais vas-y, touche. Tu n'en n'auras peut-être plus jamais l'occasion. En général, les hommes ont honte de leurs infirmités. Pas moi ; j'en suis fier. Elles me donnent l'impression que je suis vivant. Touche. »

Elle eut un haussement d'épaules dubitatif. « Sí ?

– N'aie pas peur. Ça fait partie de notre arrangement. Touche. Touche-le doucement. »

Elle ouvrit la bouche pour aspirer de l'air lorsqu'elle posa avec légèreté l'extrémité rembourrée de son minuscule index sur la surface de son œil droit.

« Du verre, lui dit-il. Du verre cent pour cent.

– Comme un vrai », dit-elle, et indiquant que ce n'était pas aussi terrible qu'elle l'avait craint d'abord, elle manifesta son désir de toucher encore un coup à la chose. Contrairement aux apparences, elle apprenait vite. Et elle se prenait au jeu. Elles se prennent toutes au jeu, quand on se donne le temps et qu'on se sert de sa cervelle – et qu'on n'a pas soixante-quatre ans. Les filles ! Toutes ces filles ! C'était tuant d'y penser.

« Évidemment qu'il ressemble à un vrai, répondit-il, parce que c'en est un bien. Ce qu'il y a de mieux. Mucho dinero. »

La dernière baise de sa vie. Elle travaillait depuis l'âge de neuf ans. Pas d'école. Pas d'eau courante. Une Mexicaine enceinte, une analphabète qui a grandi dans un taudis quelconque, ou une ancienne paysanne qui a réussi à se sortir de la misère, et qui pèse à peu près autant que toi. Ça n'aurait pas pu se terminer autrement. Dernière preuve que la vie est parfaite. Elle sait exactement où elle en est à chaque instant. Non, il ne fallait pas mettre un terme à la vie humaine. Personne n'arriverait jamais à trouver rien de comparable.

« Rosa, tu veux bien être une gentille fille et ranger la chambre ? Tu *es* une gentille fille. Tu n'essayais pas de te payer ma tête quand tu priais Jésus tout à l'heure. Tu demandais juste son pardon pour m'avoir soumis à la tentation. Tu t'es mise à genoux comme ça, comme on t'a appris. C'est admirable. Ça ne me déplairait pas d'avoir quelqu'un comme Jésus vers qui me tourner. Il pourrait peut-être m'avoir du Voltarène sans ordonnance. N'est-ce pas une de ses spécialités ? » Il ne savait pas très bien ce qu'il disait, parce que son sang commençait à descendre dans ses jambes.

« No comprendo. » Mais elle n'avait pas peur, parce qu'il lui souriait tout en lui parlant dans un demi-murmure et qu'il s'était doucement réinstallé sur le lit avec un air fatigué.

« Mets de l'ordre, Rosa. Mets de la regularidad.

– D'accord », dit-elle, et elle mit tout son zèle à ramasser les affaires de Deborah au lieu de s'atteler à ce que ce cinglé avec une barbe blanche, des doigts incroyables et un œil de verre – et très probablement un pistolet chargé dans la poche – attendait d'elle pour deux malheureux billets de cinquante dollars.

« Merci, tu es gentille, lui dit Sabbath d'un air plutôt vague. Tu m'as sauvé la vie. »

Et là, alors qu'heureusement il était bien ancré au lit, le vertige le prit aux oreilles, un flot de bile lui remonta dans la gorge et il ressentit ce qu'il ressentait quand il était enfant et qu'il prenait les vagues, quand il en attrapait une un peu trop tard et qu'elle se brisait au-dessus de lui comme le lustre du palais de Mayfair à Asbury, le grand lustre qui, dans les rêves qu'il faisait depuis un demi-siècle, depuis que Morty était mort à la guerre, rompait ses amarres et leur tombait dessus alors qu'avec son frère ils étaient tranquillement assis côte à côte et regardaient *Le Magicien d'Oz*.

Il était en train de mourir, il venait de se déclencher une crise cardiaque à force d'en rajouter pour distraire Rosa. La dernière. Le spectacle ne sera pas repris. Le marionnettiste et sa bite vous tirent leur révérence.

Rosa était maintenant agenouillée près du lit et lui caressait le cuir chevelu de sa petite main chaude. « Malade ? demanda-t-elle.

– Trop peu d'amour-propre.

– Tu veux docteur venir ici ?

– Oh non, merci m'dame. Mal aux mains, c'est tout. » Et elles lui faisaient mal ! Il pensa d'abord que c'était la douleur dans ses doigts qui le faisait trembler. Puis ses dents commencèrent à s'entrechoquer comme la veille et il lui fallut lutter de toutes ses forces pour ne pas vomir. « Maman ? » Pas de réponse. Elle recommence avec son numéro de muette. Ou bien n'était-elle pas là ? « Maman !

– Su madre ? Dónde, señor ?

– Muerto.

– Hoy ?

– Sí. Ce matin. Questo auroro. Aurora ? » Encore de l'italien. Encore l'Italie, Via Veneto, les pêches, les filles !

« Ah señor, no, no. »

Elle avait pris dans ses mains ses joues couvertes de poils et, quand elle l'attira sur son énorme poitrine, il la laissa faire ; il l'aurait laissée prendre le pistolet dans sa poche, s'il en avait eu un, et il l'aurait laissée lui tirer une balle entre les deux yeux. Elle pouvait plaider la légitime défense. Le viol. Il avait déjà un très épais dossier de violences sexuelles derrière lui. Ils le pendraient par les pieds devant les bureaux d'une organisation féministe. Roseanna s'assurerait qu'on lui ferait ce qu'on avait fait à Mussolini. Et on lui couperait la queue, pour faire bonne mesure, comme cette femme qui s'était servie d'un couteau de cuisine de trente centimètres pour couper la bite de son mari pendant son sommeil – un ancien marine, un type violent –, sous prétexte qu'il l'avait enculée ; ça s'était passé quelque part dans le

Sud, en Virginie. « Tu ne me ferais pas ça, ma chérie, hein ? – Bien sûr que si, dit R. avec obligeance, si tu en avais une. » Elle n'arrêtait pas de parler de cette histoire avec ses copines vaguement gauchistes de la vallée. Ça n'avait pas du tout l'air de choquer Roseanna, pas comme les circoncisions. « Des barbares ces Juifs », lui dit-elle après avoir assisté au *brit* du petit-fils d'un de ses amis à Boston. « Indéfendable. Dégoûtant. Je n'avais qu'une envie, c'était de partir. » Pourtant, à en juger par l'excitation de Roseanna quand elle en parlait, il semblait que la femme qui avait coupé la bite de son mari était devenue une héroïne. « Elle aurait certainement pu, suggéra Sabbath, lui faire part de son désaccord d'une autre manière. – Comment ? En appelant les flics ? Essaie et tu verras où ça te mène. – Non, pas les flics. C'est pas juste. Non, elle n'avait qu'à lui mettre un truc désagréable dans son cul à lui. Disons une de ses pipes, si c'est un fumeur. Peut-être même une pipe allumée. S'il ne fume pas, elle aurait pu lui enfiler une poêle à frire dans le cul. Rectum pour rectum. Livre de l'Exode, 21: 24. Mais lui couper la bite – franchement, Rosie, la vie n'est pas qu'une longue suite de plaisanteries stupides. Allons, on n'est plus des collégiennes. La vie ne se résume pas à glousser et à se passer des petits mots. On est des femmes. C'est du sérieux. Tu te souviens comment fait Nora dans *La maison de poupée* ? Elle ne coupe pas la bite de Torvald – elle se tire, elle claque la porte. Je ne crois pas qu'il n'y ait que les Norvégiennes du XIXᵉ siècle qui soient capables de claquer une porte. Les portes existent encore. Même en Amérique, il y a plus de portes que de couteaux. Mais il faut des tripes pour claquer la porte. Dis-moi, est-ce que tu as jamais eu envie de me couper la bite au milieu de la nuit dans le but de régler nos comptes de manière amusante ? – Oui, très souvent. – Mais pourquoi ? Qu'est-ce que j'ai bien pu faire, ou ne pas faire, pour te donner des idées pareilles ? Je ne crois pas t'avoir jamais pénétrée par l'anus sans une ordonnance du médecin et ton autorisation écrite. – Laisse tomber, dit-elle. – Je ne suis pas sûr que ce soit une bonne idée de laisser tomber maintenant que je suis au courant. Tu as vraiment pensé à prendre un couteau... – Des ciseaux. – Des ciseaux pour me couper la queue. – J'étais ivre. J'étais en colère. – Ah bon, c'était le chardonnay qui te rendait téméraire en ces temps si mauvais. Et aujourd'hui ? Qu'est-ce que tu aimerais couper maintenant que tu es "sobre" ? Qu'est-ce que nous suggère Bill W. ? Je propose mes mains. Elles ne me servent à rien, de toute façon. Je propose ma gorge. C'est quoi ce symbole de puissance extraordinaire que vous voyez toutes dans le pénis ? Continue comme ça et Freud aura l'air d'un saint à côté de toi. Je ne vous comprends pas, toi et tes amies. Vous organisez des manifs dans Town Street chaque fois que les cantonniers effleurent une branche d'un de vos érables sacrés, vous protégez de vos corps le moindre rameau, mais quand il est question de ce malheureux incident, vous êtes prêtes à tout. Si cette femme était allée dans le jardin lui couper son orme préféré pour se venger, vous l'auriez peut-être défendu ce type. Dommage qu'il n'ait pas été un arbre. Un de ces irremplaçables séquoias. Le Sierra Club se serait mobilisé en masse. Joan Baez lui en aurait fait baver. Un séquoia ? Tu as mutilé un séquoia ? Tu ne vaux pas mieux que Spiro Agnew ! Vous êtes toutes pleines de pitié quand il s'agit de lutter contre la peine de mort, y compris pour les tueurs en série, si l'on en juge par les concours de poésie au profit des cannibales dégénérés enfermés dans les quartiers de haute sécurité.

Comment peux-tu trouver horrible que l'on balance du napalm sur nos ennemis communistes en Asie du Sud-Est et être si heureuse que cet ancien marine se fasse couper la bite ici, aux États-Unis ? Coupe-la-moi, Roseanna Cavanaugh, et je te parie à dix contre un, à cent contre un, que tu te remets à la bouteille dès demain. Ce n'est pas si facile que tu le penses de couper la bite d'un homme. Ce n'est pas des tout petits coups de ciseaux comme quand on reprise une chaussette. Ce n'est pas comme pour hacher un oignon. Ce n'est pas un oignon. C'est la bite d'un homme. C'est plein de sang. Tu te souviens de Lady Macbeth ? Ça n'existait pas les AA en Écosse, et du coup la pauvre vieille est devenue barge. "Qui aurait cru que le vieil homme ait tant de sang en lui ? – Elle est encore là l'odeur du sang. Tous les parfums d'Arabie ne rendraient pas suave cette petite main." Elle craque, Lady Dynamo Macbeth ! Et toi, qu'est-ce qui va t'arriver ? Cette femme de Virginie, *c'est* une héroïne – et c'est aussi un être humain détestable. Mais tu n'as pas assez de tripes, ma pauvre chérie. Tu n'es qu'une petite prof dans un trou perdu. C'est du mal qu'il est question ici, Rosie. Le pire que tu sois arrivée à faire dans ta vie, c'est de devenir une pocharde. C'est quoi une putain de pocharde ? Il y en a tant qu'on veut. N'importe quel ivrogne peut devenir ivrogne. Mais tout le monde n'est pas capable de couper une bite. Je ne doute pas que l'exemple de cette femme exceptionnelle puisse servir d'inspiration à des douzaines d'autres femmes exceptionnelles aux quatre coins du pays, mais personnellement, je ne crois pas que tu aies ce qu'il faut pour te mettre à faire ce genre de choses. Tu vomirais si tu étais obligée d'avaler mon sperme. Tu me l'as dit il y a longtemps. Hein, tu crois que ça te plairait de te livrer aux joies de la chirurgie sans anesthésie sur ton bien-aimé mari ? – On peut toujours attendre pour le savoir, non ? dit Roseanna avec un sourire. – Non. Non. N'attendons pas. Je ne suis pas éternel. J'aurai soixante-dix ans après-demain. Et tu auras laissé passer ta chance de nous montrer combien tu es courageuse. Coupe-la-moi. Coupe-la moi, Roseanna. Choisis une nuit, n'importe laquelle. Coupe-la-moi. Si tu en es capable. »

Et n'était-ce pas cela justement qui l'avait fait fuir et qui l'avait amené jusqu'ici ? Il y avait des ciseaux géants dans le placard à outils. Il y avait des ciseaux beaucoup plus petits, en forme de héron, dans sa boîte à couture et une paire de ciseaux à poignées orange dans le second tiroir de son bureau. Il y avait une cisaille pour tailler les haies dans sa cabane de jardin. Ça faisait des semaines, depuis le jour où cette histoire avait commencé à l'obséder, qu'il voulait aller jeter tout ça dans les bois de Battle Mountain quand il allait rendre ses visites nocturnes à Drenka. Puis il se souvint que dans toutes les salles de classe où elle donnait ses cours d'éducation artistique il y avait des tas de ciseaux ; les enfants en avaient chacun une paire, pour couper et coller. Et voilà que le jury de Virginie déclare cette femme innocente pour cause de démence temporaire. Une démence qui a duré deux minutes. À peu près le temps qu'il a fallu à Joe Louis pour mettre Schmeling K.-O. lors du deuxième combat. À peine le temps de la couper et de la jeter, mais elle y est parvenue, elle a réussi à le faire – la plus courte période de démence de l'histoire de l'humanité. Un record. Une-deux et ça y est. Roseanna passa la matinée au téléphone avec les pacifistes. Ils pensaient tous que c'était une décision extraordinaire. L'avertissement était suffisant. Un grand jour pour la libération des femmes, mais un jour noir pour le corps des marines et pour Sabbath. Il ne passerait pas une nuit de plus dans cette maison aux ciseaux.

Et qui est-ce qui le réconfortait maintenant ? Elle lui tenait la tête comme si elle allait lui donner le sein.

« Pobre hombre », marmonnait-elle. « Pobre niño, pobre madre... »

Il pleurait, et des deux yeux, à la surprise de Rosa. Elle continua néanmoins à le consoler de ses peines, lui parlant doucement en espagnol et lui caressant le cuir chevelu là où les cheveux noirs de jais, qui mettaient si bien en valeur les flamboyantes aiguilles vertes de ses yeux, poussaient à profusion quand il était encore un gamin de dix-sept ans coiffé d'un bonnet de marin, et que tous les chemins menaient à une chatte.

« Comment tu as qu'un seul zyeux ? demanda Rosa en le berçant doucement. Por qué ? »

– La guerra, dit-il.

– Ça pleurer, œildeverre ?

– Je te l'ai dit, il m'a coûté cher. »

Et sous le charme de son opulente plénitude, enfoncé dans son odeur âcre, le nez plongeant de plus en plus profond, Sabbath eut l'impression qu'il était devenu poreux, que le peu qui restait de la décoction qui avait été un être s'échappait maintenant de lui goutte à goutte. Il n'aurait pas besoin de corde. Il allait se fondre goutte à goutte dans la mort jusqu'à être à sec, jusqu'à la fin.

Alors, voilà ce qu'avait été sa vie. Quelles conclusions fallait-il en tirer ? Pouvait-on seulement en tirer une, n'importe laquelle ? Celui qui en lui était remonté à la surface, c'était lui, inévitablement. Personne d'autre. C'était à prendre ou à laisser.

« Rosa. » Il pleurait. « Rosa. Maman. Drenka. Nikki. Roseanna. Yvonne.

– Chuuuttt, pobrecito, chuuuttt.

– Mesdames, si j'ai fait mauvais usage de ma vie...

– No comprendo, pobrecito », dit-elle, et il se tut, parce que lui non plus ne comprenait pas. Il était assez sûr qu'au moins pour moitié, cette grande crise n'était qu'une comédie. L'Indécent Théâtre de Sabbath.

2

ÊTRE OU NE PAS ÊTRE

Sabbath descendit dans la rue avec l'intention de passer les heures qui précédaient les obsèques de Linc à jouer les Rip Van Winkle. L'idée le ragaillardit. Son physique était parfait pour le rôle et son absence avait été encore plus longue que celle de Rip. RVW n'avait manqué que la guerre d'Indépendance – d'après ce que Sabbath entendait dire autour de lui depuis des années, lui, il n'avait pas vu les changements intervenus à New York, et la ville était maintenant devenue un environnement nocif pour la vie et la santé de ses habitants, une ville où, depuis les années quatre-vingt-dix, l'art de meurtrir les âmes avait atteint la perfection. Si vous aviez encore une âme (et Sabbath n'était pas prêt à s'en prévaloir), elle risquait mille morts différentes à toute heure du jour ou de la nuit. Sans parler de la mort qui n'avait rien de métaphorique, de ces citadins devenus des proies, et de la peur qui avait gagné les vieillards sans défense comme les plus jeunes écoliers ; rien dans cette ville, pas même les turbines des centrales électriques de la Con Ed, ne pouvait se comparer à la puissance galvanisante de la peur. La ville de New York avait entièrement basculé du mauvais côté, tout se faisait désormais au grand jour, seul le métro empruntait encore des voies souterraines. Il était possible de trouver dans cette ville, parfois sans aucune difficulté, parfois à grands frais, ce qu'il y avait de pire en tout. À New York, quand on évoquait le bon vieux temps et la vie d'autrefois, on parlait en fait de ce qui se faisait encore à peine trois ans auparavant, tant la corruption et la violence s'étaient intensifiées, tant les mutations de la folie ambiante étaient rapides. Vitrine de toutes les formes de dégradation possibles, la ville croulait sous le surplus des taudis, des prisons et des hôpitaux psychiatriques d'au moins deux hémisphères et subissait la tyrannie de délinquants, de psychopathes et de bandes de gamins prêts à mettre le monde à l'envers pour une paire de baskets. C'était devenu une ville où les rares individus qui se donnaient la peine de prendre la vie au sérieux savaient bien qu'il ne s'agissait que de survie dans un environnement hostile et inhumain – ou bien trop humain ; et on était secoué de frissons d'horreur en comprenant que tout ce qu'il y avait de détestable dans cette ville portait les marques d'une humanité de masse telle qu'elle se voulait vraiment.

De fait, Sabbath ne gobait pas ces histoires qu'il entendait tout le temps et dans lesquelles on assimilait New York à l'Enfer, premièrement parce que toute grande ville est un enfer ; deuxièmement parce que si l'on n'était pas intéressé par ce que l'humanité avait de plus abominable, que venait-on donc y faire ? et troisièmement parce que les gens qui racontaient ces histoires – les riches de Madamaska Falls, la petite élite locale regroupant les représentants des professions libérales et les retraités qui venaient passer l'été dans leur résidence secondaire – étaient les derniers au monde à qui on pouvait faire confiance pour quoi que ce soit.

Contrairement à ses voisins (si on pouvait dire que

Sabbath, où qu'il ait vécu, ait jamais considéré quiconque comme un voisin) et par nature, il ne détestait pas ce qu'il y avait de pire chez les gens, à commencer par lui-même. Bien qu'il ait passé la plus grande partie de sa vie dans le Nord, prisonnier d'un frigo, il se disait depuis quelques années que, pour sa part, il ne trouverait pas forcément répugnantes toutes ces horreurs quotidiennement distillées par la ville. Il aurait même pu quitter Madamaska Falls (et Rosie) depuis longtemps pour revenir à New York, s'il n'y avait pas eu son acolytière... et les pensées que réveillait encore la disparition de Nikki... et le ridicule destin qu'il s'était, à la place, laissé imposer par son insupportable sentiment de supériorité et sa paranoïa à fleur de peau.

Il ne fallait quand même pas, se dit-il, exagérer sa paranoïa. Elle n'avait jamais égalé l'aiguillon venimeux de la pensée, elle ne lui avait jamais vraiment fait le grand jeu et ne s'était jamais déchaînée sans la moindre sollicitation. À ce jour, elle n'était sans doute plus que la paranoïa de Monsieur Tout-le-Monde, assez vindicative pour mordre à l'hameçon qu'on lui tendait mais, d'une manière générale, plutôt usée jusqu'à la corde et dégoûtée d'elle-même.

Moyennant quoi, il tremblait à nouveau et, cette fois, sans le réconfort de l'âcre odeur de Rosa et de la nostalgie qu'elle éveillait en lui. Il lui semblait qu'à partir du moment où la chose avait réussi à s'insinuer en lui, comme cela s'était encore produit un peu plus tôt dans la chambre saccagée de Deborah, il avait les plus grandes difficultés à réprimer, par un acte de volonté, son désir de ne plus être en vie. Il marchait à ses côtés, lui tenait compagnie sur le chemin du métro. Bien qu'il ne les ait pas parcourues depuis des décennies, il ne voyait rien de ces rues car il était trop occupé à rester à la hauteur de son désir de mort. Il avançait du même pas que lui, à l'unisson, au rythme d'un chant de marche qu'on lui avait fait entrer dans le crâne à Fort Dix, pendant son instruction militaire, à l'époque où on lui apprenait à tuer des communistes, juste après qu'il eut quitté la mer.

> T'étais peinard mais t'es parti...
> Marche droit !
> T'étais peinard mais t'es parti...
> Marche droit !
> Une-deux, une-deux
> Une-deux, une-deux
> Une-deux-trois-quatre...
> Trois-quatre !

Le-désir-de-ne-plus-être-en-vie accompagna Sabbath jusqu'au bas de l'escalier du métro et, une fois que Sabbath se fut procuré un jeton, il passa dans le tourniquet avec lui, agrippé à son dos ; et quand il monta dans la rame, il s'assit sur ses genoux, se tourna vers lui et se mit à compter sur les doigts tordus de Sabbath le nombre de façons dont on pouvait le satisfaire. Ce petit cochon-là s'est ouvert les poignets, ce petit cochon-là s'est servi d'un sac en plastique, ce petit cochon-là a pris des somnifères et ce petit cochon-là, qui était né au bord de la mer, a couru dans les vagues et s'est noyé.

Il fallut à peine à Sabbath et au-désir-de-ne-plus-être-en-vie la durée du trajet pour composer ensemble une notice nécrologique.

MORT DE MORRIS SABBATH,
MARIONNETTISTE,
À L'ÂGE DE SOIXANTE-QUATRE ANS

Morris « Mickey » Sabbath, marionnettiste et occasion-nellement metteur en scène de théâtre, qui commençait à jouir d'une petite réputation lorsqu'il a abandonné le cir-cuit off-off Broadway pour se réfugier, tel un criminel en fuite, en Nouvelle-Angleterre, a fini ses jours, hier mardi, sur le trottoir du 115 Central Park West. Il venait de tom-ber d'une fenêtre du dix-huitième étage.

Il s'agit d'un suicide, si l'on en croit les déclarations de Rosa Complicata, que M. Sabbath venait de sodomiser quelques instants avant d'attenter à ses jours. Mme Com-plicata a été désignée comme porte-parole de la famille.

D'après Mme Complicata, M. Sabbath venait de lui offrir deux billets de cinquante dollars pour la convaincre de se livrer à des actes pervers juste avant de sauter par la fenêtre. « Mais il a la bite même pas dure », nous a déclaré l'opulente porte-parole entre deux sanglots.

CONDAMNATION AVEC SURSIS

M. Sabbath a commencé sa carrière en 1953 en donnant des représentations dans la rue. Selon les spécialistes du monde du spectacle, M. Sabbath serait le « chaînon man-quant » entre la respectabilité des années cinquante et le relâchement des mœurs que l'on devait observer au cours des années soixante. Son Indecent Theater devint par la suite l'objet d'un culte de la part de quelques admirateurs ; M. Sabbath y utilisait ses doigts, en lieu et place de marionnettes, pour figurer ses personnages grivois. Il fut poursuivi pour attentat à la pudeur en 1956, et bien que les faits aient été établis et qu'il se soit vu condamner au versement d'une amende, les trente jours de prison qui complétaient la sentence furent assortis du sursis. L'accomplissement de cette peine l'aurait peut-être ramené dans le droit chemin.

Sous les auspices de Norman Cowan et de Lincoln Gelman (nécrologie de Gelman, cahier B, page 7, troisième colonne), M. Sabbath dirigea la mise en scène du *Roi Lear* en 1959, spectacle qui restera dans les annales pour son caractère insipide. À l'époque, notre journal fit l'éloge de Nikki Kantarakis qui tenait le rôle de Cordelia ; en revanche, la prestation de M. Sabbath en roi Lear fut qualifiée de « mégalomane et suicidaire ». À l'entrée du théâtre, tous les détenteurs de billets s'étaient vu remettre des provisions de tomates mûres ; à la fin de la soirée, il semblait que M. Sabbath prenait un énorme plaisir à se voir ainsi humilié.

PORC OU PERFECTIONNISTE ?

Mlle Kantarakis, ancienne élève du RADA, vedette de la troupe des Basement Players et épouse du metteur en scène, devait disparaître mystérieusement de l'appartement du couple en novembre 1964. On ne sait à ce jour ce qu'il est advenu d'elle, bien que l'hypothèse d'un meurtre n'ait jamais été écartée.

« Ce porc de Flaubert a tué Louise Colet », nous a déclaré la comtesse du Plissitas lorsque nous l'avons contactée par téléphone aujourd'hui. La comtesse du Plissitas est célèbre pour ses nombreuses biographies romancées. Elle travaille actuellement à une version romancée de la vie de Mlle Kantarakis. « Ce porc de Fitzgerald a tué Zelda, devait poursuivre la comtesse. Ce porc de Hughes a tué Sylvia Plath, et ce porc de Sabbath a tué Nikki. Je raconte tout, tout ce qu'il a fait pour la tuer dans mon livre *Nikki : une comédienne détruite par un porc*. »

Les anciens membres de la troupe des Basement Players que nous avons pu contacter aujourd'hui nous ont confirmé que M. Sabbath était sans pitié pour son épouse lorsqu'il la dirigeait dans une pièce. Tous avaient l'espoir qu'elle le tuerait un jour et ils furent très déçus d'apprendre qu'elle avait disparu sans même avoir essayé.

M. Sabbath apparaît sous un autre jour dans les déclarations de son vieil ami, coproducteur de ses spectacles, Norman Cowan – dont la fille Deborah, étudiante en lingerie fine à Brown, a joué le premier rôle dans l'extravagant divertissement *Adieu à un demi-siècle de masturbation*, laborieusement mis en scène par M. Sabbath dans les heures qui précédèrent son suicide. Pour M. Cowan, « Mickey était vraiment quelqu'un de bien. Un peu solitaire, mais il avait toujours un mot gentil pour chacun ».

LA PREMIÈRE FOIS : UNE PUTE AIGRIE

M. Sabbath avait reçu sa formation dans les bordels d'Amérique centrale, d'Amérique latine et des Caraïbes, avant de s'établir comme marionnettiste à Manhattan. Il ne s'est jamais servi de capotes et n'a miraculeusement jamais contracté aucune MST. M. Sabbath aimait à raconter l'histoire de sa rencontre avec sa première pute.

« Celle que j'avais choisie était très intéressante, devait-il raconter un jour à un passager assis à côté de lui dans le métro. Je ne l'oublierai jamais, aussi longtemps que je vivrai. De toute façon, on n'oublie jamais la première. Je l'ai choisie parce qu'elle ressemblait à Yvonne de Carlo, l'actrice, l'actrice de cinéma. Bref, moi j'étais là, tremblant comme une feuille. C'était à La Havane, dans la vieille ville. C'était très beau, je m'en souviens, très romantique, des rues en ruine, avec des balcons partout. Ma toute première fois. Jamais tiré un coup avant ça. Et j'étais là, avec Yvonne. On a commencé à se déshabiller. Je me souviens, je m'étais assis sur une chaise près de la porte. La première chose, la chose dont je me souviens encore le mieux c'est qu'elle avait des sous-vêtements rouges, le soutien-gorge et le slip. Ça, c'était génial. Après, je me souviens que j'étais sur elle. Et après ça, je me souviens que tout était fini et qu'elle m'a dit "Dégage !" Assez méchamment. "Dégage !" Bon, ça ne se passe pas toujours comme ça, mais comme c'était la première fois, je croyais que oui et j'ai dégagé. "T'as fini ? Dégage !" Il y en a qui sont vaches, même des putes. Je ne l'oublierai jamais. Je me suis dit "Bon, qu'est-ce que ça peut foutre ?", mais je me souviens que j'avais été frappé, j'avais trouvé ça pas très gentil, c'était une aigrie. Est-ce que je pouvais savoir, moi, j'étais un gamin, je débarquais de ma campagne, je savais pas qu'il y en aurait une sur dix qui serait mauvaise comme ça, méchante, et même quand elles sont jolies ? »

RIEN POUR ISRAËL

Peu de temps après ce qui pourrait bien être le meurtre de sa femme, M. Sabbath partit s'installer dans un village isolé, au sommet d'une montagne, où il vécut jusqu'à sa mort aux crochets de sa seconde femme, dont le seul rêve pendant des années fut de lui couper la bite avant d'aller chercher refuge et protection au sein de son groupe de femmes battues. Pendant les trois décennies qu'a duré cette retraite, et mis à part la réduction à l'état de prostituée de Mme Drenka Balich, une voisine d'origine croate, il semble que M. Sabbath n'ait pas travaillé à grand-chose d'autre qu'une adaptation en cinq minutes d'un texte caractéristique du désespoir et de la folie de Nietzsche : *Par-delà le Bien et le Mal*. Dès l'âge de cinquante ans, il commença à souffrir d'arthrose déformante dans les deux mains, en particulier au niveau des articulations interphalangiennes distales et des articulations interphalangiennes proximales, sans trop de dommages pour ses articulations métacarpophalangiennes. Conséquence de ces divers ennuis de santé, M. Sabbath devint totalement instable et perdit certaines fonctions à la suite de l'apparition de douleurs et de diverses raideurs ; des déformations commencèrent également à apparaître au niveau de ses membres. À la suite des longues hésitations de M. Sabbath entre les mérites de l'arthrodèse et ceux de l'arthroplastie, son épouse devint experte en cépages chardonnay. Son arthrose lui donna même un merveilleux prétexte pour se montrer encore plus amer et passer des journées entières à réfléchir sur les humiliations plus profondes qu'il pourrait infliger à Mme Balich.

Il laisse derrière lui le fantôme de sa mère, Yetta, cimetière Beth-Machin-Chose à Neptune dans le New Jersey, qui n'a cessé de le hanter pendant la dernière année de sa vie.

Son frère, le lieutenant Morton Sabbath, a été abattu à bord de son avion au-dessus des Philippines au cours de la Seconde Guerre mondiale. Yetta Sabbath n'est jamais parvenue à surmonter sa douleur. C'est de sa mère que M. Sabbath a hérité son incapacité à surmonter la moindre difficulté.

Il laisse aussi derrière lui son épouse, Roseanna, demeurant à Madamaska Falls, avec laquelle il était en train de baiser la nuit où Mlle Kantarakis a disparu, ou a été assassinée par M. Sabbath ; on ignore ce qu'est devenu le corps. D'après la comtesse du Plissitas, M. Sabbath aurait fait usage de la force pour obliger Mme Sabbath, née Roseanna Cavanaugh, à le seconder dans son entreprise criminelle et ceci aurait été à l'origine de son naufrage dans l'alcool.

M. Sabbath n'a jamais rien fait pour Israël.

*

une tache floue éclair flou pourquoi maintenant invention très désagréable personne pense télétype comme ça je veux pas tête descendre trouver ce que j'ai perdu idiotie village grec gyro sandwich souvlaki sandwich baklava tu vois Nikki vêtements gitans frange perles angélique sur bottes époque victorienne jamais baiser sans viol en plus non non pas là mais seule façon de jouir c'était comme ça dieu pardonne ceux qui n'enculent jamais personne hé gyro tu connais Nikki souvlaki tu connais Nikki hôtel St. Marks à partir de 25,60 dollars chambre tu connais Nikki tatouage petit bide tu connais Nikki poubelle encore de quand nous avons quitté boutiques cuir attache poignets chevilles bandeau yeux mettre tu

veux savoir un secret je ne veux savoir que des
secrets quand tu te sers de moi comme un garçon Je
suis ton garçon tu es ma fille mon garçon ta marionnette ficelle marionnette main fais-moi marionnette
Bijoux Exotiques encore plus cuir vieillards je suis
Boutique Vêtements Sexe Religion encens Nikki
toujours Nikki qui brûle T-shirts boutique cadeaux
encens jamais manquer d'encens escalier de secours
incendie encore besoin plus de peinture longs cheveux dernière adresse déménageurs déménageurs
déménageurs grosses femmes visage rouge brique
américaine origine polonaise cuisine familiale et
que vais-je dire d'autre que pourquoi alors pourquoi
s'en faire il y a moins de chances qu'elle soit là plutôt
que moi je sois elle peux plus le supporter il y a un
dieu ces choses peuvent-elles nous appartenir dans
la fenêtre Nikki les a teintées les a accrochées disparu j'ai laissé 120 dollars de merdes de l'Armée du
Salut les persiennes de bois qu'elle aimait là-bas les
rubans rouges les lattes qui manquent trente ans
plus tard les persiennes à Nikki

   « Une petite fumette ?

   – Non, pas aujourd'hui, beau gosse.

   – Putain, je meurs de faim. J'ai de l'herbe géniale.
De la vraie. J'ai même pas bouffé ce matin, à midi
non plus. Deux heures que je suis là. Merde, pas
moyen d'rien vendre aujourd'hui.

   – Patience, patience. "Rien de ce qui est illégal ne
se fait sans patience." Benjamin Franklin.

   – Mais putain, j'ai rien à *bouffer*, moi.

   – Combien ?

   – Cinq.

   – Deux.

   – Putain, arrête. C'est de la vraie.

   – La loi de l'offre et de la demande, et celui qui
crève de faim c'est toi.

– Sale con, enculé, saloperie de Juif de merde.

– Allons, allons. Tu vaux mieux que ça. "Ni philo-ni antisémite ne sois ; / Et il s'ensuivra comme la nuit suit le jour, / Que tu ne pourras faire de tort à quiconque."

– Un jour j'arrêterai de faire la manche, je vendrai plus cette merde. À ma place, c'est des Juifs qui feront la manche. Attends de voir tous les Juifs en train de faire la manche. Ça va te plaire ça, tu vas voir.

– Tous les Juifs seront des mendiants le jour où il y aura un Mont Rushmore noir, cher ami, et pas avant – quand il y aura un Mont Rushmore noir avec la tête de Michael Jackson taillée dans le roc à côté de celles de Jesse Jackson, de Bo Jackson et de Ray Charles.

– Deux pour cinq dollars. Je crève de faim, merde.

– C'est honnête – d'accord. Mais il va falloir apprendre à penser un peu plus de bien des Juifs. Vous autres, vous êtes arrivés dans ce pays bien avant nous. Nous n'avons pas eu les mêmes avantages que vous. »

Pharmacie Nina Cordelia Desdémone Estroff encore là mon Dieu Freie Bibliothek u. Lesehalle Deutsches Dispensary toutes les caves boutiques restaurants indiens bibelots tibétains restaurants japonais Ray's Pizza Kiev 24/24 heures 7/7 jours initiation à l'hindouisme elle lisait toujours dharma artha kama et moshka se libérer de la renaissance but ultime mort certainement sujet valable peut-être le meilleur certainement une solution à manque de confiance journal hippique les journaux de Varsovie les clodos les clodos les clodos de la Bowery toujours dans les escaliers la tête dans les mains des torrents de pisse qui sortent de leurs poches

« Putain c'est la mort, mec.

– Vous pouvez répéter s'il vous plaît ?

– La mort. Il faut que je bouffe quelque chose. J'ai pas encore pris mon petit déj, pas bouffé à midi non plus.

– Pas de quoi s'en faire. On en est tous là.

– Je suis innocent, mec. On me fait porter le chapeau. Faut m'aider quoi, merde.

– Je prends ton affaire, fils. Je crois à ton innocence au moins autant qu'à la mienne.

– Merci, mec. T'es avocat ?

– Non, hindou. Et toi ?

– Je suis juif. Mais j'ai étudié le bouddhisme.

– Bon élève, le genre qui en fait trop, ça se voit. C'est écrit sur le fond de ton jean.

– Quel effet ça fait d'être un vieux sage hindou ?

– Oh, c'est pas facile, mais il se trouve que j'aime la difficulté. Ne se nourrir que de plantes de la forêt. Constamment chercher à atteindre la pureté et la maîtrise totale de soi. Pratiquer la retenue des sens. Mener une vie austère.

– Faut que j'bouffe, moi.

– Éviter les nourritures animales.

– Merde, je bouffe rien d'animal.

– Éviter les actrices.

– Et les shiksè ?

– À un Juif qui étudie le bouddhisme, il n'est pas interdit de bouffer de la shiksè. Ben Franklin : "Dieu pardonne à ceux qui n'enculent jamais personne."

– T'es vraiment barge, mon pote. Génial comme hindou.

– J'ai traversé la vie et accompli mon devoir envers la société de ce monde. Je suis maintenant réinitié à la chasteté et redevenu tel l'enfant. Je me concentre sur les sacrifices intérieurs que je dois aux feux sacrés qui brûlent en moi.

– Putain, balèze.

« – Je suis à la recherche de la libération finale par la renaissance. »

vendre sexe lampadaire silhouette de fille nue numéro de téléphone qu'est-ce que c'est cette histoire que je parle hindi urdu et bangla bon ça me met hors du coup shiksè Mont Rushmore Ava Gardner Sonja Henie Ann-Margret Yvonne de Carlo tiret Ann-Margret Grace Kelly c'est l'Abraham Lincoln des shiksè

Ainsi Sabbath passait-il son temps, à faire semblant de réfléchir sans aucune ponctuation comme J. Joyce prétendait que c'était le cas pour tout le monde, à faire semblant d'être à la fois plus et moins libre et instable qu'il ne le pensait, à faire semblant de s'attendre et de ne pas s'attendre à trouver Nikki dans une cave avec un point au milieu du front en train de vendre des saris, ou habillée de ses vêtements de gitane, essayant de le retrouver dans ces rues qui avaient été les leurs. Ainsi passait Sabbath, qui voyait toutes les antithèses se télescoper et ne faire plus qu'un sous ses yeux, le méchant et l'innocent, l'authentique et le faux, le haïssable et le risible, une caricature de ce qu'il était autant que lui tel qu'en lui-même, assumant la vérité et aveugle à la vérité, hanté par son moi alors qu'il n'avait pratiquement pas de moi, ex-fils, ex-frère, ex-mari, ex-marionnettiste sans aucune idée de ce qu'il était maintenant ou de ce qu'il cherchait, que ce soit rejoindre, en plongeant la tête la première dans une cage d'escalier, la sous-couche humaine des clochards, ou succomber comme un homme au désir-de-ne-plus-être-en-vie ou faire face, faire face et faire face jusqu'à ce qu'il ne reste plus sur terre personne à qui il n'aurait pas fait face.

Au moins, il n'avait pas été assez fou pour retourner dans l'Avenue C à l'endroit où il avait personnellement fourni des tomates à tous les spectateurs le soir de la première. Ce serait encore devenu un de ces trous à rats où l'on faisait de la cuisine indienne. Il ne coupa pas non plus vers le parc de Tompkins Square, où se trouvait dans le temps son atelier, où ils avaient baisé tellement souvent, où ils baisaient tellement fort que le divan se déplaçait sur ses roulettes et qu'ils avaient fait la moitié du chemin vers la porte quand arrivait l'heure de se rhabiller et de courir pour arriver à la maison avant que Nikki ne rentre du théâtre. Cette liaison enchanteresse ressemblait maintenant au fantasme d'un garçon de douze ans. Et pourtant c'était arrivé, ça lui était arrivé, à lui et à Roseanna Cavanaugh, sortie tout droit de Bennington College. Quand Nikki avait disparu, mis à part le chagrin et les larmes et les tourments de l'incertitude, il était aussi content qu'un jeune homme peut l'être. Une trappe s'était ouverte et Nikki avait disparu. Un rêve, un rêve sinistre commun à tous. *Qu'elle disparaisse. Qu'il disparaisse.* Sauf que pour Sabbath, le rêve s'était réalisé.

*

Roulé, jeté, aplati, battu comme de la pâte à crêpes dans le Mixmaster de sa mère. Puis, pour le final, délivrance par le siège sur la plage, écorché, le corps meurtri d'avoir été traîné sur les galets par les rouleaux d'une vague dont il avait mal évalué l'ampleur. Quand il se releva, il ne savait plus où il était – peut-être à Belmar. Mais il nagea avec rage vers l'horizon, vers l'endroit où Morty agitait un bras ruisselant sous le soleil en criant pour couvrir le bruit de la mer : « Hercule ! Dépêche-toi ! » Morty savait prendre toutes les vagues ; le nez enduit de pommade au zinc fendant les flots, à marée haute, il prenait une vague loin derrière la dernière corde et restait dessus jusqu'aux planches ou presque. Ils se moquaient toujours des garçons de Weequahic qui descendaient de Newark. Incapables de prendre les vagues ceux-là, disaient-ils. Ces petits Juifs de Newark qui fuyaient tous la polio. Chez eux, ils suppliaient qu'on les emmène se baigner à la piscine du parc de jeux du côté d'Irvington, et dès qu'ils avaient payé et qu'on leur donnait leur ticket, ils attrapaient la polio, tout de suite. Du coup, leurs parents les emmenaient à la mer. Les Juifs de Jersey City allaient à Belmar et les Juifs de Newark allaient à Bradley, c'était comme ça. On jouait tout le temps au black jack avec eux, sous les planches. C'est avec les garçons de Weequahic que j'ai appris à jouer au black jack ; après, je me suis perfectionné quand je naviguais. Elles étaient légendaires, ces parties de black jack dans notre trou. Je double ! Vas-y, mon pote ! Black-jaaack ! *Ouais !* Et les petites Juives de Weequahic, en deux-pièces sur la plage de Brinley Avenue, sans rien pour cacher leur petit ventre bien sage de Weequahic. J'étais content de les voir descendre pour l'été. Jusqu'à leur arrivée, on passait notre temps à écouter la radio et à faire nos devoirs, c'est tout. Une vie cloîtrée, le calme. Et tout se déclenchait en même temps, à Asbury, les rues étaient bourrées de monde, à Bradley, les planches étaient envahies par la foule jusque tard dans la nuit – dès le début du week-end de Memorial Day, c'en était fini de notre vie de petite ville tranquille. Des serveuses partout dans Asbury, des étudiantes venues des quatre coins du pays pour trouver du travail. Asbury c'était le centre, ensuite il y avait Ocean Grove, le shtetl méthodiste où il était impossible de circuler en voiture le dimanche, puis Bradley, et, sur la plage, des petites Juives de tous les coins du New

Jersey. Eddie Schneer, l'escroc qui était propriétaire du parking et pour qui on travaillait, Morty et moi, nous faisait toujours la leçon : « N'allez pas fricoter avec les petites Juives. Vous gardez ça pour les shiksè, hein. Ne soyez pas méchants avec les Juives, jamais. » Et les mecs de Weequahic, ces petits Juifs de la ville dont on disait qu'ils ne savaient pas prendre les vagues, on faisait des concours dans les vagues avec eux, on pariait, pour de l'argent. C'était toujours Morty qui gagnait. Ils étaient merveilleux ces étés, avant qu'il ne s'engage dans l'armée de l'air.

Et, à marée basse, quand les malades et les vieux perclus d'arthrose descendaient pour faire trempette au bord de l'eau, là où les gamins brûlés par le soleil cherchaient des crabes dans le sable avec leur pelle et leurs seaux de plage percés, Morty, ses copains et « Le Petit Sabbath » dessinaient un grand terrain rectangulaire sur la plage, ils le divisaient en deux d'un trait et, à trois ou quatre de chaque côté, le maillot trempé, ils jouaient à Buzz, un jeu de plage très dur, mine de rien, inventé par les têtes brûlées qui habitaient au bord de la mer. Quand c'est à toi, tu dois aller toucher quelqu'un qui se trouve dans l'autre camp et revenir avant qu'ils ne t'arrachent les bras. Si tu te fais attraper sur la ligne, ton équipe te tire d'un côté et l'autre équipe te tire de l'autre. C'est un peu comme la roue. « Et qu'est-ce qui se passe, demanda Drenka, quand ils arrivent à t'attraper ? – Ils te mettent à terre. S'ils arrivent à t'attraper, ils te mettent à terre, ils te font tomber, et ils te sodomisent. Personne ne se fait mal. » Drenka rit ! Comme il arrivait à la faire rire, chaque fois qu'elle lui demandait de lui raconter la vie d'un petit Américain qui grandit sur une plage ! Le sable qui pique les yeux, qui bouche les oreilles, qui brûle le ventre, qui se met dans l'entrejambe du maillot, le sable

296

dans les fesses, dans le nez, une petite motte de sable, pleine de sang, qu'on vient juste de cracher, et puis, tous ensemble – « Geronimo ! » –, on retourne dans les eaux calmées et on bronze en faisant la planche, on se laisse doucement bercer, on rit de n'importe quoi, on braille de l'« opéra » à tue-tête – « Toréador / Ton cul n'est pas en or / Ni en argent / Mais en fer-blanc ! » – et puis, agité par un soudain accès d'héroïsme, on se met sur le ventre et on plonge, on va toucher le fond. Cinq, six, sept mètres. *Il est où le fond ?* Puis on remonte, c'est dur, on a les poumons qui vont exploser, on cherche l'oxygène, et on serre une poignée de sable dans la main pour faire voir à Morty.

Les jours où Morty ne faisait pas le maître nageur au West End Casino, Mickey ne le quittait pas, que ce soit à terre ou dans l'eau. Qu'est-ce qu'il encaissait ! Et qu'est-ce que c'était bien avant la guerre, quand il était un gamin insouciant qui ne pensait qu'à s'amuser dans les vagues.

Plus maintenant. Il s'agrippa au chariot d'un marchand ambulant, pour laisser au café le temps de faire son effet. Son esprit continuait à vagabonder indépendamment de lui, des scènes lui revenaient en mémoire alors qu'en ce moment il avait l'impression d'être sur une butte, en équilibre instable entre là où il était et là où il n'était pas. Il était pris dans un processus d'autodivision sans pitié. Une pâle, très pâle réplique de ce que ça avait dû être pour Morty quand les obus de la flak avaient mis son avion en pièces : la vie entière qui défile tandis qu'on perd le contrôle et qu'on part en vrille. Il avait vraiment l'impression qu'ils répétaient *La Cerisaie* au moment même où il avançait une main toute déformée vers le gobelet de café et qu'il payait de l'autre. Il y avait Nikki. Cette marque qu'elle avait imprimée dans son esprit se réveillait encore comme le cratère d'un volcan, et ça faisait déjà trente ans maintenant. Il y a Nikki, qui écoute comme elle écoutait même la plus infime remarque – une attention pleine de volupté, ses grands yeux sombres dépourvus de la moindre trace de panique, calmes, comme toujours dans ces occasions où elle devait être quelqu'un d'autre que ce qu'elle était, se murmurant intérieurement les paroles qu'il prononçait, écartant ses cheveux de ses oreilles afin qu'il n'y ait rien entre elle et ce qu'il lui disait, poussant des petits soupirs de découragement pour lui montrer combien il avait raison, ayant fait sien son état d'esprit à lui, ayant fait sien son sens des choses à lui, Nikki instrument entre ses mains, outil, prête au sacrifice pour garder la trace du monde qu'il lui livrait, un monde tout fait, achevé. Et Sabbath, qui la mitraillait de paroles, qui savait mieux qu'elle où elle se cachait, venu au monde pour la délivrer de tout ce qu'elle avait perdu et de toutes les frayeurs qui en avaient résulté, qui ne laissait jamais passer le moindre cillement, pointilleux, maniaque, qui agitait un doigt menaçant de manière à ce que personne n'ose bouger une paupière pendant qu'il déballait tout, jusqu'au plus infime détail, avec son air autoritaire –, comme il lui paraissait effrayant, un petit taureau supérieurement intelligent, un petit tonneau plein jusqu'à la gueule et ivre de son propre alcool, avec ses yeux qui *insistaient* comme ça, qui mettaient en garde, qui rappelaient, qui menaçaient, qui mimaient ; tout cela, Nikki le vivait comme une caresse cruelle, et elle sentait en elle, plus forte que toute ses faiblesses, une détermination, une obligation d'être exceptionnelle. « *Ô mon enfance.* C'est une *question.* Ne perds pas ce ton léger pour poser tes questions. De la douceur quand tu parles, beaucoup. À Trofimov : *Tu n'étais alors qu'un enfant*, et cetera. Une époque charmante, merveilleuse, qui n'est plus, là aussi. Plus joueur, cassé – séduis-le ! Ton entrée : vive, excitée, généreuse – une Parisienne ! La danse. *Je ne peux pas rester en place*, et cetera. Débrouille-toi pour t'être débarrassée de la tasse bien avant d'en arriver là. Debout. Quand tu danses avec Lopakhine, tu termines *au bord de la scène, au bord de la scène.* Tu *fais des compliments* à Lopakhine, tu es surprise qu'il danse si bien. *Toi, Varia.* Tu agites l'index, pour lui faire peur. C'est *un faux* châtiment. Puis il la provoquait, l'embrassait sur les deux joues : *Tu n'as absolument pas changé.* La réplique *Je ne te suis pas vraiment* – plus tête en l'air. Ris plus fort après *c'est dans l'encyclopédie.* N'oublie pas le rire et les petits bruits – fais tous les petits bruits que tu voudras, tu es merveilleuse ; je les adore ces petits bruits, c'est tout Ranievskaïa ! *Encore plus* provocante avec Lopakhine quand il n'en finit pas avec la vente de la cerisaie – c'est là que tu es géniale. Pour toi, cette discussion d'affaires n'est qu'un moyen de séduire un homme de plus. Fais-lui du charme, ne le laisse pas t'échapper ! Il t'y invite quasiment quand il te dit qu'il t'aime à la minute même où il te voit. Où sont passés tes petits bruits de coquette. Le soupir charmeur. La modulation du *Hmmmmm.* Tchekhov : "L'important c'est de trouver le sourire qui convient." Tendre, Nikki, innocent, qui s'attarde, faux, vrai, paresseux, vaniteux, machinal, charmeur – trouve-moi *ce sourire*, Nikki, ou tu vas complètement te planter. Sa vanité : poudre-toi le visage, mets un peu de parfum, redresse-toi, ton dos, tu seras plus jolie. Tu es vaniteuse et tu vieillis. Imagine un peu : une femme fatiguée, dépravée, et pourtant aussi vulnérable et aussi innocente que Nikki. *Ils viennent de Paris.* Voyons si tu peux prendre ça avec assez de légèreté – je veux voir ce *sourire*. Trois pas – *pas plus de trois* – en t'éloignant du télégramme déchiré avant de te retourner et de t'effondrer. Fais voir un peu comment tu t'effondres au moment où tu t'éloignes de la table. *Si seulement on pouvait me retirer ce poids de la poitrine.* Regarde par terre. Un peu joueuse, douce – *Si seulement je pouvais oublier le passé.* Tu *continues* à regarder par terre, tu réfléchis, pendant sa réplique – et puis tu lèves les yeux et tu vois ta mère. C'EST MAMAN. Elle sert de transition avec le passé, il apparaît ensuite de façon magique sous les traits de Petia. Pourquoi est-ce qu'elle donne l'argent à Petia ? Tu n'es pas convaincante quand tu le fais comme ça. Est-ce qu'il fait le joli cœur ? Il veut la séduire ? Est-ce que c'est un ami de toujours ? Il faut qu'il y ait eu quelque chose *avant* pour que ce soit crédible *maintenant*. Yacha. C'est qui Yacha ? C'est quoi ? C'est la preuve vivante de ses erreurs de jugement. *Il n'y a personne.* Toute cette tirade, du début jusqu'à la fin, c'est comme si elle était adressée à un enfant. Y compris *Cela ressemble à une femme.* Le passé de Lopakhine, c'est les coups de bâton – le paradis de ton enfance c'était l'enfer de la sienne. Donc, il n'en fait pas tout un *tsimmès* bourré de bons sentiments sur la pureté et l'innocence. Sans retenue, Nikki, tu pleures *sans te retenir – Regarde ! C'est maman qui se promène dans la cerisaie !* Mais la dernière chose que Lopakhine a envie de voir, c'est la résurrection de son père. Pense à la pièce comme à un rêve qu'elle fait, comme le rêve de Liouba à Paris. Elle est en exil à Paris, elle est malheureuse avec son amant, et elle rêve. J'ai rêvé que je revenais à la maison et que tout était comme avant. Maman était vivante, elle était là – juste devant la fenêtre de la chambre d'enfant, une silhouette en forme de cerisier. J'étais redevenue enfant, une enfant qui s'appelait Ania. Et un étudiant idéaliste qui allait changer le monde me faisait la cour. Et en même temps, j'étais aussi moi-même, une femme avec tout mon passé, et le fils du serf, Lopakhine, lui aussi était adulte maintenant, me disant que si je n'abattais pas tous les cerisiers, la propriété serait vendue. Évidemment, je ne pouvais accepter d'abattre les cerisiers, alors j'ai donné une fête. Mais tout à coup, alors qu'on dansait, Lopakhine est entré, on a bien essayé de le faire reculer à coups de bâton, et il nous a annoncé que la propriété avait bien été vendue, et que c'était lui l'acheteur, le fils du serf ! Il nous a tous mis dehors et a commencé à abattre les cerisiers. Et je me suis réveillée... Nikki, quels sont tes premiers mots ? Dis-moi. *La chambre d'enfant.* Oui ! C'est à la *chambre d'enfant* qu'elle est revenue. À un bout il y a la chambre d'enfant ; et à l'autre Paris – l'une qu'elle ne peut retrouver et l'autre qu'elle est incapable de dominer. Elle a quitté la Russie pour fuir les conséquences d'un mariage désastreux ; elle quitte Paris pour échapper à une liaison désastreuse. Une femme qui fuit devant le désordre. Qui fuit devant le *désordre*, Nikoleta. Alors qu'elle porte le désordre en elle – elle est le désordre ! »

Mais c'était moi le désordre. Je suis le désordre.

*

D'après la Benrus de Morty, Linc Gelman ferait son entrée officielle dans l'éternité dans une demi-heure exactement, dans la chapelle du Riverside Memorial sur Amsterdam Avenue. Mais, déterminé comme l'était Sabbath à voir ce qu'un homme peut faire d'une vie en ruine pour peu qu'il trouve en lui les ressources nécessaires, en arrivant à Astor Place, au lieu de se dépêcher de descendre sur le quai pour attraper une rame, il prit le temps de regarder une petite troupe d'acteurs plutôt bons qui mimaient, sur une chorégraphie minimale mais efficace, les stades les plus humiliants de la lutte pour la vie au moment où celle-ci touche à sa fin. Ils avaient pour amphithéâtre cet espace d'environ un hectare dans le bas de Manhattan où tout ce qui part vers le nord, le sud, l'est et l'ouest converge et se sépare en un nœud géométrique complexe d'intersections et d'espaces de dégagement aux formes diverses.

« Pas la peine d'être Rockefeller pour m'aider à me refaire, pas la peine d'être Rockefeller pour m'aider à me refaire... » Un petit être noir au visage défoncé sautilla jusqu'à lui, le gobelet à la main, et récita à Sabbath, en chantonnant d'une voix dont la douceur était en complète contradiction avec la longue litanie d'événements remontant trois siècles en arrière qui avaient abouti à ce petit bout de vie plein de tourments. Le type était à peine vivant et pourtant – se dit Sabbath en comptant ceux qui, comme lui, exerçaient dans le voisinage immédiat, chacun avec son gobelet –, très clairement, c'était l'Homme de l'Année.

Lorsqu'il arriva au marc de son propre gobelet de café, Sabbath émergea enfin de la profonde erreur que sa vie avait été. Le présent semblait lui aussi faire des progrès, on travaillait à le fabriquer jour et nuit, comme les transports de troupes pendant la guerre à Perth Amboy, ce vénérable présent qui part de l'Antiquité pour aller d'une traite jusqu'à la Renaissance puis à nos jours – ce présent qui toujours commence et jamais ne finit, voilà à quoi Sabbath renonçait. Cette infinitude lui semble répugnante. Et ne serait-ce que pour cela, il mérite la mort. Qu'importe s'il a mené une vie idiote ? Si on a un peu de cervelle, on sait très bien que la vie qu'on mène est idiote et ce, au moment même où on la vit. Si on a un peu de cervelle, on sait qu'on est voué à mener une vie idiote parce qu'*il n'en n'existe pas d'autre*. Et qu'il n'y a rien de personnel dedans. Quoi qu'il en soit, des larmes d'enfant lui montent aux yeux tandis que Mickey Sabbath – oui, *le* Mickey Sabbath de la bande de soixante-dix-sept milliards de connards qui constituent l'histoire de l'humanité – qui dit adieu à l'idée qu'il est seul et unique en son genre et qui marmonne le cœur brisé : « Qu'est-ce que ça peut foutre ? »

Un visage noir, grisonnant, un visage fou et désespéré, les yeux vides de tout désir de voir – des yeux flous, nébuleux dont Sabbath se dit qu'ils étaient au bord de la folie –, apparut à quelques centimètres à peine de son visage grisonnant à lui. Sabbath put soutenir le choc d'une pareille misère et d'une pareille affliction, et il ne se détourna pas. Il savait que sa propre angoisse n'était qu'une pâle imitation d'une sous-vie aussi horrible que celle qu'il avait en face de lui. Les yeux du Noir étaient terrifiants. Si ses doigts, dans le fond de sa poche, sont crispés sur le manche d'un couteau, je ne suis pas certain de faire ce que je devrais faire en restant ici comme ça.

Le mendiant agita sa casquette à la manière d'un tambourin, faisant tinter les pièces de monnaie d'un geste théâtral. Il avait le souffle chargé d'une épaisse odeur de pourriture et chuchotait dans la barbe de Sabbath comme un conspirateur : « C'est juste un boulot, mon pote – il faut bien que quelqu'un le fasse. »

C'était bien un couteau. Qui piquait la veste de Sabbath, un couteau. « C'est quoi ce boulot ? lui demanda Sabbath.

– Marginal. »

Essaie de rester calme et de ne pas avoir l'air perturbé. « Il semble bien que vous ayez eu votre part de déceptions.

– L'Amérique aime les gens comme moi.

– Si vous le dites. » Mais quand le mendiant s'appuya lourdement contre lui, Sabbath s'écria : « Pas de violence, s'il vous plaît – vous m'entendez ? Pas de violence ! »

Cela fit naître un sourire effrayant sur le visage de son assaillant. « Vio-lence ? *Vio-lence ?* Mais j'te l'ai dit – l'Amérique aime les gens comme moi, elle m'aime ! »

Bon, si ce que Sabbath sentait qu'on essayait de lui enfoncer était bien la pointe d'un couteau qui allait lui transpercer le foie dans quelques millièmes de seconde, si Sabbath avait vraiment le désir-de-ne-plus-être-en-vie, pourquoi donna-t-il un violent coup de talon sur le pied énorme de cet Américain bien-aimé ? S'il n'en avait plus rien à foutre, pourquoi en avait-il encore quelque chose à foutre ? Mais, d'un autre côté, si ce désespoir sans fond n'était que simulation, s'il n'était pas aussi désespéré qu'il le prétendait, de qui d'autre que lui-même se moquait-il donc ? De sa mère ? Avait-il besoin de se suicider pour que sa mère comprenne que Mickey n'avait jamais valu grand-chose ? Quelle autre raison avait-elle de le hanter ?

Le Noir hurla et recula en titubant, moyennant quoi, encore sous le coup de la pulsion qui venait de lui sauver la vie, Sabbath baissa rapidement les yeux et découvrit que ce qu'il avait pris pour la pointe d'un couteau ressemblait par la forme à un ver, un asticot, une limace, une espèce de chenille molle qu'on aurait roulée dans la poussière de charbon. C'était à se demander pourquoi on en faisait toute une histoire.

Pendant tout ce temps, personne dans la rue ne semblait avoir remarqué ni la quéquette, qui n'avait vraiment rien d'extraordinaire, ni le cinglé auquel elle appartenait et qui, dans un effort manifestement maladroit et plutôt irréfléchi, avait tout simplement cherché à devenir l'ami de Sabbath. Ni le coup de talon de Sabbath. Apparemment, l'affrontement qui avait mis Sabbath en nage n'avait éveillé l'attention d'aucun des deux mendiants qui se trouvaient à peu près à la distance qui sépare les deux coins d'un ring de boxe. Ils se parlaient à voix basse par-dessus un chariot de supermarché débordant de sacs en plastique transparents bourrés de boîtes et de bouteilles de soda vides. Le grand maigre, qui, à sa façon de se vautrer sur ce trésor, devait être le propriétaire du chariot et du butin qui y était entassé, portait un survêtement plutôt bien et des chaussures de tennis toutes neuves ou presque. L'autre, le plus petit, était enveloppé dans des chiffons qu'il avait dû ramasser sur le sol plein d'huile d'un garage.

Le plus prospère des deux parlait d'une voix forte, déclamatoire. « J'vais te dire, mon pote, les journées ne sont pas assez longues, je n'arrive jamais à faire tout ce que j'ai prévu dans mon emploi du temps.

– Salaud, voleur », répondit l'autre faiblement. Sabbath se rendit compte qu'il pleurait. « Tu m'as tout pris, 'spèce d'enculé.

– Désolé mon pote. J'te donnerais bien un rendez-vous, mais mes ordinateurs sont en panne. Le tunnel de lavage automatique pour voitures ne marche plus. Impossible de bouffer dans un McDo en moins de sept minutes, et ils se trompent tout le temps, de toute façon. J'appelle IBM. Je leur demande où je peux m'acheter un portable. J'appelle leur numéro gratuit. On me dit : "Je suis désolé, nos ordinateurs sont en panne." IBM, répéta-t-il en regardant Sabbath d'un air joyeux, ils sont pas dans la merde, eux alors.

– Eh oui, dit Sabbath, eh oui. C'est la faute à la télé si c'est la merde.

– Elle a foutu la merde partout, la télé.

– Il y a plus que la machine à tresser les khalè qui marche, dit Sabbath. Dans une vitrine pleine de khalè, il y en a pas deux exactement pareilles, et pourtant c'est toutes des khalè. Et elles ont toutes l'air d'être en plastique. C'est ça le but de son existence, à la khalè. Ressembler à du plastique, bien avant même que le plastique ait été inventé. C'est à elle qu'on doit l'idée du plastique. À la khalè.

– Putain, c'est vrai ? Comment tu sais tout ça ?

– La radio, les programmes éducatifs. Avec ça, tu comprends plein de choses. Je fais toujours confiance aux programmes éducatifs de la radio pour comprendre, même quand je comprends rien. »

Le seul Blanc visible dans le voisinage était un clochard, il était debout au milieu de LaFayette Street, un petit poids coq au visage tout rouge, d'âge indéterminé, d'origine irlandaise, qui était chez lui dans le Bowery depuis des décennies et que Sabbath reconnut, car il le voyait tout le temps à l'époque où il habitait le quartier. Il serrait dans sa main une bouteille dissimulée dans un sac en papier kraft et parlait tranquillement à un pigeon qui n'arrivait à rester sur ses pattes que le temps de faire un ou deux pas maladroits avant de rouler sur le côté. En plein milieu de la circulation du début d'après-midi, il agitait en vain les ailes pour essayer d'avancer. Le clochard était debout, à cheval au-dessus du pigeon, et de sa main libre il faisait signe aux voitures de le contourner et d'avancer jusqu'aux feux. Quelques conducteurs klaxonnaient rageusement, ils le frôlaient, quasiment prêts à l'écraser délibérément, mais le clochard se contentait de les injurier et continuait à monter la garde auprès du volatile. Il essayait gentiment, du bout de la semelle à moitié arrachée de sa sandale, d'aider le pigeon à trouver l'équilibre, et il parvint même au bout d'un moment à le mettre sur ses pattes mais, malheureusement, le pigeon retomba aussitôt sur le côté dès que le clochard cessa de le soutenir.

Sabbath se dit que le pigeon avait dû être heurté par une voiture, ou alors il était malade et il était en train de mourir. Il avança sur le trottoir pour regarder le clochard à la bouteille, coiffé d'une casquette de base-ball rouge et blanc ornée du logo « Handy Home Repair », se pencher vers la pauvre créature. « Tiens, disait-il, bois un coup... vas-y... », et il faisait tomber quelques gouttes de liquide sur la chaussée. Alors que le pigeon s'obstinait à vouloir avancer par ses propres moyens, on voyait très bien que ses forces diminuaient à chacune de ses tentatives. Ainsi que la magnanimité du clochard. « Allez – *tiens*, c'est de la vodka, *bois un coup*. » Mais le pigeon continuait à ignorer son offre. Il était sur le côté, il ne bougeait presque plus, ses ailes incapables d'autre chose que d'un sursaut occasionnel avant de retomber. Le clochard l'avertit : « Tu vas te faire tuer si tu restes là – *bois un coup*, connard ! »

Finalement, incapable de supporter plus longtemps l'indifférence du volatile, il recula et, du coup de pied le plus violent dont il était capable, expédia le pigeon loin du flot des voitures.

Il atterrit dans le caniveau, à quelques mètres de l'endroit où Sabbath s'était arrêté pour observer la scène. Le clochard se précipita et lui décocha un second coup de pied qui régla le problème.

Sabbath applaudit spontanément. Pour autant

qu'il le sache, il n'y avait plus d'artistes de rue dans son genre – les rues étaient bien trop dangereuses –, c'étaient les clochards et les mendiants qui assuraient le spectacle maintenant. Un cabaret des mendiants, un cabaret des mendiants qui était au spectacle de son Indecent Theater ce que le Grand Guignol était aux charmants Muppets avec leur grande bouche, tous ces Muppets bien-pensants qui apportaient au public la joie d'une vision heureuse de l'existence : tout n'est qu'innocence, enfantillage et pureté, tout ira bien – le secret c'est de parvenir à dompter sa bite, de parvenir à ne pas concentrer toute son attention sur sa bite. Ah, la timidité ! *Sa* timidité ! Pas la timidité de Henson, non, *la sienne !* La lâcheté ! *L'humilité !* Qui reculait devant l'innommable, par peur, qui choisissait, à la place, d'aller se cacher dans les collines ! À tous ceux auxquels il avait pu faire horreur, à tous ces gens qu'il avait choqués, qui l'avaient trouvé dangereux, ignoble, grotesque, et qui le prenaient pour un dégénéré, il criait : « Pas du tout ! J'ai échoué parce que je n'ai pas réussi à aller *assez* loin ! J'ai échoué parce que je n'ai pas su aller *plus loin* ! »

En réponse à cela, un passant laissa tomber quelque chose dans son gobelet. « Espèce d'enculé, j'ai pas encore fini ! » Mais quand il sortit l'objet de son gobelet, il vit que ce n'était ni un vieux chewing-gum tout mâchouillé ni un mégot de cigare – pour la première fois depuis quatre ans, Sabbath venait de gagner de l'argent.

« Dieu vous bénisse, merci monsieur, dit-il à son bienfaiteur. Dieu vous bénisse, vous et les vôtres et votre chère maison avec son alarme électrique et tous ses systèmes informatiques à déclenchement télécommandé. »

Ça repartait. C'était comme ça qu'il avait

commencé et c'était comme ça qu'il allait finir, lui qui était persuadé depuis des années qu'il avait vécu une folle vie d'adultère, d'arthrose et d'amertume professionnelle en dehors de toute convention, sans aucun but ni aucune unité. Mais loin d'être déçu par l'ironie de cette symétrie qui le ramenait, trente ans plus tard, dans la rue et le chapeau à la main, il eut l'amusante sensation d'avoir retrouvé, sans le savoir, le cours de son grand dessein. Et il fallait bien se résoudre à dire que c'était un triomphe : il s'était joué un tour parfait.

Au moment où il s'éloigna pour faire la manche dans le métro, il avait deux dollars en petite monnaie dans son gobelet. Il est évident que Sabbath avait ce quelque chose, cette allure, ce bagou, ce côté défait, repoussant, cet air d'épave qui faisait réagir les gens suffisamment vite pour leur donner envie de le neutraliser pendant le temps qu'il leur fallait pour le dépasser, en espérant ne plus jamais l'entendre ou le revoir.

Entre Astor Place et la gare de Grand Central où il dut changer pour prendre le Suicide Express, il passa d'un pas lourd dans toutes les voitures en agitant son gobelet et en récitant le rôle que dans *Le Roi Lear* il n'avait pas eu l'occasion de jouer, puisqu'il avait dû fuir sous ses propres tomates. Une nouvelle carrière qui commence à soixante-quatre ans ! Shakespeare dans le métro, *Lear* pour les masses – ils adorent ce genre de choses dans les fondations. Subventions ! Subventions ! Subventions ! Au moins, que Roseanna voie qu'il se démerdait, qu'il était retombé sur ses pieds, après le scandale qui lui avait coûté les vingt-cinq mille dollars qu'il gagnait chaque année. Il avait fait la moitié du chemin vers elle. Ils étaient à nouveau à égalité financière. Pourtant, alors même qu'il retrouvait une dignité de travailleur, un petit reste d'instinct de conservation le prévint que ce n'était pas dans Town Street qu'il faisait le clown. À Madamaska Falls, on pensait que c'était lui qui incarnait la corruption des mœurs, Sabbath la menace, lui seul, personne d'aussi dangereux que lui dans le coin... personne à part la naine japonaise, la doyenne de la fac. Il la haïssait cette salope de naine, pas parce qu'elle avait pris la tête du conclave de sorcières qui lui avait fait perdre son boulot – il détestait ce boulot. Pas pour la perte d'argent – il détestait cet argent, détestait être un employé, un salarié à qui on donne un chèque et qui le dépose à la banque, et derrière le guichet il y a une bonne femme qui lui souhaite une bonne journée parce que c'est son métier. Il ne voyait rien de plus haïssable que d'endosser ce chèque, sauf peut-être de regarder le talon sur lequel étaient portées les différentes déductions. Ça le mettait en rogne d'essayer de comprendre quelque chose à ce talon, ça le faisait chier, chaque fois. Et voilà, je suis à la banque et j'endosse mon chèque – tout ce que j'ai toujours voulu dans la vie. Non, ce n'était pas le boulot, ce n'était pas l'argent, c'était d'avoir perdu les filles qui l'avait achevé, une douzaine par an, pas une de plus de vingt et un ans, et toujours au moins une...

*

Cette année-là – à l'automne 89 – ça avait été Kathy Goolsbee, une rousse avec des taches de rousseur et un mordant de shiksè, une boursière débarquée de Hazleton, en Pennsylvanie, une grande fille, forte, bien charpentée, encore une de ces filles d'un mètre quatre-vingts comme il les aimait, avec un père boulanger, qu'elle avait commencé à aider à la boutique dès l'âge de douze ans, avec un accent du

Sud très prononcé, un peu comme Fats Waller quand il chantait. Kathy faisait preuve d'une étonnante facilité dès qu'il s'agissait de concevoir des marionnettes, et elle lui rappelait Roseanna au début de leur collaboration, donc, il est plus que probable que ça *aurait* effectivement été Kathy cette année-là si elle n'avait pas « oublié », sur le rebord d'un lavabo des toilettes pour femmes du deuxième étage de la bibliothèque de l'université, la cassette sur laquelle, quelques jours plus tôt et à l'insu de son professeur, elle avait enregistré une de leurs conversations téléphoniques, la quatrième du genre. Elle lui jura qu'elle avait seulement eu l'intention de s'enfermer dans les toilettes avec la cassette pour l'écouter à l'abri des oreilles indiscrètes ; elle lui jura qu'elle l'avait emportée avec elle à la bibliothèque parce que, depuis qu'ils avaient commencé à se parler au téléphone, elle n'avait plus que ça dans la tête, même quand elle ne portait pas ses écouteurs. Elle lui jura qu'elle n'avait jamais songé à se venger en le privant de sa seule source de revenus.

Tout avait commencé le soir où Kathy avait appelé son professeur chez lui pour lui dire qu'elle était grippée et ne pourrait donc pas lui rendre son projet le lendemain. Sabbath avait saisi l'occasion de ce surprenant appel pour la questionner « paternellement » sur « ce qu'elle voulait faire dans la vie », et il avait ainsi appris qu'elle vivait avec un garçon qui travaillait tous les soirs comme barman dans un café fréquenté par les étudiants et qui passait ses journées en bibliothèque à écrire une maîtrise de « sciences-po ». Ils parlaient depuis une demi-heure, et uniquement de Kathy, quand Sabbath lui avait dit : « En tout cas, ne vous en faites pas pour demain – restez au lit, soignez votre grippe » ; elle avait répondu : « J'en ai bien l'intention. – Et votre copain ? – Oh, Brian, il est au Bucky's, il travaille. – Vous êtes donc au lit, malade et seule. – Ouais. – Eh bien, moi aussi, dit-il. – Votre femme n'est pas là ? » demanda-t-elle, et Sabbath comprit que Kathy était l'élue de l'année 1989-90. Quand on a une touche pareille au bout de sa ligne, pas la peine d'être fin pêcheur pour savoir qu'on vient de ferrer une merveille. On s'active quand une fille incapable de parler autre chose que le jargon des gens de son âge vous demande d'une voix langoureuse, caressante et totalement intéressée, avec des mots qui, lorsqu'ils vous parviennent, ne ressemblent pas à des sons mais à des odeurs : « Votre femme n'est pas là ?

– Elle est sortie, répondit-il. – Hmmmm. – Vous êtes assez couverte, Kathy ? C'est des frissons, ces petits bruits ? – Non, non. – Il faut bien vous couvrir, vraiment. Comment êtes-vous habillée ? – J'suis en pyj. – Avec une grippe ? C'est tout ? – Mais j'ai vachement chaud, rien qu'avec ça. J'ai des bouffées... euh, j'ai chaud, ça n'arrête pas. – Eh bien », riant, « moi aussi... » ; et pourtant, alors même qu'il commençait à mouliner, doucement, sans se presser, prenant tout son temps pour la ramener à son bord, une si grande fille, avec toutes ces taches de rousseur, qui se débattait aussi vigoureusement, Sabbath parvint à un tel état d'excitation qu'il ne vit absolument pas que c'était lui qu'elle baladait sur les chemins de la luxure au bout de l'hameçon qu'elle *lui* avait fait avaler, lui qui avait soixante ans depuis un mois à peine, lui qu'elle ramenait vers la rive avec un art consommé et lui, comme il le découvrirait un jour, très bientôt, qu'on viderait, qu'on empaillerait et qu'on accrocherait comme un trophée au-dessus du bureau de Kimiko Kakizaki. Longtemps auparavant, à La Havane, quand Yvonne de Carlo avait dit au jeune marin : « T'as fini ? Dégage ! », il avait compris que lorsque l'on fraie avec des rebelles, il ne faut pas abandonner sa méfiance en même temps que son caleçon sous prétexte qu'on a une envie folle de tirer un coup... et pourtant, pas un seul instant il n'était venu à l'esprit de Sabbath, oui, de ce vieux cochon de Sabbath soi-même, caparaçonné dans son cynisme depuis maintenant une bonne cinquantaine d'années, qu'une grande fille tout droit sortie de Pennsylvanie et couverte de taches de rousseur pouvait manquer d'idéal au point de lui tendre un piège destiné à l'abattre.

Il ne s'était pas écoulé trois semaines depuis ce premier appel que Kathy expliquait à Sabbath comment ce soir-là, avant de se mettre au travail, elle avait écouté leur cassette à la bibliothèque, dans un petit cabinet de travail bourré de bouquins sur la « civ. occidentale », et que, au bout de dix minutes à peine, elle en était toute trempée, au point qu'elle avait tout laissé en plan pour se précipiter, les écouteurs vissés sur les oreilles, dans les toilettes des femmes. « Mais comment est-ce que la cassette s'est retrouvée sur le lavabo, demanda Sabbath, si tu t'étais enfermée dans une cabine pour l'écouter ? – Je l'avais sortie pour en mettre une autre. – Pourquoi est-ce que tu n'as pas fait ça dans la cabine ? – Parce que j'aurais pas pu m'empêcher de me remettre à l'écouter. Écoute, je savais plus quoi faire, tu vois, quoi. Je me suis dit : "C'est dingue, ce truc." Tu vois, j'étais toute mouillée, toute gonflée, j'arrivais plus à me concentrer, je pouvais pas savoir, moi ! J'étais à la bibli parce que j'avais besoin de doc pour mon devoir et j'arrivais pas à m'arrêter de me masturber. – Tout le monde se masturbe dans les bibliothèques. C'est fait pour ça. Ça ne m'explique pas pourquoi tu t'en vas en laissant une cassette derrière... – Il y a quelqu'un qui est *entré* dans les toilettes. – Qui ça ? Qui est entré dans les toilettes ? – Ça n'a aucune *importance*. Une *fille*. Je me suis *embrouillée*. Je savais plus ce que je faisais. Toute cette histoire m'a rendue folle. Tu vois, j'avais, j'sais pas moi, j'avais peur de devenir complètement folle avec cette cassette, et je me suis tirée, c'est tout. Je me sentais vraiment mal. J'allais t'appeler. Mais j'avais peur, moi, peur de *toi*. – Qui a eu cette idée, Kathy ? Qui est-ce qui t'a demandé de m'enregistrer ? »

Bon, si justifiée qu'ait pu être la colère de Sabbath devant ce qui était soit une négligence impardonnable, soit une trahison pure et simple, et alors que Kathy, en larmes, sur le siège avant de sa voiture, se débarrassait du fardeau que constituait cette nouvelle, il se disait bien que lui-même n'était pas exactement un ingénu. (Il avait, signe du destin s'il en était, garé sa voiture en face du cimetière de Battle Mountain où devait reposer le corps de Drenka à peine quelques années plus tard.) La vérité, c'était que lui aussi avait enregistré leurs conversations, et pas seulement celle de la cassette qu'elle avait laissée traîner à la bibliothèque, mais aussi les trois précédentes. Il faut dire que ça faisait des années que Sabbath enregistrait les filles qui suivaient son atelier et qu'il avait l'intention de léguer la totalité de sa collection à la Bibliothèque du Congrès. S'assurer de la conservation de cette collection fut l'une des meilleures raisons qu'il eut – la seule raison qu'il avait, en fait –, d'aller voir un avocat pour rédiger son testament.

En comptant les quatre de la Grande Kathy, cela faisait un total de trente-quatre cassettes pour immortaliser les paroles de six étudiantes qui avaient suivi son atelier. Elles étaient toutes enfermées à double tour dans le dernier tiroir d'un classeur métallique, dans deux boîtes à chaussures sur lesquelles il avait écrit « Corres. ». (Une troisième boîte à chaussures étiquetée « Impôts 1984 » abritait des Polaroïd de cinq de ces filles.) Les cassettes portaient toutes une date et elles étaient rangées par ordre alphabétique – il avait le sens de ses responsabilités –, des prénoms uniquement, et à l'intérieur de chaque boîte les bandes étaient classées par ordre chronologique. Il les remettait chaque fois dans un ordre parfait, d'une part afin de retrouver facilement celle qu'il cherchait quand il lui arrivait d'en vouloir une et, d'autre part, pour voir d'un coup d'œil si elles étaient bien toutes là quand il craignait, c'était irrationnel mais cela lui arrivait, d'avoir égaré telle ou telle de ses cassettes. De temps en temps, Drenka exprimait l'envie d'écouter les cassettes pendant qu'elle le suçait. Sinon, elles ne quittaient jamais leur tiroir toujours fermé à double tour, et quand il lui arrivait de prendre l'une de ses préférées pour s'en écouter un morceau, c'était la porte de l'atelier qu'il fermait à double tour. Sabbath savait le danger que représentait le contenu des boîtes à chaussures, mais il ne pouvait se résoudre ni à effacer les bandes ni à aller les enfouir sous les détritus à la décharge publique. Il aurait eu l'impression de brûler le drapeau. Non, plutôt de détruire un Picasso. Parce que, d'une certaine manière, ces cassettes, c'était de l'*art*, dans la mesure où il arrivait à libérer ses filles des chaînes de leur innocence. C'était un art de leur fournir l'occasion de ces aventures interdites, et pas avec un garçon de leur âge mais avec quelqu'un de trois fois plus vieux qu'elles – et la répugnance même que son corps vieillissant leur inspirait devait donner à cette aventure qu'elles vivaient avec lui des allures de délit, leur permettant ainsi de laisser libre cours à leur perversité naissante et à cette joie ambi-

315

guë née du jeu avec la honte. Oui, malgré tout, il lui restait le talent de les ouvrir aux aspects les plus pittoresques de l'existence, et cela, souvent pour la première fois depuis qu'elles avaient fait leur entrée dans le monde en taillant leur première pipe avant de quitter le collège pour le lycée. Comme Kathy le lui avait dit dans cette langue qu'elles utilisaient toutes et qui lui donnait envie de leur couper la tête, en apprenant à le connaître, elle sentait qu'elle avait acquis « de la force ». « Il m'arrive encore de manquer de confiance, d'avoir peur. Mais, la plupart du temps, dit-elle, j'ai juste envie... d'être avec toi... j'ai envie – de m'occuper de toi. » Il rit. « Tu trouves que j'ai besoin qu'on s'occupe de moi ? – Je suis sérieuse, répondit-elle gravement. Qu'est-ce que tu veux dire ? – M'occuper de toi, voilà ce que je veux dire... Tu vois, je veux m'occuper de ton corps. *Et* de ton cœur. – Ah bon ? Tu as vu mon électrocardiogramme ? Tu as peur que je fasse un infarctus en tirant mon coup ? – Je sais pas... j'veux dire... j'sais pas vraiment ce que je veux dire, mais c'est sérieux. C'est ça que je veux dire – ce que je viens de dire. – Et moi, je peux m'occuper de toi ? – Ah ouais. Ouais, c'est sûr. – De quoi tu veux que je m'occupe ? – De mon corps », osa-t-elle répondre. Oui, elles ne se contentaient pas de découvrir leur potentiel de déviance – ça, elles le connaissaient depuis qu'elles avaient douze ans – mais les risques bien plus gros que la déviance implique. Ses dons de metteur en scène de théâtre et de marionnettiste, il les investissait sans compter dans ces cassettes. Une fois passé la cinquantaine, l'art qu'il avait mis dans ces bandes magnétiques – cet art insidieux qui consiste à faire s'exprimer ce qui était déjà là – était le seul art dont il fût encore le maître.

Et puis il s'était fait coincer.

Non seulement la cassette que Kathy avait
« oubliée » était sur le bureau de Kakizaki dès le lendemain matin, mais, en plus, elle avait été détournée
et piratée, avant même d'arriver chez la doyenne,
par une commission *ad hoc* qui s'était choisi comme
nom « Solidaires contre les agressions, les brimades
et les brutalités, et pour l'arrêt des tentatives de harcèlement », et dont le sigle était formé par la première lettre des mots utilisés dans cette appellation.
Dès le lendemain soir, SABBATH avait une ligne téléphonique sur laquelle la cassette passait en boucle.
Le numéro qu'il fallait appeler – 722-2284, comme
par un heureux hasard, correspondant lui aussi à
S-A-B-B-A-T-H – avait été donné sur les ondes par les
deux coprésidentes de la commission, l'une qui était
professeur d'histoire de l'art et l'autre pédiatre, au
cours d'une émission d'une heure, avec ligne ouverte
aux auditeurs, sur la station de radio de la fac.
L'introduction que SABBATH avait ajoutée à la cassette diffusée par téléphone décrivait ce qui allait
suivre comme « l'exemple le plus ouvertement
ignoble d'exploitation, d'humiliation et de souillure
sexuelle d'une étudiante par un professeur, dans
toute l'histoire de cette communauté universitaire ».
« Vous allez entendre », disait la voix de la pédiatre,
sur un ton médical qui était, selon Sabbath, parfaitement approprié, quoique l'on pût y déceler un fond
de rhétorique juridique – rhétorique chargée d'une
haine palpable –, « une conversation téléphonique
entre deux personnes : un homme de soixante ans et
une jeune femme, une étudiante qui vient d'avoir
vingt ans. L'homme est un professeur, il agit *in loco
parentis*. Il s'agit de Morris Sabbath, un chargé de
cours qui anime un atelier de marionnettes intégré à
notre programme interuniversitaire. Afin de préserver l'anonymat – et l'innocence – de la jeune fille,

nous avons remplacé son nom par un bip chaque fois qu'il est mentionné dans la conversation. C'est la seule altération que nous avons apportée à l'enregistrement original ; cette jeune femme a enregistré cette conversation secrètement, afin d'apporter les preuves matérielles de ce qu'elle a eu à subir de la part de ce professeur, à savoir M. Sabbath, depuis le jour où elle s'est inscrite à son cours. Dans une déclaration informelle et confidentielle, cette jeune femme a révélé, de son plein gré, aux membres du comité directeur de SABBATH que ce n'était pas la première fois que M. Sabbath l'entraînait dans des conversations de ce genre. Qui plus est, il apparaît qu'elle n'est que la dernière d'une longue série d'étudiantes qui ont eu à subir les intimidations et les brimades de M. Sabbath au cours des années qu'il a pu passer dans notre établissement. L'enregistrement qui suit est celui de la quatrième conversation à laquelle l'étudiante a dû se plier*. En l'écoutant, on

---

* Ce qui suit est une transcription non expurgée de l'intégralité de la conversation telle qu'elle fut secrètement enregistrée par Kathy (et par Sabbath) et telle que SABBATH la diffusait sur sa ligne accessible à quiconque faisait le 722-2284 sur le cadran de son téléphone et prenait la demi-heure nécessaire à son écoute. Au cours des premières quarante-huit heures, plus de cent personnes allaient rester en ligne pour suivre le déroulement de cette opération de harcèlement du début jusqu'à la fin. Il ne fallut pas longtemps pour que des cassettes pirates commencent à apparaître sur le marché, à l'intérieur de l'État et, si l'on en croit le *Cumberland Sentinel*, « dans des contrées aussi éloignées que l'île du Prince-Édouard où cet enregistrement est utilisé à l'heure actuelle comme support pédagogique sonore dans le cadre du Projet de Charlottetown sur la condition des femmes au Canada ».

Qu'est-ce que tu fais en ce moment ?
Je suis sur le ventre, je me masturbe.
Tu es où ?
Chez moi, sur mon lit.
Tu es toute seule ?
Ummmmmmm.

comprendra vite que, parvenu à ce stade d'agression psychologique sur une jeune femme sans expérience, M. Sabbath a réussi à la manipuler de manière à lui faire croire qu'elle participait volontairement à son entreprise. Et cela, bien sûr, pour amener la femme à croire qu'elle était en faute, pour l'inciter à penser qu'elle était une « vilaine fille » qui s'était mise d'elle-même dans cette position humi-

---

Tu es seule pour combien de temps?

Longtemps. Brian est parti, il a un match de basket.

Je vois. Pas mal. Tu es toute seule sur ton lit en train de te masturber. En tout cas, je suis content que tu aies appelé. Comment est-ce que tu es habillée?

(Rire de bébé) Avec des vêtements.

Quel genre de vêtements?

Un jean. Un col roulé. Comme d'habitude.

Effectivement, c'est ta tenue habituelle, n'est-ce pas? J'étais très excité après t'avoir parlé, la dernière fois. Tu est très excitante.

Ummmmm

Si, si. Tu ne le savais pas?

Mais j'étais ennuyée. J'ai eu l'impression de te déranger en t'appelant chez toi.

Si par déranger tu veux dire que je n'avais pas envie d'avoir de tes nouvelles, tu ne m'as pas dérangé. Je me suis juste dit qu'il valait mieux arrêter avant que ça n'aille plus loin.

Désolé, je ne le ferai plus.

D'accord. Tu t'es trompée. Tu as le droit, non? C'est la première fois, pour toi, ce genre de chose. Bon. Tu es toute seule et tu es allongée sur ton lit.

Ouais, et aussi, je voulais... La dernière fois qu'on a parlé, t'as dit... que... Je t'ai dit que j'étais dégoûtée, tu vois, quand je suis vraiment dégoûtée... et tu as dit quoi, et j'ai dit je sais plus quoi, j'sais plus, que j'arrive à rien à ton atelier... et puis j'crois qu'après j'ai été très évasive, j'sais plus, que j'savais pas vraiment, j'sais plus, tu vois, que je pouvais pas vraiment te dire (rire embarrassé)... C'est plus précis que ça... Que j'suis, tu vois... bon, peut-être que c'est juste maintenant... mais que j'pense qu'au sexe tout le temps (rire de confession).

Ah bon?

J't'assure que oui. J'ai l'impression que j'y peux rien. C'est vachement... enfin, c'est très... C'est souvent très agréable. (Rire)

liante en coopérant avec lui, en devenant sa complice...

*

La voiture descendait la pente de Battle Mountain vers l'endroit où ils s'étaient donné rendez-vous, le carrefour séparant les bois des champs qui s'éten-

---

Tu te masturbes beaucoup ?

Euh, non.

Non ?

C'est à dire que j'en ai pas souvent l'occasion. Je suis en cours, quoi. Et je m'ennuie tellement et j'ai l'esprit complètement ailleurs. Et ummmmm...

Tu penses à des trucs de cul.

Ouais. Tout le temps. Mais je me dis que... je crois que c'est normal mais un peu trop, hein. Et je me sens — coupable, oui, c'est ça, je crois.

Vraiment ? De quoi est-ce que tu te sens coupable ? De penser tout le temps à t'envoyer en l'air ? Tout le monde ne pense qu'à ça.

Tu crois ? Je ne suis pas sûre que tout le monde pense qu'à ça.

Tu serais surprise de voir à quoi pensent les gens. À ta place, je ne me ferais pas de soucis. Tu es jeune, en bonne santé et tu es jolie, pourquoi tu n'y penserais pas ? J'ai raison ?

Sans doute. Je ne sais pas. En psycho, je lis des trucs sur des gens, tu vois, avec des diagnostics genre « hypersexuel » et moi, j'me dis « Hé, hé. » Et là, j'ai l'impression que j'vais, j'sais pas, qu'tu vas aller penser que je suis une nymphomane alors que non. J'suis pas... j'sais pas, moi, je passe pas mon temps à baiser. Je sais pas. Enfin, je crois que je sexualise tous les rapports que j'ai avec les gens, et je me sens coupable. J'me dis que c'est... j'sais pas... tu vois, quoi... pas bien.

C'est ce que tu ressens à mon sujet ?

Eh ben, ummmmm...

Tu as sexualisé nos conversations téléphoniques et j'ai sexualisé nos conversations téléphoniques — rien de mal à ça. Tu ne te sens pas coupable pour ça, non ?

Écoute, j'veux dire... Je sais pas. Je crois que je ne me sens pas coupable. Je me sens plus forte. Mais quand même, je suis, disons que, en général, je passe pas mon temps à me dire que je

daient jusqu'à West Town Street. Elle pleura pendant les six cents mètres de la descente, le corps agité de soubresauts, submergée par la douleur, comme s'il était en train de la descendre dans sa tombe alors qu'elle était encore vivante. « C'est insupportable. Ça fait mal. Je suis si malheureuse. Je ne comprends pas comment une chose pareille a pu m'arriver. » C'était une grande fille, aux sécré-

---

suis une incapable. Je passe mon temps à me dire : c'est quoi, ça, c'que j'ai dans la tête ? C'est insupportable.

Bon, tu passes par une période où tu es obsédée par le sexe. Ça arrive à tout le monde. D'autant plus qu'il n'y a rien qui t'intéresse dans tes cours.

Je crois que c'est ça le problème. C'est comme si c'était par réaction. Il faut que je me révolte, je sais pas, moi.

Ça ne t'occupe pas l'esprit. Et du coup tu as l'esprit vide et quelque chose vient s'installer dans cet espace, et c'est quoi qui vient occuper l'espace — parce que tu es frustrée, la seule chose qui peut répondre à cette frustration, c'est le sexe. C'est très courant. Tu as l'esprit vide et c'est ça qui comble le vide. Ne t'inquiète pas. D'accord ?

(Rire) Ouais. Je suis contente... Tu vois, j'ai l'impression qu'à toi je peux parler de ça mais que j'pourrais pas en parler à quelqu'un d'autre, à personne.

Tu peux m'en parler et tu m'en as parlé et c'est très bien. Donc, tu es en jean et en col roulé.

Ouais.

Ouais ?

Ouais.

Tu sais ce que j'ai envie que tu fasses ?

Quoi ?

Ouvre ton jean, la fermeture Éclair.

D'accord.

Défais le bouton.

Ça y est.

Et ouvre la fermeture Éclair.

Ça y est... Je suis devant la glace.

Tu es devant la glace ?

Ouais.

Allongée ?

Ouais.

Maintenant tu enlèves ton jean... Tu le fais descendre jusqu'aux chevilles.

tions abondantes, et ses larmes ne faisaient pas exception. Il n'avait jamais vu des larmes aussi grosses. Quelqu'un de moins averti aurait pu les prendre pour des vraies.

« Une conduite tout à fait immature, dit-il. La Scène des Larmes.

– J'ai envie de te sucer, parvint-elle à lui souffler entre deux hoquets.

(Chuchotement) Ça y est.
Enlève le... Je te laisse le temps... Tu l'as enlevé ?
Ouais.
Qu'est-ce que tu vois ?
Je vois mes jambes. Et je vois mon entrejambe.
Tu portes un mini-slip ?
Oui.
Tu prends ta main et tu mets le doigt sur l'entrejambe de ton slip. À l'extérieur du slip, tu frottes de bas en haut et de haut en bas. Tu vas doucement de bas en haut et de haut en bas, c'est tout. Qu'est-ce que ça te fait ?
C'est bon. Ouais. Très bon. Tout doux. C'est mouillé.
C'est mouillé ?
Tout mouillé.
Tu es toujours à l'extérieur du slip. Reste à l'extérieur et frotte. Tu frottes de bas en haut et de haut en bas... Maintenant tu pousses le slip de côté. Ça y est ?
Ouais.
Et maintenant, tu te mets le doigt sur le clitoris. Et tu le frottes de bas en haut et de haut en bas. Et tu me dis quelle impression ça te fait.
C'est bon.
Excite-toi comme ça. Dis moi comment c'est.
Je mets mon doigt dans ma chatte. Je mets tout mon poids derrière.
Tu es sur le ventre ou sur le dos ?
Je me suis redressée, je suis assise.
Tu es assise. Et tu te vois dans la glace ?
Ouais.
Et tu vas et tu viens ?
Ouais.
Continue. Vas-y, fais-toi jouir avec ton doigt.
Je préférerais que ce soit toi, quand même.
Dis-moi de quoi tu as envie.
J'ai envie de ta queue. Je te ferais bander, vraiment bander.

322

– Ah, l'émotivité des jeunes femmes. Qu'est-ce qu'elles attendent pour trouver autre chose ? »

Deux camionnettes étaient garées sur l'aire de terre battue devant la pépinière en bordure de route, dont les serres constituaient le premier signe rassurant de l'intrusion de l'homme blanc dans ces collines boisées (jadis situées au cœur des terres des Madamaskas qui considéraient, disait-on – enfin,

---

Tu veux que je t'enfile ?

Je veux que tu me baises avec ta grosse bite bien raide.

Tu veux que je te mette ma grosse bite dans la chatte ?

Ummmmm. Oh, je me touche les seins.

Tu veux enlever ton col roulé ?

Je suis en train de le remonter.

Tu as envie de te prendre le téton entre les doigts ?

Ouais.

Tu le mouilles ? Mouille-le avec ton doigt. Mouille-toi le doigt avec la langue et après tu te mouilles le téton.

Oh, mon Dieu.

Maintenant tu reviens à la chatte. Avec le doigt, vas-y.

Ummmmm.

Et dis-moi ce que tu veux que je te fasse. Dis moi ce qui te fait le plus envie.

J'ai envie de toi sur mon dos. J'ai envie de ta bite dans ma chatte. Oh, mon Dieu. Mon Dieu, j'ai envie de toi.

De quoi est-ce que tu as envie *(bip)* ? Dis-moi de quoi tu as envie.

J'ai envie de ta queue. J'en ai envie partout. J'ai envie de tes mains partout sur moi. J'ai envie de tes mains sur mes jambes. Sur mon ventre. Mon dos. Sur mes seins. J'ai envie que tu me malaxes les seins, fort.

Tu la veux où, ma bite ?

Oh, mets-la-moi dans la bouche.

Et tu en feras quoi quand tu l'auras dans la bouche ?

Je te sucerai. Je te sucerai très fort. Je veux te sucer les couilles. Je veux te lécher les couilles. Oh, mon Dieu.

Et quoi d'autre ?

Oh, je veux juste que tu me serres fort. Et je veux que tu me baises, que tu viennes dedans.

Que je vienne dedans ? Mais je suis déjà dedans. Dis-moi ce que tu veux que je te fasse ?

Je veux que tu me baises. Oh, j'ai envie de toi, viens dans moi.

disaient ceux qui s'opposaient à la construction d'un parking avec des tables de pique-nique –, les sources de la région comme sacrées. C'était dans l'eau – qui vous paralysait tellement elle était glacée – de l'un des affluents les plus lointains de ces sources sacrées, ce ruisseau qui dévalait les rochers le long de la Grotte, que Drenka et lui gambadaient tous nus pendant l'été. Voir fig. 4. Détail du vase mada-

---

Qu'est-ce que tu fais maintenant?

Je suis sur le ventre. Je me masturbe. J'ai envie que tu me suces les seins.

Je suis déjà en train de te les sucer. Je te suce les seins.

Oh, mon Dieu.

Qu'est-ce que tu veux d'autre?

Oh, mon Dieu, je vais jouir:

Tu vas jouir?

J'ai envie. J'ai envie de toi, tout de suite. J'ai envie de toi, viens sur moi. J'ai envie de toi, viens sur moi, tout de suite.

Je suis sur toi.

Oh. Oh, mon Dieu. Mon Dieu. Il faut que j'arrête.

Pourquoi est-ce qu'il faut que tu arrêtes?

Parce que — j'ai peur. Parce que je risque de pas entendre.

Je croyais que tu n'attendais personne. Je croyais qu'il était parti jouer au basket.

C'est vrai, mais on sait jamais. Oh, mon Dieu. Oh, mon Dieu. Oh, Dieu, c'est affreux. Il faut que je m'arrête. Donne-moi ta bite. Baise-moi. Enfonce-toi. Vas-y. Oh, mon Dieu. Qu'est-ce que tu fais, toi, en ce moment?

J'ai la bite dans la main.

Tu te la tripotes et tu te la caresses? Je veux que tu te branles. Dis-moi. J'ai envie de poser ma bouche dessus. J'ai envie de te sucer. Oh, mon Dieu, j'ai envie de te l'embrasser. J'ai envie de me mettre ta bite dans le cul.

Qu'est-ce que tu as envie de faire avec ma bite, là, maintenant?

Je veux te sucer tout de suite. Je voudrais être entre tes jambes. Relève-moi la tête.

Fort?

Non. Doucement, c'est tout. Et puis je me déplace. Laisse-moi te sucer.

D'accord, mais il faut que tu dises s'il te plaît, et c'est d'accord.

Oh, mon Dieu, c'est une vraie torture.

maska avec nymphe et silhouette barbue brandis-
sant son phallus. Sur la rive du ruisseau, on remar-
quera l'amphore de vin, un bouc et un panier de
figues. Collection du Metropolitan Museum. xxᵉ siècle apr. J.-C.).

« Dehors. Disparais.

– J'ai envie de te sucer très fort. »

Un ouvrier en salopette chargeait des sacs de ter-

C'est vrai ? Tu as le doigt dans la chatte ?

Non.

Ce n'est pas de la torture. Mets-toi le doigt dans la chatte
(bip). Mets-toi le doigt dans la chatte.

D'accord.

Vas-y, mets-toi le doigt bien au fond de la chatte.

Oh, mon Dieu, que c'est chaud.

Enfonce-le bien. Maintenant, tu vas de bas en haut et de haut en
bas.

Oh, mon Dieu.

De bas en haut et de haut en bas *(bip)*. De bas en haut, *(bip)*.
De haut en bas, *(bip)*. Vas-y, tu baises, *(bip)*. Vas-y, tu rentres et
tu sors. Vas-y, tu es en train de baiser.

Oh, mon Dieu ! Mon Dieu !

Continue, de bas en haut et de haut en bas.

Oh ! Oh ! Oh ! Mickey ! Oh, mon Dieu ! Ahh ! Ahh ! Mon Dieu !
Oh, mon Dieu ! Oh ! Oh ! Oh, mon Dieu ! J'ai tellement envie de
toi ! Ohhh ! Ohhh ! Oh, mon Dieu... je viens de jouir.

Tu as joui ?

Ouais.

C'était bon ?

Ouais.

Tu veux recommencer ?

N-non.

Non ?

Non ? Je veux te faire jouir toi, maintenant.

Tu veux me faire jouir ?

Ouais. J'vais te sucer la bite.

Dis-moi un peu comment tu vas me faire jouir.

Je vais te sucer. Lentement. De bas en haut et de haut en bas.
Je vais passer mes lèvres tout doucement de bas en haut et de
haut en bas le long de ta queue. Je vais te faire des trucs avec
ma langue. Je vais te sucer le bout de la queue. Tout doucement. Oh, mon Dieu... Qu'est-ce que tu veux que je te fasse ?

Suce-moi les couilles.

reau dans l'une des camionnettes – à part lui, il n'y avait personne alentour. La brume montait à l'ouest, derrière les bois, une brume de saison dans laquelle les Madamaskas voyaient sans doute des signes des divinités en exercice ou les âmes de certains disparus – leurs pères, leurs mères, leurs Morty, leurs Nikki –, mais qui n'évoquaient rien d'autre pour Sabbath que l'« Ode à l'automne ». Il n'était pas

---

D'accord. D'accord.

Maintenant, tu me mets la langue dans le cul. Tu veux bien ? D'accord.

Je veux que tu me lèches le trou du cul avec ta langue.

Ouais, pas de problème.

Mets-moi le doigt dans le cul.

D'accord.

Tu l'as déjà fait, ça ?

N-non. Pas ça.

Tu prends ton doigt, pendant qu'on continue à baiser. Tu me le rentres tout doucement dans le cul. Et tu me branles le trou du cul avec ton doigt. Ça te plaît, ça, non ?

Ouais, j'ai envie de te faire jouir.

Tripote-moi la queue, joue avec, prends-la dans la main. Et quand il y a une petite goutte qui sort, tu l'étales sur le bout. Ça te plaît ?

Ouais.

Tu as déjà baisé avec une femme ?

Non.

C'est vrai ?

Non.

Non ? Je pose la question, c'est tout.

(Rire)

Personne n'a jamais essayé de te baiser à la fac ? Il n'y a pas une seule femme qui ait essayé de te baiser en quatre ans que tu as passés à la fac ?

Ummmm, non.

Vraiment ?

Ummmm, non. C'est pas que j'y aie pas pensé.

Tu y as pensé ?

Ouais.

Et qu'est-ce que tu en penses ?

Eh ben, je me dis que c'est une femme et que je suis sur elle, et que je lui suce les seins. Et puis on se colle nos chattes l'une contre l'autre — on se branle. On s'embrasse.

indien, et la brume n'était pas le fantôme de quelqu'un de sa connaissance. Ce scandale local, on s'en souvient, eut lieu au cours de l'automne 1989, deux ans avant la mort de sa mère déjà sénile, et quatre ans avant que sa réapparition ne lui donne le choc qui devait lui faire comprendre que ce n'est pas parce que ça bouge que c'est du vivant. Ça, c'était avant la Grande Honte, et, pour des raisons évi-

---

Tu l'as jamais fait?

Jamais.

Et avec deux hommes, tu as déjà baisé avec deux hommes?

Non.

Non?

Non. *(Riant)* Et toi?

Pas que je m'en souvienne. Tu y as déjà pensé?

Ouais.

À baiser avec deux hommes à la fois?

Ouais.

Ça te fait fantasmer?

Oui. Je crois. Je dirais des mecs anonymes, des que je connais pas. Rien que pour baiser.

Tu l'as déjà fait avec un homme et une femme?

Non.

Et ça, tu y as jamais pensé?

Je sais pas.

Non?

Peut-être. Ouais. Sans doute. Pourquoi c'est toi qui poses toujours les questions?

Vas-y, tu n'as qu'à m'en poser, si tu veux.

Tu as déjà baisé avec un homme?

Non.

Jamais?

Non.

C'est vrai?

Oui.

Et avec deux femmes en même temps?

Ouais.

Et les prostituées, t'as déjà baisé avec une prostituée?

Ouais.

C'est vrai? Oh, mon Dieu *(riant)*.

Ouais, j'ai déjà baisé avec deux femmes.

Ça t'a plu?

Énormément. J'adore ça.

dentes, il ne pouvait en voir l'origine dans ce stimulus que constituaient les inoffensives expérimentations de Katherine Goolsbee, cette goulue, fille d'un boulanger de Pennsylvanie au nom prédestiné. On est sali par l'incrément des excréments – tout le monde en sait autant sur l'inévitable (ou le devrait) –, mais même Sabbath n'arrivait pas à comprendre comment il pouvait perdre son emploi dans une

---

Vraiment?

Ouais. Elles aussi elles adoraient ça. C'est marrant. Je les ai baisées toutes les deux. Elles ont baisé entre elles. Et elles m'ont sucé toutes les deux. Et après, j'en suçais une. Pendant ce temps-là, l'autre me suçait. C'était bon. J'avais la figure complètement enfouie dans sa chatte. Et l'autre me taillait une pipe. Et après, la première suçait l'autre, elle lui suçait la chatte. Comme ça tout le monde suçait tout le monde. Et il y a des fois où il y en une qui te suce la bite, elle te fait bander et elle te la met dans la chatte de l'autre. Qu'est-ce que tu dis de ça?

C'est bon.

J'aime bien les regarder se sucer. C'est toujours très excitant. Elles se font jouir. Il y en a des choses à faire, hein?

Ouais.

Ça te fait peur?

Ouais.

C'est vrai?

Un petit peu. Mais j'ai envie qu'on baise. Tous les deux, pas avec quelqu'un d'autre, j'ai pas envie.

Je ne te le demande pas. Je ne fais que répondre à tes questions. J'ai juste envie de baiser avec toi. J'ai envie de te sucer la chatte. Te sucer la chatte pendant une heure. Oh *(bip)*. J'ai envie de t'éjaculer dessus.

Vas-y, éjacule sur mes seins.

Tu aimes ça?

Oui.

T'es vraiment chaude, hein? Dis moi, elle est comment ta chatte maintenant?

Hé-hé!

Ça va, j'imagine.

(Rire)

T'as une très belle chatte.

Tu sais ce qui s'est passé?

Non, quoi?

faculté des arts et lettres pour avoir appris à une jeune fille de vingt ans à parler cru vingt-cinq ans après Pauline Réage, cinquante-cinq ans après Henry Miller, soixante ans après D.H. Lawrence, quatre-vingts ans après James Joyce, deux cents ans après John Cleland, trois cents ans après John Wilmot, deuxième du nom, comte de Rochester – sans parler des quatre cents ans après Rabelais, deux

---

J'avais rendez-vous chez le gynéco. Et j'ai eu l'impression que le gynéco me draguait.

Et c'était vrai, il te draguait ?

Elle.

Ah bon, elle te draguait ?

C'était très bizarre, ça m'était jamais arrivé.

Raconte.

Je sais pas. Elle était juste... Disons qu'elle était très mignonne. Elle était belle. Elle m'a mis le spéculum et elle a dit : « Oh, mon Dieu, il y en a des choses là-dedans. » Elle a pas arrêté de dire ça. Et elle a sorti un truc, une énorme boule de j'sais pas quoi. Je sais pas, c'était bizarre.

Elle t'a touchée ?

Ouais. Elle a mis sa main dedans. Enfin, ses doigts, pour l'examen.

Ça t'a excitée ?

Ouais. Elle a touché cette... J'ai une petite brûlure sur la cuisse, et elle l'a touchée, et elle m'a demandé ce que c'était. Je sais pas. C'était pas comme d'habitude. Et c'est là que...

Que quoi ?

Rien.

Raconte.

Je me suis sentie vraiment bien. Je me suis dit que j'étais folle.

Tu t'es dit que tu étais folle ?

Ouais.

Tu n'es pas folle. Tu es une gamine très très chaude qui vient de Hazleton et qui est très, très excitée. Peut-être que tu devrais essayer avec une fille.

Hé-hé *(riant)*.

Tu peux faire ce que tu veux, tu vois ? Tu veux me faire jouir maintenant ?

Ouais. Qu'est-ce que je transpire ! Il fait froid ici, en plus. Ouais, j'ai envie de te faire jouir. J'ai envie de te sucer la bite. J'ai vachement envie.

mille après Ovide et deux mille deux cents après Aristophane. En 1989, il fallait être con comme un pumpernickel sorti du four de papa Goolsbee pour ignorer la langue cochonne. Si seulement la méfiance absolue, le nihilisme calculé et une énergie à remettre en cause la terre entière avaient pu suffire au bonheur d'un pénis de 29, si seulement la pratique implacable de la ruse, la joie de toujours

---

Continue.

Tu l'as dans la main?

Tu parles!

Bien. Tu te la caresses?

Oui, je me branle.

Tu te branles?

Je me branle, fort. De haut en bas et de bas en haut. Je vais me faire exploser les couilles. Oh, c'est bon *(bip)*, c'est bon.

Où tu veux que je me mette?

Je veux que tu viennes mettre ta chatte en plein sur ma queue. Que tu t'enfiles dessus. Et que tu te mettes à pomper, de bas en haut et de haut en bas. Tu t'assois dessus et tu pompes.

Tu me caresses les seins?

Je te le caresse.

Tu me pinces les tétons?

Oh, je te les mords. Tes jolis petits tétons tout roses. Oh *(bip)*, oh. Il y a le foutre qui monte maintenant. Du foutre bien chaud et bien épais. J'ai la bite pleine de foutre tout chaud, tout blanc. Ça va gicler. Tu veux que je t'éjacule dans la bouche?

Ouais. J'ai envie de te sucer tout de suite. Très vite. Je veux te prendre dans ma bouche. Oh, mon Dieu, je te fais bander.

Suce *(bip)*. Suce-moi.

De plus en plus vite?

Suce-moi *(bip)*.

Oh, mon Dieu.

Suce-moi *(bip)*. Tu veux me sucer la queue?

Oui, je veux te sucer. Je veux te sucer la queue.

Suce-moi ma grosse bite. Ma grosse bite bien dure. Suce-moi ma grosse bite bien dure.

Oh, mon Dieu.

Oh, elle est pleine de foutre *(bip)*. Oh *(bip)*, suce-moi maintenant. Aha! Aha! Aha! Aha!... Oh que c'est bon... Tu es toujours là?

Ouais.

330

s'opposer et quelque huit cents différentes formes de dégoût de tout avaient pu suffire au bonheur d'un pénis de 29, il n'aurait effectivement pas eu besoin des cassettes. Mais l'avantage que possède une jeune fille sur un homme âgé, c'est qu'elle mouille pour un rien, alors que pour commencer à le faire bander il est parfois nécessaire de lui déverser une tonne de briques sur la queue. L'âge s'accompagne de problèmes qui n'ont rien de drôle. Les bites ne sont pas garanties à vie.

Une brume surnaturelle montait de la rivière ; dans le grand champ derrière la serre, les potirons, prêts pour Halloween, faisaient des petits points semblables aux taches de rousseur qui parsemaient le visage de Kathy, et bien sûr, fixées aux arbres, comme on pouvait s'y attendre, toutes les feuilles attendues, toutes, jusqu'à la dernière, chacune parfaitement polychrome. Les arbres étaient resplendissants, très exactement aussi resplendissants que l'année d'avant – et que l'année d'avant –, une profusion de couleurs qui revenait chaque année pour lui

---

C'est bien. Je suis content que tu sois encore là, que ce soit toi.
(Rire)
Oh, ma toute belle.
Tu es un animal.
Un animal ? Tu crois ?
Ouais.
Un animal humain ?
Ouais.
Et toi ? Qu'est-ce que tu es ?
Une vilaine fille.
Ça c'est une bonne chose. Vaut mieux ça que le contraire. Tu penses que tu devrais être une gentille fille ?
Eh ben, c'est à ça que les gens s'attendent.
Écoute, sois réaliste et laisse ça aux autres, l'irréalisme. Mon Dieu. Quel carnage ici.
(Rire)
Oh, c'est bon *(bip)*.
T'es toujours seul ?
Oui. Je suis toujours seul.
Elle rentre quand, ta femme ?

rappeler qu'il avait toutes les raisons de pleurer au bord de l'eau des Madamaskas, parce que, là, il était à peu près aussi loin que possible des mers tropicales et de la Croisière de l'Amour, et de ces grandes villes comme Buenos Aires, où un petit matelot de dix-sept ans pouvait, en 1946, et pour pas un rond, se gaver de steaks dans les plus grands restaurants de Florida – Florida, c'était le nom de la plus grande rue de B.A. – avant d'emprunter le pont qui enjambe la rivière, le célèbre Rio de la Plata, pour se rendre dans *les établissements hauts de gamme*, ce qui voulait dire ceux où on trouvait les plus belles filles. Ce qui, puisqu'on était en Amérique du Sud, voulait dire les plus belles filles du monde. Toutes ces femmes magnifiques, surexcitées. Et il était allé s'enterrer au fin fond de la Nouvelle-Angleterre ! La couleur des feuilles ? Va voir à Rio. Il y en a aussi de la couleur là-bas, mais pas sur les feuilles, sur les peaux.

Dix-sept ans. Trois ans de moins que Kathy et pas de commission *ad hoc* de vieilles profs pour me faire doudouner, pour m'éviter de choper la chtouille, de me faire dévaliser ou de me faire tuer d'un coup de couteau, sans parler de ce qui pouvait me froisser les oreilles. Je suis allé là-bas dans le but délibéré de m'éclater ! Voilà *à quoi* ça sert d'avoir dix-sept ans, bordel !

Le gel, songeait Sabbath – croyait-il – pour passer le temps jusqu'à ce que Kathy comprenne que même lui, aux critères si peu exigeants, n'oserait plus confier sa bite à une vipère de son espèce et qu'elle ferait mieux de regagner le nid de serpents de la Japonaise. Ils n'étaient plus que des boulettes de viande bien pâle, ces fiers descendants des pionniers qui avaient volé ces collines aux Goyim indigènes – une appellation historiquement plus juste que les

« Indiens » et aussi plus respectueuse, comme Sabbath l'avait expliqué à ce copain de Roseanna qui faisait un cours sur « La chasse et la cueillette » dans la littérature... Où en étais-je ? se demanda-t-il alors qu'une fois de plus les douceurs que déversait la perfide Kathy lui faisaient perdre... les boulettes de viande pâle, devenues depuis bien longtemps maintenant les Goyim Régnants, qui poussaient des cris de joie – comme dans « *When Hearts Were Young and Gay* » – pour saluer une nouvelle gelée ou des températures plus basses encore que celles de la nuit précédente quand Roseanna, vêtue d'une simple chemise de nuit, s'était fait surprendre par la police de la route, allongée sur le dos, dans Town Street, à trois heures du matin, attendant de se faire écraser par une voiture.

Environ une heure plus tôt, elle avait quitté la maison en voiture mais n'avait même pas réussi à négocier les vingt premiers mètres du virage long d'une cinquantaine de mètres qui reliait leur garage à Brick Furnace Road. Son intention était de foncer non pas vers la ville mais vers Athena, à vingt kilomètres de là, où Kathy partageait un appartement avec Brian à quelques rues de la fac, au 137 Spring Street. Bien qu'elle ait heurté un gros rocher dans le champ d'herbes hautes qui faisait office de pelouse devant la maison, bien qu'elle ait dû descendre en titubant, pieds nus, sans chaussures ni chaussons, trois kilomètres et demi de chemins tortueux, dans l'obscurité la plus totale, avant d'arriver au pont qui débouchait dans Town Street, bien qu'elle soit restée allongée sur l'asphalte, insuffisamment vêtue, entre un quart d'heure et une heure et demie avant de se faire repérer par le flic qui faisait sa ronde, elle serrait dans une de ses mains complètement gelées un Post-it sur lequel était notée – dans une écriture d'ivrogne qu'elle n'aurait même pas pu lire elle-même – l'adresse de la fille qui demandait à la fin de l'enregistrement : « Elle rentre quand, ta femme ? » L'intention de Roseanna était d'aller dire, en personne, à cette petite salope que, putain de merde, oui elle était rentrée, mais étant tombée par terre tellement de fois, et se trouvant encore à des kilomètres et des kilomètres d'Athena, Roseanna décida, dans Town Street, qu'il valait mieux mourir. Ainsi, cette fille n'aurait plus besoin de poser cette question. Aucune d'elles n'aurait plus besoin de le faire.

« J'ai envie de te sucer ici, tout de suite. »

Non seulement Sabbath avait passé six heures au volant ce jour-là – à emmener Roseanna à la clinique psychiatrique privée d'Usher et à revenir –, mais il était debout, à s'occuper de régler cette dernière péripétie, depuis un peu plus de trois heures du matin, depuis qu'il avait été réveillé par les coups frappés à la porte de derrière et qu'il avait découvert que la police lui ramenait une épouse qu'il croyait depuis longtemps endormie dans leur énorme lit, pas tout contre lui certes, mais en sécurité, à l'autre bout du lit, un endroit qu'il ne fréquentait plus, il faut bien en convenir, depuis des années.

Quand ils avaient substitué ce lit immense à leur ancien lit déjà plutôt spacieux, il avait fait remarquer à un de leurs amis qui leur rendait visite que ce nouveau lit était tellement grand qu'il ne parvenait plus à y trouver Roseanna. L'entendant dire cela depuis le jardin où elle était occupée à tailler une plante quelconque, elle avait crié par la fenêtre de la cuisine : « Pourquoi est-ce que tu n'essaies pas avec les yeux ouverts ? » Mais il y avait bien dix ans de ça, et, à l'époque, il parlait encore avec les gens, et elle n'en était qu'à une bouteille par jour, il restait encore un peu d'espoir.

Oui, devant la porte, il y avait Matthew Balich, poli et sérieux, que son ancienne prof n'avait pas reconnu, soit à cause de son uniforme, soit à cause de l'alcool. Apparemment, elle avait dit tout bas à Matthew, avant qu'il ne lui rappelle l'autorité et la mission dont il était investi, qu'il ne fallait pas faire de bruit pour ne pas réveiller son mari, un homme qui travaillait dur. Elle avait même essayé de lui donner un pourboire. Décidée à se rendre chez Kathy, elle avait quand même eu conscience qu'il lui fallait prendre son sac pour avoir de quoi payer au cas où elle aurait besoin de boire un coup.

Pour Sabbath, ça avait été une longue nuit suivie d'une longue matinée et d'un long après-midi. D'abord, il avait fallu appeler la dépanneuse pour dégager la Jeep coincée contre le rocher que Roseanna avait heurté, puis il avait fallu faire le nécessaire avec leur médecin de famille pour trouver à Roseanna un lit à Usher, puis faire l'effort de la convaincre, entre deux crises d'hystérie et avec la terrible gueule de bois qu'elle avait, d'accepter de passer vingt-huit jours à suivre le programme de ré-éducation d'Usher, et il y avait eu enfin les six heures de route, aller et retour, jusqu'à la clinique, avec Roseanna qui n'avait cessé de fulminer sur le siège arrière pendant tout le trajet, ne s'interrompant que pour lui intimer l'ordre de s'arrêter chaque fois qu'ils arrivaient à une station d'essence parce qu'elle avait des crampes et qu'elle voulait se soulager.

Pourquoi est-ce qu'elle prenait sa cuite par petits bouts dans des toilettes immondes au lieu de descendre ouvertement la boutcille qu'elle avait dans son sac, cela Sabbath ne prit pas la peine de lui demander. L'orgueil ? Après hier soir, l'orgueil ? Sabbath ne fit rien non plus pour l'arrêter quand elle commença à lui réciter la liste des mille et une manières dont il avait grossièrement dédaigné, insulté, exploité et trompé une épouse qui n'avait jamais eu que l'intention de l'assister dans son travail et de le réconforter quand ça allait mal et de s'occuper de lui quand il avait des poussées d'arthrose aiguës.

À l'avant, Sabbath passait les cassettes de Goodman sur lesquelles il dansait avec Drenka dans les chambres qu'ils prenaient dans les motels de la vallée, en ces débuts torrides de leur liaison. Tout au long des deux cents kilomètres de route jusqu'à Usher, les cassettes parvinrent plus ou moins à couvrir la longue litanie de Roseanna et donnèrent à Sabbath un certain répit par rapport à tout ce qu'il avait subi depuis que Matthew l'avait si gentiment ramenée. D'abord ils baisaient, après ils dansaient, Sabbath et la maman de Matthew, et pendant qu'il chantait les paroles, sans se tromper, en l'observant qui souriait d'un air incrédule, le sperme de Sabbath s'écoulait du ventre de sa maîtresse, rendant plus provocant encore l'arrondi intérieur de sa cuisse. La coulure de sperme arrivait jusqu'à son talon, et quand ils avaient fini de danser, il s'en servait pour lui masser les pieds. Dans la chambre de motel, recroquevillé au pied du lit, il lui suçait le gros orteil, prétendait que c'était une bite, tandis qu'elle prétendait que c'était son propre sperme.

(Et où sont donc passés tous les 78 tours ? Après mon départ en mer, qu'est-ce qui est arrivé à cet enregistrement de 1935 de « Sometimes I'm Happy », un disque Victor, le grand trésor de Morty, celui avec le solo de Bunny Berigan, Morty disait que c'était « le plus grand solo de trompette de tous les temps » ? Qui avait récupéré les disques de Morty ? Qu'est-ce qu'on a fait de ses affaires après la mort de maman ? Où sont-elles ?) Passant et repassant un pouce en forme de cuillère sur un bout de pommette croate tout en activant le petit interrupteur de Drenka avec l'autre, Sabbath lui chantait « Stardust », pas en anglais comme Hoagy Carmichael, mais en français – « Suivant le silence de la nuit/ Répète ton nom... » –, exactement comme au bal de fin d'année du lycée, quand Gene Hochberg, qui dirigeait l'orchestre de swing dans lequel Morty jouait de la clarinette, se mettait à chanter (et qui, chose assez incroyable, allait, lui aussi, se retrouver pilote de B-25 pendant la guerre du Pacifique ; Sabbath avait toujours secrètement regretté que ce ne soit pas lui qui se soit fait abattre). Un tonneau avec une barbe, ça c'était indiscutable, et pourtant Drenka minaudait d'un air extasié : « Mon fiancé d'Amérique, j'ai un fiancé américain », alors que les incroyables enregistrements de Goodman dans les années trente ressuscitaient la petite maison plantée face à la plage de LaReine Avenue, dans cette chambre qui puait le désinfectant et qu'il avait louée pour six dollars sous le nom du trompettiste de Goodman qui délire dans « We Three and the Angels Sing », Ziggy Elman. Dans le pavillon de LaReine Avenue, Morty avait appris le jitterbug à Mickey un soir d'août 1938, alors que le petit garçon qui le suivait comme son ombre avait à peine neuf ans. Le cadeau d'anniversaire du gamin. Sabbath apprit le jitterbug à la fille de Split en 1981, un après-midi de neige, dans un motel de Nouvelle-Angleterre qui s'appelait le Bo-Peep. Au moment du départ, à six heures, quand il fallut rentrer, chacun dans sa voiture, par les routes à peine déneigées, elle était capable de distinguer les solos de Harry James de ceux d'Elman dans « Saint Louis Blues », elle était très drôle quand elle imitait Hamp et son *Ee-ee* strident dans le solo final de « Ding Dong Daddy », elle était capable de dire d'un air entendu sur « Roll'Em » ce que Morty avait dit d'un air entendu à Mickey sur « Roll'Em » au moment où le début très boogie-woogie commence à mollir avec le solo de Stacy : « En fait, c'est juste un blues rapide en fa. » Elle était même capable de reproduire le tam-tam de Krupa sur l'arrière-train poilu de Sabbath dans un accompagnement qu'elle avait inventé toute seule pour « Sweet Leilani ». Martha Tilton qui remplaçait Helen Ward. Dave Tough qui remplaçait Krupa. Bud Freeman qui était arrivé en 38, après avoir quitté l'orchestre de Dorsey. Jimmy Mundy, celui de l'orchestre de Hines, qui avait été embauché comme arrangeur. En un seul après-midi d'hiver au Bo-Peep, son fiancé d'Amérique avait appris à Drenka des choses qu'elle n'aurait jamais pu apprendre d'un mari dont le plaisir avait consisté à passer la journée entière sous la neige, seul, à remonter des murs de pierre jusqu'à ce qu'il fasse trop sombre pour voir la buée de sa propre respiration.

À Usher, un médecin qui avait vingt ans de moins que Sabbath, beau garçon, très gentil, lui assura que si Roseanna suivait bien le « programme », elle serait de retour chez elle au bout de vingt-huit jours, guérie de son alcoolisme. « On parie ? » lui dit Sabbath, et il repartit vers Madamaska bien décidé à tuer Kathy. Depuis trois heures du matin, depuis qu'il avait appris que Roseanna, à cause de cette cassette, était restée allongée dans Town Street vêtue de sa seule chemise de nuit, attendant de se faire écraser, il se disait qu'il allait emmener Kathy tout en haut de Battle Mountain et l'étrangler.

Un énorme potiron bien mûr s'élevait au-dessus du champ de l'autre côté de la route, marquant ainsi le début du magnifique spectacle de la pleine lune d'équinoxe, et Sabbath était toujours incapable de dire où il trouvait la force de se retenir – alors que pour la cinquième fois en autant de minutes elle venait de renouveler cette proposition destinée à le piéger – soit de l'étrangler avec des doigts jadis pleins de force, soit de sortir sa bite à l'intérieur de sa voiture pour la millionième fois de sa vie sur cette terre.

« Kathy », dit-il – l'épuisement lui donnait l'impression d'être une ampoule qui vacille et faiblit avant de s'éteindre définitivement – « Kathy », dit-il, pensant, à la vue de l'astre qui montait dans le ciel, que les choses se seraient passées différemment s'il avait eu au moins la lune de son côté, « rends-nous un service à tous – va te faire Brian à la place. C'est peut-être même ça qu'il cherche avec son numéro de sourd-muet. Tu ne m'as pas dit que le choc qu'il a reçu en écoutant la cassette l'a rendu sourd-muet ? Allez, rentre chez toi et fais-lui comprendre par signes que tu vas lui tailler une pipe et tu vas voir si son visage ne s'éclaire pas. »

Pas trop dur avec Sabbath, Lecteur. Ni la tourmente de ce marathon de monologue intérieur, ni sa pratique abusive de l'autosubversion, ni les années de lecture sur la mort, ni l'expérience amère qu'il avait faite de la souffrance, de la perte des êtres chers, des épreuves et du chagrin ne peuvent amener un homme de son genre (voire de n'importe quel genre) à faire marcher sa cervelle pour en tirer le meilleur parti lorsqu'il est confronté à pareille proposition une première fois ; que dire alors quand cette proposition est sans arrêt réitérée par une fille trois fois plus jeune que lui et capable de la même moue pulpeuse que Gene Tierney dans *Laura*. N'en veux pas trop à Sabbath d'avoir commencé à commencer de penser que peut-être *elle disait la vérité* : qu'elle avait vraiment laissé traîner la cassette à la bibliothèque de manière accidentelle, qu'elle était vraiment parvenue entre les mains de la Kakumoto de manière accidentelle, qu'elle avait vraiment été incapable de résister aux pressions qu'on avait exercées sur elle et qu'elle avait fini par capituler dans l'unique espoir de sauver sa propre peau, et d'ailleurs, qui parmi ses « pairs » – c'est comme ça qu'elle appelait ses amis – aurait agi différemment ? C'était vraiment une brave fille, une fille bien, qui avait un bon fond, qui s'était livrée, pensait-elle, à des activités extra-universitaires un peu folles mais inoffensives, le Club Audio-Visuel du Professeur Sabbath ; une grande fille, sans aucune grâce, peu cultivée, mal dégrossie et qui ne savait pas trop ce qu'elle voulait, un modèle parfait d'étudiante de cette fin de xxe siècle, mais totalement dépourvue de ce côté impitoyable et sournois nécessaire à l'accomplissement du mauvais coup dont il l'accusait. Il était peut-être tout bonnement si furieux et si épuisé qu'il avait mal compris ce qui se passait et qu'il était victime d'une de ces erreurs idiotes dont il était coutumier. Pourquoi pleurait-elle avec autant de chagrin, et depuis si longtemps, si elle conspirait contre lui ? Pourquoi s'accrochait-elle ainsi à lui si elle avait partie liée avec ses adversaires, si elle avait des affinités avec ces parangons de vertu, si elle partageait leur colère et leur vindicte et si elle avait les mêmes idées fixes qu'elles sur ce qui devait ou ne devait pas entrer dans l'éducation d'une jeune fille de vingt ans ? Elle n'avait encore vraiment rien qui approchât du talent de Sabbath pour simuler des sentiments de façon convaincante... non ? Quelle autre raison pouvait-elle avoir de supplier quelqu'un qui lui était totalement étranger de la laisser le sucer, quelqu'un qui ne comptait pas beaucoup dans sa vie et qui avait depuis un mois déjà entamé sa septième décennie sur cette terre, sinon pour établir sans équivoque qu'elle était toute à lui, si grotesque, illogique et incompréhensible que cela puisse être ? On sait tellement peu de chose de la vie, Lecteur – ne sois pas trop dur avec Sabbath s'il comprend de travers. Ou avec Kathy si elle comprend de travers. Beaucoup de transactions grotesques, illogiques et incompréhensibles sont subsumées dans les folies de la luxure.

Vingt ans. Pourrais-je survivre après avoir avoir dit non à ses vingt ans ? Combien en reste-t-il, des vingt ans ? Combien de trente ou de quarante ans reste-t-il ? Alors qu'il est sous le charme triste de cette fin de journée, des vapeurs du crépuscule, de l'année qui s'achève et de la lune qui trône avec autant d'ostentation au-dessus de tout ce baratin qui constitue son existence sublunaire, pourquoi est-ce qu'il hésite ? Les Kamizaki sont tes ennemis, que tu fasses quelque chose ou non, alors vas-y. Mais oui, mais oui, si tu es encore capable de le faire, fais-le – c'est la règle d'or de l'existence sublunaire, que tu sois un ver coupé en deux ou un homme dont la prostate est aussi grosse qu'une boule de billard. Si tu es capable de faire quelque chose, tu dois le faire ! Toute chose vivante peut comprendre ça.

À Rome... à Rome, c'était ça qui lui revenait maintenant, pendant que Kathy continuait à pleurer à côté de lui, un marionnettiste italien vieillissant, dont on disait qu'il avait jadis été célèbre, était venu siéger au jury du concours de son école et Sabbath avait gagné ; ensuite, après leur avoir montré quelques vieux trucs usés jusqu'à la corde avec une marionnette qui lui ressemblait trait pour trait, le marionnettiste avait demandé à Sabbath de l'accompagner dans un café de la Piazza del Popolo. C'était un homme au teint cireux, âgé de plus de soixante-dix ans, petit, gras et chauve, mais avec un air si sûr de lui et si hautain que Sabbath suivit spontanément l'exemple de son professeur ébahi et, content pour une fois de se montrer respectueux – non sans une certaine impudence –, il s'adressa au vieil homme, dont le nom ne lui disait rien, en l'appelant Maestro. En plus, cet insupportable poseur, qui avait noué une écharpe de soie autour de son cou pour camoufler, fort mal, une caroncule de taille respectable, sortit de sa poche un béret dont il se coiffa une fois dehors pour cacher sa calvitie, et se servit de sa canne pour taper sur la table et attirer l'attention du garçon de café – toutes choses qui pour Sabbath laissaient présager une longue liste de vantardises sans intérêt que le vieux bohème n'allait pas tarder à lui réciter, et qu'il lui faudrait endurer, sous prétexte qu'il avait remporté le prix. Mais au lieu de cela, immédiatement après avoir commandé du cognac pour eux deux, le vieux marionnettiste lui dit : « Dimmi di tutte le ragazze che ti sei scopato a Roma » – « Parle-moi de toutes les filles que tu as baisées à Rome. » Puis, alors que Sabbath lui répondait, parlant simplement et librement de cet arsenal des plaisirs que l'Italie représentait pour lui, lui racontant comment il lui était arrivé, plus d'une fois, en réponse à une provocation, d'imiter les autochtones et de suivre certaine femme rencontrée dans la rue jusqu'à l'autre bout de la ville pour conclure, il vit que les yeux du maître étaient remplis d'un cynisme et d'un air de supériorité tels que l'ancien marin, le vétéran de plus de six Croisières de l'Amour, s'était senti un peu comme un enfant modèle. Néanmoins, l'attention du vieil homme ne se relâcha pas un seul instant et il ne l'interrompit que pour lui demander plus de détails que l'Américain ne pouvait lui en fournir avec son italien laborieux – et, de manière répétée, pour exiger de Sabbath l'âge précis de la jeune fille dont il lui racontait la séduction. Dix-huit ans, répondait Sabbath avec obéissance. Vingt ans, Maestro. Vingt-quatre. Vingt et un. Vingt-deux...

À la fin du récit de Sabbath, et à ce moment-là seulement, le maestro lui apprit que sa maîtresse du moment était âgée de quinze ans. Il se leva brusquement pour prendre congé – quitter le café et laisser les consommations à Sabbath –, non sans ajouter, en accompagnant ses paroles d'un petit geste de dérision avec sa canne : « Naturalmente la conosco da quando aveva dodici anni » – « Évidemment, je la connais depuis qu'elle a douze ans. »

Et ce n'est que maintenant, presque quarante ans plus tard, avec Kathy qui le suppliait encore en pleurant, avec le disque vide de la lune qui continuait à s'élever dans le ciel sous ses yeux, avec alentour, ici dans les collines et là-bas dans la vallée, des gens qui se préparaient à passer une bonne soirée d'automne au coin du feu en écoutant sur leur téléphone la teneur de ses ébats avec Kathy, que Sabbath fut persuadé que le vieux marionnettiste lui avait dit la vérité. Douze ans. Capisco, Maestro. Tu ferais aussi bien de tenter le tout pour le tout.

« Katherine, lui dit-il tristement, tu as été ma complice la plus fidèle dans la lutte pour la cause perdue de l'humanité. Écoute-moi. Arrête de pleurer au moins assez longtemps pour écouter ce que j'ai à te dire. Tes amies détiennent une bande avec un enregistrement de ma voix qui donne une consistance réelle aux pires choses qu'elles ont envie de savoir sur les hommes. Elles ont cent fois plus de preuves des crimes que j'ai commis que n'en demanderait le plus indulgent des doyens pour m'exclure de tous les établissements universitaires raisonnablement antiphallocrates de toute l'Amérique. Est-ce qu'il faut en plus que j'éjacule en direct sur CNN ? Où est la caméra ? Est-ce qu'on a monté un téléobjectif sur la camionnette garée en face, à côté de la serre ? Moi aussi j'ai un point de rupture, Kathy. Si on me met une affaire de sodomie sur le dos, ça pourrait me valoir la mort. Et ça ne t'amuserait peut-être pas autant qu'on a pu te le faire croire. Tu l'as peut-être oublié, mais même à Nuremberg ils n'ont pas tous été condamnés à mort. » Et il continua – étant donné les circonstances, c'était un beau discours, *celui-là* on devrait l'enregistrer, se dit-il. Oui, Sabbath continua, développant avec une conviction grandissante son argumentation en faveur d'un amendement à la Constitution qui rendrait l'éjaculation illégale pour tous les Américains mâles, de quelque race, religion, couleur ou origine ethnique qu'ils soient, jusqu'à ce que Kathy finisse par s'écrier : « Je suis majeure, j'ai l'âge ! » avant d'essuyer son visage plein de larmes sur l'épaule de sa veste de survêtement.

« Je fais ce que je veux », affirma-t-elle avec colère.

Maestro, qu'est-ce que vous feriez, vous ? Regarder dans l'obscurité sa tête bien calée sur vos cuisses, la bite prise dans le rond de ses lèvres écumantes, et l'observer pendant que, sans cesser de pleurer, elle vous taille une pipe, lui barbouiller patiemment le visage avec cette friandise gluante composée de salive, de sperme et de larmes, de la meringue qu'on applique comme un délicat glaçage sur ses taches de rousseur – qu'est-ce que la vie pouvait lui offrir de plus extraordinaire pour finir ? Sabbath ne l'avait jamais trouvée aussi intéressante, et il le fit remarquer au maestro. En fait, Sabbath ne l'avait jamais trouvée intéressante du tout. Mais les larmes lui donnaient un air radieux, et il semblait

même au vieux maestro blasé qu'elle puisait maintenant dans une vie spirituelle dont elle découvrait en
cet instant l'existence. Elle était bien majeure, elle
avait l'âge ! Kathy Goolsbee venait de grandir ! Oui,
il ne se passait pas seulement quelque chose de
métaphysique mais aussi quelque chose de primordial, comme lors de cette journée d'été où il faisait si
chaud et qu'avec Drenka, dans le petit ruisseau pittoresque qui coulait près de la Grotte, ils avaient
pissé l'un sur l'autre.

« Oh, si seulement j'arrivais à croire que tu n'as
rien manigancé avec ces garces, ces ordures, ces
connasses pleines de rectitude qui vous racontent, à
vous les enfants, tous ces horribles mensonges sur
les hommes, sur la prétendument affreuse ignominie de ce penchant naturel qui pousse des braves
gens comme ton père ou moi à touiller la merde
d'une réalité ordinaire. Parce que voilà après qui
elles en ont, ma belle – après moi et après ton père.
Voilà à quoi ça se résume : elles nous caricaturent,
nous insultent, elles détestent à travers nous ce qui
n'est rien d'autre que le substrat dionysiaque de la
vie. Dis-moi, comment peut-on être opposé à ce qui
est partie intégrante de la condition humaine depuis
l'*Antiquité* – en remontant jusqu'au pic virginal de la
Civ. occidentale – et prétendre que l'on est civilisé ?
C'est peut-être parce qu'elle est japonaise qu'elle ne
pige rien aux extraordinaires mythologies de
l'Attique ancienne. Sinon, je ne vois pas. Comment
est-ce qu'elles voudraient que tu fasses ton éducation sexuelle ? Par intermittence avec Brian, pendant qu'il prend des notes au rayon sciences po de la
bibliothèque ? C'est à un chercheur déjà sec comme
un vieux croûton qu'elles veulent laisser l'éducation
d'une fille comme toi ? Ou bien est-ce que tu dois te
débrouiller toute seule pour apprendre ? Mais si tu

n'es pas censée apprendre la chimie toute seule, si tu n'es pas censée apprendre la physique toute seule, comment peut-on imaginer que tu pourrais comprendre les *mystères* de l'érotisme toute seule ? Il y en a qui ont besoin de séduction et pas d'éducation. Kathy, *tu avais besoin des deux*. Le harcèlement ? Je me souviens du bon vieux temps où le patriotisme était le dernier refuge de tous les gredins. Le harcèlement ? J'ai été Virgile et toi Dante dans le monde souterrain du sexe ! Mais comment ces femmes, ces professeurs sauraient-elles qui est Virgile ?

« J'ai tellement envie de te sucer », dit-elle d'une voix languide.

Ah, ce « tellement » ! Et pourtant, entendant ce « tellement » qui rendait les choses tellement plus intenses, sentant la vieille pulsion familière de son corps en attente d'une satisfaction vulgaire et naturelle envahir, hors de tout contrôle, chaque centimètre carré de ses deux mètres carrés de vieille couenne pleine de désir, Sabbath ne pensa pas, comme il l'aurait espéré, à son estimable mentor, le peu banal maestro qui obéissait jusqu'au bout à l'injonction de jouissance mais à sa femme, enfermée dans son hôpital, malade, en pleine souffrance. Elle ! Ce n'est pas juste ! Son braquemart de 29 aussi raide que la pine d'un cheval, et à qui se mettait-il à penser, à Roseanna, c'est tout ce qu'il avait trouvé ! Il vit devant lui la petite cellule qu'on lui avait assignée en guise de chambre lors de son admission, une chambre contiguë au bureau des infirmières, où il était facile de la surveiller pendant les vingt-quatre heures du « sevrage ». Ils lui prendraient la tension toutes les demi-heures et feraient ce qu'ils pourraient pour les tremblements qu'elle ne manquerait pas d'avoir, car elle avait bu sans interruption pendant les trois jours précédents – elle avait bu sec jusqu'à la porte de l'établissement. Il la voyait debout, à côté du petit lit avec son triste couvre-lit en chenille, les épaules tellement affaissées qu'elle n'avait pas l'air d'être plus grande que lui. Ses valises étaient sur le lit. Deux infirmières plutôt gentilles, qui ne portaient pas l'uniforme, lui avaient demandé de les ouvrir pour une inspection ; elles fouillèrent méticuleusement dans ses affaires, lui prirent sa pince à épiler, ses ciseaux à ongles, son séchoir à cheveux, son fil à dent (pour l'empêcher de se poignarder, de s'électrocuter ou de se pendre), confisquèrent sa bouteille de Listerine (pour l'empêcher d'avaler tout son bain de bouche d'un coup dans un accès de désespoir ou de casser la bouteille pour se taillader les poignets ou la gorge avec les morceaux de verre), examinèrent de très près tout ce que contenait son portefeuille, lui enlevèrent ses cartes de crédit, son permis de conduire et tout son argent (pour l'empêcher d'acheter du whisky entré en fraude dans la clinique ou de quitter les lieux pour se rendre dans un bar d'Usher ou de bidouiller la voiture d'un employé de la clinique pour la faire démarrer et rentrer chez elle), retournèrent tous ses jeans, ses pulls, ses sous-vêtements et ses tenues de sport ; et, pendant tout ce temps-là, Roseanna, perdue, sans vie, immensément seule, les regardait d'un air absent, son visage de chanteuse folk vieillissante complètement ravagé – elle n'avait plus rien de charnel : à la fois adolescente prénubile et ruine post-érotique. C'était comme si elle avait passé toutes ces années non dans une de ces maisons cubiques toutes simples où tous les ans, à l'automne, les biches venaient se nourrir aux pommiers du verger à flanc de coteau, mais prisonnière d'un tunnel de lavage automatique pour voitures, sans aucune possibilité d'échapper à la pluie battante ou aux énormes brosses rotatives ou aux gueules largement ouvertes qui soufflaient de l'air chaud. Roseanna remontait aux origines et replaçait dans sa réalité crue, pauvre et terre à terre cette expression exaltée, « les coups du sort ».

« Le responsable, disait Roseanna en pleurant, reste libre, la victime va en prison. – Est-ce que ce n'est pas exactement ça, la vie ? dit-il en acquiesçant. Sauf que ce n'est pas une prison. C'est un hôpital, Rosie, et c'est un hôpital qui ne ressemble même pas à un hôpital. Dès que ça ira mieux, tu verras que l'endroit est très joli, ça ressemble à une grande auberge en pleine campagne. Il y a des arbres partout, et des belles allées pour te promener avec tes amis. J'ai même vu un court de tennis en arrivant. Je t'enverrai ta raquette par Federal Express. – Pourquoi est-ce qu'elles me prennent ma Visa ! – Parce qu'on ne règle pas les comptes un à un, cauchemar par cauchemar et tremblement par tremblement ; comme ton éducation catholique aurait dû te l'apprendre, on règle quand on y est obligé, en bloc. – C'est *tes* affaires qu'elles devraient fouiller ! Elles trouveraient de quoi te faire enfermer pour de bon ! – C'est ça que tu veux, tu veux que les infirmières me fouillent ? Qu'est-ce qu'elles doivent chercher ? – Les menottes que tu utilises avec ta petite pute à peine pubère ! » Vingt ans, Sabbath voulut mettre les deux infirmières au courant, il ne s'agissait pas d'une enfant, malheureusement ; mais aucune des deux infirmières ne paraissait le moins du monde amusée ou horrifiée par les propos acerbes qu'échangeaient les Sabbath en guise d'au revoir, et il ne s'en donna pas la peine. Le langage grossier et les cris, elles connaissaient depuis longtemps. L'ivrogne agitée, terrifiée, remontée à l'extrême contre le conjoint, le conjoint encore plus remonté que l'ivrogne. Des maris et des femmes qui criaient, qui se hurlaient dessus et qui s'accusaient mutuellement, ce n'était pas nouveau pour elles, ni pour personne – pas la peine de travailler dans un hôpital psychiatrique pour savoir ce qui se passe entre un mari et sa femme. Il regarda les infirmières qui vérifiaient chaque poche de chaque jean de Roseanna à la recherche d'un joint oublié ou d'une lame de rasoir. Elles lui confisquèrent ses clés. Bien. Ça, c'était dans son intérêt à elle. Impossible maintenant de la voir débarquer à la maison sans prévenir. Il n'aurait pas voulu que, dans son état, Roseanna soit, en plus, obligée d'affronter Drenka. D'abord, on s'occupe de l'alcoolisme. « C'est toi qu'on devrait enfermer, Mickey – et tous les gens qui te connaissent le savent bien ! – Je suis sûr qu'on finira par m'enfermer un jour, s'il y a vraiment un consensus. Mais laisse cela aux autres. Toi, tu t'occupes d'arrêter de boire le plus vite possible, t'entends ? – Tu ne tiens pas à ce que j'arrête de boire ! Tu préfères avoir une ivrogne. C-comme ça tu p-p-p... – Peux », lui souffla-t-il, pour l'aider à passer la bosse. Ses *p* se mettaient à coincer quand elle mélangeait colère et vodka en quantité suffisante, en général à partir d'un litre. « P-peux te faire p-p-p... – Passer pour la victime ? – Oui ! – Non, non. J'ai pas besoin de la sympathie des autres, moi, c'est pas mon truc. Tu le sais bien. Je ne tiens pas à p-p-passer pour autre chose que ce que je suis. Encore que, répète-moi donc ce que je suis... je ne voudrais pas l'oublier pendant cette période de séparation. – Un raté ! Un p-p-putain de raté de merde ! Un p-p-pauvre type, un menteur, un manipulateur, un p-p-parano, un salaud, un séducteur qui vit aux crochets de sa femme et qui baise des p-p-petites filles ! C'est à cause de lui, dit-elle aux infirmières en pleurant, que je suis ici. J'allais *bien* avant de le connaître. J'étais *pas du tout* comme ça ! – Et », se dépêchant de la rassurer, « dans à peine vingt-huit jours c'est fini, tu seras redevenue comme avant que je te rende "comme ça". » Il leva la main à la hauteur de son visage pour lui faire un timide au revoir. « *Tu ne peux pas me laisser ici !* cria-t-elle. – Le docteur a dit que j'avais le droit de venir te voir au bout de deux semaines. – Et s'ils me font des électrochocs ! – Parce que tu bois ? Ça m'étonnerait – infirmière, ça se fait, ça ? Mais non, tout ce qu'ils font, c'est t'apprendre à voir les choses autrement. Je suis sûr que tout ce qu'ils veulent, c'est que tu te débarrasses de tes illusions et que tu t'adaptes à la réalité, comme moi. Au revoir. Deux petites semaines. – Je vais compter les jours », répondit l'ancienne Rosie, mais ensuite, quand elle se rendit compte qu'il allait vraiment partir et la laisser, quelque chose qui venait de l'intérieur transforma son sourire méchant en une boule de nœuds et elle se mit à gémir.

Le bruit de ses lamentations accompagna Sabbath le long du couloir, dans les escaliers, et le suivit jusque devant l'entrée principale du bâtiment où un groupe de patients fumaient une cigarette en regardant les fenêtres de l'étage pour voir dans quelle chambre le nouveau pénitent endurait son supplice. Il le suivit jusqu'à sa voiture, puis sur la route, où il lui tint compagnie jusqu'à Madamaska Falls. Sabbath mettait le son de ses cassettes de plus en plus fort, mais même Goodman ne parvenait pas à l'oblitérer – même Goodman, Krupa, Wilson et Hampton au meilleur de leur forme, déchaînés dans « Running Wild », même Krupa, à la grosse caisse dans son incroyable ouverture du dernier grand chorus, n'arrivait pas à couvrir le magnifique solo en huit mesures de Roseanna. Une épouse qui se prend pour une sirène. La deuxième fois qu'il épousait une folle. Existait-il autre chose que des folles ? Pas pour lui. Une deuxième femme complètement folle qui avait commencé par haïr son père et qui s'était ensuite trouvé Sabbath pour le remplacer. Pourtant, Katherine *aimait* ce père protecteur et prêt à tous les sacrifices, cet homme qui avait travaillé nuit et jour dans sa boulangerie pour payer des études aux enfants Goolsbee, et voilà tout le bien que ça lui avait fait. *Ou* à Sabbath. Je ne m'en sortirai jamais. Personne ne s'en sort quand, après le papa, elles tombent sur moi.

Si c'étaient les lamentations de Roseanna, plus tôt dans la journée, qui avaient conduit Sabbath à décliner un genre d'offre qu'il n'avait jusque-là jamais décliné de toute sa vie, il s'agissait vraiment de lamentations qui dépassaient tous les records.

« C'est l'heure de rentrer à la maison et d'aller tailler une pipe à Brian.

– Mais ce n'est pas *juste*. J'ai rien *fait*.

– Rentre chez toi ou je te tue.

– Ne dis pas ça – mon Dieu !

– Tu ne serais pas la première femme que je tue.

– Non. Évidemment. C'était qui la première ?

– Nikki Kantarakis. Ma première femme.

– Ce n'est pas drôle.

– En effet. L'assassinat de Nikki est le seul exemple de sérieux dont je puisse me prévaloir. Ou bien n'était-ce que pur plaisir ? Je ne suis jamais convaincu de la justesse de mes analyses. Ça t'est jamais arrivé ?

– Merde ! Mais c'est quoi, ça, de quoi tu *parles* ?

– Je parle de ce dont tout le monde parle. Tu sais ce qu'on dit à la fac ? On dit que j'avais une femme et qu'elle a disparu mais qu'elle n'a pas *simplement* disparu. Tu ne vas pas me dire que tu n'as jamais entendu personne en parler – hein, tu vas me dire le contraire, Kathy ?

– Tu sais... les gens disent n'importe quoi – non ? Je ne m'en souviens même pas. Qui prête attention à ce qu'ils *disent* ?

– Tu ne veux pas me faire de peine, c'est gentil. Mais c'est inutile. Quand on arrive à la soixantaine, on apprend à accepter le persiflage des autres avec magnanimité. De plus, il se trouve qu'ils ne se trompent pas. Ce qui prouve que si, parlant d'un autre être humain, on laisse continuellement s'exprimer son antipathie, il est possible qu'une forme étrange de vérité finisse par émerger.

– Pourquoi est-ce que tu ne me parles jamais *sérieusement* !

– Je n'ai jamais parlé plus sérieusement à personne : j'ai tué une de mes épouses.

– *Je t'en prie*, arrête.

– Tu as joué au docteur par téléphone avec un type qui a tué sa femme.

– Non, ce n'est pas *vrai*.

– Qu'est-ce que tu cherches, toi ? Dans les hautes sphères de l'enseignement supérieur, on a découvert que j'étais un assassin et toi tu me téléphones pour me dire que tu es en pyj, et que tu es toute seule dans ton lit. Qu'est-ce que tu as dans le ventre qui te *brûle* comme ça ? Je suis le célèbre assassin *qui a étranglé sa femme*, je suis le grand sommeil. Tu vois une autre raison qui aurait pu m'obliger à venir m'installer dans un endroit pareil, tu crois que je serais là si je n'avais jamais étranglé personne ? Je l'ai fait avec ces mains que tu vois, là, devant toi, pendant qu'on répétait dans notre chambre, sur notre lit, le dernier acte d'*Othello*. Ma femme était une jeune actrice. *Othello* ? C'est une pièce. Une pièce dans laquelle un Afro-Vénitien étrangle sa femme, une Blanche. Tu n'en as jamais entendu parler parce que c'est une pièce qui contribue à perpétuer le stéréotype du Noir violent. Mais à l'époque, dans les années cinquante, l'humanité n'avait pas encore compris ce qui était important, et, dans les universités, les étudiants gobaient toutes les conneries qu'on leur balançait. Nikki était terrifiée chaque fois qu'elle devait aborder un nouveau rôle. Elle souffrait, elle avait peur, c'était insupportable. Entre autres, elle avait peur des hommes. Contrairement à toi, elle ne savait pas grand-chose sur les hommes, elle n'était pas très maligne. Ce qui en faisait une interprète parfaite pour le rôle. On répétait tout seuls dans notre appartement pour que Nikki n'ait pas trop peur. "Je n'y arrive pas !" Ça, je l'ai souvent entendue le dire. Je jouais le Noir violent conforme au stéréotype. Dans la scène où il la tue, je l'ai fait – je suis allé jusqu'au bout et je l'ai tuée. Je me suis laissé emporter par la magie, par la puissance qu'elle mettait dans le personnage. Ça a déclenché quelque chose en moi quand je l'ai vue jouer. Une femme que la réalité tangible et immédiate répugne, pour qui seule l'illusion existe réellement. Voilà le genre d'ordre que Nikki arrivait à trouver dans son chaos. Et toi, c'est quoi l'ordre que tu trouves dans ton chaos ? Parler de tes nichons à un vieux au téléphone ? Tu me dépasses, en tout cas moi je suis incapable de te comprendre. Une créature aussi dépourvue de honte et pourtant aussi insipide. Perverse et traîtresse, le baiser de la mort, mais un baiser avec la langue, déjà bien engagée dans les minables petits plaisirs de la double vie – et *insipide*. Question chaos, le tien me semble décidément assez peu chaotique. Les théoriciens du chaos devraient t'étudier. Dans quelle mesure ce que Katherine dit ou fait affecte vraiment Katherine ? Ce que tu veux, quoi que ce soit et si dangereux ou pervers que ce soit, tu fais tout pour l'avoir, j'sais pas moi, c'est, tu vois quoi, rien de personnel, hein, tu vois ?

– D'accord. Comment est-ce que tu l'as tuée, vraiment ? »

Il éleva les mains et dit : « Avec ces mains-là. Je te l'ai dit. "J'ai éteint la lumière et ensuite j'ai éteint la flamme."

– Et le corps ? Qu'est ce que t'en as fait ?

– J'ai loué un bateau à Sheepshead Bay ; c'est un port dans Brooklyn. J'ai été marin dans le temps. J'ai lesté le corps avec des briques et j'ai balancé Nikki par-dessus bord, en pleine mer.

– Et comment t'as fait pour transporter un cadavre jusqu'à Brooklyn ?

– Je trimbalais tout le temps des tas de choses. J'avais une vieille Dodge à l'époque, et j'étais tout le temps en train de mettre quelque chose dans le coffre ou de l'en ressortir, mon théâtre portable, mes accessoires et mes marionnettes. Les voisins me voyaient tout le temps aller et venir. Nikki n'était pas plus épaisse qu'un haricot vert. Elle ne pesait pas grand-chose. Je l'ai fourrée dans mon sac de marin, pliée en deux. Facile.

– Je ne te crois pas.

– Dommage. Parce que je n'en ai jamais parlé à personne. Même pas à Roseanna. Et maintenant je te l'ai dit, à toi. Et comme nous le savons depuis notre petit scandale, te raconter cette histoire n'est pas vraiment très prudent. À qui est-ce que tu vas aller raconter ça en premier ? À la doyenne, Kuziduzi, ou bien est-ce que tu vas aller directement à l'état-major nippon ?

– Pourquoi est-ce que tu as des préjugés racistes envers les Japonais ?

– À cause de ce qu'ils ont fait à Alec Guinness

354

dans *Le Pont de la rivière Kwaï*. Quand ils le mettent dans cette saloperie de boîte. Je les hais ces salauds. À qui tu vas aller le raconter en premier ?

– À personne ! J'en parlerai à personne, parce que ce n'est pas *vrai* !

– Et si c'était vrai ? Tu en parlerais à quelqu'un ?

– Quoi ? Si tu étais vraiment un assassin ?

– Oui. Et si tu en étais convaincue. Tu me livrerais, comme tu as livré la cassette ?

– La cassette, je l'ai oubliée ! Je ne l'ai pas fait *exprès* !

– Est-ce que tu me dénoncerais, Katherine ? Oui ou non ?

– Pourquoi est-ce que tu veux m'obliger à répondre à ces questions !

– Parce que j'ai besoin de savoir pour qui tu travailles, bordel de merde.

– Pour personne !

– Est-ce que oui ou non tu me dénoncerais ? S'il s'avérait que j'étais vraiment un assassin.

– Eh ben... tu veux une vraie réponse ?

– Je me contenterai de ce que tu voudras bien me donner.

– Eh ben... ça dépend.

– De quoi ?

– De quoi ? Ben, de notre relation.

– Tu ne me dénoncerais peut-être pas si notre relation était satisfaisante ? Et ce serait quoi, une relation satisfaisante ? Explique.

– Je sais pas... de l'amour, je suppose.

– Tu protégerais un assassin si tu l'aimais.

– Je ne *sais* pas. Tu n'as jamais tué personne. Ces questions sont complètement *idiotes*.

– Est-ce que tu m'aimes ? Ne te préoccupe pas de mes sentiments. Est-ce que tu m'aimes ?

– D'une certaine manière.

– Oui ?

– Oui.

– Vieux et détestable comme je suis ?

– Je t'aime... c'est ce que tu es dans ta tête que j'aime. Quand tu parles, j'aime ta façon de ne rien cacher de ce que tu es dans ta tête.

– De ce que je suis dans ma tête ? Mais je suis un assassin dans ma tête.

– Arrête avec ça. Tu me fais *peur*.

– Ma tête ? Ça c'est une révélation. Je croyais que c'était mon vieux pénis qui te plaisait. Ma *tête* ? C'est vraiment un choc pour un homme de mon âge. C'est vraiment pour ce que je suis dans la tête que tu as fait ça ? Oh, non. Tout ce temps où je te parlais de baise, tu m'écoutais exposer ce que je suis dans ma tête. Indûment attentive à ce que je suis dans ma *tête* ! Tu as osé introduire un élément mental dans un environnement où il n'avait pas sa place. Au secours ! C'est du harcèlement mental ! Au secours ! Je suis victime de harcèlement mental ! Merde, voilà que j'ai des ennuis gastro-intestinaux ! Tu m'as arraché des faveurs mentales sans me le dire et contre ma volonté ! Tu m'as rabaissé ! Tu as méprisé ma bite ! Appelez la doyenne ! On m'a privé du pouvoir de ma queue ! »

Avec ça, Kathy retrouva finalement assez d'initiative pour ouvrir la porte, mais si précipitamment et avec tellement de force qu'elle tomba de la voiture et roula sur le bas-côté de la route. Mais elle se remit debout sur ses Reebok presque immédiatement et, à travers le pare-brise, on pouvait la voir qui courait en direction d'Athena. Les marionnettes à main volent, lévitent et tourbillonnent, seuls les humains et les marionnettes à fils ont des possibilités limitées à la marche et à la course. C'était pour ça que, depuis toujours, les marionnettes à fils l'ennuyaient :

elles n'arrêtaient pas de marcher, d'un bout à l'autre de la scène, comme si, non contente d'être le sujet de tous les spectacles de marionnettes, la marche était le thème majeur de l'existence. Et ces fils – il y en avait trop, ils étaient trop voyants, trop grossièrement symboliques. Et toujours à imiter servilement le théâtre humain. Alors que les marionnettes à main... on glisse sa main dans la poupée et on cache son visage derrière un écran ! Rien de comparable dans tout le règne animal ! On peut aller jusqu'à Petrouchka, tout est faisable, plus c'est fou et plus c'est laid, mieux c'est. La marionnette cannibale de Sabbath qui avait remporté le premier prix devant le maestro de Rome. Qui mangeait ses ennemis sur scène. Il les dépiautait et parlait d'eux tout en continuant à les mâcher et à les avaler. L'erreur, c'est de continuer à croire qu'agir et parler font naturellement partie du domaine de quelqu'un d'autre qu'une marionnette. Le bonheur, c'est d'être des mains et une voix – vouloir être plus, chers étudiants, est une folie. Si Nikki avait été une marionnette, elle serait peut-être encore en vie.

Et, plus bas sur la route, Kathy qui fuyait sous le disque trop grand de cette lune ridicule. Et les fumeurs, maintenant réunis sous la lune, eux aussi, sous la cellule de sevrage de Roseanna dont on pouvait encore entendre les lamentations à deux cents kilomètres... Oh, elle allait y avoir droit, cette nuit, encore plus éprouvant que d'être mariée avec lui. Le médecin avait prévenu Sabbath qu'elle risquait de lui téléphoner pour le supplier de venir la chercher. Il conseilla à Sabbath d'ignorer ce que la compassion lui commanderait et de lui dire non. Sabbath promit de faire de son mieux. Plutôt que de rentrer à la maison pour entendre sonner le téléphone, il resta un peu plus longtemps dans la voiture où, pour des raisons qu'il n'arriva pas à comprendre tout de suite, il se mit à penser au type qui lui avait donné des livres à lire quand il était sur le pétrolier de la Standard Oil ; il revoyait le déchargement de la cargaison dans l'immense labyrinthe de tuyaux du port de Curaçao et ce type – le genre calme, un de ces types très bien qui passent mystérieusement leur vie en mer alors qu'on s'attendrait à les voir devenir professeurs ou peut-être même pasteurs – qui lui avait donné un recueil de poèmes de William Butler Yeats. Un solitaire. Un solitaire et un autodidacte. Un type qui avait des silences effrayants. Encore un de ces Américains. On rencontrait des Américains de toutes sortes en mer. Déjà à l'époque il y avait beaucoup d'Hispaniques – des durs, des types qui venaient d'Amérique latine, des vrais durs. Je me souviens d'un qui ressemblait à Akim Tamiroff. Nos frères de couleur, il y en avait de toutes sortes, tous les modèles auxquels on pouvait penser – des gentils, des pas si gentils que ça, toutes sortes. Il y avait un cuisinier noir, un grand, très gros, sur ce bateau où le type qui m'a donné le livre m'a donné l'envie de lire. J'étais en haut, dans ma couchette, avec un livre, et le cuisinier entrait et il m'attrapait par les couilles. Et il se mettait à rire. Il fallait que je me batte avec lui pour lui faire lâcher prise. Peut-être que ça fait de moi un « homophobe ». Il n'a jamais rien fait de plus agressif que ça, mais il aurait été bien content que je rentre dans son jeu, aucun doute là-dessus. Ce qui est bizarre, c'est qu'il allait au bordel, je le voyais tout le temps. Bon, le type qui m'avait donné les poèmes était complètement homo mais il ne m'a jamais touché, même pas avec des gants, mignon comme j'étais avec mes yeux verts. Il m'a indiqué les poèmes qu'il fallait lire. Il m'a donné un tas de livres. Très gentil de sa part, vraiment. Il était du Nebraska. J'apprenais des poèmes par cœur pendant mon quart.

Mais bien sûr ! Yeats pour Lady Goolsbee :

> J'ai entendu un vieillard religieux
> Encore hier au soir déclarer
> Qu'il avait trouvé dans un texte la preuve
> Que seul Dieu, ma chère,
> Était capable de vous aimer pour ce que vous êtes
> Et non pour vos cheveux clairs

Dans quelques heures Kathy passerait la ligne d'arrivée. Il la voyait d'ici, le ruban collé aux seins, elle tombe dans les bras de l'Immaculée Kamizoko. Les seins écrasent le ruban. Kakizomi. Kazikomi. Impossible de se souvenir de ces putains de noms. Ça n'intéressait personne. Tojo et Hirohito, ça lui suffisait. Pleurant comme une hystérique, elle raconterait à la doyenne les horribles méfaits qu'il lui avait avoués. Et la doyenne ne résisterait peut-être pas à l'envie d'y croire, comme Kathy avait fait semblant de le faire.

Sur le chemin de la maison il mit « The Sheik of Araby ». Peu de choses en ce monde étaient aussi parfaites que ces quatre petits solos. Clarinette. Piano. Batterie. Vibraphone.

Comment se fait-il qu'il n'y ait plus personne pour haïr Tojo ? Plus personne ne se souvient de cet assassin, sauf moi. Tojo, tout le monde s'imagine que c'est une marque de voiture. Mais demande un peu aux Coréens s'ils se souviennent des Japonais qui les ont maintenus sous la botte pendant trente-cinq ans. Demande un peu aux Mandchous de te parler des bonnes manières de leurs envahisseurs. Demande aux Chinois ce qu'ils pensent de l'extra-ordinaire compréhension que leur ont témoignée ces ordures d'impérialistes à la face aplatie. Pose quelques questions sur les bordels militaires que les Japs approvisionnaient avec des filles exactement comme toi. Plus jeunes. La doyenne pense que c'est *moi* l'ennemi. Ho, ho ! Demande-lui de te parler des braves garçons de chez elle et de te raconter comment ils ont écumé l'Asie tout entière, baisant tout ce qu'ils trouvaient sur leur chemin, toutes les étrangères qu'ils ont réduites en esclavage, qu'ils ont transformées en putains. Va à Manille, va leur demander ce qu'ils pensent des bombes, des tonnes de bombes que les Japs ont déversées sur Manille alors qu'en principe c'était déjà une ville ouverte. Où est Manille ? Comment le saurais-tu ? Peut-être qu'un jour Maîtresse prendra une heure de son cours sur le harcèlement sexuel pour dire deux mots à ses virginales agnelles sur une petite horreur qu'on appelle la Seconde Guerre mondiale. Les Japon*ets*. Aussi arrogants et aussi racistes que n'importe qui dans n'importe quel pays – à côté d'eux le Ku Klux Klan c'est... Mais qu'est-ce que tu pourrais bien savoir du Ku Klux Klan ? Comment saurais-tu quoi que ce soit quand on voit entre les pattes de qui tu es tombée ? Tu veux tout savoir sur les Japon*ets* ? Demande à ma mère, encore une femme que la vie a harcelée. Demande-lui.

Il chantait de bon cœur avec le quartette, comme Gene Hochberg, il savait vraiment y faire, lui, pour remuer une foule de mômes et les faire swinguer ; il prenait du plaisir, Sabbath, et pas seulement à cause des paroles à double sens de cette vieille chanson des années vingt à la gloire des rendez-vous qui se terminent en viols et où on dénigre les Arabes, mais aussi à cause du numéro qu'il venait de faire, un numéro provocateur qui n'était pas du très grand spectacle mais qui marcherait toujours, la joie qu'il trouvait dans cet emploi de sauvage. Comment les missionaires pourraient-ils se donner de l'importance sans leurs sauvages ? Cette naïveté, cette putain d'impertinence dès qu'il s'agissait des plaisirs de la chair ! Suborneur de la jeunesse. Socrate, Strindberg, et moi. Mais en grande forme, quand même. Le tintement cristallin des coups de Hampton avec ses marteaux – ça remettait les choses à leur place, presque tout. À moins que ce ne soit d'avoir réussi à se débarrasser de Rosie. Ou alors c'était de savoir qu'il n'avait jamais eu besoin de plaire et qu'il n'allait pas commencer maintenant. Oui, oui, oui, il était plein d'une folle tendresse pour cette vie de merde qui avait été la sienne. Et il en voulait encore, c'était risible. Davantage d'échecs ! Davantage de déceptions ! Davantage de tromperies ! De solitude ! D'arthrose ! De missionaires ! Et si Dieu veut, encore plus de cul ! Être mêlé à tout, et que ce soit plus catastrophique encore. Pour savoir vraiment ce qu'est une vie tumultueuse, rien de mieux que le mauvais côté de l'existence. Peut-être que les braves gens ne venaient pas à mes spectacles, et on dira ce qu'on voudra sur mon compte, mais ça a été une vraie vie d'homme !

> Je suis le cheik d'Arabie,
> Ton amour m'appartient.
> La nuit quand tu es endormie,
> Sous ta tente je viens.
> Les étoiles brillent tout autour,
> Et nous éclairent sur le chemin de l'amour
> Tu régneras avec moi sur le pays,
> Je suis le cheik d'Arabie.

La vie est vraiment quelque chose d'impénétrable. Pour autant qu'il le sût, Sabbath venait de se débarrasser d'une fille qui ne l'avait pas trahi, qui ne s'était pas conduite comme une garce, et qui en était bien incapable – une fille simple, aventureuse, qui aimait son père et qui ne tromperait jamais aucun homme mûr (sauf papa avec Sabbath) ; pour autant qu'il le sût, il venait de faire fuir la dernière des filles de vingt-ans, il l'avait effrayée, et sous sa tente plus jamais il n'irait la rejoindre. Il avait confondu la douce, l'innocente et loyale Cordelia avec ses méchantes sœurs Goneril et Regan. Il avait tout compris de travers, comme le vieux Lear. Heureusement pour sa santé mentale, il allait trouver de quoi se consoler dans le grand lit de Brick Furnace Road, il allait baiser Drenka dedans, cette nuit et les vingt-sept nuits suivantes.

*

Le seul message que reçut Sabbath pendant les deux semaines durant lesquelles il n'était pas autorisé à rendre visite à Roseanna fut la carte postale délibérément lapidaire qu'elle lui envoya d'Usher à la fin de la première semaine de son séjour : pas de salutations, et uniquement l'adresse de la maison de Madamaska Falls – elle ne voulait même pas écrire son nom. « Retrouve-moi à Roderick House, le 23, à 16 h 30. Le dîner est à 17 h 15. J'ai une réunion des AA de 19 à 20 h. Tu peux prendre une chambre à Usher, au Ragged Hill Lodge, si tu ne veux pas faire l'aller retour dans la journée. R.C.S. »

Au moment même où il montait dans sa voiture, le 23, à treize heures trente, le téléphone sonna dans la maison et il courut jusqu'à la cuisine, pensant que c'était Drenka. Quand il entendit la voix de Roseanna remercier la standardiste pour son aide, il pensa qu'elle l'appelait pour lui dire de ne pas venir. Il appellerait Drenka pour lui annoncer la nouvelle dès qu'il aurait raccroché.

« Comment vas-tu, Roseanna ? »

Sa voix, qui n'avait jamais eu beaucoup de relief, était comme aplatie au fer à repasser, sévère, agressive et sans aucune inflexion. « Est-ce que tu viens ?

– J'étais justement en train de monter dans la voiture. J'ai dû revenir en courant pour décrocher le téléphone.

– Je voudrais que tu m'apportes quelque chose. S'il te plaît, ajouta-t-elle comme si quelqu'un lui donnait des instructions sur quoi dire et comment le dire.

– T'apporter quelque chose ? Bien sûr, dit-il. Tout ce que tu voudras. »

À cela elle répondit par un rire désagréable qui n'était pas dans le script. Puis, glaciale : « Dans mon meuble à tiroirs. Tiroir du haut, vers le fond. Un classeur bleu à trois anneaux. Il me le faut.

– D'accord. Mais il va falloir que j'ouvre le meuble.

– Tu vas avoir besoin de la clé. » Encore plus glaciale, si c'était possible.

« Où se trouve t-elle ?

– Dans mes bottes de cheval... la gauche. »

Pourtant, au fil des années, il avait regardé dans toutes ses bottes, ses chaussures et ses tennis. Elle devait l'avoir changée de place récemment.

« Va la chercher maintenant, dit-elle. Tout de suite, c'est important... S'il te plaît.

– C'est bon. D'accord. La botte droite.

– La *gauche* ! »

Non, ce n'était pas difficile de la déstabiliser. Et elle avait déjà deux semaines dans les pattes, il ne lui en restait plus que deux devant elle.

Il trouva la clé, prit dans le tiroir du haut le classeur bleu à trois anneaux et revint au téléphone pour l'assurer qu'il l'avait.

« Est-ce que tu as refermé le tiroir ? »

Il mentit et répondit oui.

« Apporte-moi la clé. La clé du tiroir. S'il te plaît.

– Bien sûr.

– Et le classeur. Il est bleu. Il y a deux élastiques autour.

– Je l'ai dans la main.

– Je t'en prie, ne le perds pas ! » Elle explosa. « C'est une question de vie ou de mort !

– Tu es sûre que tu le veux vraiment ?

– Ne *discute* pas ! Fais ce que je te demande ! Ça m'est déjà assez difficile de te *parler* !

– Tu préfères que je ne vienne pas ? » Il se demanda s'il pouvait sans danger passer devant l'auberge à cette heure et donner deux coups d'avertisseur, leur signal pour indiquer à Drenka de le retrouver à la Grotte.

« Si tu n'as pas envie de venir, dit-elle, ne viens pas. Il ne s'agit pas d'une partie de plaisir, pour personne. Si ça ne t'intéresse pas de me voir, *ça ne me dérange pas*.

– Ça m'intéresse de te voir. C'est pour ça que j'étais dans la voiture quand tu as appelé. Comment te sens-tu ? Ça va mieux ? »

Elle répondit d'une voix mal assurée : « Ce n'est pas facile.

– J'en suis persuadé.

– C'est très dur. » Elle se mit à pleurer. « C'est terriblement dur, c'est *impossible*.

– Tu fais quand même des progrès ?

– Oh, tu ne comprends pas ! Tu ne comprendras jamais ! » cria-t-elle, et elle raccrocha.

Dans le classeur, il y avait les lettres que son père lui avait envoyées après qu'elle l'eut quitté pour aller habiter avec sa mère, juste après son retour de France. Il avait écrit à Roseanna tous les jours, jusqu'au dernier, celui où il en avait fini. La lettre qu'il avait laissée derrière lui après son suicide était adressée à ses deux filles, Roseanna et Ella, sa jeune sœur. La mère de Roseanna avait rassemblé les lettres adressées à ses filles et les avait gardées jusqu'à sa propre mort survenue l'année dernière, après un long combat contre l'emphysème. Roseanna avait reçu en héritage le classeur bleu et les antiquités de sa mère, mais elle n'avait jamais réussi à enlever ne serait-ce que les élastiques qui le maintenaient clos. À un moment donné, elle était même déterminée à le jeter, mais elle n'y était pas parvenue non plus.

À mi-chemin d'Usher, Sabbath s'arrêta pour manger dans un restaurant au bord de la route. Il garda le classeur sur les genoux jusqu'à ce que la serveuse lui apporte du café. Puis il enleva les élastiques, les mit soigneusement dans la poche de sa veste et ouvrit le classeur pour commencer à lire les lettres.

La lettre qu'il avait écrite quelques heures à peine avant de se pendre portait en tête « Mes filles adorées, Roseanna et Ella », elle était datée « Cambridge, 15 sept. 1950 ». Rosie avait treize ans. Sabbath lut en premier la dernière lettre du professeur Cavanaugh.

Cambridge, 15 sept. 1950
Mes filles adorées, Roseanna et Ella,
Malgré tout, je dis encore adorées. J'ai toujours essayé de faire de mon mieux mais j'ai totalement échoué. Mes mariages successifs ont été des échecs et j'ai aussi échoué dans mon travail. J'ai été brisé par le départ de votre mère. Et quand vous, mes filles chéries, vous m'avez, à votre tour, abandonné, ce fut la fin de tout. Depuis, je suis complètement insomniaque. Je n'ai plus aucune force. Je suis épuisé et les somnifères me rendent malade. Je ne peux continuer plus longtemps. Dieu me

vienne en aide. Je vous en prie, ne me jugez pas trop
sévèrement.

Soyez heureuses !
Papa

Cambridge, 6 févr. 1950

Chère petite Roseanna,

Tu ne peux pas savoir à quel point tu me manques, ma
petite fille chérie. Je me sens complètement vidé et je ne
sais pas comment je vais faire pour m'en remettre. Mais,
dans le même temps, je pense qu'il était important et
nécessaire que les choses se passent ainsi. Je t'ai vu changer depuis le mois de mai dernier. J'étais très inquiet,
parce que *je ne pouvais rien faire pour toi* et parce que tu
ne désirais pas te confier à moi. Tu t'es refermée sur toi-
même et tu m'as rejeté. Je ne savais pas que les choses
allaient si mal à l'école, même si je m'en doutais un peu
dans la mesure où tes camarades de classe ne venaient
jamais te voir. Seule la petite Helen Kylie, qui est si
mignonne, passait parfois te chercher le matin. Mais, ma
petite chérie, c'était de ta faute. Tu te sentais supérieure
aux autres et tu le leur montrais peut-être plus que tu ne
le croyais. C'est exactement la même chose que ce qui est
arrivé à ta mère avec les amis qu'elle avait ici. Ma chère
petite Roseanna, je ne dis pas cela pour te faire des
reproches mais pour que tu réfléchisses à toutes ces
choses et que, peut-être, tu en parles avec ta mère. Et tu
apprendras alors que, dans la vie, il ne faut pas penser
qu'à soi...

Cambridge, 8 févr. 1950

... tu avais perdu le contact avec ton père et je ne parve-
nais pas à percer la carapace derrière laquelle tu te
retranchais. J'étais très profondément inquiet. J'ai
compris que tu avais besoin d'une mère. J'ai même
essayé de t'en trouver une mais cela a été un échec
complet. Tu as maintenant retrouvé ta vraie mère, qui te
manquait depuis si longtemps. Tu as maintenant les
moyens de te remettre de tout cela et d'aller bien. Cela te
redonnera le courage d'affronter la vie. Et tu seras à nou-

veau contente d'aller à l'école. Pour ce qui est de l'intelligence, tu es loin, très loin au-dessus de la moyenne...

La maison de ton père t'est toujours ouverte, le jour où tu voudras y revenir, que ce soit pour un séjour court ou long. Tu es ma petite fille adorée et le vide que tu as laissé en partant est immense. J'essaierai de me consoler en me disant que si les choses se sont passées ainsi, c'était dans ton intérêt.

Je t'en prie, écris-moi un mot dès que tu seras installée. Au revoir, ma petite chérie ! Mille baisers pleins d'amour de quelqu'un qui se sent bien seul.

Papa

Cambridge, 9 févr. 1950

Ma chère petite Roseanna !

J'ai rencontré par hasard Mlle Lerman dans la rue. Elle regrettait ton départ. Elle m'a dit que tous les professeurs t'aimaient beaucoup. Mais elle a compris que tu traversais une période difficile ces derniers temps, que tu avais été malade, et cetera, et que tu avais été obligée de t'absenter pour de longues périodes. Elle m'a également dit qu'elle ne te voyait plus avec Helen Kylie ni avec tes autres amies, Myra, Phyllis et Aggie. Mais elle a ajouté que ces filles étaient studieuses alors que Roseanna avait perdu l'envie de réussir. Elle espère que tu parviendras à surmonter tes difficultés d'ici quelques années. Elle m'a dit qu'elle avait vu beaucoup de cas comme le tien. Elle est persuadée, comme moi, qu'il est préférable d'envoyer les jeunes filles dans des écoles uniquement pour filles pendant la période de la puberté. Il semble, malheureusement, que ta mère ne partage pas l'opinion de Mlle Lerman...

... oui, ma chère petite Roseanna, j'espère que tu seras bientôt à nouveau heureuse, comme à l'époque où tu étais mon rayon de soleil, franche et directe. Mais c'est là que nos difficultés ont commencé. Je voulais t'aider mais ne le pouvais pas car tu refusais mon aide. Tu ne pouvais plus me confier tes soucis. Tu avais alors besoin d'une mère, mais tu n'avais pas de mère, malheureusement...

Je t'embrasse très fort.

Papa

Cambridge, 10 févr. 1950

Chère Roseanna !

Tu m'avais promis en partant de m'écrire et de me téléphoner souvent. Tu avais l'air si douce et si sincère que je t'ai crue. Mais l'amour est aveugle. Il y a maintenant cinq jours que tu es partie et pas le moindre petit mot de toi. Tu n'as pas non plus voulu me parler hier soir, alors que j'étais à la maison. Je commence à comprendre, mes yeux s'ouvrent. As-tu mauvaise conscience ? N'es-tu plus capable de regarder ton père en face ? C'est comme ça que tu me remercies pour tout ce que j'ai fait pour toi pendant ces cinq années où j'ai dû m'occuper seul de mes enfants ? C'est cruel. C'est affreux. Reviendras-tu jamais à la maison voir ton père, pourras-tu le regarder en face ? J'ai beaucoup de mal à comprendre tout cela. Mais je ne te juge pas. Je vois bien que depuis quelque temps tu es sous hypnose. Ta mère semble s'être donné pour tâche de me harceler autant qu'elle le pourra. Tout ce qui l'intéresse, c'est de m'abattre. Il semble qu'elle n'ait pas beaucoup changé, pas autant que vous, les enfants, semblez le penser.

Peut-être m'écriras-tu quelques lignes pour me dire ce que je dois faire. Dois-je vider ta chambre et essayer d'oublier que tu as jamais existé ?

Pourquoi m'as-tu menti sur les dix dollars à la papeterie ? Ce n'était pas nécessaire. Et ce dernier souvenir n'est pas très joli.

Papa

Cambridge, 11 févr. 1950

Très chère petite Roseanna !

Mille merci pour ta lettre que j'espérais depuis si longtemps ! Elle m'a fait tellement plaisir que je suis complètement transformé. Le soleil brille à nouveau sur ma vie brisée. Je t'en prie, pardonne-moi pour ma dernière lettre. J'étais tellement déprimé quand je l'ai écrite que j'ai peine à croire que je pouvais encore tenir debout. Mais aujourd'hui, j'ai l'impression que tout est différent. Irene est devenue si gentille que je dirais presque maintenant qu'elle est *douce*. Elle m'a probablement aidé à surmonter le plus terrible – ton départ...

Bien sûr, tu es la bienvenue tant que tu ne romps pas complètement le contact avec ton père. Et maintenant que la situation s'est calmée et que tout va bien ici, nous serions très contents de recevoir des lettres de toi, nous *tous*. Je t'en prie, écris-nous aussi souvent que possible. Pas forcément de très longues missives, même juste un petit mot pour nous dire que tu vas bien. Mais de temps en temps, il te faudra écrire à ton père pour lui dire comment tu te sens dans les profondeurs de ton âme, particulièrement quand tu es abattue et en proie à des soucis.

Nos meilleures, meilleures, meilleures salutations, de notre part à tous, et surtout de quelqu'un qui t'aime, ton
Papa

Voilà le genre de lettres qui allaient du jour de février 1950 où Rœseanna avait quitté Cambridge avec Ella pour aller vivre chez sa mère, jusqu'à la fin du mois d'avril, date à laquelle il dut arrêter sa lecture s'il voulait arriver à l'hôpital à temps pour le dîner. Et il était sûr, de toute façon, que le message et le découragement ne variaient pas jusqu'à la fin – le monde était contre lui, lui barrait le chemin, se moquait de lui et l'écrasait. *Dois-je vider ta chambre et essayer d'oublier que tu as jamais existé ?* De ce pauvre professeur Cavanaugh à sa fille chérie de treize ans, au bout de cinq jours sans nouvelles d'elle. Cet ivrogne fou de douleur – incapable de désarmer, pas un seul jour de sa vie, jusqu'au jour où on a soulevé la pierre pour voir ce qu'il y avait dessous. *Je vous en prie, ne me jugez pas trop sévèrement. Soyez heureuses ! Papa.* Ensuite, plus rien ne dépassait. Tout était enfin rentré dans l'ordre.

Sabbath se gara sur le parking de la clinique un tout petit peu avant cinq heures. Il remonta à pied une allée dont l'anneau séparait une grande pelouse en creux d'une maison blanche de deux étages située en haut d'une petite colline, une maison en bois, très longue, avec des fenêtres aux volets noirs ; c'était le bâtiment principal, et, assez curieusement, il ressemblait beaucoup, par son architecture à l'auberge de style colonial des Balich au-dessus du lac Madamaska. Au siècle dernier, il y avait eu un lac ici aussi, et il avait été remplacé par la pelouse en forme de lac, et au-dessus de ce lac, il y avait eu, dans le temps, une espèce de château de style gothique qui était tombé en ruine après la mort des propriétaires, des gens qui n'avaient pas laissé d'enfants derrière eux. D'abord, c'était le toit qui avait cédé, ensuite les murs de pierre puis, en 1909, on avait asséché le lac et, à l'aide d'un énorme engin de terrassement, on avait comblé la dépression avec le reste de ces ruines pittoresques mais un peu inquiétantes afin de préparer le terrain pour la construction d'un sanatorium. L'ancien sanatorium était devenu le bâtiment principal de la clinique psychiatrique d'Usher mais on continuait à l'appeler le Château.

Sans doute à cause de la proximité du dîner, le groupe de fumeurs qui stationnaient devant la porte principale du Château devait bien compter vingt à vingt-cinq personnes, une poignée d'entre eux étaient étonnamment jeunes, des garçons et des filles de moins de vingt ans, habillés comme les étudiants de la vallée, les garçons avec leur casquette de base-ball à l'envers et les filles en T-shirt au logo de leur université, chaussures de sport et jean. Il demanda à la plus mignonne des filles – qui aurait aussi été la plus grande si elle s'était tenue droite – de lui indiquer Roderick House, et il remarqua, quand elle leva le bras pour lui montrer le chemin, une marque horizontale en travers de son poignet qui n'avait, semblait-il, fini de cicatriser que très récemment.

Un après-midi d'automne ordinaire – c'est-à-dire ensoleillé et magnifique. Combien cette beauté devait paraître affreuse et *dangereuse* quand on était déprimé et au bord du suicide, c'était pourtant le genre de journée, se disait Sabbath, qui pousse le dépressif de nos contrées à croire que la caverne qu'il traverse en rampant le conduit vers la vie. Le meilleur de l'enfance lui revient à la mémoire et cela lui permet, pour le moment, d'envisager un éventuel recul, sinon des tourments de l'âge adulte, au moins de ceux que lui inspire la terreur. L'automne en hôpital psychiatrique, l'automne et tout ce que cela peut signifier ! Comment est-ce que ça peut être l'automne si moi je suis ici ? Comment est-ce que moi je peux être ici si c'est l'automne ? Est-ce vraiment l'automne ? L'année entre à nouveau dans la magie de son cycle de transition et ça ne se remarque même pas.

Roderick House se trouvait en contrebas d'un coude de l'allée, qui contournait la pelouse avant de déboucher sur la route. Le bâtiment était une réplique, d'un seul étage et en plus petit, du Château, il y en avait sept ou huit autres comme ça, disposés de manière irrégulière parmi les arbres, chacun avec une véranda découverte et une pelouse devant. En descendant vers Roderick depuis le terre-plein que constituait l'allée, Sabbath vit quatre femmes installées sur des sièges de jardin, très près les unes des autres, au milieu de la pelouse. Celle qui était allongée dans une chaise longue en plastique blanc était sa femme. Elle portait des lunettes de soleil et demeurait parfaitement immobile alors qu'autour d'elle les autres poursuivaient une conversation animée. Mais, à ce moment-là, quelqu'un dit quelque chose de tellement drôle – peut-être même que c'était Roseanna – qu'elle se redressa et applaudit joyeusement. Cela faisait des années qu'il ne l'avait pas entendue rire aussi spontanément. Elles étaient toutes encore en train de rire quand Sabbath apparut, à l'autre bout de la pelouse. Une des femmes se pencha vers Roseanna. « Ton visiteur, murmura-t-elle.

– Bonjour, dit Sabbath en s'inclinant poliment devant elles. Je suis le bénéficiaire de l'instinct de bâtisseuse de Roseanna et je suis aussi l'incarnation de toutes les résistances qu'elle rencontre dans sa vie. Je suis sûr que vous avez toutes des compagnons indignes de vous – le sien, c'est moi. Je m'appelle Mickey Sabbath. Tout ce que vous avez entendu dire sur moi est vrai. Il ne reste plus que des ruines et c'est moi qui ai tout détruit. Salut, Rosie. »

Il ne fut pas surpris de ne pas la voir sauter sur ses pieds pour venir le prendre dans ses bras. Mais quand elle enleva ses lunettes de soleil et lui dit timidement « Salut », ... disons que sa voix au téléphone ne l'avait pas préparé à la trouver aussi charmante. À peine quatorze jours sans bibine et loin de lui, et voilà qu'elle avait l'air d'avoir trente-cinq ans. Elle avait la peau bien nette et légèrement bronzée ; dans ses cheveux, qui lui arrivaient aux épaules, les reflets tiraient plus vers le doré que vers le brun, et il semblait même qu'elle avait retrouvé toute la largeur de sa bouche et de ce charmant espace entre ses deux yeux. Elle avait effectivement le visage assez large, mais ça faisait des années qu'on ne voyait plus ses traits. Il avait sous les yeux la cause de leurs tourments, ce n'était pas compliqué : sous des airs de grande fille toute simple, une vraie bombe. En quatorze jours à peine, elle s'était débarrassée de deux décennies d'une vie d'erreurs.

« On est toutes, dit-elle maladroitement, de ce pavillon. *Helen Kylie, Myra, Phyllis, Aggie...* Tu veux voir ma chambre ? On a un peu de temps. » Elle était comme une petite fille complètement perdue, trop gênée par la présence d'un de ses parents pour ne pas être mal à l'aise tant qu'ils n'auraient pas quitté ses amies.

Il monta derrière Roseanna les quelques marches qui menaient à la véranda – trois fumeuses, des femmes assez jeunes, comme sur la pelouse –, puis ils pénétrèrent dans le bâtiment. Ils passèrent devant une petite cuisine puis tournèrent dans un couloir où étaient affichés plusieurs avis et des coupures de journaux. D'un côté, le couloir donnait sur un petit salon sombre dans lequel un autre groupe de patients regardaient la télévision ; en face, il y avait le bureau des infirmières, parois de verre et posters de « Peanuts » au-dessus des deux bureaux. Roseanna le tira dans l'encadrement de la porte. « Mon mari est arrivé, dit-elle à la jeune infirmière qui était de service. – Très bien », répondit l'infirmière en faisant poliment un signe de tête à Sabbath, que Roseanna entraîna plus loin avant qu'il ne se mette à répéter à l'infirmière que tout n'était plus que ruines et que c'était lui qui avait tout détruit, même si c'était effectivement le cas.

« Roseanna ! appela une voix amicale depuis le salon. Roseanna Banana !

– Salut.

– On se croirait dans une fac, comme si tu étais de retour à Bennington », dit Sabbath.

Elle lui sauta dessus, amère. « Pas *exactement* ! »

Sa chambre était petite, fraîchement repeinte en blanc, avec des rideaux aux deux fenêtres qui donnaient sur la pelouse, un lit à une place, un vieux bureau en bois et une commode. Tout ce qu'il fallait, vraiment. On aurait pu passer sa vie entière dans un endroit comme ça. Il regarda dans la salle de bains, ouvrit un robinet – « Eau chaude », dit-il d'un ton approbateur – puis, au moment où il ressortait, il remarqua trois cadres posés sur le bureau : la photo de sa mère en manteau de fourrure, c'était à Paris juste après la guerre, la vieille photo d'Ella avec Paul et leurs deux enfants, des blondinets un peu grassouillets (Eric et Paula) et le troisième (Glenn) encore dans le ventre bien visible de sa mère, et une photo qu'il n'avait jamais vue auparavant, une photo de studio, un homme en costume, cravate et col dur, un homme entre deux âges, austère, avec un visage large, un homme qui n'avait pas du tout l'air « brisé » mais qui ne pouvait être que Cavanaugh. Un cahier d'écolier était ouvert sur le bureau, que Roseanna ferma d'une main tremblante avant de continuer à tourner en rond dans la chambre. « Où est le classeur ? demanda-t-elle. Tu as oublié le classeur ! » Elle n'était plus la sylphide aux lunettes de soleil qu'il avait vue sur la pelouse en train de rire joyeusement avec Helen, Myra, Phyllis et Aggie.

« Je l'ai laissé dans la voiture, j'ai fermé à clé. Il est sous le siège. En sûreté.

– Et si, cria-t-elle, tout à fait sérieuse, quelqu'un vole la voiture ?

– Tu penses qu'il y a vraiment un risque, Roseanna ? Une voiture comme celle-là ? Je me suis dépêché pour arriver à l'heure. Je me suis dit qu'on irait le chercher après le dîner. Mais je peux partir quand tu voudras. Je vais te chercher le classeur et je repars tout de suite si tu préfères. Il y a encore deux minutes, tu avais l'air très en forme. Ma présence ne te vaut rien, surtout pour le teint.

– J'avais prévu de te faire visiter. Je voulais tout te montrer. *C'est vrai.* Je voulais te faire voir l'endroit où je vais nager. Maintenant je ne sais plus où j'en suis. Je me sens vide. Je me sens mal. » Assise sur le bord de son lit, elle se mit à pleurer. « Ça coûte mille dollars par jour ici » furent les mots qu'elle arriva finalement à prononcer.

« C'est pour ça que tu pleures ?

– Non, l'assurance prend tout en charge.

– Alors pourquoi est-ce que tu pleures ?

– Demain... demain soir, à la réunion. "Mon histoire", c'est à moi de parler. C'est mon tour. J'ai pris des notes. Je suis terrifiée. Ça fait des jours que je prends des notes. J'en ai la nausée, j'ai mal au ventre...

– Pourquoi avoir peur ? Dis-toi que tu es dans ta classe. Fais comme si tu parlais à tes élèves.

– C'est pas *parler* qui me fait peur, répondit-elle avec colère. C'est ce que je *dis*. C'est de dire la *vérité*.

– Sur ? »

Elle n'arrivait pas à croire qu'il puisse être aussi bête. « Sur ? *Sur* ? Sur lui ! » Elle indiqua du doigt la photo de son père. « Cet homme-là ! »

Nous y voilà. C'est *cet homme-là*. C'est *lui*.

Assez innocemment, Sabbath demanda : « Qu'est-ce qu'il a fait ?

– Tout. *Tout*. »

La salle à manger, au rez-de chaussée du Château, était agréable, calme et inondée d'une lumière qui pénétrait par les baies vitrées donnant sur la pelouse. Les patients s'installaient où ils voulaient, la plupart du temps autour de tables en chêne assez grandes pour huit, mais quelques-uns s'étaient assis à l'écart, à des tables de deux le long du mur. À nouveau, cela lui rappela l'auberge du bord du lac et l'atmosphère agréable de la salle à manger quand Drenka y officiait en grande prêtresse. Contrairement aux clients de l'auberge, les patients se servaient eux-mêmes à un buffet où il y avait, ce soir, des frites, des haricots verts, des cheeseburgers, de la salade verte et des glaces – des cheeseburgers à mille dollars par jour. Chaque fois que Roseanna se levait pour aller remplir son verre de jus d'airelle, il y avait toujours, parmi ceux qui faisaient le pied de grue autour de la machine, quelqu'un pour lui sourire ou lui dire quelques mots, et quand elle revenait avec son verre à nouveau plein, il y avait toujours quelqu'un d'assis à une table pour lui prendre la main restée libre. Parce que, demain soir, c'était son tour pour « Mon histoire » ou parce que, ce soir, « il » était là ? Il se demanda si quelqu'un d'Usher – patient, médecin ou infirmière – avait essayé de téléphoner dans l'État d'à côté pour s'enquérir de ce qui l'avait amenée dans cet endroit.

Sauf que c'était son père qui avait tout fait pour qu'elle atterrisse dans cet endroit.

Mais comment se faisait-il qu'elle ne lui ait jamais rien dit auparavant de ce « tout » ? N'avait-elle pas osé en parler ? N'avait-elle pas osé s'en souvenir ? Ou bien est-ce que cette accusation lui ouvrait tellement les yeux sur la genèse de l'état de détresse où elle se trouvait que la question de sa véracité en devenait malheureusement sans importance ? Elle avait enfin une explication, à la fois noble et hideuse, et qui, selon les canons du moment, était plus que raisonnable. Mais où – si elle existait encore – trouver une image vraie du passé ?

Tu ne peux pas savoir à quel point tu me manques, ma petite chérie. Je me sens complètement vidé et je ne sais pas comment je vais faire pour m'en remettre. Tu es ma petite fille adorée et le vide que tu as laissé en partant est immense. Seule la petite Helen Kylie, qui est si mignonne, passait parfois. À l'époque où tu étais mon rayon de soleil, franche et directe. Tu avais l'air si douce et si sincère que je t'ai crue. Mais l'amour est aveugle. As-tu mauvaise conscience ? N'es-tu plus capable de regarder ton père en face ? Ta lettre que j'espérais depuis si longtemps. Le soleil brille à nouveau sur ma vie brisée.

Qui s'était pendu dans ce grenier de Cambridge, un père éploré ou un amant éconduit ?

Pendant le dîner, elle donna l'impression d'être capable, à condition de ne pas s'arrêter de parler, de faire comme si Sabbath n'était pas là, ou que la personne assise en face d'elle était quelqu'un d'autre. « Tu vois cette femme, dit-elle à voix basse, deux tables derrière moi, toute petite, menue, des lunettes, cinquante ans ? », et elle lui fit un synopsis du désastre qu'avait été *son* mariage – une deuxième famille, une maîtresse de vingt-cinq ans et deux enfants de trois et quatre ans que le mari avait secrètement installés dans la ville d'à côté. « Tu vois la fille avec les tresses ? Rousse... mignonne, une gamine intelligente... vingt-cinq ans... étudiante à Wellesley... un petit copain ouvrier du bâtiment. D'après elle, il ressemble au cow-boy de Marlboro. Il la cogne contre les murs, il la balance dans l'escalier, et elle peut pas s'empêcher de lui téléphoner. Elle l'appelle tous les soirs. Elle dit qu'elle essaie d'éveiller ses remords. Ça n'a encore rien donné. Tu vois le brun, assez jeune, prolo ? Deux tables sur ta gauche. Il est vitrier. Gentil. Sa femme déteste ses parents et lui interdit d'emmener les enfants les voir. Il passe ses journées à se promener, et il se parle sans arrêt. "C'est inutile... c'est sans espoir... ça changera jamais... les cris... les scènes... j'en peux plus." Le matin, la seule chose qu'on entend c'est des gens qui pleurent, chacun dans sa chambre, ils pleurent et ils répètent : "Je préférerais être mort." Tu vois le type, là ? Le grand, chauve, avec un grand nez ? La robe de chambre en soie ? Il est homo. Il a des tas de flacons de parfum dans sa chambre. Il se promène en robe de chambre toute la journée. Toujours un livre à la main. Il ne vient jamais aux réunions. Tous les ans au mois de septembre, il essaie de se tuer. Il vient ici en octobre. Et il rentre chez lui en novembre, tous les ans. C'est le seul homme de Roderick. Un matin en passant devant sa chambre, je l'ai entendu pleurer. Je suis entrée et je me suis assise sur le lit. Il m'a raconté son histoire. Sa mère est morte trois semaines après sa naissance. Le cœur. Il n'a pas su de quoi elle était morte avant l'âge de douze ans. On l'avait prévenue de ce qu'elle risquait en cas de grossesse, mais elle voulait un enfant, elle l'a eu et elle est morte. Il se disait qu'il l'avait tuée. Son premier souvenir c'est qu'il est dans une voiture avec son père, il l'emmenait d'une maison à une autre. Ils changeaient tout le temps de maison. Quand il avait cinq ans, ils ont emménagé chez des amis de son père, un couple marié. Son père y est resté trente-deux ans. Il avait une liaison secrète avec la femme. Ces gens avaient deux filles, il les considère comme des sœurs. Il y en a une qui est vraiment sa sœur. Il est dessinateur chez un architecte. Il habite seul. Chaque soir, il se fait livrer une pizza. Il la mange devant la télé. Le samedi soir il se fait quelque chose de spécial, du veau. Il bégaie. On l'entend à peine quand il parle. Je lui ai tenu la main pendant à peu près une heure. Il n'arrêtait pas de pleurer. Finalement il m'a dit : "Quand j'avais dix-sept ans, le frère de ma mère est venu nous voir, mon oncle, et il..." Mais il n'a pas pu finir. Il n'arrive pas à raconter ce qui s'est passé quand il avait dix-sept ans, à personne. Encore aujourd'hui, et il a cinquante-trois ans. Il s'appelle Ray. Rien que des histoires plus horribles les unes que les autres. Ils sont en quête de paix intérieure, et tout ce qu'ils trouvent c'est du bruit, un bruit qui vient de l'intérieur. »

Elle continua ainsi jusqu'à ce qu'ils aient terminé leur glace, puis elle se mit debout et, ensemble, ils se dirigèrent vers les lettres de son père.

Alors que d'un pas rapide ils descendaient l'allée qui menait au parking, Sabbath remarqua derrière le Château, en haut d'un petit escarpement, un bâtiment moderne entièrement en verre et en brique rose. « Le mitard, lui dit Roseanna, c'est là qu'il font le sevrage de ceux qui arrivent en pleine crise de délirium tremens. C'est là qu'ils font les électro-chocs. Je n'aime pas ce bâtiment, sa seule vue me révulse. J'ai dit à mon médecin : "Promettez-moi que vous ne m'enverrez jamais au mitard. Vous n'avez pas le droit de m'envoyer au mitard. Je ne le supor-terais pas." Il m'a répondu : "Je ne suis pas en mesure de vous faire pareille promesse."

– Quelle surprise ! dit Sabbath. Ils n'ont volé que les enjoliveurs. »

Il ouvrit la porte de la voiture et, à peine eut-il sorti le classeur bleu (avec ses deux gros élastiques bien à leur place) de sous le siège qu'elle se remit à pleurer. Elle changeait du tout au tout d'une minute à l'autre. « C'est l'*enfer*, dit Roseanna, on est tout le temps secoué, ça *n'arrête* jamais ! » et, se détournant de lui, elle courut jusqu'en haut de la colline, serrant le classeur bleu sur sa poitrine comme si lui seul pouvait la préserver du mitard. Devait-il éviter de l'importuner plus longtemps par sa présence ? En partant maintenant, il serait chez lui vers dix heures. Trop tard pour joindre Drenka, mais Kathy ? L'emmener à la maison, composer S-A-B-B-A-T-H sur lc téléphone et écouter la cassette pendant qu'ils se feraient un soixante-neuf.

Il était sept heures moins vingt. La réunion de Roseanna commençait à sept heures dans le « salon » du Château et se terminait à huit heures. Il traversa l'immense lac de gazon, toujours en se faisant passer – qui aurait pu dire pour combien de temps encore ? – pour un visiteur. Quand il arriva à Roderick, Roseanna avait téléphoné à l'infirmière de service depuis le Château pour lui demander de dire à Sabbath de l'attendre dans sa chambre jusqu'à son retour des AA. Il en avait de toute façon l'intention, qu'elle l'y invite ou non, depuis qu'il avait vu sur son bureau le cahier d'écolier dans lequel elle préparait ce qu'elle devait révéler le lendemain soir.

Roseanna avait peut-être oublié où elle avait laissé ce cahier ; depuis qu'elle l'avait revu (et ici, sans le soutien de l'alcool dont les bienfaits pour la vie de couple sont célébrés jusque dans les Écritures*), elle était peut-être incapable de réfléchir rationnellement et elle avait laissé à l'infirmière un message qui n'avait aucun sens. Ou alors, elle voulait qu'il reste assis dans sa chambre, seul, à lire tout ce que la souffrance lui avait dicté. Mais pour voir quoi ? Elle avait voulu qu'il lui apporte ceci tandis qu'elle lui donnait cela, mais il n'avait, bien sûr, aucune intention de se prêter à un arrangement de ce genre, parce que, en fait, il voulait qu'elle lui donne cela tandis qu'il lui apportait ceci... Pourquoi rester mariés dans ce cas ? À dire vrai, il ne le savait pas. Accepter d'endurer ce genre de chose pendant trente ans demeure effectivement inexplicable jusqu'à ce qu'on se rappelle que tout le monde est dans le même cas. Ils n'étaient pas le seul couple sur terre pour lequel la méfiance et l'aversion mutuelle constituaient la base indestructible d'une union

---

* « Procure des boissons fortes à qui va périr, du vin à celui dont le cœur est rempli d'amertume : qu'il boive ! Qu'il oublie sa misère ! Qu'il ne se souvienne plus de sa peine ! » (Proverbes 31 : 6-7).

durable. Cependant, la façon dont Rosie voyait les choses, quand son endurance atteignait ses limites, c'était qu'ils *étaient* vraiment les seuls à avoir des désirs aussi contradictoires, c'était insensé, ils *étaient* forcément les seuls : le seul couple dans lequel chacun trouvait l'attitude de l'autre insupportablement agressive, le seul couple dans lequel chacun refusait à l'autre la satisfaction de ses désirs les plus chers, le seul couple qui ne cesserait jamais de se battre à propos de tout ce qui les séparait, le seul couple incapable de se souvenir de ce qui les avait réunis, le seul couple dans lequel aucun des deux n'arrivait à se couper de l'autre malgré les dix mille bonnes raisons que chacun pouvait avoir de le faire, le seul couple qui n'arrivait pas à croire que les choses puissent autant se dégrader d'une année à l'autre, le seul couple pour lequel le silence qui régnait à la table du dîner était chargé d'autant de haine et de méchanceté...

Il s'était imaginé que son journal serait surtout une longue suite de récriminations contre lui. Mais il n'y avait rien sur lui. Toutes les notes qu'elle avait prises concernaient cet autre lui, le professeur au col dur dont elle s'obligeait à regarder la photo chaque matin dès qu'elle se réveillait et chaque soir avant de s'endormir. Il y avait dans la vie de Roseanna quelque chose de pire que Kathy Goolsbee – Sabbath *lui-même* n'avait rien à voir là-dedans. Les trente dernières *années* n'avaient rien à voir là-dedans, elles n'étaient que discussions futiles, qu'une réouverture de la blessure qui – comme elle le disait ici – lui avait rongé l'âme de façon permanente. Lui, il avait son histoire ; ici, c'était celle de Roseanna, la version officielle de son grand commencement à elle, comment et où avait débuté cette immense trahison qu'est la vie. Il l'avait devant lui, l'abominable mitard dont on ne sort jamais, et il n'y était pas question de Sabbath, pas une seule fois. Quel fardeau nous représentons l'un pour l'autre – alors qu'en fait, nous n'existons même pas l'un pour l'autre, que nous ne sommes que des spectres irréels et rien de plus, comparés à celui, quel qu'il soit, qui le premier a fait voler en éclats le pacte sacré.

Il y a eu plusieurs femmes, des femmes qui tenaient la maison et qui habitaient avec nous, elles aidaient à la préparation des repas. Mon père aussi faisait la cuisine. C'est un peu vague dans ma mémoire. Et aussi, ces femmes mangeaient à table avec nous. Je ne me souviens pas très bien des repas.

Il n'était pas là quand je rentrais de l'école. J'avais une clé. J'allais m'acheter quelque chose à manger. De la soupe de pois cassés. Les gâteaux, les biscuits secs que je préférais. Ma sœur était à la maison. On prenait un goûter dans l'après-midi, et après on sortait jouer avec les autres.

Souvenir de quand il ronflait, très fort. C'était parce qu'il buvait. On le retrouvait le matin, par terre, tout habillé, endormi. Tellement ivre qu'il loupait son lit.

Il ne buvait pas pendant la semaine, seulement le week-end. Pendant un moment, on a eu un voilier, et l'été on faisait des sorties en bateau. Il était tyrannique. Il fallait qu'il impose sa volonté. Et il n'était pas très bon marin. Quand il buvait un peu plus que d'habitude, il se mettait à faire n'importe quoi, il continuait à marcher et retournait ses poches pour nous montrer qu'il n'avait plus d'argent. Et puis il faisait tout de travers, il était maladroit et, si on invitait une amie, il me mettait terriblement mal à l'aise. C'était physique, il me dégoûtait quand il se comportait comme ça, c'était horrible.

J'avais besoin de vêtements, alors il m'emmenait dans un magasin. Ça me gênait beaucoup que ce soit mon père qui s'occupe de ça. Ça ne lui plaisait pas et, parfois, il me faisait prendre des vêtements que je n'aimais pas et il m'obligeait à les porter. Je me souviens d'une veste en loden que je détestais. Je la haïssais, vraiment. J'avais l'impression d'être un garçon manqué parce qu'il n'y avait pas de femme pour s'occuper de moi et me donner des conseils. Ça, c'était très dur.

Il engageait ces femmes pour s'occuper de la maison et il y en a eu plusieurs qui voulaient l'épouser. Je me souviens d'une qui avait fait des études et qui faisait très bien la cuisine, elle aurait tellement aimé épouser le professeur. Mais ça se terminait toujours en catastrophe. Avec Ella, on écoutait aux portes pour suivre les différentes péripéties. On savait exactement quand ils baisaient. Je ne crois pas qu'il baisait très bien, il buvait tellement. Mais on écoutait toujours derrière la porte et on savait tout ce qui se passait. Mais après, la dure réalité s'imposait, il devenait autoritaire, il leur disait aussi comment il fallait faire la vaisselle. Il était professeur de géologie et il savait mieux qu'elles comment on lave des assiettes. Il y avait des disputes, des cris, je ne crois pas qu'il leur tapait dessus mais ça se terminait toujours mal. Quand elles partaient, c'était toujours la crise. Et moi, je vivais toujours dans l'attente de cette crise. Et quand j'ai eu douze, treize ans, j'ai commencé à vouloir sortir, à vouloir rencontrer des garçons, et puis j'avais une bande de copines et lui, il a pris ça très mal. Il passait tout son temps assis, à boire son gin tout seul, et il s'endormait comme ça. Je suis incapable de penser à lui, cet homme isolé de tout, incapable de s'en sortir tout seul, sans me mettre à pleurer, comme je suis en train de le faire en ce moment.

Elle est partie en 1945, quand j'avais huit ans. Je ne me souviens pas de son départ, je me souviens juste d'avoir été abandonnée. Et puis je me souviens de la première fois qu'elle est revenue, en 1947, à Noël. Elle avait apporté des jouets, des animaux qui faisaient du bruit. J'étais désespérée. Je voulais que ma mère revienne. Avec

Ella, on s'était remises à écouter ce qu'ils se disaient, maintenant, c'était elle avec notre père de l'autre côté de la porte. Peut-être qu'ils baisaient, eux aussi. Je ne sais pas. Mais nous, on essayait d'écouter ce qui se passait derrière les portes. Il y avait des chuchotements, très soutenus, et parfois des disputes, très fort. Ma mère était venue pour deux semaines et on a été soulagées quand elle est repartie parce que la tension était insupportable. C'était une très belle femme, bien habillée, qui m'impressionnait beaucoup depuis qu'elle habitait à Paris, dans un autre monde.

Il avait un bureau qui fermait à clé. Avec Ella, on savait l'ouvrir avec un couteau, ce qui fait qu'on a toujours eu accès à ses secrets. On a trouvé des lettres de plusieurs femmes différentes. On riait, on trouvait ça très drôle. Un soir, mon père est entré dans ma chambre et m'a dit : « Oh, je suis en train de tomber amoureux. » J'ai fait comme si je ne savais rien. Il m'a dit qu'il allait se marier. Je me suis dit : « Formidable, maintenant je n'aurai plus à m'occuper de lui par devoir. » Elle était veuve, elle avait déjà soixante ans, et il croyait qu'elle avait un peu d'argent. Ils étaient à peine mariés que les disputes ont commencé. La même chose qu'avec les autres femmes. Cette fois, je me suis sentie coincée entre les deux, c'était de ma faute s'ils s'étaient mariés ! Mon père est venu me dire que c'était affreux parce qu'elle était plus vieille qu'elle le lui avait dit et qu'elle n'avait pas d'argent comme elle le lui avait dit. C'était terrible, une calamité. Et puis elle a commencé à dire du mal de moi. Elle disait que je ne travaillais pas bien à l'école, que j'étais une enfant gâtée, qu'on ne pouvait rien me demander, que j'étais désordonnée, que je ne rangeais pas ma chambre, que j'étais une sale gamine et que je ne disais jamais la vérité et que je n'écoutais jamais ce qu'elle me disait.

J'étais en train de prendre un bain chez ma mère, le téléphone a sonné et j'ai entendu ma mère hurler. La première chose à laquelle j'ai pensé, c'était que mon père avait tué ma belle-mère. Mais ma mère est entrée dans la salle de bains et m'a dit : « Ton père est mort. Je dois aller à Cambridge. » J'ai dit : « Et moi ? » Elle m'a répondu : « Tu dois aller à l'école et je ne pense pas que ce serait une bonne chose de t'emmener. » Mais j'ai insisté, j'ai dit que c'était important et elle a accepté que j'aille avec elle. Ella n'avait pas envie de venir, elle avait peur, mais je l'ai obligée à venir. Il avait laissé une lettre pour Ella et moi. Je l'ai toujours, cette lettre. J'ai toutes les lettres qu'il m'a envoyées quand je suis allée habiter chez ma mère. Je ne les ai pas relues depuis sa mort. Quand elles arrivaient par la poste, je n'arrivais pas à les lire. Chaque fois que je recevais une lettre de mon père, j'avais la nausée, toute la journée. Finalement, ma mère m'obligeait à les ouvrir. Je les lisais en sa présence ou elle me les lisait. « Pourquoi n'as-tu pas écrit à ton père qui a tant besoin de toi ? » À la troisième personne. « Pourquoi n'as-tu pas écrit à ton père qui t'aime tant ? Pourquoi m'as-tu menti pour l'argent ? » Et puis le lendemain : « Roseanna, ma chérie, j'ai bien reçu ta lettre et je suis si heureux. » Je ne le haïssais pas mais il représentait une gêne énorme. Il avait un pouvoir énorme sur moi. Il n'était pas ivre tous les jours parce qu'il était obligé d'aller faire cours. C'est quand il était ivre qu'il venait dans ma chambre en pleine nuit et qu'il s'allongeait à côté de moi dans mon lit.

En février 1950, je suis partie habiter chez ma mère, avec Ella. Pour moi, ma mère était mon sauveur. Je l'adorais, elle m'impressionnait. Je la trouvais belle. Ma mère a fait de moi une poupée. Du jour au lendemain, j'ai eu plein d'amis, et tous les garçons me couraient après, et pratiquement du jour au lendemain, je suis devenue grande, très grande. Les garçons m'ont dit qu'il y avait même un « Club Roseanna ». Mais tout cet intérêt, c'était trop pour moi. Je n'étais pas là. J'étais ailleurs. C'était dur. Mais je me souviens que j'étais devenue très mignonne, d'un seul coup, des petites robes à rayures, et des jupons, et une rose dans les cheveux quand j'allais à une fête. Ma mère s'était donné pour mission dans la vie de nous faire comprendre pourquoi elle était partie, de se justifier. Elle disait qu'il l'aurait tuée. Même quand elle décrochait le téléphone pour lui parler, elle avait peur de lui – ses veines se mettaient à gonfler et elle devenait toute blanche. Je crois bien que, d'une manière ou d'une autre, elle en parlait tous les jours, elle se justifiait, parce qu'elle s'était enfuie. Elle aussi elle détestait ces lettres qui arrivaient, mais elle avait trop peur de lui pour ne pas m'obliger à les lire. Et puis il y a eu une dispute pour une question d'argent. Il ne voulait plus donner d'argent si je n'allais pas habiter chez lui. C'était toujours moi, jamais Ella. Je devais aller habiter chez lui ou il ne donnerait plus d'argent pour moi. Je ne sais pas comment ils ont fini par résoudre le problème, tout ce que je sais c'est qu'ils se disputaient tout le temps pour des questions d'argent en rapport avec moi.

Il y avait quelque chose de physiquement repoussant chez lui. Le côté sexuel. J'avais, et j'ai toujours, un très grand dégoût physique de lui. De ses lèvres. Je les trouvais laides. Et sa façon de me tenir, même en public, comme une femme dont il était amoureux et pas comme une petite fille. Quand il me prenait le bras pour partir en promenade, j'avais l'impression que j'étais coincée dans un étau et que je ne pourrais jamais me dégager.

Je me suis démenée, j'ai fait des tas de choses et, pendant un certain temps, je suis arrivée à l'oublier. Je suis allée en France l'été qui a suivi sa mort, et, à quatorze ans, j'ai fait l'amour. J'étais chez une amie de ma mère et il y avait plein de garçons... et effectivement je l'ai oublié. Mais j'ai passé des années en état de léthargie. Ça fait des années que je suis en état de léthargie. Je ne sais pas pourquoi il revient me hanter maintenant, à cinquante ans passés, mais il est là.

L'été dernier, pour me préparer à lire ses lettres, je suis allée ramasser des fleurs, je voulais en faire un événement agréable, mais dès que j'ai commencé à lire, j'ai dû m'arrêter.

Je me suis mise à boire pour survivre.

Sur la page suivante, chacune des lignes qu'elle avait écrites était tellement surchargée de ratures qu'il ne restait presque plus rien de lisible. Il chercha des mots qui en diraient un peu plus sur « C'est quand il était ivre qu'il venait dans ma chambre en pleine nuit et qu'il s'allongeait à côté de moi dans mon lit ». Mais tout ce qu'il parvint à distinguer, même en regardant de très, très près, furent les mots « vin blanc », « les bagues de ma mère », « une journée atroce »... et ces mots ne faisaient partie d'aucune séquence identifiable. Ce qu'elle avait écrit n'était pas destiné aux oreilles des patients de sa réunion ni aux yeux de quiconque, pas même les siens. Mais en tournant la page, il trouva une espèce d'exercice, écrit très lisiblement, peut-être un travail que lui avait demandé son médecin.

Revoir la scène de la séparation d'avec mon père quand j'avais treize ans, en février. D'abord comme je m'en souviens et ensuite comment j'aurais voulu que ça se passe.

Comme je m'en souviens : Mon père était venu me chercher à l'hôpital où j'avais été admise quelques jours plus tôt pour une ablation des amygdales. Malgré toute la peur qu'il m'inspirait, je savais qu'il était très content de m'avoir à la maison, mais moi j'éprouvais les sentiments que j'éprouvais presque toujours en sa compagnie – Je ne peux pas vraiment mettre le doigt dessus, mais j'étais terriblement mal à l'aise, à cause de sa respiration, et de ses lèvres. Je n'ai aucun souvenir de l'acte lui-même. Uniquement les sentiments que m'inspiraient sa respiration et ses lèvres. Je n'en ai jamais parlé à Ella. Jamais, jusqu'à aujourd'hui. À personne.

Papa m'a dit que lui et Irene ne s'entendaient pas très

bien. Qu'elle continuait à se plaindre de moi, que j'étais une souillon, que je ne travaillais pas à l'école et que je n'écoutais pas quand elle me parlait. Il valait mieux que je me tienne à distance, autant que possible... Papa et moi, nous étions assis dans le salon, après le déjeuner. Irene rangeait la cuisine. Je me sentais faible et fatiguée mais j'étais déterminée. Je devais lui dire que je le quittais, maintenant. Que tout était arrangé. Ma mère était d'accord pour me prendre du moment que – elle avait mis l'accent là-dessus à plusieurs reprises – c'était moi qui voulais venir et pas elle qui me forçait. Légalement, c'était mon père qui avait la garde des enfants. Assez inhabituel à cette époque. Ma mère avait abandonné tous ses droits sur nous parce qu'elle pensait qu'il ne fallait pas séparer les enfants, et qu'elle n'avait pas vraiment les moyens de nous élever. De plus, il était possible que papa nous tue toutes les trois si on partait toutes comme ça. C'est vrai qu'un jour il avait dit, après avoir lu un article dans le journal sur un drame familial, un mari qui avait tué tout le monde, lui compris, que c'était comme ça qu'il fallait faire.

Je revois mon père debout devant moi, il faisait plus vieux que ses cinquante-six ans, une grosse touffe de cheveux blancs et un visage usé, légèrement voûté mais encore assez grand quand même. Il versait du café dans une tasse. Je lui ai dit bravement que je partais. Que j'avais parlé à ma mère et qu'elle était d'accord pour que j'aille habiter chez elle. Il a failli laisser tomber sa tasse par terre, et son visage est devenu gris comme la cendre. Il était très abattu. Il s'est assis, incapable de dire un mot. Je n'ai pas eu peur, il ne s'est pas mis en colère comme je l'avais craint. Je le défiais souvent, mais j'avais toujours épouvantablement peur de lui. Pas cette fois. Je savais qu'il fallait que je m'en aille. Si je ne partais pas, j'étais morte. Tout ce qu'il a réussi à répondre c'est : « Je comprends, mais il ne faut pas le dire à Irene. Nous allons juste lui dire que tu vas chez ta mère pour récupérer un peu. » Moins de six mois plus tard il se pendait. Comment ne pas croire que j'étais responsable ?

Comment j'aurais voulu que ça se passe : Me sentant assez faible, mais heureuse que l'opération soit terminée, j'étais contente de rentrer chez moi. Mon père était venu me chercher à l'hôpital. C'était en janvier, une belle journée ensoleillée. Papa et moi nous étions assis dans le salon après avoir fini notre déjeuner. J'avais la bouche endolorie et je ne pouvais avaler que des liquides. Je n'avais aucun appétit et, aussi, j'avais peur de me mettre à saigner. J'avais eu peur à l'hôpital en voyant que certains patients devaient revenir à cause de saignements continus. On m'a dit qu'on pouvait en mourir si on ne s'en rendait pas compte à temps. Papa était assis à côté de moi sur le canapé. Il m'a dit qu'il avait quelque chose à me dire. Il a dit que maman avait appelé et qu'elle lui avait dit que j'avais peut-être envie d'aller habiter avec elle maintenant que j'étais une grande fille. Papa m'a dit qu'il se rendait compte que c'était peut-être un peu dur à vivre. L'année avait été difficile pour tout le monde. Il s'était passé beaucoup de choses pas très agréables entre Irene et lui et il savait que j'en avais subi le contrecoup. Son mariage avec Irene n'était pas ce qu'il avait espéré, mais moi qui étais sa fille, qui étais encore une enfant – treize ans déjà, mais quand même une enfant –, je n'étais absolument pas responsable de ce qui se passait à la maison. Il me dit qu'il était malheureux que je me sois trouvée coincée entre les deux, Irene qui venait se plaindre de lui et lui qui venait se plaindre d'elle. Il se sentait coupable et pensait donc, bien qu'il lui soit très pénible de me voir m'en aller parce qu'il m'aimait énormément, que si jamais j'avais effectivement envie de partir c'était sans doute une bonne idée. Il paierait, bien évidemment, ma pension si je décidais d'aller habiter chez ma mère. Il voulait vraiment que les choses se fassent au mieux de mon intérêt. Il me dit ensuite que depuis longtemps il ne se sentait pas très bien et qu'il souffrait souvent d'insomnie. J'étais soulagée de voir qu'il comprenait mes problèmes. J'aurais désormais une mère pour me guider enfin. Et puis, je pouvais revenir quand je voulais, ma chambre restait ma chambre.

Mon cher père,

Aujourd'hui, en attendant que l'on m'apporte à l'hôpital les lettres que tu m'avais écrites, j'ai décidé de t'écrire à mon tour. Cette souffrance que j'ai ressentie alors, cette souffrance que je ressens aujourd'hui – est-ce la même ? J'espère bien que non. Pourtant, on dirait que c'est le cas, l'effet est le même. Sauf qu'aujourd'hui, je suis fatiguée de fuir devant cette souffrance. Mes vieilles ruses (boire) ne suffiront plus. Je ne suis *pas* suicidaire, pas de la même manière que toi. Je voulais mourir uniquement pour que mon passé cesse de me hanter et disparaisse. Passé, laisse-moi dormir !

Alors voilà. Une de tes filles est dans un hôpital psychiatrique. Tu y es arrivé. Dehors, c'est l'automne, la journée est magnifique. Le ciel est bleu, pas un nuage. Les feuilles changent de couleur. Mais, à l'intérieur, je vis encore dans la terreur. Je ne dirais pas que ma vie a été gâchée, mais te rends-tu compte que j'ai été spoliée, que toi tu m'as spoliée ? Nous en avons parlé avec mon thérapeute, et je sais que tu m'as spoliée, à cause de toi je suis incapable d'avoir une relation normale avec un homme normal.

Ella disait souvent que la meilleure chose que tu aies jamais faite, ça a été de te suicider. C'est aussi simple que cela pour Ella, ma sœur qui n'a rien subi, ma sœur qui a des enfants si charmants ! Quelle étrange famille que la mienne ! L'an dernier, quand j'étais chez Ella, je suis allée voir ta tombe. Je n'y étais jamais retournée depuis ton enterrement. J'ai ramassé quelques fleurs et je les ai déposées sur la pierre. Tu étais là, à côté de grand-père et grand-mère Cavanaugh. J'ai pleuré, sur toi et sur cette vie qui s'est terminée de façon si affreuse. Toi, figure nébuleuse, pour moi tellement abstraite et cependant tellement cruciale, je t'en prie, laisse Dieu me guider dans cette épreuve que je dois affronter demain soir !

Ta fille qui est dans un hôpital psychiatrique,

Roseanna

À huit heures, il avait tout lu trois fois et elle n'était toujours pas de retour dans sa chambre. Il regarda de près la photo du père, à la recherche de signes visibles des dommages qu'il avait subis et de ceux qu'il avait infligés aux autres. Dans ces lèvres qu'elle détestait, il ne voyait rien d'extraordinaire. Puis il lut quelques pages, autant qu'il put en supporter, de *Pas à pas avec les familles des personnes chimico-dépendantes*, une brochure posée sur la petite table à côté de son oreiller et sans doute destinée à son lavage de cerveau à lui, une fois qu'elle serait revenue à la maison remplacer Drenka dans leur lit. Ce fut sa première introduction aux notions de Partage et d'Identité, deux termes qui devaient bientôt faire partie de leurs aides familiales au même titre que Dormeur, Joyeux, Grincheux ou Prof. « La souffrance émotionnelle, lut-il, est parfois immense et profonde... Il est alors douloureux de se laisser entraîner dans une dispute... Et qu'en est-il de l'avenir ? Les choses continueront-elles à empirer ? »

Il déposa sur le bureau la clé qu'il avait trouvée dans sa botte de cheval. Mais avant de descendre au bureau des infirmières pour demander si on savait où se trouvait Roseanna, il reprit le cahier et passa un quart d'heure à écrire une contribution de son cru immédiatement en dessous de la lettre qu'elle avait écrite à son père plus tôt dans la journée. Il ne fit rien pour déguiser son écriture.

Chère petite Roseanna !
Bien sûr que tu es dans un hôpital psychiatrique. Je t'avais plus d'une fois prévenue, il ne fallait pas te séparer de moi ni me séparer de la petite Helen Kylie qui était si mignonne. Oui, tu es une malade mentale, tu as sombré dans la boisson et tu es incapable de t'en sortir par toi-même, mais ta lettre d'aujourd'hui a quand

même été un choc, vraiment. Si tu veux me poursuivre en justice, vas-y, même si je suis déjà mort. Je n'ai jamais pensé que je trouverais la paix dans la mort. Maintenant, grâce à toi, ma petite chérie, la mort est devenue aussi épouvantable que la vie. Va en justice. Toi qui as abandonné ton père, tu n'es absolument pas en position de force. Pendant cinq ans, je n'ai vécu que pour toi. À cause de ce que tu me coûtais en école et en vêtements, et cetera, je n'ai jamais pu vivre confortablement sur mon salaire de professeur. Pour ma part, pendant toutes ces années, je ne me suis jamais rien acheté, pas même des vêtements. J'ai aussi été obligé de vendre le bateau. Personne ne peut dire que je n'ai pas tout sacrifié pour m'occuper de toi avec amour, même si le débat reste ouvert sur les différentes manières d'élever les enfants.

Je n'ai pas le temps d'en écrire plus. Satan m'appelle pour ma séance. Chère petite Roseanna, ne pourriez-vous pas, toi et ton mari, vivre enfin heureux ? Si ce n'est pas possible, la faute en revient entièrement à ta mère. Satan est de mon avis. Nous avons beaucoup parlé tous les deux, pendant mes séances de thérapie, du mari que tu t'es choisi et je sais avec certitude que je ne suis en aucune manière responsable de ce choix. Si tu n'as pas épousé un homme normal, c'est entièrement de la faute de ta mère qui t'a envoyée dans une école mixte alors que tu traversais les années difficiles de la puberté. C'est elle qui est responsable de toutes tes souffrances. Mon angoisse, dont les racines remontent très loin en arrière, à l'époque où j'étais encore en vie, refuse de disparaître, même ici, à cause de ce que ta mère t'a fait et à cause de ce que toi tu m'as fait. Il y a dans notre groupe un autre père qui avait, lui aussi, une fille ingrate. Il nous a fait partager sa peine et j'ai pu m'identifier. Cela m'a beaucoup aidé. J'ai appris que je n'ai aucun moyen d'amener mon ingrate de fille à changer.

Je voudrais seulement savoir jusqu'où tu as l'intention d'aller avec moi, ma petite fille. N'en as-tu pas fait assez ? Tu me juges uniquement à l'aune de ta souffrance, tu me juges uniquement à l'aune de tes sacro-saints sentiments. Mais pourquoi ne me juges-tu pas, pour changer, à l'aune de *ma* souffrance et de *mes* sacro-saints sentiments ? Avec quelle force tu t'accroches à ton chagrin ! Comme si, dans un monde où tout n'est que persécution, tu étais la seule qui ait du chagrin. Attends d'être morte – la mort est chagrin et elle n'est que chagrin. Un chagrin éternel. Je trouve haïssables ces attaques incessantes contre ton père décédé – je vais être obligé de rester éternellement en thérapie à cause de toi. À moins que, à moins, chère petite Roseanna, que tu ne trouves en toi, par je ne sais quel miracle, la capacité d'écrire quelques petits milliers de pages à ce papa qui souffre, et que tu ne lui dises le remords que tu éprouves devant tout ce que tu as fait pour transformer sa vie en champ de ruines.

   Ton père qui est en enfer,

Papa

. « Sans doute toujours au Château, dit l'infirmière en consultant sa montre. Ils traînent un peu pour fumer une cigarette. Pourquoi n'y allez-vous pas ? Si elle est sur le chemin du retour, vous la croiserez dans l'allée. »

Mais au Château, où les fumeurs étaient effectivement à nouveau rassemblés devant la porte principale, on lui apprit que Roseanna était partie au gymnase pour nager un peu en compagnie de Rhonda. Le gymnase était un vaste bâtiment sans étage, en bas de la pelouse, de l'autre côté de la route – on lui avait dit que les fenêtres donnaient sur la piscine et qu'il pourrait la voir depuis l'extérieur.

Il n'y avait personne dans l'eau. C'était une grande piscine, bien éclairée, et, après avoir regardé à travers les carreaux embués, il entra pour voir si elle n'était pas au fond de l'eau, morte. Mais la jeune femme assise derrière un comptoir à côté d'une pile de serviettes lui dit que non, Roseanna n'était pas venue ce soir. Elle avait fait ses deux cents longueurs cet après-midi.

Il gravit de nouveau la colline pour retourner au

Château et jeter un coup d'œil dans la salle où avait eu lieu la réunion. Il y fut conduit par le vitrier qu'il avait trouvé en train de lire un magazine dans le salon pendant qu'au piano quelqu'un – la fille de Wellesley, la petite amie du cow-boy Marlboro –, martelait les touches d'une seule main, sur l'air de « Night and Day ». Le salon était situé le long d'un très large couloir avec deux téléphones, un à chaque bout. Debout devant l'un des téléphones, il y avait une jeune fille d'une vingtaine d'années, d'origine hispanique, petite, toute maigre, dont Roseanna lui avait dit qu'elle se droguait à la cocaïne et aussi qu'elle en vendait. Elle portait un survêtement très coloré en nylon et avait gardé ses écouteurs sur les oreilles pour s'engueuler, dans ce que Sabbath crut identifier comme de l'espagnol de Porto Rico ou de Saint-Domingue, avec la personne qui était à l'autre bout du fil. D'après ce qu'il comprenait, elle était en train de dire à sa mère d'aller se faire enculer.

Dans le salon, une vaste pièce avec un écran de télévision au bout, plusieurs canapés et de nombreux fauteuils un peu partout, il n'y avait personne, à part deux vieilles dames qui jouaient tranquillement aux cartes sur une table placée contre un lampadaire. L'une était une patiente aux cheveux gris, un peu molle, mais qui avait un air blasé d'un autre temps, et que plusieurs patients avaient applaudie en riant lorsqu'elle était apparue sur le seuil de la salle à manger avec vingt minutes de retard. « Mon public », avait-elle dit d'un air digne avec son accent d'aristocrate de la Nouvelle-Angleterre, avant de faire une révérence. « Ceci est la représentation de l'après-midi », avait-elle annoncé en traversant la pièce sur les pointes. « Si vous avez de la chance, vous pourrez assister à la représentation du matin. » La femme qui jouait aux cartes avec elle était sa sœur, une visiteuse, qui devait aussi approcher des quatre-vingts ans.

« Avez-vous vu Roseanna ? leur demanda Sabbath de loin.

– Roseanna, répondit la patiente, est avec son médecin.

– Il est vingt heures trente.

– La souffrance, qui est la marque même de la vie humaine, l'informa-t-elle, ne diminue pas à la tombée du jour. Au contraire. Mais vous devez être le mari auquel elle attache tant d'importance. Oui. C'est cela. » Le jaugeant d'un regard averti – embonpoint, taille, barbe, calvitie, accoutrement –, elle ajouta avec un sourire courtois : « Il est évident que vous êtes un monsieur très important. »

Au premier étage du Château, Sabbath emprunta un couloir, passa devant les portes d'une rangée de chambres et parvint, au bout, au bureau des infirmières qui était à peu près deux fois plus grand que celui de Roderick, bien moins clair, beaucoup plus triste mais, heureusement, sans aucun poster de « Peanuts ». Deux infirmières remplissaient des papiers et un jeune homme musclé était assis sur un classeur métallique assez bas, balançant les jambes et buvant ce qui devait être, à en juger par le sac en plastique plein de canettes posé à côté de lui, et par la corbeille à papiers qui était à ses pieds, son sixième ou septième Pepsi ; il avait une petite barbiche de poils noirs, portait un jean noir, un polo noir, des chaussures de tennis noires et ressemblait vaguement à Sabbath tel qu'il avait été une trentaine d'années plus tôt. D'une voix pleine de passion, il expliquait quelque chose à l'une des infirmières ; elle levait de temps en temps les yeux pour lui signifier qu'elle l'écoutait puis retournait à ses paperasses. Elle ne devait pas avoir plus de trente ans, c'était une jeune femme bien en chair, robuste, avec des yeux clairs et des cheveux foncés très courts qui fit à Sabbath un clin d'œil amical quand il apparut à la porte. Il s'agissait de l'une des deux infirmières qui avaient fouillé les affaires de Rosie l'après-midi de leur arrivée.

« D'un point de vue idéologique, ce sont des crétins ! affirmait le jeune homme en noir. C'est le troisième grand échec idéologique du XXᵉ siècle. C'est la même chose, tout ça. Le fascisme. Le communisme. Le féminisme. Tous inventés pour dresser un groupe contre un autre. Les bons Aryens contre les méchants autres qui les oppriment. Les gentils pauvres contre les méchants riches qui les oppriment. Les gentilles femmes contre les méchants mâles qui les oppriment. Celui qui défend la ligne idéologique est un pur, rien à se reprocher, et l'autre est un mauvais. Mais vous savez qui sont les mauvais ? Ceux qui s'imaginent qu'ils sont des purs et que les autres sont des mauvais ! Je suis pur, vous êtes mauvais ! Comment est-ce que vous pouvez avaler des trucs pareils, Karen ?

– Je n'avale rien, Donald, répondit la jeune infirmière. Et vous le savez très bien.

– Oh oui, elle y croit. Mon ex-femme y croit !

– Je ne suis pas votre ex-femme.

– Il n'y a *pas* de pureté de l'homme qui tienne ! Ça n'existe pas ! Ça ne peut pas exister ! dit-il en donnant un coup de pied dans le classeur pour donner du poids à sa remarque. Il ne faut pas que ça existe, moralement, ça ne *devrait* pas exister ! Parce que c'est un mensonge ! L'idéologie qu'elle a adoptée est comme toutes les autres idéologies – fondée sur un mensonge ! Les idéologies sont des systèmes tyranniques. C'est le mal du siècle. L'idéologie *institue* la pathologie. Dans vingt ans, une nouvelle idéologie apparaîtra. Les gens haïront les chiens. C'est les chiens qui seront responsables de la condition de l'homme. Et, après les chiens, ce sera quoi ? Qui va-t-on rendre responsable de la perte de notre pureté ?

– Je vois d'où ça vient, marmonna Karen sans lever les yeux de son travail.

– Excusez-moi », dit Sabbath. Il passa le buste dans la pièce. « Je ne voudrais pas interrompre quelqu'un dont je partage les aversions, mais je cherche Roseanna Sabbath et on m'a dit qu'elle était avec son médecin. Y a-t-il un moyen de savoir si c'est le cas ?

– Roseanna est à Roderick, dit le Donald en noir.

– Mais elle n'y est pas en ce moment. Je n'arrive pas à la trouver. J'ai fait tout ce chemin et je l'ai perdue. Je suis son mari.

– Ah bon ? On a entendu des tas de bonnes choses sur votre compte pendant le Groupe », dit Donald qui tapait des deux pieds sur le classeur tout en se prenant un Pepsi dans son sac en plastique. « Le grand Pan.

– Le grand Pan est mort, lui apprit Sabbath d'une voix sans expression. Mais je vois » – il avait maintenant pris une voix de stentor – « que vous êtes un jeune homme qui n'a pas peur de la vérité. Qu'est-ce que vous faites dans un endroit pareil ?

– Il essaie de partir, dit Karen en roulant des yeux comme une enfant exaspérée. Donald essaie de partir depuis ce matin. Donald a terminé, il a reçu son certificat ce matin mais il n'arrive pas à repartir chez lui.

– Je n'ai plus de chez-moi. La salope a tout détruit. Il y a deux ans », dit-il à Sabbath qui, entre-temps, avait pénétré dans la pièce et s'était installé sur une chaise libre à côté de la corbeille à papiers. « Je rentrais d'un voyage d'affaires. La voiture de ma femme n'est pas devant la maison. J'entre dans la maison et elle est vide. Plus de meubles. Tout ce qu'elle a laissé c'est l'album de photos de mariage. Je me suis assis par terre, j'ai regardé les photos de mariage et j'ai pleuré. Tous les jours, je rentrais du travail, je regardais les photos de mariage et je pleurais.

– Et en bon garçon que vous étiez, vous buviez quelques coups en guise de dîner, ajouta Karen.

– L'alcool, c'était juste pour surmonter la déprime. C'est fini. Je suis ici, dit-il à Sabbath, parce qu'elle se marie aujourd'hui. Elle *s'est mariée* aujourd'hui. Elle s'est mariée avec une autre femme. C'est un *rabbin* qui les a mariées. Et ma femme n'est même pas juive !

– Ex, dit Karen.

– Mais l'autre, elle est juive ? demanda Sabbath.

– Ouais. Le rabbin, c'était pour faire plaisir à la famille de l'autre. Qu'est-ce que vous en dites ?

– Eh oui, répondit Sabbath, les rabbins occupent un rang élevé dans l'esprit des Juifs.

– Rien à foutre. Moi, je suis juif. Qu'est-ce que c'est que ces conneries, c'est quoi ce rabbin qui accepte de marier deux gouines ? Vous croyez qu'en Israël, il y a un rabbin qui serait d'accord pour le faire ? Non, il n'y a qu'à Ithaca que c'est possible, dans l'État de New York !

– Accepter l'humanité entière dans sa merveilleuse diversité, demanda Sabbath en se lissant la barbe d'un air docte, est-ce là un des particularismes bien établis dans le rabbinat d'Ithaca ?

– Mais non, bordel de merde ! C'est des rabbins ! Des connards !

– Attention à votre vocabulaire, Donald. » C'était l'autre infirmière qui parlait maintenant, une coriace, c'était clair – compétente, endurcie et

coriace. « C'est l'heure des fonctions vitales, Donald.
Ensuite, ce sera les médicaments. On va être très
occupées ici. Quels sont vos projets ? Vous avez des
projets ?

– Je pars, Stella.

– Bien. Quand ?

– Après les fonctions vitales. Je tiens à dire au
revoir à tout le monde.

– Vous avez passé la journée à dire au revoir à
tout le monde, lui rappela Stella. Tous ceux du Château sont allés faire un petit tour avec vous et ils
vous ont tous dit que vous étiez capable de vous en
sortir. Et c'est vrai. Vous êtes *capable* de vous en sortir. Vous *allez* vous en sortir. Vous ne vous arrêterez
pas dans un bar pour boire un coup. Vous allez
prendre votre voiture et filer tout droit chez votre
frère, à Ithaca.

– Ma femme est lesbienne. Et il y a un connard de
rabbin qui l'a mariée à une autre femme.

– Vous n'en n'êtes pas sûr.

– Ma belle-sœur était *présente*, Stella. Mon ex-
femme était sous la *khoupa* avec l'autre pétasse, et
quand ça a été fini, elle a cassé le verre. Ma femme
est une *shiksè*. Elles sont lesbiennes toutes les deux.
C'est ça le judaïsme, maintenant ? J'arrive pas à y
croire !

– Donald, soyez gentil, dit Sabbath, ne dites pas
de mal des Juifs parce qu'ils ne veulent pas se faire
larguer. Les Juifs aussi sont des victimes de l'ère du
Grand Schlock, tout devient de la merde, tout fout le
camp. Les Juifs ne gagneront pas, c'est impossible »,
dit Sabbath en s'adressant à Stella, qui devait être
philippine et qui, comme lui, avait l'air plus réflé-
chie et plus âgée. « Ou on se moque d'eux parce
qu'ils portent encore la barbe et qu'ils agitent les
bras en l'air, ou des gens comme Donald, ici présent,

les ridiculisent sous prétexte qu'ils s'empressent d'obéir aux derniers commandements de la révolution sexuelle.

– Et si elle avait épousé un zèbre ? demanda Donald avec indignation. Est-ce qu'un rabbin l'aurait mariée à un zèbre ?

– Un zèbre ou un *zébu* ? demanda Sabbath.

– C'est quoi un zébu ?

– Un zébu est un bovin qui vit dans le Sud-Est asiatique, le zébu a une grosse bosse. Il y a aujourd'hui beaucoup de femmes qui quittent leurs maris pour des zébus. Vous avez dit quoi ?

– Un zèbre.

– Eh bien, je ne crois pas. Un rabbin n'approcherait pas d'un zèbre. Impossible. Ils n'ont pas le sabot fendu. Pour qu'un rabbin puisse célébrer un mariage avec un animal, il faut que l'animal soit un ruminant et qu'il ait le sabot fendu. Un chameau. Un rabbin a le droit de marier quelqu'un à un chameau. Une vache. Tout ce qui est bétail. Les moutons. Mais impossible de célébrer un mariage avec un lapin, parce que, si le lapin est bien un ruminant, il n'a quand même pas le sabot fendu. Et puis les lapins mangent leur propre merde, pratique dont on pourrait penser qu'elle est à mettre à leur crédit : ils remâchent la même nourriture *trois* fois. Mais ce qu'il faut, c'est *deux* fois. C'est pour ça qu'un rabbin ne peut pas marier quelqu'un à un cochon. Non pas sous prétexte que le cochon n'est pas propre. Ce n'est pas ça le problème, ça n'a jamais été ça le problème. Le problème avec le cochon, c'est que s'il a bien le sabot fendu, il ne rumine pas. Il est possible que le zèbre soit un ruminant – je n'en sais rien. Mais il n'a pas le sabot fendu, et, avec les rabbins, s'il manque une seule chose, ça ne marche pas. Le rabbin peut bien évidemment marier quelqu'un à un taureau. Le taureau, c'est comme la vache. Un animal divin, le taureau. El, le dieu des Canaanéens – d'où les Juifs ont tiré Él-o-him – est un taureau. La Ligue contre l'antisémitisme essaie de minimiser cette affaire, mais, qu'on le veuille ou non, le El de Élohim, c'est le taureau ! La passion religieuse de base consiste à adorer un taureau. Putain, Donald, vous autres Juifs, vous devriez être *fiers* de ça. *Toutes* les religions anciennes étaient obscènes. Vous savez comment les Égyptiens imaginaient la naissance de l'univers ? C'est dans toutes les encyclopédies de gosse. Dieu se masturbait. Et son sperme s'est éparpillé et a créé l'univers. »

Les infirmières n'avaient pas l'air très enchantées par le tour que Sabbath donnait à la conversation, et le marionnettiste décida de s'adresser à elles directement. « C'est le fait que Dieu se branle qui vous inquiète ? Sachez que les dieux sont des gens inquiétants, mesdemoiselles. C'est un dieu qui commande de couper le prépuce. C'est un dieu qui commande de sacrifier le premier-né. C'est un dieu qui commande de quitter père et mère et de partir dans le désert. C'est un dieu qui envoie un peuple en esclavage. C'est un dieu qui *détruit* – c'est l'esprit d'un dieu qui vient *détruire* – et pourtant, c'est un dieu qui donne la vie. Qu'y a-t-il, dans la création tout entière, d'aussi méchant et d'aussi puissant que ce dieu qui donne la vie ? Le Dieu de la Torah est l'incarnation de toute l'horreur qui existe en ce monde. Et de toute sa vérité. Il faut le reconnaître aux Juifs. Une rare franchise, admirable. Est-il un autre peuple dont le mythe national mette en lumière l'ignoble conduite de leur dieu, *ainsi que* la leur ? Lisez la Bible, ça suffit, tout y est, ces idolâtres, ces récidivistes, ces bouchers juifs, et la schizophrénie de ces dieux antiques. C'est quoi l'archétype de l'histoire biblique ? C'est une histoire de traîtres. Il n'y a que des trahisons, l'une après l'autre. Et à qui appartient la plus belle voix qu'on entend dans la Bible ? À Isaïe. Le désir fou de les faire tous disparaître ! Le désir fou de tous les sauver ! La plus belle voix que l'on entend dans la Bible c'est la voix de quelqu'un qui a perdu l'esprit ! Et ce Dieu, ce Dieu des Juifs – impossible de Lui échapper ! Ce qui est choquant, ce n'est pas Son caractère monstrueux – beaucoup de dieux sont des monstres, on dirait presque que c'était obligatoire – mais c'est qu'il n'y a aucun recours contre Lui. Rien au-dessus de Lui. Le trait le plus monstrueux de Dieu, mes amis, c'est le *totalitarisme*. Ce Dieu vengeur, ce Dieu terrible, ce salopard qui décrète punition sur punition, est *indépassable*. Je peux avoir un Pepsi ? » demanda Sabbath à Donald.

– Effrayant », dit Donald, et pensant, peut-être comme Sabbath le pensait, que c'était ainsi que l'on était *censé* parler dans un asile de fous, il saisit une boîte de Pepsi glacée dans le sac et fit même sauter la languette avant de la lui tendre. Sabbath était en train d'en boire une longue gorgée quand la gamine qui vendait de la cocaïne entra pour faire vérifier ses fonctions vitales. Elle écoutait la musique dans ses écouteurs et chantait les paroles d'une voix de gorge assez plate et monotone. « Suce ! Suce ! Suce, ma belle, suce, suce, suce, suce ! » Quand elle aperçut Donald, elle dit : « Tu te tires pas ?

– Je voulais les voir te prendre la tension encore une fois.

– Ouais, ça t'fait bander, Donny ?

– Elle a combien de tension ? demanda Sabbath. À votre avis, elle a combien ?

– Linda ? Ça n'a aucune importance avec Linda. C'est pas la tension qui a de l'importance dans la vie de Linda.

– Comment vous vous sentez, Linda ? demanda Sabbath. Estas siempre enfadada con tu mamá ?

– La odio.

– Por qué, Linda ?

– Ella me odia *a mí*.

– Elle a 12-10, dit Sabbath.

– Linda ? dit Donald. C'est une gamine. 12-8.

– Tu paries sur l'écart ? dit Sabbath. Un dollar sur l'écart et un autre dollar si tu trouves la diastolique ou la systolique, trois dollars si tu trouves les deux. » Il prit un rouleau de billets de un dollar dans la poche de son pantalon, et, en le voyant les lisser sur la paume de sa main, Donald sortit quelques billets de son portefeuille et dit à Karen, qui était debout à côté de la chaise sur laquelle Linda était assise, le tensiomètre dans la main : « Allez-y. Je parie avec lui.

– Qu'est-ce que c'est que cette histoire ? demanda Karen. Vous pariez sur quoi ?

– Allez-y. Prenez-lui la tension.

– Mon Dieu, dit Karen en enfilant le brassard à Linda, qui entre-temps s'était remise à chantonner avec sa cassette.

– La ferme », dit Karen. Elle écouta dans le stéthoscope, écrivit quelque chose sur le registre, puis prit le pouls de Linda.

« Combien elle a ? » demanda Donald.

Karen garda le silence pendant qu'elle inscrivait le rythme du pouls sur le registre.

« Putain, Karen – combien c'était ?

– 12-10, dit Karen.

– Merde.

– Quatre dollars », dit Sabbath, et Donald compta quatre billets qu'il lui donna. « Suivant. » Ah, Sciarappa le coiffeur, comme à Bradley dans le temps.

Ray était debout dans l'encadrement de la porte,

vêtu d'une robe de chambre en soie. Il se dirigea en silence vers la chaise et remonta sa manche.

« 14-9, dit Sabbath.

– 16-10 », dit Donald.

Ray pianotait nerveusement sur le livre qu'il tenait dans la main, jusqu'à ce que Karen lui effleure les doigts pour l'inciter à se détendre. Puis elle lui prit sa tension. Appuyée contre le chambranle, Linda attendait pour voir qui allait gagner. « C'est génial, dit-elle. Dingue.

– 15, dit Karen, et 10.

– J'ai l'écart, dit Sabbath, et vous sur la diasto-lique. Coup nul. Suivant. »

La suivante était la jeune femme avec la cicatrice au poignet, la grande blonde assez mignonne et un peu voûtée qui avait indiqué à Sabbath le chemin de Roderick House avant le dîner. Elle s'adressa à Donald : « Tu as décidé de ne pas partir ?

– Je pars si tu viens avec moi, Madeline. Tu as l'air bien, ma douce. Tu te tiens presque droite.

– Pas de panique – je suis toujours la même, dit-elle. Écoute un peu ce que j'ai trouvé à la biblio-thèque aujourd'hui. Je lisais les revues médicales. Écoute. » Elle sortit un morceau de papier de la poche de son jean. « J'ai trouvé ça dans une revue, je l'ai recopié. Mot à mot. *Journal of Medical Ethics*. "Nous proposons de classer le *bonheur*" » ; levant les yeux, elle ajouta : « C'est eux qui mettent les ita-liques – "nous proposons de classer le *bonheur* parmi les affections d'ordre psychiatrique et de l'inclure dans les éditions à venir des grands manuels de diagnostic sous ce nouveau nom : désordre affectif majeur de type agréable. Un étude des travaux disponibles sur la question montre que le *bonheur* est statistiquement anormal, il se caracté-rise par un ensemble discret de symptômes, il est

404

associé à un éventail d'anomalies cognitives et reflète un fonctionnement anormal du système nerveux central. On peut objecter une seule chose à cette proposition – il n'existe pas de valeur négative du *bonheur*. Il faut néanmoins noter que cette objection est scientifiquement non pertinente". »

Donald avait un air satisfait, fier, ravi, comme si la raison pour laquelle il tardait à partir était, effectivement, qu'il voulait emmener Madeline avec lui. « T'as inventé tout ça ?

– Si je l'avais inventé, ce serait assez malin de ma part. Non. C'est un psychiatre qui a inventé tout ça. C'est pour ça que ce n'est pas très malin.

– Arrête tes conneries, Madeline. Saunders n'est pas un imbécile. Il était analyste, avant, dit-il à Sabbath, c'est lui qui faisait marcher cette boîte, et maintenant il se la joue psychiatre relax qui essaie de prendre les choses du bon côté – pas trop analytique. Il est à fond dans le behaviorisme cognitif. Il essaie de faire arrêter les gens qui n'arrêtent pas de tout ressasser de manière obsessionnelle. Il suffit d'apprendre à dire "Stop !".

– Et tu ne trouves pas ça idiot ? demanda Madeline. Et moi, pendant ce temps-là, qu'est-ce que je suis censée faire avec toute cette haine que j'ai en moi, et avec mon manque de confiance ? Rien n'est facile. Rien n'est agréable. Qu'est-ce que je suis censée faire, moi, avec cette imbécile de thérapeute que j'ai eue ce matin en Exercices d'affirmation ? Je l'ai encore eue cet après-midi – il a fallu qu'on se tape une cassette vidéo sur les aspects médicaux de la drogue et, après, elle a dirigé la discussion. J'ai levé la main et j'ai dit : "Il y a des choses que je ne comprends pas dans cette cassette. Vous voyez, au moment où ils font l'expérience sur les deux souris..." Et l'autre idiote qui me dit : "Madeline, ce n'est pas de cela que nous parlons ici. Cette discussion porte sur ce que vous avez ressenti. Qu'est-ce que cette cassette provoque en vous par rapport à votre alcoolisme ?" J'ai dit : "Je me sens frustrée. La cassette pose des questions mais ne donne aucune réponse qui soit entièrement satisfaisante. – Très bien", de sa voix bien nette, et puis elle dit : "Madeline se sent frustrée. Et les autres ? Nick, qu'est-ce que *vous* en pensez ?" Et on fait le tour de la salle, et moi je lève encore la main et je dis : "On ne pourrait pas, juste une minute, passer du niveau de l'effet à celui de l'information ? – Madeline", elle dit, "ceci est une discussion sur la manière dont les gens réagissent à cette cassette. Si vous avez besoin de trouver des informations, je vous suggère d'aller à la bibliothèque et de chercher." C'est comme ça que je me suis retrouvée à la bibliothèque. Mes réactions. Ça *intéresse* qui, ce que je pense de mon alcoolisme ?

– Si tu continuais au moins à faire attention à la façon dont tu réagis, dit Karen, c'est ça qui t'éviterait la rechute.

– Ça n'en vaut pas la peine, dit Madeline.

– Mais si, dit Karen.

– Ouais, dit Donald, t'es une alcoolo, Madeline, parce que tu n'as pas de contact avec les autres, et t'as pas de contact avec les autres parce que tu leur dis pas ce que tu *ressens*.

– Oh, pourquoi est-ce que les choses ne peuvent pas être simples ? dit Madeline. Je veux juste qu'on me dise ce que je dois faire, c'est tout.

– J'aime bien quand tu dis ça, dit Donald. "Je veux juste qu'on me dise ce que je dois faire." Ça donne des envies quand c'est dit avec cette petite voix.

– Ne fais pas attention, c'est un négatif, Madeline, lui dit Karen l'infirmière. Il essaie de te provoquer, c'est tout. »

406

Mais Madeline ne semblait pas en état de ne pas faire attention à quoi que ce soit. « Écoute, dit-elle à Donald, dans certaines situations, j'aime effectivement qu'on me dise ce que je dois faire. Et, dans d'autres situations, j'aime pouvoir exiger ce que je veux.

– Tu vois bien, lui dit Donald. Putain que c'est compliqué.

– J'ai eu Thérapie artistique, cet après-midi, lui dit Madeline.

– Tu as dessiné quelque chose, ma petite ?

– J'ai fait un collage.

– On te l'a interprété ?

– Ce n'était pas la peine. »

Donald se mit à rire et entama un autre Pepsi. « Et tes crises de larmes, comment ça va ?

– Je ne suis vraiment pas dans un bon jour. Je me suis réveillée en pleurs ce matin. J'ai pleuré toute la matinée. J'ai pleuré en Méditation. J'ai pleuré pendant le Groupe. On pourrait croire que la source finirait par tarir.

– Tout le monde pleure le matin, lui dit Karen. Ça fait partie de la mise en train.

– Je ne sais pas pourquoi aujourd'hui devrait forcément être pire qu'hier, lui dit Madeline. J'ai toujours les mêmes idées noires mais elles ne sont pas plus noires aujourd'hui qu'hier. En Méditation, tu sais de qui était le texte qu'on a lu dans notre petit livre de méditation quotidienne ? Shirley MacLaine. Et aujourd'hui, je suis allée chez l'infirmière des objets tranchants pour avoir ma pince à épiler. Je lui ai dit : "J'ai besoin de ma pince à épiler, faut me la sortir du placard des tranchants." Et elle m'a répondu : "Vous devez l'utiliser ici, Madeline, je ne veux pas que vous l'emportiez dans votre chambre." Et je lui ai dit : "Si je dois me tuer, ce sera pas avec une *pince à épiler*."

– T'épiler à mort ? dit Donald. Difficile. Comment on fait, Karen ? »

Karen l'ignora.

« Je me suis mise très en colère, dit Madeline. Je lui ai dit : "Je peux aussi casser une ampoule et l'avaler. Donnez-moi ma pince à épiler !" Mais elle n'a pas voulu, juste parce que je pleurais.

– Chez les AA, dit Donald en s'adressant à Sabbath, on fait un tour de table en début de réunion. Chacun doit se présenter. "Bonjour, je m'appelle Christopher. Je suis alcoolique." "Bonjour, je m'appelle Mitchell. Je suis alcoolique." "Bonjour, je m'appelle Flora. Dépendance croisée."

– Dépendance croisée ? demanda Sabbath.

– J'sais pas – un truc de cathos. Je crois qu'elle s'est trompée de groupe. Bref, le tour de Madeline arrive. Madeline se lève : "Je m'appelle Madeline. C'est combien le vin rouge au verre ?" Tu fumes toujours ? lui demanda-t-il.

– Disons que je fume comme une malade.

– Tss-tss, dit Donald. Fumer n'est qu'une autre de tes défenses contre toute intimité, Madeline. Tu sais bien que plus personne ne veut embrasser une femme qui fume.

– Je fume encore plus qu'à l'époque où je suis arrivée ici. Il y a deux mois, ça allait mieux, mais là, j'en ai plus rien à...

– *Branler* ? dit Donald. Ce serait pas *branler* que tu allais dire ?

– J'allais le dire, mais je me suis dit : je vais quand même pas utiliser un mot comme ça avec lui dans les parages. Tu sais, rien n'est facile – rien. Et ça me rend nerveuse. Appuyer sur 1 pour ceci, appuyer sur 2 pour cela. Et qu'est-ce que je fais quand on me met en attente toute la journée ? Il faut tellement se battre pour tout. Je me bats encore à cause de l'histoire de mon placement surveillé la première fois que j'étais ici. Ils n'arrêtent pas de me dire que j'aurais dû les appeler quand je suis arrivée en réa à Poughkeepsie. Putain, j'étais dans le coma. C'est difficile d'appuyer sur 1 ou d'appuyer sur 2 quand on est dans le coma. Et même si c'était possible, il y a *pas* de téléphone en réa.

– Vous étiez dans le coma ? demanda Sabbath. C'est comment ?

– Vous êtes dans le coma. Il y a plus personne », dit Madeline avec une voix qui ne donnait pas l'impression que ça l'avait beaucoup changée de ce qu'elle avait connu depuis l'âge de dix ans. « On ne réagit pas. Ça ressemble à rien.

– Monsieur est le mari de Roseanna, lui dit Donald.

– Ah, dit Madeline en ouvrant de grands yeux.

– Madeline est actrice. Quand elle n'est pas dans le coma, elle joue dans des séries. C'est une sage, elle n'attend rien d'autre de la vie que de pouvoir mourir de sa propre main. Elle a laissé à sa famille une très gentille lettre au moment de son suicide. Une douzaine de mots. "Je ne sais pas ce que j'ai fait pour mériter pareil cadeau." M. Sabbath voudrait parier sur ta tension artérielle.

– Étant donné les circonstances, c'est très gentil de sa part, répondit-elle.

– 12-8, dit Sabbath.

– Et toi, combien tu dis ? demanda-t-elle à Donald.

– Je parie que c'est moins, ma toute belle. Je dis 9-6.

– À peine vivante, dit Madeline.

– Attendez une minute, dit Stella, l'infirmière philippine. Qu'est-ce que c'est que cette histoire ? » Elle quitta son bureau pour se planter en face des parieurs. « Vous êtes dans un *hôpital*, ici, dit-elle en foudroyant Sabbath du regard. Ces personnes sont des *patients*... Donald, un peu de cran, allez, Donald. Montez dans votre voiture et rentrez chez vous. Et vous, vous êtes venu ici pour vous amuser, ou vous êtes venu ici pour voir votre femme ?

– Ma femme me fuit, elle se cache.

– Vous, vous sortez d'ici. Allez, dehors.

– Je n'arrive pas à retrouver ma femme.

– Dégagez, lui dit-elle. Allez retrouver les dieux. »

Sabbath attendit au coin du bureau des infirmières que l'on ait pris la tension de Madeline et qu'elle apparaissse dans le couloir, seule. « Vous pouvez me montrer le chemin de Roderick House encore une fois ? lui demanda-t-il.

– Désolée, je n'ai pas le droit de quitter le bâtiment.

– Si vous pouviez au moins m'indiquer la bonne direction... »

Ensemble, ils descendirent l'escalier jusqu'au rez-de-chaussée ; elle alla jusqu'au perron et, du haut des marches, elle lui indiqua les lumières de Roderick House.

« C'est une nuit d'automne magnifique, lui dit Sabbath. Accompagnez-moi.

– Je ne peux pas. Je suis une patiente à haut risque. Pour un hôpital psychiatrique, on est très libre, ici. Mais dès qu'il fait nuit, je n'ai plus le droit d'être dehors. Ça fait à peine une semaine que je suis sortie de SMR.

– C'est quoi le SMR ?

– Surveillance médicale renforcée.

– Le bâtiment qui est en haut de la colline ?

– Ouais. C'est l'Holiday Inn dont on ne peut pas sortir.

– C'était vous le plus haut risque, là-bas ?

410

– Je n'en sais rien. Je n'y faisais pas beaucoup attention. On ne vous autorise pas la caféine après le petit déjeuner, ce qui fait que, le matin, j'étais occupée à faire des provisions de sachets de thé. C'est grotesque. J'étais trop occupée à essayer de passer ma caféine en douce pour me faire des amis.

– Venez. On va vous trouver un sachet de thé Lipton à sucer.

– Impossible. J'ai Programme ce soir. Je crois que je dois aller en Prévention de rechute.

– Vous ne croyez pas que vous brûlez les étapes ?

– En fait, non. J'ai déjà des projets pour ma rechute.

– Accompagnez-moi.

– Il faut vraiment que j'aille travailler la question de ma rechute.

– Venez. »

Elle se dépêcha de descendre les marches et ils s'engagèrent dans l'allée qui menait à Roderick House. Il avait très peu de temps pour agir.

« Vous avez quel âge ? demanda Sabbath.

– Vingt-neuf ans.

– Vous avez l'air d'en avoir dix.

– Et en plus j'ai essayé de pas avoir l'air trop gamine ce soir. Ça n'a pas marché ? Faut toujours que je dise mon âge. On me demande tout le temps ma carte d'identité. Quand je vais chez le médecin, les réceptionnistes me tendent toujours des magazines pour adolescentes. Déjà, je ne fais pas mon âge, et en plus je me conduis comme une gamine, c'est vrai.

– Et ça ne fera qu'empirer, vous verrez.

– Ça m'est égal. C'est comme ça, on n'y peut rien.

– Pourquoi avez-vous essayé de vous tuer ?

– Je ne sais pas. C'est la seule chose qui ne m'ennuie pas. La seule chose qui vaille la peine

411

qu'on y réfléchisse. Et puis, à la mi-journée, je me dis que la journée a déjà assez duré comme ça et qu'il n'y a qu'une manière d'y mettre fin, boire ou dormir.

– Et ça marche ?

– Non.

– Donc, après, vous essayez le suicide. *Le* tabou.

– Je le fais parce que ça me permet d'affronter ma propre mortalité *avant* l'heure. Parce que j'ai compris que c'est ça la question qui pose problème, vous me suivez. Le mariage, les enfants, la carrière, tout ça c'est pourri – j'en ai déjà compris l'inutilité sans avoir eu besoin d'essayer. Pourquoi est-ce qu'on ne peut pas se mettre en avance rapide ?

– Vous, vous avez beaucoup réfléchi, hein ? J'aime bien votre façon de voir les choses.

– J'ai acquis une grande sagesse et je suis très mûre pour mon âge.

– Très mûre pour votre âge et très immature pour votre âge.

– Quel paradoxe ! Allez, la jeunesse ça ne dure pas, mais on peut rester immature toute sa vie.

– L'enfant qui avait trop de sagesse et qui ne voulait pas de la vie. Vous êtes actrice ?

– Bien sûr que non. C'est Donald et sa façon de faire de l'humour – la vie de Madeline, c'est une série télé pour bonnes femmes. Je crois qu'il aurait bien aimé qu'il se passe quelque chose d'ordre sentimental entre nous. Il y avait un élément de séduction, qui était plutôt touchant d'une certaine manière. Il a dit plein de choses très gentilles et très flatteuses sur moi. Intelligente. Attirante. Il m'a dit que je devrais me tenir droite. Faire quelque chose pour mes épaules. "Fais des élongations, ma jolie."

– Qu'est-ce qui se passe quand vous vous redressez ? »

412

Sa voix était douce et il ne parvint même pas à entendre la réponse qu'elle lui murmura. « Vous devez parler plus fort, s'il vous plaît.

– Désolée. Je disais qu'il ne se passait rien.

– Pourquoi parlez-vous si bas ?

– Pourquoi ? Bonne question.

– Vous ne vous tenez pas droite et vous ne parlez pas assez fort.

– Comme mon père. J'ai la voix haut perchée, je couine.

– C'est ce qu'il vous dit ?

– Depuis toujours.

– Encore une qui a un père.

– Ça, oui.

– Combien est-ce que vous mesurez quand vous vous tenez bien droite ?

– Un peu moins d'un mètre quatre-vingts. Mais c'est difficile de se tenir droite quand on est au plus bas.

– Difficile aussi quand on s'est tapé des années d'école avec son mètre quatre-vingts, qu'on y ajoute une intelligence manifestement au-dessus de la moyenne et qu'en plus on n'a pas de poitrine.

– Ça alors, un homme qui me comprend.

– Non, pas vous. Juste les nibards. Je m'y connais en nibards, c'est tout. J'étudie les nibards depuis l'âge de treize ans. Et je ne crois pas qu'il existe un autre organe, ou partie du corps, où l'on puisse observer autant de variations dans la taille – les nibards de la femme sont les seuls.

– Ça, je sais, répondit Madeline, qui, tout à coup, s'amusait vraiment et commençait à rire. Et pourquoi est-ce ainsi ? Pourquoi Dieu a-t-il voulu pareille variété de tailles pour les seins ? N'est-ce pas étonnant ? Il y a des femmes qui ont des seins dix fois plus gros que les miens. Ou plus, même. Pas vrai ?

– En effet, c'est vrai.

– Il y a des gens qui ont un grand nez, dit-elle. Moi, j'ai un petit nez. Mais y a-t-il des gens qui ont le nez dix fois plus gros que le mien ? Trois fois, quatre fois, grand max. Je ne sais pas pourquoi Dieu a fait ça aux femmes.

– Cette variété, suggéra Sabbath, existe peut-être pour répondre à la satisfaction d'un large éventail de désirs, ce n'est pas impossible. Mais c'est vrai que, ajouta-t-il, en se remettant à réfléchir, les seins, comme vous les appelez, ne sont pas faits pour attirer les hommes – ils sont faits pour nourrir les enfants.

– Mais je ne crois pas que la taille ait un rapport avec la production de lait, dit Madeline. Non, ceci ne résout pas la question du *pourquoi* de ces énormes différences.

– C'est peut-être parce que Dieu n'a pas réussi à se décider. C'est souvent le cas.

– Est-ce que ce ne serait pas plus intéressant, demanda Madeline, si c'était le *nombre* de seins qui variait ? Est-ce que ce ne serait pas plus intéressant ? Vous me suivez – des femmes avec deux, d'autres avec six...

– Combien de fois avez-vous essayé de vous suicider ?

– À peine deux fois. Et votre femme, elle a essayé combien de fois ?

– Une seule fois. Jusqu'ici.

– Et pourquoi ?

– Obligée de coucher avec son père. Quand elle était petite, c'était la fille de son père.

– C'est vrai ? Tout le monde raconte la même chose. C'est l'histoire la plus simple qui existe et elle permet de tout expliquer – spécialité de la maison. Tous ces gens-là lisent tous les jours dans le journal

414

des histoires plus compliquées les unes que les autres, et puis on leur file cette version-là de leur vie. En Courage de guérir, ça fait trois semaines qu'ils essaient de me faire dénoncer mon père. La réponse à tous les problèmes, c'est soit le Prozac, soit l'inceste. Pas marrant. Toute cette fausse introspection. Ça suffirait à rendre suicidaire n'importe qui. Votre femme fait partie des deux ou trois personnes que j'arrive à supporter quand elles ouvrent la bouche. Comparée à d'autres, elle a le sens de l'élégance. Elle dépense une énergie de forcenée à se colleter avec ce manque qu'elle ressent. Elle ne recule pas, elle creuse. Mais vous, évidemment, vous ne voyez aucun intérêt à cette réflexion, à ce retour sur les origines.

– Vous croyez ? Moi, je n'en sais rien.

– En fait, ils essaient de faire face à tout cet horrible magma avec leur âme, et elle est à vif, et ils n'y arrivent pas, loin de là, et du coup ils se mettent à raconter toutes ces idioties qui n'ont pas grand-chose à voir avec une quelconque "réflexion". Mais quand même, chez votre femme, il y a quelque chose qui ressemble à de l'héroïsme, d'une certaine manière. La façon dont elle a résisté à un sevrage absolument terrible. Il y a une espèce de volontarisme chez elle que moi je n'ai pas, je le sais : elle court dans tous les sens pour ramasser des petites bribes de son passé, elle essaie de se colleter avec les lettres de son père...

– Ne vous arrêtez pas. Plus ça va, plus vous avez le sens de l'élégance.

– Écoutez, c'est une ivrogne, les ivrognes rendent tout le monde cinglé, et le mari, il ne voit que ça. Normal. Elle est engagée dans un combat que vous méprisez parce qu'il n'y a aucun génie là-dedans. Elle n'a pas votre humour, ni votre esprit, ni tout le reste, et du coup elle ne peut avoir le discernement qui va de pair avec le cynisme. Mais elle a autant de noblesse qu'on peut en avoir dans les limites de son imagination à elle.

– Qu'est-ce que vous en savez ?

– Je n'en sais rien. Je viens d'inventer tout ça. J'invente au fur et à mesure que j'avance. Ce n'est pas la même chose pour tout le monde ?

– L'héroïsme et la noblesse de Roseanna.

– Ce que je veux dire, c'est qu'il est clair qu'elle a subi un grand choc, et sa souffrance, elle l'a gagnée, c'est tout. Sa souffrance a été honnêtement acquise.

– Comment ?

– Le suicide de son père. La façon horrible dont il l'a étouffée. Les efforts qu'il a faits pour être le grand homme de sa vie. Et puis il se suicide. Il se venge sur elle parce qu'elle a tout simplement voulu sauver sa peau. C'était un coup terrible pour une gamine. On ne peut pas vraiment demander mieux.

– Bon, alors, d'après vous, il l'a baisée ou pas ?

– Non. Je ne crois pas, parce que ce n'est pas nécessaire. Elle en avait déjà assez sans ça. Il est question d'une petite fille et de son père. Les petites filles adorent leur père. Il se passe déjà suffisamment de choses entre eux. Il suffit de leur faire la cour, pas besoin d'autre chose. Inutile de les séduire. Il est possible qu'il se soit tué non parce qu'ils avaient consommé l'acte mais pour ne pas avoir à le faire. Des tas de candidats au suicide, des gens sinistres qui ruminent leur culpabilité pensent que leur famille irait mieux sans eux.

– Et c'est ce que vous pensiez, Madeline.

– Non. Je pensais que j'irais mieux si je n'avais pas de famille.

– Si vous savez tout ça, dit Sabbath, ou si vous en savez assez pour inventer tout ça, comment se fait-il que ce soit ici que je vous rencontre ?

416

– Vous me rencontrez ici justement parce que je sais tout ça. Vous voulez savoir ce que je lis à la bibliothèque en ce moment ? Erik Erikson. J'en suis au stade de l'opposition entre intimité et isolement, si j'ai bien compris, et je n'ai pas l'impression que je m'en sors vraiment. Vous, vous en êtes au stade de l'opposition entre générativité et stagnation, mais vous approchez à grands pas du stade de l'opposition entre intégrité et désespoir.

– Je n'ai pas d'enfants. Je n'ai jamais rien généré du tout, que dalle.

– Vous serez soulagé d'apprendre que les gens sans enfants peuvent générer quelque chose à travers des actes d'altruisme.

– Peu probable en ce qui me concerne. C'est quoi, déjà, ce qui m'attend ?

– Opposition entre intégrité et désespoir.

– Et qu'est-ce qui va m'arriver, d'après ce que vous avez lu ?

– Bon, ça dépend, il faut savoir si, à la base, la vie a un but et un sens », dit-elle en éclatant de rire.

Sabbath rit aussi. « Pourquoi est-ce que vous riez quand vous dites "un but", Madeline ?

– Vous posez des questions vraiment difficiles.

– Ah oui, en tout cas, c'est fou ce qu'on apprend quand on en pose.

– De toute façon, je n'ai pas à m'inquiéter de la générativité. Je vous l'ai dit : j'en suis au stade de l'opposition entre intimité et isolement.

– Et comment ça va ?

– Je crois qu'on peut se poser des questions sur la façon dont je m'en sors avec le problème de l'intimité.

– Et avec celui de l'isolement ?

– J'ai l'impression que dans l'esprit du docteur Erikson il s'agit de pôles contraires. Si ça ne va pas dans l'un, on fait forcément un assez bon score dans l'autre.

– Et c'est votre cas ?

– Peut-être, surtout pour ce qui relève du domaine amoureux. Je n'avais pas compris, avant de lire le docteur Erikson, que c'était ça mon "projet de développement", dit-elle en recommençant à rire. J'ai l'impression que je n'arrive pas à le mener à bien.

– C'est quoi votre projet de développement ?

– Sans doute une bonne petite relation bien stable avec un homme et tous les putains de besoins assez complexes qu'il peut avoir.

– Et quand avez-vous connu cela pour la dernière fois ?

– Il y a sept ans. Ça n'a pas été un échec *total*. Je suis incapable de dire de manière objective jusqu'à quel point je devrais me lamenter sur mon sort. Je n'accorde pas à mon être autant de crédibilité que d'autres accordent au leur. Tout me semble factice, comme au théâtre.

– Tout *est* factice.

– Peu importe. Chez moi, il manque un peu de ciment, quelque chose de fondamental qui existe chez les autres et pas chez moi. Je n'ai jamais l'impression que ma vie relève du réel.

– Il faut qu'on se revoie, dit Sabbath.

– Ah. Vous me faites donc vraiment la cour. Je me posais la question mais je n'arrivais pas à y croire. Vous êtes toujours attiré par des femmes qui ont morflé.

– Je ne savais pas qu'il en existait d'autres.

– Dire que j'ai morflé, c'est mieux que de dire que je suis cinglée.

– Il me semble que c'est vous qui avez dit que vous aviez morflé.

418

– Peu importe. C'est un risque que l'on court dès qu'on ouvre la bouche. Au lycée on disait que j'étais braque.

– Ça voulait dire quoi, "braque" ?

– Un peu fofolle. Téléphonez à M. Kasterman, mon prof de maths. Il vous expliquera. On sortait du cours de cuisine et moi, j'avais toujours plein de farine partout.

– Je n'ai jamais couché avec une fille qui a essayé de se suicider.

– Vous n'avez qu'à coucher avec votre femme.

– *Ça*, c'est braque. »

Son rire était devenu très espiègle, c'était une charmante surprise. Et une charmante personne, avec une expression d'une profondeur pas du tout juvénile, bien qu'elle ait vraiment l'air juvénile. Un esprit aventureux et des trésors d'intuition que les souffrances qu'elle avait connues n'avaient pas réussi à étouffer. Madeline avait cet air très triste mais très intelligent d'un enfant qui aurait découvert l'alphabet dans une école où on utilisait l'Ecclésiaste en guise de syllabaire – la vie n'est que futilité, c'est une expérience vraiment terrible, mais la seule chose vraiment sérieuse, c'est la *lecture*. On pouvait pratiquement suivre les évolutions de sa courbe de confiance et de sûreté rien qu'à son discours. Son centre de gravité, ce n'était pas sa capacité à se maî-triser, ni rien d'autre de ce qu'elle donnait à voir, sauf peut-être une manière de dire les choses qui plaisait à Sabbath parce qu'elle avait un petit côté impersonnel. Elle n'avait pas eu droit à une poitrine de femme, ni à un visage de femme, mais elle avait reçu en contrepartie un sens de l'érotisme extrême-ment aigu – du moins, c'était cela que Sabbath, tou-jours à l'affût de tous les stimuli, percevait comme influence. Une promesse de sensualité qui imprégnait son intelligence et qui semait un trouble plaisant dans les espoirs un peu éculés qu'il plaçait dans son érection.

« Quel effet ça vous ferait, lui demanda-t-elle, de coucher avec moi ? Ce serait comme dormir avec un cadavre ? Un fantôme ? Un cadavre après sa résurrection ?

– Non. Ce serait coucher avec quelqu'un qui va jusqu'au bout des choses.

– Avec votre romantisme d'adolescent vous avez vraiment l'air d'un connard, lui dit Madeline.

– Ce n'est pas la première fois que j'ai l'air d'un connard. Et alors ? Pourquoi êtes-vous aussi amère à votre âge ?

– Ah oui, mon amertume rétrospective.

– Quelle en est la cause ?

– Moi, je ne ne le sais pas.

– Mais si.

– Ça vous plaît de creuser juste à cet endroit-là, hein, monsieur Sabbath ? Pourquoi est-ce que je suis amère ? Toutes ces années que j'ai passées à travailler et à faire des projets. On dirait... Je ne sais pas.

– Venez jusqu'à ma voiture. »

Elle réfléchit sérieusement à cette suggestion avant de répondre : « Pour un litre de vodka ?

– Un demi-litre, dit-il.

– En échange de faveurs sexuelles ? Un litre.

– Trois quarts.

– Un litre.

– Je vais la chercher.

– C'est ça. »

Sabbath courut jusqu'au parking, fit à toute vitesse les quatre kilomètres qui le séparaient d'Usher, trouva un magasin où on vendait de l'alcool, acheta *deux* litres de Stolichnaya et revint au parking où Madeline devait en principe l'attendre. Il lui avait fallu douze minutes pour tout faire, mais elle n'était pas au rendez-vous. Elle n'était pas parmi les fumeurs réunis devant le Château, elle ne jouait pas aux cartes dans le petit salon avec les deux vieilles dames, et elle n'était pas dans l'autre salon, où la fille de Wellesley essayait désespérément de jouer « When the Saints Go Marching In » et, refaisant le trajet qu'ils avaient parcouru ensemble, il ne la trouva pas non plus sur le chemin de Roderick House. Et voilà, il en était là, par cette magnifique soirée d'automne, avec sous le bras deux litres d'une excellente vodka russe à cinquante degrés, dans un sac en papier kraft, attendant quelqu'un en qui il avait toutes les raisons d'avoir confiance et qui venait de lui poser un lapin, quand un gardien apparut derrière lui – un très grand Noir en uniforme bleu de vigile qui portait un talkie-walkie – et lui demanda très poliment ce qu'il faisait là. L'explication s'étant révélée inadéquate, deux autres gardes apparurent ; personne ne l'agressa physiquement, mais Sabbath dut endurer les insultes du plus jeune des trois, qui était aussi le plus alerte, alors qu'il se laissait volontairement escorter jusqu'à sa voiture. Une fois arrivés, les trois hommes vérifièrent son permis de conduire et les papiers de la voiture à la lumière d'une torche, notèrent son nom et le numéro de sa voiture immatriculée dans un autre État, puis ils prirent les clés et montèrent dans la voiture, deux à l'arrière avec Sabbath et sa Stolichnaya et un devant pour conduire la voiture hors des limites de la propriété. On questionnerait Mme Sabbath avant qu'elle ne se mette au lit et, le lendemain matin, à la première heure, un rapport serait remis au médecin-chef (qui se trouvait être le médecin de Roseanna). Si la patiente

421

avait demandé à son visiteur de lui apporter cet alcool, son épouse serait virée sur-le-champ.

Il arriva à Madamaska Falls à près d'une heure du matin. Malgré son épuisement, il alla en voiture jusqu'au lac, suivit Fox Run Crossing et dépassa l'endroit où habitaient les Balich, en haut de la colline qui dominait le lac, une maison neuve, aussi spacieuse et aussi luxueuse que n'importe quelle maison de ce côté de la montagne. Pour Matija, cette maison était la concrétisation d'un rêve – le rêve qu'il avait fait d'un imposant château de famille qui aurait été un pays à lui tout seul – et ce rêve remontait à l'école primaire quand, pour un devoir, il avait dû faire une rédaction sur ses parents et dire au professeur, sans mentir, en bon Pionnier, le genre de relations qu'ils entretenaient avec le régime en place. Matija avait même fait venir un forgeron de Yougoslavie, un artisan de la côte dalmate, qui avait passé six mois dans l'annexe de l'auberge et qui lui avait façonné, dans une forge située non loin de Blackwell, les grilles qui, à l'extérieur, entouraient la vaste terrasse de verdure d'où on pouvait contempler le spectacle très théâtral du coucher de soleil à l'extrémité ouest du lac, et les rampes de l'escalier monumental qui, à l'intérieur de la maison, montait en spirale vers le plafond en coupole, ainsi que le portail de la propriété, entièrement en fer ouvragé, que l'on manœuvrait électriquement depuis l'intérieur de la maison. Le lustre en fer forgé était arrivé de Split par bateau. Le frère de Matija était entrepreneur et il l'avait acheté à des gitans qui faisaient commerce de ce genre d'antiquités. La chaîne forgée expressément pour le lustre était fixée au centre du dôme bleu ciel et descendait, lourde et menaçante, sur une hauteur de deux étages, au-dessus d'une entrée dans laquelle on avait placé des panneaux de vitrail au plomb de part et d'autre d'une double porte en acajou. Par cette porte on aurait pu faire entrer une voiture à cheval sur le sol de marbre (spécialement taillé pour la maison après que Matija était allé dans le Vermont inspecter la carrière). Il sembla à Sabbath – la première fois où Matija avait emmené Silvija faire un tour et qu'il avait baisé, sur le lit de la jeune fille, une Drenka vêtue du dirndl de Silvija – qu'il n'y avait pas deux pièces au même niveau dans toute la maison et que, pour aller de l'une à l'autre, il fallait soit monter, soit descendre trois, quatre ou cinq marches toujours très larges et toujours recouvertes d'une épaisse couche de vernis. On avait aussi placé sur des piédestaux des statues en bois représentant des rois, à côté de ces petits escaliers qui reliaient entre elles les différentes pièces. Un antiquaire de Boston les avait trouvées à Vienne – dix-sept rois de l'époque médiévale qui avaient bien dû, à eux tous, décapiter autant de leurs sujets que Matija avait décapité de poulets pour la confection de son célèbre poulet paprika garni de nouilles. Il y avait six lits dans la maison, tous en cuivre. Le jacuzzi en marbre rose était assez grand pour six. Et la cuisine de style moderne avec, en plein cœur, son îlot de cuisson du dernier cri, était assez grande pour seize. La salle à manger aux murs tapissés était assez grande pour trente. Mais personne n'utilisait jamais le jacuzzi et personne n'entrait jamais dans la salle à manger, les Balich dormaient dans un lit minuscule à vous rendre claustrophobe, quant à la nourriture toute prête qu'ils rapportaient, le soir, en rentrant de l'auberge, ils la consommaient devant une énorme télé installée sur quatre caisses vides qui avaient servi à transporter des œufs, dans une pièce aussi nue et aussi pauvre qu'on aurait pu en trouver dans une cité ouvrière construite sous Tito.

Parce que Matija avait peur que sa bonne fortune n'éveille la jalousie de ses clients ou de son personnel, la maison avait délibérément été érigée à l'abri des regards, derrière un grand triangle planté de sapins dont on disait qu'ils étaient aussi vieux que la Nouvelle-Angleterre. Les arbres, nobles mâts de goélette épargnés par la hache des colons, pointaient directement vers les cieux, et pourtant, on avait l'impression que les toits de cette maison qui avait coûté à Matija un million de dollars – à la hauteur de son grandiose objectif d'immigrant – partaient dans toutes les directions sauf vers le haut. Bizarre. L'étranger docile, sobre et frugal, bénéficiant des fruits de son dur labeur ainsi que de l'explosion du capitalisme sauvage des années quatre-vingt, se construit un palais d'abondance, manifestation aussi imposante qu'il peut l'imaginer de sa victoire personnelle sur le camarade Tito, pendant que l'amant de sa femme, cet être excessif, ce porc né sur le sol d'Amérique, vit dans une petite boîte de quatre pièces qu'on a posée à même le sol dans les années vingt, une maison certes devenue assez agréable mais que seule la capacité de Roseanna à manier le pinceau, la machine à coudre, le marteau et les clous avait pu arracher à son destin de baraque typique de la Route du Tabac, ce que d'ailleurs elle était quand, au milieu des années soixante, Roseanna avait eu la géniale idée de domestiquer Sabbath. Un toit et un feu. Les bois, la rivière, la neige, le dégel, le printemps, le printemps de Nouvelle-Angleterre, une surprise, la meilleure manière connue de redonner des forces à l'humanité tout entière. Elle plaçait ses espoirs dans ce Nord montagneux – et dans l'arrivée d'un enfant. Une famille : la mère, le père, les skis de fond, et les enfants, une bande d'enfants turbulents, bruyants, en bonne santé, qui couraient sans souci

424

dans tous les coins, assurés, par la seule qualité de l'air qu'ils respiraient, de ne pas suivre l'exemple de leurs parents, ces tordus entièrement livrés à eux-mêmes. La domestication de la nature, ce vieux fantasme agrarien du citadin qui rêve d'accrocher à une Volvo les fameuses plaques d'immatriculation locales frappées de la célèbre devise « La liberté ou la mort », tels étaient les ingrédients purificateurs qui, elle l'espérait, et elle priait le ciel dans ce but, l'aideraient non seulement à se débarrasser du fantôme de son père, mais permettraient aussi à Sabbath de faire taire celui de Nikki. Pas très étonnant que Roseanna ait vécu sur orbite depuis lors.

Aucune lumière n'était allumée chez les Balich, du moins aucune lumière visible à travers le mur de sapins. Il donna deux petits coups d'avertisseur, attendit, redonna deux petis coups, puis ne fit plus rien pendant dix minutes, jusqu'à ce que le moment soit venu de donner un dernier petit coup et de lui accorder encore cinq minutes avant de partir.

Drenka avait le sommeil léger. Elle avait le sommeil léger depuis qu'elle était devenue mère. Au plus petit bruit, au plus infime cri de détresse en provenance de la chambre de Matthew, elle était debout et l'avait déjà pris dans ses bras. Elle raconta à Sabbath qu'à l'époque où Matthew était bébé, elle s'allongeait sur le sol et s'endormait à côté de son berceau, afin d'être certaine qu'il ne s'arrêtait pas de respirer. Et même plus tard, alors qu'il avait quatre ou cinq ans, il lui arrivait d'avoir peur pour sa sécurité ou sa santé et de passer la nuit allongée sur le sol de sa chambre. Elle avait fait son métier de mère comme elle faisait tout le reste, comme s'il s'agissait d'enfoncer une porte. Soumettez-la à la tentation, à la maternité, à l'informatique, et elle s'y mettait tout entière, de toute son énergie brute, sans aucune retenue. Quand elle donnait toute sa puissance, c'était une femme extraordinaire. Elle n'avait aucune aversion, quoi qu'on lui demande. De la peur, oui, bien sûr, une peur énorme ; mais de l'aversion, non, jamais. Une aventure étonnante, cette Slave complètement terre à terre pour qui l'existence était un formidable champ d'expérimentation, elle était la lumière érotique de l'existence de Sabbath et il l'avait trouvée, non pas agitant une petite clé au bout de ses doigts dans la rue Saint-Denis entre le Châtelet et la porte Saint-Denis, mais à Madamaska Falls, capitale de la prudence, où la population se contente de se passionner pour le changement d'heure à l'horloge du village deux fois par an.

Il baissa la vitre et entendit les chevaux des Balich qui soufflaient dans les écuries de l'autre côté de la route. Puis il en vit deux dont la tête se profilait au-dessus de la clôture. Il ouvrit une bouteille de Stolichnaya. Il buvait un peu depuis qu'il avait été marin, mais jamais comme Roseanna. Cette modération – et son pénis circoncis – était à peu près tout ce qu'il y avait de juif en lui. C'était d'ailleurs sans doute ce qu'il y avait de mieux. Il but deux rasades et elle était debout devant lui, en chemise de nuit, un châle sur les épaules. Il tendit la main par la fenêtre, *eux* aussi ils étaient là. Quatre cents kilomètres aller retour, mais ça en valait la peine pour les seins de Drenka.

« Qu'est-ce qui se passe, Mickey ? Qu'est-ce qui ne va pas !

– Peu de chances que tu me fasses une pipe, je suppose.

– Chéri, *non*.

– Monte dans la voiture.

– Non. Non. Demain. »

Il lui prit la torche des mains et la braqua sur ses cuisses.

« Oh, qu'elle est grosse. Mon amour ! Je ne peux pas maintenant. Maté...

– Merde, si jamais il se réveille avant que j'aie éjaculé, on se barre, si... Je mets le moteur en marche et on s'en va, comme Vronsky avec Anna. J'en ai marre de ces conneries, de se cacher tout le temps. On passe notre *vie* entière à se cacher.

– Je voulais dire Matthew. Il est de service. Il risque de passer.

– Il croira que c'est des mômes en train de se peloter. Monte, Drenka.

– On ne *peut pas*. Tu es fou. Matthew connaît ta voiture. Tu as bu. Il faut que je rentre ! Je t'aime !

– Roseanna sera peut-être sortie demain.

– Mais, s'exclama-t-elle, je pensais encore deux *semaines* !

– Et qu'est-ce que je fais de ça, moi ?

– Tu le sais très bien. » Drenka se pencha à l'intérieur de la voiture, la lui serra bien fort, le branla une fois – « rentre *chez toi* », le supplia-t-elle, et elle courut jusqu'au chemin qui conduisait à la maison.

Pendant le trajet d'un quart d'heure qui le ramenait à Brick Furnace Road, Sabbath ne vit qu'un seul autre véhicule, la voiture de patrouille de la police de la route. C'est pour ça qu'elle était réveillée – elle écoutait le scanner. Trouvant de plus en plus intéressante l'idée, conforme à la justice biblique, qu'il pourrait se faire arrêter pour sodomie adultère par le fils de Drenka, il fit retentir son avertisseur et fit un appel de phares ; mais pour l'heure apparemment, la malchance lui laissait un répit. Personne ne se mit à cavaler au cul du plus grand délinquant sexuel du pays, personne ne lui demanda son permis ou ses papiers ; personne ne lui demanda d'expliquer ce qu'il faisait dans cette voiture, une bouteille de vodka dans la main qui tenait le volant et sa bite dans l'autre, son attention concentrée ni sur la route ni même sur Drenka, mais l'esprit occupé par ce visage d'enfant qui abritait un esprit tout de clarté, le visage de cette grande blonde avec ses épaules tombantes, sa voix fragile et ses poignets tailladés qui était à trois semaines à peine de basculer complètement hors de ses rails.

*

« "De grâce ! Ne vous m'oquez pas de moi ! Je suis un pauvre vieux radoteur de quatre-vingts ans et au-delà... pas une heure de plus ni de moins. Et, à parler franchement, je crains de n'être pas dans ma parfaite raison... Il me semble..." »

Puis il perdit le fil, à une station au nord d'Astor Place, plus rien, complètement sec. Néanmoins, se souvenir au moins de ça, alors qu'en route pour les obsèques de Linc, il faisait la manche dans le métro après un intermède légèrement porno avec la Rosa des Cowan, le frappa comme une divine surprise que lui faisait sa mémoire. Il me semble quoi ? Il me semble que ça ne devrait pas me sembler si difficile. L'esprit est une machine à mouvement perpétuel. On n'est jamais débarrassé de rien. L'esprit est à la merci de *tout*. L'homme est une immensité, mon oncle, une constellation de détritus à côté de laquelle la Voie lactée fait figure de naine ; il te guide comme les étoiles guident la flèche d'oies sauvages de l'aveugle Cupidon dont les ailes dépassent en nombre les pattes d'oie qui bordent le trou du cul de Drenka alors que, grimpé sur ta cancéreuse Croate, leur grossier cacardage canadien tu imites libidineusement, inscrivant sur sa chair maligne, à l'encre blanche, ta marque chromosomique à tous vents semée.

Reviens en arrière, loin, très loin. Nikki dit : « Sire, me reconnaissez-vous ? » Lear dit : « Vous êtes un esprit, je le sais ; quand êtes-vous morte ? » Cordelia dit bla, bla ; le docteur dit bla, bla ; je dis : « Où ai-je été ? Où suis-je ? Le beau jour !... Je suis étrangement abusé... bla, bla, bla. » Nikki : « Oh ! Regardez-moi, sire, et étendez vos mains sur moi pour me bénir... Non, sire, ce n'est pas à vous de vous agenouiller. » Et Lear dit : c'était un mardi de décembre 1944, je rentrais de l'école et j'ai vu des voitures, j'ai vu le camion de mon père. Qu'est-ce qu'il fait là ? Je savais que quelque chose n'allait pas. À l'intérieur de la maison, j'ai vu mon père. Une douleur immense. Une douleur immense. Ma mère était en pleine crise. Ses mains. Ses doigts. Elle gémissait. Elle hurlait. Du monde, déjà. Un homme était venu à la porte. « Je suis navré », dit-il avant de lui donner le télégramme. Disparu au cours d'une mission. Encore un mois avant l'arrivée du deuxième télégramme, une époque où tout était possible, le chaos – l'espoir, la peur, à l'affût de toutes les histoires qu'on voulait bien nous raconter, le téléphone qui sonnait, on ne savait jamais, des histoires nous parvenaient selon lesquelles il aurait été récupéré par des résistants philippins amis, quelqu'un de son escadrille disait qu'il l'avait dépassé pendant le vol, il faisait son dernier passage, la flak s'était déchaînée, Morty avait piqué, mais c'était au-dessus d'un territoire ami... et Lear répond : « Vous avez tort de me retirer ainsi de la tombe », mais Sabbath se souvient du deuxième télégramme. Le mois précédent avait été affreux, mais pas aussi affreux que ce moment-là : l'annonce officielle de la mort, c'était comme de perdre un *autre* frère. Épouvantable. Ma mère au lit. On a cru qu'*elle* était en train de mourir, peur qu'elle meure. Elle respire des sels. Le médecin. La maison qui se remplit de gens. Difficile de savoir clairement qui était là. C'est flou. Tout le monde était là. Mais la

429

vie était finie. La famille était finie. J'étais fini. Je lui ai donné des sels et tout s'est renversé et j'avais peur de l'avoir tuée. Là période la plus tragique de mon existence. Entre quatorze et seize ans. Rien de comparable. Ça ne l'avait pas simplement brisée, ça nous a tous brisés. Mon père, jusqu'à la fin de sa vie, complètement changé. Il représentait une force qui me rassurait, à cause de son physique et parce qu'on pouvait vraiment compter sur lui. Ma mère était la plus émotive, toujours. La plus triste, la plus gaie. Toujours en train de siffloter. Mais mon père était d'une pudeur extrême, c'était impressionnant. Et de le voir se défaire, lui ! Il n'y a qu'à voir mon émotion, maintenant – j'ai quinze ans quand je repense à ces choses. Les émotions, quand on les réveille, elles n'ont pas changé, elles sont telles qu'eles étaient, toutes fraîches, brutes. Tout passe ? Rjen ne passe. Ce sont encore les mêmes émotions ! C'était mon père, un type qui travaillait dur, dans son camion, qui partait faire la tournée des fermes dès trois heures du matin. Le soir, quand il rentrait à la maison, il était fatigué, et il fallait se tenir tranquille parce qu'il devait se lever tellement tôt. Et quand il se mettait très en colère – c'était rare – mais quand il lui arrivait de se mettre en colère, c'était en yiddish qu'il se mettait en colère, et j'avais peur, parce que je n'arrivais pas à savoir avec certitude pourquoi il était en colère. Mais après, il ne s'est plus jamais mis en colère. Si seulement il avait pu ! Après, il est devenu doux, passif, il pleurait tout le temps, il pleurait partout, dans le camion, avec les clients, chez les fermiers Gentils. Cette putain d'histoire a *brisé* mon père ! Après la *shiva* il a recommencé à travailler, à la fin de l'année de deuil officiel, il a arrêté de pleurer, mais il y avait toujours cette douleur personnelle, intime, qui se voyait à des kilomètres. Et moi-même, je ne me sentais pas en grande forme. J'avais l'impression d'avoir perdu une partie de mon corps. Pas ma queue, non, pas une jambe non plus, ni un bras, mais c'était quand même un sentiment physiologique, même si le vide était intérieur. Un creux, comme si on m'avait travaillé au ciseau à froid. Comme les carapaces de crabe sur la plage, la coque est intacte et l'intérieur est vide. Plus rien. Vidé. Nettoyé. Gratté. C'était tellement oppressant. Et ma mère qui s'était mise au lit – j'étais *sûr* que j'allais perdre ma mère. Comment va-t-elle faire pour survivre ? Comment allons-nous tous faire pour survivre ? Un tel vide. Mais il fallait que je sois fort. Même *avant* il fallait que je sois fort. Très dur quand il avait quitté le pays et que tout ce qu'on savait c'était le numéro de son secteur postal. L'angoisse. Horrible. Tout le temps à se faire du souci. J'aidais mon père à faire les livraisons, comme Morty avant. Morty faisait des choses que personne n'aurait faites, des choses qu'on ne faisait pas quand on avait deux grains de bon sens. Grimper sur le toit pour arranger quelque chose. Sur le dos, en se tortillant, il arrivait à se faufiler dans le petit espace sombre et plein de saletés sous la véranda, assez loin pour passer un fil électrique. Toutes les semaines, il lavait les sols pour ma mère. Alors maintenant, je lavais les sols. Je faisais un tas de choses pour essayer de la calmer quand ils l'ont envoyé dans le Pacifique. On allait au cinéma toutes les semaines. Pas question de films de guerre. Mais même pendant les films normaux, si tout à coup il se passait quelque chose en rapport avec la guerre ou que quelqu'un disait quelque chose sur quelqu'un qui faisait la guerre quelque part, ma mère se mettait dans tous ses états et il me fallait la calmer. « M'man, c'est un film, c'est rien. » « M'man, on arrête d'y penser. » Elle se mettait à pleurer. C'était affreux. Et je partais avec elle et je lui faisais faire une promenade. Les lettres qu'on recevait transitaient par le secteur postal. Il faisait parfois des petits dessins marrants sur l'enveloppe. Je les attendais, ces dessins. Mais ils ne faisaient rire que moi. Et une fois il est passé en avion au-dessus de la maison. Il était dans une base de Caroline du Nord et il devait aller à Boston avec son avion. Il nous a dit : « Je vais passer au-dessus de la maison. Dans un B-25. » Toutes les femmes étaient dans la rue, en tablier. En plein milieu de la journée, mon père est revenu à la maison en camion. Mon copain Ron était là. Et Morty a tenu parole – il est passé au-dessus de nous et il nous a salués d'un battement d'ailes, des ailes plates comme des ailes de mouette. Ron et moi on faisait des grands signes. C'était vraiment mon héros. Il était incroyablement gentil avec moi, cinq ans de moins que lui – tellement gentil, c'est tout. Il avait un physique d'athlète. Très fort au golf. Champion de course. À la main, il était capable de lancer un ballon de football à l'autre bout du terrain, il était extraordinairement habile dès qu'il s'agissait de lancer un ballon ou de taper dans une balle de golf – de lancer n'importe quoi, c'était ça qu'il savait faire, il lançait loin. J'y ai repensé après sa disparition. À l'école, je me disais que savoir lancer loin, ça pouvait l'aider à survivre dans la jungle. Descendu le 12 décembre et mort de ses blessures le 15. Encore plus affreux. Ils l'avaient transporté dans un hôpital. Le reste de l'équipage était mort sur le coup, mais l'avion avait été descendu au-dessus d'une zone de guérilla, et les partisans l'ont récupéré et l'ont porté jusqu'à un hôpital où il est resté vivant pendant trois jours. C'était encore pire. *L'équipage est mort sur le coup et mon frère a vécu trois jours de plus.* J'étais frappé de stupeur. Ron est venu. En temps normal, on peut dire que pratiquement il habitait chez nous. Il a dit : « Allez, viens. » J'ai dit : « Je ne peux pas. » Il a dit : « Qu'est-ce qui s'est passé ? » J'étais incapable de parler. Il m'a fallu quelques jours avant de pouvoir lui dire. Mais je ne pouvais pas le dire à l'école. Je n'y arrivais pas. Je n'arrivais pas à le *dire*. Il y avait un prof de gym, un grand type, costaud, qui avait demandé à Morty d'arrêter l'athlétisme pour faire de la gymnastique. « Comment ça va ton frère ? me demandait-il. – Bien », je disais. Je n'arrivais pas à le dire. D'autres profs, son prof d'atelier qui lui donnait toujours des très bonnes notes : « Comment ça va ton frère ? – Bien. » Et puis finalement ils l'ont su, mais je ne leur ai jamais dit. « Hé, comment ça va Morty ? » Et j'entretenais le mensonge. Ça a continué, encore et encore, avec ceux qui n'étaient pas au courant. Je suis resté dans cet état de stupeur pendant au moins un an. À un moment, j'ai même eu peur des filles parce que maintenant elles avaient du rouge à lèvres et des nichons. Tout ce qui était nouveau me dépassait, c'était trop pour moi. Ma mère m'a donné la montre de Morty. Ça m'a presque achevé, mais je l'ai portée. Je suis parti en mer avec. Je suis allé à l'armée avec. Je suis allé à Rome avec. Et la voilà, sa Benrus de GI. Remonte-la tous les jours. La seule chose qui a changé, c'est le bracelet. On peut encore arrêter l'aiguille des secondes. Quand je faisais de la course, je pensais à son fantôme. Ça a été le premier fantôme. J'étais comme mon père et comme lui, tous très larges d'épaules. Et puis Morty lançait le poids, alors j'étais *obligé*. Je *m'imprégnais* de lui. Je regardais toujours le ciel avant le lancer et je crois bien qu'il me protégeait. Et je lui demandais de la force. C'était une compétition à l'échelle de l'État. J'étais cinquième. Je savais que tout cela n'avait rien de réel, mais je continuais ma prière adressée à mon frère et j'ai lancé le poids plus loin que je ne l'avais jamais fait. Je n'ai quand même pas gagné, mais il m'avait donné sa force !

J'en avais besoin maintenant. Où est-elle ? J'ai la montre, mais où est la force ?

À la droite du siège où Sabbath avait calé à « Il me semble... » était assise la cause de son trou de mémoire : pas plus de vingt et un ou vingt-deux ans, une sculpture en noir – col roulé, veste, jupe plissée, collants, chaussures, jusqu'à un bandeau de velours noir qui retenait ses cheveux noirs et brillants au-dessus de son front. Elle le regardait depuis un moment, et c'était ce regard qui l'avait empêché d'aller plus loin, sa douceur timide et familière. Elle était assise, un bras appuyé sur le sac à dos en nylon noir posé à côté d'elle, l'observant en silence pendant qu'il essayait de se rappeler la dernière scène du quatrième acte : On porte Lear endormi à l'intérieur du campement français – « Oui, madame, grâce à la pesanteur de son sommeil, nous avons pu lui mettre de nouveaux vêtements » –, et là, pour le réveiller, il y a Cordelia – « Comment va mon royal seigneur ? Comment se trouve Votre Majesté ? » Et c'est alors que Lear répond : « Vous avez tort de me retirer ainsi de la tombe. »

La fille qui avait ce regard parlait, mais elle parlait si bas qu'au début il ne put l'entendre. Elle était plus jeune qu'il ne l'avait cru, sans doute une étudiante, pas plus de dix-neuf ans.

« Oui, oui, plus fort. » Ce qu'il disait à Nikki chaque fois qu'elle disait quelque chose qu'elle avait peur de dire, c'est-à-dire une fois sur deux dès qu'elle ouvrait la bouche pour parler. Elle l'avait rendu de plus en plus fou au fil des ans, à dire des choses de manière à ce qu'il ne puisse pas les entendre. « Qu'est-ce que tu as dit ? – Ça n'a pas d'importance. » Ça le rendait *fou*.

« "Il me semble, disait-elle d'une voix à présent parfaitement audible, que je dois vous connaître, et connaître cet homme..." » Elle lui avait donné le vers ! Une étudiante en théâtre, qui allait à Juilliard.

Il répéta : « "que je dois vous connaître, et connaître cet homme" », et maintenant sur sa lancée, il continua : « "Pourtant je suis dans le doute car j'ignore absolument quel est ce lieu ; et tous mes efforts de mémoire..." » Là, il *fit semblant* de ne pas savoir ce qui venait après. « "Et tous mes efforts de mémoire..." » Faiblement, deux fois, il le répéta et se tourna vers elle pour obtenir son aide.

« "... ne peuvent me rappeler ce costume, lui souffla la jeune fille. Je ne sais même pas..." »

Elle s'arrêta quand, d'un sourire, il lui fit comprendre qu'il croyait pouvoir reprendre lui-même à partir de là. Elle lui sourit à son tour. « "Je ne sais même pas où j'ai logé la nuit dernière... Ne riez pas de moi ; car aussi vrai que je suis homme, je crois que cette dame.." »

Est la fille de Nikki.

Pas impossible ! Les beaux yeux implorants de Nikki, la voix perpétuellement incertaine de Nikki, cette voix qui laissait tout le monde perplexe... non, elle n'était pas une simple gamine au cœur tendre, impressionnable à l'excès, qui irait, tout excitée, raconter à la maison qu'elle avait rencontré un vieux clodo à barbe blanche qui lui avait récité *Lear* sur la ligne de Lexington Avenue et qu'elle avait osé l'aider à se souvenir du texte – *c'était la fille de Nikki*. La famille qu'elle allait retrouver ce soir, c'était *celle de Nikki* ! Nikki était vivante. Nikki était à New York. Cette fille, c'était sa fille. Et si elle était la fille de Nikki, elle était d'une certaine manière la sienne, qui que soit son père.

Sabbath flottait maintenant au-dessus d'elle, ses émotions se succédaient en avalanche, le submergeaient, faisaient ressortir le petit bout de racine qui le retenait encore à lui-même. Et s'ils étaient *tous* vivants, et dans la maison de Nikki ? Morty. M'man. Papa. Drenka. Abolir la mort – une idée merveilleuse, même s'il n'était pas le premier, dans une rame de métro ou ailleurs, à l'avoir, à s'y accrocher désespérément, au point de renoncer à la raison, et qu'elle lui revienne, cette idée, comme elle lui était venue quand il avait quinze ans et qu'il *fallait* qu'on leur rende Morty. Remonter le cours de la vie comme on remonte le temps avec une horloge au début de l'automne. On la décroche tout simplement du mur et on fait tourner les aiguilles à l'envers et on remonte en arrière jusqu'à ce que tous vos morts apparaissent, comme la nouvelle heure.

« "Aussi vrai que je suis homme, dit-il à la jeune fille, je crois que cette dame est mon enfant Cordelia.
– Oui, je la suis, je la suis." » Avec un effet différent de la réponse précipitée de Cordelia, ce vers d'une simplicité poignante que Nikki avait prononcé d'une voix qui était, pour un dixième, celle d'une orpheline perdue et, pour le reste, celle fatiguée et vacillante d'une femme, sortait de la bouche de la jeune fille au regard pareil à celui de Nikki, exactement pareil.

« Qui est votre mère ? murmura Sabbath. Dites-moi qui est votre mère. »

Ces mots la firent pâlir ; ses yeux, les yeux de Nikki, incapables de dissimuler quoi que ce soit, étaient ceux d'une enfant à laquelle on venait de dire quelque chose de terrible. Toute l'horreur qu'il lui inspirait remonta d'un coup à la surface, comme cela aurait été, tôt ou tard, le cas avec Nikki. S'être laissé émouvoir par cette chose monstrueuse, ce cinglé, sous prétexte qu'il citait Shakespeare ! S'être fait coincer dans le métro par quelqu'un qui était manifestement fou et capable de *n'importe quoi* – comment avait-elle pu être aussi bête !

Malgré la facilité avec laquelle il lisait dans ses pensées, Sabbath déclamait, tout aussi brisé que Lear : « Vous êtes la fille de Nikki Kantarakis ! »

Essayant dans un geste frénétique d'ouvrir son sac, la jeune fille cherchait son porte-monnaie pour lui donner de l'argent, de l'argent pour qu'il *s'en aille*. Mais Sabbath voulait encore une fois regarder cette preuve indiscutable – que Nikki était vivante – et, lui tournant le visage de sa main infirme, *au contact de la peau vivante de Nikki*, il demanda : « Où est-ce que ta mère se cache pour me fuir ?

– Non ! Ne me touchez pas ! » hurlait-elle en repoussant de la main ses doigts tordus par l'arthrose comme si elle s'était fait attaquer par un essaim de mouches, quand quelqu'un arriva par derrière et saisit vigoureusement Sabbath sous les bras.

Un costume de cadre supérieur, voilà tout ce que Sabbath vit de l'homme athlétique qui le retenait prisonnier. « Calmez-vous, lui disait-on, calmez-vous. Vous ne devriez pas boire ce truc.

– Et qu'est-ce que je *devrais* boire ? J'ai soixante-quatre ans et je n'ai jamais été malade de ma vie, pas une seule fois ! Sauf les amygdales quand j'étais petit ! *Je bois ce que je veux !*

– Calmez-vous, mon vieux. Ça suffit, calmez-vous, et allez dans un refuge.

– J'ai attrapé des poux au refuge ! répliqua Sabbath d'une voix de stentor. Arrêtez de m'injurier !

– C'est vous qui l'injuriez, *elle* – c'est vous le fautif, chef ! »

La rame était arrivée à la gare de Grand Central. Les gens se précipitaient vers les portes ouvertes. La fille avait disparu. On libéra Sabbath. « "Je vous prie" », criait Sabbath en quittant seul le wagon cherchant partout du regard la fille de Nikki. « "Je vous prie" », s'exclamait-il à la face de ceux qui reculaient tandis qu'il avançait majestueusement le long du quai, gobelet en avant, « "je vous prie..." » ; puis, sans avoir besoin de la fille de Nikki pour le lui souffler, il se souvint de ce qui venait après, des mots qui étaient pour lui forcément vides de sens sur la scène des Bowery Basement Players en 1961 : « "Je vous prie, oubliez et pardonnez : je suis vieux et imbécile." »

C'était vrai. Il lui était difficile de croire qu'il simulait encore, quoique cela ne fût pas impossible.

> Tu ne viendras plus ;
> Jamais, jamais, jamais, jamais, jamais.

Détruis l'horloge. Rejoins la foule.

C'était Michelle Cowan, la femme de Norman, qui avait fait livrer les cinquante comprimés de Voltarène par une pharmacie de Broadway avec une ordonnance valable pour quatre renouvellements, il était donc en grande forme ce soir-là pendant le dîner parce qu'il savait qu'il aurait très bientôt un peu moins mal aux mains, et aussi parce qu'il avait découvert que Michelle n'était pas aussi maigre qu'il l'avait cru en regardant les Polaroïd dissimulés sous sa lingerie avec l'autre enveloppe contenant cent billets de cent dollars. Elle était bien en chair, agréable à regarder, assez proche du genre de femme qu'était Drenka. En plus, elle riait si facilement – très prompte à le trouver drôle et à entrer dans son jeu. Et elle n'avait absolument rien fait pour indiquer la moindre gêne quand il avait furtivement cherché à localiser l'emplacement de son pied nu sous la table, et qu'il avait délicatement posé dessus la semelle de ses pantoufles.

Les pantoufles lui avaient été prêtées par Norman. Norman avait aussi envoyé sa secrétaire acheter à Sabbath des vêtements de rechange dans une boutique de surplus militaires. Deux pantalons kaki, deux chemises de toile, des chaussettes, des sous-vêtements, haut et bas, tout cela était dans un grand sac en papier kraft qu'il avait trouvé sur le lit de Debby en rentrant à la maison avec les autres après l'enterrement. Même des mouchoirs. Il se réjouissait déjà à l'idée de mêler ses nouvelles affaires à celles de Debby un peu plus tard dans la soirée.

Les Polaroïd cachés de Michelle devaient forcément dater d'au moins cinq ans. Les vestiges d'une ancienne liaison. Prête pour une autre ? Elle avait effectivement l'air assez mûre, mais c'était peut-être parce qu'elle s'était laissée aller qu'elle avait épaissi, en se disant que pour les hommes c'était fini. Sans doute le même âge que Drenka, mais elle vivait avec un mari qui, bien évidemment, ne ressemblait en rien au Matija de Drenka.

Au cours de la nuit précédente, Norm avait parlé de l'antidépresseur qu'il prenait comme « pas très bon pour la quéquette ». Donc, personne ne la baisait en ce moment, ça au moins c'était clair. Non que Sabbath ait l'intention de se manifester si elle prenait mille dollars le coup. Encore que, ce n'était peut-être pas ses amants qui lui donnaient de l'argent, mais elle qui donnait de l'argent à ses amants. Des hommes jeunes. Dans son rire, il entendait un roulement de fond un peu vulgaire qui le poussait à vouloir le croire. Ou peut-être qu'elle gardait cet argent pour le jour où elle ferait ses valises.

Un projet de départ. Qui n'en avait ? Il change d'une manière aussi tortueuse que le testament des gens de bien, réécrit et remis à jour tous les six mois. J'irai m'installer chez celle-ci ; non, j'irai m'installer chez celle-là ; cet hôtel, celui-là, cette femme, non, celle-là, deux femmes différentes, *pas* de femme du tout, plus jamais de femme, aucune ! Je vais ouvrir un compte secret, mettre ma bague au clou, vendre les obligations... Et puis les gens arrivent à soixante,

soixante-cinq, soixante-dix ans et là, qu'est-ce que ça peut faire ? Ils vont partir, de toute façon, mais cette fois, ils vont *vraiment* partir. Pour certains c'est ça qui est bien dans la mort : enfin délivré du mariage. Et sans être obligé d'aller à l'hôtel. Sans avoir à passer des dimanches épouvantables seul dans un hôtel. C'est à cause des dimanches que les couples ne se séparent pas. Comme si les dimanches qu'on passe tout seul pouvaient être pires.

Non, ce couple ne marche pas. On ne se tromperait pas beaucoup en disant cela de n'importe quel couple dont on partagerait la table, mais Sabbath devinait à ce rire – sinon au fait qu'elle lui permettait de lui faire du pied dix minutes à peine après le début du repas – que quelque chose s'était mal passé entre eux. Dans le rire de Michelle, on sentait qu'elle ne contrôlait plus les forces qui étaient à l'œuvre. On y sentait l'aveu de sa condition de prisonnière : de Norman, de la ménopause, de son travail, de son âge, de tout ce qui ne pouvait qu'accélérer sa dégradation. Plus rien de bien ne peut désormais arriver de manière imprévue, plus maintenant. Qui plus est, dans son coin, la Mort a commencé ses exercices d'échauffement et un jour, bientôt, elle traversera le ring d'un bond pour lui tomber dessus comme elle est tombée sur Drenka – parce que même si Michelle est à son maximum de poids, avec ses soixante, soixante-cinq kilos à la pesée, la Mort fait deux tonnes, comme Tony Galento ou l'autre, Dean la Montagne de Muscles. Son rire disait que tout s'était produit pendant qu'elle avait le dos tourné, pendant qu'elle regardait de l'autre côté, du *bon* côté, les bras grands ouverts pour accueillir ce mélange détonant d'exigences et de plaisirs qui avait été son pain quotidien entre trente et cinquante ans, ce constant bourdonnement d'activité, l'extravagance de cette vie d'éternelles vacances – toujours tellement *occupée*, infatigable... et le résultat, c'était qu'en moins de temps qu'il n'en fallait aux Cowan pour traverser l'Atlantique en Concorde afin de passer un long week-end à Paris, elle avait eu cinquante-cinq ans, qu'elle étouffait sous les bouffées de chaleur et que, maintenant, c'était sa fille qui dégageait un magnétisme de femme. Ce rire disait qu'elle en avait marre de ne pas partir, marre de tous ces rêves satisfaits, marre de s'adapter, marre de ne pas s'adapter, marre d'à peu près tout sauf de l'existence. Elle se réjouissait d'exister alors qu'elle en avait marre de tout le reste – *voilà* ce qu'il y avait dans ce rire ! Un grand rire hilare, un rire à demi vaincu, à demi joyeux, à demi triste, à demi étonné, à demi négatif. Elle lui plaisait, elle lui plaisait énormément. Probablement aussi insupportable que lui comme partenaire. Il décelait en elle, chaque fois que son mari prenait la parole, le désir de se montrer un peu cruelle avec Norman, il la voyait railler ce qu'il y avait de mieux en lui, ce qu'il y avait vraiment de mieux en lui. Si ce ne sont pas ses vices, ce sont les vertus de votre mari qui vous rendent folles. Il prend du Prozac parce qu'il n'a aucune chance. Et elle, elle fout le camp par tous les bouts, il ne lui reste plus que son derrière, plus gros à chaque changement de saison comme sa garde-robe le lui fait comprendre – et plus que cet homme solide, ce prince dont la vie est imprégnée de raison, de sérieux et d'éthique comme d'autres sont marqués par la folie ou la maladie. Sabbath comprenait l'état de son âme, l'état de sa vie, l'état de ses souffrances : le crépuscule approche et le sexe, notre plus grand luxe, la quitte à une vitesse incroyable, *tout* la quitte à une vitesse incroyable et on se demande comment on a pu être assez fou pour, rien qu'une fois et parce que c'était sordide, refuser de tirer un coup. On donnerait son bras droit pour tirer un coup quand on est comme cette gonzesse. Ce n'est pas sans ressemblance avec la crise de 29, c'est un peu comme tout perdre d'un jour à l'autre après avoir passé des années dans l'opulence. « Plus rien de bien ne peut désormais arriver », lui disent ses bouffées de chaleur, « de manière imprévue, plus maintenant ». Des bouffées de chaleur qui s'amusent à se faire passer pour une forme d'extase sexuelle. Elle a été trempée au feu du temps qui passe. Elle prend dix-sept jours chaque fois qu'elle passe dix-sept secondes au feu. Il l'avait chronométrée sur la Benrus de Morty. Dix-sept secondes de ménopause qui lui embrasent le visage tout entier. Une chaleur qui la fait rissoler. Et puis ça s'arrête, comme un robinet que l'on ferme. Mais quand elle est en plein dedans, il voit bien que cela lui semble interminable – que cette fois c'est la bonne, qu'ils vont la faire rôtir comme Jeanne d'Arc.

Rien n'émeut plus Sabbath que ces beautés vieillissantes aux mœurs autrefois légères et maintenant mères de très jolies jeunes filles. Surtout quand elles trouvent encore le moyen de rire comme celle-là. Tout ce qu'elles ont pu être est dans ce rire. Je suis tout ce qui reste de cette mémorable séance de baise au motel – accrochez donc une médaille à mes nichons tombants. Ce n'est pas drôle de se consumer sur un bûcher tous les soirs à l'heure du dîner.

Et puis la Mort, lui rappelait-il en faisant lentement peser la plante de son pied sur son cou-de-pied à elle, qui nous dépasse, nous encercle et nous gouverne, la Mort. Tu aurais dû voir Linc. Tu aurais dû le voir, détendu comme un bon petit garçon que l'on a fini par calmer, un bon petit gars à la peau verte avec des cheveux blancs. Pourquoi est-ce qu'il était vert ? Il n'était pas vert à l'époque. « C'est effrayant », avait dit Norman après avoir rapidement reconnu le corps. Ils sortirent dans la rue et allèrent boire un Coca dans une cafétéria. « Ça fout la trouille », dit Norman, avec un tremblement. Et pourtant Sabbath avait bien aimé. Exactement la raison qui l'avait poussé à faire toute cette route. J'ai beaucoup appris, Michelle. On est allongé là-dedans, comme un bon petit gars qui fait ce qu'on lui dit.

Et comme si appuyer son pied sur celui de Michelle Cowan n'était pas une raison suffisante de continuer à vivre, il y avait aussi ses nouveaux pantalons kaki et ses slips de marque, tout neufs. Un plein sac de vêtements, comme il n'avait jamais pensé à s'en acheter depuis des années. Même des mouchoirs. Ça faisait longtemps qu'il n'en avait pas eu, des mouchoirs. Toutes les vieilles merdes qu'il se mettait sur le dos, les T-shirt jaunes sous les bras, les caleçons avec des élastiques foutus, les restes dépareillés qu'il utilisait comme chaussettes, les gros godillots dont il s'affublait d'un bout de l'année à l'autre comme Mammy Yokum, la vieille paysanne de la bande dessinée... Est-ce que ces godillots étaient ce qu'ils appellent une « affirmation » ? Leur putain de façon de parler lui donnait l'impression d'être un vieux grincheux. Diogène dans son tonneau ? Une affirmation ! Il avait remarqué que les étudiantes de la vallée portaient toutes maintenant des écrase-merdes qui n'étaient pas sans ressemblance avec les siens, des espèces de godasses de chantier lacées jusqu'en haut qu'elles mettaient avec des robes de vieille fille rehaussées de dentelle. Féminines dans leur habit mais pas féminines de façon conventionnelle, parce que c'est autre chose ce qu'il y a dans les chaussures. Les chaussures disent « Je suis une dure, viens pas m'emmerder », alors que la robe longue, ancienne et ornée de dentelle dit... ce qui fait que l'un dans l'autre on se retrouve avec une *affirmation*, quelque chose du genre : « Si vous voulez bien avoir l'obligeance, cher monsieur, d'essayer de me baiser, je te fais bouffer ton putain de dentier à coups de tatane dans la gueule. » Même Debby, avec le peu d'estime qu'elle a pour elle-même, se la joue Cléopâtre. J'ai loupé le train de la haute couture, ça et le reste. Place ! Place ! Je vais faire un malheur en ville avec mon nouveau pantalon kaki. Manhattan, me voilà !

Il bouillonnait d'une joie sublime tellement il était content de ne pas être le bon petit garçon dans la boîte qui fait ce qu'on lui a dit de faire. Et aussi parce que Rosa ne l'avait pas dénoncé. Elle n'avait rien dit à personne de la matinée qu'ils avaient passée ensemble. Toute cette bonté qu'on rencontre dans la vie et que personne ne mérite. Tous ces crimes que nous commettons les uns contre les autres, et on nous donne l'occasion de recommencer avec un futal neuf !

À l'extérieur du funérarium, à la fin de la cérémonie, le petit-fils de Linc, Joshua, un garçon de huit ans, avait demandé à sa mère – dont la main était dans celle de Norman : « De qui ils parlaient tous ces gens ?

– De grand-père. Il s'appelait Linc. Tu le sais bien. Lincoln.

– Mais c'était pas de grand-père, dit le petit garçon. Il n'était pas comme ça.

– Ah bon ?

– Non. Grand-père il était comme les bébés.

– Mais il n'a pas toujours été comme un bébé. Quand il est tombé malade il était comme un bébé. Mais avant ça, il était exactement comme ses amis ont dit.

– Ils parlaient pas de grand-père, répondit-il en

faisant non de la tête d'un air déterminé. Désolé, m'man. »

Laurie, la dernière des petits-enfants de Linc. À la fin de la cérémonie, une toute petite fille pleine d'énergie, avec des grands yeux sombres très sensuels, avait couru derrière Sabbath pour le rattraper sur le trottoir : « Père Noël, Père Noël, j'ai trois ans ! Ils ont mis grand-père dans une boîte ! »

La boîte ne manquait jamais de faire sa petite impression. Quel que soit l'âge qu'on avait, la vue de cette boîte ne perdait jamais de son pouvoir. On ne prend pas plus de place que ça. On peut nous ranger comme des chaussures, ou nous expédier comme des salades. Le simplet qui a inventé le cercueil était un poète de génie, un homme plein d'esprit.

« Qu'est-ce que tu veux pour Noël ? dit Sabbath en se mettant à genoux pour permettre à la petite fille de satisfaire son envie de lui toucher la barbe.

– Hanukah ! cria Laurie, tout excitée.

– Tu l'auras », lui dit-il en refrénant son désir d'aller effleurer d'un doigt tordu sa petite bouche si maligne et de se retrouver ainsi là où il avait commencé.

Où il avait commencé. C'est bien de ça qu'il était question. Le spectacle obscène par lequel il avait commencé.

C'était Norman qui avait démarré en décrivant dans le détail à Michelle le sketch qui avait valu à Sabbath son arrestation devant les grilles de Columbia en 1956, ce sketch dans lequel le doigt du milieu faisait signe à une jeune et jolie étudiante de s'approcher de l'écran et engageait la conversation avec elle, alors que les cinq doigts de l'autre main commençaient adroitement à défaire les boutons de son manteau.

« Raconte, Mick. Dis un peu à Shel comment tu t'es fait arrêter. »

Mick et Shel. Shel et Mick. Ça c'était un duo. Et Norman semblait s'en être déjà rendu compte, moins d'une demi-heure après avoir pris place à table pour le dîner, il avait compris que Sabbath, décrépit comme il l'était, faisait peut-être plus d'effet à sa femme que lui avec sa situation bien comme il faut. Il y avait dans l'échec de Sabbath vieillissant une menace pour l'ordre, qui n'était pas sans ressembler au danger que Norman avait autrefois perçu dans la vitalité explosive du jeune Sabbath, sa capacité à semer la confusion partout. Il s'est toujours senti menacé par ma mauvaise conduite. Il devrait se demander quel effet elle a sur moi. Cette solide forteresse conçue pour résister aux plus improbables risques de désordre et qui, comme au début, continue, maintenant que la fin approche, à se faire humble devant l'horrible gâchis qui s'ensuit dès que je touche à quelque chose. Je lui fais peur. Un type bien, respectable comme disait mon père, *bolbotish*. Une réussite pareille, un type généreux, charmant, *bolbotish*, et il continue à faire des courbettes devant un *potz* de mon espèce. On croirait que je sors du pandémonium rouge de colère, dans un nuage de feu, alors que je suis arrivé par la 684, dans une Chevrolet d'un autre âge avec un pot d'échappement qui tombe en morceaux.

« Comment je me suis fait arrêter, dit Sabbath. Ça fait près de quarante ans, Norm. Je ne sais même pas si je me rappelle encore comment je me suis fait arrêter. » Il s'en souvenait, bien sûr. Jusqu'au dernier détail.

« Tu te souviens de la fille ?

– La fille, répéta-t-il.

– Helen Trumbull, dit Norman.

– C'est comme ça qu'elle s'appelait ? Trumbull ? Et le juge ?

446

– Mulchrone.

– Oui. Lui, je m'en souviens. Quel numéro il a fait ! Mulchrone. Le flic s'appelait Abramowitz. C'est ça ?

– L'agent Abramowitz, en effet.

– C'est ça, le flic était un Juif. Et le procureur était un Irlandais, lui aussi. Le gamin avec les cheveux en brosse.

– Il sortait à peine de St. John's, l'université catholique de Brooklyn, dit Norman. Foster.

– C'est ça. Très désagréable ce Foster. M'aimait pas. Outré qu'il était. Sincèrement outré. Comment pouvait-on faire une chose pareille ? C'est ça. Cheveux en brosse, cravate rayée, son père était flic, il se dit qu'il ne gagnera jamais plus de dix mille dollars par an, toute sa vie, et il veut me coller la perpète.

– Raconte à Shelly. »

Pourquoi ? Qu'est-ce qu'il avait en tête, me présenter sous mon meilleur jour, ou le plus mauvais ? Il essayait de me mettre en valeur ou de me dégoûter ? Forcément la dégoûter, parce que, avant le dîner, seul dans le salon avec Sabbath, il avait parlé de sa femme comme un mari soumis, déversant sur elle et sur son travail des flots d'admiration – chose pour laquelle Roseanna aurait donné sa vie, chose qu'elle avait désirée chaque jour de sa vie de femme mariée. Pendant que Michelle prenait une douche et se changeait avant de passer à table, Norman lui avait montré, dans un récent numéro de la revue des anciens élèves de l'école dentaire de l'université de Pennsylvanie, une photo de Michelle en compagnie de son père, un vieil homme assis dans un fauteuil roulant, c'était une des nombreuses photos qui illustraient un article sur les relations entre les générations quand parents et enfants avaient fait leurs études à l'école dentaire de l'Université de Pennsylvanie. Jusqu'à son attaque, alors qu'il avait déjà largement dépassé les soixante-dix ans, le père de Michelle avait exercé comme dentiste à Fairlawn, dans le New Jersey ; d'après Norman, c'était un beau salaud, un type très autoritaire dont le père avait lui-même été dentiste et qui avait déclaré à la naissance de Michelle : « J'en ai rien à foutre que ce soit une fille – elle est dans une famille de dentistes et elle sera dentiste ! » Il s'avéra que non seulement elle était allée à la même école dentaire que son père mais qu'en plus elle avait fait mieux que le vieux con en réussissant, avec mention, à son diplôme de parodontiste après deux années de spécialisation. « Tu ne peux pas savoir », lui dit Norman, en sirotant le verre de vin auquel il avait droit le soir pendant son traitement au Prozac, « à quel point c'est physiquement épuisant le métier de parodontiste. La plupart du temps, elle rentre complètement crevée, comme ce soir. Imagine-toi un peu en train de nettoyer avec un instrument la face arrière externe d'une deuxième ou troisième molaire pour essayer d'aller chercher la petite poche qui se trouve derrière tout ça, dans la gencive. Qu'est-ce qu'on y voit ? Comment on fait pour *y aller* ? Physiquement, elle est incroyable. Plus de vingt ans qu'elle fait ce métier. Je lui ai dit : pourquoi tu ne travailles pas un peu moins, vas-y trois jours par semaine, non ? En parodontie, tu vois tes patients tous les ans, ça ne s'arrête jamais – ils l'attendront. Mais non, elle part tous les matins à sept heures et demie et elle ne rentre pas avant sept heures et demie le soir, et il lui arrive d'y passer aussi le samedi ». Eh oui, le samedi, se disait Sabbath, doit être un grand jour pour Shelly... pendant que Norman continuait à expliquer : « Quand on est aussi méticuleux que Michelle, et qu'on veut tout nettoyer, toutes les faces de chaque dent dans des endroits impossibles... D'accord, elle a des instruments coudés qui lui facilitent la tâche, des instruments qui lui servent à aller gratter les racines et qui s'appellent des curettes, parce qu'elle ne se limite pas à la partie apparente de la dent comme les hygiénistes. Il faut qu'elle aille nettoyer les différentes surfaces des racines quand il y a des poches, quand il y a perte osseuse... » Quel enthousiasme ! Comme ça l'intéresse ! Tout ce qu'il sait – et tout ce qu'il ne sait pas. Avant le dîner, Sabbath se demandait si ce panégyrique était destiné à le tenir à distance ou si c'était le médicament de Norman qui parlait. Peut-être que c'est le Prozac que j'entends. Ou peut-être que ce que j'entends, ce n'est que l'alibi mis au point par sa femme pour expliquer qu'elle Travaille Tellement Tard au Cabinet – des explications données à quelqu'un qui répète servilement, comme s'il y croyait, quelque chose que quelqu'un d'autre lui a dit qu'il fallait croire. « Parce que c'est là-haut, continuait Norman, que ça se passe. Il ne s'agit pas seulement de faire briller les dents et de les rendre plus jolies. Il faut faire sauter le tartre, qui est parfois très adhérent – et je l'ai déjà vue rentrer à la maison complètement *flapie* après une journée à faire ce genre de truc – faut le décoller de la racine, le tartre, faut le faire sauter. Bon, d'accord, il y a des instruments à ultrasons pour te faciliter la tâche. Ils ont un machin à ultrasons, ça marche à l'électricité, ça envoie des ultrasons qui pénètrent dans la poche et ça aide pour faire sauter toute cette merde. Mais pour que ça chauffe pas trop, il faut envoyer de l'eau, c'est comme si tu passais ta journée dans le brouillard, avec ce jet d'eau. Tu vis dans une espèce de brume. C'est comme si tu passais vingt ans de ta vie dans la forêt vierge... »

C'était donc une Amazone, c'était bien ça ? Fille

d'une cheftaine jadis terrible qui avait soumis une tribu et qui était allée plus loin encore, une guerrière amazone, qui émettait des ultrasons, qui partait en guerre contre ce vieux tartre, ce petit malin bien planqué dans ses retranchements, avec ses grattoirs en acier, ses curettes coudées... qu'est-ce que Sabbath *devait* en conclure ? Que Norman ne faisait pas le poids ? Que devant elle il était aussi perplexe que fier – qu'elle était plus forte que lui ? Que maintenant, avec la petite dernière à l'université, il ne restait plus que lui et cette héritière d'une dynastie de dentistes, seuls, l'un à côté de l'autre... Sabbath ne savait pas quoi penser, ni au salon avant le dîner, ni une fois à table, avec Norman qui le poussait à raconter l'histoire de ce marginal, de ce provocateur qu'il avait été entre vingt et trente ans, si différent de ce même Norman à ses débuts, ce garçon bien mis et bien élevé qui sortait de Columbia, fils d'un distributeur de juke-boxes dont la voix rauque et le succès insolent avaient fait honte à Norman pendant toute sa jeunesse. Le fils et la fille de deux brutes épaisses. Il n'y a que moi qui ai eu un père doux et affectueux, et regardez un peu ce que ça a donné.

« Bon, eh bien voilà, on était en 1956. Au coin de la 116e et de Broadway, tout près des grilles de Columbia. J'avais vingt-sept ans. Ça fait plusieurs jours que le flic m'observe. Il y a en général entre vingt et vingt-cinq étudiants. Quelques passants aussi, mais surtout des étudiants. À la fin, je fais passer le chapeau. En tout, il y en a pour moins d'une demi-heure. Je crois que, avant ça, j'avais déjà réussi à faire sortir son sein à une fille, une fois. C'était pas rien d'arriver à faire faire ça à une fille, c'était rare à l'époque. Je ne m'y attendais pas. En fait, le truc dans ce sketch, c'est que c'était *impossible* d'aller aussi loin. Mais là, ça s'est fait. Le nichon est dehors.

Et le flic se ramène et il dit : "Hé vous, c'est interdit de faire ce genre de choses." C'est à moi qu'il s'adresse, je suis derrière mon écran. "C'est rien, monsieur l'agent", je lui dis, "ça fait partie du spectacle". Moi, je restais caché, c'était le doigt du milieu qui lui parlait, celui qui était en conversation avec la fille. Je me dis : "Génial, maintenant voilà que j'ai un flic dans le spectacle." Les étudiants qui sont là à regarder ne sont pas sûrs qu'il *ne fasse pas* partie du spectacle. Ils se mettent à rire. "Vous avez pas le droit", il me dit. "Il y a des enfants dans l'assistance. Ils vont voir ce sein – Il n'y a pas d'enfants dans l'assistance", dit le doigt du milieu. "Debout", il me dit, "allez, debout. Vous avez pas le droit d'exhiber ce sein en pleine rue. C'est interdit de sortir un sein comme ça en plein Manhattan à midi et quart au coin de la 116ᵉ et de Broadway. Et, en plus, vous abusez de cette jeune femme. Vous êtes d'accord avec ce qu'il vous fait faire ?" lui demande le flic. "Est-ce que vous voulez porter plainte ? – Non", elle dit, "je l'ai laissé faire".

– La fille est une étudiante ? demanda Michelle.

– Ouais, une fille de Barnard.

– Gonflée, dit Michelle. "Je l'ai laissé faire." Et qu'est-ce qu'il a dit le flic ?

– Il dit : "Laissé faire ? Vous étiez hypnotisée. Ce type vous a hypnotisée. Vous ne vous rendiez pas compte de ce qu'il était en train de vous faire. – Non, lui dit-elle d'un air de défi, il n'y avait pas de problème." Elle a eu peur quand le flic est arrivé mais bon, elle était là, avec plein d'autres étudiants autour, et en général les étudiants n'aiment pas beaucoup les flics, alors elle a suivi le mouvement. Elle dit : "Il n'y a pas de problème, monsieur l'agent – laissez-le tranquille. Il n'a rien fait de mal."

– Debby ? » dit Michelle en s'adressant à Norman.

Sabbath attendit de voir comment le Prozac allait réagir à celle-là. « Laisse-le raconter, dit Norman.

– Alors le flic dit à la fille : "Je ne peux pas le laisser tranquille. Il aurait pu y avoir des enfants ici. Qu'est-ce qu'ils vont dire de la police, les gens, si on laisse faire quand il y en a qui ouvrent leur chemisiers pour exhiber leurs seins en pleine rue et qu'il y a un type qui leur pince les tétons devant tout le monde ? Vous voulez que je le laisse faire ça dans Central Park ? Vous l'avez déjà fait ?" il me demande, "dans Central Park ? – Eh bien, je fais un spectacle dans Central Park. – Non, non", il me dit, "vous avez pas le droit de faire des choses comme ça. Les gens se plaignent. Le propriétaire du drugstore, là-bas, il s'est plaint : faites circuler ces gens-là, ça me fait du tort, c'est pas bon, ces choses-là, pour mon commerce". Je lui ai dit que je ne m'en étais pas rendu compte – en fait, il me semblait plutôt que c'était le drugstore qui faisait du tort à *mon* commerce. Ça a fait rire tout le monde, et là, il commence à en avoir marre. "Écoutez, cette jeune femme ne voulait pas montrer son sein à tout le monde et elle ne s'en est même pas rendu compte jusqu'à ce que je le lui fasse remarquer. Elle était complètement hypnotisée. – Je savais très bien ce que je faisais", dit la fille, et tous les autres l'applaudissent – ils sont vraiment impressionnés par cette fille. "Écoutez, monsieur l'agent", je lui dis, "ce que j'ai fait, ça va, pas de problème. Elle était d'accord. C'était juste pour rigoler. – Ce n'était pas drôle. Ce n'est pas ce que moi j'appelle drôle. Ce n'est pas le genre de choses que le patron du drugstore trouve drôle. Vous pouvez pas vous conduire comme ça dans ce quartier. – D'accord, je suis d'accord", je lui dis, "et qu'est-ce que vous allez y faire ? J'ai pas le temps de passer la journée à bavarder avec vous.

Faut que je gagne ma vie, moi." Les étudiants, ça leur plaît, ça. Mais le flic reste sympa, étant donné les circonstances. Tout ce qu'il me dit c'est : "Il faut me promettre que vous n'allez pas recommencer. – Mais c'est mon spectacle, c'est de l'art. – Arrêtez de me faire chier avec votre art. Il est où l'art quand vous tripotez un téton ? – C'est une nouvelle forme d'art", je lui dis. "Arrêtez ces conneries, c'est des conneries, vous êtes rien du tout et la seule chose que vous savez faire, c'est de brailler que vous êtes des artistes. – Je ne suis pas un rien du tout. Je fais ça pour gagner ma vie, monsieur l'agent. – Eh ben, vous irez gagner votre vie ailleurs qu'à New York. Vous avez un permis ? – Non. – Comment ça se fait que vous ayez pas de permis ? – Parce que ça n'existe pas. Je ne suis pas marchand de frites. Il n'y a pas de permis pour les marionnettistes. – Où elles sont vos marionnettes, je les vois pas. – Je les ai entre les jambes, mes marionnettes", je lui dis. "Fais gaffe à toi, le nabot. Je ne vois pas de marionnettes, je ne vois que des doigts. Et les permis pour les marionnettistes, ça existe – il y a un permis pour les spectacles de rue... – Je n'y ai pas droit. – Bien sûr que vous y avez droit", il me dit. "Non. Et j'ai pas le temps d'y aller et d'attendre quatre ou cinq heures pour qu'on me dise que je n'y ai pas droit. – Bon, dit le flic, alors c'est de la vente à la sauvette. – Il n'y a aucun de permis de vente", je lui dis, "qui donne le droit de toucher les seins d'une femme dans la rue. – Alors vous l'admettez, c'est bien ça que vous faites. – Et merde", je dis, "c'est ridicule". Ça commence à devenir agressif et il dit qu'il va m'embarquer.

– Et la fille ? » C'est encore Michelle.

« Elle est bien, la fille. Elle lui dit : "Hé, foutez-lui la paix." Et le flic lui répond : "Vous essayez de m'empêcher de l'arrêter ou quoi ? – Foutez-lui la paix !" elle lui dit.

– C'est tout Debby. » Michelle se mit à rire. « Exactement comme Deborah.

– Elle est comme ça ? demanda Sabbath.

– Pareille. » Elle est fière.

« Le flic m'attrape parce que je commence vraiment à lui pomper l'air. Je lui dis : "Hé, vous allez pas m'arrêter. C'est ridicule", et il me dit : "C'est vous qui êtes ridicule", et la fille lui dit : "Foutez-lui la paix", et il lui dit : "Vous continuez comme ça et je vous embarque avec. – C'est incroyable ça, dit la fille, je sors d'un cours de physique. Je n'ai rien fait." Les choses commencent à s'envenimer et le flic la repousse assez brusquement, et je me mets à crier : "Hé, la bousculez pas. – Hoho", il me dit, "Messire Galahad." En 1956, les flics parlaient encore comme ça. C'était avant que le déclin de l'Occident n'atteigne les commissariats après avoir frappé les universités. Bref, il m'embarque. Il me laisse ramasser tout mon fourbi et il m'embarque.

– Avec la fille, dit Michelle.

– Non. Que moi. "Tu me le boucles", il dit ça à l'agent de permanence, celui qui tient le registre des arrestations, un sergent. On est au commissariat de la 96e rue. Moi, évidemment, j'ai la trouille. Quand on rentre dans un commissariat, il y a une espèce de grand comptoir assez haut et derrière il y a un type qui tient les registres, la main courante, et il fait peur ce grand comptoir. J'ai dit : "C'est de la *connerie en barre*, tout ça", mais quand Abramowitz dit : "Je veux que tu me boucles ce type-là pour vente à la sauvette, trouble de l'ordre public, harcèlement, violences et outrage public à la pudeur. Et rébellion envers agent de la force publique. Et entrave à la justice", quand j'entends ça, je me dis que je vais passer le reste de ma vie en prison, je deviens fou. "C'est des conneries, tout ça ! Je veux téléphoner à la Ligue de

454

défense des libertés individuelles, je veux appeler l'ACLU ! Vous allez voir un peu, vous êtes pas dans la merde !" je dis au flic. Je chie dans mon froc, mais voilà ce que je lui dis, en criant. "C'est ça, défense des libertés, dit Abramowitz, des putains de cocos, oui. Formidable. – Je ne dirai plus rien tant que je n'aurai pas un avocat de l'ACLU !" Là, le flic il se met à hurler : "Je les emmerde. Je vous emmerde tous. Y a pas d'avocat ici. On va te boucler, le nabot – tu auras droit à un avocat quand tu arriveras devant le tribunal." Le flic qui est derrière le bureau, le sergent, il écoute tout ça. Il me dit : "Dites-moi ce qui s'est passé, jeune homme." Je n'ai aucune idée de ce que ça veut dire, mais je continue à répéter : "Je ne vous dirai rien tant que je n'aurai pas d'avocat !" Abramowitz, lui, il est parti dans ses "rien à foutre" et ses "j't'emmerde, toi et la terre entière". Mais l'autre flic me dit : "Qu'est-ce qui s'est passé, mon garçon ?" Je me dis : vas-y, dis-lui, il a pas l'air méchant. Alors j'ai dit : "Écoutez, voilà tout ce qui s'est passé. Et il est devenu complètement barge. Tout ça parce qu'il a vu un sein de femme. Ça arrive tous les jours. Tous ces mômes qui se pelotent dans la rue. Ce type, il habite dans le Queens – il a jamais rien vu. Il les a déjà vues se balader, les filles du quartier en été ? Tout le monde sait ce que c'est, il y a que lui, là, il débarque du Queens. Un sein, c'est rien, un sein." Là, il y a Abramowitz qui dit : "Il ne s'agit pas simplement d'un sein. Vous ne la connaissez pas, vous ne l'avez jamais vue, vous l'avez déboutonnée et lui avez décapsulé les tétons, elle ne savait même pas ce qui lui arrivait, vous avez capté son attention avec votre doigt et vous lui avez fait du mal. – Je ne lui ai pas fait de mal – c'est vous qui lui avez fait du mal. Vous l'avez *bousculée*." Là, le sergent de service intervient : "Vous voulez dire que vous avez entièrement déshabillé une fille sur Broadway ? – Mais non ! Mais non ! Je vais vous dire tout ce que j'ai fait." Et je me suis réexpliqué une fois de plus. Le type était fasciné. "Comment est-ce possible, en pleine rue, une femme que vous ne connaissiez pas ? – C'est un art, monsieur l'agent. Tout un art." Et ça le fait rigoler », dit Sabbath, voyant que ça fait aussi rigoler Michelle. Et Norman qui est tout content ! Qui m'observe à cinquante centimètres de distance alors que je suis en train de séduire sa femme. C'est vraiment quelque chose ce Prozac.

« "Harry, dit le sergent à Abramowitz, pourquoi tu lui fous pas la paix à ce jeune homme ? Il est pas méchant. C'est de l'art, ce qu'il fait." Il en rigole encore. "Il se met de la peinture sur les doigts. Des conneries de mômes. Qu'est-ce que ça peut faire ? Il a jamais été arrêté. Il recommencera plus. S'il avait déjà dix-sept outrages à la pudeur dans son casier..." Mais Abramowitz est fou de rage. "Non ! C'est ma rue. Tout le monde me connaît dans cette rue. Il m'a agressé. – Comment ça ? – Il m'a poussé. – Il a levé la main sur toi ? Il a osé toucher un agent de police ? – C'est ça. Il m'a touché." Là, on ne m'accuse plus d'avoir touché la fille, on m'accuse d'avoir touché un flic. Chose que je n'ai pas faite, mais évidemment, après avoir essayé de calmer Harry, maintenant le sergent bascule de son côté. Du côté de Harry qui m'a arrêté. Et ils me collent tout sur le dos. Le flic fait un rapport sur ce qui s'est passé. Et la plainte contre moi est enregistrée. Sept accusations distinctes. Je risque un an pour chaque. Je dois me rendre au tribunal, au 60 Centre Street – c'est bien ça, Norm, numéro 60 Centre Street ?

– 60 Centre Street, salle 22, à quatorze heures trente. Tu n'as rien oublié.

– Et comment avez-vous fait pour trouver un avocat ? lui demanda Michelle.

– Norman, Norman et Linc. Ils m'ont appelé, je sais plus si c'était Norm ou Linc.

– Linc, dit Norman. Pauvre Linc. Dans sa boîte. »

Lui aussi. Et il ne s'agit que d'une boîte. On dirait que les gens n'en ont pas encore marre, c'est pas encore devenu un cliché.

« Linc m'a dit : "Nous avons appris que vous vous étiez fait arrêter. Nous vous avons trouvé un avocat. Pas un *shmeggègè* qui sort à peine de la fac, mais un type qui a déjà vu pas mal de choses, Jerry Glekel. Il a déjà fait des escroqueries, des coups et blessures, des vols, des vols avec effraction. Il travaille aussi pour la Mafia. Ça paie bien mais le boulot lui plaît qu'à moitié, et il veut bien s'occuper de votre affaire pour me rendre service." C'est ça, Norm ? Un service qu'il rendait à Linc, qu'il connaît je sais plus comment. Glekel dit que tout ça c'est des conneries et que j'aurai probablement un non-lieu. Je discute avec Glekel. Je suis encore à fond pour qu'on aille voir la Ligue de défense des libertés individuelles et il y va et il leur dit que d'après lui c'est une affaire à laquelle ils devraient apporter leur soutien. Je le représenterai, qu'il dit. Vous devriez le soutenir, présenter des conclusions. On en fera une affaire qui a le soutien de l'ACLU. Glekel a tout combiné dans sa tête. Derrière cette affaire, c'est les libertés de tous qui sont en jeu, ça et les abus de pouvoir de la police dans les rues. Qui est-ce qui a le pouvoir dans la rue ? Les citoyens ou la police ? Deux personnes se livrent à quelque chose qui n'est qu'un jeu, quelque chose d'inoffensif – la stratégie de défense est évidente, encore un cas qui relève de l'arbitraire de la police. Pourquoi est-ce qu'un gamin comme lui devrait être condamné et patati et patata et cetera ?

On va au tribunal. Il y a environ vingt-deux personnes présentes le jour du procès. Perdus dans la grande salle d'audience. Les militants du comité de défense des droits civiques de Columbia. Une douzaine de mômes avec un prof. Quelqu'un du *Columbia Spectator*. Quelqu'un d'autre de la station de radio de Columbia. Ils ne sont pas venus pour moi. Ils sont venus parce que la fille, Helen Trumbull, soutient que je n'ai rien fait de mal. Et en 1956, ce genre de chose ça fait un peu de bruit. Où est-ce qu'elle a trouvé le courage de dire ça ? On est encore des années avant que Charlotte Moorman se mette à jouer du violoncelle les seins à l'air dans Greenwich Village, et cette fille, ce n'est qu'une gamine, pas une musicienne qui donne un concert. Il y a même quelqu'un de *The Nation*. Ils en ont entendu parler. Et puis il y a le juge. Mulchrone. Un vieil Irlandais, un ancien procureur. Très fatigué. Il n'en a rien à foutre de cette histoire de merde. Ça ne l'intéresse pas. Il y a des assassins qui se baladent dans les rues, on tue des gens, et là il perd son temps avec un type qui a tripoté un nibard. Donc il n'est pas de très bonne humeur. Le procureur, c'est le type de St. John's, le jeune, et lui, il veut me mettre derrière des barreaux jusqu'à la fin de mes jours. L'audience commence à deux heures, deux heures trente, et environ une heure avant, il a tous ses témoins dans son bureau et ils se mettent d'accord sur ce qu'ils vont raconter, des mensonges uniquement. Et après, il les appelle à la barre et ils font chacun leur numéro. Trois, si je me souviens bien. Une vieille femme que j'avais jamais vue qui dit que la fille essayait de repousser ma main mais que je refusais de m'arrêter. Et le type du drugstore, le pharmacien juif, lui c'est un humaniste, il est outré comme seul un pharmacien juif peut l'être. Il ne voyait que le dos de la jeune femme mais dans son témoignage il dit qu'elle était bouleversée. Glekel l'interroge à son tour, fait valoir que le pharmacien ne pouvait pas avoir vu la fille parce qu'elle lui tournait le dos. Vingt minutes de mensonges, le pharmacien juif. Et le flic témoigne. On l'appelle au début. Il donne sa version et moi je deviens fou – je suis en rogne, je suis furieux, je vais exploser. Ensuite j'ai donné mon témoignage. Le procureur m'interroge : "Avez-vous demandé à cette femme la permission de déboutonner son chemisier ? – Non. – *Non ?* Saviez-vous qui se trouvait dans le public à ce moment-là ? – Non. – Saviez-vous qu'il y avait des enfants parmi le public ? – Il n'y avait pas d'enfants parmi le public. – Pouvez-vous affirmer, sous serment, qu'il est sûr et certain qu'aucun enfant ne faisait partie du public ? Vous, vous êtes *derrière* votre écran, et eux ils sont *devant*. N'avez-vous pas vu sept enfants derrière tout le monde ?" Et le pharmacien, lui, il va témoigner qu'il y avait sept mômes, la vieille aussi, tous, vous voyez un peu, ils veulent tous ma peau à cause de ce nichon. "Écoutez, il s'agit d'une forme d'art." Ça, ça marche à tous les coups. Le type de St. John's fait une grimace. "De l'art, tout ce que vous avez fait, c'est qu'après avoir déboutonné le chemisier d'une jeune fille, vous l'avez forcée à exhiber son sein, et c'est de l'art, ça ? À combien de femmes est-ce que vous avez déjà fait ça, combien de robes avez-vous déjà déboutonnées ? – En fait, je ne suis que très rarement arrivé aussi loin. Malheureusement. Mais tout l'art de la chose est là. Tout l'art consiste à les amener à entrer dans le jeu." Le juge, Mulchrone, la première chose qu'il dit, c'est à ce moment-là qu'il la dit. Une voix monocorde. "De l'art." Comme si on venait de le réveiller d'entre les morts. "De l'art." Le procureur ne cherche même pas à engager le dia-

logue avec lui, c'est trop absurde. De l'art ! Il me dit :
"Vous avez des enfants ? – Non. – Ça ne vous intéresse pas, les enfants. Vous avez un métier ? – C'est
ça mon métier. – Vous n'avez pas de métier. Vous
avez une femme ? – Non. – Vous avez déjà occupé
un emploi pendant plus de six mois ? – Oui, dans la
marine marchande. Ensuite dans l'armée américaine. Et je suis allé étudier en Italie avec une bourse
de l'armée." Là, il me tient. Il sort ce qu'il a à dire :
"Vous vous prétendez artiste, moi je dis que vous
êtes un vagabond." Ensuite, mon avocat appelle à la
barre le professeur de New York University. Grosse
erreur. C'était une idée de Glekel. Ils avaient fait
témoigner des profs dans l'affaire de l'*Ulysse* de
James Joyce, et aussi dans l'affaire du "Miracle" –
pourquoi est-ce que nous on n'aurait pas un professeur pour *ton* procès. Moi, je n'étais pas d'accord.
Les profs se comportent toujours comme des cons à
la barre, la même chose que le pharmacien et le flic.
Shakespeare était un grand artiste de rue. Proust
était un grand artiste de rue. Etc. Etc. Lui, il voulait
comparer ce que je faisais à Jonathan Swift. Les
profs vont toujours chercher Swift dès qu'il s'agit de
défendre un *ferstinkènè*, un rien du tout, un inconnu.
Bref, en deux secondes, le juge apprend qu'il ne
s'agit pas d'un témoin mais d'un *expert*. Je dois
admettre, à son crédit, qu'il est assez dérouté, Mulchrone. "Un expert en quoi ? – C'est un expert qui
entend montrer que l'art de rue est une forme d'art
tout à fait attestée, dit mon avocat, et ce qu'ils faisaient, ce jeu théâtral de rue, est une forme d'art tra-
ditionnelle." Le juge se couvre la face de ses mains.
Il est trois heures et demie et il s'est déjà tapé cent
douze affaires avant la mienne. Il a soixante-dix ans
et il est dans son tribunal depuis le début de la matinée. Il dit : "C'est totalement absurde. Je ne vais pas

entendre le professeur. Il lui a touché le sein. Ce qui s'est passé, c'est qu'il lui a touché le sein. Je n'ai aucun besoin du témoignage d'un professeur. Le professeur peut rentrer chez lui." Glekel : "Non, Votre Honneur. Il y a un cadre plus large à cette affaire. Et ce cadre plus large, c'est que le théâtre de rue existe et que c'est une forme d'art reconnue, et ce qui se passe dans le théâtre de rue c'est que l'on peut impliquer les spectateurs dans son jeu alors que cela est impossible dans une salle de théâtre telle que nous la connaissons." Et pendant tout le temps que Glekel met à dire tout ça, le juge garde ses mains sur son visage. Le juge ne retire même pas ses mains quand il prend lui-même la parole. C'est *la vie*, c'est tout ce qu'il sait de la vie qui lui donne envie de se couvrir la face. Et il a raison, c'est vrai. C'était un type formidable, Mulchrone. Il me manque. Il savait à quoi s'en tenir. Mais mon avocat continue, Glekel continue. Glekel en a marre de travailler pour la Mafia. Il a des aspirations plus nobles. Je crois que maintenant c'est au journaliste de *The Nation* qu'il s'adresse quand il parle. "C'est le côté intime, dit-il, du théâtre de rue qui en fait toute la valeur. – Écoutez, dit Mulchrone, il lui a effleuré le sein dans la rue afin de faire rire l'assistance ou afin d'attirer l'attention. Ce n'est pas ça, mon garçon ?" Donc, en plus du flic, le procureur a trois témoins contre moi et nous, on nous refuse le prof, mais on a la fille. On a Helen Trumbull. Notre joker c'est la fille. C'était assez extraordinaire qu'elle soit venue. On avait la prétendue victime qui allait témoigner en faveur de l'accusé. Quoique Glekel soit en train de dire que c'est un délit sans victime. En fait, la victime, si toutefois il y en a une, elle est de son côté, mais le procureur dit que non, la victime c'est le public. Ce pauvre public qui se fait avoir par ce putain de vagabond, ce soi-disant *artiste*. Si un type comme lui a le droit de se promener dans nos rues, dit-il, et de faire ce qu'il fait, les enfants vont croire que ce genre de choses est acceptable et si les enfants se mettent à croire qu'il est acceptable de faire ce genre de choses, ils vont se dire qu'il est acceptable de bla-bla-bla les banques, violer les femmes, se balader avec un couteau. Si des enfants de sept ans – les sept mômes qui n'existent pas sont maintenant devenus sept enfants de *sept ans* – voient que ce genre de choses est marrant, et qu'on peut faire ça avec des inconnues...

– Et avec la fille, qu'est-ce qui s'est passé ? demanda Michelle. Quand elle a témoigné.

– Qu'est-ce qui pouvait se passer ? lui demanda Sabbath. Qu'est-ce que vous en pensez ?

– Elle a tenu le coup ?

– Elle est de la classe moyenne, c'est une fille qui a du culot, une fille formidable, provocatrice, mais quand elle entre dans la salle d'audience, comment voulez-vous qu'elle réagisse ? Elle a peur. Tant qu'on était dans la rue, c'était une brave fille, elle avait des tripes – la 116ᵉ et Broadway, c'est un monde de jeunes – mais là, dans le tribunal, les plus forts, c'est les flics, le procureur et le juge... c'est leur monde à eux, ils se connaissent, ils se font confiance, et il faut être aveugle pour ne pas le voir. Alors comment elle témoigne ? D'une voix craintive. Elle est venue dans le but de m'aider, mais dès qu'elle met le pied dans la salle d'audience, une salle immense, des murs immenses, JUSTICE POUR TOUS, en grandes lettres de bois, tout en haut du mur – elle a peur !

– Debby, dit Michelle.

– La fille dit dans son témoignage qu'elle n'a pas crié. Le pharmacien dit qu'elle a crié et elle, elle dit qu'elle n'a pas crié. "Vous voulez dire qu'un homme vous caresse le sein en plein milieu de Manhattan, il vous fait ça et vous, vous ne criez pas ?" Vous comprenez, il la fait passer pour une pute. C'est ça qu'il veut établir, que Debby », dit Sabbath, tout à fait volontairement, mais faisant comme s'il ne s'apercevait pas de l'erreur qu'il venait de commettre, « est une pute ». Personne ne le corrige. « "Cela vous arrive souvent de vous faire caresser les seins par des inconnus dans la rue ? – Jamais. – Avez-vous été surprise, avez-vous été bouleversée, avez-vous été choquée, avez-vous été ceci, avez-vous été cela ? – Je ne m'en suis pas rendu compte. – Vous ne vous en êtes pas *rendu compte* ?" La gamine commence à avoir un peu peur mais elle tient le coup'. "Ça faisait partie du jeu. – Vous laissez souvent des inconnus vous tripoter les seins en pleine rue ? Quelqu'un que vous ne connaissiez pas, à qui vous n'aviez jamais adressé la parole, dont vous ne pouviez même pas voir le visage ? – Mais il a dit dans son témoignage que j'avais crié, dit Debby. Je n'ai *pas* crié."

– Helen, dit Norman.

– Trumbull, dit Sabbath. Helen Trumbull.

– Tu as dit Debby.

– Non, j'ai dit Helen.

– Ça n'a pas d'importance, dit Michelle. Qu'est-ce qui lui est arrivé ?

– Eh bien, il l'a vraiment travaillée. Au nom de St. John's. Au nom de son père, le flic. Au nom de la morale. Au nom de l'Amérique. Au nom du cardinal Spellman. Au nom du Vatican. Au nom de Jésus, de Marie et de Joseph et de tous ceux qui étaient présents dans la sainte étable, au nom des ânes et des vaches, au nom des Rois Mages, de la myrrhe et de l'encens, au nom de tout leur putain de bazar de cathos de merde, ces conneries dont on a autant besoin que d'un deuxième trou au cul, il veut se la payer la Debby, c'est un vicelard le morveux de St. John's. Il la brutalise. Il lui fout des coups de pied partout, cet enculé. Moi je leur tripote les nichons dans la rue, mais lui il va droit à la chatte. Tu te souviens ? Moi, je m'en souviens, Norm. Une ablation du clitoris qu'il lui fait, la première que j'aie jamais eu l'honneur de voir. Il lui a coupé son putain de petit clitoris devant tout le monde, pile en dessous de JUSTICE POUR TOUS, et le juge et le flic et le pharmacien ont tout avalé. Ah oui alors, il l'a vraiment démolie. "Êtes-vous déjà allée en classe avec les seins nus ? – Non. – Quand vous étiez dans le secondaire, à la Bronx Science School, avant de vous inscrire à Barnard et de vous mettre à défendre la liberté artistique, est-ce que quelqu'un, dans votre école du Bronx, vous a jamais caressé les seins devant les autres élèves ? – Non. – Mais est-ce que certains de ces autres élèves n'étaient pas vos amis ? Est-ce que ce n'est pas moins gênant de faire ce genre de choses devant ses amis que devant des étrangers dans la rue ? – Non. Oui. Je n'en sais rien." Ha-ha – un point pour la bande de l'étable. Il est arrivé à lui faire penser qu'elle a peut-être fait *quelque chose de mal*. Avez-vous déjà exhibé vos seins dans la 115e Rue, la 114e Rue, la 113e Rue – et que pensez-vous de ces jeunes enfants qui vous regardaient ? "Il n'y avait *pas* de jeunes enfants. – Écoutez, vous, vous êtes *ici*, ce type fait son numéro *là* – le tout a pris une minute et demie. Vous avez vu qui passait derrière vous durant cette minute et demie ? Oui ou non ? – Non. – Il est midi. C'est l'heure du déjeuner pour les écoliers. Il y a les enfants de l'école de musique dans le quartier, il y a les enfants des écoles privées. Vous avez des frères et sœurs ? – Oui. Un frère et une sœur. – Quel âge ont-ils ? –

Douze et dix ans. – Votre sœur a dix ans. Ça vous plairait que votre sœur de dix ans apprenne ce que vous avez laissé un inconnu vous faire devant tout le monde, au coin de la 116ᵉ Rue et de Broadway, avec des douzaines de voitures et des centaines de gens qui passaient ? Que vous êtes restée là, debout, pendant que cet individu vous tripotait le bout du sein – ça vous plairait d'aller raconter ça à votre sœur ?" Debby essaie la provocation. "Ça ne me gênerait pas." Ça ne me gênerait pas. Quelle fille ! Si je pouvais la retrouver aujourd'hui et si elle me laissait faire, je serais prêt à retourner au coin de la 116ᵉ et de Broadway pour lui lécher la plante des pieds. *Ça ne me gênerait pas*. En 1956. "Et si c'était à votre sœur qu'il avait fait ça ?" Ça, ça lui remonte le moral. "Ma sœur n'a que dix ans, dit-elle. – En avez-vous parlé à votre mère ? – Non. – En avez-vous parlé à votre père ? – Non. – Non. Et n'est-il pas exact que la raison pour laquelle vous témoignez en faveur de cet homme c'est que vous avez pitié de lui ? Ce n'est pas parce que vous pensez que ce qu'il a fait est bien, n'est-ce pas ? N'est-ce pas, Debby ?" Là, elle est en larmes. Ça y est. Ils sont parvenus à leurs fins. Ils ont pratiquement réussi à démontrer que cette fille est une pute. J'étais fou. Parce que tout le truc, le mensonge sur lequel tout repose, c'est qu'il y avait des enfants présents. Et même s'il y en avait eu ? Je me suis levé. J'ai hurlé : "S'il y a tellement d'enfants, pourquoi est-ce qu'ils ne viennent pas témoigner !" Le procureur, ça lui plaît que je gueule. Glekel essaie de me faire asseoir mais le procureur me dit, d'une voix de très saint homme : "Je n'étais pas prêt à amener des enfants ici pour leur offrir ce spectacle. Je ne suis pas comme vous. – Oh putain, ça non, vous êtes pas comme moi ! Et s'il arrive que des enfants passent par là, qu'est-ce que ça va leur faire – ils vont en mourir ? *Ça fait partie du spectacle !*" Résultat, à gueuler comme ça, je n'ai pas mieux défendu ma cause que la fille. Elle se met à pleurer et le juge demande si quelqu'un a d'autres témoins à présenter à la cour. Glekel : "J'aimerais résumer l'affaire, Votre Honneur." Le juge : "C'est inutile. Ce n'est pas très compliqué. Vous voulez me dire que si ce type a des rapports sexuels avec elle au milieu de la rue, c'est aussi de l'art ? Et que je ne peux rien y faire car il y a des précédents dans Shakespeare et dans la Bible ? Allons. Quelle différence vous faites entre ça et des relations sexuelles dans la rue ? Même si elle est consentante." Et j'ai été condamné.

– Sur quels chefs d'accusation ? demanda Michelle. Tous ?

– Non, non. Trouble de l'ordre public et outrage public à la pudeur. Spectacle obscène sur la voie publique.

– C'est *quoi* "trouble de l'ordre public", de toute façon ?

– C'est moi le trouble de l'ordre public. S'il le veut, le juge peut me condamner à un an pour chacun de ces deux motifs. Mais c'est pas un mauvais bougre. Il est presque quatre heures de l'après-midi. Il jette un œil sur la salle, il a encore douze audiences qui l'attendent, ou vingt, et jusqu'ici, il n'a jamais eu autant envie de rentrer chez lui et de s'en jeter un. Il a l'air d'en avoir vraiment très besoin de son verre de gnôle, il est au bout du rouleau, ça fait des heures et des heures qu'il a pas vu une goutte d'alcool. Il a pas bonne mine. Je ne savais pas ce que c'était que l'arthrose à l'époque. Aujourd'hui, je le plains de tout mon cœur. Il a de l'arthrose partout et les douleurs sont terribles, et pourtant, il me dit encore : "Est-ce que vous avez l'intention de recommencer à faire ce genre de choses, monsieur Sabbath ? – C'est comme ça que je gagne ma vie, Votre Honneur." Il se met les mains devant le visage et fait encore une tentative : "Est-ce que vous allez recommencer à faire ce genre de choses ? Je veux que vous me promettiez que si je ne vous envoie pas en prison, vous ne recommencerez pas ceci et que vous ne toucherez pas cela et que vous ne tripoterez pas ceci. – Impossible", je dis. St. John's ricane. Mulchrone : "Si vous me dites que vous avez commis un délit et que vous vous apprêtez à le commettre à nouveau, je vous envoie en prison pour trente jours." À ce moment-là Jerry Glekel, mon grand défenseur des libertés individuelles, me murmure à l'oreille : "Dis-lui que tu recommenceras pas, qu'il aille se faire mettre, ce con. Dis-lui, à ce con, c'est tout." Jerry se penche vers moi et dit : "Qu'il aille se faire mettre... allez, y en a marre. – Votre Honneur, je ne recommencerai pas. – Vous ne recommencerez pas. À la bonne heure. Trente jours avec sursis. Et une amende de cent dollars, payable de suite. – Je n'ai pas d'argent, Votre Honneur. – Comment ça, vous n'avez pas d'argent ? Vous avez un avocat, vous le payez, votre avocat. – Non, c'est l'ACLU qui s'en charge. – Votre Honneur, dit Jerry. Je lui avance les cent dollars, je paie les cent dollars et ça suffit, on rentre chez nous." Et au moment où on sort, St. John's nous dépasse et dit de manière à ce que personne d'autre que nous ne puisse l'entendre : "Et c'est lequel de vous deux qui va sauter la fille maintenant ?" Je lui ai dit : "Vous voulez dire, lequel de vous deux les Juifs ? Tous. On va tous se la sauter maintenant. Même mon vieux *zaydè* va la sauter. Mon rabbin va la sauter. Tout le monde va la sauter sauf toi, St. John's. Toi, tu rentres à la maison et tu t'envoies bobonne. Voilà à quoi tu es condamné – jusqu'à la fin de tes jours tu baises Mary Elizabeth, celle qui est en adoration devant sa sœur aînée, la bonne sœur." Là, il y a eu un éclat, une bagarre, mais heureusement, les autres ont réussi à nous séparer, Linc, Norm et Glekel, et ça a coûté encore cent dollars, que Glekel a payés, et après, Linc et Norm ont remboursé Glekel, et au bout du compte je m'en suis bien tiré. Je n'ai pas eu besoin de jouer au philosophe du siècle des Lumières, comme Mulchrone sur son estrade. J'aurais pu tomber sur Savonarole. »

Mais ça a fini par arriver, se dit Sabbath. Trente-trois ans plus tard, je suis tombé sur Savonarole déguisé en Japonaise. Helen Trumbull. Kathy Goolsbee. Les Savonarole les brisent. Ils ne veulent pas me laisser mettre mon pied sur le sien, ni sur celui de personne. Ils veulent que je mette le pied dans mon cercueil, comme Linc, aucun contact avec rien, on touche plus rien, il n'y a plus de toucher, il est mort.

Sabbath n'avait pas relâché la pression de son pied une seule seconde. Déjà si près de la copulation ! Pas une seule fois durant la représentation il ne la perdit – à l'inverse de Norman, elle était telle-ment captivée qu'elle ne s'était pas rendu compte, pas une seule fois, qu'il appelait parfois Helen Debby et que c'était pour son seul bénéfice qu'il avait rajouté le passage où il se proposait d'aller lécher le pied de la fille. Elle ne le lâcha pas, depuis la farce du début dans la rue jusqu'à la bagarre de sales gosses à la fin, au moment de quitter la salle d'audience de Mulchrone, son gros rire bien joufflu partagé entre la joie simple et une immense détresse. Elle se disait comme Lear : « Vive la copulation ! » Elle se disait (se disait Sabbath) que si elle s'acoquinait avec cet abominable monstre, elle pourrait peut-être à nouveau ranimer ses anciennes pulsions et ses seins tombants et donner encore une chance à l'appétit et au jus qu'elle avait gardés en elle d'opposer une dernière et glorieuse résistance à l'inévitable rectitude de la mort, sans parler de l'ennui que cela devait représenter. Linc en effet avait l'air de s'ennuyer. Gentil, vert et las. Pas de reproches, Drenka – tu le ferais sans réfléchir. C'est dans ce délit que nous étions réunis toi et moi. Je ne suis pas pressé de m'ennuyer comme Linc et toi, ça viendra bien assez tôt.

*

Tout le monde partit se coucher de bonne heure. Sabbath n'était pas bête, il n'alla pas directement fourrer ses doigts dans les affaires de Debby et, effectivement, dix minutes à peine après qu'ils eurent fini de débarrasser la table et qu'ils se furent tous souhaité une bonne nuit, Norman avait frappé à la porte pour lui donner un peignoir de bain et lui demander s'il voulait le *New York Times* de dimanche dernier avant qu'ils ne le jettent. Il en serrait plusieurs cahiers contre sa poitrine et Sabbath décida d'accepter son offre, ne serait-ce que pour induire Norman en erreur en lui donnant l'occasion de se persuader que son invité utilisait ces *khazeraï* de l'édition dominicale comme soporifique avant de s'endormir. Ça n'avait peut-être rien perdu de son efficacité, mais Sabbath avait une meilleure idée. « Ça fait plus de trente ans que je n'ai pas regardé le *Times* de dimanche dernier, dit Sabbath, mais pourquoi pas ? – Tu ne lis pas les journaux de New York, là-haut ? – Je ne lis rien. Si je lisais les journaux de New York, moi aussi, je serais au Prozac. – Et les bagels, tu en trouves le dimanche matin, au moins ?

– Tous les matins si tu veux. On est longtemps restés en dehors de la zone d'influence du bagel. Une des dernières régions à résister. Mais aujourd'hui, à part un comté de l'Alabama où la population a voté contre l'introduction du bagel, je crois, les pauvres goys n'ont plus le choix, impossible d'échapper au bagel où que l'on soit en Amérique. Il y en a partout. C'est comme les flingues. – Tu dis que tu ne lis pas les journaux, Mickey ? Je n'arrive pas à y croire, dit Norm. – J'ai arrêté de lire les journaux quand je me suis aperçu qu'il y avait chaque jour un nouvel article à la gloire du miracle japonais. Je ne supporte pas les photos de tous ces Japonais en costume. Et leurs uniformes, qu'est-ce qu'ils en ont fait ? Je suis sûr qu'ils se changent vite fait pour la photo. Quand j'entends le mot *Japon*, je sors mon engin thermonucléaire. » Bon, ça, ça devrait l'expédier pour le compte... mais non, avec tout ça Norman recommençait à se faire du souci. Ils étaient encore debout sur le seuil de la chambre de Debby et Sabbath voyait bien que Norman, malgré sa fatigue, était sur le point d'entrer dans la chambre pour parler un peu – sans doute encore de Graves. Un type qui s'appelait Graves. Sabbath s'était défilé après l'enterrement, il avait dit qu'il penserait à aller voir un médecin un autre jour. « Je sais à quoi tu penses, ajouta Sabbath rapidement, tu te demandes comment je me tiens au courant – en regardant la télé ? Non. Je n'y arrive pas. Il y a aussi des Japonais à la télé. Sur tous les écrans, des petits Japs qui votent, des petits Japs qui achètent et qui vendent des actions, des petits Japs qui serrent la main de notre président – le Président des États-Unis ! Dans sa tombe, Franklin Roosevelt doit tourner à la vitesse d'une *dreydl* atomique. Non, je préfère vivre sans rien savoir. Je sais tout ce que j'ai envie de savoir sur ces ordures depuis longtemps. J'ai du mal à accepter l'étalage de leur prospérité, c'est une injure à mon sens de la justice. Le Pays de l'Indice Nikkei Levant. Je suis fier de dire qu'en ce qui concerne la haine raciale, je sais encore très bien ce que je dis. Malgré tous les maux qui m'assaillent, je n'ai pas oublié ce qui compte dans la vie : la faculté de haïr. Une des dernières choses que je prends encore au sérieux. Une fois, sur une suggestion de ma femme, j'ai essayé de l'oublier pendant toute une semaine. Ça m'a presque achevé. Ça a été une semaine de grand désarroi. Je dirais que la haine des Japonais joue un très grand rôle dans tous les aspects de mon existence. Ici, évidemment, à New York, vous autres New-Yorkais vous adorez les Japonais parce qu'ils vous ont initiés au poisson cru. Cette grande merveille qu'est le poisson cru. Ils servent du poisson cru aux gens de notre race et, comme s'ils étaient des prisonniers participant à la marche de la mort de Bataan, comme s'ils n'avaient pas le choix, comme si sans cela ils étaient condamnés à mourir de faim, les gens de notre race le mangent. Puis ils paient. Et ils laissent des *pourboires*. Je n'y comprends rien. Une fois la guerre finie, on n'aurait même pas dû les autoriser à recommencer à pêcher. Vous avez perdu le droit de pêcher, bande d'enculés, le 7 décembre 1941. Attrapez un poisson, *un seul*, et on vous sort tout ce qu'on a encore en réserve dans nos arsenaux. Entre leur cannibalisme et leur prospérité, je me sens bafoué, tu comprends ? Son Altesse. Ils l'ont toujours "Son Altesse" ? Ils l'ont toujours leur "gloire" ? Ils sont encore glorieux, les Japonais ? Je sais pas, il y a quelque chose qui fait que toute la haine raciale que je peux avoir en moi se réveille et se mobilise dès que je me mets à penser à toute leur gloire. Norman, il y a tellement de choses que je suis obligé d'accepter dans ma vie. L'échec professionnel. La monstruosité physique. L'ignominie personnelle. Ma femme est une alcoolique en voie de rétablissement qui va aux AA pour oublier comment on parle de manière intelligible. Je n'ai pas eu la joie d'avoir des enfants. Pas d'enfants qui aient eu la joie de m'avoir pour père. Énormément de déceptions, énormément. Et il faudrait aussi que je m'accommode de la prospérité des Japonais ? Ça, ça pourait vraiment me faire basculer. C'est peut-être ça qui a fait basculer Linc. Ce que le yen a fait au dollar, qui sait si ce n'est pas ça qui l'a achevé. Moi, ça me tue. Ça me fait tellement mal que ça ne me déplairait pas de – c'est quoi cette expression qu'ils utilisent maintenant quand ils veulent ensevelir quelqu'un sous un tapis de bombes ? "Leur envoyer un message." J'aimerais leur envoyer un message et leur faire pleuvoir un peu de terreur sur leurs putains de sales gueules. Ils y croient encore qu'il faut prendre les choses par la force, non ? Ça les inspire toujours, les impératifs territoriaux, non ? – Mickey, Mickey, Mickey – allons, doucement, du calme, Mick, plaida Norman. – Ils l'ont toujours leur putain de drapeau ? – Mick... – Réponds-moi, c'est tout. Je pose une question à un type qui lit le *New York Times*. Tu lis le résumé de la semaine dans ton journal du dimanche. Tu regardes Peter Jennings à la télé. Tu te tiens au courant. Ils ont toujours le même drapeau ? – Oui, ils l'ont gardé. – Ils devraient pas avoir droit à un drapeau. Ils ne devraient pas avoir le droit de pêcher et ils ne devraient pas avoir droit à un drapeau, et ils devraient pas avoir le droit de venir chez nous et de serrer la main de *qui que ce soit* ! – Dis donc, t'es en forme, toi, ce soir, t'as pas arrêté, dit Norman, t'es... – Je suis très bien. Je t'explique seulement pourquoi

472

j'ai arrêté de me préoccuper des nouvelles. Les Japs. Ça se résume à ça. Merci pour le journal. Merci pour tout. Le dîner. Les mouchoirs. L'argent. Merci, t'es un pote. Je vais me coucher. – Tu fais bien. – J'y vais. Je suis crevé. – Bonne nuit, Mick. Va doucement. Calme-toi et essaie de dormir. »

Dormir ? Comment pourrait-il jamais dormir ? *Les voilà.* Sabbath jeta le tas de journaux sur le lit, et tiens, qu'est-ce qui dépasse si ce n'est pas le cahier économie – et les voilà ! Gros titre sur toute la largeur de la page moins une colonne : « Japon : les hommes qui défendent la forteresse. » *Ça*, ça fout les boules ! Une forteresse, le Japon ! Et en dessous : « Mauvaise nouvelle pour la Bourse : le Premier ministre démissionne. Mais pas les technocrates. » Gros titres, photos, des paragraphes et des paragraphes, tous plus odieux les uns que les autres, et pas qu'en première page, ça déborde et ça prend presque toute la page 8 avec un graphique, et encore une photo d'un autre Jap, et encore ce titre où on compare le Japon à une forteresse. Trois en première page, chacun avec sa photo. Aucun en uniforme. Tous en chemise-cravate, à faire semblant d'être comme tout le monde, de vouloir la paix eux aussi. Il y a un décor de bureaux derrière eux, du faux, pour faire croire qu'ils travaillent dans des bureaux comme des êtres humains et qu'ils ne sont pas dans leurs putains de Zéro à faire tomber les pays les uns après les autres. « Ces hommes ont l'esprit vif et travaillent dur, ils font partie des onze mille personnes qui forment l'élite, le sommet d'une pyramide d'environ un million de fonctionnaires japonais. Ce sont les responsables de la bonne marche de l'économie nationale la plus planifiée... » Une légende sous une des photos, Sabbath avait du mal à y croire, le Jap qui est sur la photo « dit qu'il

s'est fait brûler les ailes par les négociateurs américains... ». Brûler les ailes ? Ses ailes, brûlées ? Les
deux ailes ? Le corps de Morty était brûlé à quatre-
vingts pour cent. Combien de plumes ils lui ont
brûlé, les négociateurs américains, à cet enculé ? Il
m'a pas l'air très brûlé. J'en vois pas des brûlures,
pas une. Va falloir les réapprovisionner en essence,
nos négociateurs – on a des négociateurs qui sont
capables de les allumer, ces ordures ! « Que s'est-il
passé ? Selon les représentants du Japon, les États-
Unis ont des exigences trop importantes... » Bande
d'enculés, bande de saloperie de fanatiques, bande
de salauds de Japonais d'impérialistes de merde,
allez tous vous faire enculer...

Il avait parlé fort et c'est sans doute pour cela
qu'on était venu frapper un léger coup à sa porte.
Mais quand il ouvrit pour assurer Norman que tout
allait bien, qu'il lisait simplement les journaux japonais, c'est Michelle qu'il vit. Pour le dîner, elle avait
revêtu un pantalon moulant noir et un haut de
velours rouille qui lui descendait au ras des fesses :
une pauvre orpheline de pacotille. Pour éveiller quel
fantasme en moi ? Ou alors c'était une manière de
lui confier un de ses fantasmes secrets à elle : Je suis
Robin des Bois ; je donne aux pauvres. En tout cas,
elle s'était changée et portait à présent – oh, putain,
un kimono. Avec plein de fleurs partout. Et des
manches très larges. Un kimono japonais qui la cou-
vrait de la tête aux pieds. Mais la haine que venait
d'allumer ce méprisable chant à la gloire de la forteresse Japon se subsuma instantanément dans son
excitation. Sous le kimono, il semblait bien qu'il n'y
avait guère que sa biographie. Il aimait bien sa
coupe de cheveux, une coupe de garçonnet. Des gros
nichons et des cheveux courts de petit garçon. Et des
rides autour des yeux qui attestaient que sa vie de

femme avait été bien remplie. Ainsi vêtue, elle fit sur lui une plus profonde impression que dans son costume de Peter Pan de Central Park West. Quelque chose de français émanait de sa personne. C'est à Paris qu'on trouve ce genre de femmes. Ou à Madrid. Ou à Barcelone, dans les endroits vraiment chics. Il y a eu quelques occasions dans ma vie, à Paris et dans d'autres villes, où la fille que je trouvais me paraissait tellement bien que je lui donnais mon numéro en lui disant : « Si jamais tu viens en Amérique, appelle-moi. » Je me souviens d'une qui disait qu'elle avait l'intention de voyager un peu. Je l'attends toujours, le coup de fil de cette pute. Les ancêtres de Michelle venaient, effectivement, de France – Norman le lui avait appris avant le dîner. Son nom de jeune fille était Boucher. Et, en effet, ça se voyait maintenant, alors que sur les photos cochonnes, avec ses cheveux bien tirés en arrière et son corps extraordinairement maigre, elle lui avait fait l'impression d'une Carmen qui aurait épousé un de ces riches Juifs de Canyon Ranch. Les curistes entre deux âges qui venaient essayer de perdre du poids à Lenox poussaient parfois jusqu'à Madamaska Falls pour visiter les anciens sites indiens, quand elles en avaient assez de leur tofu à cent dollars l'assiette. Il y a à peu près dix ans, il s'était essayé à en ramasser deux qui avaient fait le chemin depuis Canyon Ranch pour passer l'après-midi à visiter les différents sites. Mais quand il leur avait proposé – c'est vrai qu'il était encore un peu tôt – de leur montrer le lieu où, un peu plus loin, après les cascades, les Madamaskas procédaient à l'initiation de leurs vierges aux mystères sacrés de la tribu avec une gourde rituelle, elles avaient grimpé dans leur voiture et décampé, étalant ainsi au grand jour l'étendue de leur ignorance des choses de l'anthropologie. « Ce n'est pas une idée à moi, cria-t-il à l'Audi qui s'éloignait, c'est une idée à eux, les indigènes de ce pays, les premiers Américains ! » Ces deux-là, elles le rappelleraient le même jour que la pute.

Mais, c'était l'ex Mlle Boucher qui était là, la Colette du New Jersey, morte d'ennui. Elle n'aimait pas son mari et elle avait pris une décision. D'où le kimono. Rien à voir avec le Japon – c'était le vêtement le plus provocant qu'elle pouvait s'autoriser dans les circonstances. Elle était maligne. Il connaissait le contenu de ses tiroirs. Il savait qu'elle pouvait faire mieux. Il savait aussi qu'elle ferait mieux. C'est quelque chose, non, la façon dont le cours d'une vie peut bifurquer d'un jour à l'autre ? Jamais, jamais il ne se débarrasserait volontairement de son amour fou de la baise.

Elle lui dit qu'elle avait oublié de lui donner une ordonnance pour le Zantac. Elle la lui apportait. Le Zantac, c'était ce qu'il prenait pour essayer de calmer les douleurs d'estomac et les diarrhées déclenchées par le Voltarène qui lui calmait les douleurs de ses mains, à condition qu'il n'utilise ni couteau ni fourchette, qu'il ne conduise pas de voiture, qu'il ne fasse pas de nœuds à ses lacets de chaussures, et qu'il ne se torche pas le cul. Si seulement il en avait les moyens, il se louerait les services d'un de ces Japonais à l'esprit entreprenant pour lui torcher le cul, un Jap à l'esprit vif qui travaille dur, un des onze mille, un qui appartenait à cette élite, le sommet de la pyramide – « le sommet de la pyramide ». Ils savent écrire dans ces journaux d'humanistes. Je devrais me mettre au *Times*. Que j'applends moi bien paller poul plus faile blûler moi les États-Unis. Les jambes de mon frère étaient deux morceaux de charbon. S'il n'était pas mort, il serait revenu sans

476

ses jambes. Le champion d'athlétisme d'Asbury, plus de jambes.

Les cachets et la douleur. De l'Aldomet pour la tension et du Zantac pour le bide. De A à Z. Après, on meurt.

« Merci, dit-il. C'est la première fois qu'on m'apporte une ordonnance en kimono.

– Notre époque a cédé à une certaine inélégance, la loi du commerce nous y oblige, répondit-elle en ajoutant, comble de plaisir, une révérence de geisha. Norman se disait que vous voudriez peut-être donner votre pantalon à nettoyer, dit-elle en indiquant du doigt son pantalon de velours. Et votre veste aussi, la grosse veste de chasse, ce truc à poches que vous portez tout le temps.

– La Torpille Verte.

– C'est ça. Peut-être que la Torpille Verte serait contente de passer au nettoyage.

– Vous voulez que je vous donne mon pantalon tout de suite ?

– Nous ne sommes plus des enfants, monsieur Sabbath. »

Il recula dans la chambre de Debby et enleva son pantalon. Le peignoir de bain de Norman, long, très coloré, avec une ceinture assez longue pour se pendre, était à l'endroit où il l'avait laissé tomber à côté de sa veste, sur la moquette. Il revint vers Michelle emmitouflé dans le peignoir, pour lui donner en offrande ses vêtements sales. Le peignoir traînait derrière lui comme une robe du soir. Norman mesurait un mètre quatre-vingt-dix.

Elle prit les vêtements sans un mot, sans manifester la moindre répulsion, ce qui n'aurait pas été du tout injustifié. Ce pantalon avait eu une vie bien remplie ces dernières semaines, une vie très riche qui en aurait épuisé plus d'un. Il semblait que le

fond trop large de ce vieux pantalon ait recueilli et
conservé toutes les indignités dont il avait souffert ;
les revers étaient raides de la boue du cimetière.
Mais elle ne paraissait pas du tout dégoûtée, comme
il l'avait brièvement pensé en se déshabillant. Bien
sûr que non. Elle est dans la crasse du matin au soir.
Norman lui en avait fait le récit détaillé. Pyorrhée.
Gingivite. Gencives enflées. Une bouche après
l'autre, toutes *shmoutzig*. Le *shmoutz* est son métier.
Les saloperies, c'est ça qu'elle traque avec ses instruments. C'est pas Norman qui l'attire, c'est les
ordures. Gratter le tartre. Nettoyer les poches. À
regarder Michelle, si excitante dans son kimono, ses
vêtements *shmoutzig* roulés en boule sous le bras –
avec sa coiffure de petit garçon qui ajoutait à son
costume de geisha juste ce qu'il fallait de clinquant
et de transsexualité à ce tableau de souillon – il sut
qu'il serait capable de tuer pour elle. Tuer Norman.
Le foutre par la fenêtre. Toute cette délicieuse confiture, rien que pour moi.

Donc. Nous y voilà. La lune est haute dans le ciel,
il y a de la musique qui vient de quelque part, Norman est mort, et il n'y a plus que moi et ce petit garçon avec ses gros nichons et son kimono à fleurs. J'ai
loupé le coche avec les mecs. Ce type du Nebraska
qui m'a donné les bouquins sur le pétrolier. Yeats.
Conrad. O'Neill. Il m'aurait appris autre chose que la
lecture, si j'avais voulu. Je me demande comment
c'est. Demande-lui, elle te dira. Les seules autres personnes qui s'envoient des mecs, c'est les femmes.

« Qu'est-ce qui vous pousse à vous habiller comme
ça ? demanda-t-elle en tapotant les vêtements sales.

– Comment est-ce que je devrais m'habiller ?

– Norman dit que lorsque vous étiez jeune, vous
étiez beau à mourir. Il m'a dit que Linc disait tout le
temps : "Il y a un côté taureau chez Sabbath. Il se

478

donne à fond." Il dit que les gens n'arrivaient pas à détacher leurs yeux de vous. Une bête. Un esprit libre.

– Pourquoi est-ce qu'il dirait des choses pareilles ? Pour s'excuser d'avoir fait asseoir à votre table un rien du tout que personne ne peut raisonnablement prendre au sérieux ? Qui parmi les gens de votre niveau social pourrait prendre un type comme moi au sérieux, je suis un monstre d'égoïsme, j'ai un niveau de moralité plutôt bas et je ne possède aucun des accessoires qui vont avec les grands idéaux ?

– Vous disposez d'un énorme talent d'éloquence.

– J'ai appris très tôt que les gens passent plus facilement sur votre petite taille si vous avez une grande gueule.

– Norman dit qu'il n'a jamais rencontré personne d'aussi doué et d'aussi brillant que vous quand vous étiez jeune.

– Dites-lui qu'il n'est pas obligé de dire ces choses-là.

– Il vous adorait. Il a toujours beaucoup d'affection pour vous.

– Oh, vous savez, les gens bien élevés ont très souvent besoin d'avoir quelqu'un qui leur rappelle ce qu'est la vraie vie. Assez normal. J'avais passé des années en mer. J'avais vécu à Rome. Des putes sur presque tous les continents – ça méritait des félicitations, une réussite pareille, à l'époque. J'leur ai montré que je n'étais pas dans la norme bourgeoise. Quand ils ont fait des études, les bourgeois aiment bien avoir de l'admiration pour quelqu'un qui ne respecte pas les normes imposées par la bourgeoisie – ça leur rappelle leurs idéaux d'étudiants. Quand on a écrit un article sur moi dans *The Nation* pour cette histoire de sein nu dans la rue, je suis devenu leur bon sauvage de la semaine. Aujourd'hui ils m'arracheraient les couilles si je m'aventurais ne serait-ce qu'à y penser, mais à l'époque, ça faisait de moi un héros aux yeux de ces gens comme il faut. Un rebelle. Un cheval fou. Une menace pour la société. Génial. Je vous parierais que même aujourd'hui, à New York, ça fait partie intégrante du métier de milliardaire cultivé de s'intéresser à un type scandaleux. Linc et Norm et leurs amis, ça leur plaisait de prononcer mon nom, ça les excitait. Rien que ça, ça leur donnait le sentiment généreux qu'ils faisaient quelque chose d'illégal. Un marionnettiste capable de sortir des seins en pleine rue – c'est comme connaître un boxeur, comme aider un ancien taulard à publier ses sonatines. En plus, j'avais une femme très jeune et très folle. Une actrice. Mick et Nikk, leur couple de malades préféré.

– Et elle ?
– Elle j'ai tué.
– Norman dit qu'elle a disparu.
– Non. Je l'ai tuée.
– Ça vous coûte quoi de faire ce numéro ? Ça vous apporte quoi de faire un numéro ? Vous êtes vraiment obligé de le faire ?
– Qu'est-ce que je pourrais faire d'autre ? Si vous le savez, j'aimerais que vous me le disiez. Rien de ce qui est idiot ne manque d'intérêt à mes yeux », dit-il en feignant la colère, mais à peine – le « vraiment » était un coup bas. « Comment faire autrement ? »

Ça lui plaisait qu'elle n'ait pas l'air intimidée. Elle refusait de reculer. C'était bien. Il lui avait bien appris, son vieux. Néanmoins, oublie un peu le désir de défaire ce kimono. Pas encore.

« Vous êtes prêt à tout, dit-elle, pour ne pas être gagnant. Mais pourquoi est-ce que vous vous comportez ainsi ? Émotions primaires et langage grossier et syntaxe complexe.

– Je ne suis pas très fort pour tout ce qui est devoir moral.

– Je ne vous crois pas. Mickey Sabbath a beau vouloir être le marquis de Sade, il n'y arrive pas. Il n'y a pas ce côté dégénéré dans votre voix.

– Il n'y était pas dans celle du marquis de Sade non plus. Ni dans la vôtre.

– Délivré du désir de plaire, dit-elle. Ça donne une impression de vertige. Qu'est-ce ça *vous* apporte ?

– Et *vous*, qu'est-ce ça vous apporte ?

– *Moi* ? Je fais plaisir à tout le monde, tout le temps. Depuis que je suis née, je fais plaisir à tout le monde.

– À qui ?

– Mes profs. Mes parents. Mon mari. Mes enfants. Mes patients. Tout le monde.

– Vos amants ?

– Oui. »

Maintenant.

« Faites-moi plaisir, Michelle » ; et saisissant son poignet, il essaya de la faire entrer dans la chambre de Debby.

« Est-ce que vous êtes fou ?

– Allez, vous avez lu Kant : "Agir de sorte que la maxime de ta volonté puisse aussi servir à tous temps de principe pour une législation universelle." *Fais-moi plaisir*. »

Elle avait de la force dans les bras, depuis le temps qu'elle grattait toute cette merde, et lui, il n'avait plus ses muscles de marin. Même plus ceux du marionnettiste. Il fut incapable de la faire bouger.

« Pourquoi est-ce que vous avez fait du pied à Norman pendant tout le dîner ?

– Non.

481

– Si », elle murmurait – et ce rire, ce rire, le moindre petit *éclat* de ce rire était une merveille ! « Vous faisiez du pied à mon mari. J'attends vos explications.

– Non ».

Puis elle abandonna toute attitude provocante – à voix basse parce que le lit conjugal était au bout du couloir – hormis son rire fait de toutes les contradictions qui s'affrontaient en elle. « Si, si. » Le kimono. Les murmures. La coupe de cheveux. Le rire. Et le peu de temps qu'il restait.

« Entrez.

– Ne soyez pas ridicule.

– Vous êtes extraordinaire. Vous êtes une femme extraordinaire. *Venez, entrez dans la chambre.*

– Le débordement des excès ne connaît pas de limites avec vous, dit-elle, mais je souffre d'une très stricte inclination à ne pas bousiller ma vie.

– Qu'est-ce que Norman vous a dit à propos de mon pied ? Comment se fait-il qu'il ne m'ait pas tout simplement jeté dehors ?

– Il pense que vous craquez, que vous faites une dépression. Il croit que vous ne savez plus ce que vous faites ni pourquoi vous le faites. Il a bien l'intention de vous convaincre d'aller voir son psychiatre. D'après lui, vous avez besoin d'aide.

– Vous êtes exactement tout ce que je pensais que vous étiez. Et plus encore, Michelle. Norman m'a tout raconté. Les troisièmes molaires supérieures. Comme si vous faisiez les carreaux en haut de l'Empire State Building.

– Votre bouche aurait bien besoin d'un examen. Les papilles interdentaires. Ces petits bouts de chair qu'il y a entre les dents ? Toutes rouges. Gonflées. Vous devriez peut-être vous faire examiner ça de plus près.

482

– Eh bien entrez, pour l'amour du ciel. Examinez-moi les papilles. Examinez les molaires. Arrachez-les. Tout ce qui vous plaira. Je veux vous rendre heureuse. Mes dents, mes gencives, mon larynx, mes reins – si ça fonctionne et que ça peut vous faire plaisir, prenez, c'est à vous. Je n'arrive pas à croire que je faisais du pied à Norman. C'était tellement bon. Pourquoi est-ce qu'il n'a rien dit ? Pourquoi est-ce qu'il ne s'est pas mis sous la table pour me le placer là où il aurait dû être ? Je croyais que c'était un hôte exceptionnel. Je croyais qu'il m'adorait. Et il reste tranquillement assis alors que mon pied *n'est pas* là où il sait que je *veux* qu'il soit. Alors que je dîne à *sa* table. Invité. Je ne suis pas venu mendier un repas, c'est lui qui *m'a demandé* de venir. Je suis vraiment surpris par son attitude. Je veux *votre* pied.

– Pas maintenant.

– Vous ne trouvez pas que les phrases les plus simples sont à peine supportables ? "Pas maintenant." Redites-le. Traitez-moi comme une merde. Trempez-moi comme l'acier...

– Calmez-vous. Ne vous énervez pas. Du calme, *s'il vous plaît.*

– Redites-le.

– Pas maintenant.

– Quand ?

– Samedi. Venez à mon cabinet samedi.

– Aujourd'hui c'est mardi. Mercredi, jeudi, vendredi – non, non. Pas question. Quatre jours. Non. *Maintenant.*

– *Du calme.*

– Si Yahvé avait voulu que je sois calme, il m'aurait fait goy. Quatre jours. Non. *Maintenant.*

– On ne peut pas, murmura-t-elle. Venez samedi – je vous ferai un examen parodontal.

– Bon, d'accord. Vous venez de vous trouver un

client. Samedi. D'accord. Magnifique. Comment procédez-vous ?

– J'ai un instrument qui est fait pour ça. Je plonge mon instrument dans votre poche parodontale. Je pénètre dans la crevasse gingivale.

– Encore. Encore. Dites-moi tout ce que vous allez faire avec cet instrument.

– C'est un instrument très fin. Ça ne fera pas mal. Il est mince. Plat. À peu près un millimètre de large. Dix millimètres de long peut-être.

– Vous pensez en système métrique. » Drenka.

« Uniquement dans ce domaine.

– Ça va saigner ? demanda-t-il.

– Une goutte ou deux, pas plus.

– C'est tout ?

– Mon Dieu... », dit-elle, et elle laissa son front partir en avant, se poser sur le sien. Se caler dessus. Cet instant ne ressemblait à rien de ce qu'il avait vécu ce jour-là. Cette semaine-là. Ce mois-là. Cette année-là. Il se calma.

« Comment, demanda-t-elle, avons-nous fait pour aller aussi loin aussi vite ?

– C'est parce que nous avons déjà un long passé derrière nous. Et que nous n'avons pas toute l'éternité devant nous pour jouer au con.

– Mais vous êtes cinglé, dit-elle.

– Comme on fait son lit on se touche.

– Vous faites beaucoup de choses que la plupart des gens ne font jamais.

– Qu'est-ce que je fais et que vous ne faites pas ?

– Vous vous exprimez.

– Et vous pas ?

– À peine. Vous avez un corps de vieillard, une vie de vieillard, un passé de vieillard, et un instinct aussi fort que celui d'un enfant de deux ans. »

Qu'est-ce que le bonheur ? La substantialité de

cette femme. Le composé dont elle était faite. L'esprit, le côté joyeux, la finesse, la cellulite, une étrange faiblesse pour les mots recherchés, ce rire qui porte la marque d'une vie, sa responsabilité envers toutes choses, sans omettre son côté charnel – elle avait quelque chose de grand, cette femme. Se moquer. Jouer. Un certain talent et un certain goût pour la clandestinité, elle savait que ce qui est caché vaut toujours mieux que ce qui ne l'est pas, et de loin, une certaine assurance physique, une assurance qui était l'expression la plus pure de sa liberté sexuelle. Et le ton de conspirateur qu'elle adoptait, sa peur panique de l'horloge qui égrenait le temps... Est-ce que tout devait forcément appartenir au passé ? Non ! Non ! Le lyrisme implacable du soliloque de Michelle : et non j'ai dit non d'accord Non.

« L'adultère n'est pas quelque chose de facile, lui chuchota-t-il. Le principal, c'est de savoir clairement qu'on en a envie. Le reste relève du détail.

– Du détail, soupira-t-elle.

– Dieu, ce que j'aime ça, l'adultère. Pas vous ? » Il osa prendre son visage dans ses mains d'infirme et suivit le contour de sa coiffure de petit garçon jusqu'à sa nuque avec ce médius à cause duquel on l'avait autrefois arrêté, le médius dont les belles paroles étaient censées avoir traumatisé ou hypnotisé ou tyrannisé Helen Trumbull. C'est ça, ils avaient tout compris en 1956. Maintenant aussi. « Cette douceur qu'il introduit dans la dureté, continua-t-il. Un monde sans adultère est impensable. Quelle inhumanité brutale chez ceux qui sont contre. Vous n'êtes pas d'accord ? Quels putains de dépravés, ceux-là. Quelle *folie*. Il n'existe pas de punition assez sévère pour le connard qui a eu un jour l'idée de la fidélité. D'exiger de la chair humaine qu'elle soit fidèle. C'est d'une cruauté, d'une ironie tout simplement ignoble. »

Il ne la laisserait jamais partir. C'était Drenka, sauf qu'au lieu des expressions toutes faites qu'elle massacrait dans son désir ardent de séduire son professeur et de s'abandonner à ses jeux, elle parlait une langue délicieuse pleine d'un humour charmant. Drenka, c'est *toi*, mais qui aurait grandi dans une banlieue résidentielle du New Jersey et pas à Split. Je le sais parce que, ce degré d'excitation, je ne l'atteins avec personne d'autre que *toi* – c'est une resurrection, c'est ton corps ! Tu es sortie de ta tombe. Après, c'est Morty.

Il choisit ensuite de défaire son peignoir plutôt que celui de Michelle – le peignoir en velours pour géant de deux mètres, avec son étiquette de Paris, qui le faisait ressembler au petit roi de la vieille bande dessinée – pour lui faire faire la connaissance de son érection. Il fallait qu'ils se rencontrent. « Regardez-moi cette flèche de désir », dit Sabbath.

Mais un seul coup d'œil la fit reculer. « Pas maintenant », le prévint-elle à nouveau, et ces quelques paroles prononcées dans un souffle firent fondre son cœur. C'était encore mieux de la regarder s'enfuir. Comme une voleuse. Elle fuyait mais elle en avait envie. Elle fuyait mais elle était prête.

Il avait une raison de vivre jusqu'à samedi. Une nouvelle collaboratrice pour remplacer l'ancienne. La collaboratrice qui disparaît, indispensable à la vie de Sabbath – autrement, ça n'aurait pas été la vie de Sabbath : Nikki qui disparaît, Drenka qui meurt, Roseanna qui boit, Kathy qui le fait condamner... sa mère... son frère... Si seulement il pouvait cesser de les remplacer. De leur faire jouer le mauvais rôle. Depuis sa dernière perte, il s'était vraiment mis à analyser le sentiment de terreur dont il était la proie. Et dire que quand il était marionnettiste il arrivait à le faire sans même avoir besoin d'une marionnette, la vie tout entière avec ses doigts, uniquement.

Samedi, décida-t-il, on fait une réévaluation rapide. Pas de pénurie d'objets pointus sur son plateau d'examen. Il lui piquerait une curette, il y mettrait fin comme ça, si toutefois tout cela ne menait nulle part. Que l'aventure commence, Ô Seigneur Dionysios, Noble Taureau, Grand Inventeur du Sperme de Toutes les Mâles Créatures. Ce n'est pas une nouvelle vie que je m'attends à trouver. Cet enthousiasme-là est depuis longtemps éteint. C'est plus proche de ce que Krupa disait à Goodman quand Benny se faisait le solo de « China Boy ». « Encore un coup, Ben ! Encore un coup ! »

À condition qu'elle ne retrouve pas ses esprits, la dernière de ses collaboratrices. Encore un coup.

De la deuxième nuit que Sabbath passa dans la chambre de Debby, il suffira de dire – avant d'en arriver à la crise de la matinée – que ses pensées allèrent à la mère et à la fille, chacune à son tour et les deux en même temps. Il était sous l'emprise du tentateur dont la tâche est de faire monter le taux d'hormone grotesquérone dans le sang.

Le matin, après s'être longuement attardé dans la baignoire de Debby, il alla royalement chier dans les toilettes de Debby – des selles magnifiques qui descendaient facilement, denses, de bonne taille, si différentes de ses petites merdes de malade qui, en temps ordinaire, s'échappaient de son corps une à une et par intermittence à cause des effets perturbateurs du Voltarène. Il laissa en héritage à la salle de bains un vif bouquet campagnard qui le remplit d'enthousiasme. C'était la forme, ça repartait ! J'ai une maîtresse ! Il se sentit aussi dépassé et aussi fou qu'Emma Bovary quand elle chevauche aux côtés de Rodolphe. Dans les chefs-d'œuvre, ils se tuent toujours quand ils commettent l'adultère. Lui, c'était quand il ne le commettait pas qu'il voulait se tuer.

Après avoir méticuleusement replacé dans la commode ou dans le placard, jusqu'au dernier, les vêtements de Debby auxquels il avait rendu hommage durant la nuit, vêtu, pour la première fois depuis plusieurs dizaines d'années, d'habits neufs, il débouldla avec fracas dans la cuisine pour apprendre que la fête était finie. Norman avait retardé son départ pour lui annoncer qu'il devait vider les lieux après le petit déjeuner. Michelle était partie travailler, mais les instructions qu'elle avait laissées précisaient que Sabbath devait être immédiatement jeté dehors. Dans la veste que Sabbath avait donnée à Michelle pour le nettoyage, elle avait trouvé un sachet de crack, que Norman avait déposé devant lui sur la table. Sabbath se souvint qu'il l'avait acheté la veille, au cours de la matinée, dans les rues du Lower East Side, il l'avait acheté pour s'amuser, sans aucune raison, parce que le revendeur l'amusait.

« Et ça. Dans ton pantalon. »

Le père tenait dans sa main le slip à fleurs de sa fille. À quel moment de cette journée animée et difficile Sabbath avait-il oublié la présence de la petite culotte dans sa poche ? Il se souvenait clairement de l'avoir, au cours des obsèques, tripotée pendant les deux heures de rigolade qu'avaient représentées les discours à la gloire du défunt. Qui ne l'aurait fait ? Une foule énorme. Le Tout-Broadway et le Tout-Hollywood – les plus célèbres amis de Linc –, chacun racontant à son tour ses souvenirs du cadavre. Les platitudes habituelles à jet continu. Les deux fils avaient pris la parole, la fille aussi – l'architecte, l'avocat, l'assistante sociale en psychiatrie. Je ne connaissais personne et personne ne me connaissait. Sauf Enid, grosse, cheveux blancs, une douairière, aussi méconnaissable pour lui qu'il l'était pour elle.

« C'est Mickey Sabbath », lui avait dit Norm. Après avoir identifié le corps de Linc, ils étaient revenus tous les deux dans l'antichambre où Enid était assise avec sa famille. « Il est descendu de Nouvelle-Angleterre. – Mon Dieu », dit Enid, et, saisissant la main de Sabbath, elle se mit à pleurer. « Et je n'ai pas versé une larme de toute la journée, lui dit-elle avec un petit rire d'impuissance. Oh, Mickey, Mickey, j'ai fait quelque chose d'horrible il y a à peine trois semaines. » Elle n'avait pas vu Sabbath depuis plus de trente ans, et pourtant c'était à lui qu'elle confessait cette horrible chose qu'elle avait faite. Parce qu'il savait ce que c'était de faire des choses horribles ? Parce qu'on lui avait fait des choses horribles ? Sans doute la première raison. La main dans la poche, sachant ce qui s'y trouvait, une pâte à modeler de soie à pétrir dans la douleur alors que chacun des orateurs, planté face au cercueil, énumérait les amusantes bêtises du suicidé, comment il adorait jouer avec les enfants, comment les enfants de tous ses amis l'adoraient, ses charmantes, ses adorables excentricités... Ensuite, le jeune rabbin. Ne retenez que la part de beauté de cette tragédie. Une demi-heure pour nous expliquer comment on fait. Lincoln n'est pas vraiment mort, dans nos cœurs cet amour vit encore. C'est vrai, c'est vrai. Cependant, quand j'ai demandé, devant le cercueil ouvert : « Linc, qu'est-ce que tu veux pour le dîner ? », je n'ai pas obtenu de réponse. Ça aussi, ça prouve quelque chose. Le type à côté de moi, qui n'avait pas de petite culotte dans la poche pour l'aider à surmonter sa douleur, n'avait pas pu s'empêcher d'y aller d'une petite pointe anticléricale. « Il fait un peu trop fillette pour mon goût. – Je crois qu'il passe une audition », lui répondis-je. Ça lui a plu. « Il ne va pas beaucoup me manquer », me chuchota le type. J'avais cru qu'il parlait du rabbin, et ce n'est qu'une fois dans la rue que j'ai compris qu'il parlait du disparu. Une jeune vedette de la télé se lève, mince, dans une robe fourreau noire, elle sourit face à l'adversité, et elle demande à tout le monde de se tenir par la main et d'observer une minute de silence à la mémoire de Linc. J'ai tenu la main du sale type d'à côté. J'ai dû sortir la main de ma poche pour le faire – et c'est là que j'oublie la culotte ! Ensuite Linc : vert. Il était vert. Ensuite mes doigts hideux dans la main d'Enid pendant qu'elle confesse cette horrible chose qu'elle a faite. « Je n'arrivais plus à supporter ses tremblements et je l'ai frappé. Je l'ai frappé avec un livre, et j'ai crié : "Arrête de trembler ! Arrête de trembler !" Il y avait des moments où il *arrivait* à s'arrêter – il y mettait toutes ses forces et le tremblement cessait. Il tendait les mains vers moi pour me montrer. Mais quand il arrivait à faire ça, il ne pouvait plus rien faire d'autre. Il fallait qu'il se mobilise tout entier pour arrêter de trembler. Le résultat c'était qu'il ne pouvait plus parler, il ne pouvait plus marcher, il ne pouvait plus répondre à la moindre question. – Pourquoi est-ce qu'il tremblait ? » lui demandai-je, parce que ce matin-là, dans les bras de Rosa, moi aussi j'avais tremblé. « Soit son traitement, dit-elle, soit la peur. Ils l'ont autorisé à quitter l'hôpital quand il a été à nouveau capable de s'alimenter et de dormir, et ils ont dit qu'il n'était plus suicidaire. Mais il était toujours en dépression et il avait peur et il était fou. Et il avait ce tremblement. Je n'arrivais plus à vivre avec lui. Je lui ai pris un appartement au coin de la rue il y a un an et demi. Je lui téléphonais tous les jours, mais cet hiver, je ne l'ai pas vu pendant trois mois. Il me téléphonait. Il lui arrivait de me téléphoner dix fois dans la même journée. Pour voir si tout allait bien. L'idée que je pourrais tomber malade et disparaître le terrifiait. Quand il me voyait, il éclatait en sanglots. Ça avait toujours été le pleurnichard de la famille, mais là, c'était autre chose. C'était de l'ultradépendance. Il pleurait de douleur – de peur, il était terrifié. Ça ne s'arrêtait jamais. Mais je croyais quand même que ça allait s'arranger. Je me disais : un jour, tout redeviendra comme avant. Il nous fera tous rire. – Enid, tu sais qui je suis, lui demanda Sabbath, tu sais à qui tu racontes ça ? » Mais elle n'entendit même pas ses paroles, et Sabbath comprit qu'elle racontait la même chose à tout le monde. Il était simplement le dernier arrivé dans l'antichambre. « Trois mois à l'hôpital avec des tas de fous, dit-elle. Mais, au bout d'une semaine, il s'y sentait en sécurité. La première nuit, ils l'ont mis dans un lit à côté d'un type qui était en train de mourir – ça l'a terrorisé. Ensuite, dans une chambre avec trois autres personnes, des vrais cinglés. Vers la fin de son séjour, je l'ai emmené déjeuner au restaurant deux fois, mais à part ça, il n'a jamais quitté l'hôpital. Des barreaux aux fenêtres. Une surveillance constante pour les suicides. À voir son visage derrière les barreaux, quand il attendait qu'on arrive... » Elle lui en raconta tellement, elle le retint si longtemps qu'à la fin il oublia à quoi il se cramponnait dans sa poche. Et puis, pendant le dîner, il s'était mis à raconter *son* histoire...

Alors comme ça, pendant la nuit, l'appétit sexuel et la traîtrise en elle avaient été abattus de plein fouet par la prudence, par la clairvoyance – par l'intelligence. *Voilà* ce qui s'est passé. N'accuse pas Enid. Ce n'était pas non plus de la jalousie pour la petite. Si elle était prête à lui palper les papilles ce samedi, le slip de la petite l'aurait excitée encore plus. Elle l'aurait porté pour lui. Elle se serait mis les affaires de Debby pour lui. Elle l'a déjà fait, ça et le reste. Mais elle se servait du slip pour s'en débarrasser avant qu'il ne lui casse la baraque. Le slip c'était pour lui signifier qu'elle resterait ferme, que s'il essayait d'exercer une pression, elle saurait trouver une autorité un peu plus efficace que l'agent Abramowitz pour l'écraser. Ce n'était pas le slip, ni le crack, ni même la Torpille Verte – c'était *Sabbath*. Il était peut-être encore capable de raconter une histoire, mais à part ça, il ne lui restait plus rien d'attrayant à offrir, vraiment rien, même pas l'érection qu'il lui avait donné à voir. Tout ce qui restait de son côté *qui se donne à fond* lui répugnait. Sale, elle l'était elle-même, souillée, rusée, conjugalement à demi folle, mais pas encore assez désespérée pour avoir perdu tout contrôle. Ce qu'elle avait, c'était une malhonnêteté ordinaire, automatique. C'était une traîtresse avec un petit *t*, et les trahisons à petit *t* ça court les rues – Sabbath était capable de les repérer sans le moindre effort, à présent. Pour lui, ce n'était pas ça qu'il y avait au cœur de cette histoire : ce type est dans un *tourbillon* ; il veut *mourir*. Michelle était plutôt équilibrée, elle avait pris une décision sage. Le cinglé qui lui apportera la griserie dont elle a besoin pour ajouter un peu de féerie à sa vie, ce n'est pas moi. Elle trouvera mieux en regardant un peu ce qu'il y a sur le marché, en cherchant une piste moins froide, et aussi moins tonitruante. Et il avait cru qu'il allait se régaler. C'était à nouveau l'heure où tout explose. Espèce de grand enfant. Dire que tu as cru que ça pouvait continuer éternellement. Tu te rends peut-être mieux compte maintenant de ce qui t'attend. Allez, laisse venir. Je sais ce qui m'attend. Allons-y.

Prends ton petit déjeuner et file. Ce qui se passe en ce moment est incroyable. *C'est fini.*

492

« Comment as-tu pu prendre les sous-vêtements de Debby ?

– La question c'est comment aurais-je pu m'en empêcher.

– C'était irrésistible.

– C'est une manière étrange de dire les choses. Qu'est-ce que la résistance vient faire là-dedans ? Il est ici question de thermodynamique. De la chaleur en tant que forme d'énergie et de son effet sur les molécules de la matière. J'ai soixante-quatre ans, elle en a dix-neuf. C'est naturel, c'est tout. »

Norman était vêtu en fin connaisseur des choses de la vie : costume croisé sombre à rayures craie, cravate de soie bordeaux, pochette assortie, chemise bleu pâle avec ses initiales NIC brodées sur la poche. La grande dignité qu'il possédait se voyait bien sûr dans ses vêtements, mais aussi dans son visage très particulier, un visage fin, allongé et intelligent, des yeux sombres, doux, et une calvitie qui lui allait parfaitement. Qu'il ait moins de cheveux que Sabbath le rendait mille fois plus séduisant. Sans les cheveux pour le cacher, on voyait qu'il y avait un cerveau dans ce crâne, introspection, tolérance, justesse et raison. Et c'était un crâne viril, finement travaillé et pourtant très visiblement plein de détermination – rien dans sa délicatesse ne suggérait la moindre faiblesse dans la volonté. Oui, de cette silhouette tout entière émanaient les idéaux et les scrupules du meilleur de l'espèce humaine, et Sabbath n'aurait eu aucun mal à croire que le bureau pour lequel Norman partirait très bientôt dans une limousine avait des visées spirituelles encore bien plus élevées que celles d'un producteur de théâtre. Spiritualité laïque, voilà ce qui se dégageait de lui – peut-être qu'ils étaient tous comme ça, les producteurs, les agents, les avocats qui s'occupaient de ces énormes affaires.

Avec l'aide de leur tailleur, ils étaient devenus des cardinaux juifs dans le monde du commerce. C'est ça, maintenant que j'y pense, ils ressemblent beaucoup à tous ces petits malins qui gravitent dans l'entourage du pape. Personne n'irait penser que le distributeur de juke-boxes qui finançait tout ça fricotait avec la Mafia. On n'était pas censé penser à des choses pareilles. Il avait réussi à devenir cette espèce de chose très américaine et très impressionnante, un brave type. Voilà ce qui est écrit sur sa chemise. Un brave type bourré de fric qui a de la profondeur, et au bureau, c'est de la dynamite quand il attrape le téléphone. Qu'est-ce que l'Amérique peut demander de plus à ses Juifs ?

« Et à table, hier soir, c'était aussi tout à fait naturel de vouloir faire du pied à Michelle ?

– Je ne voulais pas faire du pied à Michelle sous la table, c'est ton pied que je cherchais sous la table. *Ce n'était pas* ton pied ? »

Il ne montre ni antipathie ni amusement. C'est parce qu'il sait où on va ou parce qu'il ne le sait pas ? Je n'en sais vraiment rien. Ça peut être l'un comme l'autre. Je commence à renifler l'odeur de Sophocle dans cette cuisine.

« Pourquoi est-ce que tu as dit à Michelle que tu avais tué Nikki ?

– Il aurait fallu que j'essaie de le lui cacher ? Je dois aussi avoir honte de ça ? C'est quoi cette soudaine manie de vouloir faire honte à tout le monde ?

– Dis-moi. Dis-moi la vérité – dis-moi si tu crois que tu as tué Nikki. Est-ce que c'est quelque chose que tu *crois* ?

– Je ne vois pas pourquoi je ne le croirais pas.

– Moi, si. J'y étais. Parce que j'étais avec toi quand elle a disparu. J'ai vu par quoi tu es passé.

– Oui, bon, effectivement, je ne dis pas que ça a

été facile. La mer, ça ne te prépare pas à tout affronter. La couleur qu'elle a prise. Ça, ça m'a surpris. Verte, comme Linc. Avec la strangulation, c'est vrai qu'on satisfait tous ses désirs primitifs, ça va avec, mais si je devais recommencer, je choisirais quelque chose de plus expéditif. Je serais obligé. Mes mains. Comment est-ce que tu vas t'y prendre pour tuer Michelle ? »

La question de Sabbath avait réveillé un sentiment qui poussa Norman à regarder Sabbath comme s'il flottait sur l'eau, ou dans les airs, comme s'il s'éloignait du cours que sa vie avait pris. Un silence intéressant suivit. Mais, finalement, Norman se contenta de mettre le slip de Debby dans la poche de son propre pantalon, rien de plus. Les paroles qu'il prononça ensuite n'étaient pas dénuées de toute menace.

« J'aime ma femme et mes enfants plus que toute autre chose en ce monde.

– Ça, c'est entendu. Mais comment est-ce que tu vas la tuer ? Quand tu apprendras qu'elle s'envoie en l'air avec ton meilleur ami.

– Arrête. S'il te plaît. Nous savons tous que tu n'es pas un homme comme les autres mais un surhomme qui n'a jamais peur d'aucune exagération verbale, mais tout n'est pas bon à dire, même à quelqu'un qui a aussi bien réussi que moi. Arrête. C'est inutile. Ma femme a trouvé la culotte de notre fille dans ta poche. Qu'est-ce qu'elle doit faire, d'après toi ? Comment veux-tu qu'elle réagisse ? Ne t'abaisse pas encore plus en salissant ma femme.

– Je ne m'abaissais pas. Je ne salissais pas ta femme. Norman, n'y a-t-il pas trop de choses en jeu pour que nous respections les convenances ? Je me demandais simplement comment tu penses la tuer quand tu penses à la tuer. D'accord, changeons de sujet. Comment crois-tu qu'elle pense te tuer ? Tu imagines qu'elle se contente, quand tu prends l'avion pour Los Angeles, d'espérer qu'American Airlines va régler ce petit problème à sa place ? Trop simple pour Michelle. L'avion va s'écraser et je serai libre ? Non, ça c'est la manière dont les secrétaires règlent leurs problèmes dans le métro. Michelle est une femme d'action, c'est la fille de son père. Si j'ai bien compris ce qu'est la parodontie, elle a déjà pensé à t'étrangler plus d'une fois. Dans ton sommeil. Et elle en serait capable. Elle a assez de poigne. Comme moi dans le temps. Tu te souviens de mes mains ? Mes mains d'avant ? Toute la journée à travailler sur le pont, tu grattes, tu grattes, tu grattes – toujours en train de travailler sur un bateau. Une chignole et une mèche à métal, un marteau, un ciseau. Après, les marionnettes. La force qu'il y avait dans ces mains ! Nikki n'a rien compris, pas eu le temps. Elle m'a regardé de ses yeux implorants, longtemps, mais en fait, je pense qu'un médecin légiste aurait conclu qu'elle était cliniquement morte au bout de soixante secondes. »

Se renfonçant dans la chaise qu'il occupait à la table du petit déjeuner, Norman croisa un bras sur sa poitrine et, appuyant son autre bras dessus, il laissa sa tête tomber sur le bout de ses doigts. Exactement de la même manière que Michelle avait appuyé son front contre le mien. Je n'arrive pas à croire que c'est la culotte qui a tout déclenché. Je n'arrive pas à croire que cette femme vieillissante, cette femme vraiment supérieure ait pu se laisser démonter par un truc comme ça. Ce n'est pas vrai, c'est un rêve ! C'est un conte de fées ! Elle est là la *vraie* dépravation, dans toutes ces convenances de merde !

« Tu as perdu l'esprit, dit Norman. C'est affreux.

– Qu'est-ce qui est affreux ? demanda Sabbath. La culotte de la petite autour de ma bite pour m'aider à passer la nuit après la journée que j'ai eue ? C'est ça qui est si affreux ? Arrête, Norman. Une culotte dans ma poche à un enterrement ? C'est de l'*espérance*.

– Mickey, où vas-tu aller en partant d'ici ? Tu vas rentrer chez toi ?

– T'as toujours eu du mal, n'est-ce pas, Norman, à m'imaginer ? Comment fait-il quand personne n'est là pour le protéger ? Comment font-il tous quand personne n'est là pour les protéger ? Mon pote, la protection ça n'existe *pas*. À l'époque où j'étais marin, quand on arrivait dans un port, j'aimais bien aller faire un tour dans les églises catholiques. J'y allais toujours tout seul, parfois tous les jours, tant qu'on restait à quai. Tu sais pourquoi ? Parce que je trouvais ça terriblement érotique de regarder ces jeunes filles qui s'agenouillaient pour leurs prières, qui demandaient pardon pour tout ce qu'elles avaient fait de mal. Je les regardais qui cherchaient une protection. Ça m'excitait. Cette volonté de se protéger des autres. Cette volonté de se protéger d'elles-mêmes. Cette volonté de se protéger de tout. *Mais ça n'existe pas*. Pas même pour toi. Même toi tu es en danger – qu'est ce que tu dis de ça ? En danger. Tout nu, bordel, même dans ce costume ! Le costume ne sert à rien, les initiales sur ta chemise ne servent à rien – on n'y peut rien. *On ne sait pas ce qui va se passer*. Enfin quoi merde, tu n'es même pas capable d'assurer la protection de la petite culotte de...

– Mickey, dit-il d'une voix douce, je te suis. J'ai compris ta philosophie. Elle est hardie. Tu es un homme hardi. Tu as oublié la créature, tu ne crois pas ? La raison très profonde qui nous fait rechercher le danger, c'est qu'il n'y a, de toute façon, aucune possibilité d'y échapper. Tu vas vers lui ou il vient vers toi. Le point de vue de Mickey, et en théorie, je suis d'accord : il n'y a pas moyen d'y échapper. Mais, dans la pratique, je procède différemment : puisque le danger finira par me trouver, je n'ai pas besoin d'aller au-devant de lui. Que nous soyons assurés de rencontrer l'extraordinaire, Linc m'en a convaincu. C'est l'ordinaire que nous ne maîtrisons pas. Ça, je le sais. Mais ça ne veut pas dire que ça me plaît d'abandonner la part d'ordinaire que j'ai eu la chance de saisir et de garder. Je veux que tu t'en ailles. Il est temps que tu t'en ailles. Je vais chercher tes affaires dans la chambre de Debby et ensuite il faut que tu partes.

– Avant ou après mon petit déjeuner ?

– Je ne veux plus de toi ici !

– Mais qu'est-ce qui te ronge comme ça ? Ça ne peut pas être seulement une histoire de lingerie. Nous nous connaissons depuis trop longtemps pour ça. Est-ce que c'est parce que j'ai fait voir ma bite à Michelle ? C'est pour ça que je n'ai pas droit au petit déjeuner ? »

Norman s'était levé de table – il ne tremblait pas encore autant que Linc (ou que Sabbath avec Rosa), mais il se passait quelque chose du côté de sa mâchoire.

« Tu ne savais pas ? Je n'arrive pas à croire qu'elle ne t'en ait pas parlé. "Il y a un côté taureau chez Sabbath. Il se donne à fond." La petite culotte, ce n'est rien. Je pensais que la chose à faire c'était de m'en débarrasser. Avant notre rendez-vous de samedi. Des fois qu'elle ne serait pas à son goût. Elle m'a proposé de venir samedi pour un sondage parodontal. Ne me dis pas que tu ne savais pas ça non plus. À son cabinet. Samedi. » Voyant que Norman restait immobile de son côté de la table, Sabbath ajouta : « Il te suffit de lui demander. C'est ce qu'on avait décidé. On avait tout prévu. C'est pour ça que j'ai pensé, quand tu m'as dit que je ne pouvais pas prendre le temps d'avaler mon petit déjeuner, que c'était parce que je devais la retrouver à son cabinet samedi pour la baiser. Ça *en plus* de lui avoir montré ma bite. Qu'il n'y ait que cette culotte... non, je n'y crois pas. »

Et ça, Sabbath le pensait vraiment. Le mari comprenait l'épouse mieux qu'il ne voulait le laisser paraître.

Norman tendit la main vers un des placards qui se trouvaient au-dessus du comptoir de la cuisine et prit un paquet de sacs-poubelle en plastique. « Je vais chercher tes affaires.

– Comme tu voudras. Je *peux* manger le pample-mousse ? »

Sans prendre, cette fois, la peine de répondre, Norman laissa Sabbath seul dans la cuisine.

Le demi-pamplemousse avait été prédécoupé à l'intention de Sabbath. Le pamplemousse prédé-coupé. Fondamental dans leur vie – aussi fonda-mental que les Polaroïd et les dix mille dollars. Est-ce que je dois aussi lui parler de l'argent ? Non, ça il le sait. Je parie qu'il sait tout. Je les aime bien ces deux-là. Je crois que plus j'en apprends sur le chaos qui règne ici, plus je l'admire pour la façon dont il réussit à tenir tout ça ensemble. Rester debout comme ça, comme un soldat, pendant que je le mettais au courant pour hier soir. Il sait. Il sait tout. Il y a quelque chose en elle qui menace de tout mettre par terre, la chaleur, le confort, ce merveil-leux édredon que représente leur situation privili-giée. Elle doit arriver à faire avec ce qu'elle est tout en respectant ses idéaux d'homme civilisé. Pourquoi est-ce qu'il continue ? Pourquoi est-ce qu'il la garde ? Le passé, d'abord. Tellement énorme. Le présent – tellement énorme lui aussi. La machine que ça représente. La maison dans l'île de Nantucket. Les week-ends à Brown, en tant que parents de Debby. Les notes de Debby, en chute libre s'ils se séparaient. Traiter Michelle de pute, la foutre dehors, et Debby ne ferait jamais médecine. Et puis il y a les *bons* moments quand même : le ski, le tennis, les voyages en Europe, le petit hôtel qu'ils adorent à Paris, l'*Université*. Le repos que ça signifie quand tout va bien. Quelqu'un qui est là quand on attend les résultats du labo pour la biopsie. Plus assez de temps pour les discussions, les arrangements et les avocats, ni pour un nouveau départ. À la place, le courage de s'en accommoder – le « réalisme ». Et la terreur de n'avoir personne à la maison. Toutes ces pièces, la nuit, et sans personne d'autre dans la maison. Il est ancré dans cette vie. Son *talent*, il est fait pour cette vie-*là*. On ne peut pas commencer à rencontrer des femmes au crépuscule de sa vie. Et puis la ménopause travaille pour lui. S'il continue à la laisser faire, s'il ne s'autorise jamais à en avoir assez, c'est parce que dans assez peu de temps la ménopause va l'achever de toute façon. Mais Michelle non plus ne se laisse pas aller – parce qu'elle n'est pas d'une seule pièce, elle non plus. Norman comprend (si la ménopause ne fait pas le boulot, sa magnanimité s'en chargera) – minimise, minimise. Je n'ai jamais appris à faire ça : essaie de comprendre, va au fond des choses, repose-toi. C'est elle ce pamplemousse prédécoupé : le corps en plusieurs morceaux et le sang qui pique. Con sacré de mon hôtesse. Sacré con. Je n'irais pas plus loin, jamais je ne boufferais la chatte de Michelle. C'est fini. Je suis une vieille godasse *meshouggenè* qu'on vient de jeter à la poubelle.

500

« Tu vis dans l'amour vrai », dit-il quand Norman revint à la cuisine avec à la main le sac dans lequel il avait mis toutes les affaires de Sabbath, sauf sa veste. La Torpille Verte, Norman la lui donna à table.

« Et tu vis dans quoi, toi ? demanda Norman. Tu vis dans l'échec de cette civilisation. Dans une zone où tout est investi dans l'érotisme. Où tout est finalement investi dans le sexe. Et maintenant tu fais ta moisson solitaire. L'ivresse érotique, la seule forme de vie passionnée dont tu sois capable.

– Est-ce même une passion ? » demanda Sabbath. Tu sais ce que Michelle aurait dit à son analyste si on avait réussi notre coup ? Elle aurait dit : "Un type assez bien, sans doute, mais pour qu'il reste frais il faut beaucoup de glace."

– Non, pour qu'il reste frais, il lui faut de la provocation. Pour qu'il reste frais, il lui faut toutes sortes de provocations anarchiques. Nous sommes conditionnés par la société dans laquelle nous vivons à un point tel que nous ne pouvons vivre comme des êtres humains qu'en devenant anarchiques. Ce n'est pas ça ton grand argument ? Ce n'est pas ça qui a toujours été ton grand argument ?

– Ce que je vais te dire va te refroidir, Norman, mais en plus de tout ce que je n'ai pas, je n'ai jamais eu de grand argument. Tu es plein de bons sentiments, tu es un libéral et tu es très compréhensif, et moi, je m'écoule rapidement le long des trottoirs de la vie, je ne suis que débris, et je ne possède rien qui pourrait faire écran à une lecture objective de la merde.

– Un panégyrique ambulant de l'obscénité, dit Norman. Un saint à l'envers porteur d'un message de désacralisation. Ce n'est pas fatigant, en 1994, ce rôle du héros rebelle ? Faut-il que cette époque soit bizarre pour penser que le sexe puisse constituer une forme de rébellion. En sommes-nous revenus au garde-chasse de Lawrence ? Maintenant ? Si tard ? Encore à arborer ta barbe, à défendre les vertus du fétichisme et du voyeurisme. Encore toi, avec ton gros ventre, à défendre les couleurs de la pornographie, à faire flotter bien haut la bannière de ta bite. Quel vieux fou tu fais, Mickey Sabbath. Tu es pathétique. Tu es démodé. Le dernier sursaut de la polémique éculée du mâle. Alors que le plus sanglant de tous les siècles s'achève, tu passes tes jours et tes nuits dehors à essayer de fomenter un scandale érotique. T'es plus qu'une putain de relique, Mickey ! Une espèce d'antiquité des années cinquante ! Linda Lovelace est déjà à des années-lumière derrière nous mais toi, tu persistes à t'en prendre à la société comme si Eisenhower était encore président ! » Ensuite, et presque pour s'excuser, il ajouta : « L'immensité de ton isolement est terrifiante. C'est tout ce que j'avais à te dire.

– C'est là que tu serais surpris, répondit Sabbath. Je ne crois pas que tu aies jamais vraiment essayé l'isolement. C'est la meilleure préparation à la mort que je connaisse.

– Fous le camp », dit Norman.

Au fin fond de l'une de ses poches de devant, ces poches immenses dans lesquelles on pouvait facilement faire tenir deux canards morts, Sabbath retrouva le gobelet qu'il y avait enfoui avant de pénétrer dans le funérarium, le gobelet de mendiant en carton qui contenait encore les quelques pièces de monnaie dont on lui avait fait l'aumône dans le métro puis dans la rue. Quand il avait donné ses affaires à Michelle pour les faire nettoyer, il avait aussi oublié le gobelet.

C'est le gobelet. Bien sûr. Le gobelet de mendiant.

C'est ça qui l'a terrifiée – la mendicité. Dix contre un que la petite culotte lui a fait découvrir de nouveaux horizons de plaisir. C'est devant le gobelet qu'elle a reculé ; c'est le côté socialement odieux du gobelet qui a été plus fort que son impudence. Mieux valait un homme qui ne se lavait pas qu'un homme qui mendiait avec un gobelet. Même elle n'était pas prête à aller aussi loin. Elle trouvait stimulantes bien des choses qui passaient pour scandaleuses, indécentes, insolites, bizarres, à la limite du dangereux, mais ce gobelet n'était que pure insolence. Avec lui, on touchait enfin à une forme de dégradation qui ne s'accompagnait d'aucun frisson susceptible de la rédimer. Au gobelet de mendiant s'arrêtaient les limites de la témérité de Michelle. Le gobelet avait rompu le pacte secret scellé dans le couloir et allumé en elle le feu d'une fureur panique qui la rendait physiquement malade. Elle voyait dans le gobelet tous les maux les plus vils, ceux qui mènent à la ruine, elle y voyait une puissance infinie capable de tout anéantir. Et elle n'avait probablement pas tort. Les petites plaisanteries idiotes sont parfois d'une grande importance dans la bataille qu'on livre contre l'adversité. Est-ce que *lui* se rendait bien compte du point auquel il était parvenu dans sa chute ? Ce qu'on ne sait pas, et quel que soit l'excès dont il est question, c'est à quel point il a été excessif. Il ne pouvait vraiment pas la détester pour l'avoir renvoyé à cause du gobelet autant qu'il l'avait détestée lorsqu'il avait cru que, pour elle, la trahison et l'ignominie c'était qu'il se soit branlé dans la petite culotte, une façon de s'amuser humainement assez naturelle et, pour un invité, certainement rien de plus qu'une infraction mineure.

À la pensée qu'il avait perdu sa dernière maîtresse avant même d'avoir eu l'occasion d'en pénétrer tous les secrets – tout cela à cause de l'attrait magique de la mendicité, et pas uniquement à cause de là séduction que peut exercer une plaisanterie destinée à l'auto-dérision, ni de l'irrésistible farce qu'elle peut représenter, mais aussi à cause de l'ignoble justesse du tort dont elle est auréolée, du magnifique *métier* qu'elle implique et de l'occasion que ses rencontres procuraient à son désespoir d'entrevoir une fin sans équivoque –, Sabbath s'évanouit et tomba par terre.

Cet évanouissement ressemblait un peu à la mendicité, sauf qu'il n'était pas entièrement fondé dans la nécessité ni totalement sans charme ni distraction. À la pensée de tout ce que ce gobelet avait détruit, deux traits de pinceau bien larges zigzaguèrent dans son esprit, d'un bout de la toile à l'autre – pourtant, il y avait aussi en lui un *désir* de s'évanouir. Il y avait de l'habileté dans la façon dont Sabbath s'était évanoui. Le pouvoir tyrannique de l'évanouissement ne lui échappait pas. Ce fut la dernière observation qui s'inscrivit dans son cynisme avant de toucher le sol.

Les choses n'auraient pu mieux se passer s'il les avait organisées dans les moindres détails – un « plan » n'aurait pas fonctionné du tout. Il se retrouva allongé, toujours en vie, au milieu des tissus écossais de couleur pâle de la chambre des Cowan. Il était criminel d'avoir mis sa veste de mendiant, toujours pas nettoyée, au contact de leur dessus-de-lit, mais enfin, c'était Norman qui l'avait amené là. Des perles de pluie roulaient sur les grandes fenêtres et une brume laiteuse effaçait tout ce qui dépassait la cime des arbres du parc : la pièce était envahie par le bruit d'un roulement, pas tout à fait aussi profond que le roulement du rire de Michelle, qui provenait de l'autre côté des fenêtres, et le tonnerre rappelait à Sabbath les longues années d'exil près des cascades sacrées des Madamaskas. Le havre que représentait le lit des Cowan lui fit bizarrement regretter celui de Debby avec la marque à peine perceptible (peut-être même imaginaire) que son buste y avait imprimée le long de la ligne médiane. À peine une journée, et voilà que le lit de Debby était devenu son foyer d'exil. Mais sa chambre était fermée, comme La Guardia. Plus question d'envols.

Sabbath entendit Norman au téléphone avec le docteur Graves, il parlait de le faire hospitaliser et il ne paraissait pas rencontrer la moindre opposition. Norman ne pouvait supporter de voir ce qu'il voyait, ce type qui marchait dans les pas de Linc... Il semblait qu'il avait décidé de prendre en charge les infirmités de Sabbath, d'en faire à nouveau un être harmonieux semblable à celui qu'il avait vu pour la dernière fois quand il avait neuf ans. Indulgent, plein de compassion, déterminé, infatigable, presque irrationnellement humain – tout le monde devrait avoir un ami comme Norman. Toutes les femmes devraient avoir un mari comme Norman et vénérer un mari comme Norman au lieu de le démolir, un type si bien, en se laissant aller à des plaisirs de bas étage. Le mariage n'est pas une union exquise. Il faut leur apprendre à abjurer la grande illusion narcissique de l'extase. Leur droit à l'extase est par la présente révoqué. Il faut leur apprendre, avant qu'il ne soit trop tard, à abjurer cette bataille de novices qu'elles mènent contre les limites de l'existence. Sabbath devait bien ça à Norman, c'était bien le moins, pour avoir souillé le foyer des Cowan avec ses petits vices de rien du tout. Il devait maintenant ne penser qu'à Norman, sans aucun égoïsme. Toute tentative pour sauver Sabbath ne pouvait que faire vivre à Norman une expérience qu'il ne méritait vraiment pas. L'homme qu'il fallait sauver, c'était Norman – c'était lui qui était indispensable. Et le pouvoir de le sauver est entre mes mains. Cet acte sera le couronnement de mon séjour dans cette maison, ainsi je m'acquitterai aussi honnêtement que je le peux de ma dette envers lui pour l'enthousiasme mal inspiré avec lequel il m'a invité chez lui. C'est mon tour d'accéder au royaume de la vertu.

Rien n'était plus clair dans l'esprit de Sabbath : Norman ne devait jamais avoir ces Polaroïd sous les yeux. Et si jamais il trouvait l'argent ! Dans les pas de cet ami qui s'était suicidé et de cet autre qui craquait, trouver les photos ou l'argent ou les deux réduirait ses illusions en cendres, briserait en morceaux sa vie bien rangée. Dix mille dollars en liquide. Pour acheter quoi ? Pour avoir vendu quoi ? Pour qui et pour quoi est-ce qu'elle travaille ? Qui avait pris sa chatte en photo pour la postérité ? Où ? Pourquoi ? En souvenir de quoi ? Non, Norman ne doit jamais connaître les réponses, ni même en arriver à se poser ces questions.

Pendant qu'on finissait de régler au téléphone les démarches nécessaires à l'hospitalisation de Sabbath, il traversa la moquette en direction de la commode de Michelle, fouilla dans le tiroir du bas et prit, sous la lingerie, les deux enveloppes en papier kraft. Il les enfouit toutes les deux dans la grande poche étanche à l'intérieur de sa veste et mit à leur place le gobelet de mendiant, avec les pièces de monnaie qu'il contenait. La prochaine fois qu'elle voudrait se donner quelques frissons au souvenir de la part cachée de son histoire, c'est son gobelet qu'elle trouverait caché dans son tiroir, son gobelet qui lui rappellerait avec un choc les horreurs qui lui avaient été évitées. Elle serait contente de son sort, elle remercierait le ciel quand elle verrait ce gobelet... et s'accrocherait à Norman comme il était de son devoir de le faire.

Quelques secondes après, en quittant l'appartement, il croisa Rosa qui arrivait pour sa journée de travail. Il posa le bout de son doigt sur la courbe de ses lèvres et lui fit signe des yeux qu'elle ne devait faire aucun bruit – le *señor* était à la maison, au téléphone, un *trabajo* important. Comme elle devait adorer la politesse onctueuse de Norman – et détester cette Michelle qui le trompait. Elle la déteste pour tout. « Mi linda muchacha – adiós ! » Puis, alors même que Norman lui bloquait un lit à Payne Whitney, Sabbath se dépêcha d'arriver à sa voiture et fonça vers la côte du New Jersey afin d'y prendre des dispositions pour son enterrement.

TUNNEL, PÉAGE, l'autoroute – la côte ! Soixante-cinq minutes en direction du sud et on y était ! Mais le cimetière avait disparu ! De l'asphalte sur les tombes avec des voitures dessus, un *parking* à la place du cimetière ! On avait rasé le cimetière pour le remplacer par un supermarché ! *Les gens venaient faire leurs courses au cimetière !*

Son agitation n'attira pas l'attention du directeur quand, après avoir franchi la porte d'entrée et dépassé la longue enfilade de chariots vides (le siècle touchait à sa fin, ce siècle qui avait pratiquement réussi à renverser le cours de la destinée humaine, mais aux yeux de Sabbath, rien n'avait supplanté le chariot de supermarché comme signe de la disparition de l'ancien mode de vie), il se dirigea vers le bureau du directeur, posé comme un nid de pie au-dessus des caisses, pour lui demander qui était responsable de cette folie, de ce blasphème. « J'ignore de quoi vous parlez, dit le directeur. Qu'est-ce que vous avez à brailler comme ça ? Regardez donc dans les pages jaunes. »

Mais il s'agissait d'un *cimetière*, il n'y avait pas le téléphone. Dans un cimetière, ça sonnerait toujours occupé. Si on pouvait les appeler au *téléphone*... En

508

plus, ma famille est enterrée sous cette broche pleine de poulets en train de rôtir. « Où est-ce que vous les avez mis, nom de Dieu ?

– Mis qui ?

– Les morts. Je suis venu voir mes morts. Quelle travée ? »

Il reprit sa voiture et se mit à tourner en rond. Il s'arrêtait dans les stations d'essence pour se renseigner, mais il ne savait même pas le nom du cimetière. Il est vrai que B'nai truc ou Beth machin n'aurait probablement eu aucun sens pour les adolescents noirs qui servaient aux pompes. Il savait où il se trouvait avant, c'est tout – et il ne s'y trouvait plus. Ici, à la limite la plus extrême du comté, là où encore récemment, à l'époque de la mort de sa mère, il y avait sur des kilomètres et des kilomètres ces broussailles qui poussent toujours en bord de mer, on ne voyait plus maintenant que des constructions par lesquelles quelqu'un espérait visiblement faire prospérer ses affaires et il n'y avait rien qui ne proclame : « Ceci doit bien être la pire de toutes les idées que nous avons jamais eues », rien qui ne hurle : « L'homme a pour la laideur un amour infini – impossible de suivre le rythme. » Où est-ce qu'ils les avaient mis ? C'était un projet d'urbanisme insensé de vouloir reloger les morts. À moins qu'ils ne les aient fait complètement disparaître, afin de tarir la source de tant d'incertitude et de régler le problème une fois pour toutes. Sans eux, on se sentira peut-être un peu moins seuls. Oui, ce sont les morts qui nous empêchent d'avancer.

Ce fut uniquement par hasard, parce qu'il s'était fait coincer dans une file, et qu'il avait dû bifurquer derrière une voiture pleine de Juifs qui partaient enterrer l'un des leurs, que Sabbath le trouva. Les élevages de poulets n'existaient plus – ce qui expli-

quait pourquoi il s'était perdu – et le site en forme
de triangle grand comme la moitié d'un pétrolier
était maintenant bordé, le long de son hypoténuse,
par un entrepôt d'un étage de style « colonial américain » et protégé par une haute clôture de métal.
Une jungle peu engageante de pylônes et de câbles
électriques avait poussé le long du deuxième côté,
quant au troisième, les populations locales avaient
décidé de réserver le terrain adjacent au repos défi-
nitif des sommiers et des matelas qui avaient connu
une fin violente. D'autre rebuts domestiques étaient
éparpillés dans le champ ou simplement posés là où
ils avaient été abandonnés, près du bord de la route.
Et il n'avait pas cessé de pleuvoir. La brume et la
pluie fine se combinaient pour assurer à ce tableau
une place permanente dans l'aile nord-américaine
du musée consacré aux fléaux terrestres dans sa
mémoire. Sous la pluie, le cimetière prenait plus de
sens encore qu'il n'était nécessaire. Ça c'était du réalisme. Qu'il soit encore plus lourd de sens que nécessaire faisait partie de la nature des choses.

Sabbath gara sa voiture près de la clôture rouillée
en face des pylônes. Derrière un portail en fer assez
bas et à moitié hors de ses gonds il y avait une maison de brique rouge, une petite chose penchée avec
un climatiseur qui ressemblait lui-même à une
tombe.

AVIS AUX PROPRIÉTAIRES DES TOMBES
Les pierres tombales
penchées ou descellées
REPRÉSENTENT UN DANGER
Prière de les faire réparer
sous peine d'enlèvement

ATTENTION
Fermez vos voitures à clé

Deux chiens étaient attachés à la maison par des chaînes et les trois hommes qui bavardaient debout à côté d'eux portaient tous des casquettes de base-ball sur la tête, peut-être parce que c'était un cimetière juif ou peut-être parce que c'est ce que portent habituellement les employés qui creusent les fosses. L'un deux, qui fumait, jeta sa cigarette à l'approche de Sabbath – cheveux gris grossièrement coupés, chemise de toile verte et lunettes noires. À son tremblement, on comprenait qu'il avait besoin de boire un coup. Il y en avait un deuxième, en jean et chemise de flanelle à carreaux rouges et noirs, qui ne devait pas avoir plus de vingt ans, c'était un gamin de type italien avec les grands yeux tristes de tous les Casanova du lycée d'Asbury, les séducteurs de la bande des Italiens qui avaient probablement tous fini marchands de pneus pour gagner leur vie. Ils considéraient qu'ils avaient vraiment réussi un gros coup quand ils arrivaient à se faire une Juive, alors que tous les petits Juifs d'Asbury High se disaient : « Les petites ritales, les majorettes, elles, elles ont le feu au cul, si t'as du bol... » Les Italiens traitaient les élèves noirs de *moolies* – *mulingiana*, aubergine, en dialecte sicilien, ou calabrais. Ça faisait des années que l'inanité et le comique de ce mot ne l'avaient pas fait rire, jusqu'à ce qu'il s'arrête à la station d'essence Hess pour demander où il y avait un cimetière juif dans le coin; cette question, venant de ce type bizarre à barbe blanche, le *mooly* qui servait à la pompe l'avait prise pour une blague.

Le patron était manifestement le plus vieux des trois, le grand avec le gros ventre, qui boitait et agitait les bras pour signifier son désarroi, et à qui Sabbath demanda : « Où est-ce que je peux trouver

M. Crawford ? » A.B. Crawford, tel était le nom qui apparaissait au bas des deux écriteaux cloués sur le même poteau près du portail. Il y était identifié comme « Gardien ».

Les chiens avaient commencé à aboyer dès que Sabbath avait franchi le portail et ils ne s'arrêtèrent pas quand il commença à parler. « C'est vous, A.B. Crawford ? Je m'appelle Mickey Sabbath. Mes parents sont quelque part de ce côté » – il indiquait du doigt un coin éloigné, de l'autre côté de la décharge, où les allées étaient larges et envahies par les herbes et où les tombes n'avaient pas encore souffert des intempéries – « et mes grands-parents sont de ce côté-là ». Il indiquait maintenant l'autre bout du cimetière, désormais contigu à l'entrepôt, de l'autre côté de la route. Dans cette partie-là du cimetière, les tombes étaient disposées en rangées très serrées, sans aucun espace vide. Les restes, si l'on peut dire, des premiers Juifs installés sur la côte du New Jersey. Leurs pierres tombales avaient pris des couleurs sombres depuis des dizaines et des dizaines d'années. « Il faut me trouver une place.

– Vous ? dit M. Crawford. Vous êtes encore jeune.

– Seulement d'esprit, répondit Sabbath, avec la soudaine impression d'être de retour chez lui.

– Ah ouais ? Moi j'ai du sucre, lui dit Crawford. Et y a pas pire qu'ici pour ça. Tout le temps des soucis. On a jamais eu un hiver aussi mauvais, jamais.

– Ah bon ?

– Le sol a gelé jusqu'à quarante centimètres de profondeur. *Ici* » – il fit un geste théâtral qui englobait son domaine tout entier – « c'était partout de la glace. Impossible d'aller sur aucune des tombes de ce côté-là sans se foutre par terre, tout le monde.

– Comment avez-vous fait pour enterrer les gens ?

– On les a enterrés, répondit-il fatigué. Ils nous

512

laissaient une journée pour creuser dans ce qui était gelé et on les enterrait le lendemain. Des marteaux-piqueurs et tout le bazar. Dur, cet hiver, très dur. Et l'eau dans le sol ? Mieux vaut pas en parler. » Crawford était de ces types qui souffraient tout le temps. Il avait du métier mais ça ne changeait rien. Un type incapable de s'en sortir, jamais. Question de caractère. Inaltérable. Sabbath comprenait.

« Je voudrais un emplacement, monsieur Crawford. Famille Sabbath. C'est ma famille.

– Vous tombez mal parce que j'ai un enterrement dans pas longtemps. »

Le corbillard était arrivé et les gens commençaient à se rassembler autour. Des parapluies. Des femmes qui portaient des enfants. Tous patientaient sur la route à quelques mètres à peine des câbles électriques et des pylônes. Sabbath entendit un gloussement dans le groupe, quelqu'un qui disait quelque chose de drôle à un enterrement. C'est toujours comme ça. Le petit homme qui venait d'arriver devait être le rabbin. Il avait un livre à la main. On lui offrit immédiatement la protection d'un parapluie. Nouveau gloussement. Difficile de savoir ce que cela indiquait quant au mort. Rien sans doute. C'était juste que les vivants étaient vivants et n'y pouvaient rien. Un mot d'esprit. Quant on pense aux histoires qu'on se raconte pour se consoler, certainement pas la pire.

« D'accord, dit M. Crawford, en faisant une estimation rapide du groupe, il en arrive encore. On va aller voir. Rufus » – il s'adressait à l'ivrogne tremblotant –, « tu surveilles les chiens, hein ? » Mais les aboiements dont ils gratifiaient Sabbath se firent brefs et vicieux quand leur maître s'éloigna avec lui. Crawford se retourna brusquement et tendit un doigt menaçant vers le ciel. « *Ça suffit !*

– Pourquoi est-ce que vous avez des chiens ? »
demanda Sabbath alors qu'ils suivaient un chemin
qui contournait les tombes pour arriver à la concession des Sabbath.

« On s'est déjà fait cambrioler quatre fois. Les
outils. Ils ont pris tous les outils. Y en avait pour
trois, quatre cents dollars de matériel. Un taille-
haies avec un moteur à essence et tous les autres
trucs qu'y avait là-dedans.

– Vous n'êtes pas assuré ?

– Non. Pas d'assurance. Mieux vaut pas en parler.
J'suis comme ça ! dit-il un peu énervé. J'suis comme
ça ! Ça sort d'ma poche ! C'est moi qui paie tout, le
matériel et tout le reste. L'association, ils me
donnent neuf cents dollars par mois – v'comprenez ?
Faut que j'paie les autres avec ça – v'comprenez ?
Entre-temps, moi, j'viens d'avoir soixante-dix ans et
c'est moi qui creuse toutes les fosses, je fais les fondations, mieux vaut en rire. Les ouvriers aujourd'hui
– faut tout leur dire c'qui faut faire. Y a plus personne qui veut faire ce genre de boulot maintenant.
Il me manque un ouvrier. J'vais aller à Lakewood et
j'vais m'ramener un Mexicain. Mieux vaut en rire. Y
a six mois, y a quelqu'un qui vient voir une tombe et
y a un *shvartsè* qui lui braque un revolver sur la tête.
Dix heures du matin ! C'est pour ça qu'j'ai les chiens
– ils me préviennent si y a quelqu'un dehors, quand
on est tout seul comme ça.

– Ça fait combien de temps que vous êtes là ? »
demanda Sabbath, même s'il connaissait déjà la
réponse : assez longtemps pour avoir appris à dire
shvartsè.

« Trop longtemps, répondit Crawford. J'dirais
qu'ça fait quoi, près de quarante ans. J'en ai
jusque-là. Le cimetière a plus un rond. Je le sais
qu'ils ont plus un rond. Y a plus d'argent à se faire

dans les cimetières. L'argent, c'est dans les tombes qu'y en a, la marbrerie. J'ai pas de retraite. Rien. J'fais des acrobaties. Quand j'ai un enterrement, v'comprenez, ça fait quelques dollars en plus, ça va à la paie des ouvriers, mais c'est quoi... c'est difficile. »

Quarante ans. Il n'a pas vu passer grand-mère ni Morty, mais les autres, oui. Et maintenant, moi.

Crawford se lamentait sur son sort : « Et qu'est-ce qui m'reste. Rien, pas un rond à la banque. *Rien.*

– Il y a quelqu'un de ma famille juste là. » Sabbath indiquait une tombe au nom de « Shabas ». Ça devait être le cousin Fish, celui qui lui avait appris à nager. « Dans le temps, expliqua-t-il à Crawford, la famille s'appelait Shabas. Ils écrivaient ça n'importe comment : Shabas, Shabbus, Shabsai, Sabbattai. Mon père, c'était Sabbath. Quand il est arrivé en Amérique, il est allé dans sa famille, à New York, c'était un gamin, et eux c'est comme ça qu'ils l'écrivaient, et il a pris le pli lui aussi. On est par là, je crois. »

Il était de plus en plus excité par cette recherche des tombes. Les dernières quarante-huit heures avait été pleines de coups de théâtre, de confusion, de déceptions et d'aventures, mais rien d'aussi puissant et d'aussi primaire que ceci. Son cœur n'avait jamais battu aussi fort, même lorsqu'il avait volé Michelle. Il se sentait enfin de retour dans sa vie, comme quelqu'un qui, après une longue maladie, remet ses chaussures pour la première fois.

« Une tombe, dit Crawford.

– Une tombe.

– Pour vous personnellement.

– C'est ça.

– Et vous la voudriez où cette tombe ?

– À côté de ma famille. »

La barbe de Sabbath gouttait et, après qu'il l'eut

essorée d'une main, elle ressemblait à une bougie torsadée. Crawford lui dit : « Bon. Elle est où alors, votre famille ?

– Là. Là ! » Et des pans entiers de son amertume s'écroulèrent ; la surface de quelque chose qui était resté trop longtemps caché – l'âme de Sabbath ? cette mince pellicule qui était son âme ? – s'illumina de joie. Jamais été aussi près du contact physique, de la caresse, avec une insubstantielle substance. « Ils sont *là* ! » Tous dans la terre, là – oui, qui vivent tous ensemble là-dessous comme une famille de souris.

« Ouais, dit Crawford, mais vous, il vous faut un emplacement d'une personne. Le carré des personnes seules, c'est là. Tout contre la clôture. » Il indiquait du doigt un bout de grillage en très mauvais état, du même côté de la route et juste en face de la décharge. On pouvait passer à travers la clôture, ou par-dessus, ou alors, sans avoir besoin de cisailles ni de pinces, arracher à la main les lambeaux qui tenaient encore au poteau. De l'autre côté du chemin, quelqu'un s'était contenté de pousser un lampadaire de salon hors de sa voiture, et la lampe n'était même pas tombée à l'intérieur des limites de la décharge mais dans le caniveau, étalée comme un type qui se serait fait descendre en pleine course. Il aurait sans doute suffi de changer les fils. Mais il était clair que son propriétaire détestait cette lampe, et il l'avait amenée jusqu'ici dans sa voiture pour lui donner le coup de grâce en face du cimetière des Juifs.

« Je ne sais pas si j'vais pouvoir vous donner une tombe ici, j'suis pas sûr. La dernière, là, près du portail, c'est le seul emplacement qui me reste et il est p't-être bien déjà réservé, faut voir. Et d'ici à l'autre côté du portail, c'est que des quatre-personnes. Mais peut-être que vous avez déjà votre place réservée avec les vôtres et que vous le savez même pas.

– C'est possible, dit Sabbath, en effet. » Et maintenant que Crawford en avait parlé, il se souvint qu'au moment où on avait enterré sa mère, il y avait effectivement un emplacement libre à côté d'elle.

Il y avait eu. Occupé. D'après les dates inscrites sur la tombe, ils avaient mis Ida Schlitzer dans la quatrième place de la famille deux ans plus tôt. La sœur de sa mère, une vieille fille qui habitait dans le Bronx. Ils n'avaient pas trouvé de place dans tout le Bronx, même pour une demi-portion comme Ida. À moins que tout le monde ait oublié qu'il y avait un deuxième fils. Ils avaient peut-être cru qu'il était encore marin ou déjà mort, avec la vie qu'il menait. Enterré dans les Caraïbes. Dans les îles. Ça aurait été mieux. Sur l'île de Curaçao. Ça lui aurait plu, là-bas. Pas de port en eau profonde à Curaçao. La jetée était très, très longue, à l'époque, on avait l'impression qu'elle faisait bien deux kilomètres, le pétrolier venait s'amarrer tout au bout. Impossible d'oublier, à cause des chevaux et des petits frappes – des maquereaux, si on veut –, mais c'était des gamins, des gosses qui avaient des chevaux. Ils lui donnent un coup sur la croupe et le cheval vous emmène directement au bordel. Curaçao était une colonie hollandaise, le port s'appelait Willemstad, un port colonial, très bourgeois, les hommes et les femmes en tenue tropicale, des Blancs qui portaient tous des casques coloniaux sur la tête, une jolie petite ville coloniale, avec son cimetière juste au pied des belles collines où se trouvait le plus grand complexe de bordels que j'aie jamais vu de toute ma vie de marin. Les équipages de Dieu sait combien de navires dans ce port, et tous là-haut en train de baiser. Et moi, endormi dans le petit cimetière du bas. Mais j'ai loupé le coche pour Willemstad, le jour où j'ai laissé tomber les putes pour les marionnettes. Et maintenant, tante Ida, qui n'avait jamais fait de mal à personne, m'avait baisé, elle m'avait pris ma place. Évincé par une vierge qui avait passé sa vie à taper à la machine pour le Service des parcs et des espaces verts.

Fils et frère chéri
Mort au combat
dans les îles Philippines
13 avril 1924 – 15 décembre 1944
Tu resteras dans nos cœurs
Lt. Morton Sabbath

Papa d'un côté, maman de l'autre et, à côté de maman, Ida, à ma place. Même les souvenirs de Curaçao ne pouvaient rétablir l'équilibre après une chose pareille. Souverain du royaume des sans-illusions, empereur des sans-espérance, homme-dieu déçu de la croix et de la bannière, il fallait *encore* que Sabbath apprenne que rien, mais vraiment *rien* ne se passera jamais comme – et le fait même de cette incapacité à comprendre fut pour lui un choc très, très profond. Pourquoi est-ce que la vie me refuse jusqu'à la *tombe* que je veux ! Si seulement j'avais mis toute l'aversion que j'ai en moi au service d'une bonne cause, je me serais tué il y a deux ans et ce petit coin à côté de m'man serait à moi.

Regardant l'emplacement de la famille Sabbath, Crawford s'écria soudain, « Mais j'les connais. On était bons amis. Je les connais, votre famille.

– Ah bon ? Vous connaissiez mon père ?

– Mais oui, bien sûr, un brave type. Un type vraiment bien.

– Ça, c'est vrai.

518

– En fait, je crois qu'il y a une fille de la famille qui vient. Il y a des filles dans la famille. »

Il n'y en avait pas mais qu'est-ce que ça pouvait faire ? Il ne cherchait qu'à lui mettre du baume au cœur et à se faire quelques dollars au passage.

« En effet, dit Sabbath.

– Ouais, c'est ça. Elle vient très souvent. Vous voyez ça ? », il indiquait les buissons épais qui recouvraient les quatre tombes, une plante à feuilles persistantes taillée en brosse à vingt centimètres de hauteur. « Pas besoin d'entretien sur cet emplacement, ça non.

– Non, c'est joli. Ça fait très joli.

– Écoutez, la seule possibilité c'est si je vous donne une tombe là-bas. » À la pointe du triangle, à l'intersection des deux rues pleines de nids-de-poule, il y avait un espace vide du même côté de la clôture effondrée. « Vous voyez ? Mais là, il faut m'prendre une deux-places. En dehors du carré des personnes seules, c'est obligé de prendre des concessions pour au moins deux tombes. Voulez que je vous montre où elles sont, les deux-places ?

– D'accord, pourquoi pas, puisque je suis là et que vous avez le temps.

– J'ai pas le temps mais j'vais l'prendre.

– C'est gentil, c'est très gentil de votre part », dit Sabbath, et ensemble, ils partirent sous la petite pluie vers ce coin du cimetière qui, déjà à la mi-avril, ressemblait à un terrain vague étouffé par des mauvaises herbes que personne ne songeait à couper.

« C'est plus joli dans ce carré, lui dit Crawford, que du côté des personnes seules. Vous seriez face à la rue. Les gens qui passent verraient votre tombe. Il y a deux routes, ici, c'est un carrefour. Ça circule des deux côtés. » Tapant le sol humide du bout de la chaussure boueuse de sa bonne jambe, il annonça : « Je dirais *ici*, *exactement*.

– Mais le reste de ma famille est complètement à l'opposé. Et puis je leur tournerais le dos, non ? J'ai la tête du mauvais côté, ici.

– Alors prenez l'autre, chez les personnes seules.

– Je ne serais pas tellement plus en face, honnêtement.

– Ouais, mais vous êtes juste en face d'une famille très bien. Les Weizman. Vous avez vue sur une excellente famille de ce côté-là. Tout le monde est très fier des Weizman. La femme qui s'occupe du cimetière, elle s'appelle Mme Weizman. On vient de mettre son mari. Toute sa famille est enterrée ici. On vient de mettre sa sœur. C'est un bon carré, et juste en face vous avez l'carré des personnes seules.

– Et là-bas, le long de la clôture, cet endroit pas très loin de ma famille ? Vous voyez où je veux dire ?

– Non, non, non. Ces tombes-là, y a quelqu'un qui les a déjà achetées. Et là, c'est l'carré des *quatre-* places. Vous me suivez ?

– D'accord, je vois, dit Sabbath. Les une-place, les deux-places et le reste c'est tous des emplacements de quatre places. Je vois comment ça marche. Vous ne voulez pas essayer de voir si celui-là d'une place est réservé ou non ? Parce que, là, c'est un peu plus près de mes parents.

– Là tout de suite, j'peux pas, j'ai un enterrement. »

Ensemble, ils retraversèrent le cimetière, rangée après rangée, vers la petite maison de brique avec les chiens attachés au bout de leur chaîne.

« Bon, eh bien on va attendre, dit Sabbath, la fin de l'enterrement. Je vais aller voir ma famille, et vous me direz après si c'est libre, et aussi le prix.

– Le prix. Ah ouais. Ouais. Ça va pas chercher très loin. Combien ça peut faire ? Quatre cents dollars, quelque chose comme ça. Pas plus. Peut-être quatre cent cinquante. J'sais pas, moi. J'ai rien à voir avec ça, moi, les concessions, c'est pas moi qui les vends.

– C'est qui ?

– La dame de l'association. Mme Weizman.

– Et qui est-ce qui vous paie ? L'association ?

– Qui me paie ! dit-il d'un air dégoûté. Ils se foutent de ma gueule avec c'qu'ils me paient. Cent vingt-cinq dollars par semaine, voilà c'que j'me fais. Et pour couper l'herbe d'ici à ici, il faut trois jours et demi, et sans rien faire d'autre. Cent vingt-cinq dollars par semaine, pas un rond de plus. J'ai pas d'retraite. Je fais du sucre et j'ai pas d'retraite, et tous ces soucis. Une retraite minimum et c'est tout. Alors, vous voulez quoi, la une ou la deux-places ? Moi, j'vous verrais mieux dans la deux-places. Vous s'rez au large, là-bas. L'carré est plus joli. Mais c'est à vous de voir.

– C'est vrai qu'on a plus de place, dit Sabbath, mais c'est tellement loin des autres. Et je vais y passer un bon bout de temps. Allez voir ce qu'il vous reste de libre. On en reparle quand vous aurez fini. Tenez, dit-il, merci d'avoir pris le temps. » Il avait fait de la monnaie de cent dollars en prenant de l'essence chez les moolies et il venait de donner à Crawford un billet de vingt dollars. « Et, dit-il en lui donnant un deuxième billet de vingt dollars, pour vous remercier de vous occuper de ma famille.

– Avec plaisir. Votre père était vraiment un type bien.

– Vous aussi, cher monsieur.

– D'accord, allez faire un tour et regardez où vous vous sentirez le plus à l'aise.

– J'y vais de ce pas. »

L'emplacement à l'écart des siens, qu'il pourrait ou peut-être ne pourrait pas avoir dans le carré des personnes seules, se trouvait à côté d'une tombe sur laquelle on avait gravé une énorme étoile de David au-dessus de quatre mots en hébreu. C'était la sépulture du capitaine Louis Schloss. « Survivant de l'Holocauste, ancien combattant, marin, homme d'affaires, chef d'entreprise. Affectueux souvenir de ses parents et amis. 30 mai 1990. » Mon aîné de trois mois. À dix jours de ses soixante et un ans. Survécu à l'Holocauste mais pas au monde des affaires. Un autre marin. Mickey Sabbath, marin.

Ils avaient installé le cercueil ordinaire en sapin sur une sorte de chariot à roulettes et ils arrivaient avec Crawford qui tirait devant, ouvrant la voie, boitant d'un pas rapide, et ses deux employés sur les côtés, qui guidaient le cercueil, le poivrot à chemise verte cherchant dans quelle poche il avait mis ses clopes. Ça n'a même pas commencé et il ne peut pas attendre que ce soit fini pour en allumer une. Le petit rabbin, tenant son livre à bout de bras, disait quelque chose à M. Crawford en s'efforçant de marcher assez vite pour rester à sa hauteur. Ils amenèrent le cercueil jusqu'à la tombe fraîchement creusée. Très propre ce bois. Faut que je le mette dans ma commande. Que je le paie aujourd'hui. L'emplacement, le cercueil, et aussi un monument funéraire – tu mets tout en ordre, merci Michelle. Tu attrapes le rabbin avant qu'il ne s'en aille et tu lui files un billet de cent dollars en lui disant de revenir quand j'y serai pour me lire quelque chose dans son livre. Ainsi, je lave son argent du passé frivole qu'il a connu en tant que petit cadeau, et je remets ce paquet de fric dans le circuit de ce qui relève du travail simple et naturel de la terre.

La terre. Très présente ici aujourd'hui. À quelques pas à peine derrière lui, un petit monticule indiquait l'endroit où l'on avait récemment mis quelqu'un en terre, et, de l'autre côté de l'allée, deux tombes fraîchement creusées. Pour des jumeaux. Il alla regarder l'intérieur d'une des tombes, un peu de lèche-vitrine. Les bords nets de la découpe du sol attestaient la qualité du travail. Les coins bien carrés, le fond meuble et les côtés cannelés – on pouvait féliciter l'ivrogne, le jeune Italien et Crawford : leur travail portait la marque de siècles et de siècles de magnificence. Il remonte loin ce trou. Tout comme l'autre. Tous les deux noirs de mystère et de fantastique. Les gens qu'il faut, le jour qu'il faut. Le temps qu'il faisait ne mentait pas, sa situation était claire. Il l'interpellait, lui posait la plus lugubre des questions sur ses intentions, à laquelle il répondit : « Oui ! Oui ! Oui ! Je vais suivre l'exemple de mon beau-père, l'homme qui a réussi son suicide ! »

Mais est-ce que c'est un jeu auquel je me livre en ce moment ? Même avec ça je joue ? Toujours difficile de savoir.

Dans une brouette abandonnée sous la pluie (très certainement par l'ivrogne – Sabbath le savait parce qu'il avait partagé la vie d'une ivrogne) il y avait un tas de terre de forme conique. Sabbath, avec une pointe de plaisir morbide, enfonça ses doigts dans cette espèce de grosse poudre grumeleuse jusqu'à ce qu'ils disparaissent de sa vue. Si je compte jusqu'à dix et que je les ressors, je retrouve mes doigts d'avant, ces anciens doigts si provocateurs avec lesquels je leur faisais des pieds de nez. Je me suis encore trompé. Faut que j'enfonce autre chose que les doigts dans cette terre si je veux remettre d'aplomb tout ce qu'il doit y avoir de tordu en moi. Faut compter jusqu'à dix, dix milliards de fois, et il se demanda jusqu'à combien Morty était maintenant arrivé à compter. Et grand-mère ? Et grand-père ? Comment on fait pour dire mille millions de milliards en yiddish ?

En se dirigeant vers les tombes les plus anciennes, l'endroit qu'avaient jadis choisi pour leurs sépultures les premiers habitants juifs de la côte du New Jersey, il fit un grand détour pour éviter l'enterrement en cours et se tint prudemment hors de portée des chiens de garde en arrivant à la hauteur de la petite maisonnette rouge. Personne n'avait encore parlé à ces chiens des règles de courtoisie les plus élémentaires, ni, bien sûr, des vieux tabous qui prévalent dans les cimetières juifs. Des Juifs gardés par des chiens ? Historiquement faux et archifaux. L'autre solution, c'était un enterrement bucolique sur Battle Mountain, aussi près que possible de Drenka. Il y avait pensé bien avant aujourd'hui. Mais avec qui est-ce qu'il pourrait bien discuter, là-haut ? Il n'avait jamais trouvé de goy qui parle assez vite pour lui. Et là-bas, ils seraient encore plus lents que d'habitude. Il lui faudrait avaler l'injure que constituaient ces chiens. Aucun cimetière n'est jamais parfait.

Au bout de dix minutes de pérégrinations sous la pluie, à la recherche des tombes de ses grands-parents, il se rendit compte qu'il lui faudrait procéder avec méthode et suivre l'une après l'autre toutes les rangées de tombes sur toute leur longueur pour lire les inscriptions de chacune des pierres tombales érigées à la tête des sépultures s'il voulait avoir une chance de retrouver Clara et Mordecai Sabbath. Les plaques qu'on avait posées au pied des tombes, il pouvait les ignorer – en général, elles disaient « Repose en paix » – mais les centaines et les centaines de pierres tombales exigeaient toute sa concentration, une immersion si totale qu'il n'y aurait plus en lui que les noms qu'il lirait. Il dut s'obliger à ne pas penser à tous ceux auxquels il aurait déplu et à tous ceux que lui-même aurait détestés, s'obliger à oublier que ces personnes avaient été des vivants. Parce qu'on cesse d'être insupportable quand on est mort. Ce sera la même chose pour moi aussi. Il lui fallait absorber tous ces morts, les boire jusqu'à la lie.

Minnie notre mère bien-aimée. Sidney notre mari et père bien-aimé. Frieda notre mère et grand-mère bien-aimée. Jacob mari et père bien-aimé. Samuel notre bien-aimé mari, père et grand-père. Joseph notre bien-aimé père et mari. Sarah mère bien-aimée. Rebecca ma femme bien-aimée. Benjamin notre mari et père bien-aimé. Tessa notre mère et grand-mère bien-aimée. Sophie bien-aimée mère et grand-mère. Bertha mère bien-aimée. Hyman époux bien-aimé. Morris époux chéri. William mari et père chéri. Rebecca épouse et mère bien-aimée. Notre fille et sœur bien-aimée Hannah Sarah. Klara notre mère bien-aimée. Max mon époux bien-aimé. Sadie notre fille chérie. Tillie épouse chérie. Bernard époux bien-aimé. Fred mari et père bien-aimé. Frank mari et père chéri. Lena mon épouse bien-aimée notre très chère mère. Marcus notre très cher père. Et ainsi de suite. Aucun bien-aimé ne s'en sort vivant. Il n'y avait que les très anciennes tombes sur lesquelles tout était écrit en hébreu. Nathan notre fils et notre frère. Edward notre très cher père. Louis époux et père. Fannie épouse et mère bien-aimée. Rose épouse et mère bien-aimée. Solomon mari et père chéri. Harry fils et frère bien-aimé. En souvenir de Lewis mon bien-aimé mari et notre très cher père. Sidney fils bien-aimé. Bien-aimée épouse de Louis et mère de George Lucille. Tillie mère bien-aimée. Abraham père bien-aimé. Leah mère et grand-mère chérie. Emmanuel mari et père bien-aimé. Sarah mère chérie. Samuel père chéri. Et sur la mienne ? Bien-aimé quoi ? David Schwartz, bien-

aimé fils et frère, mort au service de son pays 1894-
1918. 15 Hesvan. À la mémoire de Gertie, épouse
fidèle et amie pleine de loyauté. Sam notre père
bien-aimé. Notre fils de dix-neuf ans 1903-1922.
Juste « Notre fils », pas de nom. Florence bien-aimée
épouse et très chère mère. Dr. Boris bien-aimé frère.
Samuel mari et père chéri. Saul bien-aimé père.
Celia épouse et mère chérie. Chasa mère bien-aimée.
Isadore mari et père bien-aimé. Esther bien-aimée
épouse et mère. Jennie mère chérie. David mari et
père chéri. Gertrude notre mère bien-aimée. Jekyl
mari, père et frère chéri. Sima bien-aimée tante.
Ethel fille bien-aimée. Annie épouse et mère bien-
aimée. Frima épouse et mère bien-aimée. Hersch
mari et père chéri. Père bien-aimé...

Nous y voici. Sabbath. Clara Sabbath 1872-1941.
Mordecai Sabbath 1871-1923. Les voilà. Une pierre
toute simple. Et un caillou dessus. Qui était passé les
voir ? Mort, tu es passé voir grand-mère ? Papa ?
Qu'est ce que ça peut faire ? Il reste qui ? Il reste
quoi là-dedans ? Il n'y a même plus de boîte. On
disait que tu étais obstiné, Mordecai, mauvais caractère, plutôt blagueur... mais même toi t'aurais pas
été capable d'une blague pareille. Personne. Mieux
que ça, il n'y a pas. Et grand-mère. Ton nom qui
était aussi ta fonction. Rien n'avait d'importance
pour toi. Tout ce qui te concernait – ta manière de te
tenir, les robes que tu portais, ton silence – procla-
mait : « Je ne suis pas indispensable. » Pas de
contradictions, pas de tentations, sauf que tu aimais
vraiment beaucoup le maïs en épis. Maman détestait
te voir en manger. Le pire moment de l'été pour elle.
Ça lui donnait « mal au cœur ». Moi j'adorais te
regarder faire. Sinon, vous vous entendiez plutôt
bien toutes les deux. Sans doute parce que tu ne
disais pas grand chose, c'est ça le secret, tu la lais-

sais faire comme elle voulait. Tu préférais ouvertement Morty, il portait le nom de grand-père Mordecai, mais qui aurait pu te le reprocher ? Tu es morte avant que tout ne s'écroule. Veinarde. Rien de grand chez toi, grand-mère, rien de petit non plus. La vie aurait pu te faire beaucoup plus de mal. Née dans la petite ville de Mikulice, morte à l'hôpital, au Pitkin Memorial. J'ai oublié quelque chose ? Oui. Tu adorais nettoyer le poisson quand on revenait de la pêche le soir avec Morty. La plupart du temps on revenait bredouilles, mais quel triomphe quand on rentrait de la plage avec deux grands coupe-fils, des gros poissons bleutés ! Tu les nettoyais dans la cuisine. Le couteau à découper dans la petite ouverture, sans doute l'anus, tu remontais la lame tout du long jusque derrière les ouïes, et ensuite (c'était le moment que je préférais) tu mettais la main dedans, tu attrapais tout ce qu'il fallait et tu jetais le tout dans la poubelle. Après, tu les écaillais. Tu travaillais à contresens des écailles, je ne sais pas comment tu faisais mais tu n'en mettais pas partout. Quand c'était moi, il me fallait un quart d'heure pour vider le poisson et une demi-heure pour nettoyer après. Toi, il te fallait dix minutes pour *tout* faire. Maman te laissait même les faire cuire. Ne jamais couper la tête ni la queue. Tu les faisais cuire au four tout entiers. Du poisson au four, du maïs, des tomates fraîches, des grosses tomates du New Jersey, le repas de grand-mère. Oui, oui, c'était quelque chose le soir sur la plage avec Mort. On parlait avec les autres pêcheurs. L'enfance, les souvenirs extraordinaires qui restent. Entre huit et treize ans, en gros, tout ce fond que l'on acquiert. Soit il est bon, soit il est mauvais. Le mien était bon. Le premier fond, celui du début, un attachement à ceux qui étaient là au moment où on apprenait l'existence des sentiments, ce que ça voulait dire, un attachement peut-être pas plus bizarre que l'attachement érotique, mais plus fort. Une bonne chose à laquelle on est content de pouvoir repenser une dernière fois – au lieu de se dépêcher d'en finir et de se tirer –, quelques grands moments, quelques grands moments de la vie d'un homme. Rester dehors avec le voisin d'à côté et ses fils. Se rencontrer dans la cour et bavarder. Sur la plage, la pêche avec Mort. Des instants extraordinaires. Morty allait toujours parler avec les autres, les pêcheurs. Ça avait l'air si facile. J'avais l'impression qu'il faisait toujours les choses comme il fallait les faire. Il y avait un type en pantalon marron et chemisette blanche, toujours le cigare à la bouche, qui nous disait tout le temps qu'il s'en foutait d'attraper des poissons (ce qui tombait bien parce qu'il ramenait rarement autre chose que des dos-bleu, des petits requins de sable) – il nous disait, nous on était des mômes : « Le plus grand plaisir quand on est à la pêche, c'est que pendant ce temps-là au moins on n'est pas à la maison. Ici, les femmes, elles viennent pas. » Ça nous faisait toujours rire, mais Morty et moi, c'est quand on avait une touche qu'on était contents. Le coupe-fil, il attaque dur. La canne saute dans les mains. On est tout secoué. C'est Morty qui m'a appris à pêcher, c'était mon professeur. « Quand un bar te prend ton appât, il part au large. Si tu bloques ta ligne, si tu laisses pas filer, elle casse. Il faut laisser filer, il y a que ça à faire. Avec un coupe-fil, dès que tu as la touche, tu peux commencer à mouliner, mais pas avec les bars. Les coupe-fils, ils sont gros, costauds, mais les bars, ils se bagarrent. » Avec les poissons-lunes, tout le monde avait du mal à décrocher les hameçons, mais pas Morty – les nageoires et les piquants ne le gênaient pas du tout. L'autre bestiole qui n'était pas drôle quand on en prenait, c'étaient les raies. Tu te souviens comment je me suis retrouvé à l'hôpital quand j'avais huit ans ? J'étais sur la jetée et j'ai attrapé une raie, elle m'a mordu et je me suis évanoui. Elles sont magnifiques dans l'eau, elles ondulent, mais elles sont voraces ces salopes, et mauvaises, elles ont des dents très pointues. Une sale gueule. On dirait des requins tout aplatis. Morty avait appelé à l'aide, et un type est venu, ils m'ont porté jusqu'à la voiture du bonhomme et ils m'ont emmené à toute vitesse jusqu'au Pitkin. Chaque fois qu'on partait à la pêche, tu attendais notre retour avec impatience pour nettoyer les poissons. On attrapait aussi des ménés. Moins d'une livre. Tu en faisais frire quatre ou cinq dans une poêle. Pleins d'arêtes mais très bons. Les ménés aussi, on aimait bien te regarder les manger, mais pas maman. Qu'est-ce qu'on t'apportait d'autre à nettoyer ? Des plies, des limandes, quand on allait pêcher dans Shark River. Des maigres. C'est à peu près tout. Quand Morty s'est engagé dans l'armée de l'air, la nuit qui a précédé son départ, on est allés sur la plage avec les cannes et on y est restés une heure. On s'occupait jamais du matériel quand on était mômes. On pêchait, c'est tout. Une canne, des hameçons, des plombs, quelques mètres de ligne, parfois des cuillers, mais surtout des appâts, des calmars la plupart du temps. C'est tout. Du matériel solide. Un gros hameçon barbé. On nettoyait jamais la canne. On balançait un peu d'eau dessus une fois pendant l'été. On ne démontait jamais rien, on ne touchait jamais à rien. On changeait juste les plombs et les appâts quand on voulait pêcher au fond. On était descendus sur la plage pour pêcher pendant une heure. Tout le monde pleurait à la maison parce qu'il partait à la guerre le lendemain. Tu étais déjà

529

ici, toi. Tu étais partie. Alors je vais te raconter ce qui s'est passé. Le 10 octobre 1942. Il avait laissé passer le mois de septembre parce qu'il voulait assister à ma bar-mitsva. Le 11 octobre il est allé à Perth Amboy pour s'engager. C'étaient les derniers jours pour la pêche, de la jetée comme de la plage. Entre le milieu et la fin d'octobre, les poissons disparaissent. J'avais demandé à Morty – à l'époque où il me donnait mes premières leçons sur la jetée avec une canne et un moulinet d'eau douce : « Où est-ce qu'ils vont les poissons ? – Personne n'en sait rien, me dit-il. Personne ne sait où vont les poissons. Est-ce qu'on peut savoir où ils vont une fois qu'ils sont en haute mer ? Qu'est-ce que tu t'imagines, qu'il y a des gens qui les suivent ? C'est ça le mystère de la pêche. Personne ne sait où ils sont. » Nous sommes allés jusqu'au bout de la rue, ce soir-là, on a descendu les escaliers et on est arrivés sur la plage. La nuit était très claire. Morty était capable de lancer sa ligne à cinquante mètres, même à l'époque où les moulinets de lancer n'existaient pas. Il utilisait des moulinets tout simples, à tambour tournant. Une bobine avec une manivelle, c'est tout. Les cannes étaient bien plus raides aussi, des moulinets beaucoup moins bons qu'aujourd'hui et des cannes beaucoup moins souples. C'était la torture de lancer pour un gamin. Au début, je touillais toujours ma ligne. Je passais le plus clair de mon temps à démêler les nœuds. Mais j'ai fini par avoir le coup. Morty m'a dit que ça allait lui manquer ces parties de pêche avec moi. Il m'avait emmené sur la plage pour me dire au revoir tout seul, loin du reste de la famille, ils se lamentaient tous autour de nous. « Ici, me dit-il, l'air de la mer, le silence, le bruit des vagues, les orteils dans le sable, à se dire qu'il y a tous ces trucs là-bas qui sont prêts à te choper ton appât. L'idée que, là-bas, il y a quelque chose, ça c'est extraordinaire. Tu ne sais pas ce que c'est, tu ne sais pas combien ça mesure. Tu ne sais même pas si tu le verras jamais. » Et il ne l'a jamais vu, et il n'a, bien sûr, jamais eu droit à ce à quoi on a droit quand on vieillit, à ce quelque chose qui rend ridicule la façon dont tu t'abandonnes à ces choses simples, ce quelque chose d'informe qui te dépasse et qui est sans doute de la peur, de la terreur. Non, à la place, il s'est fait tuer. Et voilà, tu sais tout, grand-mère. Cet incroyable plaisir, quand on est petit, de se retrouver à la nuit tombée, sur la plage, à côté de son grand frère. On dort dans la même chambre, on devient très proches. Il m'emmenait partout. Une année, il avait trouvé un emploi pour l'été, il faisait du porte-à-porte pour vendre des bananes. Il y avait un type à Belmar qui ne vendait que des bananes, il avait embauché Morty, et Morty m'avait embauché. Le boulot consistait à arpenter les rues en criant : « Bananes, vingt-cinq cents les bananes ! » C'était fantastique. Il m'arrive encore d'en rêver, de ce boulot. On nous payait pour crier « Bananes ! » Le jeudi et le vendredi, après l'école, il allait plumer des poulets chez Feldman, le boucher casher. C'était un paysan de Lakewood qui venait vendre ses poulets à Feldman. Morty m'emmenait avec lui pour l'aider. C'était ce qu'il y avait de pire que j'aimais le mieux : je m'enduisais les bras de vaseline, sur toute la longueur, pour baiser la gueule aux puces. Ça me donnait l'impression que j'étais quelqu'un d'important parce qu'à huit ou neuf ans je n'avais pas peur de ces putains de puces, parce que je faisais comme Mort, je les traitais par le mépris et je plumais les poulets, sans m'occuper du reste. Et il me défendait contre les petits Juifs de Syrie. Les jeunes dansaient tout le temps, en été, devant chez Mike & Lou's. Le jitter-

531

bug, c'était la musique du juke-box. Je crois pas que tu aies jamais vu ça. L'été où Morty a travaillé chez **Mike & Lou's**, il rapportait son tablier à la maison et m'man le lui lavait le soir même. Il y avait des taches jaunes et des taches rouges, la moutarde et le ketchup. La moutarde le suivait jusque dans la chambre quand il rentrait le soir. Il sentait la moutarde, la choucroute et la saucisse. Les hot-dogs étaient délicieux chez Mike & Lou's. Grillés. Les petits Syriens dansaient toujours sur le trottoir devant la boutique, ils dansaient tout seuls, comme les marins. Ils dansaient une espèce de mambo importé de Damas, de la dynamite.Tous de la même famille, tous cousins, une vraie tribu, la peau très sombre. Les petits Syriens qui venaient jouer aux cartes avec nous jouaient vachement bien au blackjack. À l'époque, les pères étaient dans les boutons, le fil, les tissus. Je me souviens du copain de papa, le tapissier de Neptune, quand il en parlait, les vendredis où toute la bande venait jouer au poker dans la cuisine. « Leur seul dieu c'est l'argent. Y a pas plus dur qu'eux en affaires. Tu leur tournes le dos et ils te roulent. » Il y en avait qu'on n'oubliait pas chez ces petits Syriens. Il y en avait un, un des frères Gindi, il venait vers toi et il te donnait un coup de poing sans aucune raison, il s'approchait et il t'en balançait un et il te regardait, c'est tout, après il s'en allait. Il avait une sœur, je la trouvais fascinante, j'étais hypnotisé. J'avais douze ans. On était dans la même classe, elle et moi. Une petite boulotte avec plein de cheveux. Des sourcils immenses. Une peau sombre incroyable, magnifique. Elle lui a rapporté quelque chose que j'avais dit, et du coup, un jour, il s'est mis à me taper dessus. J'étais mort de peur. Je n'aurais jamais dû poser les yeux sur elle, et encore moins lui *adresser la parole*. Mais c'était à cause de la couleur de sa peau que je m'étais emballé. Comme toujours. Il a commencé à me chercher juste devant chez Mike & Lou's, et Morty est sorti avec son tablier tout taché de moutarde et il a dit à Gindi : « Laisse-le tranquille. » Et Gindi a répondu : « Sans ça c'est à toi que je vais avoir affaire ? » Et Morty a dit : « Exact. » Et Gindi lui a balancé un gnon et lui a ouvert le nez. Tu te souviens ? Isaac Gindi. Je n'ai jamais beaucoup apprécié son côté narcissique. Seize points de suture. Les Syriens habitaient dans un autre espace-temps. Ils parlaient tout le temps entre eux à voix basse. Mais moi j'avais douze ans et ça commençait à frétiller dans mon pantalon, et j'étais incapable de détacher mes yeux de sa sœur qui avait plein de cheveux et des poils partout. Elle s'appelait Sonia. Sonia avait aussi un autre frère, pour autant que je m'en souvienne, Maurice ; il n'avait rien d'humain, lui non plus. Et puis la guerre est arrivée. J'avais treize ans, Morty dix-huit. C'était un garçon qui n'était jamais allé nulle part, sauf peut-être pour les compétitions. Jamais quitté le comté de Monmouth. Chaque jour de sa vie, il rentrait à la maison. L'infini chaque jour renouvelé. Et le lendemain matin il part se faire tuer. Il faut dire que la mort c'est l'infini par excellence, non ? Tu n'es pas d'accord ? Bon, pour en finir avec ça avant de passer à autre chose : je n'ai plus jamais mangé un seul épi de maïs sans repenser avec plaisir à la frénésie avec laquelle, toi et ton dentier, vous dévoriez ces épis de maïs, et à la répugnance que cela inspirait à ma mère. Je n'en ai pas seulement beaucoup appris sur les belles-mères et les belles-filles, j'ai tout appris avec ça. Cette grand-mère modèle, et maman qui faisait tout ce qu'elle pouvait pour ne pas te jeter à la rue. Et ma mère n'était pas quelqu'un de méchant – tu le sais bien. Mais ce qui apporte de la joie à l'un ne fait que renforcer le dégoût de l'autre. Ce va-et-vient entre les deux, ce va-et-vient ridicule, de quoi tuer n'importe qui, à la longue. Fannie épouse et mère chérie. Hannah épouse et mère bien-aimée. Jack bien-aimé mari et père. Ça continue. Rose notre mère bien-aimée. Harry bien-aimé mari. Meyer notre mari, père et grand-père chéri. Ces gens. Tous ces gens. Et ici il y a le capitaine Schloss, et là...

Dans la terre retournée, là où on venait de réunir Lee Goldman, autre épouse, mère et grand-mère dévouée, et quelqu'un de sa famille, un bien-aimé encore sans identité, Sabbath trouva des cailloux qu'il posa sur les tombes de sa mère, de son père et de Morty. Et un pour Ida.

Me voilà.

*

Dans le bureau de Crawford, il n'y avait qu'une table, un téléphone, deux chaises en mauvais état et, assez inexplicablement, un distributeur automatique vide de toute marchandise. Une odeur aigre de chien mouillé parfumait l'atmosphère, et il n'y avait aucune raison de ne pas penser que la table et les deux chaises avaient été prélevées sur les stocks de la décharge sauvage. Sur la table, une plaque de verre, zébrée de larges bandes adhésives opaques qui en maintenait les morceaux en place, offrait une surface plane sur laquelle le gardien du cimetière pouvait écrire ; plusieurs cartes de visite avaient été glissées le long des quatre bords de la plaque de verre. La première carte que lut Sabbath disait : « Marbrerie Aux Bonnes Intentions, 212 Coit Street, Freehold, New Jersey. »

Avant de pouvoir pénétrer dans le bâtiment de

brique en forme de tombe, Sabbath avait dû demander à Crawford de sortir calmer les chiens. 13 avril 1924 – 15 décembre 1944. Morty aurait soixante-dix ans. Ce serait son soixante-dixième anniversaire aujourd'hui même ! En décembre, ça fera *cinquante ans* qu'il est mort. Je ne viendrai pas pour la cérémonie commémorative. Heureusement, aucun d'entre nous ne sera là.

L'enterrement était maintenant terminé depuis longtemps et la pluie avait cessé. Crawford avait appelé Mme Weizman pour se renseigner sur les prix des différentes choses que Sabbath lui avait demandées et pour savoir si la concession d'une place était réservée, et ça faisait à peu près une heure qu'il attendait que Sabbath vienne le rejoindre dans son bureau afin de lui communiquer les prix qu'elle lui avait donnés et lui annoncer la bonne nouvelle pour la une-place. Mais chaque fois que Sabbath commençait à s'éloigner de la concession familiale, il se retournait et revenait sur ses pas. Il ne savait pas lequel il privait ni de quoi il le privait en s'en allant après avoir passé dix minutes debout devant les tombes, mais il était incapable de partir. Ces faux départs répétés n'échappèrent pas à son sens de l'ironie, mais il n'y pouvait rien. Il n'arrivait pas à s'en aller, il n'y arrivait pas et il n'y arrivait pas, et puis – comme n'importe quelle créature toute bête qui s'arrête brutalement de faire une chose pour se mettre à en faire une autre sans qu'on puisse dire si sa vie n'est que liberté ou absence totale de liberté – il fut en mesure de s'en aller et s'en alla. Et de tout cela il ne tira rien qui pût l'éclairer. Ce fut plutôt comme une accélération délibérée dans ce grand mouvement ridicule. S'il y avait jamais eu quelque chose à savoir, il savait maintenant qu'il n'en avait jamais rien su. Et pendant tout ce temps, il avait gardé les poings serrés, ce qui lui causait des douleurs atroces à cause de son arthrose.

À l'intérieur, le visage de Crawford offrait beaucoup moins d'intérêt qu'à l'extérieur. Sans sa casquette de base-ball de l'équipe des Phillies, il n'était plus qu'un immense menton avec un nez aplati et un front étroit – comme si, en lui attribuant ce menton indiscutablement en forme de pelle, Dieu avait décidé à sa naissance que le bébé des Crawford serait gardien de cimetière. Dans la chaîne de l'évolution, ce visage se situait sur la ligne qui sépare notre espèce de la sous-espèce qui la précède, et pourtant, derrière ce bureau avec ses pieds cassés et son plateau de verre brisé, il adopta rapidement le ton très professionnel qui convenait à la gravité de la transaction. Pour aider Sabbath à garder bien présentes à l'esprit toutes les indignités qui attendaient sa carcasse, il y avait les aboiements féroces des chiens. À entendre le boucan qu'ils faisaient en tirant sur leurs chaînes, on comprenait qu'ils débordaient de rêves pleins de haine pour les Juifs. De plus, un assortiment de chaînes et de laisses traînaient un peu partout sur le sol recouvert d'un linoléum à damiers noirs et blancs sale et en mauvais état, et sur son bureau, pour ranger ses stylos, ses crayons, ses trombones, ou archiver ses papiers, Crawford utilisait les boîtes vides de Pedigree pour chiens dont il nourrissait ses bêtes. Avant que Sabbath ne puisse prendre place en face de Crawford, il fallut débarrasser l'autre chaise de la pièce d'un carton à moitié plein de boîtes de nourriture pour chiens. Ce n'est qu'une fois assis qu'il remarqua l'imposte au-dessus de la porte d'entrée, un vasistas rectangulaire sur lequel des bouts de verre coloré dessinaient une étoile de David. Ce bâtiment avait été conçu comme un lieu de prière où les familles

536

pouvaient se réunir autour du cercueil. C'était maintenant une niche.

« Ils veulent six cents dollars pour la une-place, lui dit Crawford. Douze cents pour la deux-places qui est là-bas, et je les ai fait baisser à onze cents. Et je dirais que la deux-places serait le mieux dans votre cas. C'est un meilleur carré. Vous y serez mieux. Dans l'autre, vous avez la grille qui s'ouvre juste à côté de vous, il y a tout le temps des voitures qui entrent et qui sortent...

– La deux-places est trop loin. Donnez-moi celle qui est à côté du capitaine Schloss.

– Je crois que vous serez mieux...

– Avec une belle pierre tombale.

– Moi, j'en fais pas. J'vous l'ai dit.

– Mais vous connaissez quelqu'un qui en fait. Je veux me commander une pierre tombale.

– Il y a toutes sortes de modèles, des millions.

– La même que celle du capitaine Schloss, ça ira. Une pierre toute simple.

– C'est pas donné, ces choses-là. Ça va chercher dans les huit cents dollars. À New York, ça vous en coûterait douze cents. Facile. Il y a le socle. Il y a le coût des fondations – les piliers de béton. L'inscription, faut que j'vous la compte à part, c'est en plus.

– Combien ?

– Ça dépend de ce que vous voulez mettre.

– Comme le capitaine Schloss.

– Y en a long chez lui. Ça va faire cher.

Sabbath sortit de sa poche intérieure l'enveloppe qui contenait l'argent de Michelle et vérifia au passage que l'enveloppe contenant les Polaroïd était toujours à sa place. De l'enveloppe contenant l'argent il sortit six cents dollars pour l'achat de la concession, plus huit cents dollars pour la tombe, et posa les billets sur le bureau de Crawford.

– Et trois cents de plus, demanda Sabbath, pour tout ce que j'ai à dire ?

– Ça fait plus de cinquante lettres, tout ça », dit Crawford.

Sabbath compta quatre billets de cent dollars. « Un de ces billets est pour vous. Pour vous assurer que tout sera fait.

– Vous voulez des plantations ? Sur le dessus ? Pour des petits arbustes, c'est deux cent soixante-quinze dollars, les arbustes et la main-d'œuvre.

– Des arbustes ? Je n'ai pas besoin d'arbustes. Je n'ai jamais entendu parler de plantations sur les tombes.

– C'est ce qu'il y a sur les sépultures de votre famille.

– D'accord. La même chose qu'eux. Allons-y pour les arbustes. »

Il sortit trois autres billets de cent. « Monsieur Crawford, tous mes proches sont déjà ici. Je veux que ce soit vous qui vous occupiez de tout.

– Vous êtes malade.

– J'ai besoin d'un cercueil, mon ami. Comme celui que j'ai vu aujourd'hui.

– Du sapin. C'était un cercueil à quatre cents dollars. Je connais un type qui fait les mêmes pour trois cent cinquante.

– Et un rabbin. Le petit de tout à l'heure fera l'affaire. Combien ?

– Celui-là ? Cent dollars. Je vais vous trouver quelqu'un d'autre. Je vous en trouverai un aussi bon pour cinquante dollars.

– Un Juif ?

– Évidemment un Juif. Il est vieux, c'est tout. »

Quelqu'un poussa la porte située sous l'imposte frappée de l'étoile de David, et, en même temps que le petit Italien, un chien pénétra dans la pièce et tira sur sa chaîne jusqu'à parvenir à quelques centimètres de Sabbath.

« Johnny, nom de Dieu, dit Crawford, ferme la porte et fais sortir ce chien.

– C'est ça, dit Sabbath, vous ne voudriez pas qu'il me bouffe tout de suite, pas encore. Attendez que j'aie signé les papiers.

– Non, celui-là, il ne mord pas, assura Crawford à Sabbath. L'autre, il vous sauterait dessus, mais pas celui-là. Johnny, fous-moi ce chien dehors ! »

Johnny tira sur la chaîne du chien pour le faire reculer et l'obliger à ressortir alors qu'il n'avait cessé de grogner en direction de Sabbath.

« Les ouvriers. Impossible de rester assis dans ce bureau et de dire : "Hé toi, va faire telle ou telle chose." Ils ne savent rien faire tout seuls. Et maintenant il va falloir que j'embauche un Mexicain ? Et il sera mieux que les autres ? Il sera pire. Vous avez fermé votre voiture à clé ? demanda-t-il à Sabbath.

– Monsieur Crawford, est-ce que j'ai oublié quelque chose ? »

Crawford regarda ses notes. « Frais d'enterrement, dit-il. Quatre cents. »

Sabbath prit quatre billets de plus et les ajouta à la pile qui était déjà sur le bureau.

« Vos instructions, lui dit Crawford. Qu'est-ce que vous voulez qu'on écrive sur la tombe ?

– Donnez-moi du papier, et une enveloppe. »

Pendant que Crawford préparait les factures – avec des carbones, le tout en trois exemplaires –, Sabbath dessina au dos du papier que Crawford lui avait remis (le recto était une facture pour « Entretien des sépultures » et cetera) quelque chose en forme de tombe, un dessin aussi naïf que celui d'un enfant qui dessine une maison ou un chat ou un arbre, ce qui lui donna l'impression d'être un enfant pendant qu'il dessinait. À l'intérieur de ce dessin, il disposa les mots composant son épitaphe à l'endroit où il voulait qu'ils soient. Puis il plia le papier en trois et le mit dans l'enveloppe qu'il ferma. Il écrivit sur l'enveloppe :« Instructions concernant les inscriptions qui doivent figurer sur la tombe de M. Sabbath. À ouvrir le jour venu. M.S. 13/4/94. »

Crawford, qui était un contemplatif, mit beaucoup de temps à remplir les papiers. Sa vue réjouissait Sabbath. C'était un spectacle de qualité. Il formait chaque lettre de chaque mot de chaque document et de chaque reçu comme si chacun était d'une importance extrême. Il semblait tout à coup animé d'une immense déférence, peut-être uniquement à cause de tout l'argent qu'il avait réussi à extorquer à Sabbath, mais peut-être un peu aussi à cause du caractère inéluctable de ces formalités. Ainsi restèrent-ils assis l'un en face de l'autre, ces deux finauds, de part et d'autre de ce vieux bureau pourri, deux vieux liés par leur manque de confiance mutuel, chacun – comme c'est toujours le cas, comme c'est toujours notre cas – buvant les quelques gouttes de la fontaine de vie qui lui parvenaient encore à la bouche. M. Crawford roula soigneusement les doubles des factures qu'il venait de terminer et archiva ce beau cylindre dans une boîte vide de nourriture pour chiens.

Sabbath retourna sur les tombes de sa famille pour une dernière visite, le cœur à la fois lourd et léger, débarrassé du dernier de ses doutes. *Ça, je vais le réussir. Je vous le promets.* Puis il alla voir sa propre concession. En chemin, il passa devant deux pierres tombales qu'il n'avait pas remarquées auparavant. Fils bien-aimé et frère chéri mort au combat en Normandie le 1er juillet 1944 à l'âge de vingt et un ans, nous ne t'oublierons jamais, sergent Harold

Berg. Julius Dropkin fils et frère chéri mort au combat le 12 septembre 1944 dans le sud de la France à l'âge de vingt-six ans, tu resteras toujours dans nos cœurs. Ils les avaient envoyés à la mort, ces garçons. Ils avaient envoyé à la mort Berg et Dropkin. Il s'arrêta et jura en leur nom.

En dépit de la présence de la décharge de l'autre côté de la route, du mauvais état de la clôture à l'arrière et du portail en fer forgé tout rouillé et complètement déglingué, il sentit monter en lui une fierté de propriétaire, en dépit aussi de l'aspect particulièrement ingrat et misérable de ce bout de terre sablonneuse là où commençait la rangée des concessions d'une place, reléguées dans un coin du cimetière. Ça, ils ne peuvent pas me le prendre. Il était si content du bon travail accompli ce matin-là – l'officialisation scrupuleuse de sa décision, la rupture des liens, la disparition de la peur, l'adieu au monde – qu'il se mit à siffler un air de Gershwin. Peut-être que l'autre carré était effectivement mieux, mais en se mettant sur la pointe des pieds, il voyait les tombes de sa famille, et il avait tous ces Weizman exemplaires juste de l'autre côté du passage, et immédiatement à sa droite – à sa gauche une fois allongé – le capitaine Schloss. Il lut lentement, une fois encore, le long portrait de son futur voisin pour l'éternité. « Survivant de l'Holocauste, ancien combattant, marin, homme d'affaires, chef d'entreprise. Affectueux souvenir de ses parents et amis. 30 mai 1990. » Sabbath se souvint qu'il avait lu, à peine quarante-huit heures plus tôt, un carton placé dans la vitrine de la boutique adjacente au salon funéraire où l'on avait fait l'éloge de Linc. Une pierre tombale ne portant aucun nom y était exposée et, à côté, on avait placé un petit carton sur lequel on lisait en titre : « Qu'est-ce qu'une tombe ? », et, au-dessous, quelques mots dans une écriture simple et élégante vous appreniez qu'une tombe « est une marque d'amour... l'expression tangible de l'émotion la plus noble, elle est AMOUR... on érige une tombe parce que la vie a existé et non parce qu'une mort s'est produite, et si l'on fait un choix intelligent, si l'on est bien conseillé, elle exprimera le RESPECT, la FOI et l'ESPOIR de ceux qui restent... c'est une voix qui vient du passé et du présent et qui s'adresse à des temps qui n'ont pas encore vu le jour... ».

Magnifique. Je suis content de ces éclaircissements sur ce que représente une tombe.

À côté de la tombe du capitaine Schloss, il imaginait la sienne :

Morris Sabbath
« Mickey »
Pilier de bordel bien-aimé, séducteur,
sodomiste, contempteur des femmes,
pourfendeur de la morale, corrupteur de la jeunesse,
assassin de son épouse,
suicidé
1929-1994

*

... et là c'était la maison du cousin Fish – et là se terminait la visite. Les hôtels avaient disparu, remplacés le long du bord de mer par des immeubles en copropriété assez modestes, mais derrière, dans les petites rues, les maisons étaient encore solides, des bungalows en bois et des bungalows en stuc, c'est là-dedans que tout le monde habitait à l'époque, et comme obéissant aux recommandations des Compagnons de la Ciguë, il en avait fait le tour complet sans descendre de voiture, dernière revue du souvenir et dernier adieu. Mais il ne trouvait maintenant plus aucun prétexte pour reculer l'échéance, rien à quoi il aurait pu attribuer la fonction symbolique de dernier acte avant le rideau final ; il est temps de se magner et d'en finir avec cet acte formidable qui va servir de conclusion à mon histoire... et il s'apprêtait donc à quitter Bradley Beach pour toujours quand là, dans Hammond Avenue, la petite maison qui avait été celle de Fish se matérialisa devant lui.

Hammond Avenue était parallèle à l'océan, mais dans le haut de la ville, du côté de Main Street et de la voie ferrée, presque à deux kilomètres de la plage. Ça doit maintenant faire plusieurs années que Fish est mort. Quand sa femme a eu sa tumeur, on était encore petits. Une femme très jeune – mais on ne peut pas dire qu'on l'avait compris à l'époque. Sur le côté de la tête, une pomme de terre qui grossissait sous la peau. Elle portait des foulards pour cacher cette difformité, mais même avec ça, un gamin qui avait de bons yeux repérait tout de suite où elle était, la patate. Fish passait avec son camion, on lui achetait nos légumes. Dugan pour les gâteaux, Borden pour le lait, Pechter pour le pain, Seaboard pour la glace, Fish pour les légumes. Chaque fois que je voyais des pommes de terre dans ses paniers, je pensais aussitôt à ce que vous savez. Une mère qui allait mourir. Inconcevable. Il y a eu une période où je n'arrivais plus à avaler de pommes de terre, pas une. Mais j'ai grandi et j'ai eu de plus en plus faim et ça m'a passé. Fish avait élevé les deux gosses. Il les amenait avec lui les soirs où les hommes jouaient au poker chez nous. Irving et Lois. Irving avait une collection de timbres. Il en avait au moins un de chaque pays. Lois avait des nichons. À dix ans, elle avait des nichons. À l'école primaire, les garçons lui rabattaient son manteau sur la tête et lui mettaient la main à la poitrine, ensuite ils se sauvaient à toutes jambes. Morty m'a dit que je ne pouvais pas faire comme les autres parce qu'on était cousins. « Cousins *issus de germains.* » Mais Morty a dit non, c'était contraire à je ne sais quelle loi juive. On portait quasiment le même nom. Par la grâce de l'alphabet, j'étais assis à trente centimètres à peine de Lois. Très dur en classe. Le plaisir était une chose difficile – ma première leçon. À la fin de l'heure, j'avais été obligé de sortir de la salle en tenant mes cahiers devant ma braguette. Mais Morty m'a dit que non – même au plus fort de la mode des pulls collants, non. La dernière personne que j'aie jamais écoutée dans ce domaine. J'aurais dû lui dire au cimetière : « De quelle loi juive tu parles ? Tu l'as inventée, mon salaud. » Ça l'aurait fait rire. Quel plaisir ineffable, tendre la main et le faire rire, lui donner un corps, une voix, une vie avec quelques-uns des plaisirs que la vie nous apporte, la joie d'exister, une chose que même les puces doivent ressentir, une joie simple, pure, dont celui qui n'a jamais mis les pieds dans un service de cancérologie entrevoit de temps en temps la lueur, si peu clément que soit son sort. Tiens, Mort, ce qu'on appelle « une vie », de la même façon que nous appelons le ciel « ciel » et le soleil « soleil ». Quelle légèreté ! Tiens, frère, une âme de vivant – elle vaut ce qu'elle vaut mais tiens, prends la mienne !

D'accord. Il est temps de se mobiliser et de se mettre dans l'état d'esprit nécessaire à l'accomplissement de l'acte. Que cela nécessite un état d'esprit et plus encore – petitesse, grandeur, idiotie, sagesse, lâcheté, héroïsme, aveuglement, vision, tout ce que renfermait l'arsenal des deux armées qui s'opposaient en lui mais qui étaient maintenant réunies en une seule –, ça, il le savait. Savourer le plaisir que même une puce devait ressentir n'allait pas lui rendre la tâche plus facile. Arrête de penser à ce qu'il ne faut pas et pense *à ce qu'il faut*. Et là, la maison de Fish – il n'avait trouvé que celle-là ! Sa propre maison familiale, désormais soigneusement entretenue par un couple d'Hispaniques qu'il avait regardés jardiner à genoux le long de l'allée du garage (plus de sable, c'était de l'asphalte), avait eu une influence très positive sur sa détermination, grâce à elle sa misère tout entière s'était cristallisée autour de sa décision. Avec les nouveautés, la véranda en verre et les parements en aluminium laqué rajoutés sur les planches des murs extérieurs et les volets de métal à festons, il devenait ridicule de penser que cette maison ait pu être *la leur*, aussi ridicule que de penser que le cimetière était *le leur*. Mais cette ruine qu'il avait sous les yeux, la maison de Fish, ça, ça voulait dire quelque chose, ça, ça avait un sens. Cette exagération que nul n'aurait pu expliquer, un sens : au vu de l'expérience de Sabbath, cela annonçait invariablement qu'il allait passer à côté.

Là où il y avait encore des volets, ils étaient arrachés ; là où il y avait encore du grillage accroché aux cadres des moustiquaires, il était déchiré et plein de trous ; et là où il y avait encore des marches, on se demandait si elles supporteraient le poids d'un chat. La maison de Fish, cette ruine, semblait inhabitée. Combien, se demanda Sabbath – avant de se suicider –, lui coûterait-elle s'il voulait l'acheter ? Il lui restait quand même sept mille cinq cents dollars – et il lui restait encore la *vie*, et là où il y a de la vie, les choses peuvent encore bouger. Il sortit de la voiture et, s'agrippant à une rampe qui ne semblait tenir aux marches de l'escalier que par magie, il parvint jusqu'à la porte. Avec prudence – sans rien trahir de la liberté qui appartient à celui qui a cessé de se préoccuper de l'intégrité de sa vie ou de son corps.

Comme Mme Nussbaum dans le vieux *Fred Allen*

Show – l'émission préférée de Fish – il cria : « Hou-hou, y a quelqu'un ? » Il frappa à la fenêtre du séjour. Il était difficile de voir quoi que ce soit à l'intérieur, parce que le jour était gris et que chaque fenêtre était garnie de bandelettes de momie qui avaient jadis été des rideaux. Il fit le tour de la maison et gagna le petit jardin de derrière. Des touffes de gazon et de mauvaises herbes, rien d'autre qu'un fauteuil de plage que personne n'avait songé à mettre à l'abri depuis cet après-midi de juin où il était (prétendument) venu admirer la collection de timbres d'Irving et où, depuis la fenêtre de la chambre du garçon au premier étage de la maison, il avait regardé Lois en train de se faire bronzer en bas, en maillot de bain, ce corps, ce corps, cette vigne merveilleuse qu'était son corps occupant chaque centimètre de ce même fauteuil. La crème solaire. Du foutre sorti d'un tube. Elle s'en enduisait le corps entier. Il trouvait que ça ressemblait à du foutre. Sa cousine. Quand à douze ans on doit vivre avec tout ça, c'est presque trop demander. Il n'y avait aucune loi juive, espèce de salaud.

Il revint devant la maison à la recherche d'un panneau « À Vendre ». Où pourrait-il se renseigner ? « Hou-hou ! » cria-t-il depuis la première marche, et, de l'autre côté de la rue, une voix lui répondit, une voix de femme : « C'est le vieux que vous cherchez ? »

Une jeune femme lui faisait signe, une Noire – souriante, charmante et bien rebondie dans son jean moulant. Elle était debout en haut de l'escalier de sa véranda et elle écoutait la radio quand elle l'avait entendu appeler. À l'époque où il était enfant, Sabbath voyait bien quelques Noirs dans les rues d'Asbury ou de Belmar. Les Noirs d'Asbury travaillaient surtout comme plongeurs dans les hôtels, comme domestiques ou comme employés à tout faire ; ils habitaient du côté de Springwood Avenue, un peu plus bas que les marchands de poulets, les marchands de poissons et les traiteurs Juifs chez lesquels on allait avec un pot vide que ma mère nous donnait pour le faire remplir de choucroute quand c'était la saison. Il y avait aussi un bar de Noirs par là-bas, un endroit très animé pendant la guerre, Leo's Turf Club, bourré de poules et de dandys habillés pour la parade. Les mecs sortaient le samedi soir, sapés comme des princes pour aller picoler, des *shiker*. C'était chez Leo qu'on trouvait la meilleure musique. Des saxophonistes incroyables, d'après Morty. Les Noirs ne montraient aucune agressivité envers les Blancs en ce temps-là à Asbury, Morty était devenu copain avec quelques musiciens et il m'avait emmené avec lui une ou deux fois, j'étais encore tout môme, pour écouter ce fameux jazz, le swing. Mon apparition faisait éclater de rire Leo, le propriétaire des lieux, un grand Juif assez costaud. Il me voyait arriver et il me disait : « Qu'est-ce que tu viens faire ici, toi ? » Un des saxophonistes noirs était le frère du meilleur coureur de haies de toute l'équipe d'athlétisme d'Asbury, celle de Morty pour le lancer du disque et le lancer du poids. Il disait : « Salut, Mort, tu cherches pas *d'suif*, hein ? » D'suif ! Ça me plaisait pour toutes sortes de raisons ce d'suif et je rendais Morty fou à le répéter tout le long du chemin jusqu'à la maison. L'autre bar que fréquentaient les Noirs avait un nom plus onirique – The Orchid Lounge – mais là, personne ne jouait de la musique, il y avait juste un juke-box, et on ne pénétrait jamais à l'intérieur. Eh oui, à l'époque de Sabbath, le lycée d'Asbury était bourré d'Italiens, plus un peu de Juifs, ces quelques Noirs et une poignée de... comment ça s'appelle déjà, de Protestants, des Blancs. Long Branch était une ville entièrement italienne à l'époque. Longa Branch, qu'ils l'appelaient. La plupart des Noirs de Belmar travaillaient à la laverie et habitaient du côté de la 15e Avenue, et aussi de la 11e. Il y avait une famille noire en face de la synagogue de Belmar, c'étaient eux qui venaient allumer et éteindre les lumières le samedi. Et, pendant des années, il y avait eu un marchand de glace noir, avant que Seaboard ne monopolise le marché des mois d'été. La mère de Sabbath n'y comprenait rien à ce type, pas seulement parce qu'il était noir et qu'il vendait de la glace, le premier et le dernier qu'on ait jamais vu, mais à cause de la manière dont il s'y prenait quand elle lui en achetait. Elle lui demandait un morceau à vingt-cinq cents et il découpait un morceau de glace, il le pesait et il disait : « Bon poids. » Elle le rapportait dans la maison et le soir, pendant le dîner, elle nous disait : « Pourquoi est-ce qu'il le pèse ? Je ne l'ai jamais vu en rajouter ou en enlever. Il se moque de qui, à le peser comme ça ? – De toi », dit le père de Sabbath. Elle prenait de la glace chez lui deux fois par semaine, jusqu'au jour où il a disparu. C'est peut-être sa petite-fille, la petite-fille de ce marchand de glace qu'on appelait « Bon poids », Morty et moi.

« Ça fait un mois qu'on l'a pas vu, dit-elle. Faudrait aller voir. Vous le connaissez ?

– C'est pour ça que je suis venu, dit Sabbath.

– Il entend pas. Faut pas arrêter de cogner. Allez-y, plus fort, ne vous arrêtez pas. »

Il fit mieux que de taper fort et sans s'arrêter – il ouvrit le battant de la moustiquaire toute rouillée, tourna la poignée de la porte de devant et pénétra dans la maison. Rien n'était fermé. Et il vit Fish. Le cousin Fish. Son cousin Fish. Pas au cimetière sous une pierre tombale, mais assis près de la fenêtre, sur un canapé. Il n'avait effectivement ni vu ni entendu Sabbath entrer. Terriblement petit pour quelqu'un qui connaissait le cousin Fish, mais c'était bien lui. La ressemblance avec le père de Sabbath était encore visible dans le crâne large et chauve, le menton étroit et les grandes oreilles, mais surtout dans quelque chose qu'on ne pouvait pas aisément décrire – cet air de famille que partageaient tous les Juifs de cette génération. Le poids de la vie, la simplicité avec laquelle ils l'assumaient, la gratitude qu'ils exprimaient de n'avoir pas été entièrement écrasés, une confiance absolue et naïve – rien de tout cela n'avait disparu de son visage. Impossible. La confiance. Une bénédiction pour ce monde de mort.

Je devrais m'en aller. On a l'impression qu'une seule syllabe suffirait à l'éteindre. Quoi que je dise ça risque de le tuer. Mais c'est Fish. À l'époque, je croyais qu'il s'appelait comme ça parce qu'il lui arrivait de partir en bateau la nuit, il allait pêcher en mer avec les ouvriers goys. Ils ne se bousculaient pas, les Juifs qui avaient un accent, pour aller à la pêche avec ces ivrognes. Une fois, quand j'étais tout petit, il nous avait emmenés avec Morty. C'était marrant de faire une sortie avec un adulte. Mon père ne savait ni pêcher ni nager. Fish oui, les deux. *M'a appris* à nager. « La pêche, d'habitude on attrape rien », il m'expliquait, à moi, le plus jeune du bateau. « Tu attrapes rien de plus que ça que tu attrapes. De temps en temps un poisson. Des fois il y a un banc et tu attrapes plein de poissons. Mais c'est pas souvent. » Un dimanche, au début du mois de septembre, il y avait eu un orage incroyable, et, dès la fin de l'orage, Fish est arrivé à toute vitesse dans son vieux camion à légumes, avec Irving, et il nous a dit à Morty et à moi de sauter à l'arrière avec nos cannes et, ensuite, il a roulé comme un fou jusqu'à la plage de Newark Avenue – il savait exactement sur quelle plage il fallait aller. En été, après les orages, la température de l'eau change et la mer est tout agitée, et les bancs de poissons viennent chasser les petits poissons au bord et on les voit, les poissons ; ils sont tout près, dans les vagues. Et ils y étaient. Et Fish le savait. On les voit dans les vagues, ils sautent en l'air. Fish a pris quinze poissons en une demi-heure. J'avais dix ans, et j'en ai pris trois quand même. 1939. Et quand j'étais plus vieux – c'était après le départ de Morty, j'avais quatorze ans –, Morty me manquait, Fish l'a appris par mon père et, un samedi, il m'a emmené passer toute la nuit sur la plage avec lui. Il avait une thermos pleine de thé que nous nous étions partagée. Je ne peux pas me suicider sans dire au revoir à Fish. S'il est surpris par le son de ma voix et qu'il en meurt, ils n'auront qu'à écrire « Victime de son âge » sur la tombe.

« Fish, je suis ton cousin – tu te souviens de moi ? Je suis Mickey Sabbath. Morris. Le frère de Morty. »

Fish ne l'avait pas entendu. Sabbath allait devoir s'approcher du canapé. Il va penser, en voyant cette barbe, que je suis la Mort, que je suis un voleur, que j'ai un couteau. Et moi, jamais je ne me suis senti d'humeur aussi sinistre depuis l'âge de cinq ans. Ou aussi joyeuse. C'est Fish. Il n'est pas allé à l'école, il est bien élevé, un marrant d'une certaine manière, mais radin, tellement radin, disait ma mère. C'est vrai. Une peur panique de manquer d'argent. Mais ils étaient tous comme ça, les hommes. Comment faire autrement, m'man ? Des timides, des étrangers en ce monde, mais avec une capacité de résister et de rebondir tout à fait incompréhensible, même pour eux, ou qui leur serait restée incompréhensible s'il n'avaient pas eu la chance d'échapper à cette chose épouvantable qu'est le penchant pour la réflexion. Il leur semblait que réfléchir était bien la dernière chose qui leur manquait dans la vie. Les choses étaient bien plus fondamentales que ça.

« Fish, dit-il en avançant la main tendue, je suis Mickey. Mickey Sabbath. Ton cousin. Le fils de Sam et de Yetta. » Il avait crié, et Fish leva les yeux des deux enveloppes qu'il avait reçues par la poste et qu'il avait posées sur ses genoux. Qui pouvait bien lui écrire ? Moi, je ne reçois pratiquement jamais de courrier. Encore une preuve qu'il n'est pas mort.

« Vous ? Qui êtes-vous ? demanda Fish. Vous êtes du journal ?

– Je ne suis pas du journal. Non. Je suis Mickey Sabbath. *Sabbath*.

– Ah oui ? J'avais un cousin qui s'appelait Sabbath. Dans McCabe Avenue. C'est pas lui, non ? »

L'accent et la syntaxe n'avaient pas changé, mais finie la voix qui tonnait depuis la rue pour se faire entendre dans les maisons et jusque dans les arrière-cours : « Beaux légumes ! Légumes frais, allons mesdames ! » Dans le son creux de sa voix atone, on ne sentait pas seulement à quel point il était sourd et à quel point il était seul, mais aussi que ce n'était pas un de ses meilleurs jours. Il n'était plus qu'une ombre d'homme, une nuée. Et ces parties de cartes, quand il gagnait, quelle violence pour exprimer son plaisir – il n'arrêtait pas de rire et de taper du plat de la main sur la toile cirée de la table de la cuisine pendant qu'il ramassait l'argent. Plus tard, ma mère m'a expliqué que c'était à cause de son avarice. Du papier tue-mouches était accroché à la lampe de la cuisine. *Bzzz*, le court-circuit de la mouche en train de mourir au-dessus de leurs têtes, voilà tout ce qu'on entendait dans la cuisine pendant que les hommes se concentraient sur les cartes qu'ils venaient de recevoir. Et les criquets. Et le train, ce bruit pas très sonore qui vous arrache la peau quand on est jeune, qui vous met les nerfs à vif –. en ce temps-là du moins, ça vous mettait un môme à nu, de la tête aux pieds, face à la grande tragédie et au mystère de l'existence –, le sifflement dans le noir des trains de marchandises de la Jersey Shore qui traversaient la ville à toute vitesse. Et l'ambulance. En été, quand les vieux descendaient passer une semaine loin des moustiques du nord du New Jersey, la sirène de l'ambulance, toutes les nuits. À deux rues au sud de chez nous, à l'hôtel Brinley, quelqu'un qui mourait, chaque nuit ou presque. Barboter avec les petits enfants au bord de l'eau sur la plage ensoleillée, parler yiddish le soir sur les bancs de la promenade en planches et ensuite, tout raides, rentrer en groupe dans les hôtels casher où, alors qu'ils se préparaient pour la nuit, l'un ou l'autre basculait et mourait. On en entendait parler sur la plage le lendemain. Il était assis sur le siège des toilettes et il a basculé et il est mort. Encore la semaine dernière, il a vu un employé de l'hôtel en train de se raser un samedi et il s'est plaint à la direction – et aujourd'hui, il est plus là ! À huit, neuf et dix ans, je ne le supportais pas. Le bruit des sirènes me terrifiait. Je m'asseyais dans mon lit et je hurlais : « Non ! Non ! » Ça réveillait Morty qui dormait dans le lit d'à côté. « Qu'est-ce que c'est ? – Je ne veux pas mourir ! – Mais tu ne vas pas mourir. Tu es un gamin. Allez, dors. » Il me calmait. Et c'est lui qui est mort, un gamin. Et qu'est-ce que ma mère avait tellement de mal à supporter chez Fish ? Qu'il ait survécu à sa femme et qu'il puisse encore rire ? Peut-être qu'il avait des petites amies. Toute la journée dans les rues à voir des dames, à emballer des légumes, peut-être qu'il en avait emballé quelques-unes de ces dames. Les gonades qu'on a mises au rancart acquièrent parfois une force considérable, difficile de les arrêter.

« Oui, dit Sabbath. C'était mon père. Dans McCabe. Il s'appelait Sam. Je suis son fils. Ma mère s'appelait Yetta.

– Ils habitaient dans McCabe ?

– C'est ça. Au coin de la deuxième rue. Je suis leur fils, Mickey. Morris.

– Coin de la deuxième rue dans McCabe. Je vous jure que je me souviens pas de vous, ma parole.

– Tu te souviens de ton camion, non ? Le cousin Fish et son camion.

– Le camion, oui. J'avais un camion à l'époque. Oui. » Il semblait ne comprendre ce qu'il avait dit qu'après l'avoir dit. « Ha », ajouta-t-il – il avait vaguement reconnu quelque chose.

« Et tu vendais des légumes dans ton camion.

– Légumes. Des légumes, je sais bien que j'en vendais.

– Eh bien, tu en vendais à ma mère. Parfois à moi. Je venais au camion avec sa liste et tu me servais. Mickey. Morris. Le fils de Sam et de Yetta. Le plus jeune des deux. L'autre c'était Morty. Tu nous emmenais à la pêche.

– Je vous jure que je m'en souviens pas.

– C'est pas grave, ça ne fait rien. » Sabbath fit le tour de la table basse et s'assit à côté de lui sur le canapé. Il avait la peau très brune et, derrière ses énormes lunettes d'écaille, il semblait bien que les yeux recevaient des signaux en provenance du cerveau – de près, Sabbath se rendit plus clairement compte que quelque part, derrière tout ça, il se passait encore quelque chose. C'était bon signe. Ils pouvaient discuter. Il fut surpris de constater qu'il lui fallait refréner une envie de prendre Fish dans ses bras et de l'asseoir sur ses genoux. « Ça me fait plaisir de te voir, Fish.

« – Je suis content de te voir, moi aussi. Mais je ne me souviens toujours pas de toi.

– C'est pas grave. J'étais un gamin.

– Tu avais quel âge ?

– Quand j'allais au camion ? C'était avant la guerre. J'avais neuf, dix ans. Et toi tu étais jeune, la quarantaine.

– Et ta mère m'achetait des légumes, tu dis ?

– Exact. Yetta. Ça n'a pas d'importance. Comment ça va ?

– Plutôt bien, merci. Très bien. »

Cette politesse. Ça devait marcher avec les dames, ça aussi, un beau spécimen, viril, musclé, bien élevé, et blagueur. Oui, c'est ça qui mettait ma mère en colère, aucun doute là-dessus. Cette virilité ostentatoire.

Le pantalon de Fish était plein de taches d'urine et il était impossible de dire de quelle couleur était le devant de son cardigan à cause de la quantité de nourriture qui était restée collée dessus – particulièrement abondante le long des boutonnières –, mais sa chemise avait l'air propre et il ne sentait pas mauvais. Il avait une haleine étonnamment agréable : l'odeur d'une créature qui se nourrit de trèfle. Mais est-ce que ces grandes dents toutes tordues étaient à lui ? Forcément. On ne fabrique pas de dentiers pareils, sauf peut-être pour les chevaux. Sabbath refréna à nouveau son envie de le prendre sur ses genoux et se contenta de passer un bras le long du dossier du canapé, de manière à le faire en partie reposer sur l'épaule de Fish. Le canapé avait beaucoup de points communs avec le cardigan. Chargé, disent les peintres. À la manière dont une jeune fille offrirait sa bouche – ou offrait, selon une gestuelle depuis longtemps dépassée –, Fish tendit son oreille vers Sabbath afin de mieux l'entendre quand il parlait. Sabbath l'aurait mangée cette oreille, avec les poils et le reste. Il était de plus en plus heureux. Cette avidité sans bornes pour gagner aux cartes. Peloter une cliente derrière le camion. Les gonades au rancart et des dents de cheval. Une incapacité à mourir. Au lieu de cela, il reste assis et il attend. Cette pensée excita Sabbath au plus haut point : *cette perversité, cette absurdité qui consiste à rester, à ne pas partir.*

« Tu te déplaces ? lui demanda Sabbath. Tu peux aller te promener ?

– Je me déplace dans la maison.

– Comment tu fais pour manger ? Tu te fais la cuisine ?

– Oh, ouais. Je fais la cuisine. Évidemment, je me fais du poulet... »

Ils attendirent un peu, Fish attendait que quelque chose vienne après « poulet ». Sabbath aurait pu rester là à attendre, pour toujours. Je pourrais venir m'installer ici et lui faire à manger. Tous les deux avec notre soupe. La jeune femme noire d'en face qui viendrait pour le dessert. Allez-y, plus fort, ne vous arrêtez pas. Ça ne lui déplairait pas de l'entendre lui dire ça tous les jours.

« Je prends, comment on dit... De la compote de pommes, oui c'est ça que je prends, pour le dessert.

– Et pour le petit déjeuner ? Tu as pris ton petit déjeuner ce matin ?

– Ouais. Petit déjeuner. J'ai préparé mes céréales. Je les fais cuire. Du porridge. Le jour d'après je fais... comment tu dis. Des céréales – comment tu dis, merde ?

– Des corn-flakes ?

– Non, j'ai pas de corn-flakes. Non, avant oui, je prenais des corn-flakes.

– Et Lois ?

– Ma fille ? Elle est morte. Tu la connaissais ?

– Bien sûr. Et Irving ?

– Mon fils, il est décédé. Presque un an, déjà. Il avait soixante-six ans. Rien du tout. Il est décédé.

– On était dans la même école.

– Ah oui ? Avec Irving ?

– Il était un peu plus vieux. Entre mon frère et moi. J'étais jaloux d'Irving quand je le voyais courir du camion à la porte des maisons pour apporter les légumes aux dames. Quand j'étais petit, je croyais que c'était quelqu'un Irving, parce qu'il travaillait avec son père sur le camion.

– Ah oui ? Tu habites ici ?

– Non. Plus maintenant. Dans le temps. J'habite en Nouvelle-Angleterre. Dans le Nord.

– Pourquoi est-ce que tu es descendu, alors ?

– Je voulais voir des gens que je connaissais, dit Sabbath. Quelque chose me disait que tu étais toujours vivant.

– Dieu merci.

– Et je me suis dit : "J'aimerais bien le voir. Je me demande s'il se souvient de moi ou de mon frère. Mon frère, Morty." Tu te souviens de Morty Sabbath ? C'était ton cousin, lui aussi.

– Plus beaucoup de mémoire. Je me souviens un peu. Ça fait soixante ans que je suis là. Dans cette maison. Je l'ai achetée quand j'étais jeune. J'avais à peu près trente ans. À l'époque. Je me suis acheté une maison, et voilà, toujours la même.

– Tu peux encore monter les escaliers tout seul ? » À l'autre bout de la salle de séjour, près de la porte, il y avait un escalier dans lequel Sabbath faisait la course avec Irving pour aller regarder le corps de Lois depuis la chambre de derrière. « Mer et Ski ». C'est ça qu'elle avait dans son tube, ou bien est-ce que c'est plus tard qu'elle se mettait du « Mer et Ski » ? C'est dommage qu'elle n'ait pas vécu assez vieille pour savoir ce que ça me faisait de la regarder quand elle s'en tartinait. Je suis sûr qu'elle serait contente de l'apprendre maintenant. Je suis sûr que ça ne lui fait plus rien maintenant, à Lois, quand je prétends qu'on était amis.

« Oh oui, dit Fish. J'y arrive. Je vais là-haut, évidemment. J'arrive à monter. J'ai ma chambre en haut. Faut bien que j'monte. Évidemment. J'y vais une fois par jour. Je monte et je descends.

– Tu dors beaucoup ?

– Non, c'est ça le problème. Je dors très peu. Je dors à peine. Je n'ai jamais bien dormi, toute ma vie. Je dors pas. »

Est-ce que cela était bien tout ce que Sabbath croyait y voir ? Ce n'était pas son habitude d'aller comme ça au-devant de l'autre. Mais il n'avait pas eu de conversation aussi intéressante – à l'exception d'hier soir dans le couloir avec Michelle – depuis des années. Le premier type que je rencontre depuis que je suis parti en mer avec qui je ne m'ennuie pas à mourir.

« Tu fais quoi quand tu ne dors pas ?

– Je reste allongé dans le lit et je pense, c'est tout.

– Tu penses à quoi ? »

Fish émit un aboiement, ça ressemblait à un bruit qui serait sorti d'une caverne. Ça doit être le seul souvenir qui lui reste de ce que c'était qu'un rire. Et il riait beaucoup, il riait comme un fou chaque fois qu'il raflait la mise. « Oh, toutes sortes de choses.

– Fish, il te reste quelque chose de l'ancien temps ? Tu te souviens un peu de l'ancien temps ?

– Quoi par exemple ?

– Yetta et Sam. Mes parents.

– C'étaient tes parents.

– Oui. »

Fish essayait vraiment, il se concentrait, comme un homme qui va à la selle. Durant un bref instant, ce fut un peu fumeux, ensuite il sembla effectivement que son cerveau se mettait en mouvement. Mais, finalement, il fut obligé de répondre : « Je te jure que je me souviens pas.

– Et qu'est-ce que tu fais toute la journée, maintenant que tu ne vends plus tes légumes ?

– Eh ben je marche. Je fais de l'exercice. Je me promène dans la maison. Quand il y a du soleil, je vais dehors, au soleil. Aujourd'hui on est le 13 avril, exact ?

– Exact. Comment tu fais pour connaître la date ? Tu suis sur un calendrier ? »

L'indignation était authentique lorsqu'il dit : « Non, je *sais* qu'on est le 13 avril, c'est tout.

– Tu écoutes la radio ? Tu venais écouter la radio chez nous de temps en temps. Les émissions de H.V. Kaltenborn. Les nouvelles du front.

– Ah bon ? Non, je l'écoute plus. J'ai une radio, quelque part. Mais ça m'intéresse pas. J'entends pas très bien. C'est que ça commence à compter. Quel âge tu crois que j'ai ?

– Je connais ton âge. Tu as cent ans.

– Comment tu sais ça, toi ?

– Parce que tu avais cinq ans de plus que mon père. Mon père était ton cousin. Celui qui vendait des œufs et du beurre. Sam.

– C'est lui qui t'a envoyé me voir ? Ou quoi ?

– C'est ça, il m'a envoyé.

– Ah oui, hé ? Lui et sa femme, Yetta. Tu les vois souvent ?

– De temps en temps.

– Il t'a envoyé me voir ?

– Oui.

– C'est remarquable ça, non ? »

Ce mot procura une énorme joie à Sabbath. S'il arrive à dire « remarquable », alors le cerveau doit aussi pouvoir me sortir ce que je veux. Tu as en face de toi un homme chez lequel la vie a laissé une empreinte. C'est dedans. Il suffit de ne pas le lâcher, jusqu'à ce que tu arrives à prendre une empreinte de cette empreinte. Que tu l'entendes dire : « Mickey. Morty. Yetta. Sam », que tu l'entendes dire : « J'y étais. Je te jure que je me souviens. On était encore tous bien vivants ».

« Tu as l'air bien pour quelqu'un qui a cent ans.

– Dieu merci. Pas mal, non. Je me sens bien.

– Pas d'ennuis, pas de douleurs ?

– Non, non. Dieu merci, non.

– De la chance, tu as de la chance, Fish, de ne pas avoir de douleurs.

– Dieu merci, c'est vrai. J'en ai.

– Et qu'est-ce que tu aimes faire maintenant ? Tu te souviens des parties de cartes avec Sam ? Tu te souviens de la pêche ? De la plage ? Dans le bateau avec les goys ? Ça te faisait plaisir de passer chez nous le soir. Tu me voyais assis et tu me pinçais le genou. Tu me disais : "Mickey ou Morris, c'est lequel des deux ?" Tu ne te souviens pas de tout ça. Rien. Tu parlais yiddish avec mon père.

– *Vu den ?* Je parle encore yiddish. Ça, j'ai jamais oublié.

– C'est bien. Alors tu parles encore yiddish de temps en temps. C'est bien. Qu'est-ce que tu fais d'autre qui te fait plaisir ?

– Qui me fait plaisir ? » Il est étonné que je lui pose une telle question. Je l'interroge sur le plaisir, et pour la première fois il se dit qu'il a peut-être en face de lui un cinglé. Un fou est entré dans sa maison et il y a de quoi avoir peur. « Quelle sorte de plaisir ? dit-il. Je reste à la maison, c'est tout. Je ne verrais rien, de toute façon. Alors à quoi bon ?

– Tu vois des gens ?

– Hmmmmm. » Des gens. Là, il y a une grosse tache, qui lui cache la réponse. Des gens. Il réfléchit, même si je ne sais pas ce que ça recouvre dans son cas – c'est comme essayer d'allumer du petit bois humide. « Presque jamais, dit-il finalement. J'ai mon voisin d'à côté que je vois. C'est un goy. Un non-juif.

– Il est gentil ?

– Ouais, ouais, il est gentil.

– C'est bien. C'est comme ça que ça doit être. On leur apprend à aimer leur prochain. Leur voisin. Tu as sans doute de la chance qu'il ne soit pas juif. Et qui est-ce qui te fait ton ménage ?

– J'ai une femme qui est venue faire le nettoyage il y a deux semaines. »

Ouais, celle-là, je la vire dès que je m'installe. Cette saleté. Cette crasse. Dans le séjour, il n'y a pratiquement rien d'autre que le plancher à faire – en plus du canapé et de la table basse, il n'y a qu'un fauteuil cassé, sans accoudoirs, près de l'escalier – et ce plancher ressemble à celui de la cage d'un singe que j'avais vu une fois en Italie, dans un zoo, dans je ne sais plus quelle ville, un zoo que je n'ai jamais oublié. Mais les ordures et la poussière sont ce qu'il y a de moins important. Ou elle est encore plus aveugle que Fish, cette femme, ou c'est une voleuse et une ivrogne. Je la vire.

« Il n'y a rien à nettoyer ici, dit Fish. Le lit, il est en bon état.

– Et qui est-ce qui te fait la lessive ? Il y a quelqu'un qui te lave tes vêtements ?

– Les vêtements... » Ça, c'est difficile. C'est de plus en plus difficile. Ou il se fatigue ou il est en train de mourir. Si c'est la mort, la mort si longtemps retardée de Fish, il ne serait pas inapproprié que la dernière chose qu'il entende soit : « Qui te lave tes vêtements ? » Le travail. Ces hommes n'étaient que travail. Les hommes et le travail ne faisaient qu'un.

« Qui est-ce qui te lave ton linge ? »

Avec « linge » ça marche. « Des petites choses. Je lave moi-même. Je n'ai pas beaucoup de linge. Juste un tricot de peau et un caleçon, et c'est tout. Il y a pas grand-chose à faire. Je les lave dans le lavabo, dans l'évier. Et je les mets sur la corde. Et – ça sèche ! » Une pause, pour l'effet comique. Puis, triomphant : « ça sèche ! ». Oui, Fish commence à revenir ; il dit toujours des choses qui font rire Mickey. Il n'en fallait pas beaucoup, mais il avait de l'humour, cet homme, eh oui, les miracles et les dons. Ça sèche ! « Mais il est tellement avare. Avant sa mort, pauvre femme, il ne lui a jamais rien acheté. » « Fishel est un solitaire, dit mon père ; la famille, ça va bien dix minutes le soir. Il adore les garçons. Plus que ses propres enfants. Je ne sais pas pourquoi, mais il les adore. »

« Tu ne vas jamais voir la mer ? demanda Sabbath.

– Non. Je peux plus. C'est fini, ça. Trop loin à pied. Adieu la mer.

– Tu as toute ta tête, hein.

– Ouais, la tête, ça va. Dieu merci, ça va.

– Et tu as toujours ta maison. Tu gagnais bien ta vie avec tes légumes. »

À nouveau indigné. « Non, je n'ai pas *bien* vécu, j'étais pauvre. Je faisais du porte-à-porte. Asbury Park. Belmar. À Belmar, j'allais. Avec le camion. J'avais un camion avec un plateau derrière. Tous les paniers alignés. Il y avait un marché ici. Un marché de gros. Dans le temps, il y avait aussi des fermes. Les paysans venaient. Ça fait longtemps. J'ai oublié, même.

– Tu as passé toute ta vie à vendre des légumes.

– La plus grande partie, oui ».

Vas-y, pousse. C'est comme de dégager tout seul une voiture qui est prise dans une congère, mais les pneus commencent à accrocher, allez, *pousse*. Oui, je me souviens de Morty. Morty. Mickey. Yetta. Sam. Il peut le dire. Fais-lui dire.

Pourquoi ? Qu'est-ce qu'on peut encore faire pour toi à une heure aussi tardive ?

« Tu te souviens de ton père et de ta mère, Fish ?

– Si je m'en souviens ? Évidemment. Oh oui. Bien sûr. En Russie. Je suis né en Russie, moi aussi. Il y a cent ans.

– Tu es né en 1894.

– Ouais. Ouais. Tu as raison. Comment tu le sais ?

– Et tu te souviens quel âge tu avais quand tu es arrivé en Amérique ?

– Quel âge j'avais ? Je m'en souviens. Quinze ou seize ans. J'étais jeune. J'ai appris l'anglais.

– Et tu ne te souviens pas de Morty et de Mickey ? Les deux garçons. Les fils de Yetta et de Sam.

– C'est toi Morty ?

– Je suis son frère, le plus jeune. Tu te souviens de Morty. Un sportif. Une vedette. Tu lui tâtais toujours les muscles et tu sifflais. La clarinette. Il jouait de la clarinette. C'était un bricoleur, capable de réparer n'importe quoi. Il allait plumer les poulets chez Feldman après l'école. Le boucher qui jouait aux cartes avec toi et mon père et Kravitz, le tapissier. Je l'aidais. Le jeudi et le vendredi. Tu ne te souviens pas de Feldman non plus. Ça n'a pas d'importance. Morty était pilote pendant la guerre. C'était mon frère. Il est mort à la guerre.

– Pendant la guerre, tu dis ? La Deuxième guerre ?

– Oui.

562

« – Ça fait pas mal de temps, non ?

– Ça fait cinquante ans, Fish.

– C'est beaucoup. »

Une salle à manger prolongeait le séjour, les fenêtres donnaient sur la cour. L'hiver, ils passaient leurs week-ends à classer les timbres d'Irving sur la table de la salle à manger, ils étudiaient les dentelures et les tampons, et ça durait autant de siècles qu'il en fallait à Lois pour revenir à la maison et monter les escaliers jusqu'à sa chambre. Parfois, elle allait aux *toilettes*. Les bruits des tuyaux du dessus, ça, Sabbath les étudiait plus attentivement que les timbres. Les chaises de la salle à manger sur lesquelles ils s'asseyaient avec Irving étaient maintenant enfouies sous des piles de vêtements, il y avait des chemises sur les dossiers, des pulls, des pantalons, des vestes. Trop aveugle pour utiliser les placards, le vieil homme en avait fait sa garde-robe.

Sur toute la longueur de l'un des murs, il y avait un buffet, et Sabbath, qui laissait son regard s'arrêter dessus de temps en temps depuis le moment où il était venu s'asseoir à côté de Fish, le reconnut enfin. Érable verni à coins arrondis – c'était celui de sa mère, le cher buffet de sa propre mère, celui où elle rangeait ses « belles » assiettes dans lesquelles ils ne mangeaient jamais, les gobelets de cristal dans lesquels ils ne buvaient jamais ; où son père mettait le tallit dont il se servait deux fois par an, et le sac en velours des tefilin qu'il ne portait jamais pour prier ; où Sabbath avait un jour trouvé, sous la pile de « belles » nappes, trop belles pour que des gens comme eux mangent dessus, un livre relié de toile bleue qui donnait les instructions nécessaires pour survivre à la nuit de noces. L'homme devait prendre un bain, se talquer, se vêtir d'un peignoir doux au toucher (de la soie de préférence), se raser – même s'il s'était déjà rasé le matin; quant à la femme, elle devait s'efforcer de ne pas s'évanouir. Des pages et des pages, presque cent pages, dans lesquelles Sabbath ne put trouver un seul des mots qu'il cherchait. Le livre parlait surtout d'éclairages, de parfums et d'amour. Ça a dû beaucoup les aider, Yetta et Sam. La seule chose que je me demande, c'est où ils ont bien pu se procurer le shaker à cocktail. Aucune odeur n'entrait en jeu, d'après ce livre – pas une seule odeur n'apparaissait dans l'index. Il avait douze ans. Ces odeurs qu'il allait rencontrer au-delà du buffet de sa mère, qu'on appelait parfois pompeusement la crédence.

Quand, quatre ans avant sa mort, sa mère était partie en maison de retraite et qu'il avait vendu la maison, on avait dû distribuer ses affaires, ce qui restait avait dû être volé. Il croyait se souvenir que l'avocat avait organisé une vente aux enchères pour payer les factures. Peut-être que Fish avait acheté le buffet. En souvenir des soirées passées chez nous. Il devait déjà avoir quatre-vingt dix ans. Peut-être que, pour vingt dollars, Irving lui avait acheté le buffet. En tout cas, il est là. Fish est là, le buffet est là – qu'est-ce qui est là encore ?

« Tu te souviens, Fish, quand on éteignait les lumières de la promenade pendant la guerre ? Tu te souviens du black-out ?

– Ouais. Les lumières étaient éteintes. Je me souviens aussi de la fois où la mer était tellement déchaînée que les vagues avaient arraché la promenade et l'avaient déposée dans Ocean Avenue. Deux fois c'est arrivé, de mon vivant. Une tempête incroyable.

– L'Atlantique, ça c'est un océan, c'est incroyable cette force.

– Ça oui. La promenade complètement arrachée, et sur Ocean Avenue. Deux fois de mon vivant.

– Tu te souviens de ta femme ?

– Évidemment que je me souviens d'elle. Je suis venu m'installer ici. Je me suis marié. Une femme très bien. Elle est décédée, ça fait quoi, trente, quarante ans. Depuis ce jour-là je suis seul. C'est pas bien d'être seul. On vit en solitaire. Et qu'est-ce qu'on peut y faire ? On n'y peut rien. Faire pour le mieux. Il y a que ça. Quand il y a du soleil dehors, le soleil, je sors dans la cour, derrière. Et je reste assis au soleil. Et je me sens bien, je bronze. C'est ça ma vie. C'est ça que j'aime. La vie au grand air. Dans ma cour. Je reste assis une grande partie de la journée quand il y a du soleil. Tu comprends le yiddish ? "T'es vieux, t'as froid." Aujourd'hui il pleut. »

Aller jusqu'à ce buffet. Mais maintenant qu'on en est arrivé là, Fish a posé ses mains sur mes genoux, elles restent posées dessus pendant que nous bavardons, et même Machiavel n'aurait pu se lever dans un pareil moment, même s'il était sûr, comme moi j'en étais sûr, de trouver dans ce buffet tout ce qu'il était venu chercher. Je le savais. Il y a là-dedans quelque chose qui n'est pas le fantôme de ma mère : elle est dans sa tombe avec son fantôme. Il y a ici quelque chose d'aussi important et d'aussi palpable que le soleil grâce auquel Fish a la peau brune. Et, malgré cela, je n'osais bouger. Ça doit ressembler à ça la vénération des Chinois pour les vieux.

« Tu t'endors dehors ?

– Où ça ?

– Au soleil.

– Non. Je dors pas. Je regarde, c'est tout. Je ferme les yeux et je regarde. Ouais. J'arrive pas à dormir là-bas. Je te l'ai déjà dit. Je dors très mal. Je monte le soir, vers quatre, cinq heures. Je me mets au lit. Et je me repose dans le lit, mais je dors pas. Je dors très mal.

– Tu te souviens de la première fois où tu es venu ici tout seul ?

– Quand je suis venu ici ? Tu veux dire dè Russie ?

– Non. Après New York. Quand tu as quitté le Bronx. Quand tu as quitté ton père et ta mère pour venir dans le New Jersey.

– Ah ça. Ouais. Je suis venu ici. Tu es du Bronx ?

– Non. Ma mère oui. Avant son mariage.

– Ah bon ? Eh bien, je me suis marié et je suis venu m'installer ici. Ouais. J'ai épousé une femme très bien.

– Combien d'enfants est-ce que tu as eus ?

– Deux. Une fille et un garçon. Mon fils, celui qui est mort il y a pas longtemps. Comptable. Bonne place. Chez un détaillant. Et Lois. Tu connais Lois ?

– Oui, je connais Lois.

– Une enfant charmante.

– Ça c'est bien vrai. Je suis content de te voir, Fish. » Il prend mes mains dans les siennes. Il était temps.

« Merci. C'est un plaisir de te voir, vraiment.

– Tu sais qui je suis, Fish ? Je suis Morris. Mickey. Le fils de Yetta. Mon frère c'était Morty. Je me souviens tellement bien de toi, dans la rue, avec ton camion, toutes ces dames qui sortaient des maisons...

– Pour venir au camion. »

Il me suit, il y est revenu – et il me serre les mains avec une force plus grande encore que ce qu'il me reste dans les miennes ! « Pour venir au camion, dis-je.

– Pour acheter. C'est pas remarquable, ça ?

– Oui. C'est bien le mot qui convient. Tout cela était remarquable.

– Remarquable.

« – Toutes ces années, il y a si longtemps. Tous encore en vie. Dis-moi, je peux aller voir les photos que tu as dans la maison ? » Plusieurs photos étaient alignées sur le dessus du buffet. Pas de cadres. Juste calées contre le mur.

« Tu veux prendre ça en photo ? »

J'avais effectivement envie de prendre le buffet en photo. Comment le savait-il ? « Non, je veux juste voir les photos. »

J'ôtai ses mains de mes genoux. Mais quand je me levai, il se leva et me suivit dans la salle à manger, il marchait très bien, me suivait de près, jusqu'au buffet, comme Willie Pep quand il cavalait derrière un *pisher* autour du ring.

« Tu vois les photos ? demanda-t-il.

– Fish, lui dis-je, c'est toi – avec le camion ! » On voyait le camion avec les paniers bien alignés le long des ridelles abaissées et Fish debout dans la rue à côté du camion, au garde-à-vous.

« Il me semble, oui, dit-il. Je ne vois plus clair. On dirait que c'est moi, dit-il quand je lui plaçai la photo devant les yeux tout près de ses lunettes. Oui, ça c'est ma fille, Lois. »

Lois avait perdu sa beauté avec le temps. Elle aussi.

« Et lui, qui est-ce ?

– Ça, c'est mon fils, Irving. Et ça, qui c'est ? » me demanda-t-il en prenant une photo qui était à plat sur le buffet. Les photos étaient vieilles, toutes jaunies, avec des taches d'eau sur les bords, certaines collaient aux doigts. « C'est moi, ça, demanda-t-il, non ?

– Je ne sais pas. Qui est-ce ? Cette femme. Belle femme. Cheveux noirs.

– Peut-être que c'est ma femme. »

En effet. La pomme de terre n'était alors probablement encore qu'un germe. Je me souviens qu'aucune de ces dames n'était aussi belle que sa femme. Et c'est elle qui est morte.

« Et ça c'est toi ? Avec ta petite amie ?

– Ouais. Ma petite amie. C'était ma petite amie à l'époque. Déjà elle est décédée.

– Tu les enterres tous, toi, même tes petites amies.

– Ouais. J'en ai eu quelques-unes, des petites amies. Quelques-unes, quand j'étais plus jeune, après la mort de ma femme. Ouais.

– Ça te faisait plaisir ? »

Au début, les mots ne lui disent rien. Avec cette question, on dirait qu'il a atteint ses limites. Nous attendons, ma main déformée posée sur le buffet de ma mère, qui est couvert d'une épaisse couche de gras et de poussière. La nappe qui est sur la table offre un assortiment de toutes les taches possibles et imaginables. C'est la chose la plus crasseuse et la plus immonde de la pièce. Et je parie que c'est une des nappes que nous, nous n'avons jamais eu l'occasion d'utiliser.

« Je t'ai demandé si ça te plaisait, ces filles.

– Ben oui, répondit-il brusquement. Oui. C'était bien. J'en ai essayé quelques-unes.

– Mais pas récemment.

– Quel raisonnement ?

– Pas *récemment*.

– Comment ça quel raisonnement ?

– Pas ces *derniers temps*.

– Ces derniers temps ? Non, trop vieux pour ces choses-là. Fini tout ça. » Il agite une main presque avec colère. « C'est *fini* ça. *Terminé* tout ça. Adieu les petites amies !

– Il y a d'autres photos. Tu as beaucoup de photos, très bonnes. Peut-être qu'il y en a d'autres dedans.

– Ici ? Là-dedans ? Rien du tout.

– On ne sait jamais. »

Le tiroir du haut, où l'on eût autrefois trouvé un sac de tefilin, un tallit, un manuel d'éducation sexuelle, les nappes, se révèle, une fois ouvert, effectivement vide. Elle a passé sa vie à ranger des choses dans des tiroirs. Des choses dont on pouvait dire qu'elles étaient à nous. Les tiroirs de Debby, elle aussi, des choses qui étaient à elle. Les tiroirs de Michelle. Toute la vie, qu'elle soit advenue ou non, possible ou impossible, dans des tiroirs. Mais, à trop regarder l'intérieur de tiroirs vides, on devient probablement fou.

Je me mets à genoux pour ouvrir la porte qui cache le tiroir du milieu. Dedans il y a un carton. Et *pas* rien du tout. Sur le dessus de la boîte est inscrit « Affaires de Morty ». L'écriture de ma mère. Sur le côté, encore son écriture : « Drapeau & affaires de Morty. »

« Non, tu as raison. Il n'y a rien du tout là-dedans », et je referme la porte du buffet.

« Ah, quelle vie, quelle vie, marmonna Fish en me reconduisant vers le canapé du séjour.

– Ouais, elle a été bonne, la vie ? C'était bon de la vivre, cette vie, Fish ?

– Ouais. Mieux que d'être mort.

– C'est ce qu'on dit. »

Mais ce que moi je me disais, c'est que tout avait commencé quand ma mère était venue regarder par-dessus mon épaule pour voir ce que je faisais avec Drenka à la Grotte, que c'était parce qu'elle avait continué à regarder, si dégoûtant que cela ait pu lui paraître, parce qu'elle avait tenu à rester pour me suivre dans toutes ces éjaculations qui ne menaient nulle part, c'est pour ça que je suis là ! Qu'est-ce qu'il ne faut pas faire comme bêtises pour arriver à faire ce qu'on a envie de faire, le nombre d'erreurs qu'il faut obligatoirement faire avant d'en arriver là ! Si on nous parlait de toutes les erreurs avant, on dirait non, je n'y arriverai jamais, va falloir vous trouver quelqu'un d'autre, je suis trop malin pour faire toutes ces erreurs. Et on nous répondrait, nous croyons en vous, ne vous en faites pas, et on dirait non, pas question, il vous faut quelqu'un d'un peu plus shmok que moi, mais on vous répète qu'on a confiance en vous, qu'on est sûr que vous êtes l'homme de la situation, que vous allez devenir un shmok absolument colossal, et que vous allez être beaucoup plus consciencieux que vous ne pouvez vous l'imaginer, vous allez commettre des erreurs d'une magnitude dont vous ne pouvez même pas oser rêver pour l'instant – *parce qu'il n'y a pas d'autre moyen d'arriver au bout.*

Le cercueil était arrivé recouvert d'un drapeau. Son corps brûlé, d'abord enterré sur l'île de Leyte, dans un cimetière militaire des Philippines. Le cercueil est arrivé alors que j'étais déjà en mer ; ils nous l'avaient renvoyé. Mon père m'a écrit, de son écriture d'immigrant, qu'il y avait un drapeau sur le cercueil et qu'après la cérémonie, « le type de l'armée l'a plié pour maman conformément aux règles offissielles ». Il est dans ce carton, dans le buffet. À cinq mètres de distance.

Ils étaient revenus sur le canapé et se tenaient les mains. Et il ne sait pas qui je suis, il n'en a pas la moindre idée. Pas difficile de dérober le carton. Suffit de trouver le bon moment. Ce serait quand même mieux que Fish ne soit pas obligé d'en mourir.

« Je pense, quand je pense à la mort », était en train de dire Fish à ce moment-là, « je pense que je préférerais n'être jamais venu au monde. Je préférerais n'être jamais venu au monde. C'est ça, oui.

– Pourquoi ?

– Parce que la mort, la mort est une chose horrible. Tu sais. La mort, c'est pas une bonne chose. Alors je préférerais ne pas être né. » Cela, il le dit avec colère. Moi, je veux mourir parce que je n'y suis pas obligé, lui ne veut pas mourir parce qu'il y est obligé. « Voilà ma philosophie, dit-il.

– Mais ta femme était extraordinaire. Une très jolie femme.

– Oui, c'est vrai, ça c'est vrai.

– Deux enfants très bien.

– Ouais. Ouais. Oui. » La colère reflue, mais très lentement, par degrés. Ça ne va pas être facile de le convaincre qu'il peut y avoir des choses pour compenser l'existence de la mort.

« Tu avais des amis.

– Non. Je n'avais pas beaucoup d'amis. Je n'avais pas le temps d'avoir des amis. Mais ma femme, c'était une femme bien. Elle est décédée, il y a quarante ou cinquante ans, déjà. Une femme bien. Comme je disais, celle qui me l'a fait rencontrer c'était ma... attends une minute... elle s'appelait Yetta.

– C'est Yetta qui te l'a présentée. C'est bien ça. C'est ma mère qui te l'a présentée.

– Elle s'appelait Yetta. Oui. On était encore dans le Bronx quand elle me l'a présentée. Ils traversaient le parc. Je suis allé me promener. Et je les ai rencontrés en chemin. Et ils me l'ont présentée. Et c'est d'elle que je suis tombé amoureux.

– Tu as une bonne mémoire pour un homme de ton âge.

– Oh, ouais. Dieu merci. oui. Il est quelle heure ?

– Presque une heure.

– Ah bon ? Si tard que ça ? Faut que je mette ma côte d'agneau. Je fais une côte d'agneau. Et j'ai de la compote de pommes pour le dessert. Il est presque une heure, tu dis ?

– Ouais. Une heure moins deux ou trois minutes.

– Ah ouais ? Bon, alors je vais les mettre. Je me dis que c'est mon déjeuner.

– Tu fais cuire la côte d'agneau toi-même ?

– Oh, ouais. Je la mets dans le four. Ça prend dix minutes, un quart d'heure et c'est cuit. Évidemment. Les pommes, c'est des Delicious. Je mets une pomme dans le four. Et ça me fait mon dessert. Et après je mange une orange. Et voilà ce que j'appelle un bon repas.

– Bien. Tu prends bien soin de toi. Tu peux encore prendre des bains ? » Tu l'incites à prendre un bain et tu te tires avec le carton.

« Non, je prends des douches.

– Et c'est pas dangereux, ça ? Tu arrives à rester debout ?

– Ouais. C'est une cabine de douche, tu vois, avec un rideau. J'ai une douche. Et c'est là que je me douche. Aucun problème. Une fois par semaine, ouais. Je prends une douche.

– Et personne ne t'emmène jamais voir la mer en voiture ?

– Non. J'aimais beaucoup aller à la mer dans le temps. J'allais me baigner dans la mer. Ça fait longtemps, déjà. Je nageais plutôt bien. C'est dans ce pays que j'ai appris.

– Je me souviens. Tu faisais partie des Ours Polaires.

– Quoi ?

– Le Club des Ours Polaires.

– Ça, je me souviens pas.

– Si, si. Que des hommes, ils descendaient à la plage pour se baigner quand il faisait froid. Ça s'appelait le Club des Ours Polaires. Vous y alliez en maillot, rien d'autre, dans l'eau froide, vous entriez dans l'eau et vous ressortiez aussitôt. Dans les années vingt. Dans les années trente.

– Le Club des Ours Polaires, tu dis ?

– Oui.

– Oui. Oui. Ça y est. Je crois que je me souviens de ça.

– Ça te plaisait, Fish ?

– Le Club des Ours Polaires ? Pas du tout.

– Pourquoi tu y allais, alors ?

– Je le jure devant Dieu, je me souviens pas pourquoi je faisais une chose pareille.

– C'est toi qui m'as appris, Fish. C'est toi qui m'as appris à nager.

– Moi ? J'ai appris à Irving. Mon fils est né à Asbury Park. Et Lois est née ici même, dans cette maison, au premier. Dans la chambre à coucher. Dans la chambre où je dors encore maintenant, c'est là qu'elle est née. Lois. Le bébé. Elle est décédée. »

Dans le coin du séjour auquel Fish tourne le dos, un drapeau américain est enroulé autour d'un mât posé sur le parquet, très court. Les mots « Drapeau & affaires de Morty » qu'il vient de lire sont encore frais dans l'esprit de Sabbath, mais c'est seulement maintenant qu'il remarque ce drapeau, pour la première fois. C'est lui ? Est-ce qu'il n'y a qu'un carton vide là-bas, que dedans il ne reste plus rien des affaires de Morty et que c'est le drapeau de son cercueil qui est sur ce mât ? Le drapeau est aussi délavé que le fauteuil de plage de la cour. Si cette femme de ménage s'intéressait au ménage, il y a longtemps qu'elle en aurait fait des chiffons.

« Comment se fait-il que tu aies un drapeau américain chez toi ? demanda Sabbath.

– Ça fait quelques années que je l'ai déjà. Je sais plus comment je l'ai eu, mais il est là. Attends une minute, je crois que c'est la Belmar Bank qui me l'a donné. J'avais accumulé pas mal d'argent et ils m'ont donné ce drapeau. Un drapeau américain. À Belmar, j'avais un compte d'épargne. Maintenant, adieu l'épargne.

– Tu veux prendre ton repas, Fish ? Tu veux aller te faire ta côte d'agneau ? Je reste si tu veux, je t'attends.

– Ça va. J'ai le temps. Elle va pas se sauver. »

Le rire de Fish qui ressemble de plus en plus à un rire.

« Et tu as toujours le sens de l'humour, dit Sabbath.

– Pas beaucoup. »

Bon, même s'il n'y a plus rien dans ce carton, j'aurai appris deux choses aujourd'hui avant de partir : la peur de la mort ne vous quitte jamais et il reste toujours un petit peu d'humour, même au Juif le plus simple qui soit.

« Est-ce que tu avais jamais pensé que tu vivrais assez vieux pour devenir centenaire ?

– Non, pas du tout. J'en avais entendu parler dans la Bible, mais je n'y pensais pas, non. Dieu merci, j'y suis arrivé. Mais combien de temps est-ce que je vais durer, Dieu seul le sait.

– Tu n'as pas envie de manger, Fish ? Ta côtelette d'agneau ?

– Qu'est-ce que c'est, ça ? Tu vois ce que c'est ? »

Les mains sur les genoux, il tient les deux enveloppes qu'il avait entre les mains au moment où je suis entré. « Tu peux me les lire ? C'est une facture ou quoi ?

– "Fischel Shabas, 311 Hammond Avenue." Attends, je vais te l'ouvrir. C'est le docteur Kaplan, l'optométriste.

– Qui ?

– Le docteur Benjamin Kaplan, l'optométriste. De Neptune. Il y a une carte. Je te la lis. "Bon anniversaire."

– Oh ! » Cette attention lui fait un plaisir inattendu. « C'est quoi son nom, déjà ?

– Docteur Benjamin Kaplan, l'optométriste.

– L'opticien ?

– Ouais. "Bon anniversaire, vous êtes un patient formidable."

– Jamais entendu parler de lui.

– "En souhaitant un anniversaire formidable à un patient formidable." C'était ton anniversaire ?

– Ouais, évidemment.

– C'était quand ?

– Le 1er avril. »

En effet. Poisson d'avril. Ma mère a toujours pensé que c'était tout à fait approprié. Oui, ce qu'elle détestait chez lui, c'était la quéquette. Je ne vois pas d'autre explication.

« C'est bien une carte d'anniversaire, alors.

– Une carte d'anniversaire ? C'est quoi son nom ?

– Kaplan. Un docteur.

– Jamais entendu parler de ce docteur. Peut-être qu'on lui a parlé de mon anniversaire. Et l'autre ?

– Tu veux que je l'ouvre ?

– Ouais, bien sûr, vas-y.

– Ça vient de la Guaranty Reserve Life Insurance Company. J'ai l'impression que ça n'a aucune importance.

– Qu'est-ce qu'ils disent ?

– Ils te proposent une assurance-vie. Ils disent : "Police d'assurance-vie pour les personnes de quarante-cinq à quatre-vingt-cinq ans."

– Tu peux jeter.

– Voilà, c'est tout ce qu'il y a comme courrier.

– Rien à fiche de tout ça.

– C'est vrai, tu n'as pas besoin de ça. Tu n'as pas besoin d'une assurance-vie.

– Non, non. J'en ai une. Cinq mille dollars, je crois, je sais pas. C'est mon voisin qui continue à payer. Voilà l'assurance que j'ai. J'ai jamais pris des grosses assurances. Pour qui ? Pour quoi ? Cinq mille dollars, ça suffit. Alors il s'en occupe. Quand je serai mort, ça servira pour m'enterrer, et il garde le reste. » Il prononce « mort » comme « dort ».

« Qui sait, dit Fish, combien il me reste à vivre ? Il me reste plus beaucoup de temps devant moi. C'est évident. Combien je peux encore durer après cent ans ? Un tout petit peu. S'il me reste encore un an ou deux, j'ai de la chance. S'il me reste encore une heure ou deux, j'ai de la chance.

– Et ta côtelette d'agneau ?

– Il y a un type du journal d'Asbury Park qui doit venir m'interviewer aujourd'hui, *The Press*. À midi.

– Ah bon ?

– J'ai laissé la porte ouverte. Il est pas venu. Je sais pas pourquoi.

– Pour t'interviewer parce que tu es centenaire ?

– Ouais. Pour mon anniversaire. À midi. Peut-être il s'est dégonflé, je sais pas. Comment vous appelez-vous, monsieur ?

– Mon prénom c'est Morris. Mais depuis que je suis tout petit, on m'a toujours appelé Mickey.

– Attendez une minute. Je connaissais un Morris. De Belmar. Morris. Ça va me revenir.

– Et mon nom c'est Sabbath.

– Comme mon cousin.

– C'est exactement ça. De McCabe Avenue.

– Et l'autre type, il s'appelle aussi Morris. Ça alors. Morris. Hé. Ça va me revenir.

– Ça te reviendra quand tu auras mangé ta côte-lette d'agneau. Allez, Fish », dis-je, et cette fois, je l'aidai à se mettre debout. « Tu vas aller manger maintenant. »

Sabbath n'eut pas l'occasion de le voir faire cuire sa côtelette d'agneau. Il aurait bien-aimé. Il aurait bien-aimé voir la côtelette d'agneau elle-même. Ça aurait été marrant, se dit le marionnettiste, de le voir se faire sa côtelette d'agneau et ensuite, dès qu'il lui aurait tourné le dos, je lui chipe sa côtelette et je la mange. Mais dès qu'il eut réussi à faire entrer Fish dans la cuisine, il prétendit qu'il devait monter aux toilettes, retourna dans la salle à manger, prit le carton dans le buffet – il n'était pas vide – et quitta la maison en l'emportant.

La jeune femme noire était toujours sur la marche la plus haute de sa véranda, elle était assise maintenant et regardait tomber la pluie en écoutant de la musique à la radio. Terriblement heureuse. Encore une qui prenait du Prozac ? Des traits qui auraient pu indiquer des origines indiennes. Jeune. Les autres marins nous avaient emmenés, Ron et moi, dans un quartier un peu en dehors de Veracruz. Une espèce de boîte de nuit, dans un quartier chaud, en partie à ciel ouvert, minable, sordide, avec des guirlandes d'ampoules partout et des dizaines et des dizaines de jeunes femmes assises à des tables grossières avec des marins. Une fois d'accord, ils vidaient leur verre et partaient en direction d'une rangée de maisons basses où se trouvaient les chambres. Toutes les filles étaient des mélanges. On est dans la péninsule du Yucatán – les ancêtres mayas ne sont pas très loin. Le mélange des races, c'est toujours un mystère. Ça vous entraîne au plus profond du mystère de la vie. Cette fille était adorable, agréable, tout à fait charmante. La peau très sombre. Une fille bien, souriante, amicale, chaleureuse. Pas plus de vingt ans, sans doute moins. Une merveille, pas pressée, on avait le temps. Je me souviens qu'elle m'avait mis une espèce de pommade après, ça piquait. Je crois que c'était un truc astringent qui était censé prévenir les maladies. Une fille très bien. Comme celle-là.

« Comment il va, le vieux ?

– Mange sa côtelette.

– Youpi ! » cria-t-elle.

Eh ben, j'aimerais bien faire sa connaissance, à celle-là ! Vas-y, plus fort, n'arrête pas. Non. Trop vieux. C'est fini tout ça. Trop tard. *Terminé*. Adieu les petites amies.

« Vous êtes du Texas ? Où est-ce que vous avez appris à faire ce youpi ?

– Youpi-ya-ya-yé, c'est avec le bétail, dit-elle en riant la bouche grande ouverte. "Youpi-ya-ya-yé, allez, on avance !" Sur l'air d'une chanson.

– C'est quoi cette chanson ?

– C'est c'qu'on chante aux petits veaux qui ont perdu leur maman, elles partent et elles les abandonnent.

– Vous, vous êtes un vrai cow-boy. Au début, j'ai cru que vous étiez d'Asbury. Mais vous m'plaisez bien m'dame. J'entends tinter vos éperons jusqu'ici. C'est quoi votre nom, m'dame ?

– Hopalong Cassidy, lui dit-elle. Et vous, c'est quoi votre nom ?

– Rabbi Israël, le Baal Shem Tov – le Maître de la Renommée de Dieu. À la shoul, les copains m'appellent Boardwalk, comme la promenade en planches sur le bord de mer.

– Bien du plaisir à faire votre connaissance, m'sieur.

– Je vais vous raconter une histoire », dit-il en haussant une épaule pour se caresser la barbe alors que, debout près de sa voiture, il tenait la boîte de

Morty dans ses bras, comme un enfant. « Rabbi Mendel se vanta un jour auprès de son maître, Rabbi Elimelekh, de voir tous les soirs l'ange qui roule le tapis de la lumière à l'approche de la nuit, et tous les matins l'ange qui roule le tapis de la nuit à l'approche du jour. "Oui, lui dit Rabbi Elimelekh, moi aussi j'ai vu ça dans ma jeunesse. Mais après, on ne les voit plus ces choses-là."

– Je comprends rien aux histoires juives, m'sieur Boardwalk. » Elle riait à nouveau.

« C'est quoi les histoires que vous comprenez ? »

Mais, depuis l'intérieur du carton, le drapeau américain de Morty – je sais qu'il est dedans, plié, tout au fond, conformément aux règles officielles – me dit : « C'est contraire à une loi juive », c'est pourquoi il monta dans la voiture avec le carton, roula jusqu'à la plage, jusqu'à la promenade en planches, qui avait disparu. Les planches avaient disparu. Adieu les planches. La mer avait fini par les avoir. L'Atlantique, ça c'est un océan, une force incroyable. La mort est une chose horrible. J'en ai jamais entendu parler de ce docteur. Remarquable. Oui, c'est le mot qui convient. Tout était remarquable. Adieu remarquable. Adieu l'Égypte et la Grèce ! Adieu Rome !

*

Voici ce que Sabbath trouva dans le carton en cet après-midi pluvieux et brumeux de l'anniversaire de Morty, le mercredi 13 avril 1994, sa voiture immatriculée dans un autre État étant la seule sur Ocean Avenue, près de la plage de McCabe Avenue, à être garée en diagonale, isolée, face au dieu de la mer avec ses petites vagues qui faisaient gentiment leurs petits aller retour sans impressionner personne, et qui, la mine grise, s'éloignaient vers le sud dans le sillage des derniers sursauts de la tempête. Il n'y avait jamais rien eu de semblable à ce carton dans la vie de Sabbath, jamais rien d'approchant, même quand il avait dû trier les vêtements de gitane de Nikki après sa disparition. Si horrible qu'ait été ce placard, ce n'était rien comparé à ce carton. La pureté de la monstrueuse souffrance qu'il ressentait était nouvelle, à côté d'elle toutes les souffrances qu'il avait pu endurer auparavant apparaissaient désormais comme des ersatz de souffrance. Cette fois, il y avait de la passion, de la violence dans sa souffrance, la pire qu'il ait jamais connue, du genre de celle qu'on invente pour le tourment d'une seule espèce, l'animal qui se souvient, l'animal à la mémoire qui remonte loin. Et pour la réveiller, il suffisait de sortir du carton et de tenir dans ses mains ce que Yetta Sabbath y avait rangé de son fils aîné. Voilà ce qu'était la vie d'une vénérable promenade que l'Atlantique arrache à ses amarres, une promenade en planches usée, fabriquée avec soin, à l'ancienne, qui court sur toute la longueur d'une petite ville au bord de l'océan, vissée pour toujours sur des poteaux en bois traités à la créosote aussi gros que la poitrine d'un homme fort et qui, le jour où des vagues que l'on connaît bien s'y prennent à la côte, se met à branler et se déchausse comme une dent d'enfant.

Des affaires, c'était tout. Juste quelques affaires, rien de plus, mais qui pour lui représentaient le plus grand ouragan du siècle.

L'énorme lettre de l'alphabet que Morty portait sur son pull de l'équipe d'athlétisme. Bleu foncé avec une bordure noire. Dessus, une chaussure de sport avec des ailes sur la barre du A. Derrière, la petite étiquette du fabricant d'insignes avec l'adresse :

« The Standard Pennant Co. Big Run, Pennsylva-
nia. » Il l'avait cousue sur un pull bleu ciel, les couleurs de l'équipe. Les Asbury Bishops.

Une photo. Un bimoteur B-25 – pas le modèle J
dans lequel il s'était fait descendre mais le D, celui
sur lequel il avait appris à voler. Morty en tricot de
peau, pantalon de treillis, ses plaques d'identité
autour du cou, casquette d'officier, harnais de para-
chute. Les bras musclés. Un bon garçon. Son équipage, cinq en tout, tous sur la piste, derrière eux, des
mécaniciens qui s'affairent autour d'un moteur. Un
tampon au dos, Fort Story, Virginie. Il a l'air heureux, gentil comme tout. La montre. Ma Benrus.
Celle-là.

Un portrait, studio photo La Grotta de Long
Branch. Un gamin avec une casquette sur la tête, en
uniforme.

Une photo. Il lance le disque sur le stade. Il se prépare à tourner, le bras est derrière le corps.

Une photo. Un instantané. Le disque est parti,
deux mètres devant lui. Il a la bouche ouverte. Le
maillot de sport avec le A dessus, le minuscule short
bleu. Les couleurs de la photo sont pâles. Elles ont
coulé, comme de l'aquarelle. La bouche est ouverte.
Les muscles.

Deux petits enregistrements. Aucun souvenir de
ça, rien du tout. Un qu'il avait envoyé quand il était
au 324 CTD (École de l'air), State Teachers College,
Oswego, New York. « Ce disque a été enregistré dans
un foyer de soldats, l'USO Club de la YMCA .» Il y a
sa voix sur ce disque. C'est adressé à « M. et Mme S.
Sabbath et Mickey ».

Un renfort de métal au dos du deuxième disque.
« Cette "lettre-disque" est l'un des nombreux services
dont disposent les hommes des forces armées qui
fréquentent l'USO Club, "ICI, LE SOLDAT EST CHEZ

LUI". » VOICE-O-GRAPH. Enregistrement automatique de la voix. Pour M. et Mme Sabbath et Mickey. Il mettait toujours mon nom.

Des triangles isocèles, en satin, un rouge, un blanc et un bleu, réunis par des coutures pour en faire une kippa. Sur le triangle blanc du devant il y a un V, et sous le V, point-point-point-trait – V en morse. « Dieu bénisse l'Amérique » est écrit en dessous. Une kippa patriotique.

Une Bible miniature. *Écritures saintes juives.* À l'intérieur, à l'encre bleu pâle : « Que le Seigneur te bénisse et te garde, Arnold R. Fix, aumônier. » Un titre sur la page de garde : « La Maison-Blanche. » « En tant que chef des armées, j'ai plaisir à recommander la lecture de la Bible à tout ceux qui sous les drapeaux... » Franklin Delano Roosevelt recommande « la lecture de la Bible » à mon frère. Comment ils s'y sont pris pour les envoyer à la mort. Recommande.

Livre de prières abrégé à l'usage des Juifs dans les forces armées des États-Unis. Un petit livre brun qui tient dans la paume de la main. En hébreu et en anglais. Au milieu, entre deux pages, une photo de la famille couleur sépia. Nous sommes dans la cour. Sa main est posée sur l'épaule de mon père. Mon père a mis son costume, un gilet, et même une pochette. C'est quoi ? Rosh Hashanah ? Je suis superbe, en veste et pantalon sport. Ma mère porte un manteau et un chapeau. Morty a mis une veste mais pas de cravate. L'année où il s'est engagé. Papa – comme Fish, un appareil photo et il devient raide comme un piquet. Ma petite bonne femme de mère sous son chapeau à voilette. Il gardait notre photo dans son livre de prières à l'usage des Juifs dans les forces armées des États Unis. Mais il n'est pas mort parce qu'il était juif. Il est mort parce qu'il était américain. Ils l'ont tué parce qu'il était né en Amérique.

Sa trousse de toilette. Cuir marron avec les initiales M.S. en lettres d'or. À peu près dix-huit centimètres sur vingt, et trois d'épaisseur. Deux sachets de comprimés à l'intérieur. Des comprimés à effet retard. Dexamyl. Dans les cas d'angoisse et de dépression. Dexedrine 15 mg et Amobarbital 1,5 g. (Amobarbital ? C'est à Morty ou à m'man ? Est-ce qu'elle s'est servi de sa trousse pour y mettre ses propres médicaments quand elle est devenue barge ?) Un demi-tube de crème à raser sans blaireau Mennen. Des petits sachets vert et blanc de talc pour homme Mennen. Du shampooing Shasta Beauty, cadeau de Procter et Gamble. Des ciseaux à ongles. Un peigne beige. Pommade pour les cheveux Mennen. Encore parfumée. Encore crémeuse ! Une bouteille sans étiquette, le contenu a séché. Une boîte en imitation laque, une savonnette Ivory à l'intérieur, encore dans son emballage. Un rasoir électrique Majestic noir dans une petite boîte rouge. Avec son cordon. Des poils dans la tête de rasage. Les poils microscopiques de la barbe de mon frère. C'est bien ça, des poils de sa barbe.

Une ceinture à billets en cuir noir, souple à force d'avoir été portée à même la peau.

Un tube de plastique noir contenant : une médaille de bronze sur laquelle est gravé : « 3ᵉ Championnat de lancer du disque senior 1941. » Une plaque d'identité. « A » pour le groupe sanguin, « H » pour Hébraïque. Morton S. Sabbath 12204591 T 42. Le nom de maman sous le sien. Yetta Sabbath 227 McCabe Ave Bradley Beach, N.J. Un insigne fixé à une épingle sur lequel est écrit : « C'est l'heure de votre Saraka. » Deux balles. Une croix rouge sur un bouton blanc avec le mot « Servir » en haut. Des galons de sous-lieutenant, deux jeux. Des ailes en bronze.

Un boîte de thé rouge et or de la taille d'une petite brique. Du thé Swee-Touch-Nee (ça vient de la maison, non ? On mettait des bricoles dedans, des bouts de fil de fer, des clés, des clous, des cadres de photos. C'est Morty qui l'avait emportée avec lui ou bien c'est elle qui y a mis ses affaires quand on les lui a renvoyées ?). Des badges. Les Air Apaches. 498ᵉ escadron. 345ᵉ groupe de bombardement. Je sais encore les distinguer. Des rubans. Les ailes de sa casquette.

Une clarinette. En cinq morceaux. Le bec.

Un agenda. Le Mini-Agenda Idéal de 1939. Deux événements sont notés. Le 26 août : « Anniversaire de Mickey. » Le 14 décembre : « Shel et Bea se sont mariés. » La cousine Bea. Mon dixième anniversaire.

Un nécessaire à couture de soldat. Moisi. Des épingles, des aiguilles, des boutons, des petits bouts de fil kaki.

Un document. L'aigle américain. *E pluribus unum*. En souvenir du sous-lieutenant Morton S. Sabbath, mort au service de son pays dans le Pacifique Sud le 15 décembre 1944. Il fait partie de ces patriotes qui ont osé affronter la mort afin que vive la liberté, qu'elle soit plus forte encore et que nous puissions tous en récolter les bienfaits. La liberté n'a pas disparu, elle vit, et, à travers elle, il vit lui aussi – homme d'exception dont les accomplissements lui valent sa place parmi les plus grands. Franklin Delano Roosevelt, Président des États-Unis d'Amérique.

Un document. Le texte de la citation qui accompagne sa décoration, le Purple Heart. À tous ceux qui auront accès aux présents documents, les États-Unis d'Amérique offrent leur salut : Ceci pour certifier que le Président des États-Unis, en vertu des pouvoirs qui lui sont conférés par le Congrès, a

584

décerné la décoration du Purple Heart instaurée par le général George Washington à Newburgh, N.Y., le 7 août 1782, au sous-lieutenant Morton Sabbath AS n° 0827746, pour sa valeur militaire et en hommage aux blessures reçues au combat qui devaient entraîner sa mort le 15 décembre 1944, fait sous mon autorité dans la ville de Washington le seizième jour du mois de juin 1945, le ministre de la Guerre, Henry Stimson.

Des certificats. Des arbres plantés en Palestine. À la mémoire de Morton Sabbath, planté par Jack et Berdie Hochberg. Planté par Sam et Yetta Sabbath. Pour le reboisement d'Eretz Israël. Planté par le Fonds national juif pour la Palestine.

Deux petites figurines de céramique. Un poisson. L'autre représente des toilettes extérieures, une petite cabane, un gamin est assis sur le trône pendant qu'un autre attend son tour dehors. Nous étions nous-mêmes des enfants. On l'avait gagné au Pokerino sur les planches. Une blague qu'on avait entre nous. Le chiotard. Morty l'avait emporté avec lui à la guerre. Avec le coupe-fil en céramique.

Il descendit sur la plage avec le drapeau. Là, il déplia, un drapeau à quarante-huit étoiles, s'enroula dedans, et, debout dans la brume, il commença à pleurer sans pouvoir s'arrêter. À le regarder quand il était avec Lenny et Bobby je m'amusais déjà, rien qu'à le regarder avec ses amis, les regarder faire les imbéciles, rire, se raconter des histoires. Et il mettait toujours mon nom quand il écrivait. Il mettait toujours mon nom !

Ce n'est que deux heures plus tard, quand il revint à son point de départ après avoir arpenté la plage en tous sens, enveloppé dans ce drapeau – il avait marché sur le sable jusqu'au pont basculant de Shark River et retour, il avait pleuré en marchant, parlé avec agitation, s'était tu, muré dans un silence sauvage, plein d'agressivité, puis il avait psalmodié à voix haute des mots et des phrases qui n'avaient aucun sens, même pour lui – ce n'est qu'après deux bonnes heures de ces divagations sur Morty, sur le frère, sur la seule perte à jamais inacceptable, qu'il revint à sa voiture et trouva, sur le plancher, à côté de la pédale de frein, le paquet d'enveloppes portant leur adresse dans l'écriture bien lisible de Morty. Elles étaient tombées du carton alors qu'il l'ouvrait mais il était à ce moment-là trop excité pour les ramasser, à plus forte raison pour les lire.

Et il était revenu parce que, après avoir passé deux heures à regarder fixement la mer puis le ciel sans rien y voir, puis en y voyant tout, puis à nouveau rien, il s'était dit que cette frénésie était passée et qu'il avait repris pied en 1994. Il pensa que maintenant seul l'océan pourrait encore l'engloutir de cette manière. Et tout ça à cause d'une simple boîte en carton. Essayez un peu d'imaginer ce que serait l'histoire du monde. Nous sommes des êtres sans mesure parce que notre douleur est sans mesure, toutes ces centaines et ces milliers de manières de souffrir.

L'adresse de l'expéditeur était la boîte postale du lieutenant Morton Sabbath à San Francisco. Six cents par avion. Les tampons disaient novembre et décembre 1944. Retenues par un élastique durci par le temps qui cassa lorsque Sabbath passa le doigt dessous, cinq lettres envoyées du Pacifique.

Recevoir une lettre de lui était toujours un moment fort. Il n'y avait rien de plus important. Le logo de l'armée américaine en haut de la page et l'écriture de Morty en dessous, c'était comme de voir Morty lui-même. Chacun les lisait dix fois, vingt fois même, après que sa mère les avait lues à haute voix

à la table du dîner. « Il y a une lettre de Morty ! »
Aux voisins. Au téléphone. « Une lettre de Morty ! »
Et ça, c'étaient les cinq dernières.

Le 3 décembre 1944

Très chers maman, papa & Mickey,

Bonjour tout le monde comment ça va à la maison. Il y
a eu du courrier aujourd'hui & je me suis dit que c'est
sûr que j'en avais mais je me suis cependant trompé. Je
crois que quelque part quelqu'un a fait une erreur et je
vais essayer de voir ce que je peux faire. Si c'est possible
je vais aller en avion jusqu'en Nouvelle-Guinée pour vérifier un peu tout ça.

Je me suis réveillé à 9h20 ce matin et je me suis rasé et
j'ai préparé mon petit déjeuner. Comme il a ensuite
recommencé à pleuvoir je suis allé dans la tente de mon
navigateur pour peindre l'insigne de notre escadrille sur
mon sac modèle B.4. C'est une tête d'Indien et je vais
écrire ensuite notre nom Air Apaches. Si tu entends parler des Air Apaches tu sauras que c'est notre escadrille.
J'ai passé la plus grande partie de l'après-midi à peindre
et après on a fait du thé et on a pris des biscuits pour se
faire un petit « nosh ».

Maman est-ce qu'on a jamais coupé des choses dans
les lettres que je vous envoie. J'ai pris mon dîner et
ensuite je suis allé voir si je volais demain.

On a joué aux cartes ce soir et on a écouté la radio. Il y
avait du jazz. Au fait on a gagné la partie.

J'ai pris un pain au mess et comme on a de la gelée de
raisins j'ai fait un chocolat chaud & j'ai mangé du pain &
de la confiture ce soir.

Bon mes chers tous je crois que c'est tout pour le
moment et je vous dis au revoir de tout mon cœur. Ne
travaillez pas trop dur & prenez bien soin de vous.
Embrassez tout le monde pour moi & portez-vous bien.

Que Dieu vous bénisse & vous garde en bonne santé.

Votre fils qui vous aime,
Mort

Le 7 décembre 1944

Très chers maman, papa & Mickey,

Salut tout le monde encore un autre jour qui passe et aujourd'hui je suis officier de permanence opérationnelle pour la nuit. On a pas mal volé dans le secteur comme vous avez dû le voir dans le journal.

Pas grand-chose de neuf par ici que je ne vous ai pas déjà dit. Au fait si vous voyez des choses sur les Air Apaches c'est notre escadrille et comme ça vous saurez que c'était nous pour la mission en question. La guerre a commencé il y a trois ans aujourd'hui.

On a monté notre tente aujourd'hui et demain je vais essayer de poser un plancher. Il y a pas beaucoup de bois par ici mais quand on sait où aller on en trouve. On bricole une douche et plein d'autres trucs pour rendre les choses un peu confortables et agréables. Les indigènes sont très contents de nous aider. Ils n'ont pas beaucoup de vêtements parce que les Japs leur ont tout pris alors on leur donne quelques effets & ils sont prêts à faire pratiquement n'importe quoi pour nous.

On a souvent des alertes aériennes mais ça ne va pas très loin.

Comment ça va à la maison ? Ici la nourriture s'est améliorée & on a eu de la dinde au dîner & plein de légumes.

Bon mes chers tous puisque je n'ai plus grand-chose à vous écrire je vous dis au revoir pour ce soir. Prenez bien soin de vous & que Dieu vous bénisse. Je vous aime beaucoup & je pense toujours à vous.

Je vous embrasse tous et vous serre dans mes bras.

Bonne nuit.

Votre fils qui vous aime,
Mort

Le 9 décembre 1944

Très chers maman, papa & Mickey,

Salut tout le monde j'ai bien reçu votre aérogramme par le courrier militaire l'autre jour daté du 17 novembre et c'était vraiment très bien d'avoir de vos nouvelles. Maman n'utilise pas les aérogrammes militaires parce que ça met plus longtemps à arriver ici que les lettres par avion et on peut en écrire plus long dans une lettre normale. Votre courrier arrive au bout d'un peu plus de quatorze jours ce qui veut dire que ça s'est arrangé. Dites-moi où se trouve Sid L. dès que vous le saurez parce que s'il vient ici j'aimerais bien le voir. Pour l'instant je n'ai pas encore reçu vos paquets mais ils devraient arriver bientôt.

Il y a quelques jours, je suis allé en avion jusqu'à notre ancienne base pour ramener un nouvel appareil. J'ai passé deux jours à attendre et j'ai cherché Gene Hochberg et on a été très contents de se voir. Je me suis acheté une nouvelle paire de chaussures militaires et des protège-matelas dont j'avais besoin. J'ai trouvé mon linge ici et j'ai pris à la blanchisserie les affaires que j'avais laissées en partant. Tout était intact et je me suis acheté des effets neufs puisque j'avais le temps. Je me suis aussi procuré une caisse de jus de pamplemousse car ça fait du bien quand on est en mission et qu'on a soif. Hier soir j'ai vu le film « When Irish Eyes are smiling » et c'était très bien. Il a plu hier soir et j'avais la flemme et je me suis levé qu'à 10h30 le matin.

Je suis content de savoir que tout le monde à la maison va bien. Je crois que je vais aller voir aujourd'hui comment Eugene s'en sort. Je lui ai donné un plancher pour sa tente hier.

Bon mes chers tous c'est à peu près tout ce que j'ai à vous raconter pour le moment. Bonne santé & que Dieu vous bénisse. Je pense toujours à vous.

Votre fils qui vous aime,
Mort

Le 10 décembre 1944

Très chers maman, papa & Mickey,

Salut tout le monde nous on attend de toucher un nouvel avion. Hier je suis allé voir Gene mais je ne suis pas resté longtemps parce qu'il fallait que je ramène la Jeep à l'escadrille. J'ai lu le livre à Bob Hope « I never left home » et j'ai beaucoup aimé. Il a commencé à pleuvoir vers ce moment-là et jusqu'à l'heure de la bouffe. Je suis allé dans la tente à un ami et on a joué au bridge pendant plusieurs heures. Et puis on a pris un petit « nosh » avec du jambon & des œufs & des oignons & du pain & du chocolat chaud.

Je me suis couché très tard et je me suis levé pour le petit déjeuner à 7h10 le lendemain matin. Presque toute la matinée je l'ai passée à nettoyer mes mocassins et à les graisser et après avec mon copilote on a pris nos pistolets et on s'est entraînés à tirer sur des bouteilles et sur des boîtes de conserve. J'ai fini de lire mon livre et j'ai dîné. J'ai fait de la clarinette.

Le soir je suis allé voir un de nos gars qui est à l'hôpital et qui devrait en sortir dans quelques jours. En ce moment j'écoute la radio tout en vous écrivant.

Comment ça va à la maison ? Je vous ai envoyé environ 222 dollars il y a environ un mois et vous ne m'avez pas dit si vous avez reçu les mandats. Si vous les avez reçus dites-le-moi. Et aussi si vous avez reçu mes coupons de l'emprunt de guerre et les 125 dollars de prime tous les mois.

Bon mes chers tous j'espère que vous allez bien et que vous prenez soin de vous. Vous me manquez beaucoup & j'espère que la guerre sera bientôt finie.

Bonne nuit et que Dieu vous bénisse.

Votre fils qui vous aime,
Mort

Le 12 décembre 1944

Très chers maman, papa & Mickey,

Bon je suis finalement revenu aujourd'hui et j'ai ramené un nouvel appareil ici. J'ai vu un bon film hier soir et quand je suis retourné à ma tente on a blagué un moment et on s'est mis au pieu. J'ai chargé mon nouvel appareil dans la matinée et j'ai décollé. On a volé en formation jusqu'ici et les nouveaux appareils sont beaucoup plus rapides que les autres.

La nourriture est très bonne ici et on continue d'aménager la tente. On devrait avoir un plancher en bois très bientôt.

On a eu de l'agneau au dîner et du bon café. J'ai acheté

beaucoup de choses pour la tente pendant que j'étais à notre ancienne base. Tout va très bien ici et je suppose que vous avez tout lu dans le journal sur l'invasion. Évidemment on y a participé.

Comment ça va à la maison ? Je n'ai pas reçu de courrier depuis quelques jours mais il devrait y en avoir demain.

Je suis très content de savoir que Mickey se débrouille bien au disque et au poids. Ne le lâchez pas et obligez-le à s'entraîner et qui sait il ira peut-être aux Jeux olympiques.

Dites-moi si vous avez reçu mon mandat de 222 dollars et aussi le coupon de l'emprunt de guerre.

Je pense qu'on aura une permission dans quelques mois.

Bon mes chers tous c'est à peu près tout pour le moment. Je continuerai à vous écrire aussi souvent que possible quand j'ai quelque chose à vous dire.

Alors bonne nuit et que Dieu vous bénisse. Je pense souvent à vous tous et j'espère bientôt vous revoir.

Votre fils qui vous aime,
Mort

Les Japs l'ont descendu le lendemain. Il aurait soixante-dix ans aujourd'hui même. On serait en train de fêter son anniversaire. Tout ceci ne lui a appartenu qu'un instant, un très court instant.

À 5 000 mètres d'altitude, la vitesse maximale du B-25 D était de 780 kilomètres à l'heure. Son rayon d'action était de 2 400 kilomètres. À vide, il pesait 9 207 kilos. Des ailes plates, comme des ailes de mouette, d'une envergure de 20 mètres 58 centimètres. Longueur 16 mètres 23 centimètres. Hauteur 4 mètres 82 centimètres. Deux mitrailleuses frontales de 12.7 et deux mitrailleuses jumelées de 12.7 dans chacune des deux tourelles escamotables, une sur le dos et une sous le ventre. La charge habituelle de bombes était de 900 kilos. Charge totale autorisée de 1 632 kilos.

Sabbath n'avait rien ignoré de ce qui concernait le bombardier à moyen rayon d'action B-25 de North American Mitchell et il se souvenait d'à peu près tout, et tout lui revint avec précision ce soir-là, alors que, dans l'obscurité, il roulait en direction du nord avec les affaires de Morty posées à côté de lui sur le siège du passager. Il était encore enveloppé dans le drapeau américain. Il ne l'enlèverait jamais – pourquoi l'enlèverait-il ? Sur la tête, il portait la kippa rouge, blanc et bleu ornée du V de la victoire avec « Dieu bénisse l'Amérique » écrit en dessous. Cette tenue ne changeait absolument rien à rien, ne marquait aucune évolution ni aucun recul de quoi que ce soit, elle ne le rapprochait pas de ce qui n'était plus et ne l'isolait pas du présent ; pourtant, il était déterminé à ne plus jamais s'habiller autrement. Celui qui a choisi le rire se doit d'être toujours vêtu des vêtements sacerdotaux de la secte à laquelle il appartient. Les habits ne sont, après tout, qu'une mascarade. Quand on sort dans la rue et qu'on voit les gens habillés de leurs vêtements, on sait avec certitude qu'ils n'ont aucune idée de la raison pour laquelle ils sont venus au monde et qu'ils sont tous, consciemment ou pas, en représentation dans un rêve sans fin. C'est quand nous glissons des cadavres dans des vêtements que nous nous trahissons et que nous apparaissons comme les grands penseurs que nous sommes. J'étais content de voir Linc avec une cravate. Et un costume de chez Paul Stuart. Et un mouchoir de soie dans sa poche de poitrine. Comme ça on peut l'emmener n'importe où.

Le raid de Jimmy Doolittle. Seize B-25, des avions en principe basés à terre qui décollent d'un porte-avions pour lâcher leurs bombes à mille kilomètres de là. Décollage depuis le pont de l'USS *Hornet*, le 18 avril 1942, ça fera cinquante-deux ans la semaine prochaine. Six minutes au-dessus de Tokyo suivies de plusieurs heures d'agitation dans notre maison, deux verres de schnaps pour Sam, sa dose annuelle en une seule nuit. Il est passé juste au-dessus du palais du Dieu-Empereur (qui aurait pu arrêter ces cinglés d'amiraux avant que ça ne commence si Dieu avait donné au Dieu-Empereur une paire de couilles de vulgaire roturier). À peine quatre mois après Pearl Harbor, premier raid de toute la guerre sur le Japon – les dix ou onze tonnes d'un bombardier à moyen rayon d'action qui s'arrachent du pont seize fois de suite. Puis en février et en mars 45, les B-29, les Super-Forteresses basées dans les îles Mariannes, de nuit elles font tout cramer : Tokyo, Nagoya, Osaka, Kobe – mais les plus gros des B-29, ceux qui ont fait Hiroshima et Nagasaki, sont arrivés huit mois trop tard pour nous. C'est à Thanksgiving 1944 qu'il aurait fallu mettre un terme à cette putain de guerre – *ça*, ça aurait été une occasion de faire la fête. On· a joué aux cartes ce soir et on a écouté la radio. Il y avait du jazz. Au fait on a gagné la partie.

Le bombardier des Japs, c'était le Mitsubishi G4M1. Leur chasseur, c'était le Mitsubishi Zéro-Sen. Tous les soirs, dans son lit, Sabbath avait des angoisses à cause des Zéro-Sen. Au lycée, un prof de maths qui avait été pilote pendant la Première guerre disait que le Zéro était un avion « formidable ». Dans les films, ils disaient « tueur » quand ils en parlaient, et quand Sabbath était allongé dans le noir à côté du lit vide de Morty, il n'arrivait pas à se sortir ce « tueur » de la tête. Un mot qui lui donnait envie de hurler. L'appareil que les Japs avaient utilisé à Pearl Harbor, c'était le Nakajima B5N1, un avion embarqué. Leur chasseur de haute altitude, c'était le Kawasaki Hien, le « Tony », il a mené la vie dure aux B-29 jusqu'à ce que LeMay soit transféré d'Europe au XXXIe Bomber Command et supprime les raids de jour pour les remplacer par des raids de nuit. Sur nos porte-avions : le Grumman F6F, le Vought 54U, le Curtiss P-40E, le Grumman TBF-1 – le Hellcat, le Corsair, le Warhawk, l'Avenger. Le Hellcat, avec ses deux mille chevaux, deux fois plus puissant que le Zéro. Sabbath et Ron étaient capables de reconnaître à partir de silhouettes tous les avions que les Japs auraient pu envoyer contre Morty et son équipage. Sous le nez du Warhawk P-40, le chasseur préféré de Ron, ils avaient peint une gueule de requin à l'époque des Tigres Volants, au moment des combats au-dessus de la Birmanie et de la Chine. Le préféré de Sabbath, c'était l'avion du colonel Doolittle et du lieutenant Sabbath, le B-25 : deux moteurs Wright R-2600-9 de mille sept cents chevaux chacun, quatorze cylindres en étoile avec une hélice Hamilton-Standard.

Comment pourrait-il se tuer maintenant qu'il avait récupéré les affaires de Morty ? Il se présentait toujours quelque chose pour vous maintenir en vie, putain de merde ! Il roulait vers le nord parce qu'il ne savait pas ce qu'il aurait pu faire d'autre que de ramener ce carton à la maison pour le mettre en sûreté dans son atelier et fermer la porte à clé. À cause des affaires de Morty, il retournait auprès d'une épouse qui vouait une admiration sans bornes à une femme de Virginie qui avait coupé la queue à son mari pendant qu'il dormait. Mais l'alternative consistait-elle à rapporter le carton à Fish pour descendre ensuite à la plage et avancer au pas de charge à la rencontre de la marée montante ? La tête du rasoir électrique contenait des petits bouts de poils de la barbe de Morty. Dans la boîte, à côté de la clarinette, il y avait l'anche. L'anche qui avait été au contact des lèvres de Morty. À quelques centimètres à peine de Sabbath, à l'intérieur de la trousse de toilette marquée des initiales M.S., se trouvait le peigne avec lequel Morty s'était coiffé et les ciseaux avec lesquels il s'était coupé les ongles. Il y avait aussi des disques, deux. Et sur chacun de ces disques, la voix de Morty. Et dans son Mini-Agenda Idéal de 1939, à la date du 26 août, écrit de la main de Morty : « Anniversaire de Mickey. » Je ne peux pas partir à la rencontre des vagues en laissant tout ça derrière moi.

Drenka. La mort de Drenka. Aucune idée que c'était sa dernière nuit. Chaque soir il voyait à peu près le même film. Il s'habituait. Les visites cessaient à huit heures et demie. Arriver un peu après neuf heures. En passant, faire un signe à l'infirmière, elle s'appelle Jinx, une blonde assez sympathique avec une grosse poitrine, continuer jusqu'à la chambre toujours obscure de Drenka. Ce n'est pas autorisé, mais c'est autorisé si l'infirmière l'autorise. La première fois, Drenka avait demandé, après il n'avait plus été utile de dire quoi que ce soit. « Je m'en vais maintenant. » Il formait toujours silencieusement ces mots avec ses lèvres quand il passait devant l'infirmière au moment de partir ; ça voulait dire : *Maintenant, il n'y a plus personne avec elle*. Parfois, elle était déjà endormie au moment où je partais, à cause du goutte-à-goutte de morphine, ses lèvres desséchées entrouvertes et les paupières pas tout à fait closes. On voyait le blanc de ses yeux. Que ce soit en arrivant ou en repartant, j'étais toujours persuadé qu'elle était morte quand je la voyais comme ça. Mais sa poitrine se soulevait. C'était tout simplement les calmants qui la mettaient dans cet état. Le cancer avait tout envahi. Mais le cœur et les poumons tenaient encore bon, et je ne pensais vraiment pas que ce serait pour cette nuit-là. Je me suis habitué au tuyau sous le nez pour l'oxygène. Je me suis habitué aux drains et à la poche accrochée au cadre de son lit. Les reins ne fonctionnaient plus très bien mais il y avait toujours de l'urine quand je vérifiais la poche. Je m'y suis habitué. Je me suis habitué à la potence et au goutte-à-goutte de morphine avec sa pompe. Je me suis habitué à l'impression que le haut et le bas de son corps n'étaient plus reliés entre eux. Maigre, émaciée au-dessus de la taille, et en dessous – c'était pas croyable – gonflée, plus qu'un immense œdème. La tumeur lui appuyait sur l'aorte, ça ralentissait la circulation sanguine – Jinx lui avait tout expliqué et il s'était habitué aux explications. Sous la couverture, à l'abri des regards, une autre poche, fallait bien que la merde aille quelque part – le cancer des ovaires s'attaque assez vite au côlon et à l'intestin. S'ils l'avaient opérée, elle aurait saigné à mort. Trop de métastases dans tous les coins pour une opération. Je m'étais habitué à ça aussi. Des métastases partout. D'accord. On fera avec. Je passais, on bavardait, je restais assis à la regarder dormir, à la regarder respirer la bouche ouverte. Respirer. Oui, oh, oui alors, je m'étais vraiment habitué à voir Drenka respirer ! J'entrais, et si elle était réveillée, elle disait : « Mon fiancé américain est arrivé. » On aurait dit que, sous ce turban gris, c'étaient ses yeux et ses pommettes qui lui parlaient. Restait plus que quelques touffes de cheveux. « J'ai échoué à ma chimiothérapie », lui dit-elle un soir. Mais il s'y était habitué. « On ne peut pas toujours réussir à tout », lui dit-il. Elle continuait à dormir, de longs moments, c'est tout, la bouche ouverte et les paupières pas complètement closes, ou alors elle l'attendait, calée sur son oreiller, plutôt bien avec son goutte-à-goutte de morphine – jusqu'à ce que tout à coup ça n'aille plus, il lui fallait alors un flash, un petit coup de morphine supplémentaire. Mais il s'était habitué au flash. Il y avait toujours de quoi pas loin. « Il lui faut un petit coup de morphine », et Jinx arrivait tout de suite : « La voilà votre morphine, ma belle », et c'était fait, et on aurait pu continuer comme ça pour toujours, non ? Quand il fallait la retourner ou la déplacer, Jinx était toujours là pour le faire et lui, il l'aidait, il prenait les toutes petites pommettes et les yeux dans ses mains et il l'embrassait sur le front, lui tenait les épaules pour accompagner le mouvement ; et quand Jinx soulevait les couvertures pour la retourner, il voyait bien que les draps et le molleton étaient tout jaunes et tout humides, tous ses fluides foutaient le camp. Quand Jinx la bougeait, pour la mettre sur le dos ou sur le côté, ses doigts laissaient une marque sur la peau de Drenka. Il s'était aussi habitué à ça, à ce qu'était devenue la peau de Drenka. « Il s'est passé quelque chose aujourd'hui. » Drenka leur racontait toujours une histoire quand ils la bougeaient. « Je crois que j'ai vu un ours en peluche bleu jouer avec les fleurs. – C'est rien, disait Jinx en riant, c'est la morphine, ma belle. » La première fois où cela s'était produit, Jinx avait chuchoté quelque chose à l'oreille de Sabbath, pour le calmer. « Elle a des hallucinations. Ça leur arrive souvent. » Les fleurs avec lesquelles jouaient les ours en peluche bleus étaient envoyées par les clients de l'auberge. Il y avait tellement de bouquets que l'infirmière-chef refusait qu'on les mette tous dans la chambre. Il y avait souvent des fleurs sans aucune carte pour les accompagner. C'étaient des hommes qui les envoyaient. Tous ceux qui, à un moment ou à un autre, l'avaient baisée. Les livraisons de fleurs n'avaient jamais cessé. Il s'était habitué à cela aussi.

Sa dernière nuit. L'appel de Jinx le lendemain matin, après le départ de Rosie pour son travail. « Elle a fait un caillot – embolie pulmonaire. Elle est morte. – Comment ? Comment ? Ce n'est pas possible ! – La circulation était complètement déréglée, le lit... écoutez, c'est bien de partir comme ça. Une délivrance. – Merci, merci. Vous êtes gentille. Merci d'avoir appelé. À quelle heure est-ce qu'elle est morte ? – Après votre départ. Peut-être deux heures après. – Bien. Merci. – Je ne voulais pas vous laisser dans l'ignorance et vous voir arriver ce soir. – Est-ce qu'elle a dit quelque chose ? – À la fin, elle a dit quelque chose, mais c'était du croate. – Bien. Je vous remercie. »

Enroulé dans le drapeau et coiffé de la kippa, il emmenait les affaires de Morty dans le Nord pour les mettre à l'abri ; il roulait dans le noir avec les affaires de Morty et Drenka et la dernière nuit de Drenka.

« Mon fiancé américain.

– Shalom.

– Mon fiancé secret d'Amérique. » Sa voix n'était pas si faible que ça mais il approcha sa chaise du lit, du côté de la poche, et prit sa main dans la sienne. C'était comme ça qu'ils faisaient maintenant, soir après soir. « Avoir un amant de ce pays... J'ai pensé à ça toute la journée pour te le dire, Mickey. Avoir un amant de ce pays de duquel... ça m'a donné l'impression d'avoir l'ouverture de la porte. J'ai essayé de me souvenir de ça toute la journée.

– L'ouverture de la porte.

– Avec la morphine, je sais plus parler.

– Il y a longtemps qu'on aurait dû te mettre de la morphine sur la langue. Tu n'as jamais aussi bien parlé.

– D'avoir l'amant, Mickey, être très proches comme ça, être acceptée par toi, le fiancé américain... ça fait que j'ai eu moins peur de ne pas comprendre, que je ne suis pas allée à l'école ici... Mais le fiancé d'Amérique et de voir l'amour de tes yeux, c'est très très bien.

– C'est très très bien.

– Comme ça j'ai pas trop tellement peur avec un fiancé américain. Voilà à quoi j'ai pensé toute la journée.

– Je n'ai jamais pensé que tu avais peur. Je t'ai toujours trouvée courageuse. »

Elle se moqua de lui, mais uniquement avec ses yeux. « Si tu savais, dit-elle. Tellement peur.

– Pourquoi, Drenka ?

– Parce que. Parce que tout ça. Parce que je n'ai pas l'intuition, cette intuition des choses. J'ai travaillé dans ce pays si longtemps et j'ai eu un enfant qui a grandi ici et qui est allé à l'école ici... mais dans mon pays, tout ça je l'aurais senti sans aucun effort, les doigts dans le nez. C'était beaucoup de travail ici, pour moi, surmonter mon complexe d'infériorité parce que j'étais l'étrangère. Mais toutes les petites choses je les ai comprises, à cause de toi.

– Quelles petites choses ?

– "Je jure l'allégement au drapeau." Ça ne voulait rien dire. Et la danse. Tu te souviens ? Au motel.

– Oui. Oui. Le Bo-Peep-Senteur-Citron.

– Et ce n'est pas "aller aux chardons", Mickey.

– Quoi donc ?

– L'expression. Jinx me l'a dit aujourd'hui, "aller au charbon", et je me suis dit : "Mon Dieu, ce n'est pas aller aux chardons." Matthew avait raison – c'est aller au *charbon*.

– C'est vrai ? Pas possible.

– Tu es un vilain garçon.

– Disons que j'ai l'esprit pratique.

– Aujourd'hui, j'ai cru que j'étais encore enceinte.

– Oui ?

– Je me croyais revenue à Split. J'étais enceinte. D'autres personnes de ce temps-là étaient présentes.

– Qui ? Qui était présent ?

– En Yougoslavie, je m'amusais beaucoup aussi, tu sais. Chez moi, je me suis bien amusée quand j'étais jeune. Il y a un palais romain dans la ville où je suis née, tu sais. Un vieux palais dans le centre.

– À Split, oui, je le sais. Tu me l'as dit il y a longtemps. Il y a des années et des années de ça. Drenka, ma chérie.

– Oui. Le type de Rome. L'empereur. Dioklecijan.

– C'est une vieille cité romaine au bord de la mer.

On a tous les deux grandi au bord de la mer, et on aimait la mer tous les deux. *Aqua femina*.

– À côté de Split, il y a un endroit plus petit, une petite ville de bord de mer.

– Makarska, dit Sabbath. Makarska et Madamaska.

– C'est ça, dit Drenka. Quelle coïncidence. Les deux endroits où je me suis le plus amusée. Je me suis *bien* amusée. On va se baigner là-bas. On passe toute la journée sur la plage. On danse le soir. C'est là-bas que j'ai baisé pour la première fois. Des fois, on dîne. Ils servaient une espèce de soupe dans des petits bols, et ils venaient te servir et ils te la renversaient dessus parce qu'ils savent pas bien faire, les garçons. Ils venaient avec un grand plateau avec plein de bols dessus, ils le portaient ; ils venaient servir et ils renversaient tout. L'Amérique c'était tellement loin. Je ne pouvais même pas rêver de l'Amérique. Et puis de pouvoir danser avec toi après et t'entendre chanter la musique. D'un seul coup, je suis tout près de l'Amérique. Oh, oui. Je dansais avec l'Amérique.

– Ma chérie, tu dansais avec un chômeur adultère. Un type qui avait du temps et pas grand-chose à faire.

– C'est toi l'Amérique. Oh oui, mon vilain garçon. Quand on a pris l'avion pour New York et la voiture après sur l'autoroute, je sais plus laquelle autoroute, avec les cimetières avec des voitures tout autour et la circulation, et j'étais perdue et j'avais très peur à cause de tout ça. J'ai dit à Matija : "Ça ne me plaît pas." Je pleurais. L'Amérique, le pays du Moteur avec toujours les voitures qui s'arrêtent jamais, et puis, tout à coup, un endroit pour le repos au milieu de tout ça. Et elles sont éparpillées un peu ici et un peu là. Ça me fait tellement peur, tellement différent, tellement à l'opposé que j'étais pas capable de comprendre. Grâce à toi, tout est différent maintenant. Tu le sais ? Grâce à toi, maintenant je peux penser à ces pierres et je comprends. Maintenant, j'ai seulement envie d'aller me promener avec toi. Aujourd'hui je voulais, toute la journée, je pensais à des endroits.

– Quels endroits ?

– L'endroit où tu as grandi. J'aurais aimé aller voir la côte du New Jersey.

– On aurait dû y aller. J'aurais dû t'y emmener. »

Dû. Pu. Voulu. Les trois souris aveugles de la comptine.

« Aussi à New York. Pour me faire voir la ville à travers tes yeux. Ça m'aurait plu. Quand on allait quelque part c'était pour se cacher. Je déteste me cacher. Ça ne m'ennuierait pas de partir au Nouveau-Mexique avec toi. En Californie avec toi. Mais surtout dans le New Jersey, pour voir la mer de l'endroit où toi tu habitais quand tu étais petit.

– Je comprends. » Trop tard, mais je comprends. On ne meurt pas d'avoir tout compris trop tard, c'est un miracle. Mais en fait si, on en meurt – on ne meurt même que de ça.

« Si seulement, dit Drenka, on aurait pu passer un week-end sur la côte du New Jersey.

– Pas besoin d'un week-end. De Long Branch à Spring Lake et Sea Girt, il y a moins de vingt kilomètres. Tu vas à Neptune, tu descends Main Street, et avant de t'en rendre compte t'es déjà à Bradley Beach. Et huit rues plus loin tu es dans Avon. C'était pas très grand, tout ça.

– Raconte-moi. Raconte-moi. » Au Bo-Peep aussi, elle lui demandait tout le temps de raconter, de lui raconter et de lui raconter. Mais trouver maintenant quelque chose qu'il ne lui avait jamais raconté, diffi-

602

cile. Et si jamais il se répétait ? Ça avait de l'importance pour quelqu'un qui va mourir ? Devant
quelqu'un qui va mourir, on peut ne jamais cesser de
se répéter. Ça ne les gêne pas. Du moment qu'ils
peuvent encore vous entendre parler.

« Tu sais, c'étaient des petites villes, tout ça. Tu le
sais ça, Drenka.

– Raconte-moi. S'il te plaît.

– Il ne m'est jamais rien arrivé de bien extraordinaire. Tu sais, moi, j'ai jamais été dans les
bonnes bandes. Un petit morpion un peu sauvage,
une famille qui n'appartenait même pas à un "beach
club" – les gonzesses de Deal qui avaient du fric ne
se battaient pas vraiment pour m'avoir. Je suis
quand même arrivé à me faire branler une ou deux
fois vers quinze, seize ans, mais c'était du bidon, ça
comptait pas vraiment. La plupart du temps, on restait assis à se raconter ce qu'on était prêt à donner
pour tirer un coup. Ron, Ron Metzner, à l'époque
personne ne le regardait à cause de son problème de
peau, pour se consoler il me disait : "Il faudra bien
que ça se fasse, non ?" Avec qui ou même avec quoi
ça se ferait, on s'en foutait, tout ce qu'on voulait
c'était tirer un coup. Et puis j'ai eu mes seize ans et
la seule chose qui m'intéressait c'était de me barrer.

– Tu es parti en mer.

– Non, c'était un an avant. L'été où j'ai travaillé
comme maître nageur. Il fallait bien – sur la plage il
y avait les petites juives qui descendaient du nord du
New Jersey, elles avaient toutes des gros nichons,
c'était impressionnant. En plus, je bossais la nuit
parce que je me faisais pas assez d'argent avec mon
salaire merdique de maître nageur. Je travaillais
après l'école, l'été, le samedi. L'oncle de Ron avait
une franchise, il vendait des glaces. Ils passaient, tu
sais, la petite clochette, ding-ding-ding. Sur toute la

côte. J'ai travaillé pour lui une fois, je vendais des glaces sur un tricycle. Je prenais deux, trois boulots différents pendant l'été. Le père de Ron travaillait pour une fabrique de cigares. C'était un type marrant pour un péquenot comme moi. Il avait passé son enfance dans le quartier sud de Belmar, son père était chantre à la synagogue, et aussi mohel ; à l'époque, dans le jardin derrière la maison, il y avait un cheval, une vache, une petite cabane pour les toilettes et un puits. M. Metzner, c'était un type carré, énorme. Vraiment énorme. Il adorait les histoires dégueulasses. Il était représentant en cigares, des Dutch Masters, et il écoutait de l'opéra à la radio le samedi après-midi. Emporté par une crise cardiaque grosse comme le Ritz, on avait pas encore quitté l'école, on était en dernière année. Pour ça que Ron est parti en mer avec moi – il voulait pas vendre des esquimaux glacés jusqu'à la fin de ses jours. Dutch Masters, ils avaient un entrepôt à Newark à l'époque. M. Metzner y allait deux fois par semaine pour s'approvisionner en cigares. En hiver, le samedi, à l'époque où l'essence était rationnée à cause de la guerre, Ron et moi on faisait les livraisons à bicyclette dans toute la région. Un hiver, j'ai travaillé au rayon chaussures pour dames chez Levin, un grand magasin d'Asbury. Assez grand comme magasin. Asbury était une petite ville très animée. Rien que sur Cookman Avenue, il y avait déjà cinq ou six magasins de chaussures. I. Miller et les autres. Tepper. Steinbach. Ouais, c'était chouette Cookman Avenue avant qu'ils foutent tout en l'air au moment des émeutes. Elle allait de la plage jusqu'à Main Street. Mais je te l'ai jamais raconté que j'étais spécialiste en chaussures pour dames à l'âge de quatorze ans ? Le monde merveilleux de la perversion, c'est là que je l'ai découvert, quand je travaillais chez

Levin à Asbury Park. Le vieux vendeur, il leur soulevait toujours la jambe aux femmes quand il leur faisait essayer les chaussures, et moi, en douce, je regardais sous leurs jupes. Il leur prenait leurs chaussures, dès qu'elles arrivaient, et il les rangeait dans un coin assez éloigné, comme ça elles pouvaient pas les reprendre. Et la partie de rigolade commençait. "Bon, cette chaussure", il leur disait, "c'est de l'authentique *shmattè*", et il leur levait la jambe en l'air, un peu plus haut à chaque fois. Dans la réserve, je reniflais les semelles intérieures après les essayages. Il y avait un ami de mon père qui faisait la tournée des fermes du côté de Freehold, il vendait des chaussettes et des pantalons de travail. Il allait chez les grossistes à New York, après, il revenait, et le samedi, je partais avec lui dans son camion – quand le camion voulait bien démarrer – et je faisais la vente avec lui et, à la fin de la journée, je gardais cinq dollars pour moi. Ouais, plein de boulots différents. Les gens pour qui je travaillais, il y en a beaucoup que ça surprendrait si on leur disait que je suis devenu spécialiste des fusées. Ce n'est pas vraiment ça qu'il y avait dans les cartes à cette époque-là. Le boulot qui me rapportait vraiment du pognon, c'était quand je garais les voitures, à l'époque où je travaillais pour Eddie Schneer. Le soir, dans le bas d'Asbury, près de la fête foraine, à deux avec Ron, l'été où j'étais maître nageur. On garait une voiture pour Eddie et on mettait un dollar dans une poche, la voiture suivante on la garait pour nous et on mettait le dollar dans une autre poche. Eddie le savait, mais mon frère avait travaillé pour lui et Eddie adorait Morty parce qu'il était juif et que c'était un sportif, et qu'il passait pas son temps à traîner et à faire le con avec les autres cinglés, tous des grandes gueules qui se prenaient pas pour de la merde ; après l'entraînement il rentrait directement à la maison pour aider son père. Et puis Eddie faisait de la politique, de l'immobilier, et il était lui-même déjà un peu voleur, il se faisait tellement d'argent qu'il s'en foutait. Mais il aimait bien me faire peur. Son beau-frère venait s'asseoir de l'autre côté de la rue et il faisait la comptée.

– C'est quoi "la comptée" ?

– Bernie, le beau-frère, si tu avais cent voitures dans ton secteur, en principe tu devais avoir cent dollars dans la poche. Eddie avait une énorme Packard, il venait avec à l'endroit où je travaillais. Il s'arrêtait et, par la fenêtre de la voiture, il me disait : "Il y a Bernie qui a fait ta comptée. Il dit que ça va pas, que tu me donnes pas ma part. Il trouve que tu m'en piques un peu trop. – Non, non, Monsieur Schneer. On vous en pique pas trop, pas nous. – Combien tu prends, Sabbath ? – Moi ? À peine la moitié." »

Il y était arrivé – un rire monta du fond de sa gorge, et ses yeux redevinrent les yeux de Drenka ! Drenka qui rit. « De toutes les shiksè que la terre a portées, c'est bien toi qu'on fait rire le plus facilement. C'est M. Mark Twain qui l'a dit. Ouais, l'été avant la mort de mon frère. Tout le monde se faisait du souci pour moi, ils se disaient que j'avais des mauvaises fréquentations. Et puis il s'est fait tuer en décembre, et l'année *d'après* je suis parti en mer. Et c'est *là* que les mauvaises fréquentations ont commencé.

– Mon fiancé américain. » Elle pleurait, maintenant.

« Pourquoi est-ce que tu pleures ?

– Parce que je ne suis jamais allée sur cette plage à l'époque où tu étais maître nageur. Au début, dans ce pays, avant de te rencontrer, je n'arrêtais pas de pleurer en pensant à Split et à Brač et à Makarska. Je pleurais en pensant à ma ville avec ses rues étroites, des rues qui datent du Moyen Âge, et toutes les vieilles femmes en noir. Je pleurais en pensant aux petites îles et à toutes les petites criques de la côte. Je pleurais en pensant à l'hôtel de Brač, à l'époque où j'étais encore comptable à la compagnie des chemins de fer, où Matija était un beau garçon de café qui rêvait de son auberge. Et puis on s'est mis à gagner beaucoup de l'argent... » Elle était perdue et se réfugia derrière ses paupières.

« Tu as mal ? Est-ce que tu as mal ? »

Ses yeux papillonnèrent avant de s'ouvrir complètement. « Je vais bien. » Elle ne souffrait pas, elle avait peur, une véritable terreur. Mais il s'était habitué à cela aussi. Si seulement elle avait pu s'y habituer elle aussi. « Ils disaient que les Américains étaient des naïfs, que ce n'étaient pas des bons amants. » Drenka poursuivit bravement. « Des bêtises. Les Américains sont plus puritanistes. Ils n'aiment pas se montrer tout nus. En Amérique, les hommes ils étaient pas capables de parler de cul. Tous ces choses qu'ils racontent en Europe. Moi je sais que c'est pas vrai ces "clichés".

– "Clichés". Très bien. Excellent.

– Tu vois, petit fiancé américain ? Peut-être je ne suis pas rien qu'une imbécile de shiksè croate catholique. J'apprends même à dire "cliché". »

Elle avait aussi appris à dire « morphine », un mot qu'il n'avait jamais pensé à lui apprendre. Mais sans la morphine, elle avait l'impression qu'on lui déchirait les entrailles, comme si un vol d'oiseaux, des oiseaux noirs, disait-elle, lui grouillaient dessus, envahissaient son lit, son corps et lui donnaient des coups de bec à l'intérieur du ventre. Et c'est comme si, lui disait-elle quand elle lui racontait... oui, elle aussi elle aimait raconter... c'est comme quand tu m'éjacules dans le ventre. Je la sens pas vraiment l'éjaculation, c'est impossible, mais les pulsations de ta bite et mes contractions à moi, en même temps, et tout est tout trempé, je ne sais jamais si c'est moi ou si c'est toi, et j'ai la chatte qui dégouline et le cul qui dégouline et je sens les gouttes qui me descendent le long des jambes, oh Mickey, tout ce jus qui dégouline, Mickey, partout, c'est si bon, tout ce jus, toute cette sauce, bien humide... Mais c'était fini la sauce bien humide, et les pulsations, et les contractions ; fini pour elle les voyages que nous n'avions jamais faits, tout était fini pour elle, il n'y aurait plus rien, les excès, l'obstination, la ruse, ses imprudences, son amour, ses impulsions, sa façon de se donner, de s'abandonner – le cynisme, l'ironie de ce cancer qui transforme en charogne le corps de cette femme, le plus enivrant de tous les corps que Sabbath avait jamais connus. Ce désir d'être pour toujours Drenka, pour toujours excitante, pour toujours en bonne santé et pour toujours elle-même, ce qu'il y avait de trivial en elle comme ce qu'il y avait d'exceptionnel s'était maintenant consumé, organe après organe, cellule après cellule, tout avait été dévoré par les oiseaux noirs affamés. Il ne restait plus désormais que des morceaux de son histoire et des morceaux de cette langue qu'elle avait réussi à parler, plus que des petits bouts du trognon de la pomme que Drenka avait été – voilà ce qu'il restait. Le jus qui s'écoulait de son corps était jaune maintenant, elle n'était plus que du jaune d'où suintait le jaune qui tachait le molleton, et du jaune-jaune, du jaune concentré qui s'écoulait dans la poche.

Après la piqûre de morphine un sourire apparut sur ses lèvres. Ma parole, ce petit morceau qui restait d'elle était provocant, excitant ! Incroyable. Et elle avait une question à poser.

« Vas-y.

– Parce que je bute dessus, je n'arrive pas à m'en sortir. J'ai été incapable de m'en souvenir aujourd'hui. Peut-être que tu as dit : "Oui, j'ai envie de te pisser dessus, Drenka", et est-ce que je le voulais vraiment, je ne crois pas que j'ai beaucoup réfléchi sur cette chose, sur comment ça serait, mais je t'aurais dit : oui, tu peux pour t'exciter et te faire plaisir, pour faire des choses qui te fait plaisir, ou je sais pas... »

Il était toujours difficile de la suivre juste après la morphine. « Et c'est quoi la question ?

– Qui a commencé ? Est-ce que c'est toi qui avais sorti ta bite et tu as dit : "J'ai envie de te pisser dessus, Drenka. Je peux ? J'ai envie de te pisser dessus, Drenka" ? C'est comme ça que ça a commencé ?

– Ça me ressemble assez.

– Et après, je me suis dit : "Bon, cette transgression-là, pourquoi pas ? Il y a tellement de choses bizarres dans la vie de toute façon."

– Et pourquoi est-ce que tu pensais à ça aujourd'hui ?

– Je ne sais pas. Ils refaisaient le lit. L'idée de goûter la pisse de quelqu'un d'autre.

– Ça a été pénible ?

– L'idée ? C'était à la fois pénible et l'idée était très excitante. Et après, je me souviens que tu étais debout, Mickey. Dans le ruisseau. Dans la forêt. Et j'étais dans le ruisseau sur les rochers. Et tu étais debout, au-dessus de moi, et tu as eu beaucoup de mal avant que ça vienne et enfin il est sorti une goutte. Ohhh, dit-elle, au souvenir de cette goutte.

– Ohhh, grogna-t-il en resserrant l'étreinte de sa main sur celle de Drenka.

– Ça giclait, et pendant que ça me giclait dessus, je me suis rendu compte que c'était chaud. Est-ce que j'essaie de la goûter ? Et avec ma langue, j'ai commencé à me lécher le pourtour des lèvres. Et il y avait de la pisse dessus. Et l'idée que tu étais debout au-dessus de moi, et au début, tu as fait un effort pour que ça vienne, et tout à coup ce jet de pisse énorme, et juste sur mon visage, c'était tout chaud, c'était fantastique ; c'était tellement bon, et il y en avait partout et c'était comme un tourbillon, ce que je ressentais, ce que ça me faisait. Je ne sais pas comment décrire plus. Je l'ai goûtée et ça avait un goût sucré, comme de la bière. Un goût comme ça, juste quelque chose d'interdit, c'est pour ça que c'était tellement merveilleux. Que moi j'aie la possibilité de faire cette chose qui était tellement interdite. Et je pouvais en boire et j'en voulais encore plus quand j'étais allongée là-bas et j'en voulais encore, et je voulais sur les yeux et je voulais sur la figure, j'en voulais plein sur la figure, je voulais comme la douche sur la figure, et je voulais la boire, et après j'en voulais partout, une fois que j'étais partie, que j'avais accepté. Et je voulais tout, j'en voulais sur mes seins. Je me souviens, tu étais debout au-dessus de moi, et tu m'en a mis dans le con aussi. Et je me suis mise à me tripoter pendant que tu le faisais, et tu m'as fait jouir, tu sais ; je jouissais pendant que tu me lâchais quelques gouttes sur la chatte. C'était très chaud, c'était tellement chaud, je me sentais complètement... je ne sais pas – prise dedans. Après, quand je rentre à la maison, j'étais assise dans la cuisine, je revoyais tout, parce qu'il faut que je comprends un peu – j'avais aimé ou pas –, et je me suis rendu compte que oui, c'était comme un pacte entre nous ; on avait fait un pacte secret et on était liés. Je l'avais jamais fait avant ça. Je ne pensais pas le refaire avec un autre, et aujourd'hui, je me disais que je le referai jamais. Mais ça m'a vraiment fait un pacte avec toi. C'était comme si on était pour toujours unis là-dedans.

– Nous l'étions. Nous le sommes. »

Ils pleuraient tous les deux maintenant.

« Et quand tu m'as pissé dessus ? lui demanda-t-il.

– C'était drôle. J'étais pas sûre. Pas que j'aurais pas envie de le faire. Mais de dire toute seule, tu vois – est-ce que tu veux un peu de ma pisse, l'idée de me mettre comme ça entre tes mains, de m'abandonner, parce que j'étais quand même, pas que ça me plairait pas, mais comment tu allais réagir, ma pisse à moi sur ta figure ? Que tu n'aimerais pas son goût, que tu serais pas content. Du coup j'osais pas au début. Mais quand j'ai commencé, et que j'ai vu que ça allait, que j'avais pas besoin d'avoir peur, et de voir tes réactions – tu en a pris un peu et tu as même bu un peu... et... et... ça me plaît. Et il faut que je me mets debout au-dessus de toi, et j'avais l'impression que je peux tout faire, tout faire avec toi, et que tout est d'accord, ça va. On est ensemble dedans, et on peut faire n'importe quoi ensemble, tout ensemble et, Mickey, c'était merveilleux, c'est tout.

– Il faut que je t'avoue quelque chose.

– Oh ? Ce soir ? Oui ? Quoi ?

– Je n'étais pas si content que ça d'en boire. »

Un rire fusa de ce tout petit visage, un rire hors de proportion avec ce visage.

« J'en avais envie, lui dit Sabbath. Et quand ça a commencé à venir, c'était un tout petit filet au début. Là, ça allait. Mais après, quand c'est venu tout plein...

– "Mais après, quand c'est venu tout plein" ? Tu parles comme moi ! Je suis arrivée à te faire parler en croate traduit ! Je t'ai appris, moi aussi !

– Ça c'est sûr.

– Allez dis-moi, dis-moi, dit-elle avec excitation.

Allez, qu'est-ce qui s'est passé quand ça a commencé à venir tout plein ?

– C'était chaud. Ça m'a étonné.

– Exactement. Mais c'est agréable que c'est chaud.

– J'étais là, entre tes jambes, et il fallait la prendre dans la bouche. Drenka, je n'étais pas sûr d'en avoir envie. »

Elle opina. « Ouais.

– Tu t'en étais rendu compte ?

– Oui. Oui, mon amour.

– Ça m'excitait surtout parce que je voyais bien que ça t'excitait.

– C'est vrai, ça m'excitait. Vraiment.

– Ça, je le voyais bien. Et ça me suffisait. Mais j'étais incapable de me laisser aller à en boire avec autant de facilité que toi.

– Toi. Comme c'est bizarre, dit-elle. Raconte-moi ça.

– Je dois être un peu bizarre, moi aussi.

– Quel goût ça te faisait ? Est-ce que c'était sucré ? Parce que chez toi, c'était très sucré. La bière et sucré, ensemble.

– Tu sais ce que tu as dit, Drenka ? Après la première fois ?

– Non.

– Tu ne t'en souviens pas ? Quand tu as fini de me pisser dessus ?

– Tu t'en souviens, toi ? demanda-t-elle.

– Je pourrais l'oublier ? Tu étais radieuse. Rouge de plaisir. Tu as dit d'un air triomphant : "Je l'ai fait ! Je l'ai fait !" À ce moment-là, j'ai pensé : "Eh oui, Roseanna n'a pas bu ce qu'il fallait."

– Oui, dit-elle en riant, oui, peut-être que j'ai dit ça. Oui, tu comprends, ça va avec ce que je disais, que j'étais tellement timide. Exactement. C'était comme si j'avais réussi à un examen. Non, pas un examen. Comme si...

– Comme si quoi ?

– Peut-être que ce que je me demandais c'était si j'allais pas le regretter. Plein de fois on a l'idée de faire quelque chose ou on se fait entraîner à faire une chose, et après on a un peu honte. Et je n'étais pas sûre – est-ce que j'allais avoir honte à cause de ça ? C'était ça le plus incroyable. Et maintenant, j'adore en parler avec toi. C'était très sensuel comme impression... et aussi comme si je te donnais quelque chose. Quelque chose que j'aurais pu donner à personne d'autre, en fait.

– En me pissant dessus ?

– Oui. Et en acceptant que tu me pisses dessus. J'ai l'impression, j'ai eu l'impression – que tu étais tout entier avec moi à ce moment-là. Dans tous les sens du mot, après, quand j'étais allongée dans le ruiseau avec toi, collée contre toi dans le ruisseau, dans tous les sens, pas seulement comme mon amant, mon ami ou comme quelqu'un, tu vois, quand tu es malade je peux te venir en aide, tu vois, ou comme si tu étais complètement mon frère de sang. Tu vois, c'était un rite, le passage d'un rite ou quelque chose comme ça.

– Un rite de passage.

– C'est ça. Un rite de passage. Exactement. C'est vrai. C'est très interdit et pourtant c'est la plus innocente des choses, comme signification.

– Oui, dit-il en la regardant mourir, comme c'est innocent.

– Tu étais mon professeur. Mon fiancé d'Amérique. Tu m'as tout appris. Les chansons. Couper les nouilles au sécateur. La liberté de baiser. Profiter de mon corps. Ne pas détester les gros seins comme j'avais. Tout ça, c'est toi.

– Pour la baise, tu en savais déjà au moins un petit peu avant de me rencontrer, ma petite Drenka.

– Mais dans ma vie, mariée comme j'étais, je n'avais pas beaucoup d'occasions de ce genre de choses.

– Tu te débrouillais très bien, ma petite.

– Oh, Mickey, c'était merveilleux, on s'est bien amusés – du fond en comble. C'était vraiment *la vie*. Et de ne pas avoir connu tout ce côté-là des choses serait une grande perte. Tu me l'as offert. Tu m'as offert une double vie. Je n'aurais jamais pu tenir avec une seule.

– Je suis fier de toi et de ta double vie.

– Tout ce que je regrette », dit-elle alors qu'elle pleurait à nouveau, qu'elle pleurait avec lui, et qu'ils étaient tous les deux en larmes (mais ça, il s'y était habitué – nous arrivons à vivre écartelés, nous arrivons à vivre avec les larmes, nuit après nuit, nous arrivons à vivre avec *tout*, pourvu que ça ne s'arrête pas), « c'est qu'on a pas pu passer beaucoup de nuits ensemble. Pour me comélanger avec toi. Me comélanger ?

– Pourquoi pas ?

– J'aimerais bien que ce soir tu restes passer la nuit.

– Moi aussi. Mais je reviens demain soir.

– J'étais sérieuse à la Grotte. Je ne voulais plus baiser avec personne d'autre, même sans le cancer. Je ne le ferais pas même si j'étais encore vivante.

– Tu es vivante. Nous sommes ici, maintenant. On est ce soir. Tu es vivante.

– Je ne le ferais pas. C'est avec toi que j'aimais baiser. Mais je ne regrette pas de m'en être tapé plein d'autres. Ça aurait été très dommage de pas l'avoir fait. Il y en a, c'était un peu du temps perdu. Mais ça, il en faut aussi. Et toi, tu en as pas perdu, du temps ? Avec des femmes qui ne te donnaient pas de plaisir ?

– Oui.

– Oui, j'ai vu des hommes qui veulent juste te baiser, sans savoir s'ils ont quelque chose pour toi. Ça, c'était toujours très dur pour moi. Je donne mon cœur, je me donne, moi, quand je baise.

– Ça on peut le dire. »

Et ensuite, après un petit flottement, elle s'endormit et il rentra chez lui – « Je m'en vais » –, et moins de deux heures plus tard elle faisait un caillot et elle était morte.

Ainsi, c'étaient ses derniers mots, dans la langue de son nouveau pays, du moins. Je donne mon cœur, je me donne, moi, quand je baise. Difficile de faire mieux.

Me comélanger avec toi, Drenka, me comélanger avec toi maintenant.

*

Au milieu des champs, dans l'obscurité, à mi-hauteur de la colline, les lumières douces du séjour étaient allumées. En les regardant depuis le bas de l'allée en pente raide où il s'était arrêté pour réfléchir de nouveau à ce qu'il était en train de faire – ce qu'il avait déjà à moitié fait par la pensée –, les lumières donnaient à la maison un aspect suffisamment chaud et confortable pour l'inciter à se dire que c'était chez lui. Mais la nuit et vues de l'extérieur, elles ont toutes cet air chaud et confortable. Une fois qu'on n'est plus dehors en train de regarder dedans mais dedans en train de regarder dehors... Bref, la chose qui, pour lui, se rapprochait le plus d'un foyer c'était ça, et comme il n'avait aucun endroit où déposer ce qui restait de Morty, c'était là

615

qu'il était venu avec les affaires de son frère. Pas le choix. Il n'était plus un mendiant, ni un intrus plein de mauvaises intentions, il n'avait pas non plus été déposé par la marée quelque part sur le rivage au sud de Point Pleasant, et à l'aube, quelqu'un du labo qui ferait son jogging matinal sur la plage ne trouverait pas ce qui restait de lui parmi les débris échoués cette nuit-là. Il n'était pas non plus dans une caisse à côté de Schloss. Il était le gardien des affaires de Morty.

Et Rosie ? Je parie que j'arriverai à l'empêcher de me couper la queue. Commencer par ça. Se donner des objectifs modestes. Essaie de voir si tu peux finir le mois d'avril sans qu'elle te la coupe. Après, tu pourras mettre la barre un peu plus haut. Mais commence avec ça et regarde si c'est faisable. Si ça ne l'est pas, si effectivement elle te la coupe, eh bien il faudra reconsidérer ta situation d'un autre point de vue. Et toi et les affaires de Morty, il faudra vous trouver un autre toit. Dans l'intervalle, ne montre pas la moindre appréhension à propos d'une éventuelle mutilation pendant ton sommeil.

Et n'oublie pas tous les avantages que tu peux retirer de sa bêtise. Une des premières règles de la vie de couple. (1) N'oubliez jamais les avantages que l'on peut retirer de la bêtise de son (sa) partenaire. (2) Elle (Il) n'apprendra jamais rien de vous, alors n'essayez pas. Il y en avait dix comme ça, il les avait inventées pour Drenka, pour l'aider à passer un cap avec Matija, à un moment où la seule vue de Matija faisant méticuleusement une double boucle à ses lacets de chaussures lui donnait le sentiment que la vie n'était qu'un trou noir. (3) Prenez un peu de distance avec ce que vous avez à lui reprocher. (4) La régularité avec laquelle on le fait n'est pas totalement sans intérêt. Et cetera.

Tu pourrais même la baiser.

Ça, c'était vraiment une idée bizarre. Il ne parvint pas, après y avoir réfléchi, à trouver dans toute son existence une autre idée aussi aberrante. Quand ils étaient venus s'installer dans le Nord, il baisait évidemment Rosie tout le temps, il se l'enfilait jusqu'à la garde, ça n'arrêtait pas. Mais elle avait vingt-sept ans quand ils étaient arrivés dans le coin. Non, la première chose c'était de l'empêcher de lui couper la queue. Essayer de la baiser, ça pouvait se retourner contre lui. Des objectifs modestes. Tout ce que tu cherches, c'est un endroit où te poser avec les affaires de Mort.

Dans le séjour, elle devait être en train de lire, devant un feu de cheminée, allongée sur le canapé, en train de lire quelque chose qu'on lui aurait donné à sa réunion. Elle ne lisait plus rien d'autre, maintenant – le Grand livre, le Livre des douze étapes, des livres sur la méditation, des brochures, des guides, un flot ininterrompu ; depuis qu'elle était sortie d'Usher, chaque nouveau livre qu'elle lisait ressemblait au précédent, dont elle ne pouvait d'ailleurs pas se passer : D'abord les réunions, ensuite les brochures au coin du feu, puis au lit avec son Ovaltine et la partie « Témoignages personnels » du Grand livre, des histoires d'alcooliques pour s'endormir. Il était persuadé que dans le lit, une fois les lumières éteintes, elle devait se réciter une prière des AA. Elle avait au moins la décence de ne jamais prier à haute voix devant lui. Il y avait des fois, quand même, où il le lui envoyait – qui aurait pu y résister ? « Tu sais ce que c'est ma Puissance Supérieure à moi, Roseanna ? Je la connais maintenant, ma Puissance Supérieure. C'est le magazine *Esquire*. – Tu ne pourrais pas montrer un peu plus de respect ? Tu ne comprends pas. C'est très sérieux, tout ça, pour moi.

617

Je suis dans ma période de rétablissement. – Et ça va durer combien de temps, ça encore ? – Eh bien, c'est quelque chose qui se fait au jour le jour, mais c'est pour toujours. Ce n'est pas quelque chose dont on se débarrasse comme ça. Il faut avancer. – J'ai l'impression que je n'en verrai jamais le bout, tu ne crois pas ? – Tu ne peux pas en voir le bout. Parce que c'est un processus continu. – Tous les livres d'art que tu as sur les étagères. Tu n'en ouvres jamais aucun. Tu ne regardes même pas les images qu'il y a dans ces livres, jamais. – Je ne me sens pas coupable, Mickey. L'art ne me sert à rien, je n'en n'ai pas besoin. Ça, oui. C'est ça qui me sert à me soigner. – *Maintenant j'y crois. Vingt-quatre heures. Le Petit Livre rouge.* C'est vraiment la vie par le petit bout de la lorgnette, ma belle. – J'essaie de trouver un peu de paix. La paix intérieure. La sérénité. J'essaie de me trouver moi, ce que je suis vraiment. – Dis-moi un peu ce qui est arrivé à la Roseanna Cavanaugh qui était capable de penser toute seule ? – Oh, celle-là ? Elle a épousé Mickey Sabbath. Ça a été vite réglé. »

En peignoir, en train de lire ces merdes. Il l'imagine, le peignoir ouvert, elle tient le livre de la main droite et se tripote nonchalamment de la gauche. Ambidextre, mais elle est plus à l'aise quand elle se tripote de la main gauche. Elle lit et elle met un moment à se rendre compte que ça lui fait quelque chose. Un peu distraite par la lecture. Elle aime bien avoir un bout de tissu pour séparer la main de la chatte. Chemise de nuit, peignoir – ce soir, sa culotte. Le tissu l'excite ; pourquoi c'est comme ça, elle ne le sait pas vraiment. Elle se sert de trois doigts : les doigts extérieurs sur les lèvres et le doigt du milieu qui appuie sur le petit bouton. Mouvement circulaire des doigts, et bientôt, le pelvis, lui aussi en mouvement circulaire. Le doigt du milieu sur le bouton – pas le bout du doigt, le coussinet. Pour commencer, une pression très légère. Elle sait automatiquement où se trouve le petit bouton, évidemment. Et puis une petite pause, parce qu'elle continue à lire. Mais ça devient plus difficile de se concentrer sur ce qu'elle lit. Pas encore sûre d'en avoir envie. La pression des coussinets des deux doigts qui entourent le petit bouton. Et comme elle s'excite, le coussinet de l'un des doigts est en plein sur le petit bouton, alors que la sensation, c'est comme si elle se diffusait dans les autres doigts. Finalement, elle pose son livre. Par à-coups maintenant, les doigts ne bougent plus et c'est son pelvis qui bouge. Puis retour au petit bouton, elle tourne autour, l'autre main sur la poitrine, sur les seins, elle se pince les tétons. Elle vient de décider qu'elle ne va pas reprendre son livre avant un moment. La main droite abandonne la poitrine, elle y met les deux mains maintenant, toujours avec le tissu, à l'extérieur. Après ça, trois doigts à l'endroit du petit bouton. Elle sait toujours exactement où il se trouve, ce qui est plus que je n'en puis dire pour moi-même. Cinquante ans que je le pratique, ce foutu machin, et un coup il est là, un coup il est ailleurs et on le perd et on peut passer jusqu'à une demi-minute à le chercher partout avant que ses mains vous remettent gentiment dessus. « Là ! Non, *là !* Ici ! Oui ! Oui ! » Maintenant, elle tend les jambes, comme un chat qui s'étire, tout en longueur, les mains qui appuient bien entre les cuisses. Elle serre. Elle se fait une petite préjouissance avec ça, un *forshpeis*, en se serrant la chatte aussi fort qu'elle le peut, et là elle vient de décider : elle ne va pas s'arrêter. Il y a des fois où elle va jusqu'au bout à travers le tissu ; ce soir, elle veut mettre les doigts sur la face interne des lèvres et elle repousse sa culotte de côté. De bas en haut et de haut en bas, tout droit, vers le haut, vers le bas, pas de mouvement circulaire. Et plus vite, elle va beaucoup plus vite. Et puis elle utilise son autre main, elle glisse son doigt du milieu (un doigt très élégant, ça oui, on peut le dire) dans son con. Très vite avec celui-là, jusqu'aux premières convulsions prémonitoires. Elle remonte les jambes maintenant, elle les écarte, plie les genoux et rapproche ses pieds de manière à ce que, quasiment sous les fesses, les orteils se touchent. Elle s'ouvre complètement. Grande ouverte maintenant. Et contact permanent de deux doigts sur le clito, le majeur et l'annulaire. De bas en haut et de haut en bas. Elle se tend. Les fesses sont en l'air, elle se soulève sur ses jambes repliées. Là, elle ralentit un peu. Elle étend les jambes pour ralentir le mouvement, elle est presque arrêtée. Presque. Et maintenant elle replie à nouveau ses jambes vers le haut. C'est dans cette position qu'elle a envie de jouir. C'est là qu'elle commence à marmonner. « Je peux ? Je peux ? » Tout le temps que ça lui prend de décider *quand*, elle ne cesse de marmonner à voix assez haute : « Je peux ? Je peux ? Je peux jouir ? » À qui est-ce qu'elle demande ? Un homme imaginaire. Les hommes. Tout le lot, un seul, le chef, l'homme masqué, le gamin, le Noir, elle se demande peut-être à elle-même, ou à son père, ou elle ne demande à personne. Les mots suffisent, cette façon de mendier. « Je peux ? Je peux jouir ? S'il te plaît, je peux ? » Maintenant, elle maintient une pression uniforme, maintenant elle appuie un peu, elle appuie un peu plus fort, elle augmente la pression, une pression constante, *là*, *juste là*, et là elle le sent, elle le sent bien maintenant, faut qu'elle y aille – « Je peux ? Je peux ? S'il te plaît ? » – voilà les bruits, mesdames et messieurs, les différentes combinaisons sont

propres à chaque femme, elles sont uniques, des
bruits que le FBI pourrait utiliser comme les
empreintes digitales, pour établir une classification
du sexe tout entier – ohh, hummmmm, ahhh –
parce que maintenant ça y est, elle jouit, la pression
est plus forte mais pas terriblement forte, pas forte
au point de faire mal, deux doigts qui montent et qui
descendent, une pression ample, il lui faut une pression *assez ample* parce qu'elle veut jouir encore, et
maintenant, la sensation descend vers le con, et elle
met son doigt dedans, et maintenant elle se dit
qu'elle aimerait peut-être bien avoir un godemiché,
mais elle y a mis ses doigts, et c'est, ET C'EST TOUT !
Alors elle va de bas en haut et de haut en bas avec
ses doigts comme si elle était en train de baiser, et
là, volontairement, elle serre bien la chatte, c'est
encore mieux, elle serre encore plus, les sensations
sont plus fortes, de bas en haut et de haut en bas,
sans cesser de s'occuper du clito. La sensation
change quand elle introduit son doigt dans le con –
sur le bouton c'est très précis, mais avec le doigt
dans le con, la sensation est diffuse, et c'est ça
qu'elle recherche : *rendre cette sensation diffuse.* Bien
que ce ne soit pas physiquement facile de coordon-
ner les deux mains, elle essaie de surmonter cette
difficulté en faisant un suprême effort de concentration. Et elle y parvient. Ohhhh. Ohhhh. Ohhhh.
Après, elle reste étendue sans bouger, elle halète un
moment, et puis elle reprend son livre et se remet à
lire, et l'un dans l'autre, tout ça peut bien se comparer avec Bernstein dirigeant la *Huitième* de Mahler.

Sabbath avait envie d'applaudir debout. Mais,
assis dans sa voiture au bas de la longue allée de
terre battue qui montait jusqu'à la maison, il ne put
que taper des pieds et crier « Brava, Rosie ! Brava ! »
et soulever sa kippa ornée de son « Dieu bénisse

l'Amérique » dans un geste destiné à indiquer son admiration pour ces crescendo et ces diminuendo, pour les flottements et la folie, pour la façon dont elle avait réussi à contrôler tout ce qu'il y avait d'incontrôlable là-dedans, pour la vigueur soutenue du finale. Mieux que Bernstein. Sa femme. Il l'avait complètement oubliée. Douze, quinze ans qu'elle m'a pas laissé regarder. Effectivement, à quoi ça ressemblerait de baiser Roseanna ? Un certain pourcentage de types baisent encore leur femme, c'est en tout cas ce que les sondages aimeraient nous faire croire. Ça ne serait pas complètement anormal. Je me demande ce qu'elle sent. Si elle sent. Cette odeur de marécage que Roseanna dégageait quand elle avait vingt ans, vraiment unique, pas du tout une odeur de poisson, non, une odeur végétale, de racines, dans la boue, qui pourrissent. Extraordinaire. Ça vous amenait au bord de la suffocation, et puis, dans les profondeurs de cette odeur, quelque chose de tellement sinistre que boum ! on dépassait sa répugnance et c'était la terre promise, cet état où l'être tout entier n'est plus que nez, où l'existence n'est plus que ce con primitif tout dégoulinant, ni plus ni moins, où la chose qui compte le plus au monde – qui *remplace* le monde – est la frénésie qui s'est emparée de votre visage. « Là ! Non – *là !* Ici... là ! Là ! Là ! Là ! Oui ! Là ! » La mécanique humaine de l'extase aurait ravi Thomas d'Aquin si ses sens lui en avaient appris l'économie. S'il y avait quelque chose qui servait à Sabbath d'argument en faveur de l'existence de Dieu, s'il y avait quelque chose qui montrait bien que la création était effectivement d'essence divine, c'étaient les milliers et les milliers d'orgasmes qui reposaient sur cette tête d'épingle. La mère de tous les microprocesseurs, le triomphe de l'évolution, au même titre que la rétine et la membrane du tympan. Ça ne me gênerait pas du tout de m'en faire pousser un au milieu du front, comme l'œil du Cyclope. Qu'ont-elles besoin de bijoux alors qu'elles ont ça ? Qu'est-ce qu'un rubis à côté de ça ? Qui n'a d'autre raison d'exister que ce pour quoi il existe. Pas pour la circulation de l'eau, pas pour répandre la semence, mais toujours compris dans le lot, comme le petit jouet au fond des boîtes de Cracker Jack, un cadeau que chaque petite fille reçoit de Dieu. Que tous applaudissent le Créateur, un type généreux, un type formidable qui adore se marrer et qui a un petit faible pour les femmes. Qui ressemble assez à Sabbath.

Il y avait une maison, et dedans, il y avait une épouse ; dans la voiture, il y avait des choses à protéger, à adorer, des choses qui avaient maintenant remplacé la tombe de Drenka pour donner un sens et un but à sa vie. Il n'aurait plus jamais besoin d'aller se coucher sur sa tombe en pleurant, et, à cette pensée, il fut saisi par l'idée que c'était un miracle d'avoir survécu, toutes ces années, entre les mains de quelqu'un comme lui-même, il fut étonné d'avoir découvert dans l'univers sordide de Fish une raison de continuer à se laisser porter par cette inexplicable expérience que constituait sa propre vie, et étonné par la pensée absurde qu'il n'était pas une expérience, qu'il n'avait pas survécu à lui-même, qu'il avait péri là-bas, dans le New Jersey, très probablement de sa propre main, et qu'il était au bas de l'allée de l'après-vie, qu'il pénétrait dans ce conte de fées enfin délivré du puissant désir qui avait été la marque distinctive de sa vie : une incontrôlable envie d'être ailleurs. Il *était* ailleurs. Il avait atteint son but. Cela lui apparaissait clairement. Si cette petite maisonnette à mi-hauteur de la colline, dans les environs de ce petit village où l'on me considère comme l'être le plus scandaleux qui soit, si ça ce n'est pas ailleurs, c'est que l'ailleurs n'existe pas. Ailleurs, c'est où que tu sois ; ailleurs, Sabbath, c'est là que tu vis, et ton épouse c'est personne, et si on peut dire que quelqu'un ait jamais été personne, c'est bien Rosie. Cherche où tu voudras sur cette terre et tu ne trouveras pas de meilleur arrangement que celui-ci, sous aucune latitude. La voilà ta niche : la petite colline isolée, la maisonnette confortable, l'épouse avec ses douze étapes. *Le voilà* l'Indécent Théâtre de Sabbath. Remarquable. Aussi remarquable que ces dames qui quittaient leurs maisons, qui se précipitaient dans la rue pour acheter leurs haricots verts au camion de Fish. Bonjour, remarquable.

*

Mais près d'une heure après que les lumières s'étaient éteintes sur le devant de la maison pour se rallumer dans leur chambre à coucher, du même côté que l'auvent de la voiture, Sabbath était encore à une centaine de mètres de la maison, tout en bas de l'allée. Est-ce que l'après-vie lui convenait vraiment ? Il se demandait sérieusement s'il avait bien fait de se tuer. Avant ça, la seule chose qui lui avait donné du mal c'était la perspective de l'oubli. Allongé à côté de l'autre marin, Schloss, en face des très estimés Weizman, à un jet de pierre de toute la famille, mais l'oubli c'est quand même l'oubli, et ça n'avait pas été si simple de s'y préparer. Ce qu'il n'aurait jamais pu s'imaginer, c'est qu'après avoir été abandonné là-bas pour pourrir sous la surveillance des chiens il se retrouverait non pas dans l'oubli et oublieux de tout, mais à Madamaska Falls ; qu'au lieu d'avoir en face de lui le vide éternel il serait de retour dans ce lit avec, à ses côtés, une Rosie engagée dans une perpétuelle quête de paix intérieure. Mais il vrai qu'il n'avait jamais pensé non plus aux affaires de Morty.

Il prit les virages de l'allée aussi lentement que la voiture lui permettait de les négocier. Qu'il mette des années à arriver jusqu'à la maison n'avait plus aucune importance maintenant. Il était mort, la mort c'était la disparition du changement et de l'illusion qu'il pourrait jamais s'échapper. Le temps n'avait pas de fin, ou alors il s'était arrêté. Ça revenait au même. Plus aucune fluctuation, c'est ça la différence. Pas de flux, et le flux c'était à nouveau la vie humaine.

Être mort et le savoir, c'est un peu comme rêver et savoir que l'on rêve, mais bizarrement, tout était *plus* solidement établi quand on était mort. Sabbath n'avait absolument pas l'impression d'être un spectre ; la conscience qu'il avait de ce qui se passait n'aurait pu être *plus aiguë* : rien ne se développait, rien ne s'altérait, rien ne vieillissait ; rien n'était imaginaire et rien n'était réel, il n'y avait plus d'objectivité ni de subjectivité, plus de questions sur ce que les choses sont ou ne sont pas, la mort faisait simplement tout tenir ensemble. Pas moyen d'ignorer qu'il ne s'agissait plus d'un arrangement au jour le jour. Pas à s'inquiéter d'une mort soudaine. La soudaineté n'existait plus. Il était pour de bon dans le non-monde du non-choix.

Mais, si c'était ça la mort, à qui appartenait donc la camionnette garée à côté de la vieille Jeep de Rosie ? Un magnifique drapeau américain ondulant dans le vent était peint sur toute la largeur du hayon. Plaques minéralogiques d'ici. Si tout flux avait disparu, c'était quoi cette connerie ? Quelqu'un avec des plaques d'ici. C'était plus complexe qu'on ne se l'imaginait, la mort – Roseanna aussi était plus complexe.

À deux dans le lit en train de regarder la télévision. C'est pour ça que personne n'avait entendu sa voiture monter la côte. Bien qu'il eût l'impression – à les voir bien au chaud comme ça, mordant à tour de rôle dans une grosse poire verte, se précipitant sur le ventre bien plat de l'autre pour y lécher le jus qui avait dégouliné de sa bouche – l'impression que rien n'aurait pu faire plus plaisir à Rosie que d'apprendre le retour de son mari et qu'il ne pourrait manquer de découvrir ce qui se passait depuis son départ. Dans un coin de la chambre, on avait mis tous ses vêtements en tas, on avait sorti toutes ses affaires du placard et des tiroirs de la commode et on avait tout jeté dans le coin, en attendant de tout fourrer dans un sac ou dans un carton, à moins que les deux camarades de lit n'aient l'intention de grimper, le week-end suivant, jusqu'au ravin pour y balancer le tout.

Dépossédé. Ida lui avait pris sa place au cimetière et Christa, la fille de l'épicerie fine – dont Drenka tenait la langue en si haute estime et à qui Rosie avait fait un petit signe de la main en ville, juste quelqu'un qu'elle avait rencontré aux AA –, avait pris sa place dans la maison.

Si c'était ça la mort, ce n'était donc jamais que la vie incognito. Toutes les bénédictions qui font de ce monde l'endroit amusant que nous savons existent aussi de manière non moins comique dans le non-monde.

Elles regardaient la télévision pendant que, depuis l'obscurité qui s'étendait de l'autre côté de la fenêtre, Sabbath les regardait.

Christa devait maintenant avoir vingt-cinq ans, mais le seul changement qu'il remarqua, c'est que les cheveux blonds coupés très court étaient noirs désormais, et longs, et que c'était sa chatte qui avait été rasée. Pas une enfant modèle – oh non, loin de là – mais le modèle enfant, et extrêmement provocante. Christa ressemblait à un elfe avec ses mèches qui tombaient en petites pointes tout autour du visage, comme si un enfant de huit ans avait taillé dans ses cheveux à grands coups de ciseaux pour lui faire une couronne à l'envers. La bouche n'était pas une bouche étonnée mais l'ouverture froide d'une machine à sous allemande, et pourtant, la surprise que constituaient les yeux violets, la très teutonne congère satinée de son cul et le doux attrait de ses courbes inaltérées ne la rendaient pas moins agréable à regarder que la fois où il avait fidèlement joué les assistants en lui passant ses outils pendant qu'elle exerçait sur Drenka sa magie de lesbienne. Et Roseanna, plus grande que Christa de près de trente centimètres – même Sabbath était plus grand que Christa – n'avait vraiment pas l'air d'être deux fois plus âgée que sa compagne : plus mince encore que Christa, les mêmes petits seins qu'elle, des seins sans doute de la même forme qu'à l'époque où elle était allée habiter chez sa mère à l'âge de treize ans... Quatre ans sans picoler suivis de quarante-huit heures sans lui et cette femme qui n'avait pas eu d'enfant, son épouse qui avait entamé la sixième décennie de sa vie, donnait miraculeusement l'impression d'être encore en fleur.

Elles regardaient une émission sur les gorilles. Sabbath voyait des images fugitives de gorilles qui avançaient en se dandinant dans les hautes herbes ou bien assis, en train de se gratter la tête et le cul. Il s'aperçut que les gorilles se grattent beaucoup.

À la fin de l'émission, Rosie éteignit le poste et, sans un mot, commença à imiter le comportement d'une mère gorille en train d'épouiller son petit, c'est-à-dire Christa. À les regarder par la fenêtre se comporter comme des gorilles mère et enfant, il se souvint de l'énorme talent dont avait jadis fait preuve Rosie en entrant dans son jeu un soir où il s'essayait à différentes voix de scène pendant le dîner et une autre fois, au lit, alors qu'il s'efforçait de la distraire de la même façon après avoir dessiné au rouge à lèvres une barbe et une casquette sur le bout de sa queue et qu'il se servait de son érection comme d'une marionnette. À la fin du spectacle, elle avait eu le droit de jouer avec la marionnette, ce dont tous les enfants rêvent. Son rire sonnait alors vrai, franc – pétillant, osé, un peu coquin, rien à cacher (mis à part tout), rien à craindre (mis à part tout)... oui, c'était lointain mais il se souvenait qu'elle prenait beaucoup de plaisir à toutes les bêtises qu'il pouvait inventer.

Rien n'aurait pu être plus sérieux que l'attention avec laquelle Rosie s'occupait de la fourrure de Christa gorille. C'était comme si elle ne se contentait pas de la débarrasser des insectes et des poux mais qu'en même temps elle la purifiait et se purifiait par ce contact plein d'attention. Aucune émotion n'était visible et pourtant, entre elles, pas une seconde qui ne bouillonnait de vie. Les gestes de Rosie étaient d'une délicatesse et d'une précision telles qu'on avait l'impression qu'elle servait très consciencieusement une idée religieuse extrêmement pure. Il ne se passait rien d'autre que ce qui se passait, mais il semblait à Sabbath que c'était énorme. Énorme. Il n'avait jamais été aussi seul de sa vie.

Sous ses yeux, Christa et Rosie étaient devenues complètement gorilles – elles vivaient toutes les deux dans la dimension gorille, elles représentaient le summum de l'expressivité des gorilles, accomplissaient les actes de raison et d'amour les plus élevés chez les gorilles. Le monde entier, c'était l'autre. L'extraordinaire importance du corps de l'autre. Leur unité : celui qui donne était celui qui prend et celui qui prend celui qui donne, Christa totalement en confiance entre les mains légères de Rosie, véritable carte sur laquelle les doigts de Rosie traçaient un itinéraire très fin et très sensuel. Et, entre elles, ce regard liquide, intensément muet des gorilles, les seuls bruits en provenance du lit étant les petits caquètements du bébé gorille Christa qui signalait ainsi son bonheur et son contentement.

Roseanna Gorilla. Je suis l'outil de la nature. Je suis celui qui satisfait tous les besoins. Si seulement *eux* deux, mari et femme, avaient joué à se prendre pour des gorilles, et rien d'autre que des gorilles, tout le temps ! Au lieu de cela ils avaient joué, et ô combien ils y avaient réussi, à se prendre pour des êtres humains.

Quand elles en eurent assez, elles s'étreignirent en riant, chacune donnant à l'autre un baiser très mouillé et très manifestement humain ; ensuite, les lumières s'éteignirent des deux côtés du lit. Cependant, avant de pouvoir évaluer la situation afin de décider ce qu'il allait maintenant faire – repartir ou s'installer –, Sabbath entendit Rosie et Christa réciter quelque chose ensemble. Une prière ? Mais bien sûr ! « Mon Dieu... » Rosie et sa prière des AA qu'elle récitait tous les soirs – il allait enfin l'entendre à haute voix. « Mon Dieu... »

Le duo fut parfait, aucune des deux ne cherchait ses mots ni ne manquait de sentiment, deux voix, deux femelles, une harmonie parfaite. La jeune Christa était la plus ardente, alors qu'on sentait bien que Roseanna avait longuement réfléchi à chacun des mots qu'elle prononçait. Il y avait dans sa voix à la fois de la gravité et de la douceur. Elle avait bataillé pour arriver à cette paix intérieure si long-temps inaccessible ; l'horreur de son enfance – le manque, l'humiliation, l'injustice, la violence – était loin derrière elle, la souffrance – en ce qui la concernait – de l'âge adulte, impossible à éviter quand on a eu une espèce de sauvage pour père, était loin derrière elle, et le soulagement après la douleur était audible. Son élocution était plus douce et moins heurtée que celle de Christa, mais l'effet produit par ces deux femmes était celui d'une communion profonde. Un nouveau commencement, un nouvel être, un nouvel amour... encore que, comme Sabbath aurait pratiquement pu le lui garantir, sorti plus ou moins du même moule que l'être chéri précédent.

Il lui était possible d'imaginer la lettre que Roseanna enverrait en enfer au lendemain du jour où Christa se tirerait avec l'argenterie ancienne de sa mère. *Si maman n'avait pas dû fuir pour rester en vie, si je n'avais pas été obligée d'aller dans cette école de filles jusqu'à son retour, si tu ne m'avais pas forcée à porter cette veste de loden, si tu ne hurlais pas sur les femmes de ménage, si tu ne* baisais *pas les femmes de ménage, si tu n'avais pas épousé ce monstre d'Irene, si tu ne m'avais pas écrit ces lettres complètement folles, si tu n'avais pas eu des lèvres aussi dégoûtantes et des mains qui me serraient comme un étau... Papa, tu as encore réussi ! Tu me prives d'une relation normale avec un homme normal, tu me prives d'une relation normale avec une femme normale ! Tu me prives de tout !*

« Mon Dieu, je ne sais pas où je vais. Je ne distingue pas le chemin qui y mène. Je ne sais pas précisément quand il se terminera. Je ne sais pas non plus vraiment qui je suis, et ce n'est pas parce que j'ai l'impression d'avancer dans la voie de Ta volonté que c'est effectivement le cas. Mais je le crois. Je crois... »

Leur prière ne trouva en Sabbath aucune résistance. Si seulement il obtenait que tout ce qu'il détestait par ailleurs ne fasse même pas un trou d'épingle dans son cerveau. Il priait lui-même pour que Dieu soit omniscient. Sinon Il n'aurait aucun putain de moyen de savoir de quoi ces deux-là parlaient.

« Je crois que ce désir de Te satisfaire Te satisfait effectivement. J'espère que ce désir est dans tout ce que je fais. J'espère ne jamais rien faire qui ne soit l'accomplissement de ce désir. Et je sais que, si j'agis ainsi, Tu me mèneras sur le droit chemin, même s'il est possible que sur le moment je n'en sache rien. C'est pourquoi j'aurai toujours confiance en Toi, même s'il m'arrive de donner l'impression que je suis perdue et que je vis dans l'ombre de la mort, je n'aurai pas peur parce que je sais que Tu ne me laisseras jamais plus seule face à mon tourment. »

Et c'est là que commença le bonheur suprême. Un rien de temps leur suffit à se mettre mutuellement en train. Ce n'était plus des claquements de langue de gorille que Sabbath entendait maintenant. Les deux femmes ne jouaient plus à rien du tout et il n'y avait rien d'absurde dans les sons qu'elles produisaient. Plus besoin de bon Dieu maintenant. Elles avaient pris la tâche divine entre leurs mains, avec leur langue elles atteignaient au plus profond du ravissement. Organe étonnant que la langue humaine. Regardez-en une de près un de ces jours. Lui-même se souvenait très bien de celle de Christa – une langue musculeuse et vibrionnante de serpent – et du respect teinté d'effroi qu'elle lui avait inspiré, comme à Drenka d'ailleurs. Étonnant tout ce qu'une langue peut dire.

Le cadran vert d'un réveil digital luisait dans l'obscurité, c'était le seul objet que Sabbath arrivait à dis-
cerner dans la pièce. Il était posé sur la table invisible du côté invisible du lit qui avait jusqu'alors été
son côté à lui. Il pensait que certains de ses livres sur
la mort étaient encore empilés de ce côté-là, à moins
qu'on ne les ait balancés dans le coin avec les vêtements. Il avait l'impression de s'être fait expulser
d'un énorme con dont il aurait toute sa vie librement
parcouru l'intérieur. La maison, cette maison où il
avait vécu, était devenue un con dans lequel il ne
pourrait plus jamais pénétrer. Cette impression qui
s'était imposée à lui indépendamment de son intel-
lect ne fit que s'intensifier, alors que ces odeurs qui
n'appartiennent qu'aux femmes, qui sont en elles,
s'échappaient de leurs corps et flottaient jusqu'à
l'ouverture de la fenêtre pour enfermer un Sabbath
toujours enveloppé de son drapeau dans la douleur
violente que suscitent les choses qu'on a perdues. Si
l'irrationnel avait une odeur, c'était celle-là ; si le
délire avait une odeur, c'était celle-là ; si la colère, le
désir, l'appétit, l'opposition, le moi... Oui, cette
sublime puanteur de pourri était bien l'odeur de tout
ce qui concourt à former l'âme humaine. Quel qu'ait
été le brouet que les sorcières concoctaient pour
Macbeth, voilà exactement l'odeur qu'il devait dégager. Pas étonnant que Duncan n'arrive pas à passer
la nuit.

Il eut l'impression, pendant un long moment,
qu'elles n'en auraient jamais fini et qu'en conséquence, sur cette colline, derrière cette fenêtre,
caché dans cette nuit, il resterait à jamais prisonnier
de cette absurdité. On aurait dit qu'elles avaient du
mal à trouver ce qu'elles cherchaient. Il leur manquait quelque chose, un fragment de quelque chose,
et elles faisaient toutes deux de longs discours dont

l'objet était cette chose qui leur manquait dans une langue faite de cris étouffés et de gémissements et de longs soupirs et de petits hurlements aigus, un pot-pourri assez musical de cris aigus et de petites explosions.

D'abord, l'une des deux fit semblant de croire qu'elle avait trouvé ce qu'elles cherchaient et l'autre fit semblant de croire qu'*elle* aussi avait trouvé puis, dans l'énorme noirceur de leur maison du con, dans le même immense instant, elles tombèrent dessus ensemble, et jamais de sa vie Sabbath n'avait entendu, dans quelque langue que ce soit, quelque chose de semblable au discours qui coulait des lèvres de Rosie et de Christa depuis qu'elles avaient découvert où était passée cette petite chose qui manquait au tableau pour qu'il soit enfin complet.

Finalement, elle avait satisfait son désir d'une manière à laquelle, si elle avait été Drenka, il aurait peut-être pris plaisir. Ce n'était pas qu'il se sentait rejeté et terriblement abandonné parce que Roseanna faisait quelque chose qui, pris sous un autre angle, ne l'aurait d'ailleurs peut-être pas amené à éprouver un sentiment du même ordre. Pourquoi devrait-il considérer comme contraire à ses magnifiques inventions à lui le fait qu'elle s'était inventé un havre de jouissance dans lequel il n'avait pas sa place ? À en juger par les apparences, le long périple plein de détours de Roseanna l'avait ramenée à l'époque de leurs débuts, quand ils étaient d'infatigables amants et qu'ils se réfugiaient, pour échapper à Nikki, dans son atelier de marionnettiste. En fait, tout ce fantasme qu'il projetait sur la masturbation de sa femme constituait justement une partie du stratagème par lequel il essayait de se convaincre, pour se préparer à revenir et à essayer de... essayer de quoi ? De réaffirmer quoi ? De retrouver quoi ? De revenir en arrière pour quoi ? Pour les résidus de quoi ?

Et c'est là qu'il explosa. Quand un gorille mâle se met en colère, c'est terrifiant. Ce sont les plus grands et les plus gros de tous les primates et leur colère est une colère à grand spectacle. Il n'avait jamais réalisé qu'il pourrait ouvrir la bouche aussi grand, il ne s'était jamais rendu compte non plus, même quand il était marionnettiste, de la richesse du répertoire de bruits effrayants qu'il était capable de produire. Mugissements, aboiements, grondements – féroces, assourdissants –, tout cela sans jamais cesser de faire des bonds et de se frapper la poitrine et d'arracher par la racine les plantes qui poussaient sous la fenêtre puis, sautant en tous sens, il se mit à cogner sur la fenêtre avec ses poings difformes jusqu'à ce que le cadre cède et que, dans un énorme fracas, il se retrouve dans la chambre, debout devant Rosie et Christa qui hurlaient comme deux hystériques.

Le tam-tam sur la poitrine, c'est ça qui lui plaisait le plus. Toutes ces années que sa poitrine n'attendait que ça, et toutes ces années qu'il n'en n'avait rien fait. La douleur qui lui traversait les mains était épouvantable mais il ne renonça pas. Il était le plus terrible de tous les terribles gorilles. Je vous interdis de me menacer ! Il frappait sa large poitrine, et frappait et frappait. Foutait la maison en l'air.

Dans la voiture, il alluma ses phares et vit qu'il avait aussi effrayé les ratons laveurs. Ils s'étaient occupés des poubelles derrière la cuisine. Rosie avait dû oublier de remettre le loquet du couvercle en planches qui se rabattait sur le caisson dans lequel les quatre poubelles étaient enfermées et, si les ratons laveurs avaient fui, il y avait maintenant des ordures partout. Cela expliquait l'odeur de pourriture qu'il avait, au moment où il était debout derrière la fenêtre, attribuée aux deux femmes sur le lit. Il aurait dû savoir qu'elles n'avaient rien de pareil dans le ventre.

*

Il se gara à l'entrée du cimetière, à moins de trente mètres de la tombe de Drenka. Au dos d'une facture de garage qu'il trouva au fond de la boîte à gants, il écrivit son testament. Il travaillait à la lueur du tableau de bord et du plafonnier. Les piles de sa torche étaient quasiment vides – à peine assez de jus pour un faisceau gros comme une tête d'épingle, mais il était vrai qu'il ne les avait pas changées depuis la mort de Drenka.

À l'extérieur de la voiture, l'obscurité était impénétrable, c'était un choc, cette nuit défiait l'entendement, comme toutes les nuits qu'il avait passées en mer.

Je laisse sept mille quatre cent cinquante dollars et un peu de monnaie (voir enveloppe dans poche de veste) afin que soit constitué un prix qui sera décerné une fois par an à une jeune femme en dernière année d'études dans l'une des quatre universités de la région – cinq cents dollars pour l'étudiante de dernière année qui aura baisé le plus grand nombre de membres du corps enseignant au cours des quatre ans qu'elle aura passés à la fac. Je lègue les vêtements que je porte, ainsi que ceux contenus dans le sac en papier kraft à mes amis de la station de métro d'Astor Place. Je lègue mon magnétophone à Kathy Goolsbee. Je lègue mes vingt photos cochonnes du docteur Michelle Cowan à l'État d'Israël. Mickey Sabbath, le 13 avril 1944.

Quatre-vingt-quatorze. Il barra le 44. 1929-1994.

Au dos d'une autre facture de garage il écrivit :

« Les affaires de mon frère devront être enterrées avec moi – le drapeau, la kippa, les lettres, tout ce qui se trouve dans le carton. Déposez-moi dans mon cercueil sans aucun vêtement, avec ses affaires autour de moi. » Il glissa le tout dans l'enveloppe des reçus de M. Crawford et écrivit sur l'enveloppe : « Instructions supplémentaires. »

Maintenant la petite lettre. Cohérente ou incohérente ? Colère ou pardon ? Malveillance ou amour ? Langage châtié ou familier ? Avec ou sans citations de Shakespeare, de Martin Buber et de Montaigne ? Hallmark devrait vendre des cartes toutes prêtes. Il serait impossible d'énumérer la liste de toutes les pensées profondes qui ne lui avaient jamais traversé l'esprit ; il n'y avait pas de fin à tout ce qu'il n'avait pas à dire sur le sens de sa vie. Et quelque chose de drôle serait superflu – le suicide *est* quelque chose de drôle. Trop peu de gens le savent. On n'y arrive pas par désespoir, ni pour se venger, il ne naît pas de la folie ou de l'amertume ou des humiliations, ce n'est pas un meurtre déguisé ni un grand étalage de haine de soi – c'est la touche finale du dernier gag. Il se considérerait comme un raté plus grand encore s'il devait s'éteindre autrement. À qui aime la plaisanterie, le suicide est indispensable. Et pour un marionnettiste en particulier, il n'y a rien de plus naturel : disparaître derrière le fond de scène, glisser la main à l'intérieur et, au lieu de jouer en tant que soi-même, jouer le finale en tant que marionnette. Ça vaut la peine d'y penser. Il n'y a vraiment pas de manière plus amusante de s'en aller. Un homme qui veut mourir. Un être vivant qui choisit la mort. Ça c'est du spectacle.

Pas de lettre. La lettre est toujours une imposture, quoi qu'on écrive.

Et maintenant en piste pour la dernière des dernières choses.

En descendant de voiture il se retrouva dans le monde de granit des aveugles. À la différence du suicide, ce n'était pas drôle de ne rien voir et, avançant les bras tendus devant lui, il avait l'impression d'être aussi vieux et aussi décrépit que son Tirésias, Fish. Il essaya de se représenter le cimetière, mais sa familiarité de cinq mois avec l'endroit ne l'empêcha pas de s'égarer presque immédiatement parmi les tombes. Il fut vite à bout de souffle, à cause du nombre de fois où il lui fallut se relever parce qu'il était tombé après avoir trébuché, bien qu'il avançât à petits pas précautionneux. Le sol était détrempé tellement il avait plu ce jour-là et la tombe de Drenka était située en haut de la colline, et puis ce serait une honte, une fois parvenu jusqu'ici, de se faire coiffer au poteau par un infarctus. Mourir de mort naturelle serait un affront sans pareil. Mais son cœur en avait assez et refusait de se le coltiner plus longtemps. Son cœur n'était pas un cheval, et il le lui fit savoir, assez méchamment, à grands coups de sabot dans la poitrine.

Sabbath grimpa donc sans aucune aide. Imaginez une pierre qui se porterait elle-même et ça devrait vous donner une idée de sa lutte pour arriver jusqu'à la tombe de Drenka, sur laquelle, dans ce qui devait être son grand adieu à ce grand carnaval, il se mit en devoir d'uriner. Le jet ne sortait pas, ça lui faisait mal et il eut, un instant, peur de vouloir exiger l'impossible de lui-même et peur qu'il ne reste en lui plus rien de lui. Il s'imagina – lui qui ne pouvait passer une nuit sans aller trois fois aux toilettes – toujours debout à cette même place jusqu'au siècle à venir, incapable de fournir la goutte d'eau nécessaire à la bénédiction de ce sol sacré. Était-il possible que le jet soit bloqué par le mur de conscience qui isole l'individu de ce qu'il est au plus profond de lui-

même ? Qu'était-il advenu de sa conception tout
entière de la vie ? Ça lui avait coûté cher de se défri-
cher un espace où il lui était possible d'exister en
opposition au monde. Où était le mépris qu'il lui
avait fallu pour balayer leur haine ; où étaient les
lois, le code de conduite auquel il s'était astreint afin
de se libérer de leurs espérances bêtement consen-
suelles ? Oui, les rigueurs dans lesquelles sa bouf-
fonnerie avait trouvé son inspiration finissaient par
prendre leur revanche. Tous les tabous dont le but
est de mettre au pas notre côté monstrueux lui
avaient fermé son robinet.

La métaphore était parfaite : un vaisseau vide.

Et puis le jet commença à venir... un mince filet
d'abord, un faible écoulement, comme au moment
où le couteau coupe l'oignon et que les pleurs ne
consistent qu'en une ou deux larmes qui glissent sur
l'une ou l'autre des deux joues. Mais une giclée suivit
ces premières gouttes, puis une deuxième, puis un
jet, puis un flot, et ensuite un torrent, jusqu'à ce que
Sabbath se retrouve en train de pisser avec une
vigueur dont il était lui-même surpris, un peu
comme ceux qui n'ont jamais connu de chagrin sont
désorientés par l'abondance de leurs rivières de
larmes. Il ne se souvenait pas quand il avait pissé
comme ça pour la dernière fois. Peut-être cinquante
ans auparavant. Percer un trou dans sa tombe ! Traverser le couvercle du cercueil pour atteindre la
bouche de Drenka ! Mais il aurait aussi bien pu
essayer de faire tourner une turbine avec sa pisse –
plus jamais il ne pourrait l'atteindre de quelque
façon que ce soit. « Je l'ai fait ! dit-elle. Je l'ai fait ! »
Jamais il n'avait adoré quelqu'un comme ça.

Néanmoins, il ne s'arrêta pas. Il en était incapable.
Il était à l'urine ce qu'une nourrice est au lait.
Drenka toute trempée, source bouillonnante, mère

de la moisissure et du trop-plein, Drenka qui jaillit, qui coule à flots, buveuse des fluides de la vigne humaine – chérie, lève-toi avant de retourner à la poussière, reviens et revis, ruisselante de toutes tes sécrétions !

Mais, même en arrosant durant tout le printemps et tout l'été cet emplacement que tous ses hommes avaient ensemencé, il n'aurait pu la ramener, ni Drenka ni qui que ce soit d'autre. Et il s'imaginait qu'il en allait autrement, l'anti-illusionniste ? Bon, il est parfois difficile, même à des gens animés des meilleures intentions, de se souvenir vingt-quatre heures sur vingt-quatre, sept jours sur sept et trois cent soixante-cinq jours par an que quelqu'un qui est mort ne peut revenir à la vie. Rien n'est plus fermement établi sur cette terre, c'est la seule chose que l'on sache avec certitude – et personne ne veut le savoir.

« Je vous demande pardon ! Monsieur ! »

Quelqu'un lui tape sur l'épaule, quelqu'un qui est derrière Sabbath, dans son dos.

« Monsieur, arrêtez tout de suite ! *Arrêtez immédiatement* ! »

Mais il n'avait pas terminé.

« Vous êtes en train de pisser sur la tombe de ma mère ! »

Et, d'un geste méchant, on saisit Sabbath par la barbe et on le retourna, et quand on lui braqua le puissant faisceau d'une torche dans les yeux, il porta vivement ses mains devant comme si un objet susceptible de lui transpercer le crâne lui arrivait dessus. Le faisceau lumineux descendit le long de son corps puis remonta de ses pieds jusqu'à ses yeux. On le peignit ainsi, couche après couche, sept fois de suite, jusqu'à ce que la torche n'éclaire plus finalement que la bite qui, d'une certaine manière, passait

639

un œil par l'entrebâillement qui subsistait entre les deux pans du drapeau, bec verseur inoffensif et dépourvu de toute importance, qui laissait, à intervalles irréguliers, échapper quelques gouttes comme s'il avait besoin d'être réparé. Ça n'avait vraiment pas l'air de quelque chose qui ait pu, au cours des millénaires, inciter l'esprit humain à lui consacrer cinq minutes de réflexion, et certainement pas non plus à conclure que, sans la tyrannie de ce bout de tuyau, l'histoire de notre espèce sur cette terre serait tellement différente qu'elle en serait méconnaissable, qu'il s'agisse du début, du milieu ou de la fin.

« Cachez-moi ça ! »

Sabbath aurait très facilement pu tout remettre dans son pantalon et refermer sa braguette. Mais il n'en avait pas envie.

« Rhabillez-vous ! »

Mais Sabbath ne bougea pas.

« Vous *êtes* quoi ? demanda-t-on à Sabbath, la lumière l'aveuglant à nouveau. Vous souillez la tombe de ma mère. Vous souillez le drapeau américain. Vous êtes une souillure pour votre propre race. Avec votre connerie de petite bite de merde qui dépasse et la calotte de votre propre religion sur la tête !

– Ceci est un acte religieux.

– Enveloppé dans le drapeau ?

– Avec fierté, avec fierté.

– *En pissant !*

– C'est mes tripes que je sors. »

Maintenant, Matthew se lamentait. « Ma mère ! C'était ma mère ! Ma mère, espèce de salaud, espèce d'enculé ! Tu en as fait une dépravée !

– Une dépravée ? Monsieur Balich, monsieur l'agent, vous avez passé l'âge d'idéaliser vos parents.

– Elle a laissé son journal derrière elle ! Mon père

640

a lu son journal intime ! Il a vu les choses que vous lui avez fait faire ! Et ma *cousine* – ma cousine, une enfant ! Bois, Drenka ! Bois ! »

Il était tellement emporté par ses pleurs qu'il ne se préoccupait même plus d'éclairer le visage de Sabbath. Le faisceau de la torche était pointé vers le sol, éclairant la mare qui s'était formée au pied de la tombe.

Barrett s'était fait fendre le crâne. Sabbath s'attendait à pire. Après avoir compris par qui il venait de se faire appréhender, il pensa qu'il ne s'en sortirait pas vivant. Il n'y tenait d'ailleurs pas. Il avait trop tiré sur la ficelle, plus rien ne restait de cette chose qui lui permettait d'improviser sans fin, cette chose qui l'avait maintenu en vie. La folie et le mauvais goût, c'était fini.

Et pourtant, une fois encore il s'en tira, tout comme il avait échappé au suicide par pendaison chez les Cowan et à la noyade au bord de la mer – il s'éloigna, laissant Matthew pleurer sur la tombe de sa mère, et, encore une fois animé par cette chose qui lui permettait d'improviser sans fin, il tituba dans le noir jusqu'au bas de la colline.

Non qu'il ne désirât pas entendre Matthew lui en dire plus sur le journal de Drenka, non qu'il n'en aurait pas lu chaque ligne avec avidité. Il ne lui était jamais venu à l'idée que Drenka écrivait tout. En quelle langue ? La leur ou la sienne ? Parce qu'elle en était fière ou parce qu'elle n'y croyait pas elle-même ? Afin de rendre compte des progrès de son audace ou de sa dépravation ? Pourquoi ne l'avait-elle pas prévenu à l'hôpital de l'existence de ce journal ? Déjà trop atteinte pour y penser ? Était-ce par étourderie qu'elle l'avait laissé derrière elle ? Était-ce un oubli ou était-ce la chose la plus téméraire qu'elle ait jamais faite ? Je l'ai fait ! Je l'ai fait ! Voilà qui se cachait sous tous ces beaux habits – et personne n'en a jamais rien su !

Ou alors, l'avait-elle laissé derrière elle parce qu'elle n'avait pas la force de s'en débarrasser ? Oui, les journaux intimes de cette sorte occupent une place privilégiée parmi les cadavres que l'on laisse derrière soi ; on ne se libère pas facilement de mots eux-mêmes libérés enfin de leur fonction quotidienne de justification et de dissimulation. Il faut plus de courage qu'on ne pourrait le croire pour détruire un journal secret, les lettres et les Polaroïd, les cassettes vidéo et les cassettes audio, les boucles de poils pubiens, les articles de lingerie intime encore souillés, pour effacer à jamais la puissance symbolique de ces choses au statut de reliques qui, quasiment seules parmi nos possessions, apportent une réponse catégorique à la question « Est-il réellement possible que je sois comme ça ? ». Un souvenir de soi en tenue de Mardi gras ou de soi dans la vérité d'une vie sans entraves ? Que ce soit l'un ou l'autre, ces dangereux trésors – cachés à ceux qui nous sont proches et qui nous sont chers sous des piles de lingerie, dans les coins les plus obscurs d'un fichier, sous clé à la banque la plus proche – constituent une trace de ce dont il nous est impossible de nous séparer.

Et pourtant, pour Sabbath, quelque chose restait obscur, une incohérence qu'il n'arrivait pas à comprendre, un soupçon dont il ne pouvait se débarrasser. Quelle genre d'obligation remplissait-elle en laissant derrière elle le journal de ses activités sexuelles afin qu'on le découvre ? Et envers qui se sentait-elle obligée ? Lequel de ses hommes voulait-elle mettre en cause ? Matija ? Sabbath ? Lequel de nous avais-tu l'intention de tuer ? Pas moi ! Certainement pas moi ! Moi, tu m'*aimais* !

« Je veux voir vos mains bien en l'air ! »

Les mots venaient de nulle part, ils tonnaient à ses oreilles, puis il fut pris dans le faisceau du projecteur comme s'il avait été seul au milieu des tombes pour donner son spectacle, seul en scène, Sabbath la vedette du cimetière, acteur d'un vaudeville pour fantômes, en première ligne pour le divertissement des armées de trépassés. Sabbath salua. Il aurait dû y avoir de la musique, derrière lui un bon vieux swing bien coquin sous des dehors de bluette, pour son entrée en scène, il aurait dû y avoir le seul plaisir sur lequel on peut vraiment compter dans l'existence, l'innocence taquine de « Ain't Misbehavin' » par le sextet de B.G. avec Slam Stewart qui joue de la basse et la basse qui se joue de Slam Stewart...

Au lieu de cela, une voix désincarnée lui demandait poliment de décliner son identité.

Se relevant à la fin de son salut, Sabbath déclama : « C'est moi, Necrophilio, l'émission nocturne.

– Monsieur, à votre place, je ne referais pas ce salut. Je veux voir vos mains *en l'air*. »

Au volant de la voiture de patrouille qui éclairait le théâtre de Sabbath, il y avait un deuxième officier de police, qui sortit du véhicule revolver à la main. Un stagiaire. Matthew était toujours seul, sauf quand il formait les nouvelles recrues. « Quand il les prend en stage, se vantait Drenka, c'est toujours eux qui conduisent, c'est Matthew qui veut ça. Ils sortent à peine de l'école de police, des gamins, ils sont à l'essai pendant toute une année – et c'est de Matthew qu'ils s'en servaient pour les former. Matthew, il dit toujours : "Il y en a qui sont bien, des jeunes qui veulent vraiment faire ce travail-là et qui veulent le faire bien. Il y a aussi des connards. Des je-m'enfoutistes qui tirent sur la corde tant qu'ils peuvent, et ainsi de suite. Mais pour faire du bon travail, pour faire le travail comme il doit être fait, sans rabioter sur les missions de surveillance à bord d'un véhicule, en rendant tes rapports en temps et en heure, en entretenant ta voiture comme il faut..." Voilà ce que Matthew leur apprend. Il a passé à peine trois mois à faire des rondes avec ce type, et le gamin lui donne une épingle à cravate. Une épingle à cravate en or. Après, il a dit : "Matt c'est le meilleur pote que j'aie jamais eu." »

Le stagiaire le tenait en joue, mais Sabbath n'opposa aucune résistance et ne tenta pas de fuir. Il lui suffisait probablement de se mettre à courir pour qu'un stagiaire, à tort ou à raison, lui fasse un trou dans la tête. Mais quand Matthew arriva au pied de la colline, le stagiaire se contenta de lui passer les menottes et de l'aider à s'asseoir à l'arrière de la voiture. C'était un jeune Noir qui devait avoir à peu près l'âge de Matthew et qui garda un silence absolu, qui ne prononça pas même une syllabe pour indiquer son dégoût ou son indignation envers l'attitude de Sabbath, la manière dont il était vêtu ou ce qu'il avait fait. Il aida Sabbath à monter à l'arrière, en faisant attention à ce que le drapeau reste bien sur ses épaules et replaça bien au centre du crâne de Sabbath la kippa avec son « Dieu bénisse l'Amérique » écrit dessus, car elle avait basculé sur son front quand il avait baissé la tête pour la passer par la portière de la voiture. Mais le prisonnier était incapable de dire si cela venait d'un excès de gentillesse ou d'un excès de mépris.

Le stagiaire conduisait. Matthew ne pleurait plus mais, depuis le siège arrière, Sabbath remarqua que quelque chose qu'il n'arrivait pas à contrôler faisait tressaillir les muscles de son cou épais.

« Comment ça va, collègue ? » demanda le stagiaire, alors qu'ils s'engageaient sur la route qui descendait vers la vallée.

Matthew ne répondit pas.

Il va me tuer. Il va le faire. Débarrassé de la vie. Nous y voilà enfin.

« Où allons-nous maintenant ? demanda Sabbath.

– Nous vous emmenons au poste, monsieur, répondit le stagiaire.

– Puis-je vous demander pour quel motif ?

– Le motif ? explosa Matthew. *Le motif ?*

– Respire, Matt, lui dit le stagiaire, respire comme tu m'as appris, c'est tout.

– Si je peux me permettre », proposa Sabbath d'une voix incisive et sur un ton dont il savait qu'il rendait au moins Roseanna folle, « sa conception de l'indélicatesse est fondée sur une interprétation complètement...

– Tenez-vous tranquille, lui suggéra le stagiaire.

– Je veux simplement dire qu'il se passait quelque chose qu'il lui est impossible de comprendre. Il n'a aucun moyen d'en mesurer le côté sérieux.

– *Sérieux !* » s'écria Matthew, et il se mit à donner des coups de poing sur le tableau de bord.

« On l'embarque, Matt, ça va comme ça. C'est notre boulot – on le fait et c'est tout.

– Je n'utilise pas ces mots pour essayer de semer la confusion. Je n'exagère absolument pas, dit Sabbath. Je ne dis pas correct ou de bon goût. Je ne dis pas approprié ou même naturel. Je dis sérieux. Sérieux au-delà de toute expression. Solennellement, imprudemment, merveilleusement *sérieux*.

– Vous feriez mieux d'arrêter, monsieur, ce n'est pas très prudent de continuer comme ça.

– Je ne suis pas un type prudent. Je suis comme ça, je n'arrive pas à me l'expliquer. Ça a pris le pas sur pratiquement tout le reste, dans ma vie. Il semble que je n'existe que pour ça.

– Voilà pourquoi on vous emmène au poste, monsieur.

– Je croyais que vous m'emmeniez au poste pour me donner la possibilité d'expliquer au juge comment j'ai entraîné la mère de Matthew dans la dépravation.

– Écoutez, vous avez fait beaucoup de mal à mon collègue, dit le stagiaire, la voix encore d'un calme impressionnant. Vous avez fait beaucoup de mal à sa famille. Je dois même vous dire que vous êtes en ce moment même en train de dire des choses qui me font beaucoup de mal *à moi*.

– Oui. On n'arrête pas de me le dire, on me dit tout le temps que la seule chose pour laquelle je suis vraiment doué dans l'existence c'est faire de la peine aux autres. Le monde se contente de tourner, le mal n'existe pas – l'humanité est insouciante, elle est là pour de longues vacances, pour s'amuser – et Sabbath débarque sur terre, et du jour au lendemain ça devient un asile de fous, une vallée de larmes. Comment se fait-il ? Est-ce que quelqu'un peut me l'expliquer ?

– Arrête ! cria Matthew. Arrête la voiture !

– Matty, *ramène-le* ce salaud.

– Arrête cette putain de *voiture*, Billy ! On ne le *ramène* pas au poste ! »

Sabbath se pencha immédiatement en avant – *fut projeté* en avant sans pouvoir se servir de ses mains pour rétablir son équilibre. « Emmenez-moi au poste, Billy. Ne l'écoutez pas, Matty n'est pas très objectif – il se laisse aller, c'est devenu une affaire personnelle. Ramenez-moi au poste et je pourrai me purger publiquement de tous mes crimes et accepter la punition qui m'attend. »

Les bois étaient profonds de part et d'autre de la route, à l'endroit où la voiture de police s'arrêta sur le bas-côté. Billy coupa le moteur et éteignit les phares.

Encore une fois le sombre royaume de cette même nuit. Et maintenant, pensa Sabbath, la deuxième partie du spectacle, le moment le plus important, l'apothéose imprévue pour laquelle il avait passé sa vie entière à se battre. Il ne s'était pas rendu compte que ça faisait très longtemps qu'il attendait d'être mis à mort. Il ne s'était pas suicidé, parce qu'il attendait qu'on l'assassine.

D'un bond Matthew fut dehors, il contourna la voiture par l'arrière, ouvrit la portière de Sabbath et le tira à l'extérieur. Puis il lui retira les menottes. C'était tout. Il lui retira les menottes et lui dit : « Si jamais, tu m'entends, espèce de malade, si jamais tu prononces le nom de ma mère devant qui que ce soit, si jamais tu *parles* de ma mère à *qui que ce soit* – à qui que ce soit et où que ce soit –, je te fais la peau ! » Les yeux à quelques centimètres à peine des yeux de Sabbath, il se remit à pleurer. « Tu m'entends, le vieux ? *Tu m'entends ?*

– Mais pourquoi attendre alors que tu es en mesure de te faire justice tout de suite ? Je pars en direction de la forêt et tu tires. Délit de fuite. Ce brave Billy dira comme toi. N'est-ce pas, Bill ? "Le vieux avait envie de pisser, il est sorti de la voiture et il a essayé de s'enfuir."

– Espèce de cinglé, ordure ! hurla Matthew. Espèce de cinglé d'enculé de merde ! » Et, ouvrant d'un geste brusque la porte du passager de devant, il se jeta violemment sur son siège.

« Mais je m'en tire ! Je me suis vautré dans l'immonde une fois de trop ! Et je m'en tire ! Je suis un dépravé ! Je suis un dépravé ! Il a été la cause de tout ce mal et il s'en tire, le dépravé s'en tire ! *Matthew !* » Mais la voiture de patrouille s'était éloignée, laissant Sabbath enfoncé jusqu'aux chevilles dans une mare de boue printanière bien collante, aveugle au milieu d'un bois étrange et inconnu, loin de tout, prisonnier des arbres à pluie et des rochers usés par les intempéries, sans personne d'autre à tuer que lui-même.

Et il en fut incapable. Putain de merde, il était incapable de mourir. Comment pourrait-il partir ? Comment pourrait-il s'en aller ? Tout ce qu'il haïssait se trouvait ici-bas.

GLOSSAIRE

Altè kaker : vieux débris.

Bagel : petit pain en forme de couronne. Spécialité new-yorkaise maintenant très répandue dans tous les États-Unis. Mais le « vrai » bagel est de New York.

Bolbotish : respectable, bourgeois.

Brit : circoncision.

Dreydl : toupie.

Ferstinkènè : puant, une ordure.

Forshpeis : hors-d'œuvre.

Hametz : lors de la Pâque juive, on ne mange que du pain non levé. On vide donc la maison de tout *hametz*, c'est-à-dire de toute nourriture pouvant contenir de la levure. Par extension, *hametz* en vient à signifier interdit, tabou.

Hanoukah : fête juive commémorant la défense du Temple.

Hesvan : mois de l'année en hébreu.

Khalè : pain brioché tressé que l'on mange dans les occasions festives.

Khazeraï : cochonnerie.

Khoupa : dais nuptial.

Khoutspa : culot.

Kippa : calotte portée par les Juifs pratiquants.

Klezmer : musicien. Musique *klezmer* : musique hassidique.

Kvetch(en) : se plaindre, geindre. Jeu de mots dans le texte avec *Quench*, qui veut dire en anglais « étancher la soif ».

Meshouggènè : fou.

Mohel : officiant qui pratique·les circoncisions.

Nosh : un en-cas.

Pisher : un rien du tout, un petit merdeux.

Potz : littéralement « pénis » ; en fait : imbécile, con, connard.

Rosh Hashanah : fête juive qui marque le début de l'année.

Shiker : ivrogne.

Shiksè : femme non juive.

Shiva : période de deuil d'une semaine qui commence après l'enterrement du défunt.

Shlokh : marchandise en mauvais état, de mauvaise qualité ou de peu de valeur, de la camelote, de la merde.

Shmattè : chiffon, serpillière, par extension vêtement de peu de valeur, de mauvaise qualité ou de mauvais goût.

Shmeggègè : un rien du tout.

Shmok : littéralement « pénis » ; en fait : imbécile, con, connard.

Shmoutz(ig) : la saleté, sale.

Shoul : synagogue.

Shtetl : petite ville ou village juif d'Europe centrale.

Shvartsè : un Noir.

Tallit : châle de prière.

Tchatchkè : bibelot.

Tefilin : lanières de cuir reliées à des petites boîtes contenant certains versets de la Torah dont les Juifs pratiquants s'entourent le bras et le front lors de la prière du matin.

Treyf : non casher, impropre à la consommation et, par extension, interdit, tabou.

Tsimmès : plat de carottes et de prunes sucrées. Ne pas en faire un *tsimmès* : ne pas en faire tout un plat.

Vu den : bien sûr, et alors.

Zaydè : grand-père.

DU MÊME AUTEUR

Aux Éditions Gallimard

GOODBYE, COLUMBUS (Folio nº 1185)

LAISSER COURIR (Folio nº 6374)

PORTNOY ET SON COMPLEXE (Folio nº 470)

QUAND ELLE ÉTAIT GENTILLE (Folio nº 1679)

TRICARD DIXON ET SES COPAINS

LE SEIN (Folio nº 1607)

MA VIE D'HOMME (Folio nº 1355)

DU CÔTÉ DE PORTNOY ET AUTRES ESSAIS

PROFESSEUR DU DÉSIR (Folio nº 1422)

LE GRAND ROMAN AMÉRICAIN

L'ÉCRIVAIN DES OMBRES (repris en Folio nº 1877 sous le titre L'ÉCRIVAIN FANTÔME qui figure dans ZUCKER-MAN ENCHAÎNÉ avec ZUCKERMAN DÉLIVRÉ, LA LEÇON D'ANATOMIE et ÉPILOGUE : L'ORGIE DE PRAGUE)

ZUCKERMAN DÉLIVRÉ

LA LEÇON D'ANATOMIE

LA CONTREVIE. Nouvelle traduction, 2004 (Folio nº 4382)

LES FAITS

PATRIMOINE (Folio nº 2653)

TROMPERIE (Folio nº 2803)

OPÉRATION SHYLOCK (Folio nº 2937)

LE THÉÂTRE DE SABBATH (Folio nº 3072)

PASTORALE AMÉRICAINE (Folio nº 3533)

L'HABIT NE FAIT PAS LE MOINE, *précédé de* DÉFEN-SEUR DE LA FOI, *textes extraits de* GOODBYE, COLUM-BUS (Folio 2 € nº 3630)

J'AI ÉPOUSÉ UN COMMUNISTE (Folio nº 3948)

Dans la Bibliothèque de la Pléiade

Composition Euronumérique
Impression Novoprint
à Barcelone, le 5 mars 2019
Dépôt légal : mars 2019
1er dépôt légal dans la collection : mars 1998

ISBN 978-2-07-040467-4./Imprimé en Espagne.